La collection *Regards croisés* est animée
par Marion Hennebert et Jean Viard

Cet ouvrage a bénéficié du concours
du Centre National des Lettres

Le carré d'honneur

Du même auteur, chez le même éditeur :

Passage, 1990

Couverture : Le pont Charles (D.R.)

Titre original : Štěpení

ISBN : 2-87678-0081-X

Karel Pecka

Le carré d'honneur

Roman traduit du tchèque par Barbora Faure

éditions de l'aube

I

PATIENCE

1.

Mikuláš Sova sortit de l'immeuble par la grande porte ouverte et s'arrêta net. Malgré l'heure avancée de l'après-midi, le soleil automnal tirait une force en apparence inépuisable de ses réserves faiblissantes. De l'autre côté de l'avenue, l'ombre ne recouvrait qu'une bande étroite le long des bâtiments ; le reste de la chaussée et du trottoir au bord duquel se tenait Sova était exposé aux rayons agressifs. Sur la chaussée, des files de voitures et de tramways circulaient au ralenti dans les deux sens, à un rythme similaire au mouvement des piétons qui faisaient eux-mêmes penser à une colonne de fourmis au mouvement saccadé.

Sova porta la main à sa poche intérieure et en tira des lunettes de soleil. Aussitôt le film multicolore de cette hâte cahotante prit une teinte grisâtre qui le rendait plus acceptable. Naturellement, les battements du ressac que formait cette rumeur nourrie par les bruits variés de l'artère principale conservaient leur insistante importunité. Sova attendit encore quelques instants pour s'habituer à la distance voulue que lui procurait la protection des lunettes et se mettre en marche avec un sentiment tranquille de désengagement et d'indifférence face à l'environnement. Juste à ce moment, à sa gauche, la porte latérale du magasin d'articles artistiques et de reproductions s'ouvrit pour livrer le passage au directeur de la maison, Zubatý. Jetant un coup d'œil autour de lui, il aperçut Sova qui s'attardait à quelques pas de lui.

«*Ce que l'été a promis avec tant d'insouciance, le sage automne se doit de le donner*», dit Zubatý en s'arrêtant, avec un sourire sur son long visage, creusé autour de la bouche par les sillons profonds du scepticisme.

Sova ne se souvenait pas de qui étaient ces vers. Sans

doute pas de Zubatý lui-même, il avait tout de même assez d'élégance pour ne pas citer ses propres œuvres. Mais son supérieur le plus haut placé avait certainement gratifié de cette affirmation bon nombre de ses collaborateurs au cours de la journée, cela, Sova en était sûr.

«Oui, il fait beau aujourd'hui, dit-il d'un ton neutre.

— Vous allez dans quelle direction, Mikuláš ? poursuivit Zubatý sur le même ton léger.

— Vers les quais.

— Alors, je vous fais un bout de conduite, si vous le permettez, annonça Zubatý. Au moins jusqu'au tramway.

— Je vous en prie, monsieur le Directeur», répondit Sova en s'inclinant légèrement.

Zubatý fit passer son pardessus de son bras droit sur le gauche. Il sentait bien que sa proposition n'enthousiasmait pas Sova et qu'il n'acceptait qu'à contre-cœur, mais d'un autre côté il était bien conscient que l'occasion ne s'était pas encore présentée d'avoir un contact plus personnel avec lui. Quelle époque de fous, on a de moins en moins de temps. Tout en se contentant de cette explication éculée, il s'inquiéta aussitôt de se laisser trop influencer par Malenda qui avait fait entrer Sova dans la maison. Bien sûr, Zubatý connaissait parfaitement Malenda, il connaissait tout le monde, de la rédaction jusqu'à la dernière des femmes de ménage, et n'ignorait rien des qualités et des défauts de tous ses employés ; il savait toujours percer à jour toutes les manœuvres de Malenda. Il conservait surtout en mémoire toutes les qualités négatives de ses subalternes, voilà ce qui importait pour la conduite profitable de l'entreprise, car elles permettaient de mieux tenir les gens. Zubatý ne savait pas encore grand-chose sur Sova ; c'était un nouveau venu, à peine avait-il eu le temps d'enregistrer qu'il avait signé l'embauche d'un nouveau correcteur que déjà Malenda poussait cet homme vers un rang plus élevé. Qu'est-ce que cela cachait ? «Monsieur le Directeur», ni camarade, ni simplement Emil, mais à vrai dire ils n'avaient pas encore eu l'occasion de faire connaissance lors d'une conversation informelle autour d'un verre de vodka. Les temps sont durs, conclut-il sa songerie. Pendant tout ce temps, son visage avait bien sûr conservé son expression de bonne humeur.

«Vous vous plaisez chez nous, Mikuláš ?» demanda-t-il

tandis qu'ils se mettaient à marcher. «Je veux dire, avez-vous le sentiment de mieux utiliser vos capacités à la rédaction ? précisa-t-il encore.

— Les débuts n'ont pas été des plus faciles, lança Sova. Quand on gagne sa croûte avec ses mains pendant vingt ans, on n'est pas vraiment préparé au mieux pour ce genre de travail.»

Au pied d'un réverbère s'entassait un monceau de décombres, de briques cassées, et de fils de fer rouillés, sur lesquels trônait une cuvette de cabinets fêlée. De l'autre côté de la rue, un peu en avant, se dressait la silhouette grise et lourde de la grande entrée du Théâtre National.

Zubatý tourna le regard vers l'homme qui marchait à ses côtés. Le profil se distinguait surtout par un nez proéminent, arqué au-dessus des lèvres minces. Plusieurs longues rides burinaient le front oblique. Dans les cheveux bruns quelques fils gris brillaient çà et là. Seul le menton légèrement fuyant pouvait indiquer une certaine délicatesse dans ce visage osseux. Ni la conduite, ni les actes de ce quadragénaire ne trahissaient en rien cette qualité. L'impression d'ensemble ne laissait pas croire à une personnalité exceptionnelle. A première vue, on aurait dit un homme de la rue quelconque – vêtements neutres, silhouette moyenne et mode de vie manifestement tout aussi ordinaire.

«Il me semble que le travail manuel est très exigeant et peu rentable, nota Zubatý après un silence. Peu d'argent pour beaucoup de fatigue.

— Ce n'est pas très agréable de se lever avant cinq heures du matin, répondit Sova en souriant. Par contre, on peut se permettre de dire toujours ce qu'on pense et non ce que la hiérarchie vous demande. Et si ça ne plaît pas à quelqu'un, il suffit de changer de boîte, c'est tout.»

Zubatý continuait à sourire d'un air agréable, une longue pratique lui avait servi à passer maître dans cet art.

«Je vois mon tramway qui arrive, bonne soirée, Mikuláš», dit-il en s'avançant pour traverser l'étroite bande de rue entre le trottoir et la plate-forme d'accès.

«Au revoir !» cria Sova dans son dos.

Il décida de poursuivre son chemin à pied. Il évitait au possible de monter dans les autobus et les tramways bondés. Souvent, en observant ses compagnons de voyage, il avait le sentiment d'être enfermé dans une cage avec des créatures d'un exotisme artificiel, ne ressemblant que de loin à des êtres humains. Sova était un homme de la ville et il aimait à ses moments de liberté se promener dans certains quartiers qu'il avait pris en affection. Ses vagabondages à travers la vieille ville de Prague, surtout, lui apportaient un sentiment d'équilibre et d'apaisement.

Bien sûr, il appréciait aussi certains coins de campagne, mais c'étaient pour la plupart des rapports nés indirectement, souvent grâce à des femmes avec qui il les avait visités et le souvenir de tel ou tel prénom était ensuite attaché à ces lieux. Il ne ressentait aucune inclination directe pour la nature, son langage ou ses phénomènes. Son manque de sensibilité dans ce domaine atteignait ce seuil fatidique où le citadin a de la peine à distinguer le blé de l'orge.

Mikuláš Sova suivait lentement la rive droite, un de ses trajets favoris. Le soleil approchait du couchant au-dessus des hauteurs de la ville, avec le château monumental, la cathédrale et le massif du mont Petřín piqué de son observatoire et de ses tours émettrices métalliques. Le reflet de sa lumière illuminait l'horizon proche. Par contraste, le pont Charles dont Sova approchait paraissait sinistre au-dessus de l'eau miroitante.

Le bâtiment d'un établissement balnéaire l'empêchait d'aller en ligne droite, il pressa le pas pour passer sous le couvert, obliqua sous l'arc brisé de la tour Mostecká et s'avança sur le pont aux statues. Il s'arrêta vers son milieu ; vue de dessus, la rivière avait l'air sale, d'une paresse huileuse. La balustrade sur laquelle il appuyait ses mains était rugueuse et agréable au toucher, elle diffusait la chaleur accumulée dans l'après-midi. Dans l'île verdoyante de Kampa apparaissaient çà et là les taches rousses de l'automne. Sova éprouvait un sentiment aigu d'isolement qui lui était on ne peut plus agréable.

La pointe saillante de l'île derrière la digue oblique avec son déversement d'eau, un groupe de canards pêchant dans la zone où le courant perturbé se calmait à nouveau, des mouettes zigzaguant dans l'air de leur vol saccadé faisaient naître en lui encore d'autres sensations. Le contentement d'avoir tout cela sous les yeux sans chercher à le retenir d'une façon plus permanente, de sentir tout cela passer par le tamis de ses sens et partir sans laisser de traces, comme des paroles creuses qui entrent par une oreille et sortent par l'autre, de ne pas se laisser atteindre et influencer par cela, d'être assez fort pour conserver son indépendance intérieure.

Il tentait de se rappeler l'effet de semblables sensations et expériences du temps où il était plus jeune, mais sa mémoire ne lui fournissait pas de réponse univoque. Peut-être avait-il passé une ligne de démarcation en atteignant un certain âge et le monde lui apparaissait-il différemment aujourd'hui. Cela ne l'attristait pas, il prenait simplement conscience que sa jeunesse était passée une fois pour toutes et qu'avec elle avait disparu la façon correspondante de sentir et d'agir. Certes, il existait des lieux et des expériences agréables qu'il avait toujours su quitter sans regret, mais aujourd'hui, croyait-il, il pourrait s'en séparer de surcroît avec une totale indifférence. Car, de même que la vie de chaque individu comporte une série d'arrêts reliés par des étapes ternes d'un quotidien quelconque, de même Sova lui aussi avait glissé quelque temps auparavant de haut en bas selon la loi des guirlandes et il pataugeait maintenant dans un creux profond où sa situation actuelle lui apparaissait comme ni plus ni moins qu'une espèce d'interlude ennuyeux.

En comparaison du but dont il rêvait, le présent ne lui semblait être qu'une pacotille bon marché. Au fond, cette vue sur la ville ne signifiait rien pour lui. L'emploi qu'il occupait maintenant grâce à un concours de circonstances ne l'intéressait guère. Les humeurs et les considérations des Zubatý de ce monde le laissaient indifférent.

En ouvrant la porte de l'auberge Au Matou, Sova aperçut Lahodný installé à la deuxième table, juste en face du bar. Il se penchait d'une manière confidentielle vers Halbich. Voilà donc pourquoi Lahodný lui avait donné rendez-vous dans ce simple café plutôt que dans une brasserie ou un bar à vin de catégorie supérieure : c'était maintenant clair. Halbich était un habitué des brasseries pragoises et Lahodný, qui fréquentait de préférence les établissements de luxe, était obligé de venir l'y trouver lorsqu'il avait besoin de lui. Sova aurait parié jusqu'à son dernier sou que Lahodný n'était pas venu juste pour tailler une bavette. Quant à lui, il ne se formalisait aucunement d'avoir été invité en second, comme remplaçant, et pour le cas où Lahodný aurait assez de temps. La longue table massive était surtout occupée par un groupe de vieillards, des retraités, et il ne restait que deux chaises libres dans le coin, en face de Lahodný et de Halbich, à l'extrémité la plus éloignée. Sova s'approcha et salua. Lahodný interrompit les explications persuasives qu'il adressait de près à Halbich et leva les yeux vers lui. Puis il se souleva à demi et lui tendit la main. Halbich resta assis et se contenta d'un signe de tête. Sova avait déjà remarqué précédemment, lorsqu'il rencontrait Halbich par hasard, que celui-ci n'aimait pas serrer la main.

«Asseyez-vous, Mikuláš. Vous connaissez M. Halbich ?» lança Lahodný d'une voix sonore, agréable, dont les modulations éveillaient l'intérêt. Il avait ce don peu ordinaire de mettre en relief le sens des mots et de captiver son auditoire.

«Nous nous connaissons depuis longtemps, dit Halbich, voilà un bon nombre d'années que nous nous croisons dans des établissements de ce genre.»

Halbich avait une bonne mémoire, mais on aurait pu compter sur les doigts de la main les occasions où ils s'étaient tous deux assis à la même table et s'étaient adressé directement la parole. Jusqu'à une date récente, ils ne se connaissaient même pas de nom. Il n'y avait là rien d'extraordinaire, chacune des brasseries réputées avait son cercle d'habitués qui formaient des groupes fermés, les visiteurs occasionnels ou irréguliers complétant les tables vides selon les possibilités. Si bien que la rencontre de certaines personnes, si tant est qu'elles ne cherchaient pas directement à se voir, dépendait surtout du hasard.

Halbich avait émergé de l'ambiance des bars populaires et de l'écume de bière à peine quatre années auparavant et il s'était mis à briller dans le ciel littéraire comme une étoile. La célébrité lui était venue littéralement du jour au lendemain. Avec ses nouvelles, une horde d'outsiders pleins d'optimisme avaient envahi la littérature, des milieux jusqu'alors pudiquement contournés sur la pointe des pieds étaient apparus en plein jour et une langue riche d'une authentique saveur avait révélé tout son éclat. Un deuxième livre avait rapidement suivi le premier, puis un troisième et un quatrième. Les réalisateurs s'arrachaient ses thèmes. Bien entendu, ce succès n'était ni gratuit ni dû au hasard. Halbich écrivait depuis trente ans, il avait traversé une foule de métiers aux échelons inférieurs de la société, et quelques amis ou initiés le connaissaient bien avant qu'il ne fût découvert. Il travaillait dur après ses nuits à l'aciérie et pendant les pauses de midi dans le théâtre où il faisait le machiniste, il étudiait, lisait et observait la vie. Le concours de circonstance et la nervosité de l'époque n'avaient qu'imperceptiblement favorisé sa montée tout au sommet de la montagne, ils avaient tout au plus allégé de quelques dizaines de grammes le poids du rocher qu'il avait poussé seul et par ses propres forces jusque-là. Mais ce qui est au sommet est toujours plus en vue. Alors, les séances avec les charbonniers et les transporteurs, dont les conversations lui permettaient d'en extraire de ses doigts sensibles de poète des perles de poésie pure, avaient été supplantées par les rencontres dans les bistrots avec des rédacteurs des rubriques culturelles en quête d'interviews et des snobs mendiant un reflet de sa gloire.

Halbich ne défendait pas son ancien mode de vie avec beaucoup de conséquence. La célébrité le flattait, même s'il conservait des dehors inchangés. Aujourd'hui, il rayonnait de bonne humeur. Ses mains rudes d'ouvrier aux doigts maladroits étaient lourdement et paisiblement étalées sur la table. Son blouson de cuir râpé laissait apparaître le col déboutonné d'une vieille chemise de flanelle décolorée à force de lavages avec un motif de carreaux bleu délavé. Sa physionomie attestait à première vue son origine plébéienne. Des cheveux rares d'une couleur incertaine au-dessus du front qu'un golfe de calvitie faisait paraître plus haut, des pommettes saillantes, des lèvres minces bordées de rides profondes le long des commissures : séparément, aucun des traits de son visage n'attirait l'attention, hormis ses yeux bleu pâle, vifs, malins et attentifs. Juste à ce moment, ils suivaient la course du garçon qui venait de se tourner vers eux, un éventail de bocks pleins dans chaque main. Halbich l'appela d'un signe de tête imperceptible.

«Tu mets tout là-dessus, Láď'a, dit-il en lui tendant sa note. Et un demi pour toi, puisque tu nous sers si bien.

— Merci, maître», sourit le garçon.

Il posa sur la table les cinq demis qu'il tenait dans la main, ajouta le nombre de traits correspondants aux quatre que comportait déjà la note, et se dépêcha de repartir vers l'arrière-salle avec les deux bocks restants.

«A la vôtre, les gars, dit Halbich en levant sa chope d'un air joyeux. Aujourd'hui, la bière est extra, regardez un peu la mousse, elle tire carrément sur le rose.»

Lahodný et Sova trinquèrent avec lui et burent quelques gorgées. Lorsqu'il eut relevé la tête, Lahodný examina de près le fond de sa chope.

«Cette couleur, c'est un effet d'optique, non ? dit-il.

— Jamais de la vie, répondit Halbich. Il prit un peu de mousse entre deux doigts et la frotta avec le pouce. Je la vois clairement, cette couleur. Dans les bistrots douteux, on vous sert des fois une bière avec une mousse carrément verdâtre, et dans ce cas je préfère rentrer chez moi. C'est comme si on buvait un extrait d'amanites livides.»

Sova regarda autour de lui dans la brasserie bondée, qui bruissait comme une ruche de nombreuses conversations. Le bar était entouré de clients qui n'avaient pas trouvé de sièges. Il était manifestement impensable de travailler à la correction d'un texte dans une telle ambiance et Sova était d'autant plus curieux de voir ce qu'allait faire Lahodný. Pour l'instant, l'intéressé continuait à regarder dans son bock.

«J'ai beau essayer, je ne vois que du blanc, déclara-t-il enfin. Mais je ne suis pas assez bon connaisseur pour pouvoir vraiment juger.

— Moi aussi, j'ai été un peu surpris que vous m'invitiez dans cette brasserie, monsieur Lahodný, ne put s'empêcher de remarquer Sova. Je n'ai pas l'impression que ce soit exactement votre milieu habituel.»

Lahodný le regarda en pesant un moment sa réponse :

«Nous vivons dans une époque exceptionnelle et notre comportement doit en tenir compte», dit-il ensuite d'un ton léger.

La remarque de Sova ne l'avait pas troublé. Elle avait glissé sur son visage noble et bien soigné sans produire de réaction visible. Ses yeux gris au regard droit n'avaient pas changé d'expression. Il avait trop de bouteille pour se laisser aller à des émotions subites. Malgré tous les livres qu'il avait publiés et dont certains avaient non seulement remporté du succès mais étaient d'un niveau bien supérieur à la moyenne, son activité publique dépassait de loin son rôle d'écrivain. Au cours des années, il avait occupé de hautes fonctions à l'Union des écrivains et il avait des relations intimes avec certaines personnalités haut placées dans la vie politique.

Après sa réponse, le regard de Halbich se posa avec curiosité sur Sova, comme s'il tentait de pénétrer ses pensées. Ma remarque pouvait sembler agressive, songea Sova après coup.

Cependant Lahodný lissa de ses longs doigts minces ses cheveux ondulés soigneusement peignés.

«Je vous dois des excuses, Mikuláš, mais nous avions à discuter d'une affaire très importante avec Ludvík, dit-il enfin. Si vous n'y voyez pas d'inconvénient, nous allons remettre nos corrections à une autre fois.

— Ça m'est égal, dit Sova en haussant les épaules. Je ne veux pas déranger.

— Mais pas du tout, s'empressa de le rassurer Lahodný. Je pense que nous pouvons passer un moment tranquilles maintenant. De toute manière, on ne peut pas travailler ici et nous avons plus ou moins réglé notre affaire, dit-il en se tournant vers Halbich.

— Ouais, fit ce dernier d'un ton incertain. Plus ou moins.»

Il jeta un regard du côté de leurs voisins de table qui occupaient le plus gros de la place. Un nouveau retraité était venu prendre la dernière chaise libre quelques instants auparavant et il était en train de disposer devant lui des spécimens de lunettes et de pince-nez.

Il accompagnait son exposition de commentaires passionnés.

«J'en ai deux cents exemplaires dans ma collection chez moi, regardez-moi ce lorgnon, deuxième moitié du dix-neuvième siècle, les gens du cinéma et du théâtre viennent me les emprunter.

— Excusez-moi, monsieur, pourrais-je jeter un coup d'œil ? demanda Halbich avec un réel intérêt. J'avais toujours pensé que des lorgnons étaient des lunettes normales avec un manche, mais celui-ci n'a qu'un verre.

— Les lunettes à manche s'appellent lorgnette, expliqua le retraité d'un ton enthousiaste. Un lorgnon n'a qu'un seul verre, comme celui que vous avez en mains, maître. Ne vous trompez pas si vous avez à en parler un jour.

— Voilà vraiment une pièce magnifique, s'exclama Halbich d'un ton ravi. Quelle délicatesse de gravure, je peux voir ?

— Bien sûr. Toutes mes pièces sont utilisables, mais celles

que j'ai dû réparer ont naturellement des verres ordinaires.»

Halbich approcha prudemment le lorgnon de son œil et regarda autour de lui :

«Je pourrais facilement lire avec ça.»

Il pointa le verre sur le serveur qui arrivait depuis l'arrière-salle. Le garçon s'arrêta : «Maître, on vous appelle au téléphone à la cuisine», annonça-t-il.

Halbich éloigna le lorgnon de son œil avec une mauvaise humeur visible.

«Qui c'est qui m'appelle ? marmonna-t-il. Dites que je ne suis pas là.

— Une certaine madame Špačková. Pas moyen de s'en débarrasser, paraît qu'il s'agit d'une histoire d'appartement, elle vous appelle chez vous depuis ce matin.

— Je suis parti de chez moi depuis ce matin. Dans la matinée, j'ai dû aller à la télévision, l'après-midi je me suis fait sauter dessus par des journalistes, il y a toujours quelque chose, soupira-t-il. Špačková, d'où me connaît-elle ? Qui lui a dit que j'étais ici ? Si seulement on ne venait pas toujours m'empoisonner ; si je veux écrire une lettre, je suis obligé de me réfugier chez les voisins.»

D'un air mécontent, il rendit les lunettes au vieux monsieur en face de lui, et se leva pour partir sans ardeur.

«Ce sont là les mauvais côtés de la gloire, observa Lahodný. On travaille tranquillement chez soi et somme toute on ne se trouve pas si mal, mais un jour le succès vous rattrape, et c'est le cirque.

— Tout se paie sans doute d'une manière ou d'une autre», répondit Sova.

Halbich revint quelques instants plus tard et reprit sa place. Il regardait autour de lui d'un air sombre comme s'il cherchait dans l'assistance l'ennemi qui l'avait trahi.

«Un appartement, va te faire foutre, grommelait-il. Elle donne une soirée et elle veut nous y voir. Moi, je ne vais nulle part et j'ai appelé ma femme pour qu'elle vienne me chercher.»

Il empoigna son demi et but d'un long trait. Lorsqu'il eut fini, il fit signe au serveur pour en commander vite un autre.

«Bon sang, et justement que je la trouve si bonne aujourd'hui, voilà qu'il faut me replier chez moi. Je n'arrive même plus à trouver le temps pour ce que je devrais faire.

Le plus gros de mes occupations, je le fais sans en avoir aucune envie. Ça fait plus d'un an que je n'ai pas écrit une page, je me prépare toujours à commencer quelque chose ou au moins à lire un des livres qui s'accumulent sur ma table, mais avant que j'aie le temps de m'y mettre, voilà qu'on vient sonner à ma porte. Les journaux pour une interview, la radio pour un reportage, tant d'autres juste pour voir, des gens que je n'ai pas revus depuis des années. Hier, il est venu une institutrice à six heures et demie du matin, à ce qu'il paraît, pour être sûre de me trouver. Pour que j'aille faire une conférence à ses petits. Moi, je suis encore dans mon lit, j'ai sur moi une chemise de nuit en flanelle d'enfant, avec des petites autos, des chats et des ballons, et la voilà qui s'assoit sur le bois du lit en disant qu'elle ne bougera pas de là tant que je ne lui aurai pas promis sa conférence. Alors je saute au bas du lit, je m'entortille dans mon bas de chemise, c'est tout juste si je ne me suis pas étalé par terre, je tends la main vers la porte et je m'écrie : "Madame, quittez cette pièce immédiatement s'il vous plaît !", et elle se met à hurler : "Espèce de grossier personnage, vous n'avez pas honte ! Moi, je viens dans l'intérêt de la culture. Comment un écrivain tchèque peut-il se conduire de cette façon ? C'est une vraie honte !" Elle fiche le camp et moi je reste là au milieu de ma cuisine et je ne sais pas si je dois me mettre à rire ou à débiter l'armoire à la hache, tellement j'enrageais. Une harpie pareille, bien sûr, je n'ai pas pu me rendormir.»

Halbich tourna la tête de droite à gauche en signe d'incrédulité, puis il saisit son demi et but. A peine avait-il posé la chope vide sur la table qu'un jeune homme barbu avec une serviette sous le bras apparut dans la porte entre les deux salles. Il s'approcha, tira la fermeture à glissière du porte-documents, et déposa une pile de livres sur la table.

«Bonsoir, pourriez-vous me les signer, monsieur Halbich ? Vous me l'avez promis la semaine dernière aux Deux Chats, vous vous souvenez ?

— Ouais, je me souviens, répondit Halbich en s'essuyant la bouche avec le dos de la main. Seulement je n'ai pas mes lunettes et sans lunettes je n'y vois absolument que dalle.»

Son excuse fut vaine. Pendant sa lamentation précédente, toute la tablée avait interrompu ses discussions et écoutait avec jouissance. Le vieux monsieur aux allures professorales saisit immédiatement la boîte avec sa collection de lunettes et l'ouvrit devant Halbich.

«Je vous en prie, maître, veuillez choisir n'importe quelle paire, lui dit-il naïvement. Je serai heureux de mettre n'importe laquelle de mes pièces à votre service tout particulièrement.»

Halbich vérifia d'un rapide coup d'œil que le vieillard ne se moquait pas de lui. Puis il se mit à essayer les lunettes les unes après les autres en scrutant, la tête renversée en arrière, les arcs du plafond voûté. Il finit par choisir des besicles bordées d'une mince monture décorative, il les plaça sur la pointe de son nez, ouvrit le premier volume de la pile, et le tint à bout de bras.

«Hmm, c'est même une première édition», marmonna-t-il avec un plaisir manifeste en prenant le stylo à bille que le jeune homme lui tendait. Pendant qu'il inscrivait sa dédicace, le jeune homme posa les yeux sur Lahodný qui regardait par-dessus l'épaule de Halbich.

«Excusez-moi, monsieur Lahodný, vous venez souvent ici ?

— Je vais m'y mettre à ce qu'il semble, répondit Lahodný en souriant.

— Si vous me disiez quand vous serez là, est-ce que je pourrais venir vous trouver, vous aussi ? Par exemple aujourd'hui en huit ?»

Sova observait tout cela en silence à distance, le dos appuyé au dossier anguleux, inconfortable, d'une chaise en faux style. Sa plaquette à lui, parue pour la première fois vingt ans plus tôt, était prête à la réédition et se trouvait, en compagnie d'un manuscrit inédit de la même époque, à la rédaction de la maison d'édition qui l'employait à présent. Pour l'heure, la censure continuait à en interdire la publication sous différents prétextes. Pourtant presque tout le monde avait aujourd'hui oublié son nom qui s'était trouvé à l'époque pris dans la tourmente d'un affrontement de forces politiques, bref, mais néanmoins violent. Sova se demandait dans quelle mesure ce premier livre n'avait pas en lui-même influencé toute la marche ultérieure de sa vie.

Entre temps Halbich avait terminé la dernière dédicace, refermé le stylo à bille et rendu les lunettes. A cet instant précis, le battant de la porte s'ouvrit à toute volée et une femme aux environs de la cinquantaine pénétra dans la brasserie d'un pas énergique. Sous le bord rabattu de son chapeau élégant, son regard dominateur balaya toute la salle d'un seul trait.

«Oh là là, voilà la mère Špačková, geignit doucement Halbich. Puis il se leva de son siège et salua d'une voix sonore : Mes hommages, chère madame, quelle surprise !»

La mère Špačková s'avança jusqu'à la table au pas de charge.

«Je vous tiens enfin ! s'écria-t-elle victorieusement. Souvenez-vous, maître, qu'un gentleman n'emploie pas d'expressions vulgaires pour parler à une dame au téléphone. Bonsoir messieurs, bonjour monsieur Lahodný, voilà longtemps que je ne vous avais pas vu.

— Ne m'en veuillez pas, madame, mais j'étais plutôt en pétard, juste à ce moment. Je passe mes journées à courir d'obligation en obligation, je me fais une joie d'avoir une soirée tranquille avec un verre de bière et vous venez encore me chercher pour me traîner à je ne sais quelle soirée !

— J'espère que vous me permettrez au moins de m'asseoir», dit Mme Špačková. Sans attendre la réponse, elle contourna la table et se serra sans gêne entre Halbich et Lahodný qu'elle repoussa contre le mur.

Le serveur repassait dans la salle, une poignée de demis à la main.

«Une petite bière pour vous aussi, chère madame ? demanda-t-il d'un ton obséquieux.

— Naturellement, répondit-elle. Choisissez-m'en une, maître.

— Donne-nous en encore quatre, Láďa», dit Halbich en poussant sa fiche vers le garçon.

Lorsqu'ils eurent trinqué et reposé leurs demis, la mère Špačková entra dans le vif du sujet :

«Voyez-vous, maître, je vais tout vous expliquer. Mon fils est peintre, comme je vous l'ai déjà dit, et il vient de décrocher une grosse commande, alors nous fêtons un peu ça en famille. Et quand j'ai laissé échapper que je vous connaissais personnellement, mon fils a parié mille couronnes que je n'arriverais pas à vous faire venir. Vous n'auriez tout de même pas le cœur de me priver de cette somme, moi, une pauvre retraitée.»

Halbich jeta un regard plein de doute sur le lourd bracelet d'or qu'elle portait à un poignet et les précieuses bagues qu'elle avait aux doigts de l'autre main.

«Je ne veux pas vous priver de quoi que ce soit, mais je ne vous ai rien promis non plus. Je passe un moment tranquille avec mes amis...

— Mais ils vont venir aussi, naturellement, l'interrompit-elle. N'est-ce pas, messieurs ? M. Lahodný est un de mes vieux amis et monsieur le rédacteur ne va quand même pas me refuser ça.

— C'est que ma femme doit venir d'un moment à l'autre pour me ramener à la maison, se défendit Halbich. Je préfère me retirer dans une solitude exclusive, madame ; les partouses, ce n'est pas mon domaine.

— Mais qui vous parle d'une partouse ? Mme Špačková leva les bras en l'air. Malheureusement, il s'agit d'une compagnie tout ce qu'il y a d'honnête. Quand j'étais plus jeune, ça oui, cher maître, il y en a eu, des soirées, j'en ai des souvenirs inoubliables, mais aujourd'hui, tout le monde ne fait que parler politique. Figurez-vous qu'une fois...» Elle baissa la voix et se pencha vers l'oreille de Halbich.

La fumée de tabac remplissait densément l'air de la salle. Dans l'arrière-boutique du bistrot, des silhouettes se mouvaient indistinctement comme dans un brouillard. Le bruit ambiant avalait les paroles qui s'envolaient des lèvres mouvantes, les visages prenaient des allures de poissons ouvrant une bouche muette. De l'angle de la deuxième salle, dissimulé au regard, montait à travers la rumeur un chant ivre, une rengaine dont la mélodie traînarde et fausse martyrisait l'oreille. Et à nouveau émergea cette question qui se reposait à Sova avec une insistance croissante depuis quelque temps : que cherchait-il ici, dans ce pays où même l'ambiance d'un bistrot n'offrait pas un vrai refuge ?

Il lui arrivait souvent de ne pas pouvoir poursuivre un trajet en tramway : il était obligé de descendre et d'attendre le tram suivant dans l'espoir que celui-ci serait au moins à moitié vide, mais en général l'autre véhicule était encore plus bondé de voyageurs encore plus grossiers et suants, d'une foule querelleuse qui faisait plutôt penser à une meute où chaque individu, par instinct d'auto-conservation, montre des dents menaçantes aux compagnons avec qui il est certes forcé de vivre, mais qu'il hait cruellement à la vérité. L'accès de dégoût qu'il éprouvait en ce moment était du même ordre. Il jeta un regard autour de lui : était-il le seul à éprouver ce genre de sentiment ? Le visage de Lahodný retint son attention. Avec son genre policé, rasé de près, les cheveux bien coupés, les ongles manucurés, Lahodný aurait pu être de ce type, il n'était décidément pas de ces buveurs de bière qui étaient ici chez eux.

Là encore, Sova fut déçu. Lorsque la mère Špačková s'était mise à confesser ses péchés de jeunesse, Lahodný s'était penché vers elle et elle l'avait pris comme second confident. Visiblement, il s'amusait bien, il ne montrait pas la moindre marque d'irritation qu'auraient pu trahir un tambourinage nerveux des doigts sur la table, un regard errant ou des instants d'inattention.

Le visage de Ludvík Halbich était nettement plus emprunté, mais sa résistance première s'était bien atténuée sous l'effet de la conduite sans façons de la mère Špačková. Néanmoins, il entendait toujours résister à l'idée d'un enlèvement pour la soirée. S'il comptait en cela sur le soutien de sa femme, il se trompait. A son arrivée, Mme Halbichová se montra bien moins réticente que lui, face à la gentillesse accrue de la mère Špačková.

«Et pourquoi pas, en fin de compte ? Nous pourrions bien y aller passer un moment, Ludvík, de toute manière nous ne sortons jamais», décida enfin Mme Halbichová avec un sourire tranquille. Par rapport à la robustesse tempétueuse de son mari, elle dégageait une impression de finesse et de subtilité.

Dix minutes plus tard, ils s'installaient dans la voiture, Mme Halbichová au volant, la mère Špačková à côté d'elle pour la guider et les trois hommes à l'arrière. Halbich conservait un silence boudeur et quand Lahodný reprit sa conversation avec lui, Sova songea qu'il ne choisissait pas le meilleur moment pour le faire.

«Alors nous sommes d'accord, Ludvík, je peux compter sur toi ?

— Pour l'instant je n'ai promis que de réfléchir à la proposition, répliqua Halbich. Nous sommes dans une situation clairement lamentable.

— Pourquoi dis-tu cela ?
— Tu sais très bien que c'est complètement foutu, s'enflamma Halbich. Elles sont terminées, ces deux années de libéralisation où les livres commençaient à sortir et où tous les magazines se sont mis à publier des articles hérétiques. Cet interstice par lequel on a réussi à faire passer tout un tas de choses s'est refermé avec ce scandale au congrès il y a quelque temps. Ils ne vont quand même pas se laisser dicter leur politique par les écrivains et des intellectuels, les conséquences sont là : une censure plus dure, les *Literární Noviny* arrêtées, il est même question d'interdire certains films. Pourquoi est-ce que j'irais préparer des articles pour des journaux qui n'existeront sans doute jamais ? Moi, je me réveille tous les matins heureux de ne pas être encore mort, et avant que ça arrive je voudrais encore écrire deux, trois textes et vous me tombez dessus tout à trac avec vos histoires de journalisme, est-ce que je suis un journaliste, moi ? Un article d'opinion par semaine, je finirais sans doute à l'asile.»

Lahodný écouta sa tirade sans se troubler. Sa réponse fut pleine d'assurance :

«Je ne suis pas un hurluberlu et j'ai toutes les raisons de penser que mes informations sont conformes à la vérité. Bien des gens seront sans doute assez surpris par le tour que va prendre la situation. Réfléchis bien à tout ce que je t'ai dit, je pense que tu te décideras à marcher avec nous en fin de compte. D'ailleurs c'est la seule chance pour que les choses retrouvent à nouveau un sens.»

Halbich réfléchissait sans répondre. Le ton de Lahodný indiquait qu'il parlait en connaissance de cause.

La voiture arrivait à un carrefour. Dans l'avenue Ujezd elle obliqua à gauche et continua vers le pont par-dessus la Vltava.

Deux mois plus tôt, Sova avait suivi le même itinéraire : il allait livrer deux camions de coke à la chaufferie de la maison d'édition. Les livraisons aux entreprises rapportaient bien plus et avec moins de risque que celles aux particuliers, le premier chargement leur avait fait gagner dans les deux cents couronnes. Avec le deuxième, ils allaient facilement monter jusqu'à cinq cents. Bien sûr, il fallait bosser dur, le vieux chauffeur Hruška chargeait les hottes ; Sova et le deuxième porteur, Vašek, les emportaient en courant comme des diables. Il ne leur restait qu'une petite moitié du deuxième tas, bien sûr amputé des quintaux qu'ils avaient vendus au noir auparavant. Sova se précipitait justement avec sa hotte pleine et dans l'entrée il avait failli renverser un monsieur avec un porte-documents à la main. Déjà il s'apprêtait à l'apostropher quand il le reconnut. Le camarade Malenda avait changé depuis toutes ces années : il avait encore grossi, il s'était arrondi. Sova le dépassa sans mot dire, il vida sa hotte dans la cave et repartit chercher un nouveau chargement. Dans l'escalier, il croisa Vašek qui descendait avec sa hotte pleine.

«Dis voir, ce type a demandé après toi au vieux Hruška», lui cria Vašek sans ralentir le rythme.

Malenda attendait sur le trottoir. Dès que Sova apparut dans la porte, il se dirigea vers lui. La situation aurait pu devenir désagréable, mais Malenda avait depuis longtemps cessé d'être ce révolutionnaire intransigeant qu'il s'était montré vingt ans plus tôt, à leur dernière rencontre. Il arborait un sourire amical et avait un plan derrière la tête.

«Salut, Mikuláš, je suis content de te rencontrer, dit-il d'une telle manière qu'on aurait même pu le croire.

— Salut, dit Sova. Comment vas-tu ?

— Laisse tomber les politesses, lança Malenda et il plongea une seconde son regard dans les yeux mi-clos de Sova. J'aurais peut-être quelque chose pour toi, ajouta-t-il ensuite.

— Il s'agirait de quoi ? demanda Sova en laissant tomber sa hotte par terre, avec un grand bruit.

— D'un emploi. J'ai une place de rédacteur libre.

— Intéressant, grimaça Sova. Qu'est-ce que ça rapporte ?

— Combien gagnes-tu maintenant ?

— Je ne me plains pas.»

Entre temps Venca était revenu en soufflant et il avait endossé la hotte initialement préparée pour Sova. Il ne dit rien, mais le vieux Hruška sur le camion fit résonner sa pelle pour rappeler Sova à l'ordre. Malenda s'en rendit compte. Il offrit à Sova une cigarette américaine et fit cliqueter son briquet.

«Tu travailles comme livreur permanent ? demanda-t-il.

— Non, j'ai des dettes pour mon appartement.

— Et après, quand tu l'auras payé ?

— Je trouverai quelque chose de moins dur, dit Sova en

haussant les épaules. Je n'ai pas de gros besoins et on peut gagner sa vie peinardement.

— Alors viens me voir, conclut Malenda. Ou appelle-moi et on se verra quand tu auras le temps. Mais penses-y sérieusement. Je suis sous-directeur ici», dit-il en montrant la maison d'édition.

Sova aspira une bouffée de la cigarette déjà souillée de poussière de charbon. Chose curieuse, la proposition de Malenda semblait tout ce qu'il y avait de sérieux.

«D'accord, je te ferai signe», dit-il au bout d'une seconde.

Cette brève conversation avait servi de première marche vers le tremplin qui allait propulser Sova dans un nouvel épisode de sa vie. Le tremplin l'avait catapulté jusqu'à sa position actuelle, au voisinage des Halbich et des Lahodný et Sova ne se préoccupait guère de savoir quelle était la nature de l'énergie comprimée dans les ressorts du mécanisme, pas plus que des raisons qui avaient poussé Malenda à appuyer sur le bouton et déclencher le cran d'arrêt. Malenda était un réaliste, il ne feignait pas de vouloir prêter la main à un livreur de charbon et d'être prêt à se salir par pure joie de le revoir. Son comportement ultérieur à l'égard de Sova avait dépassé toute attente, il en avait fait plus qu'il n'avait promis.

Pourtant ce soudain revirement n'avait pas affecté Sova au point de lui faire notablement changer d'attitude par rapport à l'existence. A l'époque actuelle, telle qu'il la comprenait, bien des choses étaient possibles. L'ordre qui la gouvernait était selon lui tellement dévoyé qu'on ne pouvait absolument pas prévoir comment les choses allaient évoluer d'un mois à l'autre. Sova accepta donc la place de rédacteur tout en sachant qu'il pouvait tout aussi bien se retrouver à la rue dès le lendemain. Il n'aurait trouvé à cela rien d'extraordinaire. Il avait déjà éprouvé à ses dépens plus d'un revirement de ce genre et il en avait trop souvent vu autour de lui pour se laisser prendre au dépourvu.

Après certaines expériences antérieures, il n'attendait rien de favorable pour lui-même de l'ordre existant. Il avait à son égard une attitude pleine de rancune. Il s'était d'abord affronté à lui, puis il avait tenté de s'y adapter pour choisir enfin, comme seul moyen d'y survivre, une vie de lapin ou de souris prête à donner un coup de dents par-ci, par-là, au bon moment pour s'approprier à la sauvette un petit mieux, toujours sur le qui-vive et prête à fuir aussitôt pour ne pas se faire prendre.

Pour le reste, il attendait. Car Sova avait définitivement choisi, quelques années plus tôt, l'attente comme seule solution pour réaliser le sens véritable de sa vie et il supportait tout le reste comme une pure et incontournable improvisation. Il attendait ce jour, le plus heureux entre tous, où de ses propres yeux, derrière la vitre d'un avion ou d'un train, il verrait disparaître au loin et à tout jamais les frontières de ce pays – *pur paradis terrestre à nos yeux* [1]. De son point de vue actuel, les quarante années de sa vie qu'il y avait passées lui apparaissaient comme vécues à l'intérieur d'une cage.

Quarante ? D'accord, pas tout à fait si on décomptait l'enfance. Puis étaient arrivées la guerre, la mort des parents, la perte du foyer. On pouvait encore soustraire trois années de l'après-guerre, avant la victoire du système auquel Sova ne pardonnerait jamais l'irréparable perte des vingt années suivantes, volées sans retour.

La voiture traversa le pont, puis tourna à droite selon les indications de Mme Špačková pour suivre le quai le long du Théâtre National. Mme Halbichová se trompa soudain de vitesse, le moteur hurla et la voiture fit une violente embardée. La conductrice débraya, mais ne parvint pas à rétrograder en douceur du premier coup.

«Bon Dieu, qu'est-ce que tu fabriques ? geignit Halbich à l'arrière. Arrête, nous finirons d'arriver à pied», criait-il en secouant la poignée de la portière.

La mère Halbichová ne se laissa pas troubler :

«Ne crie pas comme ça, Ludvík, il n'y a pas de quoi.»

La voiture ne tarda pas à reprendre sa course en douceur sur l'asphalte.

Les conditions proposées par Malenda étaient vraiment intéressantes. De toute manière Sova avait l'intention de quitter les charbonniers et de se chercher un travail à l'intérieur pour l'hiver, mais le fait que Malenda réussît à lui trouver un emploi justement dans la boîte qu'il codirigeait discrètement en coulisse puis à l'installer derrière un bureau de rédacteur d'édition sans le faire préalablement passer par les

---

1 Citation de l'hymne national tchécoslovaque. (N.d.l.t.)

échelons appropriés était à lui seul une énormité. De plus, il avait imposé qu'on envisage la réédition de son ancien texte sur une brigade d'étudiants dans la zone frontalière et qu'on lui fasse un contrat pour la publication d'une collection de nouvelles écrites jadis, lorsqu'il exerçait le métier de mineur malgré lui.

«Les petites erreurs, ça existe partout», s'était-il contenté de grimacer lorsque Sova lui avait fait remarquer son manque de qualification pour son emploi actuel. «Ou peut-être veux-tu voir de plus près certains dossiers de nos cadres de rédaction, pour perdre tes complexes ?»

Sova se concentrait sur son nouveau travail. Il ne plaignait pas sa peine. Il avait appris à lire les épreuves mot à mot et syllabe par syllabe, patiemment et consciencieusement, avec la dernière édition des règles de l'orthographe tchèque à portée de la main. Il évitait les discussions sur la littérature et la politique comme les ragots sur les collègues et les supérieurs hiérarchiques. Il restait sur sa réserve, mais personne ne vint jamais l'accuser d'être un profiteur sans gêne. Une fois de plus, il avait fait appel au mimétisme, discret comme une souris contente de son grain, et peu à peu on s'était habitué à sa présence.

La voiture s'arrêta à l'entrée d'une rue qui prenait sur le quai, devant une maison bourgeoise qui avait toute apparence d'honnêteté.

«Celle-là aussi, ils me l'ont prise», nota brièvement Mme Špačková et elle conduisit ses compagnons par un large escalier de marbre chichement éclairé grâce à quelques faibles ampoules jusqu'au premier étage où elle sonna à une haute porte à deux battants. La porte s'ouvrit aussitôt sur un homme mince d'une trentaine d'années, au visage pâle et au cheveu clair et rare. Il portait un smoking de bonne coupe et sa poignée de main était sèche et agréable. En les faisant entrer, il se mouvait avec une souplesse de danseur.

«Quoi de neuf, Milan ? demanda la mère Špačková.

— Rien, nous nous sommes juste mis un peu dans l'ambiance. Et je te dois mille couronnes», dit-il en s'inclinant légèrement, puis il sourit aux autres de ses lèvres exsangues : «Faites comme chez vous, s'il vous plaît, mais sincèrement, vous êtes tous bienvenus.»

C'était une soirée du genre portes ouvertes. De la pièce

de séjour où ils étaient entrés on pouvait passer dans d'autres chambres situées à droite et à gauche. Des groupes d'invités se déversaient d'une pièce à l'autre, çà et là de petits cercles groupés par intérêt ou par âge étaient assis. Au premier coup d'œil on pouvait voir que la mère Špačková avait été trop modeste en parlant d'une fête familiale : il y avait là au moins vingt personnes. Autour des hôtes, de Lahodný et de Halbich, un petit groupe bruyant de connaissances vint aussitôt s'agglutiner ; Sova et Mme Halbichová se trouvèrent soudain en dehors du cercle d'attention.

La bonne humeur de Halbich revenait à vue d'œil. Il se mit à relater l'irruption de la mère Špačková dans la brasserie et les auditeurs autour de lui se tordaient de rire.

«Notre Ludva est devenu un vrai Cicéron sur ses vieux jours», remarqua Mme Halbichová sur un ton de critique bon enfant.

Sova jeta un coup d'œil vers elle. Elle lui était sympathique. Elle appartenait à cette sorte de personnes dont on dit qu'elles ne savent faire de peine à personne. Sa remarque sur l'inconséquence de son mari, elle l'avait faite avec compréhension. Sova pouvait bien imaginer qu'elle avait parfois commenté sur le même ton l'obstination avec laquelle Halbich s'était acharné à écrire et à essayer de se faire une place dans le monde littéraire durant les trente années qui avaient précédé la publication de la première nouvelle. Et peut-être considérait-elle au fond d'elle-même comme une espèce de malentendu inexplicable, dû pour une grande part à un concours de circonstances bizarre plus qu'à la valeur intrinsèque du travail de son mari : la situation présente où toutes sortes de rédacteurs travaillant pour la presse et les maisons d'édition pillaient les manuscrits accumulés dans les tiroirs de Halbich et se battaient pour des pages à peine déroulées du cylindre de sa machine à écrire.

Pour elle, les épais tomes de littérature classique écrits à la fin du siècle dernier et dans le premier tiers du siècle actuel étaient d'une qualité inégalable. Le monde dont la guerre avait disjoint les articulations s'était tout bonnement tourné dans un autre sens et le hasard avait voulu qu'Halbich et elle-même se trouvent sur sa voie, par bonheur cette fois-ci sans en pâtir, voilà qui importait le plus.

«Allons faire un tour de reconnaissance», proposa Sova et

ils s'engagèrent tous deux dans la pièce sur leur droite.

C'était une salle à manger. La vaste table située en son centre était chargée de plateaux de canapés et de récipients de salades diverses. Une table plus petite près de la fenêtre portait une provision de boissons, plusieurs dizaines de bouteilles de vin de production locale et d'alcools courants. Quelques hommes et femmes, des assiettes à dessert à la main, se tenaient debout ou assis près de la table. Ni Sova, ni Mme Halbichová ne connaissaient personne ; ils se réfugièrent donc sur deux chaises libres dans un coin, à l'écart de la compagnie. Tout près, une femme aux longs cheveux blonds s'appuyait au parapet de la fenêtre. Elle regardait au-dehors, ne montrant aux occupants de la pièce que son dos bronzé, profondément découvert par un grand décolleté.

«Qu'est-ce que vous buvez ? demanda Sova à Mme Halbichová. Du vin ou quelque chose de plus fort ?

— Un peu de vin à l'eau de Seltz, s'il vous plaît. Mais pas trop de vin, je conduis.»

Il s'avança vers la table aux boissons. A ce moment, la femme à la fenêtre se retourna et Sova la reconnut.

«Bonjour, Lída, comment vas-tu ?

— J'ai reconnu ta voix. Tu auras le temps de bavarder un peu ?

— Bien volontiers, il y a longtemps que je ne t'avais pas vue.

— Et tu n'as fait aucun effort pour me voir, remarqua-t-elle.

— Non, tu as raison.»

Il versa un peu de vin dans un verre et pressa le siphon d'une bouteille d'eau de Seltz. L'eau minérale jaillit en bouillonnant et remplit le verre jusqu'au bord.

Le même genre de siphon à l'eau de Seltz avait joué un rôle dans leur première rencontre. Quelqu'un avait amené Lída à une surprise-party chez un vieil ami de Sova, Vocelka, qui gagnait sa vie comme chauffeur de taxi. Ces parties prenaient généralement un tour très libre, cette fois-là il y eut une bataille au siphon. Chacun se battait contre tous, ils terminèrent trempés jusqu'aux os. Ensuite on avait quitté les vêtements mouillés et la fête s'était poursuivie sans eux.

Sova fit un sourire à Lída, en se demandant si elle aussi se souvenait. Cela s'était passé environ trois ans plus tôt, mais il eut l'impression que Lída avait deviné à quoi il pensait. Puis il se détourna et posa la boisson devant Mme Halbichová.

Juste à ce moment, tous les invités, le jeune Špaček en tête, firent irruption dans la salle à manger.

«Je vais chercher d'autres chaises, dit Špaček. Lída, viens m'aider, asseyez-vous, mes amis.»

Lída fit une grimace imperceptible, vida son verre à liqueur, mais ne put obéir à la demande de son hôte car Lahodný qui entrait juste à ce moment venait de l'apercevoir.

«Liduška, c'est merveilleux ! s'écria-t-il en s'élançant vers elle. Alors, quoi de neuf à la radio ? A quand notre prochaine émission ?»

Dans l'agitation qui s'était faite, Sova n'entendit pas la réponse de Lída. La voix stridente de la mère Špačková qui encourageait les invités à boire et à manger dominait tout. Il s'excusa auprès de Mme Halbichová, quitta discrètement la salle à manger devenue trop bruyante et partit en reconnaissance.

Les murs de l'appartement étaient surchargés de tableaux. La plupart d'entre eux étaient d'une seule main, celle de Milan Špaček. Des femmes d'âge incertain, couchées, assises, ou debout dans toutes sortes de poses vous assaillaient de leurs formes arrondies depuis tous les angles de la pièce. La fécondité du peintre était époustouflante, la technique trahissait une certaine recherche de simplification, la palette se bornait à un éventail de teintes pâles. L'effet d'ensemble était un peu chlorotique, comme si les toiles avaient été longtemps exposées au soleil et qu'elles se fussent fanées, le subconscient les rapprochait de la transparence farineuse du visage de leur créateur.

La voix de la mère Špačková vint le tirer de sa contemplation songeuse :

«Ces nus vous plaisent ? Vous voudriez peut-être en acheter un, monsieur le rédacteur ?»

Elle se tenait à côté de lui, un verre à la main, et à l'expression de son regard il comprit qu'elle avait déjà pas mal bu.

«Même pas, répondit-il. D'une part je ne saurais pas où suspendre un tableau, d'autre part je ne les comprends pas tellement.

— Tandis que moi, oui. Je comprends les tableaux, l'or, les pierres, jadis j'ai vécu parmi eux. Mais aujourd'hui tout cela est au diable. Et ces toiles d'apprenti, dit-elle en montrant le mur d'un geste bref de la main, pour les vendre convenablement, il faudrait que Milan se fasse un nom exceptionnel. Vous voyez, je suis une réaliste, quand il s'agit de commerce, je ne connais même pas mon propre fils.»

Elle parlait sans aucune retenue, sans que la dignité de son ton de voix en souffrît.

«Vous avez un appartement magnifique, Madame Špačková, dit Sova pour changer de conversation.

— C'était un appartement magnifique, jadis. Aujourd'hui, il tombe en ruines, comme tout le reste. Nous ne sauvons que des morceaux que nous essayons de recoller ensemble tant bien que mal», dit-elle. Puis elle lança d'une voix transformée : «Voilà, et maintenant je vais discourir un peu plus loin. Les valeurs artistiques, ça y est, je les ai casées avec vous, maintenant je vais sans doute tomber sur la démocratie et la liberté, ça aussi ça fait partie de mon répertoire. Ces histoires sont à la mode depuis quelque temps. Choisissez-vous plutôt une bonne femme, lui conseilla-t-elle en jetant un regard vif autour d'elle. Mais il n'y en a pas pléthore ici.

— Une seconde, si vous permettez, l'arrêta Sova. Il faut que je vous remercie de votre confiance. Et encore une question.

— Bien sûr, monsieur...» Elle s'interrompit un instant et le fixa de son regard pénétrant avant d'achever : «Vous n'avez rien d'un rédacteur, on ne m'entourloupe pas si facilement, vous, vous avez échoué là-dedans par erreur.

— Qu'est-ce qui vous fait penser cela ? dit Sova en riant.

— Vous n'êtes pas de leur espèce. Comment vous appelez-vous ?

— Mikuláš.

— Parfait. Alors, Mikuláš, votre question.

— Pourquoi teniez-vous tellement à nous attirer ici ?»

Elle se pencha vers lui :

«Les deux là-bas, oui.» Elle désigna la salle à manger d'où montait la voix expressive de Lahodný : «Vous non, encore que je ne regrette pas du tout, à vrai dire. Voyez-vous, je réalise toujours ce que j'ai en tête. De mon fils, j'en ai fait un peintre à succès, et de vous, mes invités. Ou du moins, je fais le maximum pour y arriver. Vous connaissez ça vous-même, vous êtes du même acabit.»

Et déjà elle s'en allait, et Sova regardait avec plaisir derrière elle. Elle était très forte. Il se l'imagina, dans son rôle d'hôtesse s'approchant du groupe suivant, posant sur chacun un regard comme un rayon X, inhalant l'atmosphère de son nez subtil et trouvant sans faille le ton juste. Il se disait qu'elle l'avait surestimé. Il ne parvenait pas à obtenir ce qu'il voulait, peut-être n'y mettait-il pas vraiment le maximum de forces, il fallait bien qu'il y ait quelque part une voie, une possibilité de fuir ce climat empoisonné. Une faille existait sûrement, ou une inconséquence, il n'avait pas pu épuiser toutes les possibilités. Pourquoi n'essayait-il pas de passer à pied par la Forêt de Bohême ? Par manque de courage, par peur de la taule où il ne voulait pas retourner une deuxième fois, par paresse ? La probabilité de réussir était très faible, mais elle pouvait s'améliorer, par exemple s'il se faisait engager comme ouvrier forestier quelque part là-bas, dans la région frontalière. Peut-être. En tout cas, il n'osait pas. Il attendait son occasion à Prague, plus ou moins pour des motifs inconscients, il imaginait que c'était là qu'il avait le plus de chances de la rencontrer. Ou peut-être le temps n'était-il pas encore venu ? Il ne savait pas, il ne lui restait qu'à croire que son jour viendrait.

Ensuite il jetterait l'ancre quelque part, non plus dans le rôle obligé d'une mauvaise herbe, mais dans celui d'un citoyen honnête avec un emploi stable. Face au parasitisme d'ici, il trouverait là-bas la certitude et la possibilité d'obtenir les choses les plus quotidiennes mais essentielles, comme par exemple la sécurité de respirer tranquillement ou le respect de la parole donnée. Le respect du contrat : si on fait telle ou telle chose, on obtient telle ou telle chose en échange ; par ailleurs personne ne pourrait avoir de prétentions sur son temps ou sa manière de penser. Et il prendrait vraiment soin de choisir un pays où il trouverait exactement ces conditions et où il vieillirait tranquillement à cultiver ses radis derrière la clôture de sa propre maison, qu'il repeindrait année après année couleur vert clair.

Sova s'arracha à la galerie de nus sur les murs et poursuivit sa ronde. Il passa près d'un groupe débattant d'une façon excitée dans un coin du séjour, puis traversa une chambre à coucher occupée par des garçons en costumes sombres et des jeunes filles en robes du soir vaporeuses. De là il pénétra dans un boudoir où il trouva, sur un sofa empire, Lída, une bouteille de vin posée sur la petite table devant elle. Il en avait assez d'errer parmi des inconnus pour qui il était lui-même un étranger. Il sourit à Lída et s'installa auprès d'elle.

«Où est ton verre ? Je te donne une goutte de vin, dit-elle.

— Je boirai dans le tien.»

Il la regardait. Lída n'avait pas changé durant ces trois années. Ses cheveux lâchés mettaient en valeur son front lisse. Ses joues légèrement creuses et la courbe amère des lèvres donnaient à ses traits réguliers un accent dramatique. L'expression de ses yeux olive accentuait l'impression qu'un élément dangereux se cachait sous la surface, quelque chose qui était maîtrisé grâce à une tension vibrante ; quelque chose qui pouvait en une seconde s'embraser dans une violente explosion, une aptitude à se jeter tête baissée dans l'aventure. Mais le port noble de la tête, les gestes mesurés, l'harmonie des mouvements masquaient les signes de ces potentialités à la fois excitantes et inquiétantes.

«Je voulais te demander pourquoi tu avais disparu sans crier gare, ce jour-là, Mikuláš, lui dit-elle tout à trac après une seconde de silence. Comme si la terre t'avait avalé.

— Tu dormais, je ne voulais pas te réveiller.

— D'accord, mais après ? J'attendais que tu appelles, je suis retournée peut-être deux fois à d'autres soirées chez les Vocelka, mais pas un signe de toi.

— J'ai arrêté d'y aller.

— Pourquoi ? Tu en avais eu assez en général, ou c'était à cause de moi ?

— Je t'en prie, tu as de ces idées», dit-il d'une voix surprise. Puis il saisit le verre et but une gorgée de vin.

«Il y avait d'autres choses, voilà tout.

— Magda et Jarda m'ont beaucoup parlé de toi.»

Il but encore, reposa le verre vide. Elle n'avait sans doute rien appris dont il pût être fier. Du moins autant qu'il se souvînt.

«Moi aussi, je les ai vus il n'y a pas longtemps. J'ai su que tu t'étais mariée il y a un an. Soit dit en passant, tu as oublié de m'envoyer un faire-part.

— A quelle adresse ? lança-t-elle. J'aurais sans doute eu du mal à trouver qui t'hébergeait juste alors.

— Oui, c'est vrai, concéda-t-il.

— Laissons cela», proposa Lída. Elle prit la bouteille, et remplit le verre jusqu'au bord. «Tu te plais ici ? On s'amuse de manière moins déchaînée, n'est-ce pas ?

— Il y a des gens sympathiques. Au moins certains, dit-il d'un ton vague.

— Tu te moques de moi ? Ou veux-tu que je te donne quelques détails ?

— Pourquoi pas ?»

Elle le saisit par le coude et l'attira vers elle pour lui permettre de mieux voir dans la salle à manger. L'atmosphère était joyeuse, plusieurs voix montaient à la fois autour de la table dont chaque place était occupée.

«Le monsieur à cheveux gris, là-bas, tu ne le connais pas, par hasard ? A côté de la dondon en brocart doré qui fait penser à du revêtement mural, celle qui en est à son trentième canapé ? M. Arlet, le camarade Arlet, ça va de soi. Il a procuré à Milan une affaire de trois cent mille, avec vingt pour cent pour sa poche, bien sûr ; voilà le pourquoi de cette fête, tu comprends ? Avec le grand tralala, Lahodný, Halbich et toi.

— Laisse-moi en dehors de ça. Je suis là tout à fait par hasard.

— Mais tu fais bien dans le décor. Comme la bande d'étudiants là-bas. Exclus pour cause de manif. Et toi, un auteur persécuté, envoyé à la mine dès son premier essor, emprisonné. Mais le talent, ça ne se tue pas ; vous verrez vous-mêmes, mes chers, quand nous aurons obligé la censure à laisser passer ses livres, voilà ce que j'ai entendu de mes propres oreilles. Des invités triés sur le volet, chacun avec un côté intéressant, donc utilisable pour cette mascarade, raillait-elle, caustique.

— Je ne suis pas un écrivain, répondit-il tranquillement. Je ne m'en sens pas un, voilà ce qui compte. Le reste ne m'intéresse pas.»

Sova avait prononcé ces phrases avec une certaine emphase pour ne pas avoir à s'étendre sur ce thème désagréable. Vingt ans plus tôt, lorsqu'on avait publié son court roman, et même dans les années qui avaient immédiatement suivi, alors qu'il essayait d'écrire des nouvelles, il se serait sans doute senti flatté. Maintenant, de telles allusions le remplissaient de confusion car il avait aussi peu mérité cette épithète d'écrivain que sa présente situation de rédacteur d'édition et les deux lui paraissaient tout aussi contestables. Il n'avait pas écrit une seule ligne depuis quinze ans et aucun besoin intérieur ne le poussait à écrire. Jusqu'à ce film, maintenant, mais c'était une autre affaire, un marché procuré par l'entremise de Malenda, une bouchée négociée pour les dents de la souris.

Entre temps, le silence s'était fait dans la salle à manger. On n'entendait qu'une seule voix, sonore et expressive comme sur une scène de théâtre. Lahodný achevait un discours d'une certaine longueur.

«...Seul un renouveau qui ne s'arrêtera pas à mi-chemin peut rendre au peuple l'initiative et la volonté d'assainir les affaires publiques. Nous devons élargir l'espace de liberté de chaque individu pour le développement des forces positives de la société vers un humanisme et un socialisme démocratique éclairé. Il n'est plus supportable que les dogmatiques depuis si longtemps au service d'une direction compromise conservent leurs postes...

— Ecoute un peu, Mikuláš, c'est quelque chose», murmura Lída.

Sova se pencha vers elle. Il vit Lahodný assis bien droit sur sa chaise, une cigarette à la main. Il semblait souligner l'importance de ses paroles avec des gestes légers de l'autre main.

«...L'absolutisme a conduit notre société au bord d'une catastrophe économique, politique et morale et il nous faut maintenant trouver la voie pour sortir de la crise qu'il a instaurée.»

Un objecteur lui coupa soudain la parole :

«Les observateurs impartiaux connaissent depuis le début ces écuries d'Augias que vous avez sous les yeux, c'est simplement l'état naturel d'un système dit socialiste. Et ce pouvoir absolu n'est qu'un autre mot pour désigner le rôle dirigeant du parti dans l'Etat.»

Lahodný se tourna légèrement dans la direction d'où venait la remarque.

«Voilà un jugement un peu à l'emporte-pièce, dit-il. On ne peut pas voir le Parti comme un monolithe immuable et massif. Depuis toujours, des forces progressistes s'y opposent aux forces réactionnaires. Les membres progressistes du Parti se sont rendu compte très tôt de toutes les insuffisances croissantes du régime mais aucune correction valable n'était possible, eu égard au surnombre de cette autre majorité réactionnaire. De nos jours le rapport de forces s'inverse et nous devons sauver notre honneur et notre face en affirmant que l'idée du socialisme reste toujours la seule solution pour les perspectives d'avenir du monde entier. J'ai entendu dire que les dogmatiques avaient trahi la révolution qui est le bien de tous en la détournant à leur profit, pour les intérêts égoïstes de leur faction et qu'ils doivent maintenant en supporter les conséquences comme tout fraudeur.

— Je lui botterais les fesses, et même avec élan, siffla Lída à côté de Sova.

— Et pourquoi donc ? Tu as des réserves ? On dirait bien qu'il est sincère, dit Sova en la regardant.

— J'en ai par-dessus la tête, des uns comme des autres, des dogmatiques comme des progressistes, dit-elle froidement. Leurs baratins sur la révolution alors que les deux tiers de l'humanité meurent de faim, ce n'est plus que de la pure comédie. Ils n'ont pas le droit de parler de révolution, ces bourgeois opulents, pas plus les uns que les autres. Ils ont perdu l'idée même du contenu de ce terme, si tant est qu'ils l'aient jamais connu, occupés qu'ils étaient à remplir leurs auges. Méfie-toi d'eux, Mikuláš, mon camarade, ne va pas à la chasse avec ces messieurs-là !

— C'est à moi que tu dis ça ? s'étonna-t-il.

— Oui, à toi, et je parle sérieusement. Tu n'as peut-être pas eu l'occasion de faire connaissance avec cette espèce, mais moi je les connais jusqu'à la dernière fibre. Tant que tu faisais le terrassier ou le camionneur, tu pouvais garder les mains pures, mais en leur compagnie, non, s'emportait-elle. Ils te corromperont, tu ne sauras même pas comment. Regarde donc Halbich. Il discourt, il s'exhibe, il sautille, ils l'ont déjà ferré, je le sais, je viens de faire une interview avec lui.»

Il leva son verre, les yeux fixés sur le scintillement des lumières à la surface du vin. Quelques instants plus tôt, Lída avait dit qu'elle en avait appris long sur son compte. Elle ne pouvait bien sûr guère savoir qu'à une époque il avait bel et bien voulu s'acoquiner avec les messieurs en question. La tentative avait avorté en même temps que son mariage. Bien qu'il n'en ait jamais parlé à personne, la remarque sur les mains pures lui était tout aussi désagréable que l'épithète d'écrivain ou de rédacteur.

«Je ne me doutais pas que tu étais communiste, toi.» Il reposa le verre sans boire.

«Oui, mais pas de leur espèce», dit-elle en désignant la salle à manger de la tête. Puis elle eut un rire bref.

«Ça te surprend parce que je me déshabille dans les partouses et que je couche avec qui ça me chante ?

— Non, ça, c'est ton affaire, répondit-il au bout d'une seconde, puis il ajouta : Je ne crois pas que tu aies besoin de t'en faire pour moi. Je m'en sortirai toujours d'une façon ou d'une autre.

— Peut-être, lança-t-elle d'un ton abrupt. Mais tu me fais quand même penser au cornichon de Werich.

— Je ne sais pas de quoi tu parles.

— Ce sont des cornichons au vinaigre dans un grand tonneau. Et il y en a un qui ne cesse de crier : "Moi, je ne suis pas vinaigré ! Je ne suis pas vinaigré !" et bien sûr il est comme les autres, expliqua Lída. Mais c'est juste une histoire comme ça, en passant.»

Il hocha la tête d'un air satisfait :

«D'accord. Alors bois un coup.»

Elle le fixa, l'air un peu étonné. Il allumait une cigarette bon marché, fourrait le paquet chiffonné et les allumettes dans sa poche.

«Par ailleurs, tu ne parais pas très heureuse, observa-t-il.

— Tu veux dire dans mon boulot ?

— Je veux dire en général. Tu viens de te marier, non ?»

Elle le scruta du regard comme pour s'assurer qu'il n'était pas en train de lui rendre la monnaie de ses méchancetés précédentes. Elle finit par conclure qu'il ne voulait ni se venger, ni se moquer d'elle. Il avait simplement exprimé un avis.

«C'est acceptable, dit-elle d'un ton évasif. Nous avons décidé d'être très libres l'un et l'autre. Petr comme moi, nous faisons ce qui nous plaît. Ça a ses avantages.

— Je comprends.» Il se leva pour partir : «Alors porte-toi bien. Moi, je vais essayer de disparaître discrètement.»

Sa phrase inattendue le retint :

«J'ai envie de partir, moi aussi. Je t'inviterais bien chez moi, mais Petr reçoit plein de monde à la maison.»

Il s'arrêta une fraction de seconde. Elle lui parut à cet instant comme un enfant perdu dans la forêt qui crie de tous côtés car il a peur d'être seul. Et qui refuse en même temps qu'on ait pitié de sa solitude.

«Si tu veux, on peut aller chez moi, dit-il enfin. Les Halbich habitent tout près ; peut-être qu'ils nous déposeraient en voiture. Si tu as le sens de l'humour, bien entendu.

— Pourquoi ?

— J'habite dans une espèce de cagibi où il y a à peine la place pour deux personnes.

— D'accord, sourit-elle. Va leur demander quand ils partent, et moi je vais voir si on ne peut pas trouver encore à boire en attendant.»

La femme qu'il ferait un jour entrer dans son jardin et dans sa maison serait différente de toutes celles qu'il connaissait ici. Différente de Lída et des autres, pure. Mais pour l'heure, c'est là qu'il vivait.

2.

Mme Halbichová leur fit un appel de phares pour les saluer et la voiture redescendit vers le virage. Sova trouva sa clé, déverrouilla la porte de l'immeuble. Il alluma la minuterie et Lída entra. Tout en bouclant la porte, il se rendit compte que l'excitation qu'il avait ressentie en discutant avec elle chez les Špaček disparaissait peu à peu pour laisser la place à une pure et simple irritation. Ils gravissaient en silence l'escalier aux marches usées et Sova regrettait sincèrement de ne pas être seul.

Minuit allait bientôt sonner ; il aurait pu se verser un verre de quelque chose de bon et écouter *Time for Jazz* sur Radio Washington en attendant que le réchaud plongeant lui chauffe son eau. Me laver, me brosser les dents, puis m'étendre confortablement sur mon divan pliant et dormir tout mon saoul. Au matin, il y aurait bien sûr le vacarme des tramways et le vrombissement des camions, mais je fermerais la fenêtre (c'est un fait exprès qu'elle donne justement sur cette immonde rocade !) et je me rendormirais. Demain c'est mon jour de congé, j'aurais pu dormir sans souci, délicieusement...

Au lieu de quoi j'amène chez moi une ancienne maîtresse, il n'y aura pas de toilette, mais de la conversation (qu'as-tu fait depuis tout ce temps, mais en détail, d'accord ?), peut-être même des souvenirs et la contrainte de se contenter d'une moitié de lit, puis viendra le matin et l'horreur suprême. Les amies de longue date connaissent et tolèrent cette faiblesse, les plus intimes partent doucement tandis que je feins le sommeil, mais Lída n'est pas au courant, peut-être se mettra-t-elle à jacasser en essayant de négocier un autre rendez-vous. Il faut que je la prévienne tout de suite.

La pensée du lendemain acheva de l'abattre. Il ouvrit sa porte, alluma la lumière et recula pour la laisser entrer. La pièce n'atteignait pas dix mètres carrés, à droite derrière la porte un paravent dissimulait un seau d'eau et un lavabo jouxtant une armoire et, près de la fenêtre, une petite table, à gauche deux vieilles chaises, puis le divan et, derrière, la caisse à édredons. Au centre de la pièce, la ruelle ne mesurait pas un mètre de largeur. A la prison de Karlovy Vary où il avait résidé en son temps, la cellule avait été à peine plus petite.

Lída s'avança de deux pas et écarta les bras : d'une main, elle touchait la porte de l'armoire, les doigts de l'autre effleuraient le mur au-dessus du divan où était accrochée une étude à la gouache sans cadre.

«Ce n'était pas la peine de me prévenir. C'est chouette, ici, dit-elle.

— Tu veux du café ou plutôt quelque chose à boire ?

— A boire, c'est quoi ? Je peux m'asseoir ?»

Il l'aida à se débarrasser de son imperméable léger qu'il accrocha dans l'armoire. Il contrôla en même temps la réserve d'alcool sur l'une des étagères de ce meuble multifonctions.

«Cinzano, vodka, Hennessy ou vin rouge, annonça-t-il.

— Un cognac.»

Il prit un verre à cognac et la bouteille, il repoussa du milieu de la table la pile de livres dont les couvertures portaient des numéros de catalogue, poussa vers l'autre côté une vieille machine à écrire portative.

Elle l'observait :

«Et toi, tu ne bois pas ?

— Je me fais un peu de thé, dit-il en la servant d'alcool. J'ai de temps en temps des problèmes d'estomac, ces derniers temps.»

Puis il pressa l'interrupteur de la lampe de bureau, alla éteindre le plafonnier et approcha une des chaises qui se trouvaient près de la porte. Dans la pénombre au-delà du cercle de lumière directe qui tombait sur le plateau de la table, le cagibi paraissait presque accueillant.

Il alluma le poste de radio, trouva Washington. La voix familière du disc-jockey énumérait lentement la distribution d'un orchestre de jazz. Puis on entendit de la bonne musique, comme à l'accoutumée sur cette station.

«Je viens juste d'acheter ce cachot, dit Sova. Six mille, avec tout le bazar. A part la radio, qui est en plus. Robinet et w.-c. dans le couloir, il paraît qu'en hiver on arrive à chauffer correctement avec un petit radiateur. J'ai quand même le courant, comme tu peux voir.

— Pourquoi m'expliques-tu tout cela ?

— Tous mes visiteurs me demandent, tôt ou tard.»

Il attendit de voir comment elle allait réagir. Certaines femmes retournaient immédiatement la question en demandant "Tous ou toutes ?" avec un accent sur le deuxième mot. Heureusement, Lída n'était pas de celles-là.

«Et comment peut-on arriver à acheter ce genre de chose de nos jours ? demanda-t-elle.

— Combine, bien sûr. C'était à une vieille demoiselle, son frère a divorcé et elle est partie habiter chez lui. Elle m'a fait inscrire à l'office d'habitation comme son compagnon. Mais je ne tiens pas trop à m'étendre là-dessus.»

Lída ne faisait pas mine de se comporter en petite fille, et l'humeur de Sova s'en trouva améliorée.

«Si on s'aperçoit que vous ne vivez pas ensemble, ça risque de tourner mal, observa-t-elle d'un ton terre à terre.

— Oui, certes. Chez nous, les choses tournent toujours plutôt mal.»

Elle but quelques gorgées. Elle réchauffa le verre entre les paumes de ses deux mains sans mot dire pendant quelques secondes, puis : «Peut-être que je pourrais te trouver quelque chose de mieux.

— Et comment cela, s'il te plaît ? dit-il avec un sourire cynique. Et à combien ça me reviendrait ?

— Sans doute à rien, moi aussi, j'ai des amis. On verra, dit-elle en reprenant une gorgée de cognac. Tu voulais faire du thé, lui rappela-t-elle.

— Je n'en ai plus envie. Mais je vais prendre de l'eau minérale.»

Il ouvrit l'armoire et versa l'eau de la bouteille verte dans un demi.

Elle demanda soudain directement :

«Pourquoi m'as-tu emmenée avec toi ?

— Je ne sais pas. Ça s'est trouvé comme ça, répondit-il selon la vérité.

— Je pensais que c'était par sentimentalité. Parce que tu avais compris que je n'aime pas être seule.»

Il se leva.

«Je déteste la sentimentalité. Il vaut mieux que je fasse le lit. A quelle heure te lèves-tu le matin ?

— Après huit heures. Où est ta salle de bains ?»

Pendant qu'il faisait le lit, elle versa derrière le paravent de l'eau dans le lavabo. Puis il prit la clé des w.-c. sur le clou planté dans la porte et quitta la chambre pour lui laisser du temps. Quand il revint, elle était sous la couverture. Il s'approcha, se pencha vers elle et l'embrassa légèrement, sans insistance.

«Tu ne veux pas un pyjama ? Est-ce que j'éteins ?

— Tu peux éteindre.»

Il éteignit la lampe sur la table, se déshabilla et enfila son pyjama. En s'étendant auprès d'elle, il veilla à ne toucher son corps nu qu'à peine, comme par hasard.

«Tu veux faire l'amour ?

— Tu en as envie, toi ?

— Ce qui est important, c'est si toi, tu en as envie. Si j'étais le seul à le vouloir, ça ne serait pas forcément bon.

— Et si je te disais que non ?

— Pas de problème, ça irait comme ça.

— Je ne vais pas te raconter que je n'en ai pas eu envie, autrement je ne serais pas venue avec toi. Mais tout se passe de façon tellement bizarre, je sens que tu n'y tiens pas vraiment. Je ne sais pas ce que je dois faire.

— Dormir, décida-t-il. Tu ne veux vraiment pas de

pyjama ?

— Non, j'ai l'habitude de dormir nue.»

Il l'embrassa sur le visage, en veillant bien à rester dans le cadre d'un baiser fraternel.

«Alors bonne nuit, Lída.

— Salut», fit-elle.

Il lui tourna le dos et s'endormit aussitôt. Il fut réveillé une première fois à l'aube par le tintamarre de la rue. Ou peut-être parce qu'elle s'était levée pour fermer la fenêtre. En revenant au lit, elle lui tourna le dos et se blottit entre ses bras. Dans son demi-sommeil il lui caressa l'épaule et elle se pressa contre lui de toute la surface de son dos, d'un mouvement souple et félin. Ils se rendormirent ainsi.

Quand il se réveilla pour la deuxième fois, il était seul dans le lit. Il la vit qui lui tournait le dos, tout habillée déjà, près de la table. Elle griffonnait quelque chose sur un bout de papier. Il imita un insecte mort, l'observant entre ses paupières : elle s'approchait de la porte sur la pointe des pieds, ouvrait doucement et partait. Il attendit que le bruit de ses talons finît de résonner sur les dalles en grès du couloir, laissa encore passer un laps de temps, quelques instants indispensables. Puis il se leva et observa par la fenêtre le trottoir devant la maison. Il la vit sortir et regarder autour d'elle, se demandant de quel côté était la station de tram, en haut de la côte ou en bas, derrière le coin de la rue. Elle finit par choisir la bonne direction, vers le haut.

Elle avait laissé sur la table, sur le paquet de cigarettes vide, son adresse et un numéro de téléphone. Les choses s'étaient globalement mieux passées qu'il ne l'avait imaginé. Il en ressentit à son égard une certaine gratitude : il n'y avait pas eu de malentendu.

Il froissa le paquet et le jeta dans le seau à eau usée. Il se versa de l'eau propre dans le lavabo et ôta son pyjama. Un quart d'heure plus tard, il était installé à sa table, un gros livre ouvert et un bloc-notes devant lui. A sa main gauche fumait une tasse de café noir et fort, à sa droite, une cigarette allumée dans le cendrier.

Après une étude cursive des matériaux de base, Sova avait pensé trouver le début de son histoire dans la scène de l'arrestation de Kryštof Harant de Polžice et Bezružice. Il en voyait le déroulement en esprit d'une manière si aiguë que c'était comme si elle avait été tournée déjà et défilait sur un écran devant lui.

Devant les douves au pont-levis dressé s'arrête un petit groupe de cavaliers. C'est un après-midi menaçant, un vent froid souffle des monts des Géants, vent qui plisse les riches capes colorées de la douzaine d'hommes et fait voler les franges sur les chabraques des chevaux qui piétinent nerveusement. Le silence s'installe, derrière les murailles du château de Pecka la fumée des feux allumés monte vers le ciel sombre, le groupe de Wallenstein est accueilli par une attente crispée. Albert Václav Eusebius de Wallenstein sent presque tangiblement la vigilance avec laquelle on l'observe, il sait que lui et ses cavaliers sont le point de mire de tant d'armes qu'ils n'en réchapperaient probablement pas vivants si le seigneur de Pecka ordonnait de tirer. L'ouïe hypersensible de Wallenstein enregistre le tintement d'un canon de fusil sur la pierre d'un créneau, mais en bon psychologue il sait que les défenseurs du château ne tireront pas, puisqu'ils ont attendu tout ce temps. Il lui reste peut-être toute une minute, et il la laisse s'écouler tout entière. Il s'applique à montrer clairement aux observateurs derrière les créneaux la noble nonchalance de son port de tête à moitié tournée pour observer d'un œil impassible les remparts et les tours dressées derrière eux. Il laisse s'écouler presque toute la durée de ce répit tranquille, puis il lève légèrement le bras. A ce signal le clairon à son côté porte son instrument à sa bouche, le beuglement aigu et pénétrant déchire le silence tendu. Et, comme si l'appel était doué d'un pouvoir surnaturel, le château figé dans son sommeil s'éveille aussitôt et on entend du mouvement derrière les remparts.

«Qui vient, et avec quelles intentions ?» crie une voix puissante derrière le portail, bien que les couleurs impériales sur le fanon et le son de la trompette fussent depuis longtemps reconnaissables.

«Le seigneur Albert de Wallenstein, colonel de son Altesse impériale, vient en paix avec sa suite et demande à entrer», hurle en réponse le lieutenant, dressé sur ses étriers.

Les quelques instants de conciliabule derrière les remparts font venir un soupçon de sourire sur les lèvres serrées de Wallenstein.

«Le seigneur de Wallenstein est bienvenu et peut entrer.

Sa suite attendra son retour», annonce ensuite le guetteur.

A vrai dire, cette invitation n'est pas bien respectueuse, ni dans sa forme, ni dans son contenu. Mais dans son défi qui se voudrait frondeur, Wallenstein reconnaît sans l'ombre d'un doute une défaite acceptée d'avance, une capitulation. Une résistance décidée aurait commencé plus tôt par une salve des défenseurs et aurait continué par une lutte jusqu'à la dernière goutte de sang, jusqu'au siège du château de Pecka, à sa prise et à son démantèlement. Mais le seigneur Kryštof Harant est un mou, un rêveur et un philanthrope qui va jusqu'à écrire des livres et des mémoires.

Wallenstein acquiesce donc au regard interrogateur de son ordonnance et, le pont abaissé, entre fièrement, droit sur son cheval pommelé, par le portail du château qui tombera dans son escarcelle, une fois coupée la tête de son seigneur actuel. Il y entre dès à présent en propriétaire, au mépris du risque de se faire retenir en otage.

Au retour, il n'est plus seul. A sa suite tressautent les roues du carrosse qui emporte son prisonnier, le seigneur de Pecka, accompagné de son plus fidèle serviteur. Qui sait s'il se doute quel chemin il est en train de suivre. Wallenstein en revanche ne peut que savoir vers quel sort s'avance ce vieillard aux cheveux blancs et comment son voyage va s'achever. Il s'en soucie comme d'une guigne. Lui suit son propre chemin, lié à la grandeur et à la gloire de la maison impériale d'Autriche. Dès le premier pas, il a tout risqué sur une seule mise. Le vol mouvementé de la caisse des Etats moraves dans l'armée desquels il était colonel a nécessité le meurtre d'un subalterne rétif, mais Wallenstein n'est pas trop regardant sur le choix des moyens de plaire à l'empereur, lequel a récompensé la fidélité témoignée par le traître en prolongeant avec magnanimité son brevet de colonel. Une ambition débridée pousse cependant Wallenstein impitoyablement toujours plus haut ; il ne se trouve à présent qu'au pied d'une montagne vertigineuse dont le sommet se profile quelque part très haut, bien au-dessus de sa situation actuelle, d'une modestie dont il ne saurait se satisfaire.

Que la tête grise du rebelle doit avoir peu de valeur à ses yeux ! De quoi ont-ils donc parlé, ces deux hommes, dans la grande salle du château ? Wallenstein a-t-il attiré Harant en lui faisant croire à un simple interrogatoire, en lui garantissant un prompt retour chez lui en toute sécurité ? La chose est peu probable. Le premier des deux est trop puissant et trop orgueilleux, le second trop vieux et trop sage pour se rabaisser de la sorte. Le colonel impérial n'a pas besoin d'un élégant mensonge pour en venir à ses fins. Et, puisque le dernier espoir des vaincus est celui d'une grâce du vainqueur, Harant a accepté de partir de son plein gré, sans effusion de sang. Peut-être a-t-il pensé, en faisant ainsi montre de soumission, protéger ses proches du pire. Il s'avérera bientôt qu'il s'est trompé. En règle générale, les vainqueurs ne se montrent pas d'emblée magnanimes envers les vaincus. Si la victoire en elle-même sanctifie les moyens employés, il n'y a aucune raison raisonnable d'épargner les vaincus et certes pas aussitôt. Par la suite, bien sûr, le prix des vaincus peut dépasser légèrement celui des anciens alliés des vainqueurs, comme le montrent maints épisodes du cours tortueux de l'histoire.

La scène introductive se termine donc ainsi : les chevaux de l'escorte de Wallenstein galopant autour du carrosse qui s'éloigne du château de Pecka. Peut-être que le vieillard ordonne encore de s'arrêter au tournant du chemin, qu'il se retourne pour voir une dernière fois son domaine à travers la vitre. Le vent vif qui fait battre l'étoffe du fanion contre le mât a décoiffé ses cheveux blancs. Wallenstein ne se retourne pas. Il observe son prisonnier et attend. Il domine son impatience et permet sans mot dire à l'aïeul un dernier adieu à ce paysage si cher et si familier. La route est encore longue, mais bientôt l'horizon du seigneur tchèque se limitera aux quatre murs d'une prison lugubre.

Sova avala une gorgée de café tiède, parcourut à nouveau les feuillets remplis de notes, puis il rejeta définitivement ce début qui, à part son côté pictural et coloré, n'introduisait pas une tension suffisante. Il y avait là un aspect anecdotique et, dans la mesure où le nœud du drame devait se trouver dans la dernière époque de la vie de Wallenstein, un abîme de dix années béait entre cette scène et l'étape finale. La deuxième variante de l'exposition lui semblait meilleure.

Il s'arrêta un instant. Meilleure, mais de quel point de vue, au fait ? Certainement pour l'unité et la concision du récit. Il fixait les feuillets noircis, la pile de livres dont il digérait laborieusement, jour après jour, les pages jaunies.

Parmi les centaines de titres qu'il avait trouvés à la bibliothèque universitaire, il avait petit à petit étudié douze à quinze volumes au cours des derniers mois. Et plus il se plongeait dans ces écrits, plus clairement lui apparaissait la résistance acharnée qu'opposait à qui voulait la saisir la matière historique. S'il était relativement aisé d'en concocter une version superficielle, un patchwork assemblé à la va-vite, les traits fondamentaux du tableau fuyaient toujours. František Kadlus avait balayé toutes ces objections d'un revers de main. Il demandait une histoire, un fonds porteur qu'on pourrait développer par la suite, lorsqu'il entrerait personnellement en lice. Entre temps, Kadlus terminait un tournage et n'avait pas la moindre idée des problèmes posés par son thème. Sova fronça le sourcil. Il ne s'était pas douté au début dans quelles complications il allait s'engager. Mais il avait signé le contrat offert...

C'est la fin d'août 1630. Un cavalier galope à fond de train dans une campagne plate, chauffée à blanc par le soleil. Il est couvert de poussière, le chemin a été long, et il éperonne son cheval qui luit de sueur. Au loin apparaissent les remparts protecteurs du camp de Wallenstein et le cavalier parcourt les dernières centaines de mètres au galop. A l'entrée du camp il est arrêté par deux cuirassiers. Le cavalier montre son sauf-conduit de courrier ; la sentinelle cède le passage et le courrier, accompagné d'une patrouille montée, presse son cheval. Devant la tente d'état-major, il se laisse glisser de sa selle. Il est épuisé. Un homme d'armes – garde personnelle du duc – se dépêche d'annoncer son arrivée.

Dans l'antichambre de la tente, le premier aide de camp du duc dicte une lettre à un secrétaire assis à une petite table portative. Dans un coin, un serviteur plaisante avec un page. Toutes les paroles sont prononcées à mi-voix, Wallenstein est allergique au moindre bruit et le silence est de règle dans son entourage. Même le garde qui annonce le messager le fait en sourdine. Lorsque l'officier d'ordonnance reçoit la nouvelle de son arrivée, il se dresse, soulève une épaisse tenture décorative, et entre dans la section principale de la tente où est installé le bureau du duc.

Il revient un instant plus tard, ordonne de faire entrer le courrier ; l'homme couvert de poussière se présente, marchant lourdement sur ses jambes ankylosées. Le regard de l'aide de camp glisse sur sa silhouette, puis l'homme fait signe de la main et le cavalier, qui connaît le cérémonial, lui remet ses armes. Un page reçoit l'épée et le pistolet, puis l'index du lieutenant pointe sur les guêtres du messager. Ah, les éperons, même leur tintement pourrait éveiller la colère du duc. Le courrier s'assied pesamment et un second page dégrafe ses éperons. D'un dernier coup d'œil l'aide de camp vérifie que tout est en ordre. Un signe muet, et le courrier le suit derrière la tenture.

Cette deuxième partie de la tente est plus spacieuse que l'antichambre qu'ils viennent de quitter. C'est un vaste bureau qui possède tous les luxes qui peuvent assurer le confort en campagne. Sur les parois sont suspendus d'imposants gobelins, les fauteuils et les divans sont capitonnés, les couleurs préférées de Wallenstein, le bleu et l'or, prédominent. Le duc lui-même est assis à sa table et fait un signe. Le courrier s'avance d'un pas.

«Votre Altesse, j'apporte des nouvelles confidentielles de Ratisbonne, annonce-t-il d'une voix rauque et desséchée en tendant à Wallenstein une feuille cachetée. Je dois ajouter un message oral, ajoute-t-il avec un coup d'œil vers l'ordonnance.

— Parle», ordonne le duc. Manifestement, l'aide de camp fait partie du cercle étroit de ses fidèles.

«Le comte fait dire qu'à l'assemblée de Ratisbonne l'empereur a cédé à la pression des électeurs catholiques et des conseillers jésuites et qu'il a annoncé publiquement sa décision de reprendre à votre altesse le plus haut commandement de l'armée.»

Wallenstein lève les yeux comme s'il avait reçu un violent soufflet. Le sceau de la missive cesse de l'intéresser.

«Que dis-tu ? lance-t-il d'une voix étonnée en se levant de son fauteuil.

— Les principaux responsables de la machination sont l'électeur de Bavière et le confesseur de l'empereur, le père Lamormaini. Son Altesse Impériale a longtemps hésité, mais elle a fini par s'incliner et écouter leurs conseils.»

La main gauche du duc écrase l'arête du bureau, la droite s'égare vers le front où elle essuie une sueur soudaine.

«Est-ce tout ?

— Oui, c'est tout ce que j'avais pour devoir de vous transmettre, votre Altesse. Le reste se trouve dans la dépêche.

— Va, qu'on te récompense et qu'on s'occupe de toi», prononce le duc machinalement entre ses lèvres serrées. Ses pensées sont ailleurs.

La tenture de l'entrée ondule encore derrière le courrier, lorsque la rage difficilement maîtrisée de Wallenstein éclate de toute sa force. La table renversée s'écroule, le duc piétine les documents et les disperse à coups de pieds.

«Maximilien de Bavière, ce pouacre, cette ordure, ce faux-jeton de Jésuite !» hurle Wallenstein contre ses ennemis malgré la présence de son aide. L'encre de l'encrier renversé tache le motif multicolore du tapis précieux.

«Je vais leur montrer ! Et l'empereur, voilà donc toute sa reconnaissance, cette espèce de lavette...» Il retient tout de même le dernier juron et s'arrête brutalement au milieu des ruines. «Mais je sais pourquoi, ils lui ont promis la couronne de Bohême pour son fiston, voilà ce que c'est, elle se conduit comme un maquereau, son altesse impériale !»

Le serment qui suit est proféré à voix basse, le profond contraste avec l'accès de rage qui a précédé traduit sa gravité.

«Mais je ferai en sorte que l'empereur se repente d'avoir offensé un chevalier, j'en fais le serment solennel.» La cadence froide de cette phrase sifflante cache une menace dont la férocité palpitante surprend même le fidèle adjudant qui connaît le généralissime mieux que quiconque.

«Convoquez sur-le-champ Trčka, Holck et tous les commandants !» ordonne énergiquement Wallenstein.

Sova alluma une cigarette. Cette variante était plus prometteuse. Et le personnage de Wallenstein lui plaisait mieux ainsi, non pour les traits de son caractère qui restaient toujours les mêmes, mais à cause du destin tragiquement prédéterminé où il s'engageait dans cette phase de sa vie. D'ailleurs ce n'était plus le même Wallenstein que celui qui se présentait jadis au château de Pecka pour arrêter Kryštof Harant. De colonel, il est devenu généralissime des armées impériales avec en supplément le titre d'amiral des océans et de la Baltique. Naguère nobliau subalterne sans grande fortune, il s'est élevé au rang de premier personnage de l'empire par la richesse ; il a fait en dix années une carrière à couper le souffle. Il a conduit son ascension de carnassier sans scrupules et sans sentiment, participant à toutes les confiscations des biens d'émigrés, achetant les domaines confisqués pour une bouchée de pain ; il a pris part au consortium frauduleux qui a frappé une monnaie sans valeur [1], il a consenti des prêts au trésor impérial et accepté en guise de remboursement des fiefs et des titres. Et durant tout ce temps, il s'est appliqué à construire son immense domaine, le duché de Friedland, à en faire une enclave économiquement indépendante et parfaitement organisée au milieu des terres de la couronne de Bohême. De surcroît, l'empereur lui a attribué le duché de Mecklenbourg : doublement duc, Wallenstein se trouve donc, au commencement de l'année 1630, au zénith d'un pouvoir sans pareil.

Evidemment, cette éclatante ascension a compté bien des zones sombres. Avec le temps, son chemin s'est jalonné de jalousies, de plaintes, de calomnies, d'intrigues et de rancunes. On le surnomme ironiquement Xerxès, on le taxe d'incapacité stratégique, on prétend qu'il s'est élevé lui-même au rang de deuxième personnage de l'empire après l'empereur, qu'il est orgueilleux et cupide et que ses armées saccagent les terres impériales ; les jésuites montrent enfin que son catholicisme est par trop tiède, que le motif principal de sa conversion a été l'appât du gain. Mais le plus grave est que son état de santé ne cesse d'empirer. La malaria contractée dans sa jeunesse dans les marais hongrois et la goutte se rappellent de plus en plus souvent à son attention et les accès douloureux condamnent le duc à l'inaction pendant de longues journées.

Oui, Wallenstein est un grand personnage, une personnalité pleine de contradictions, mais il a déjà été tant de fois étudié et scruté sous tous les angles. En faire le pivot du récit exigerait de trouver une nouvelle approche pour éviter de s'en tenir à une simple description, voire à une compilation malhonnête. Mieux vaudrait sans doute cadrer sur un personnage secondaire, périphérique. Si la recherche historique connaît le parcours de Wallenstein jusque dans ses détails, si les autres personnages, par exemple Ferdinand II

---

1 En 1622, 15 notables sous contrat avec le trésor impérial contrôlent pendant un an la frappe des monnaies et inondent le marché de «pièces longues» sans valeur. (N.d.l.t.)

ou le roi de Suède Gustave Adolphe, sont eux aussi connus avec la même précision, certains autres acteurs et non des moindres n'apparaissent les uns et les autres que de manière épisodique. Leur parcours ne peut être saisi que d'événement rapporté en événement rapporté, à la manière d'un sentier de montagne qu'on suit dans un brouillard opaque grâce aux piquets qui le balisent et entre lesquels s'étendent des zones d'incertitude.

Et l'un des personnages les plus mystérieux du drame, Seni, l'astrologue personnel de Wallenstein ? On comprend que la science, qui s'efforce d'atteindre à la plus grande exactitude possible, contourne cette figure avec une certaine réticence et évite toute conclusion. Mais cet homme-là justement a pu jouer un rôle décisif de par son influence sur un duc d'une superstition maladive qui ne se séparait jamais de l'horoscope de Képler et d'une amulette mystérieuse toujours accrochée à son cou. Comment continuer à croire que l'intelligence peut comprendre le sens des événements en sachant qu'un des tournants de l'histoire européenne a été influencé, voire déterminé, par quelqu'un qui n'était probablement qu'un charlatan et un imposteur ? Ne serait-il pas tragique de s'apercevoir que les décisions des hommes au pouvoir, dont le cortège de misère, de faim, d'invalidité, de viols et de morts affecte plus ou moins tout homme vivant, sont manipulées en coulisse ici par un crétin paralytique, là par un conseil de pseudo-savants, voire d'escrocs ?

Sova se leva et marcha plusieurs fois de long en large, de la fenêtre jusqu'à la porte. De telles considérations ne valent rien si on ne peut pas les intégrer directement dans le récit ; c'est seulement là qu'elles seraient utilisables. Il se rassit et se remit à écrire.

Avant même son conseil d'état-major, Wallenstein se dirige vers la tente du docteur Seni. Les sentinelles lui rendent les honneurs, mais lui marche tête baissée sans noter les manifestations de respect et de dévouement et disparaît enfin dans l'entrée du cabinet astrologique de campagne.

Indispensables aussi les adieux officiels du généralissime à son armée. Sans compter que la scène permettrait de présenter la série des plus hauts officiers, ceux qui ne resteront pas, dans la suite du récit, un simple remplissage d'ouate haute en couleurs. Ainsi, le duc à cheval reçoit les honneurs de l'armée en formation, accompagné d'Illow, Holck, Trčka, Piccolomini, Gallas, Schaffgotsche et Aldringen. Les étendards des bataillons flottent, les sabots lèvent la poussière, les visages rudes des mercenaires recrutés dans tous les coins de l'Europe sont sombres. Sous Wallenstein ils touchaient toute leur solde au jour dit. Son successeur, le maréchal Tilly, ne pourra guère en faire autant. Avec quel argent les paierait-il ? Le trésor impérial contient essentiellement les thalers de Wallenstein. Il n'est pas bien crédible que Wallenstein reste aussi généreux envers l'empereur après la résolution de Ratisbonne. Le bruit court même qu'une paix durable pourrait être conclue, affreuse pensée ! Les coupe-gorge les plus efficaces d'Europe, rangés en bataillons d'élite, hurlent donc leur vœu de voir le généralissime regagner son poste au plus vite, et ce vœu résonne avec une sincérité émouvante.

Le tableau suivant montrerait l'entrée impressionnante de Wallenstein avec sa suite dans sa ville résidentielle de Jičín, après ses adieux de Memmingen à son armée. Les cavaliers en formation qui entourent le carrosse passent au galop par la rue principale, avec à leur tête l'escadron choisi de la cavalerie de Trčka, la trompette claironne en fanfare, les gens sortent en courant des maisons, s'alignent de chaque côté de la rue. Le soleil couchant d'octobre glisse sur les lames dénudées des armes, avive les couleurs soutenues des uniformes et des fanions qui volent au vent, argente la robe en sueur des chevaux et étincelle en se reflétant sur les jantes dorées du carrosse ducal, tiré par quatre chevaux noirs et racés. La foule exulte, mais échange à demi-mots, de voisin à voisin, ses remarques sur la contribution imposée par le duc pour entretenir sa suite dont l'importance est effarante : chaque semaine, six bœufs, une soixantaine de moutons, quatorze veaux, trente agneaux, deux porcs, des volailles, des légumes, des barils de graisse. On a même dû construire à la hâte une grande cuisine de bois au milieu de la place pour tout ce ramassis de ripailleurs, ah, ah, mon Dieu ! Gloire au duc, notre seigneur, longue vie à lui !

Le cortège traverse la place, les roues des carrosses tintent sur les pavés inégaux, l'escadron monté se divise devant le portail du château en deux rangées entre lesquelles le carrosse ducal s'avance jusqu'à la cour d'honneur. Il s'arrête devant l'entrée et aussitôt une foule de serviteurs, de laquais, de valets de chambre et de palefreniers l'entoure. Le duc sort majestueusement et se redresse pour étirer ses membres ankylosés. La tête du gouverneur, le comte Gerhard Taxis, s'abaisse au contraire en une profonde révérence. Wallenstein écoute d'une oreille ses mots d'accueil fleuris, tandis que son regard scrute attentivement les murs pour voir de combien a progressé la construction de cette résidence où il n'a pas séjourné depuis si longtemps. L'architecte principal Andreo Spozza et le maître d'œuvre Battista Pieroni essaient en vain de deviner à son expression s'il est satisfait et, pour plus d'assurance, prolongent leur respectueuse révérence lorsqu'enfin le regard ducal se pose sur eux.

Wallenstein s'avance vers l'entrée où se tiennent ses plus proches, son épouse Isabelle et sa fille Marie-Elisabeth, dans la porte largement ouverte. Entre temps, les autres carrosses se sont ouverts pour laisser sortir le comte Trčka et le docteur Neumann, le capitaine de cavalerie. La cour grouille de serviteurs, de secrétaires, de médecins, de pages. Wallenstein monte le large escalier d'entrée, soutenu d'un côté par son épouse, de l'autre par sa fille. Il est fatigué. La pâleur de son visage laisse deviner les assauts répétés de ses vieilles maladies qui, malgré les efforts acharnés des médecins et des apothicaires, ne lui laissent qu'un répit temporaire et redoublent leurs attaques à la moindre occasion. Le duc a une longue route derrière lui.

Il ne laisse pas deviner le plaisir que lui procurent les nouvelles annoncées par Isabelle à qui son père, le cardinal de Harrach, a fait parvenir ce message confidentiel : l'empereur regrette déjà sa décision car non seulement la destitution du duc n'a pas résolu la crise à la cour, mais cet acte malheureux a au contraire fait surgir des difficultés inattendues. Les nombreux partisans de Wallenstein ne cachent pas leur déplaisir devant la conduite de l'empereur et les armées suédoises du roi Gustave Adolphe, qui viennent de débarquer au nord, représentent un danger plus grand qu'on n'avait imaginé. Wallenstein écoute ces nouvelles avec une indifférence apparente, mais son beau-frère, le comte Trčka, qui les a également entendues à l'arrière, ne peut retenir une remarque ironique sur le compte de ce louchard de Ferdinand. Le duc ne réagit pas non plus à cette exclamation.

Il n'a désormais aucune raison ni aucune envie de défendre l'honneur de son empereur.

Sova regarda sa montre et posa son crayon. Il était grand temps de partir. Il se leva de sa chaise et commença à s'habiller.

Albert de Wallenstein, duc de Friedland et de Mecklenbourg, maître du quart de la Bohême ou presque, puissant seigneur, s'est maintenant replié dans son château de Jičín et va avoir assez de temps pour réfléchir à ses futurs projets. Mais plus que ce personnage imposant, un autre homme de cette période tempétueuse commençait à intéresser Sova. Un homme discret, caché dans la pénombre, mais un homme au vrai sens du terme, assurément.

Sova pénétra dans le café et dès la porte jeta un coup d'œil autour de lui. Il n'aimait pas le Slavia dont les boxes au velours usé et les glaces mi-aveugles, qui multipliaient la désolation d'un décor dépourvu d'intimité, lui rappelaient un hall d'aéroport désuet. Même à cette heure matinale, les visiteurs occupaient plus de la moitié des tables ; pourtant ils se perdaient dans le vaste espace auquel ils n'arrivaient pas à ôter son air de désolation. Sova s'avança sur le tapis élimé d'un vert passé. Il regardait de tous côtés et finit par repérer Lahodný attablé dans un coin près de la fenêtre. La table ronde au plateau de marbre était couverte de journaux, d'hebdomadaires et de magazines.

«Je suis en retard ? demanda Sova en s'asseyant sur la chaise libre en face de lui.

— Vous êtes à l'heure, Mikuláš, répondit Lahodný en reposant son journal ouvert. C'est moi qui suis en avance. J'avais une petite demi-heure devant moi, alors j'en ai profité. Je n'ai même plus le temps de parcourir les grands titres. Vous avez vu ceci ?» dit-il en désignant du doigt la page qu'il avait devant lui.

Sova tourna la tête et vit un titre en caractères gras : **Au feu, messieurs de la culture !** suivi du nom de l'auteur, Lída Pražáková.

«Notre Lída a ôté son masque, dit Lahodný en souriant. Je ne m'attendais vraiment pas à ça.

— De quelle Lída s'agit-il ? demanda Sova.

— Mais de celle avec qui vous étiez hier chez les Špaček, dit Lahodný en le regardant avec surprise. Vous aviez l'air de bien la connaître.»

Sova vit une ombre de soupçon et de méfiance passer dans son regard.

«Je ne la connais que par son prénom, pas par son nouveau nom. Et qu'est-ce qu'elle raconte ?

— C'est une attaque contre toute notre nouvelle direction dans le domaine culturel, expliqua Lahodný. Littérature, cinéma, journalisme, tout y passe. Elle ne nous a pas ratés, notre Liduška. Rien que d'accepter de voir son nom imprimé dans cette revue de jaunes qu'ils nous ont volée serait déjà suffisant. Je sais que les gars de nos anciennes *Literárky* lui ont refusé quelques articles, alors elle est allée s'allier avec les dogmatiques. Mais elle a parié sur le mauvais cheval.

— Chacun fait comme il peut, dit Sova. Moi, ça ne m'étonne pas.»

Manifestement, Lahodný n'avait pas bien compris la raison de l'attaque de Lída parce qu'il ne connaissait pas ses positions, mais Sova n'avait pas envie de les lui expliquer.

Lahodný replia le magazine littéraire et repoussa les journaux vers le bord de la table. Le format, le titre, la disposition des pages, les caractères, tout était resté identique. Il resta un moment à le regarder, songeur.

«Je vous comprends bien, Mikuláš, dit-il ensuite. Vous avez suivi une voie différente de la nôtre. La prison, l'injustice, ça a dû être un chemin plein d'amertume. On a fait des fautes, des erreurs, il y a même eu des crimes, mais nous nous en sommes rendu compte et nous voulons les réparer. Voyez votre situation actuelle, par exemple, ne montre-t-elle pas que la conjoncture a changé ? Les gens pensent différemment, vous devez en convenir. Et nous devons mener notre lutte jusqu'au bout, car la vérité est de notre côté, non du leur.»

Lahodný fit un geste vers la fenêtre. Machinalement, Sova regarda dans la direction indiquée. Il vit le vaste panorama dominé par la silhouette du château. Puis il baissa le regard pour que Lahodný ne puisse pas y lire l'éclair fugitif de colère.

«Nous y voilà, c'est ce que tu voulais, se dit-il. "Votre situation actuelle". Tu devrais faire preuve de reconnaissance puisqu'on t'a tiré de l'ombre et hissé jusqu'à leurs tables, presque comme leur égal. Ils réparent les fautes et les erreurs tout en en commettant d'autres, et ils se confortent dans leur conviction d'avoir la conscience tranquille. Mais moi, je ne veux rien avoir à faire avec tout cela. C'est leur affaire, mon combat à moi est différent et nous ne pouvons pas nous comprendre.

Il leva les yeux et sourit :

«On se met au travail ?

— Bien sûr.»

Lahodný fit jouer la fermeture à glissière de son porte-documents et en sortit les épreuves.

«Il y en a moins que je ne craignais, nous n'en aurons sans doute pas pour longtemps.»

Sova lui aussi étala ses feuillets sur la table. Il y avait certainement passé beaucoup plus de temps, mais Lahodný avait relevé quasiment toutes les fautes. Tous les livres qu'il avait déjà révisés lui avaient visiblement donné la technique. Vers la page trente, ils trouvèrent une ligne surnuméraire et, tandis que Lahodný réfléchissait comment raccourcir la page, Sova jeta un coup d'œil au-dehors.

Derrière les vitres pareilles à des vitrines de magasins, des piétons se pressaient dans les deux directions ; les toits des automobiles filaient à toute vitesse et les tramways circulaient. Subitement, la rue se dégagea et la percée laissa voir de l'autre côté, parmi l'agitation et le chaos des mouvements, le portail du Théâtre National avec ses colonnes massives soutenant l'arcade et les différents escaliers d'entrée. Une subite pause de tranquillité se fit dans la hâte fébrile et nerveuse qui était celle de la ville à midi ; elle persista pendant quelques brèves secondes, comme si un cœur avait manqué quelques battements. Juste avant que le rythme décroché reprît sa respiration, Sova aperçut Helena sur les marches en face de lui. Elle attendait, parce qu'il s'était mis en retard. Mais c'était la toute première Helena, celle de leurs débuts.

Sa songerie fut interrompue par la voix de Lahodný :

«Ça y est, j'ai trouvé. Ici, à la quatrième ligne, on supprime "belle" dans la phrase "par une belle journée...", ce qui permet de remonter le petit bout de la cinquième ligne, et voilà.

— D'accord», dit Sova en reportant la correction.

Une demi-heure plus tard, ils avaient terminé. Lahodný referma la glissière de son porte-documents et regarda sa montre.

«Ouf, je suis content qu'on ait liquidé ça, soupira-t-il.

— Vous êtes satisfait de votre texte ? demanda Sova.

— Satisfait ? Lahodný passa sa main sur sa joue parfaitement rasée. Vous savez, l'auteur ne peut jamais être satisfait, ce serait une preuve indubitable que quelque chose ne va pas. Mais je suis content d'en être arrivé au bout. Ce n'est pas que j'écrive lentement, mais j'ai terminé ceci juste avant notre congrès et je n'avais pas beaucoup de temps. Dans la mesure du possible, je fais chaque chapitre ou chaque séquence d'une seule traite et je ne sors pas de chez moi tout ce temps-là. Dites-moi, comment ça s'est terminé avec cette Lída, hier soir ? J'ai vu que vous partiez ensemble.

— Normalement, répondit Sova sèchement. Et vous, d'où la connaissez-vous ?

— Je l'ai rencontrée, peut-être dans un bar à vin, je ne me souviens plus, peut-être au théâtre, dit Lahodný, évasif. Je retiens assez bien les physionomies, mais ensuite j'ai du mal à les remettre à leur place. Bon sang, où ai-je pu la rencontrer, cette sauterelle ?

— Peu importe, dit Sova en arrangeant les pages des épreuves. Je porte ça tout de suite à la boîte, pour que ça ne traîne pas.

— J'ai encore un rendez-vous ici, dit Lahodný. Mais cet après-midi je vois Malenda. Quand je reviendrai, dans quinze jours, on saura peut-être quand ça va sortir.

— Vous partez en voyage ?

— Je fais un saut à Vienne, et ensuite en Allemagne, j'ai des conférences là-bas. Ce n'est pas que cela me convienne tellement en ce moment, mais je suis lié par contrat.

— Que je vous envie, dit Sova avec sincérité.

— Pourquoi donc ? Beaucoup de gens arrivent à sortir de nos jours», répondit Lahodný qui restait enfermé dans son cercle de connaissances.

Sova hésita un moment. C'était une bonne occasion pour lancer l'hameçon. Il pouvait exposer son problème, raconter ses efforts infructueux pour sortir du pays. Comment l'an dernier, la veille d'un voyage organisé en Yougoslavie sous l'égide de l'agence de voyages nationale, il avait reçu un télégramme lui apprenant qu'il avait été rayé de la liste, sans aucune explication précise ; comment il s'était inscrit au club Sparta pour se rendre avec les autres fans à un match de foot à Amsterdam et, bien que mille personnes peut-être aient réussi à s'envoler pour la Hollande, il n'était pas arrivé à passer par les mailles du filet, et encore d'autres incidents du même genre. Il pouvait tenter d'intéresser Lahodný et peut-être obtenir qu'il intervienne en sa faveur.

En fin de compte il renonça. Non parce que Lahodný était passé dans l'opposition et qu'on avait cessé de l'inviter à faire sa partie de mariage avec les ministres. Pour l'affaire de Sova, une simple partie de cartes avec le chef du service des passeports aurait amplement suffi, ou un contact avec les proches des puissants du deuxième rang chez qui Lahodný avait conservé ses entrées. Ce qui rebutait Sova, c'était l'idée qu'après avoir ferré un poisson de cette espèce, il resterait uni avec lui, fût-ce par une ligne ténue. Il lui faudrait tricher un peu, se vendre, flatter, simuler l'amitié. Et adapter son mode de langage, car il n'était pas identique à celui de Lahodný, comme il avait pu s'en apercevoir au cours de la brève rencontre d'aujourd'hui.

Il songea en même temps qu'il avait peut-être eu tort d'accepter la proposition de Malenda, s'il l'avait fait dans l'espoir de tomber sur le bon poisson dans ces eaux nouvelles.

Il jeta un coup d'œil circulaire et appela la serveuse d'un signe de la main : «Je dois combien, s'il vous plaît ?»

La dame corpulente aux cheveux décolorés se dirigea vers leur table, tout en tirant un portefeuille volumineux de la poche de son tablier blanc. Un pas avant la table, un geste de Lahodný l'arrêta.

«Pardon, mais c'est pour moi, cela va de soi, dit-il.

— Bien, maître», elle rebroussa chemin sans prêter la moindre attention à Sova.

«Vous ne pouvez pas refuser, Mikuláš, dit Lahodný en se tournant vers lui. De toute manière, je vous le dois, je vous ai fait venir inutilement à la brasserie, hier. Je vous revaudrai cela dès que l'occasion s'en présentera.

— Vous ne me devez rien, dit Sova en se levant. Je vous remercie.»

Il partit à la rédaction pour remettre le travail achevé. Il se demandait s'il valait la peine d'en accepter un autre du même genre.

Lorsqu'il arrivait de Jáchymov, il était toujours passablement épuisé. Il avait beau somnoler dans le train, ce sommeil inquiet et plein d'interruptions ne compensait pas le tour de nuit qu'il était obligé d'assurer la veille pour avoir deux journées de liberté dans la capitale.

Il descendait du train avec le sentiment d'être comme un journal chiffonné et suivant son habitude il dirigeait ses pas vers Repre pour déjeuner. C'est seulement après le repas qu'il reprit peu à peu ses esprits, puis il but son café en regardant par la fenêtre le carrefour animé au-dehors et en fêtant son entrain retrouvé, sa présence dans cette ville, la perspective de son vagabondage de l'après-midi dans ses rues et de sa rencontre avec Helena le soir. Les gens qui se dépêchaient çà et là parvenaient même à l'intéresser ; ces déjeuners au Repre lui procuraient une joie par la suite disparue, celle de faire corps avec la foule.

Puis vint l'heure de régler l'addition et de partir ; il passa lentement sous la tour Poudrière, dans la rue Celetná, jusqu'à la place de la Vieille Ville, puis dans la rue Pařížská. A cette heure-ci, il pouvait avoir un comportement tout à fait insouciant, pourtant il redoubla d'attention près de la maison familière, voisine de la Vieille Synagogue. Il s'arrangeait pour ne pas se faire trop souvent voir par la concierge ; le plus grand danger menaçait pourtant le soir au retour. Une éventuelle inscription dans le livre des visiteurs, pratiquée à l'époque même dans les immeubles privés, était indésirable et aurait pu désagréablement compliquer la vie à plusieurs personnes, à commencer par lui-même.

Cette fois, la concierge n'était pas en vue. Il se glissa prestement dans l'immeuble, monta vite au premier et sonna un signal convenu d'avance à la porte avec sa plaque noire. Les lettres dorées noyées dans la plaque de verre indiquaient que c'était là le cabinet médical du docteur Jan Haukwitz, spécialiste des maladies internes. Il entendit au-dedans un bourdonnement faible, à peine perceptible, qu'on devinait plus qu'on ne l'entendait vraiment. Le docteur Haukwitz ouvrit la porte et le fit entrer sur-le-champ. Pour plus de sécurité, tous les quinze jours, il laissait partir la secrétaire avant l'arrivée de Sova.

«Quoi de neuf, Mikuláš ? demanda-t-il comme à son habitude.

— Tout va bien», répondait Sova de la même manière.

Les deux phrases se répétaient de quinzaine en quinzaine avec une régularité qui commençait à tourner au ridicule.

«J'ai encore une patiente, vous voulez bien attendre une petite minute dans la salle d'attente ?»

Un quart d'heure plus tard, ils se trouvaient assis face à face au salon et Mme Haukwitzová leur offrait un verre de gin et du café. Puis, comme à l'accoutumée, il leur passait la lettre de Jan. Suivait un temps de silence pendant lequel les yeux du docteur Haukwitz se dépêchaient de parcourir ligne après ligne derrière leurs verres, tandis que sa femme silencieuse restait à l'écart dans son fauteuil ; seules ses mains nerveuses, jointes sur ses genoux, trahissaient son impatience à se saisir enfin de la lettre illicite.

«Il reste encore une chose, si Jan n'en parle pas lui-même, ajouta Sova lorsque les époux eurent fini de lire. Il pense pouvoir peut-être entrer à l'infirmerie du camp en tant qu'aide-soignant. D'abord sous forme de brigade, après la remontée, mais sa forte peine entre aussi en compte. Si on venait à l'y muter ensuite pour de bon, il ne pourrait plus sortir et nous ne pourrions plus nous rencontrer directement. Mais on trouverait un moyen pour les colis et les lettres, grâce aux camarades.

La première partie de son rôle s'achevait d'ordinaire régulièrement par ses réponses aux questions sur tous les aspects de la vie au camp, sur la difficulté du travail à la mine, la qualité de la nourriture, et par les sanglots menus de Mme Haukwitzová que son mari emmenait ailleurs, la main posée autour de ses épaules tremblotantes. Sova pouvait alors se lever et emporter la sacoche avec ses affaires dans la chambre de Jan qu'il occupait toujours pendant ces deux nuits. Mais ce jour-là les choses se passèrent différemment.

«Je peux vous retenir encore quelques minutes, Mikuláš ? demanda le docteur Haukwitz. Tu veux bien nous laisser seuls, maman ?»

Son épouse se leva sans bruit et sortit. Haukwitz fixa sur Sova son regard pâle et froid.

«J'ai trois questions. Serait-il possible d'aider Jan à s'évader du camp, dans combien de temps cela pourrait-il se réaliser et combien cela coûterait-il ?» dit-il sans ambages.

Pour la première fois depuis les trois années qu'ils se fréquentaient, Helena arriva avec un quart d'heure de retard, mais Sova ne s'en rendit compte que lorsqu'elle se mit à lui faire des excuses. Pendant ces quinze minutes, il avait en effet trouvé l'astuce décisive qui couronnait tout le plan de cette évasion qui ne cessait de le préoccuper depuis que le docteur en avait parlé. Il tournait et retournait l'idée dans sa tête, combinait toutes les possibilités imaginables, cherchait les points faibles, mais la solution paraissait tenir le coup et offrait non seulement la garantie du succès mais aussi celle d'une sécurité maximale.

Sova prit le bras d'Helena et ils se mirent à descendre la place Venceslas. Il essaya de l'embrasser sur la joue, mais elle s'écarta :

«Tu as encore bu de la bière, dit-elle sur un ton de reproche.

— Cet après-midi, je suis allé dans ce café près de la faculté, là où nous allions dans le temps, tu te souviens ?

— Je ne vais plus dans les cafés, maintenant. Ça ne m'a jamais amusée et c'est une perte de temps. Qu'est-ce que tu as fait, ces derniers temps ?» Sa voix avait un accent quelque peu distant.

«Comme d'habitude. J'ai travaillé et j'ai pensé à toi. J'ai rêvé de toi chaque nuit.»

Ce n'était vrai qu'en partie. Cela ne se répétait pas toutes les nuits et surtout pas celle du vendredi où il était obligé de descendre à la mine, mais il rêvait souvent d'Helena, des rêves pleins d'amour et de tendresse. Il constatait avec étonnement qu'il se remémorait ces épisodes anodins encore le matin à son réveil, que le sommeil n'effaçait pas ces promenades la main dans la main au bord d'un lac, sous un haut ciel aux nuages libres dans leur course, ces balades par les rues d'une ville inconnue avec une place déserte où seul l'écho de leur double pas résonnait puissamment. Par la suite, il ne lui arriva plus jamais de rêver autant d'une femme.

«Tu as écrit un peu ? demanda Helena.

— J'ai essayé, mais c'est difficile, au foyer on n'a pas un moment de paix, sauf avant que Jožka ne rentre le soir du café. Et j'avais quand même besoin de dormir un peu cette

semaine.
— Je n'arrête pas de te dire que tu devrais laisser ce travail et revenir à Prague.»

Le déroulement de leur entretien commençait peu à peu à refroidir sa joie de la revoir, de marcher à son bras par la ville, d'avoir devant lui toute une soirée avec elle.

«Tu sais bien que je le fais pour nous, rappela-t-il. Nous nous sommes mis d'accord, non ? Si nous voulons nous marier, il faut que nous soyons indépendants. De tes parents, de l'environnement. Je gagne trois fois plus que je ne pourrais le faire ici.

— Et tu ne pourrais pas ravaler ta fierté et demander qu'on te reprenne à l'université ? Ça n'aurait rien à voir avec tes convictions, mais tu aurais certainement plus de temps pour écrire, dit-elle soudain avec insistance. Une foule de gens procèdent de la sorte, c'est raisonnable.»

Il la regarda sans tourner la tête, se demandant tout d'abord si elle n'était pas en train de le tester. Puis il vit qu'elle était sérieuse.

«Non, je ne ferai pas ça.

— D'accord, et après ? lança-t-elle. Combien de temps comptes-tu encore aller de foyer en foyer, voilà trois ans que ça dure, que nous nous voyons une fois de temps en temps, l'un de nous est toujours à traverser la moitié de la Bohême en train. C'est bien joli, la fierté, mais est-ce que tu penses aussi un peu à moi ?

— Pendant deux ans, c'est toi qui es venue me retrouver, voilà un an que je viens à mon tour, nous le faisons de notre plein gré, répondit-il simplement. D'ailleurs j'avais le sentiment que tu aimais bien venir me rejoindre.

— Tant que tu faisais ton service, on ne pouvait rien faire d'autre. Mais cette dernière année...» Elle se tut, puis lança tout d'un trait : «Il faut quand même que je sache sur quoi je peux compter. Comment prévoir les choses, comment organiser ma vie, Miku ?»

Il essaya de se mettre à sa place. Il l'aimait alors comme il n'aimerait plus jamais personne par la suite. Elle l'avait soutenu à l'époque qui avait suivi son exclusion de l'université. Curieusement, elle seule était restée de tous ses amis et anciennes connaissances, elle l'aidait avec sa détermination et son optimisme et tout cela avait contribué à transformer la beauté d'une première flamme juvénile en quelque chose de plus précieux. Pour lui, la querelle présente était sans importance, leur rapport lui paraissait invulnérable à de telles mésententes occasionnelles. Tout comme elle, lui aussi cherchait un moyen de transformer leur relation improvisée en un lien plus durable, sûr et solide. A quel point leurs idées divergeaient, il ne le comprit que bien plus tard. Sova ne concevait son avenir qu'exclusivement en rapport avec elle, il voyait leur monde, leur monde à tous les deux, derrière le rempart qu'ils auraient élevé. Et la sécurité de ce monde dépendait de la résistance de la muraille protectrice, construite avec un matériau durable. Il pensait qu'il fallait pour cela assurer le maximum de moyens, et aujourd'hui pouvait d'un seul coup tout mettre à la portée de sa main.

«Laisse-moi un peu plus de temps, mon amour. Encore un mois, et nous y verrons plus clair.»

Leur mésentente se dissipait peu à peu. Comme d'habitude, ils allèrent au cinéma et là leurs mains se retrouvèrent à nouveau. Et plus tard quand ses doigts reposèrent légèrement entre les genoux d'Helena et que ses lèvres se firent humides, il sut que tout était rentré dans l'ordre, qu'ils se désiraient l'un l'autre et attendaient avec la même impatience la fin du film. Puis ils se dépêchèrent de rejoindre le petit studio de Laura, l'amie d'Helena, cette fois-ci sans prendre de précautions particulières vis-à-vis de la concierge du lieu, car ici il s'agissait d'amour pur.

«Le pire, c'est que nous sommes ici pour la dernière fois, Miku, dit Helena lorsqu'après l'amour ils reposaient l'un auprès de l'autre.

— Pourquoi ? lança-t-il étonné.

— Laura se marie dans quinze jours», annonça Helena.

Il réfléchit quelques instants puis l'idée lui vint qu'on pouvait d'une certaine manière tirer profit même de cette circonstance défavorable.

«Pourquoi pour la dernière fois ? Il serait correct de venir encore lui présenter nos vœux.

— Tu crois ?

— Bien sûr. La prochaine fois que je reviendrai, on achètera un bouquet et une bouteille pour la remercier d'avoir été si généreuse avec nous. Tu peux arranger ça chez toi, au cas où on resterait un peu plus tard ?»

A ce rappel de sa maison, Helena s'assit et tendit la main vers sa montre.

«C'est ce qui m'énerve le plus, Miku, je ne le supporterai pas beaucoup plus longtemps. Tous mes copains, filles et garçons, vivent comme ils veulent, les jeunes ont tellement de possibilités de nos jours, mais chez nous ? Mon père surtout prend la maison pour une caserne. Plus il a d'étoiles aux épaulettes, pire c'est», geignit-elle. Sova comprenait bien la principale raison de sa mauvaise humeur occasionnelle. «Je préférerais m'enfuir quelque part où je serais indépendante et où personne n'aurait rien à dire sur mes affaires.

— Ne t'en fais pas, ma chérie, on va imaginer quelque chose, la consola Sova. Bientôt.»

Lorsqu'il revint à la maison près de la synagogue, aux environs de minuit, il appela d'abord de la cabine au coin de la rue. Au bout de quelques instants le docteur Haukwitz sortit et lui fit signe avec la lampe de poche que la voie était libre. Ils montèrent l'escalier rapidement et en silence.

«J'ai eu une idée, monsieur le docteur, dit Sova dès que Haukwitz eut refermé la porte et l'eut accrochée avec la chaîne de sécurité. Vous voulez en parler tout de suite, ou vous préférez le matin ?

— Tout de suite, bien sûr.»

Ils s'assirent face à face à la même table qu'après déjeuner et Sova sortit le passe qui lui permettait d'entrer dans le périmètre surveillé de la mine.

«Il me faudrait une photo du même format que celle-ci, dit-il en lui tendant le passe. On pourrait essayer dans quinze jours, dans la nuit du samedi au dimanche. Vous arriveriez à régler vos affaires ?

— Comment serait-ce possible ?» répondit Haukwitz au bout de quelques secondes de réflexion. Puis il s'approcha du secrétaire et commença à en inspecter les tiroirs. Avant que Sova ait expliqué à grands traits le déroulement de toute l'action, il apportait le portrait, tiré d'une boîte pleine de photographies.

«Ce n'est pas trop risqué ? Je pensais plutôt qu'on aurait pu graisser la patte à quelqu'un, un garde ou quelque chose d'approchant.

— Il y a toujours un risque, répondit Sova. Dans le cas présent, il est réduit au minimum pour Honza comme pour vous.

— Et pour vous ?»

Sova haussa les épaules.

«J'aurai un bon alibi», dit-il brièvement.

Le docteur Haukwitz sourit. Sova n'avait eu que rarement l'occasion de voir sur son visage ce rictus où les lèvres minces de Haukwitz s'élargissaient quelque peu ; de profonds sillons ridaient son visage allongé et sévère.

«Ecoutez, Mikuláš, il y a encore une possibilité, dit lentement le médecin. Si vous vouliez, vous pourriez partir avec nous. Tout est parfaitement sûr pour le passage de la frontière.

— Non, répondit Sova. Cela ne m'intéresse pas.

— Réfléchissez-y, vous avez encore le temps, insista Haukwitz. Celui qui compterait sur un prochain revirement se tromperait. Cette peste durera encore des années et chacun sera frappé. Maintenant, il reste quelques possibilités, mais bientôt, toutes les voies de fuite seront fermées.»

Sova jeta un coup d'œil dans la pièce autour de lui. De beaux meubles, des tableaux de prix, des tapis. Chaque objet montrait le goût, la solidité, mais surtout un arrière-plan économique substantiel. Il fallait qu'Haukwitz ait de graves raisons pour vouloir abandonner tout cela.

«Non», répéta Sova. Il tira son portefeuille et y rangea la photo de Jan. «Je pense avoir de bons anticorps contre cette peste-là.

— Comme vous voudrez, accorda Haukwitz. Dans ce cas, il y a la question de votre rétribution. Deux cent mille couronnes, cela vous ira ?»

Sova ravala sa salive.

«Monsieur le docteur, cela fait beaucoup d'argent. Je ne le fais pas pour l'argent.

— Pour moi, c'est ce que vaut votre aide, dit Haukwitz. Et vous en aurez besoin ici. Comment dois-je vous les faire passer ?»

Sova se remettait peu à peu de sa surprise. Il se rendait compte en même temps à quel point cette somme pourrait transformer sa situation actuelle. Elle résoudrait sûrement la question de sa vie commune avec Helena.

«Je vous laisse le soin de trouver un moyen, dit-il. Quand pensez-vous passer la frontière ?

— Peu importe la date, c'est possible n'importe quand. Et

même, le plus tôt sera le mieux.

— Je ne sortirai à nouveau de Jáchymov que dans quinze jours, dit Sova qui réfléchissait tout haut. La préparation et la mise au point demandent quelques jours, il faut que je me mette d'accord avec Honza. Ça ferait le samedi dans quinze jours au plus tôt. Quand je viendrai, je vous dirai plus précisément où en sont les choses, vous partiriez le rejoindre vers le soir, il faut que je trouve à quel endroit vous garerez votre voiture, où vous vous retrouverez, etc. Mettez-vous d'accord avec celui qui vous fera passer pour la nuit de samedi, comme la première date possible. Je doute qu'il y ait des problèmes mais on ne sait jamais.

— Tout est entre vos mains, Mikuláš, la sécurité avant tout, ce ne serait pas forcément payant de se précipiter.

— Nous avons, je pense, tous les deux intérêt à ce que ça marche», dit Sova en souriant.

L'expression de docteur Haukwitz demeurait sérieuse. Il resta encore une demi-minute assis sur sa chaise, puis il se leva.

«Espérons que ça va marcher, dit-il avec un soupir. Pour le moment, bonne nuit, Mikuláš.

— Bonne nuit», répéta Sova en allant se coucher dans la chambre de Jan. Le sort voulut que ce fût effectivement sa dernière nuit en cet endroit. Ce jour-là avait marqué l'abandon de tous les refuges.

En sortant de la rédaction, Sova alla déjeuner à l'auberge Au Tonneau. Dans un coin près de la fenêtre, il aperçut deux de ses collègues, penchés l'un vers l'autre par-dessus la table, plongés dans un débat animé. Sova les salua et s'assit à leur table.

«Ça n'a aucun sens de démissionner, soutenait Muzikář, c'est un geste extrémiste, rien de plus. Que veux-tu faire maintenant ?

— Je trouverai bien un moyen de gagner ma vie, je peux rentrer à la télévision, j'ai déjà travaillé pour eux, répondit Diviš, en faisant un ample geste du bras. Au moins je n'aurai plus à regarder ces saloperies qui se passent à la rédaction.

— C'est pareil partout, dit Muzikář. Tu vas juste échanger la flaque contre la boue. Tu auras beau ruer dans les brancards comme une jument affolée, tu ne changeras rien à la situation. Ecoute un peu, moi, je suis un gars de la campagne et mon père me disait toujours : “Quand tu ne peux pas changer les choses, reste assis sur ton cul et te fais pas remarquer.” Moi, je m’y tiens. La seule chose à faire, c’est d’attendre.»

Muzikář était un petit homme aux mains délicates. Son cou mince portait une grosse tête, une courte barbe noire ornait son visage aux traits merveilleusement expressifs. Ses yeux vifs, gris cendré, animaient sa physionomie. Sur son calendrier de bureau, il tenait une soigneuse statistique du nombre de bières avalées quotidiennement. L’année précédente il avait atteint le chiffre respectable de deux mille cinq cents ; ses notes de cette année indiquaient qu’il allait dépasser ce record, et de loin. Il avait un caractère doux et amical, il évitait toutes les querelles et les affrontements ouverts, au contraire de Diviš qui n’hésitait pas à foncer comme un taureau sur toute forme d’hypocrisie, que ce fût dans la création littéraire ou dans les comportements et les attitudes de ceux à qui il avait affaire. Son port de tête, un peu penchée en avant, trahissait cette disposition. Le dessus de son crâne était chauve, à l’exception d’une petite touffe de cheveux clairsemés et hérissés au-dessus du front, une barbe assez mal tenue dissimulait un menton proéminent. Les yeux écartés accentuaient son type mongol.

«Est-ce que les charbonniers embauchent en ce moment, Mikuláš ? dit-il en fixant sur Sova un regard chafouin qui donnait l’impression de flotter.

— Il faudrait que tu aies des amis. Et c’est un sacré boulot.

— Tu me recommanderais, toi, non ?

— Bien sûr.»

Diviš tourna sa chaise vers lui. Il avait déjà beaucoup bu et semblait chercher la bagarre :

«Soit dit en passant, tu sais pourquoi Malenda t’a fait rentrer chez nous ? Et pourquoi il promet de publier tes vieux textes ?»

Sova avait terminé sa soupe. Il regardait dans l’assiette que la serveuse venait de placer devant lui. Il s’était soudain rendu compte que le veau au paprika qu’il avait commandé, bien que d’allure appétissante, n’avait aucun goût. Il pêcha dans la sauce un bout de viande et se força à l’avaler.

«Je pense le savoir, répondit-il, mais ça ne m’intéresse pas.

— Tu ne sais rien», dit Diviš et il but une lampée de bière.

Sova repoussa son assiette :

«De toute manière, ça ne m'intéresse pas.

— Ça devrait t'intéresser de savoir que tu leur sers de paravent pour toutes les saloperies qu'ils ont faites dans le temps. Ils ont besoin d'un alibi, les fumiers, que de bonnes choses ils ont étranglées, le camarade Malenda et le camarade Zubatý ! Pas directement, bien sûr, il suffit de glisser un manuscrit entre les pattes de la censure et eux, ils gardent les mains pures en apparence. "Nous ? Vous savez bien que nous n'y sommes pour rien, nous ne demandons qu'à sortir de la nouvelle littérature, mais les temps sont difficiles, c'est le refroidissement, essayez dans un an ou deux, peut-être que les choses iront mieux !"

— Et alors ? Tu n'as rien découvert.

— Attends, je vais te dire ce qu'il y a de neuf, répliqua Diviš en levant l'index. Voilà comment ça marchait jusqu'à maintenant : une vague froide, un réchauffement, et on recommence, mais ce qui arrive aujourd'hui, camarade, c'est la révolution et eux, les météorologues, leur longue pratique leur a donné un flair pour les atmosphères. Toi, tu entres dans leur jeu comme si tu étais fait pour l'occasion. Un beau pion sur l'échiquier, on en fera une dame si besoin est, sinon, ce n'est pas très important, il s'agissait d'un investissement purement spéculatif. Toi, tu leur avaleras l'hameçon, et le moulinet avec, si tu ne fais pas très attention.»

Diviš parlait d'une voix excitée, il criait presque, mais ce n'était pas grave parce qu'ils étaient seuls au premier étage dans la salle de la brasserie. De la seconde salle située sous l'escalier montaient des fragments tout aussi sonores d'une fête estudiantine.

«Dis-voir, tu leur as dit tout ça ? interrompit Muzikář.

— A qui ?

— A Malenda et à Zub ? Tu leur as dit comme ça ?

— Bien sûr, affirma Diviš. Avec ma démission. Comme ça, j'ai coupé les ponts, mais par contre, je me sens bien.

— Et maintenant tu attends qu'ils annoncent leur abdication ? Ou qu'ils disparaissent sous terre de honte ?

— Non, mais on a besoin de dire ce qu'on pense, au moins de temps à autre. Diviš se tourna à nouveau vers Sova. Tu sais, moi, c'est le parti qui m'a tiré de la fabrique, j'ai pu entrer dans la boîte par l'école du parti, mais je ne peux pas continuer avec des gangsters pareils.

— Tu as fait une connerie, insista Muzikář. Avant, quand on voulait faire passer quelque chose, on était au moins trois. Maintenant on va rester tous seuls, Míla Komárek et moi.

— Mais vous avez Sova, c'est un dur à cuire, dit Diviš. Il se battra comme un lion.

— Je m'en vais, messieurs, c'est mon jour de congé, je peux en profiter pour lire un peu et me voilà assis là comme si je retournais travailler. S'il vous plaît !» Sova appela d'un signe de tête la préposée, une matrone aux allures maternelles, aux cheveux platine.

«Tu es vexé ? grimaça Diviš en se penchant vers Muzikář. Regarde, mon petit Lád'a, il est vexé !»

Sova empocha sa monnaie et se leva : «Si j'étais vexé, vous verriez la différence, dit-il en souriant. Salut !»

Devant la porte du restaurant, il faillit rentrer dans Miluška, une serveuse menue et gentille. Elle leva sur lui de grands yeux sombres où se lisait comme un constant étonnement face à tout ce qu'ils touchaient et ce qu'ils apercevaient.

«Vous êtes en retard, les gens sont malheureux quand vous n'y êtes pas, lui dit-il.

— C'est mon jour de congé. je ne fais qu'entrer et sortir.»

Il regardait son visage de jeune fille au teint lisse et velouté. Il songeait qu'il pourrait continuer le flirt sans problème, il le sentait infailliblement. Il suffisait de développer le jeu commencé. Il aurait pu dire :

«Alors vous n'avez pas de programme fixe. Venez avec moi, si vous voulez, moi aussi, je suis en congé.

— Et où donc ? répondrait-elle, si elle acceptait le jeu.

— Chez moi, prendre un verre, par exemple.»

Pour cette première fois, elle n'aurait pas nécessairement accepté. Il faudrait attendre la deuxième, voire la troisième invitation. Il savait qu'elle ne refuserait pas le jeu. Mais quel intérêt ? Elle ne ferait que s'ajouter au nombre de femmes avec qui il liait un contact superficiel. Il avait depuis longtemps cessé d'apprécier l'alcool et l'amour l'après-midi à cause de la stupeur obtuse et du dégoût qui s'en suivaient, le dégoût provoqué par le réveil au grand jour, ce qui décuplait perversement le déplaisir d'un lit en bataille, de draps froissés et de verres à moitié vides. Et la pensée que cet après-midi pourrait se conclure de la sorte acheva de le décourager.

«Alors profitez-en bien», dit-il en s'effaçant pour la laisser passer.

Il eut la chance de monter dans un tramway presque vide, puisqu'il rentrait avant les affres de l'heure de pointe. Il s'installa à sa table, repoussa tous les livres, les papiers et les bricoles, attrapa son paquet de cartes de rami et le battit soigneusement. Puis il coupa et commença à faire une patience. Il étala les dix premières cartes dans la première rangée, dix encore dans la deuxième...

Il avait passé sa dernière soirée avec Helena dans le studio où ils se réfugiaient à l'accoutumée, mais ce fut bien sûr une soirée très différente des précédentes.

Les pensées de Sova s'envolaient à tout instant vers les routes noyées dans une nuit dont les phares des Haukwitz tranchaient l'épaisseur, dans la course folle vers une certaine maison forestière près de la frontière occidentale.

Le matin il n'avait eu aucun mal à entrer à la mine, le garde n'avait jeté qu'un coup d'œil sommaire sur son passe. Sova s'était appliqué. Le faux qu'il avait réussi à fabriquer paraissait plutôt convenable au premier abord, avec son tampon contrefait, mais le travail était loin d'être parfait. Le plus dur avait été d'imiter le texte imprimé. Quand, au bout d'une semaine de travail, Sova apprécia son œuvre d'un œil critique, il dut admettre qu'il n'avait pas atteint le résultat escompté. Restait à parier sur l'aide miséricordieuse de la grisaille matinale et sur l'inattention des gardes qui ne débordaient déjà pas d'enthousiasme pendant la journée, encore moins après un service de nuit assommant.

D'ailleurs sa présence à cette fête en l'honneur du mariage de Laura prouvait que la partie où Sova courait un risque direct avait réussi. Si on l'avait arrêté le matin avec un faux passe, il serait sans doute ailleurs qu'ici, en train d'expliquer pourquoi il utilisait un faux et où était passé l'original. Sa seule excuse possible aurait été qu'il avait perdu sa vraie carte et qu'il en avait fait une copie par peur des conséquences, raison sans doute brumeuse, mais tout de même plausible, entraînant des conséquences désagréables mais nullement insupportables sans doute. De toute manière, on n'aurait pas pu passer à la suite des opérations. Le jeune Haukwitz qui, depuis un coin sombre, épiait le passage de Sova par le contrôle des agents de police en uniforme avait sans doute passé un sale moment. Dans une cachette en bas de la mine des vêtements civils usagés et aussi discrets que possible ainsi que l'original du passe de Sova l'attendaient, mais c'était le soir surtout qu'il allait courir le plus grand risque. Les gardes pouvaient faire preuve d'une plus grande vigilance au moment où il tenterait de se glisser au-dehors par le portail ; quelque chose pouvait aussi rater plus tard, dans les rues de la ville. Bien sûr, Sova lui avait expliqué dans les moindres détails où avait lieu le rendez-vous et ils avaient minutieusement examiné toutes les éventualités, mais il restait toujours une centaine de hasards absolument imprévisibles dont chacun pouvait faire échouer tout le plan de l'évasion.

Car Sova ne pouvait pas rester à Jáchymov pour apporter son aide éventuelle, sans quoi il n'arriverait pas à assurer son alibi pragois. Si on attrapait Jan Haukwitz avec son passe, Sova pouvait toujours prétendre pour se défendre qu'on le lui avait subtilisé au foyer en son absence. Lui n'avait rien à voir avec cette histoire, il avait montré ses papiers à la sortie de la mine, sans quoi on ne l'aurait pas laissé passer.

Il assurait donc son alibi pour la pire éventualité. Il veillait à ne pas paraître nerveux ou distrait. Il essayait d'avoir l'air insouciant, il tenait la main d'Helena dans la sienne. Quant au couple de jeunes mariés, ils n'avaient égoïstement d'yeux que l'un pour l'autre et ne s'intéressaient guère à leurs amis. On regarda les photos du mariage, on but pas mal, le tout sur un ton anodin, complété par quelques blagues piquantes et d'une partie de rami des femmes contre les hommes.

Un seul point restait en suspens pour assurer le maximum de sécurité quoi qu'il pût arriver. Sova avait beau le considérer comme accessoire, il ne voulait rien laisser au hasard. Helena savait en effet qu'il passait la nuit chez les Haukwitz lorsqu'il venait à Prague. Il commença à y travailler dans le taxi dès qu'ils eurent quitté leurs hôtes dans le studio, aux environs de minuit. Il lui enlaça les épaules – elle était tendre ce soir-là, aucun mot de discorde ne les avait troublés.

«Helena, j'ai quelque chose à te demander, ce n'est rien de terrible», commença-t-il prudemment.

Elle se mit à rire, l'humeur légère :

«Tu sais bien que je voudrais toujours satisfaire toutes tes demandes.

— Mais ce que j'attends de toi te paraîtra peut-être un peu bizarre.»

Sa curiosité fit piquée :

«Vraiment ? Et de quoi s'agit-il ?

— Ecoute, si on venait à t'interroger sur mon compte, tu peux leur dire tout ce que tu sais, si tu le juges utile, dit-il lentement en pesant ses mots. Mais il ne faut à aucun prix avouer que je dormais chez les Haukwitz quand je venais à Prague. Il faut que tu oublies ce nom, voilà tout.»

Elle dressa l'oreille :

«Et qui viendrait me demander ça, s'il te plaît ?»

Il regarda le chauffeur, pour vérifier qu'il ne s'intéressait pas trop à leur conversation.

«La police. Le docteur Haukwitz passe à l'étranger aujourd'hui.»

Il sentit qu'elle s'était aussitôt refroidie. Elle se dégagea de son étreinte et fronça les sourcils.

«Qu'est-ce que c'est que cette bêtise ? Qu'est-ce que cela veut dire ? Dans quoi t'es-tu encore fourré ?

— Ne crie pas comme ça, s'il te plaît, dit-il en désignant le chauffeur de taxi. Ce ne sont pas des bêtises, c'est comme ça. Tu ne connais pas les détails, mais crois-moi, je fais cela pour nous deux.

— Bref, je dois te servir de couverture ? dit-elle au bout de quelques instants. Papa va me tuer si les flics viennent m'interroger. Et s'ils m'embarquaient ?

— Ne dis pas de bêtises, s'il te plaît, murmura-t-il dans ses cheveux. Il y a fort à parier qu'on ne viendra pas t'embêter, et s'ils venaient, tu dis la vérité, à l'exception de ce nom, bien sûr. Tu ne sais pas où je passais mes nuits, il n'y a là rien de bizarre.»

Il songea soudain à une autre complication possible :

«Tu n'as pas parlé des Haukwitz avec Laura ?

— Mais bien sûr que si, dit-elle avec comme un ton de révolte dans la voix.

— Ça c'est mauvais. Il faut que tu ailles la voir demain et que tu t'arranges pour qu'elle se taise. Il le faut, tu comprends ?

— Je ne veux pas, je ne peux pas, j'ai peur, se mit-elle à pleurer. Je ne veux rien avoir à faire avec ces histoires. Ils le sauront, ils me mettront à la porte de l'institut, il n'y a que des malheurs avec toi.»

Il la regarda vivement. Il ne s'attendait pas à une telle manifestation de faiblesse, jusque-là Helena lui était apparue sous un autre jour.

«Il le faut, c'est la seule manière de nous en tirer. Ensuite je ferai ce que tu voudras, mais il faut que tu arranges ça. Pas seulement pour moi, pour nous deux.»

Il insistait désespérément ; les pleurnicheries d'Helena n'auguraient rien de bon. S'il ne voulait pas perdre bêtement la partie, il devait lui imposer sa vision des choses, à elle et à tout le reste du monde. Il ne se tirerait de toutes les difficultés possibles qu'à condition de la soutenir avec opiniâtreté et acharnement et il n'entendait pas se faire coincer du fait de sa propre légèreté.

Par la suite, le vieux Bulíř, un taulard chevronné avec qui il partagea sa cellule, résuma fort bien cette philosophie. Vingt années de détention pour vols et escroqueries les plus divers l'avaient conduit à adopter cette règle simple :

«L'aveu, c'est une circonstance atténuante, mais la négation, c'est l'impunité.

— Et comment se fait-il alors, mon vieux, que cette sagesse ne vous ait pas empêché de faire presque vingt ans de taule ?

— C'est justement là le truc, camarade, sourit Bulíř de ses gencives édentées. Autrement, sur les soixante ans que j'ai aujourd'hui, j'en aurais passé cinquante à l'ombre !»

Sova se disait alors qu'Helena n'avait été qu'un cheval de carrosse. Elle l'avait accompagné de son pas élégant sur le chemin facile et on pouvait ajouter à son honneur qu'elle avait encore tenu pendant une partie du trajet, peut-être par force d'inertie, lorsque les journaux avaient cessé de s'intéresser à lui et qu'il avait été éjecté de l'université. Il songeait qu'il lui manquait l'endurance d'un cheval de labour. Plus tard il découvrit l'entière vérité. Bien qu'elle méprisât profondément son père et qu'elle eût essayé pendant des années de se dégager de son emprise de toutes les manières possibles, Helena ne se distinguait de lui que par le sexe, mais elle avait bien le même caractère. Sova, qui n'avait jamais rencontré le colonel tyrannique, se représentait clairement, d'après les récits imagés d'Helena et ses propres expériences au service militaire, cet officier en pantoufles qui n'avait, de toute sa belle carrière, jamais tiré de coup de feu sauf en manœuvres ou lors d'opérations fictives sur de vastes maquettes de champs de bataille dans les salles de classe. Bien sûr, il avait par tactique laissé échapper toutes les occasions, tant pendant l'occupation qu'en d'autres circonstances.

Selon un ancien dicton, la profession de l'officier consiste à se faire tuer. Mais notre époque a déprécié l'honneur qui s'attache au devoir dans les rangs des soldats comme dans ceux des maîtresses. En fin de compte, l'honneur de mourir ou d'aimer dans l'amertume est foncièrement étranger aux médiocres, puisqu'il suffit d'une goutte d'adaptabilité, la plupart du temps bien excusable, pour survivre.

Au petit matin, dans la grisaille, dès son retour à Jáchymov, Sova se précipita vers la cachette. Il enfonça la main dans la fissure entre la troisième et la quatrième marche de l'escalier principal d'une petite église en ruines et tira du bout des doigts son passe caché. Une vague d'exultation chassa en un fragment de seconde son lourd sentiment d'incertitude. Il aurait crié de joie. Jan Haukwitz était passé.

Restait encore le risque d'une complication imprévue à la traversée de la frontière. Mais selon le vieux Haukwitz il était absolument nul.

Il passa la matinée dans une humeur victorieuse, renforcée par des informations succinctes sur l'évasion d'un prisonnier, une petite sensation locale de la veille. Personne ne savait rien de précis : c'était comme si le fugitif s'était évaporé.

Sova fut arrêté à l'entrée de la mine lorsqu'il se présenta pour l'équipe de l'après-midi, suite à la dénonciation d'un codétenu de Jan qui les avait plusieurs fois aperçus en train de discuter au cours de la semaine précédente.

3.

Une fois étalées les dix rangées de dix cartes, il lui en restait quatre en mains. Pour le moment, il ne pouvait les poser directement nulle part. Le valet de cœur était à une distance infranchissable de la dame de pique dans la troisième rangée ; il pouvait bien, après une manœuvre simple, faire passer le deux de trèfle sous le trois de cœur dans la deuxième ligne mais, à première vue, cela ne débouchait sur aucune perspective intéressante et il ne pouvait rien faire des deux cartes restantes, un six et un huit de carreau. Il commença donc par la permutation qui lui permettrait de se défaire du deux de trèfle, comme seule entrée en jeu possible.

La mort ? Que savait-il d'elle ? Elle avait pour le moment traversé sa sphère de vie comme un lointain météore, ses parents morts en camp de concentration, mais là il avait été trop jeune encore, puis quelques morts dans la mine, un homme tué dans un café lors d'une rixe, tous les coups avaient raté le centre de la cible. Mourir, tout le monde doit mourir, c'est la loi. Et alors ? Si je ne comprends pas pourquoi, je comprends que la prédestination est inéluctable. Alors que reste-t-il ?

Il parvint à déposer le six de pique sous un sept de trèfle dans la troisième ligne et il abordait donc la deuxième phase du jeu avec seulement deux cartes en mains. Selon la règle, le nombre de cartes excédentaires ne devait pas dépasser quatre, il pouvait donc sortir du jeu les deux cartes les plus gênantes pour son déroulement. La situation était prometteuse.

La veille, le groupe de création cinématographique s'était réuni pour parler de dramaturgie et on avait discuté de sa nouvelle littéraire, portant pour titre de travail *Albert de Wallenstein*. Il avait rendu son texte dans les délais fixés par le contrat, mais il avait eu le temps de jauger pleinement la situation et s'était présenté à la réunion avec une position arrêtée.

«Wallenstein est une personnalité insaisissable et je n'en ai pas trouvé la clé», annonça-t-il à M. Strejc, le directeur artistique du groupe de réalisation cinématographique.

Sova s'était installé avec Kadlus, le réalisateur, sur une banquette capitonnée près d'une des longueurs de la table. En face d'eux, M. Strejc se penchait sur une copie de la nouvelle. Son visage était pâle et rond avec un petit nez et de profonds cernes sous des yeux vifs. La raie de ses cheveux était tracée avec le même soin qu'était nouée sa cravate, dont les couleurs et le motif s'harmonisaient avec son costume bien taillé. A sa gauche, les coudes appuyés sur la table, se tenait le responsable de la dramatisation, un jeune homme en col roulé brun aux lunettes cerclées d'une épaisse monture noire et au menton couvert d'une barbiche.

«J'en ai fait deux lectures approfondies, dit M. Strejc en frappant de sa main bien soignée sur la chemise contenant la nouvelle. Mais je dois avouer que cette version me plonge dans un certain embarras.»

Avant qu'il pût poursuivre, la porte s'ouvrit pour laisser entrer le deuxième directeur du groupe, M. Kulíček, qui s'occupait de l'aspect financier de la production.

«Salut, les amis, je me suis mis un peu en retard», claironna-t-il en repliant lourdement sa carcasse anguleuse sur une chaise à côté de Strejc. Dans son visage rubicond comme celui d'un paysan on remarquait surtout le menton qui pointait agressivement en avant. Les deux chefs se complétaient à merveille. Strejc, qui était soigné et sensible, était doué d'une fantaisie que Kulíček, plus fruste mais réaliste, freinait et ramenait sur terre. Ils avaient déjà à leur actif plusieurs films remarquables.

«Nous n'avons pas encore commencé, observa le responsable de la dramatisation.

— Bien, alors il n'y a qu'à s'y mettre», acquiesça Kulíček.

Il se tourna vers Strejc à qui il laissait automatiquement le mot de la fin lorsqu'il s'agissait d'apprécier un travail.

«Je viens de dire que cette version ne permet pas de faire un scénario. A mon avis, non seulement le scénario ne dépasserait pas les contradictions existantes, mais il ne ferait que les accentuer davantage. Avant d'en venir à l'analyse, il est, je pense, indispensable de clarifier un point essentiel, à savoir quel genre de film il s'agit de faire, quel est son caractère déterminant.»

Son regard interrogateur se posa sur Sova et, comme celui-ci se taisait, il regarda Kadlus.

«Je suis d'accord avec cette proposition, dit Kadlus sans se mouiller. Je n'ai abordé cette matière que récemment, pour le moment c'est Mikuláš tout seul qui a fait l'essentiel du boulot. Je ne suis donc pas totalement au fait des choses, mais ce que j'ai étudié suffit à me faire conclure qu'il n'est pas de notre seule compétence, à Mikuláš et à moi, de définir le genre fondamental du film. La matière appelle directement un traitement en vaste fresque historique, un show grandiose chargé d'une grande puissance dramatique, mais cela une fois posé, comment aller plus loin ? Je ne vais pas tourner autour du pot et je vais aller au fait.» Kadlus, qui s'enflammait, accéléra son débit. «Un film historique, en couleur bien sûr, les costumes, les décors, les chevaux, les scènes de foule... en faisant un compte préalable j'ai chiffré ça à au moins dix millions.

— C'est une estimation un peu modeste, Franta, lança Kulíček tandis que Kadlus faisait une pause. Je me souviens vaguement du tableau où ce Wallenstein part en campagne contre les Suédois, quelque part dans le dernier tiers. Le texte exige que les rues de Jičín soient pleines de monde, un carrosse d'or avec un attelage de six chevaux, d'autres carrosses de bagages, le cœur du cortège entouré d'un escadron de cavaliers, une suite de deux cents hommes, nobles et laquais aux couleurs de Wallenstein, messieurs ! Comment dix millions suffiraient-ils ?

— C'est une scène secondaire, objecta le responsable de la dramaturgie. On pourrait facilement la supprimer ou l'arranger.

— Evidemment, j'ai envisagé de supprimer les scènes inutiles, souligna Kadlus. Mais même avec un maximum d'économies, ce serait encore un film très cher. Maintenant c'est à vous, les chefs, de décider ce que vous voulez faire. On ne peut pas faire l'addition tant que le patron n'est pas là.»

Sova regardait par la fenêtre. Un mur gris et décrépit tout près de là arrêtait la vue. Une pénombre morose régnait dans la pièce.

Les regards se tournèrent vers M. Strejc. L'élégant chef passa la pointe de ses doigts sur son front.

«Votre objection n'est que partiellement valable, monsieur Kadlus, dit-il sérieusement. Je vous assure que le point décisif est la qualité du travail. Si nous avons en mains un scénario parfait, on trouvera toujours le moyen de le réaliser.

— Il ne s'agit pas seulement d'argent, vous le savez bien, souligna comme en écho Kulíček. On peut demander une coproduction, ou quelque chose dans ce genre. Mais il est trop tôt pour en parler.

— Je vous répète que le texte à ce stade ne me convainc pas que le scénario atteindra la qualité voulue et, dans le cas présent, celle-ci doit être absolument excellente», dit Strejc. Après un moment de silence, il ajouta : «Quand même, ce thème continue de m'attirer, je ne sais pas exactement pourquoi, mais il y a là quelque chose. J'avoue que je suis allé tirer tout ce que j'ai pu à la bibliothèque et je l'ai lu. Mes amis, ce Wallenstein, c'est un grand personnage, un personnage shakespearien. Vous avez étudié beaucoup plus de matériel et j'aimerais savoir à quoi vous êtes arrivés.»

Il regarda directement Sova pour le forcer à répondre. Mais ce dernier était occupé à allumer une cigarette.

«Qu'est-ce qu'ils auraient pu trouver ? marmonna Kulíček. Puisque nous en sommes là, moi aussi, je suis allé jeter un coup d'œil dans le Denis [1]. Selon toutes les apparences, ce type n'était qu'une espèce de lavette et c'est sa catastrophique indécision qui a tout foutu en l'air. Mais c'est vous qui devriez parler de ça, Mikuláš, bon sang, c'est tout de même vous qui avez écrit ce texte !»

Sova fixait le mince filet de fumée qui tournoyait au bout de sa cigarette allumée. Puis il fit tomber la cendre dans un grand cendrier carré en verre moulé et il leva les yeux.

«Sous un certain angle Wallenstein peut en effet apparaître comme un indécis du genre Hamlet. Mais sous un autre angle, c'est un politicien prudent, sous un autre un héroïque révolté, ou au contraire un traître sans honneur. Il y a aussi un fort thème de la mort, comme un accord annonçant la tonalité de son destin, j'ai dit tout à l'heure que pour moi le personnage était de plus en plus incompréhensible», dit Sova, et son regard finit par se poser sur Strejc, en sa qualité d'animateur principal de la réunion. «Malgré tous mes

---

1 E. Denis, auteur de *La Bohême depuis la Montagne Blanche*, Paris, 1903, traduit en tchèque avec additions et corrections par J. Vančura. (N.d.l.t.)

efforts je n'ai pas trouvé la vérité, ou plus exactement je ne suis pas parvenu à une certitude intérieure sur ce qu'il représente vraiment pour moi. Je n'ai pas de clé pour Wallenstein, je ne sais pas si son drame se situe dans le cadre d'une lutte réaliste de tous contre tous pour le pouvoir, ou dans le cadre d'une consécration métaphysique de la mort. Tous les défauts de mon texte viennent de cette incertitude et je ne vois pas d'intérêt à le réécrire et à boucher les trous. Dans ces conditions, il serait malhonnête de ma part de poursuivre mon travail sur ce sujet.»

Ce fut Kulíček qui interrompit le brusque silence. Il se pencha en avant et ses yeux lancèrent un éclair :

«Mais ça ne va pas du tout, Mikuláš, dit-il d'une voix tonitruante. Vous n'allez pas tout laisser tomber, ce sujet vaut quelque chose, bon sang.

— Je n'ai pas d'objection à ce que quelqu'un d'autre le reprenne, dit Sova. Moi-même, j'en suis incapable pour le moment.»

Avant que Kulíček ait pu répondre, la main fine de M. Strejc s'éleva au-dessus de la table dans un geste d'apaisement.

«Je respecte la sincérité de M. Sova, dit-il lentement. Ce n'est pas souvent que nous rencontrons une pareille franchise dans notre branche. Je respecte son point de vue, nous allons réfléchir à la suite des événements ; j'espère personnellement que notre collaboration ne s'arrêtera pas aujourd'hui.»

Il referma la chemise avec le texte et poussa le tout vers Sova. Le plus surpris par la tournure inattendue de l'affaire fut le metteur en scène Kadlus. Il ne reprit ses esprits que dehors, dans la rue.

«Dis donc, mon vieux, tu as fait un joli massacre, dit-il en tournant la tête d'un air mécontent. Tu aurais au moins pu me prévenir que tu allais enfoncer toute l'histoire.»

Sova marcha un moment en silence. Il se demandait dans quelle mesure la remarque de Kadlus était justifiée.

«Tu as raison, je te dois des excuses, reconnut-il enfin. Je me suis conduit comme un égoïste et je serais désolé si ça te faisait du tort.

— Il ne s'agit pas de ça, j'ai autre chose en réserve, dit Kadlus en faisant un geste. Mais c'est dommage de laisser tomber une chose pareille. On aurait pu continuer et en tirer encore quelques milliers, même si ça n'avait pas abouti.

— Ecoute, je vais être franc, dit Sova en souriant. Il s'arrêta de marcher. Bien sûr, moi aussi, cette possibilité m'est venue à l'esprit. J'ai bien réfléchi à tout ça, mais ce qui est décisif, c'est que je ne suis pas capable d'écrire cette chose. Je ne sais pas comment m'y prendre, je ne sais pas que faire de cette matière et ce serait une escroquerie.»

Autour des deux hommes qui se tenaient au bord du trottoir bruissait l'animation d'une grande artère urbaine. Pendant quelques instants, Kadlus regarda Sova sans mot dire.

«C'est quand même dommage pour le travail que tu y as investi.

— Peut-être que ça a quand même servi à quelque chose, répondit Sova. Je suis désolé si je t'ai déçu.»

Kadlus fit une moue. Il s'était déjà remis de sa surprise et il avait un caractère trop dynamique pour se lamenter longtemps sur de petits insuccès.

«De toute manière, je t'appelle bientôt. Si la situation s'arrangeait ne serait-ce qu'un tout petit peu, on pourrait essayer tes nouvelles, comme nous avions commencé à l'origine.» Déjà, il brassait de nouveaux projets.

Sova ne partageait pas sa confiance. Lorsqu'ils se furent quittés, il pesa encore une fois toutes les données de l'affaire Wallenstein. Il était parvenu à la conviction que le groupe ne confierait de toute manière pas la réalisation du film à deux débutants comme lui et Kadlus, même s'ils parvenaient à mener l'affaire à son terme. Ils auraient pu espérer décrocher un film à deux millions, mais pour le moment leur valeur ne dépassait pas ce plafond. Kadlus oubliait cet aspect important, comme il négligeait le risque de censure si jamais il filmait les nouvelles. Pourtant, c'était la raison principale qui leur avait fait lâcher ce projet peu après leur rencontre.

Dans la rumeur de la rue derrière lui, Sova perçut soudain un coup d'avertisseur. Il n'y prêta pas attention, occupé qu'il était à fendre la foule qui se pressait sur toute la largeur du trottoir par cette tiède après-midi automnale, qu'on aurait presque pu croire réchauffée par un moyen artificiel. La voix rauque du klaxon résonna à nouveau, un taxi vint s'arrêter au bord du trottoir et le conducteur ouvrit la portière.

«Salut, Mikuláš, résonna une voix connue. Monte vite, je ne peux pas stationner ici.»

Sova se pencha et vit au volant Jarda Vocelka. Il monta dans le taxi et claqua la portière.

«Salut, Jaroušek», dit-il en regardant avec un sourire le profil familier de son vieil ami. Des cheveux rares, coupés court, des joues creuses, sillonnées de rides aiguës, une petite bouche, un menton pointu, fuyant sous un nez crochu et proéminent : tout cela faisait penser à un oiseau. Vocelka avait plus de cinquante ans et il avait un peu vieilli depuis leur dernière rencontre.

«Qu'est-ce que tu as, mon vieux, à ne pas passer ou au moins appeler ? La vieille ne me lâche pas, on pensait déjà que tu t'étais fait coffrer», bougonna Vocelka en direction de Sova dès qu'il eut réussi à déboîter dans le flot de voitures.

«Pour le moment, il n'y a pas de raison, dit Sova. J'ai appelé une ou deux fois, mais je vous ai ratés, sauf la fois où on s'est parlé il n'y a pas longtemps.

— Deux fois en trois ans, tu trouves que c'est assez ? Ou seulement deux ans ? se demandait Vocelka. Tu sais, les soirées passent, le programme est toujours aussi riche.»

Sa trajectoire faite de nombreux zigzags avait amené Sova à côtoyer bien des individus de toute sorte. Jarda Vocelka faisait partie des spécimens uniques, pendant deux ans ils avaient habité dans le même foyer de travailleurs à Příbram, lors d'une parenthèse qui les avait conduits simultanément à travailler dans les mines. Vocelka supportait alors son sort avec un calme stoïque. Il avait gagné sa vie grâce aux cartes depuis sa jeunesse, avec un franc succès à en croire ses modestes remarques, exceptés ses démêlés épisodiques avec la justice, qu'il acceptait naturellement comme un risque obligé du métier. La gravité de sa dernière condamnation l'avait quand même un peu chagriné, il considérait que trois ans était une peine inadaptée et démesurée, d'autant qu'il n'avait vraiment pas – il le jurait – subtilisé le bracelet d'or et les deux bagues en diamant de l'appartement de son hôte, où il était venu jouer aux cartes. Après avoir purgé sa peine, on l'avait envoyé dans les mines d'uranium profiter de l'occasion offerte pour parfaire sa rééducation. C'est là qu'il s'était lié avec Sova, lui aussi juste libéré de prison. Sova se rappelait une histoire passionnante que Vocelka lui avait racontée dans un moment de loquacité exceptionnelle.

«Quand M. le Président m'a eu flanqué trois ans, il a

poussé de côté le crucifix qu'il avait devant lui (j'ai été coffré avant la révolution de Février [1], et on vous les collait avec l'aide de la bible et du crucifix), et il me dit : "Voyez, monsieur Vocelka, la chose est entendue et personne ne vous fera sauter ces trois ans, alors montrez-moi au moins un tour." Les cartes étaient sur la table comme pièce à conviction, alors je les prends en mains, je les bats et, comme cette histoire incroyable me faisait vraiment chier, je fais un petit tour de passe-passe et je tire du paquet les quatre rois à la fois. Et le bourgmestre me regarde d'un air désolé par-dessus ses binocles en hochant sa tête chauve : "Vous voyez, monsieur Vocelka, ce que vous venez de faire est très habile et j'espère que vous reconnaîtrez que je vous ai traité à l'avenant."»

Par la suite, ils étaient peu à peu parvenus à se dégager des entraves de la rééducation et leurs chemins s'étaient à nouveau croisés par hasard quatre années auparavant. Cette rencontre avait été instructive. En son temps, Sova avait eu l'occasion d'admirer un Vocelka planant dans les hauteurs tel un aigle. Il avait été témoin de ses aventures amoureuses, de ses escapades qui duraient plusieurs jours, de sa prodigalité avec un argent qui n'avait pas grande valeur à ses yeux. Jarda était un preux par toutes les fibres de son être. Leur seconde rencontre lui avait montré l'ancien gaillard sous un jour quelque peu décoloré. Il s'était marié avec une beauté qui savait ce qu'elle voulait, plus jeune que lui de vingt ans, avait engendré coup sur coup deux descendants et devenait de jour en jour plus fortement enchaîné au foyer familial. Ses révoltes occasionnelles se faisaient, avec le temps, d'une nature de plus en plus symbolique. Il s'en revenait ensuite plein de contrition à ses pantoufles confortablement avachies et à la régularité des repas bien préparés. Le volant d'un taxi de louage avait remplacé les cartes à jouer et Vocelka remerciait maintenant le client qui lui laissait quelques couronnes de pourboire. Seules ses parties régulières sauvaient encore l'honneur d'un drapeau glorieux, mais pour l'heure un peu décati.

---

1 Le «coup de Prague», prise du pouvoir par le Parti communiste entre le 13 et le 25 février 1948, remplaçant un régime de coalition «socialisant». (N.d.l.t.)

Devant une telle déchéance, Sova s'était juré qu'il ne se laisserait pas enfoncer de la sorte. Et surtout pas dans ce pays où il ne voyait pas comment bâtir un rempart derrière les murs protecteurs duquel il aurait pu attendre, avec une dignité appropriée, que monte jusqu'à lui depuis les fiefs désolés de la mort le souffle de la décrépitude. Là ne restait qu'une ridicule course en zigzags, les forces s'amenuisant et s'évanouissant à toute allure, pour aboutir dans quelque coin humiliant où, tel un loup galeux aux babines édentées, il accepterait le coup de grâce, assené par pure compassion.

A vrai dire, il avait cessé de fréquenter les soirées chez les Vocelka après avoir pris conscience que leur sens véritable, même dans les scènes de déshabillage et de coucherie collectives, était de chercher à voiler ce qui n'était, de par sa nature profonde, qu'une tristesse désespérée. Dès lors les orgies organisées pour chasser l'ennui commencèrent à l'assommer comme l'écoute d'un disque repassé sans cesse.

«Je vais à la station place Venceslas, l'informa Vocelka en changeant de file pour tourner dans la rue Na Můstku. Mais je suis bien content de te rencontrer. La vieille m'engueulerait comme du poisson pourri si je t'avais vu sans t'arrêter.

— Et comment ça va chez vous ? interrogea Sova. Tu pars encore en vadrouille de temps à autre ?»

Le feu passa au vert et Vocelka tourna à droite.

«Penses-tu, je n'ai pas touché à une carte depuis je ne sais quand. Sauf pour quelques parties de canasta à la maison, pour parler vrai. D'ailleurs, ça n'a pas vraiment de sens, on se met les nerfs en compote et on a encore des emmerdes, ça ne vaut pas le coup. J'ai complètement changé de cap.

— Ah oui, et qu'est-ce que tu fais ?

— J'ai acheté il y a deux, trois mois un magnéto de premier ordre et j'enregistre des tubes. Mon ami, je t'ai une collection, tu n'en reviendras pas ! Vocelka ne tarissait pas d'enthousiasme. Des amplis hi-fi sensas, j'y ai claqué au moins deux bagnoles. Au moins une, en tout cas, rabaissa-t-il après quelques secondes de calcul. Dans mes soirées, on passe une musique fantastique, il faut absolument que tu viennes voir ça !»

Il obliqua vers la borne de taxis au coin de la rue Štepánská. A peine avait-il freiné qu'un des couples qui attendaient sur le trottoir se précipita vers la voiture.

«Ça a l'air que je vais avoir du monde, ça marche plutôt bien aujourd'hui, remarqua Vocelka. Mikuláš, n'oublie pas que tu dois m'appeler et venir à la maison, bougre d'âne, on se fera une fiesta de première.

— Je te ferai signe, promit Sova en descendant. J'ai été content de te revoir, et bonjour à Magda.»

Le couple de clients monta dans la voiture et le taxi partit comme une flèche. Il tourna à droite et disparut de sa vue.

Sova n'ignorait pas que Vocelka savait tout comme lui que leur prochaine rencontre serait de nouveau due au hasard. L'étape de leur détention commune était passée depuis longtemps, ç'avait été une époque agréable et sans souci, mais les retrouvailles à Prague avaient confirmé à quel point ils s'en étaient l'un et l'autre éloignés.

A l'endroit même où il se tenait maintenant, Sova s'était trouvé une fois à attendre, fortement éméché, lors d'une de ces virées de bombe qu'ils organisaient régulièrement avec Vocelka lorsqu'ils étaient à Příbram. Helena s'était détachée de la foule des passants, elle lui avait adressé la parole, et ainsi avait commencé le deuxième acte de leur histoire, qui comprenait un mariage et s'achevait par un divorce.

«Alors ça y est, tu es devenu raisonnable ? Est-ce que ça t'a mis du plomb dans la cervelle, cette histoire avec les Haukwitz ? avait-elle demandé ce jour-là avec une légère ironie.

— Jan était un garçon de grand talent et nous étions amis.

— Où aurais-tu pu en être aujourd'hui ? soupira-t-elle.

— Je ne me plains pas. Et toi, où en es-tu ?» rétorqua-t-il.

Elle débouta sa contre-attaque :

«Moi, je vais très bien.» Elle le toisa de la tête aux pieds et ajouta au bout d'un instant : «Je voudrais te parler. Viens à Prague dimanche prochain et appelle-moi.»

Rašín arrêta son cheval en lisière de la forêt. Le paysage devant ses yeux s'abaissait en pente douce sous les rayons du soleil qui descendait vers le couchant. Au loin, au-delà des douces courbes du paysage ondoyant, il distinguait des silhouettes de tours, Meissen sans doute, le but de son étape de ce jour. Il avait dû progresser plus vite que prévu, il n'avait pensé atteindre la ville que plus tard dans la soirée. Il tapota avec gratitude l'encolure brillante et humide de son alezan.

Le seigle dorait dans les champs qui s'étalaient comme

des rapiéçages irréguliers entre la limite de la forêt et les murs de la ville. Certaines petites pièces avaient déjà donné leur maigre récolte et se différenciaient par leur texture dans ce tableau d'une apparente paix, mais il ne pouvait échapper à un regard initié que la teinte des céréales encore sur pied était foncée. Les blés étaient trop mûrs ; les silhouettes qui s'échinaient çà et là étaient en nombre insuffisant dans cette lutte inégale contre l'étendue des terres et le temps. Et bien que ces silhouettes fussent trop éloignées pour qu'on les distinguât plus précisément, Rašín savait que ceux qui travaillaient là étaient surtout des femmes. Les femmes, les vieillards et les enfants avaient peine à remplacer les hommes enrôlés dans les immenses armées qui s'apprêtaient à entrer en campagne.

Avant de mettre pied à terre, Rašín regarda attentivement autour de lui. Après seulement, puisque rien n'indiquait qu'il eût de la compagnie et courût un danger quelconque, il décida de s'accorder quelques instants de repos. Il se dirigea tout d'abord vers la petite source qui sortait d'une fente du rocher et son cheval le suivit jusqu'à la flaque qui s'était étalée à son pied. Rašín rejeta son large chapeau noir, tendit les mains vers le filet d'eau pure, et se rinça le visage. Puis il rejoignit à nouveau ses mains en coupe pour boire avec délice à grands traits, lorsque l'alezan rejeta soudain la tête en arrière et s'ébroua doucement. A la seconde, les mains de l'homme assoiffé arrêtèrent leur course. Son sixième sens, affiné par de longues années de prudence, l'avertissait d'un danger. Vif comme l'éclair, Rašín fit deux bonds souples de côté et avant même de retomber derrière la barrière protectrice des troncs d'aulne, il brandit dans sa main droite un pistolet prêt à tirer.

Sur le chemin forestier se tenait un tout jeune garçon, presque un enfant encore, avec de longs cheveux en bataille qui n'avaient pas connu les ciseaux depuis longtemps. Ses yeux affamés luisaient dans son visage amaigri. Il tenait à deux mains son tromblon pointé sur l'endroit que Rašín avait occupé quelques instants plus tôt.

«Je te vise, jette ton arme», dit la voix froide de Rašín.

L'enfant fut tellement surpris qu'il resta figé sur place, un pied en avant. Le pistolet lui tomba des mains, comme si son poids était soudain devenu impossible à porter.

«Combien êtes-vous ? Dis à tes comparses que je te tue s'ils bougent.

— Je suis seul, monsieur», balbutia l'enfant.

Rašín écouta un instant. D'habitude, ils se déplaçaient par deux ou trois ou même en bandes, les malfrats, les déserteurs et ce genre de racaille, mais celui-ci semblait dire la vérité. Il sortit de sa cachette, détendit le chien de son arme et la glissa dans sa large ceinture. En approchant du garçon, il vit la flamme de la peur s'allumer dans ses yeux exorbités.

«Pourquoi voulais-tu me tuer ? interrogea Rašín.

— Je n'aurais pas tiré. Il n'est même pas chargé. Je voulais seulement un peu d'argent, monsieur.

— Pourquoi faire ?

— J'ai faim, monsieur. Voilà trois jours que je n'ai pas mangé.»

Son allemand avait une consonance bizarre, Rašín n'arrivait pas à situer son accent, il n'était ni Saxon, ni Brandebourgeois, ni Bavarois. Puis il comprit de quel nid ce jeune faucon avait sans doute pris son essor.

«Assez, dit-il. Le reste, tu le diras aux aides-bourreaux à Meissen.»

Il ramassa l'arme du garçon, un vieux pistolet écaillé dont lui-même aurait eu peur de se servir. Elle n'était effectivement pas chargée. Il la prit par le canon et la projeta loin dans les broussailles.

Quelques instants plus tard il était remonté en selle et menait le louveteau, son prisonnier, au petit trot devant lui. Ils approchaient de la première bande de champs, la plus éloignée de la ville. Il arrêta un instant son cheval pour admirer le large cours de la rivière tranquille qui était apparue au détour du chemin.

Là-bas, près de chez lui, son allure était plus rapide et son éclat argenté. Il la connaissait intimement dans le paysage de sa jeunesse, jusqu'au moindre rapide, au moindre trou, son père lui avait appris à attraper les poissons d'un seul coup précis de sa dague dans les secteurs calmes et transparents, il s'était baigné dans ses vagues fraîches. Mais le courant avait depuis longtemps emporté les gouttelettes qui avaient touché sa peau. Il aurait donné cher pour le miracle de les sentir encore au bout de ses doigts, de les frotter dans ses mains, de s'en rafraîchir les yeux, soudain curieusement embrumés par ce souvenir envoûtant. Mais, de même que le temps actuel différait de sa liberté de jadis, de même la rivière s'était transformée. Ici, elle courait, tranquille, ni paresseuse ni malade cependant. Sa force se dissimulait sous la surface.

«Debout !» gronda-t-il brusquement à l'adresse du gamin qui s'était laissé tomber, épuisé, sur le sol, dès l'instant où il s'était arrêté. Peut-être à cause des souvenirs, peut-être par inadvertance, il avait lancé son ordre en tchèque.

Malgré sa fatigue mortelle, le gamin s'était levé comme projeté par un ressort :

«Monsieur, moi aussi je suis Tchèque !

— Je le sais, dit Rašín.

— Je m'appelle Václav.»

Le regard brillant d'espoir, il se précipita près du cavalier noir :

«Ne me livrez pas au bourreau, monsieur, je n'ai rien fait, je vous le revaudrai.

— En avant», dit Rašín d'une voix glaciale. Il fit un signe de tête vers le chemin devant lui et éperonna le cheval.

Que faire de lui ? se demandait-il lorsque son regard glissait sur la petite silhouette en haillons qui titubait d'épuisement devant lui. Combien de temps avant que moi aussi je ne sois réduit à guetter un voyageur à l'ombre d'un tournant forestier ? Mes puissants et riches compatriotes ont de quoi manger pendant longtemps encore, mais en terre étrangère les ducats des pauvres roulent deux fois plus vite. Le pain de l'émigré a un goût amer, même s'il y en a parfois en quantité suffisante.

Au début, il avait été reconnaissant à Jean Georges d'Arnim de l'avoir recommandé comme précepteur, puisqu'ils se connaissaient depuis toujours. Mais il n'avait pas tardé à prendre sa fonction en dégoût : apprendre à tirer, à manier l'épée et à monter à cheval à deux gosses insolents dans la journée et boire de la bière jusqu'à la nuit avec un Saxon gonflé d'orgueil. Jusqu'au beau jour où l'arrogance de M. de Wiest dépassa la patience de son éducateur à gages et où il put se rendre compte à ses propres dépens du talent de bretteur du seigneur tchèque. Seule la froide maîtrise du Tchèque silencieux sauva la vie à M. de Wiest, lorsque la pointe de l'épée reposa quelques secondes en un point dangereux entre certaines côtes du côté gauche de sa poitrine, tandis que sa propre arme dévalait l'escalier en cliquetant. Rašín rengaina ensuite son arme, mais il n'était pas souhaitable qu'il demeurât plus longtemps sous ce toit. Les possibilités qui s'offraient à lui étaient bien rares et sa bourse ne contenait pas assez d'or pour lui assurer un long avenir. Il décida donc de partir vers le Nord. Les vaillants guerriers étaient les bienvenus dans les armées du roi de Suède, Gustave Adolphe, et certains seigneurs tchèques y occupaient de hautes fonctions.

L'enfant clopina soudain et tomba à genoux. La tête basse, épuisé, il s'appuyait contre la terre.

«Debout et approche, ordonna Rašín. Monte derrière moi.»

Václav s'approcha sur des jambes mal assurées, mais Rašín dut le hisser sur le cheval en le tirant par le bras.

«Laissez-moi ici, monsieur, quémanda l'enfant dans son dos.

— Tu mourrais de faim, lança Rašín.

— De toute manière, le bourreau va me pendre, soupira Václav.

— Si tu vas chez les Suédois, je t'emmène avec moi», décida Rašín.

Sova pouvait maintenant prendre deux cartes sous la dame de pique et les remplacer par le valet qu'il avait dans la main et le dix de pique qui se trouvait dans la rangée voisine. Il posa le quatre de trèfle, l'une des deux cartes levées sous la dame, au-dessous du cinq de cœur dégagé. Il lui restait deux cartes en mains et il était vivant.

Les sentinelles de la porte sud croisèrent leurs pertuisanes, mais lorsque Rašín se fût identifié par son passe, les hommes s'écartèrent en silence. La signature du maréchal d'Arnim avait son poids même sur un vieux passeport qui commençait à se déchirer aux pliures. Quant au pauvre voyageur derrière sa selle, sa présence n'éveilla pas le moindre intérêt.

A l'auberge de la Grenouille Verte, la patronne dodue leur servit du bœuf bouilli et un cruchon de vin aigrelet. Rašín regardait Václav avaler goulûment la portion qu'il lui avait coupée et il se demanda quelques instants s'il avait bien fait de l'emmener avec lui. Il avait calculé ses dépenses de voyage au plus juste pour lui seul. Ils allaient voyager sur le même cheval, une curieuse façon pour un cavalier de se présenter dans un campement de guerre ; finalement, cette demi-portion ne serait même pas acceptée aux cuisines et elle resterait pendue à ses basques, belle perspective !

L'auberge était à moitié vide. A leur arrivée, les clients s'étaient tus et les avaient toisés de leurs regards renfrognés. La table du coin était occupée par des hommes d'armes de la garnison. Leur conversation bruyante et leur rire aviné ne tardèrent pas à reprendre dans la pièce enfumée au plafond de poutres basses ; deux couples d'habitués attablés un peu à l'écart sirotaient leur vin en échangeant quelques mots rares. Les temps difficiles engendraient la méfiance.

Lorsque la porte se rouvrit brusquement et qu'un autre étranger entra dans la pièce, toute l'assistance tourna les yeux vers lui comme sur un ordre et la conversation qui reprenait à peine cessa de nouveau.

Le regard de Rašín aussi glissa vers la porte. L'arrivant était un cavalier et il avait parcouru un long chemin. Ses vêtements, qui témoignaient aussi de son appartenance sociale, les paquets de poussière dans les plis de ses guêtres roulées et son habit de bonne étoffe attestaient l'un et l'autre. Il n'était pas d'extraction noble, mais il occupait manifestement une fonction qui n'avait rien de subalterne au service d'une famille importante. Les gens de cette espèce avaient toujours quelque mission et un intérêt à suivre, ils s'y tenaient, ce qui évitait tout risque de querelles ou d'affrontements. Rašín se préparait déjà à reprendre son dîner interrompu lorsque le regard de l'étranger qui exami nait l'assistance tranquillement et sans hâte se tourna vers sa table et leurs regards se croisèrent. Aussitôt, le cavalier s'avança vers Rašín et s'arrêta à une demi-aune devant lui.

«Que Dieu vous protège. Je cherche M. Jaroslav Sezima Rašín de Rýznburk, dit-il en tchèque.

— C'est moi-même, monsieur», dit Rašín en se levant.

Ce geste pouvait être pris pour une manifestation de politesse, mais la raison principale en était une meilleure disposition des armes en cas d'attaque. Le nouveau venu n'avait cependant aucune intention hostile. Il sourit et déclara, après s'être brièvement incliné :

«Je suis Vavřinec Kunz, au service de son Altesse le comte Kinský.

— Prenez place, s'il vous plaît», dit Rašín en lui désignant la chaise en face de lui. Il attendit que le messager se fût assis, puis il en fit autant.

Kunz mit la main à sa manchette et en tira une lettre. Ensuite il sortit de derrière son pourpoint deux lourdes bourses qu'il fit glisser vers Rašín avec la missive.

«Tout ceci, monsieur, c'est le comte Trčka qui vous l'envoie. J'ai ordre de rapporter votre réponse.»

Rašín estima que le contenu des bourses représentait une bonne somme de thalers. Il brisa le sceau de la lettre, la lut et la reposa sur la table.

«Vous direz, s'il vous plaît, au seigneur Trčka que j'accepte, dit-il au bout d'un court instant de réflexion. Je reste ici à Meissen en attendant de nouvelles instructions.»

Sova était arrivé au roi de carreau, il glissa sous lui toute la suite comprenant la dame de pique et, en quelques passes supplémentaires, il dégagea la troisième rangée verticale, à l'exception de trois cartes. Mais comme il n'avait aucun moyen de poser les deux cartes qu'il avait en mains, il n'avait le droit d'en prendre que deux, pour ne pas dépasser les quatre autorisées. Il ne voyait aucune continuation nulle part. La réussite avait échoué cette fois-ci. Il ramassa toutes les cartes en paquet. Parfois l'échec est déjà contenu dans la disposition initiale et les coups les plus astucieux tombent à plat. Lorsque les cartes sont contre vous, même une patience angélique ne saurait vous aider.

Au début, on le traîna à des interrogatoires quotidiens. Puis on sauta un jour, ensuite trois, et la durée des interrogatoires elle-même devenait plus brève. Bientôt il n'y eut plus rien à lui demander, il répétait jusqu'à plus soif la même chanson, du début jusqu'à la fin, de la fin jusqu'au début.

«Je ne sais rien, c'est vous qui m'avez appris l'évasion. J'étais à Prague avec ma fiancée. Je ne savais même pas comment il s'appelait, je ne le connaissais que de vue, nous descendions au même étage de la mine. L'autre a dit qu'il m'avait vu me mettre d'accord avec lui ? On ne se mettait pas d'accord, j'avais besoin qu'on me prolonge les rails pour le front de taille, et lui était poseur de rails, je parle avec les taulards comme avec les autres, on fait le même boulot dans la mine. Je ne peux pas savoir comment il est sorti, vous pensez bien que je n'aurais jamais aidé à une chose pareille, je n'ai pas besoin d'embêtements, je m'occupe de mes propres affaires.»

Bien entendu, toutes ses déclarations furent vérifiées. L'important était qu'ils n'y trouvent aucune faille.

«Vous avez le même âge, ça veut dire que vous vous êtes connus à l'université à Prague, vous étiez étudiants au même moment, vous avez été mis à la porte tous les deux, vous en savez plus sur son évasion que vous ne voulez nous faire croire.

— Je n'ai connu aucun Haukwitz en faculté. Je n'y ai jamais rencontré quelqu'un de ce nom. Je ne le connais pas, je ne sais pas, non, non, non.

— Il écrivait, lui aussi. Et il était aux services d'un syndicat d'étudiants réactionnaires. Vous ne pouviez pas ne pas vous connaître.

— Je n'ai jamais assisté à aucune réunion. Je ne me suis jamais intéressé à la politique, non, non.»

A la fin, ils lui avaient ordonné de se déchausser et ils avaient commencé à le frapper sur la plante des pieds avec des règles et des matraques.

«Avoue, fumier ! On va t'apprendre une autre chanson, espèce d'ordure ! Parle, et vite, sinon tu ne sortiras pas d'ici vivant !»

Il hurlait de douleur, il transpirait, il s'évanouissait. Mais il savait maintenant que les Haukwitz avaient réussi à fuir et que son alibi à Prague avait tenu le coup. Ils n'avaient aucune preuve contre lui et cela l'aida à supporter la torture de la question et ajouta de la vraisemblance à ses «non» répétés. La validité du premier paragraphe de la loi de Bulíř, qu'il ne connaissait bien sûr pas encore, se justifiait entièrement.

Après l'interrogatoire, on dut le porter jusqu'à sa cellule et pendant deux jours il ne put poser le pied par terre. Il n'y eut pas d'autres séances de ce type, il n'était qu'un poisson insignifiant dans les filets d'une époque héroïque et il ne valait pas la peine qu'ils se fatiguent avec lui.

Par la suite cessèrent ces voyages jusqu'aux bureaux des préposés, à travers de longs couloirs en zigzags que, les yeux bandés par une serviette, il avait appris à suivre sans hésiter et presque sans avoir besoin que les matons le poussent. Il comprit aussi que son cas ne les intéressait plus lorsqu'au bout de trois semaines on lui donna un compagnon de cellule, le vieux Bulíř, et que fut mis fin à l'isolement total dans lequel il avait été maintenu jusqu'alors.

Les choses tournaient au mieux. Et Sova pouvait se réjouir : en quittant ces lieux inhospitaliers, il irait retirer deux minces livrets verts dont chacun comportait, sur la première page vierge, un versement initial de cent mille couronnes. Il se présenterait devant Helena avec ces livrets. Le docteur Haukwitz les lui avait remis tous deux, en lui indiquant le code secret, le samedi après-midi du jour J, en signe de confiance. Par la suite, une lettre, confirmant le succès de la fuite, devait être envoyée à la poste principale, service poste restante, sous le code «une bonne cause». *La bonne cause a triomphé, l'amour fidèle est vainqueur...* [1]

Mais ce ne fut pas aussi facile. Sova avait beau réclamer sa libération avec de plus en plus de fureur, puisque sa parfaite innocence avait résisté à toutes les épreuves, il fit surtout rire le référent chargé de traiter son affaire, lorsqu'il se mit à vouloir trouver le délai légal de la détention préventive. L'histoire atteignit son point culminant quelque deux mois après son arrestation, lorsqu'il se mit en tête d'écrire une plainte au ministre de la Justice. Voilà à quel niveau il était tombé, poussé par le désir de recouvrer sa liberté et de rejoindre sa bien-aimée. Puis sa détermination fléchit et il se réconcilia avec sa totale impuissance. Il ne lui restait qu'à attendre. Personne ne s'occupait de lui, les interrogatoires avaient complètement cessé, il frémissait à l'idée qu'on l'avait tout simplement oublié là, que son dossier s'était perdu et qu'on le garderait des années comme une pièce d'inventaire vivante. Seul ce vieux brigand de Bulíř égayait de ses histoires inimitables l'incommensurable ennui des longues journées de détention, et un seul point lumineux venait les éclairer, Helena.

On le relâcha au bout de trois mois, en l'avertissant qu'on avait l'œil sur lui. C'est aux conséquences de cet avertissement qu'il crut par la suite devoir attribuer la seule et unique explication de l'échec répété auquel se heurtaient ses tentatives de voyage à l'étranger. Une main inconnue avait dû griffonner une petite note dans le dossier personnel qui permet

---

1 Citation de *La fiancée vendue*, opéra de B. Smetana. (N.d.l.t.)

de suivre, depuis les instances supérieures, les faits et gestes de tout individu.

Lorsqu'il recouvra la liberté, on était presque en hiver. Sitôt franchi le portail de la prison, il se rendit droit à la direction des mines pour se présenter au travail, comme on le lui avait recommandé à sa levée d'écrou. Il y déposa sa demande de transfert au chantier de l'entreprise annexe de Příbram et, eu égard à son cas, il obtint satisfaction.

Il fourra dans sa valise les épaves de ses possessions que ses voisins de foyer n'avaient pas encore raflées et déménagea le jour même, vers un foyer semblable à celui qu'il quittait. Son nouveau lieu de travail avait tout de même un immense avantage : il n'était qu'à une heure de Prague en autocar.

Une fois installé, Sova se rendit en premier lieu à la poste d'où il envoya à Helena une lettre exprès recommandée, formulée de manière si brumeuse que le colonel qui ouvrait son courrier ne pouvait comprendre de quoi il retournait. Il encoda l'information centrale dans une phrase insignifiante : il viendrait peut-être à Prague le samedi suivant. On était jeudi. Vendredi soir, au retour du travail, il trouva un télégramme d'Helena : "Ne viens pas, lettre suit."

La lettre suivit en effet sans délai : il la reçut dès le lendemain. Il en relisait pour la n^{ième} fois ses quelques lignes, refusant d'en croire ses yeux :

«Mikuláš, lors de notre dernière rencontre, tu m'as dit que tu ferais pour moi tout ce que je te demanderais. J'en profite pour te prier de ne plus venir me voir. Tout est fini entre nous, je veux me marier et avoir une vie tranquille, ce qui ne serait jamais possible avec toi, vu ton caractère. La meilleure solution est de ne jamais nous revoir. Oublie-moi comme je veux t'oublier moi aussi.

Bien à toi, Helena.»

Le dimanche matin il prit l'un des premiers autobus pour Prague. Il tourna et vira dans sa rue jusqu'en fin d'après-midi. Personne ne sortit. Il l'appela au téléphone un nombre incalculable de fois, prêt à parler même à son père, mais personne ne répondit.

Il se ridiculisa de la sorte bien assez longtemps, mais à la fin il baissa les armes. En allant au Repre, il passa devant la poste et repensa à une certaine lettre. Il était si abruti qu'il se moquait d'être suivi ou non. Puis il lut cette deuxième lettre, si peu de temps après la première. Elle était très brève. Elle contenait une phrase idiote qui lui fit l'effet d'un direct au menton : *La bonne cause a triomphé...*

Seigneur Jésus ! S'il avait su plus tôt comment il allait triompher, ce fidèle amour, il se serait épargné trois mois de réjouissances. Au lieu de tisser des rêves sur des amours de tourtereaux, sur la possibilité de construire une enclave intouchable et imprenable de bonheur privé au milieu du marasme général, il aurait dû fouetter ses chevaux et dire adieu à tout cela. Il n'avait réussi qu'à rater une bonne occasion.

Il sortit de sa stupeur et commença à réfléchir en réaliste. Que faire de cette lettre compromettante qu'il fripait dans sa poche, comment expliquerait-il un texte aussi débile ?

Et si on avait suivi tous ses pas depuis sa libération, si la censure avait lu les deux missives échangées entre lui et Helena, comment expliquerait-il cet *échange de services* auquel elle faisait allusion ?

Il fallait d'abord se débarrasser de la lettre qu'il avait sur lui au plus vite. Il y parvint enfin dans les toilettes du Repre. Tout le long du chemin, il n'avait pas arrêté de se retourner, mais il ne respira vraiment qu'en tirant la chasse sur les cendres de la lettre brûlée.

Déjà plus rasséréné, il s'installa au restaurant à sa table préférée. Milda arriva aussitôt. Il se pencha vers lui d'un air conspirateur.

«Et pour monsieur ? lança-t-il à voix haute en ajoutant tout bas : Où étais-tu passé depuis si longtemps ? Je commençais à m'inquiéter.

— Tout va bien, le rassura Sova. Apporte-moi quelque chose à boire, Milda.

— Très bien. Tu veux tes livrets d'épargne ? continua-t-il en chuchotant.

— Tu peux les garder encore quelques jours ? Il faut que je reprenne mes esprits.

— OK, murmura Milda, puis il dit à voix normale : Alors une grande vodka.

— Et une pour vous, chef, enchaîna Sova.

— Malheureusement, je suis en service», dit Milda avec une grimace suggestive.

Sova était en train de verrouiller sa porte, lorsque sa voisine de palier, Mme Kolářová, sortit du cabinet. Elle referma la porte derrière elle et fit jouer l'interrupteur qui se trouvait dans le couloir. Sova avait beau habiter ici depuis plusieurs mois, il ne savait toujours pas sur quel pied danser avec elle. Sa position différait de celle des autres locataires de l'étage : non seulement elle était sa voisine la plus immédiate, mais aussi ils partageaient le même w.-c. Le second cagibi appartenait aux deux familles restantes, les Michálek et les Zavěsil.

Il était assurément utile de faire alliance avec Mme Kolářová et Sova s'y efforçait consciencieusement en proférant des remarques sur le temps ou en s'inquiétant de savoir si sa radio ne la dérangeait pas. Pourtant il n'avait pas encore réussi à s'attirer sa bienveillance. L'ombre d'une sorte de sourire apparaissait bien autour de sa bouche affaissée de vieille femme pendant ces échanges stériles, mais ses yeux de hérisson, incroyablement perçants, ne cessaient de lui marquer une distance obstinée.

Cette fois, ce fut elle-même qui engagea la conversation.

«Vous allez en promenade ?

— Oui, un peu, vous savez, madame Kolářová, répondit-il sans se compromettre.

— Vous risquez de vous faire saucer. On dirait qu'il va pleuvoir, les chiottes puent, prophétisa-t-elle, en ajoutant : Oui, tant que j'y pense, vous êtes de service à partir de lundi.

— Quel service ? s'effraya Sova.

— Le couloir à laver, les escaliers jusqu'au rez-de-chaussée, etc.

— Aïe aïe aïe, dit Sova. C'est que je manque terriblement de temps.

— Et Mme Breberová ?» Elle lui rappelait d'un ton caustique sa compagne officielle.

«Je préférerais m'en occuper moi-même ; vous ne connaîtriez pas quelqu'un par hasard qui pourrait s'en charger ? Vous connaissez la situation mieux que moi. Je paierais bien.»

Il était passé à l'attaque et il attendait, curieux de voir ce qui allait en sortir. Elle réfléchit quelques instants, puis elle accepta l'offre.

«Ben, je m'en occuperai moi-même, de toute manière je n'ai rien à faire et la retraite, ce n'est même pas la peine d'en parler.»

Un billet de cent couronnes scella l'affaire. Ils marchandèrent encore une minute, elle protestait que c'était trop, puis elle finit par accepter lorsqu'il lui eut fait remarquer qu'elle s'occupait aussi de leur w.-c. commun.

«Au revoir, monsieur le rédacteur», dit-elle en partant.

La glace était brisée. En échange de cent couronnes, il s'assurait la paix pour les deux semaines à venir, il confortait certainement sa position dans la maison et obtenait de surcroît la reconnaissance de son titre. Pour cinq couronnes de pourboire, on pouvait facilement devenir Docteur, Monsieur l'Ingénieur ou cher Maître dans n'importe quel établissement, voire chez le coiffeur. Et en ne payant que le prix indiqué on pouvait s'attendre à ce que le garçon crache dans votre soupe.

Sova descendit à pied jusqu'à l'angle de la rue où se trouvait la cabine téléphonique. Mais l'appareil était inutilisable, quelqu'un avait dévissé les deux membranes. Il poussa jusqu'à la cabine suivante, mit une pièce dans la fente ad hoc, mais ne put obtenir la tonalité. Lorsqu'il eut raccroché, l'appareil cliqueta et la pièce resta coincée à l'intérieur. C'est seulement alors qu'il remarqua l'avertissement gravé avec une clé au-dessus de l'appareil : *«Attention, il vole !»* avec la date de la veille.

Il partit en quête d'une troisième cabine. De telles expériences avaient depuis longtemps cessé de l'irriter, il se l'interdisait. Il considérait comme naïf d'attendre que les éléments fonctionnent comme il faut ; pour lui, ils ne faisaient que refléter leur appartenance à un tout donné. Il lui arrivait plutôt de s'étonner lorsque les allumettes s'allumaient vraiment ou que les trains arrivaient à l'heure en gare. Pour ce qui est des cabines téléphoniques, il suffisait d'un peu de patience et d'une pleine poche de monnaie.

Entre temps il était arrivé au carrefour principal près du passage à niveau. Juste de l'autre côté il trouva un appareil, le cinquième sur son chemin, en état de marche. Il mit la pièce, fit le numéro et attendit. Quelques instants plus tard on décrochait à l'autre bout.

«Allo ? fit une voix féminine qu'il n'arrivait pas à identifier avec certitude, au bout de tout ce temps.

— Pourrais-je parler à Helena ?

— Helena n'est pas là, annonça la voix. Qui est à l'appareil ?

— C'est Mikuláš Sova. C'est toi, Evička ?

— Oui, et toi, tu es encore en vie ? demanda Eva d'une voix qui s'était nettement refroidie. Elle ajouta, au bout d'un instant : Je dois lui dire quelque chose ?

— Non, même pas. Et toi, que deviens-tu ?

— Ça ne te regarde pas», fit-elle en raccrochant.

Son mariage avec Helena avait eu lieu six semaines après leur rencontre. D'emblée, Helena lui avait posé une question, celle-là même qui avait marqué la dernière période passée avec Jarda Vocelka :

«Tu veux vivre comme ça jusqu'à ta mort ? Avec les dons que tu as ? Ne me dis pas que ça te satisfait, s'il te plaît.»

Sa solidité, son assurance l'avaient enthousiasmé. Il éprouvait le même sentiment en sa présence qu'il aurait eu devant le ronronnement d'un puissant moteur chevillé au sein de son être. A côté d'elle, il se faisait l'effet d'un être mou. Il acceptait même avec un soulagement certain le nouveau tour des événements qu'elle guidait délibérément vers les buts qu'elle s'était fixés. Il quitta la place de signaleur à la cage de la mine et entra comme chauffagiste dans la maison où se trouvaient les bureaux de l'Union des femmes, dans laquelle Helena occupait l'importante fonction de secrétaire générale.

«C'est un commencement, tant que je n'arrange rien de mieux. Mais je crois que ça va marcher», l'assura-t-elle.

Il n'en avait pas le moindre doute.

Il habitait évidemment chez elle dans la villa. Dans *sa* villa, depuis le jour où le colonel son père était mort d'une manière fort civile dans son lit – d'un infarctus. Elle avait installé son propre bureau dans celui de son père, transformé la chambre à coucher de ses parents en séjour commun pour toute la famille, en fait uniquement pour elle-même car sa mère n'y entrait que sur invitation, se réfugiant le reste du temps dans la pièce d'angle qui lui était restée. Après les années de vie commune avec le colonel, la vieille dame faisait preuve de la même adaptabilité conciliante envers celle qui avait succédé à son mari : Helena avait en effet saisi l'occasion et s'était emparée du sceptre du commandement.

Sova ne prêtait aucune attention à la jeune sœur d'Helena

qui occupait la mansarde à droite au-dessus de l'escalier qui donnait dans le hall. A l'exception du repas de noces, ils s'étaient retrouvés tous les quatre peut-être encore deux fois, autour d'une bouteille de vin, à l'occasion d'un anniversaire. Eva fuyait toujours au plus vite la zone d'influence de sa sœur.

Au début, Sova supportait l'état des choses avec satisfaction. Après des années d'une indépendance qui avait tout de même un côté usant, le confort marital produisait sur lui un effet reposant. Force lui était de reconnaître qu'il y avait du vrai dans cette affirmation d'Helena :

«Nous vivons dans ce pays et nous n'y pouvons rien. Cela n'a pas de sens de se cabrer, c'est bête et ça ne mène à rien. D'ailleurs, si quatorze millions de personnes ont fini par y trouver leur juste place, rien ne t'empêche d'en faire autant si tu le veux.»

Sous son influence, il se mit à le vouloir. Il faisait des efforts pour s'adapter et ensemble ils réfléchissaient à la manière de lui trouver sa juste place. Une bonne place, la meilleure autant que possible, à l'exemple de ces presque quatorze millions de leurs contemporains ; il convint que c'était raisonnable.

Leurs rapports sans nuage se poursuivirent durant tout le printemps après leur mariage. Quelques jours avant le départ d'Helena à une conférence en Union soviétique, ils étaient couchés nus dans sa chambre après l'amour. La couverture rejetée traînait par terre près du lit large et bas. Ils savouraient les derniers instants d'après le plaisir. Au cœur d'une conversation sans intérêt, ils avaient soudain eu envie l'un de l'autre, brutalement et passionnément, et Helena n'avait même pas fermé la porte à clé, contrairement à toutes ses habitudes. Et juste durant ce temps de silence léthargique, des pas résonnèrent dans l'entrée, la porte s'ouvrit à toute volée sans qu'on eût frappé et Eva apparut sur le seuil. La chose s'était produite d'une façon si brusque et si imprévue, l'arrivée d'Eva était si inhabituelle et la surprise de tous si forte qu'ils restèrent quelques secondes pétrifiés comme des statues. Helena fut la première à reprendre vie, elle se souleva sur ses coudes et cria avec colère de sa voix la plus péremptoire :

«Dehors ! Qu'est-ce que tu viens foutre ici ? Disparais

tout de suite !»

Et Eva reprit ses esprits et referma la porte sans un mot d'excuse.

Pareil incident est, le plus souvent, gênant pour toutes les parties en présence. Pourtant Sova nota pour la première fois cette nuance caractéristique dans la voix de sa femme et sa réaction lui parut excessive.

Quelques jours plus tard, il était avec Eva sur le quai et ils agitaient leur main en signe d'adieu au train qui emportait Helena pour une semaine à Moscou. Sova saluait avec une application de jeune marié, jusqu'au moment où Eva intervint. Bien que le train n'eût pas encore disparu à leur vue dans la courbe de la voie, elle referma son sac à main sur son mouchoir et se tourna vers lui avec une invitation non dissimulée : «Et où allons-nous maintenant, nous deux ?»

Ils rentrèrent à la maison. Ils burent deux bouteilles de vin dans la chambre d'Helena, à un rythme rapide et avec un acharnement tendu, en écoutant les disques d'Helena, presque sans échanger de paroles. Il remarqua qu'Eva choisissait les mélodies préférées de sa sœur, des rengaines lentes et sentimentales. Mais au lieu de les apaiser, la musique ne fit qu'augmenter la tension entre eux. Soudain, Eva se leva et quitta la pièce. Quand il vit qu'elle ne revenait pas, il arrêta le phono et partit à sa recherche. Il monta à tâtons l'escalier en colimaçon jusque dans les combles. Les marches de bois grinçaient sous ses pas et Sova craignait que ces bruits n'attirent la vieille dame hors de sa chambre. Ses peurs étaient inutiles. Une fois en haut, il respira et ouvrit doucement la porte de la mansarde. Eva était étendue nue sur son lit. A côté, dans un chandelier, brûlaient deux cierges fraîchement allumés. Avec Helena, ils faisaient souvent l'amour à la lumière des cierges. Il se dévêtit et s'allongea près d'elle. Il lui caressa l'épaule :

«Tu dors ?»

Elle se tourna et se pressa contre lui. «Viens, dit-elle. Fais-moi tout ce que tu lui fais.»

Ensuite, quand ils furent étendus, libérés, l'un près de l'autre, la raison lui revint et il se mit à réfléchir :

«Eva, si tu penses que tu t'es vengée d'elle, alors tu te trompes sans doute.» Elle resta sans réponse et il poursuivit : «D'accord, tu tiens un atout et tu le sortiras quand ça te conviendra. Mais je ne suis pas sûr que ce soit un bon atout contre elle.

— Tu as peur d'elle, la générale ? lança-t-elle.

— Non, nous n'avons pas ces rapports-là.

— Alors tu vas bientôt commencer à avoir peur. Elle ne laisse personne vivre comme il veut, regarde-la bien, elle ne marche pas, elle défile, elle ne parle pas, elle commande, sortit Eva d'une seule traite. Ah, Miku, qu'as-tu fait de tes yeux ? Comment as-tu pu épouser une conne pareille ?»

Sova était assis dans le restaurant en plein air où, jadis, il attendait parfois Helena au retour de ses réunions. Il guettait par-dessus son demi, dont la mousse était retombée : allait-elle sortir d'un de ces tramways qui arrivaient ? Onze heures du soir approchaient, le serveur entassait les chaises sur les tables en les heurtant expressivement, mais Helena n'arrivait pas.

Sova se leva, avec le sentiment persistant de se conduire comme un idiot. L'air avait nettement fraîchi depuis le coucher du soleil ; il se mit à descendre, transi et mécontent, par une ruelle latérale. Puis il tourna encore une fois dans la rue familière avec sa rangée de petites villas entourées de jardins. Helena habitait la quatrième depuis le début, il passa et repassa dans toute la rue, mais la fenêtre de sa chambre restait noire.

Il se mit à chercher un téléphone et la chance lui sourit : il tomba sur un appareil en état de marche dès la deuxième cabine. Au bout de quelques sonneries, ce fut à nouveau Eva qui répondit, d'une voix traînante et endormie.

«Allo ?

— Excuse-moi de te déranger encore, dit-il sur un ton contrit. Helena n'est toujours pas rentrée ?

— Je ne sais pas.

— Elle n'est pas rentrée tant que tu étais encore debout ?

— Non absolument pas, rétorqua Eva, puis d'une voix tout à fait éveillée : Mais qu'est-ce qui te prend tout à coup ? Où veux-tu en venir ?

— Oui, ça m'a pris comme ça, dit-il, soudain tout gêné. C'est sans doute une bêtise. Excuse-moi, je ne te dérangerai plus aujourd'hui.»

Il raccrocha le combiné dans la fourche. L'appareil ronfla, et la pièce retomba par l'orifice de retour de monnaie, comme si la conversation n'avait pas eu lieu.

Ce qui l'avait tant troublé lorsqu'il avait repensé à leur seconde rencontre, c'était le souvenir de la première phrase d'Helena ce jour-là :

«Est-ce qu'elle t'a mis du plomb dans la cervelle, cette histoire avec les Haukwitz ?»

Mais Helena aurait dû tout ignorer sur la famille Haukwitz, tout au plus connaissait-elle l'existence du docteur, car il n'avait jamais fait la moindre allusion devant elle à l'évasion de Jan à l'époque où cela s'était passé, il en était certain. Et pourtant, à cette rencontre au bout de nombreuses années, ses premières paroles avaient concerné «cette histoire avec les Haukwitz» et elle n'avait pas manifesté la moindre surprise lorsqu'il avait ensuite lâché le nom de Jan. D'où avait-elle pu entendre parler de lui ? Helena avait soutenu que la police n'était pas venue l'interroger à l'époque. Etait-elle allée d'elle-même au poste pour y apprendre toutes les circonstances de l'affaire ? Quelque chose ne collait pas ici, certaines réalités méritaient d'être éclaircies.

Sova se dirigea vers l'avenue principale. Que pouvait-il attendre d'Helena aujourd'hui ? L'aveu qu'elle avait collaboré avec la Sûreté nationale ? Une confirmation de ce qu'il soupçonnait, à savoir qu'après le divorce son dossier s'était enrichi d'une annotation supplémentaire ?

Un tramway se présenta et Sova monta dans la voiture.

Un vent violent chassait les flocons presque horizontalement contre le cavalier. Ils se déposaient sur le bord de son chapeau profondément enfoncé sur son front et dans les plis du manteau. Ils fondaient à l'endroit où les jambes du cavalier embrassaient les flancs de l'animal, bien qu'il gelât à pierre fendre. Le sol était dur et sonore comme une aire à grain.

Le cheval s'ébroua car les flocons importuns lui irritaient les naseaux. Il secoua la tête. C'était un étalon pommelé, haut et fort, et Rašín l'avait fait seller à Jaroměř, malgré les mises en garde du garçon d'écurie. («Oui, c'est le plus rapide, mais il est trop capricieux. Il a la bouche dure, il se ferait tuer quand il n'a pas envie d'obéir.») Rašín avait examiné le coursier et lui avait tapoté le col. Dès la sortie de la ville, le cheval avait commencé à se rebiffer, sentant que la route devant lui allait être longue et fatigante, et regrettant la chaleur de l'écurie. Mais l'homme qu'il portait en selle avait la main plus dure et surtout plus de volonté que n'importe lequel des cavaliers dont il se souvenait et maintenant, alors qu'ils approchaient du but, la bête était trop humiliée pour tenter quelque révolte.

Son cavalier était épuisé lui aussi. Le soir tombait presque. Rašín était monté en selle la veille à l'aube à Meissen et il n'avait pas mis pied à terre, même pendant la nuit, sauf pour changer de monture. C'était presque la pleine lune, les chemins étaient durs et gelés et, pour le moment, seule une fine couche de neige poudreuse les recouvrait. C'était une course contre le temps, il sentait le changement s'annoncer et, si la neige se mettait à tomber pour de bon, il se traînerait comme un escargot. Pourtant la lettre du comte Trčka exigeait la plus grande hâte.

Il se rendit compte que l'épuisement pénétrait jusqu'aux os de ses membres glacés et que, lui-même abruti de fatigue, l'échine courbée et les yeux lourds de sommeil, il laissait l'étalon se reposer trop longtemps au pas. La neige fondue qui s'égouttait le long des parois intérieures de ses hautes bottes relevées se transformait rapidement en grésil. Rašín reprit ses esprits. Il se dressa sur la selle, tira sur les rênes et pressa le cheval. L'étalon ne réagit pas. Rašín jura et sa main droite fit siffler le fouet. En même temps, il appliqua les éperons. Alors seulement la bête se remit à courir d'un pas lourd. Rašín se pencha en avant, et fit à nouveau siffler le fouet. Avec la vitesse croissante, les aiguilles de neige acérées commencèrent à grésiller sur le bord du chapeau.

Lorsqu'il tendit la bride au garçon d'écurie du château d'Opočno, l'étalon écumant tremblait de fatigue. Sur ses jambes ankylosées, Rašín emboîta le pas au majordome respectueux. On entendait nettement craquer l'enveloppe de glace sur ses bottes. Tenant la rampe, il montait l'escalier principal lorsque le comte Trčka apparut tout en haut. Rašín leva la tête et Trčka descendit à sa rencontre sur le palier, les mains tendues vers lui. Rašín ôta son chapeau et s'inclina. Trčka fut moins cérémonieux.

«Soyez le bienvenu, mon ami», dit-il en embrassant cordialement Rašín.

Avant qu'il eût reculé d'un pas pour le regarder à nouveau,

Rašín sentit une forte odeur de vapeurs vineuses émanant de son visage éclairé par un grand sourire. On faisait la fête au château, et on avait allumé des centaines de bougies ce soir-là. Le comte Adam Erdman Trčka, depuis toujours célèbre pour son élégance, portait aujourd'hui un habit de fête tout de brocart et d'or. Dans son long visage, auquel les mouvements d'un esprit quelque peu léger imprimaient facilement des expressions variables, brillaient des yeux animés par le bonheur, l'exultation et une exquise fantaisie.

«Acceptez toutes mes félicitations, comte, articula difficilement Rašín car ses lèvres étaient encore gelées.

— Oui, nous fêtons un heureux baptême, c'est un grand jour pour moi», reconnut en riant Trčka. Puis il baissa la voix, cligna éloquemment de l'œil droit. «Bien des hôtes de marque sont présents aujourd'hui et le plus distingué d'entre eux est mon beau-frère, le duc de Wallenstein. C'est justement à lui que je serai heureux de vous présenter, si vous n'êtes pas trop fatigué, bien entendu.

— Je serai à votre entière disposition dans une heure, dit Rašín.

— Parfait, je viendrai vous chercher moi-même, je voudrais encore régler quelques détails entre quatre-z-yeux», dit Trčka en se faisant plus sérieux. Puis son regard glissa vers le valet qui s'attardait à quelques pas, la sacoche de Rašín à la main. «Qu'est-ce que tu bayes aux corneilles ? Monte, et que ça saute ! Préparez un bain, un rafraîchissement, vite ! Active-les donc un peu, ces paresseux !»

Ces dernières paroles furent lancées en direction du majordome. Puis Trčka commença à monter l'escalier, le bras droit familièrement accroché à celui de Rašín.

«Il fait un temps terrible, remarqua-t-il. Je ne vous attendais que demain au plus tôt, monsieur Rašín. Comment avez-vous fait pour arriver jusqu'ici en si peu de temps ?

— Je ne me suis pas arrêté, je craignais qu'il se mette à neiger, dit Rašín. Votre messager est resté à Lípa pour se reposer.»

Trčka était un excellent cavalier. Dans sa jeunesse viennoise, les chevaux, les cartes, le vin et les femmes avaient compté parmi ses passions. Pour l'heure, c'était un jeu situé sur un plan beaucoup plus élevé qui l'intéressait – le jeu du pouvoir. Pourtant les chevaux restaient sa passion et il savait apprécier l'art d'un cavalier.

«Belle performance», dit-il, en se demandant en lui-même s'il aurait pu franchir la distance depuis Meissen dans les mêmes conditions. Certainement, et peut-être plus vite encore, s'il l'avait fallu.

«Je vous confie donc à mon valet, il vous remettra sur pieds. Et je reviens dans une heure», ajouta Trčka à haute voix devant une des chambres d'invités à l'étage. Déjà le laquais ouvrait la porte en s'inclinant.

Le bain revigora Rašín et le vin lui redonna des forces. Lorsque Trčka s'annonça au bout du temps convenu, Rašín, bien ragaillardi en apparence, le reçut en tenue convenable. Le comte fit remplir deux coupes magnifiquement ornementées et hautes sur pied, puis il renvoya le page.

Une discussion importante et confidentielle se préparait et il valait mieux en cacher la teneur, même aux serviteurs dévoués.

«Je ne vous ai écrit pour l'instant que deux lettres formelles, monsieur Rašín, sans les détails, qu'il vaut mieux éviter de mentionner noir sur blanc, dit Trčka avec un sérieux inhabituel. Puis-je vous demander comment vous avez apprécié leur portée ?»

Rašín était assis calmement en face de lui. Le regard de Trčka essayait de pénétrer sous la surface de son visage fermé, taillé à grands traits discontinus, comme si la hache qui en avait délimité les plans avait manqué de patience pour les détails. Ni les traits, ni les yeux bruns, calmes sous d'immenses sourcils rectilignes, n'exprimaient au-dehors les pensées ou les sentiments. La moustache et la courte barbiche taillée en pointe n'étaient nullement ornementales, elles faisaient simplement partie du visage. Les vêtements de Rašín, dans une harmonie de tons sombres, se caractérisaient par une sobriété par trop excessive pour le goût fantaisiste de Trčka.

«Vous avez connu mon père et vous me connaissez aussi, comte, répondit Rašín au bout de quelques instants. Mon père m'a élevé en bon Tchèque, dévoué à la foi et fidèle au service.

— Oui, votre père était un excellent veneur, fit vivement Trčka. Je n'ai jamais rencontré de meilleur connaisseur de chevaux et de la chasse.

— Entre les lignes de vos lettres, j'ai deviné le souhait que je ne reste pas seulement à votre service, comte, mais également l'annonce d'un service plus élevé, dit Rašín.

— Vous avez bien lu, mon ami. Qu'en pensez-vous ?»

Rašín le regarda droit dans les yeux. Il savait que Trčka était en train de le tester.

«Je n'abandonnerai jamais la foi de mes pères, comte, dit-il avec gravité. Si l'occasion se présente, je ferai tout ce qui est dans mes forces pour que la juste cause tchèque triomphe.» Il s'interrompit brièvement, puis il ajouta : «Acceptez, je vous prie, mes remerciements pour votre présent. Lorsque votre première lettre m'est parvenue, j'étais prêt à passer chez les Suédois.

— Ne me remerciez pas, mon ami, fit Trčka avec un geste de la main. Nous vivons en un temps où il faut nous entraider. Lorsqu'on cherchait un homme capable de se charger de certaines missions, je vous ai proposé. Je suis persuadé que votre aide fera avancer notre but commun.

— Chacun des fidèles doit tout faire pour qu'il s'accomplisse. C'est un devoir. Mais pour l'heure, tous les espoirs dont s'abreuvait notre émigration ont échoué.»

Trčka se pencha légèrement en avant pour donner plus de force aux paroles qu'il allait prononcer :

«Un nouvel espoir est né, et il ne faillira pas. Il est garanti par le nom d'un homme plus puissant et plus habile que les autres.

— Le duc de Wallenstein, dit Rašín. Je m'en doutais.

— Nous nous garderons de prononcer des noms pour l'instant, dit Trčka en souriant légèrement. Mais vous avez deviné juste. Si mon éminent beau-frère penche pour notre cause, nous ne pourrons que gagner. Je pousse fortement dans ce sens.»

Il se fit un moment de silence pendant lequel le regard de Trčka continuait d'étudier le visage impassible de l'homme qu'il avait en face de lui.

«Je vous parle ouvertement, comte, dit enfin Rašín. Ce haut personnage ne jouit pas d'une grande sympathie parmi les rangs de l'émigration. Bien au contraire, il n'y a pas si longtemps, il était l'un de nos ennemis mortels.

— Et alors, rétorqua Trčka en fronçant les sourcils. Les positions changent rapidement dans les batailles et la fin justifie les moyens. Pour le temps présent, les domaines et tous les biens de nombreuses familles sont entre les mains du haut personnage en question, mais cela peut se considérer comme une sorte de gérance provisoire, on trouvera aisément un mode de règlement plus tard. Je vous parie, monsieur Rašín, que notre émigration s'allierait même avec le diable pour arriver à la restitution. Il le faudra, c'est notre seule issue.»

Rašín baissa pensivement les yeux sur le fin motif du tapis turc qui recouvrait la table.

«Je crois bien qu'il en est ainsi, comte, accorda-t-il enfin. Mais pour faire accepter une pareille idée, il faudra bien du temps et de la fatigue.

— Les événements les feront accepter, monsieur Rašín», déclara Trčka d'un ton déterminé. Puis il se fit persuasif : «Je sais quelle opinion les Tchèques ont de Friedland et ce que vous venez de dire m'apprend la vôtre, mais j'apprécie que vous me la fassiez connaître clairement. Cependant il faut laisser les sentiments de côté aujourd'hui. Ce qui compte avant tout, c'est que mon éminent beau-frère ait les mêmes buts que nous, que ce soit de par son amour-propre offensé, son désir de vengeance ou son aspiration à de nouveaux pouvoirs. Pour que nos voies s'unissent durablement et que notre but soit atteint, il nous faut déployer patience et discernement.

— L'empereur et les Jésuites nous ont appris la patience, observa Rašín. Quant au discernement, il faudra que nous l'apprenions par nous-mêmes.»

Trčka se rendit compte qu'il n'avait parlé que trop ouvertement. Il avait exprimé tout haut ses pensées les plus secrètes. Il décida de changer de conversation.

«J'aimerais vous poser quelques questions, monsieur Rašín, dit-il. Quelles nouvelles avez-vous sur le roi de Suède et son avance au nord ?

— Pour autant que je sache, aux dernières nouvelles, Gustave Adolphe était à Stralsund et se préparait à attaquer l'empire. Le comte Thurn occupe l'une des plus hautes fonctions à son service, et le seigneur Jan Varlejch de Bubno aussi. Thurn se promet beaucoup de l'attaque suédoise et il a fait dire à tous les émigrés de s'allier avec le roi.

— Le vieux Matthias Thurn est entré dans son rôle de rebelle professionnel, dit Trčka. Il est un peu fantaisiste, mais il a de l'influence auprès des émigrés.

— J'ai entendu dire qu'il y avait une querelle entre votre famille et lui, lança Rašín.

— Ce sont les histoires de ma mère, des questions d'argent. Moi, il m'en veut surtout d'avoir fait acte de soumission [1], grimaça Trčka. Il nous faut satisfaire Thurn d'une manière ou d'une autre : c'est un grand personnage, malgré tous ses défauts.

— Oui, accorda Rašín, en regardant Trčka droit dans les yeux. Et pourquoi vous êtes-vous soumis, comte ?»

Trčka se redressa dans son fauteuil et ses lèvres se serrèrent en une ligne mince. Il y eut un silence, puis il haussa les épaules et tendit la main vers sa coupe de vin.

«J'avais de bonnes raisons, dit-il ensuite. Je pourrais vous donner bien des réponses différentes.

— Répondez selon la vérité, comte», dit doucement Rašín.

La main qui portait la coupe à la bouche de Trčka s'arrêta à mi-course. La tête levée, quelque peu rejetée en arrière, il examina à nouveau minutieusement l'homme qui lui faisait face. La différence sociale n'autorisait guère Rašín à discuter avec lui d'égal à égal, encore moins à prononcer le genre de paroles qu'il venait d'entendre. Malgré la force de caractère qui émanait de l'homme, Trčka eut une seconde d'hésitation : avait-il eu raison de l'appeler auprès de lui ? Etait-ce justement à cause de cette force, peut-être ? L'indépendance naturelle que trahissaient le moindre geste et la moindre parole de Rašín représentait comme une inconsciente provocation pour le comte.

«Si je dis que je ne voyais pas de sens à partir dans l'émigration, ce sera vrai, si je dis que j'ai écouté le conseil de ma mère dont je respecte la sagesse, ce sera vrai aussi, si je dis que je voulais sauver les domaines de la famille, ce sera vrai tout autant, déclara enfin Trčka sur un ton plein de dignité. Laquelle de ces réponses choisirez-vous, monsieur Rašín ? Certains penseront qu'il serait plus convenable que je fasse comme mon autre beau-frère, ce cher comte Kinský, à errer quelque part en Saxe, d'un appartement inconfortable à

---

1 Un édit impérial de 1627 contraignit nobles et bourgeois de Bohême à se convertir au catholicisme ou à émigrer. (N.d.l.t.)

l'autre, à intriguer avec l'ambassadeur de France, mais moi je suis persuadé qu'il est beaucoup plus utile de ne pas se laisser déposséder des rênes, de conserver toutes les possibilités et tout le pouvoir pour une attaque efficace. Nos familles ont un droit sacré de demander raison à la maison impériale, mais pour cela il faut des forces et non des discours stériles.»

Trčka s'était échauffé pendant cette longue tirade et quand il s'arrêta, ses yeux brillaient d'un éclat belliqueux. Ceux de Rašín restaient calmes.

«Je ne vous juge pas, comte, je ne m'en sens pas le droit, déclara Rašín. Mais on va me poser des questions et il me faut savoir que répondre. Je ne veux juger personne aujourd'hui, ajouta-t-il au bout d'un instant. Seuls les vainqueurs auront raison.

— C'est nous qui serons les vainqueurs.» Trčka leva son verre et, lorsque Rašín eut trinqué avec lui, il poursuivit : «Et maintenant, au fait. Si je vous ai fait venir si hâtivement, c'est qu'il faut faire comprendre au roi de Suède que le haut personnage est prêt à négocier, mais de telle sorte que l'initiative ne semble pas venir directement de notre côté. Entre temps, avant que vous n'ayez reçu mon message, Gustave Adolphe lui-même a pris les devants, d'une part par écrit par l'intermédiaire du seigneur d'Arnim, d'autre part sous forme d'un message personnel. Un certain capitaine Trafoord s'est rendu auprès de Friedland avec un message du roi d'Angleterre lui demandant de s'insurger contre l'empereur lorsque l'armée suédoise sera en Bavière, l'armée anglaise dans le Palatinat et la française en Flandre.

— Et qu'a répondu le duc ?

— Que devait-il répondre ? sourit Trčka. Qui sait ce que les Anglais ont derrière la tête ? Il a ironisé en promettant qu'il ne laisserait pas passer l'occasion quand il verrait l'armée anglaise dans le Palatinat. Il a richement récompensé le courrier, et maintenant il attend. Les ambitions suédoises lui semblent quelque peu démesurées. Gustave Adolphe a beau avoir une position bien assurée, l'armée de Tilly conserve tout de même l'avantage pour le moment. Il est trop prudent pour agir prématurément.

— Bien des choses dépendent de la manière dont les Suédois sauront tenir tête aux impériaux, accorda Rašín. Leur échec mettrait tous les plans fortement en danger.

— Mais Tilly sera battu, dit Trčka d'un ton initié. Sa soldatesque crie famine, et le seigneur de Vengers, lieutenant du duché de Mecklenbourg qui est à mon beau-frère, a reçu des ordres : ce vieil idiot de Tilly n'obtiendra pas un seul grain de blé. Tout cela, monsieur Rašín, veut dire que vous allez pouvoir prendre quelques jours de repos. Nous ne sommes pas obligés de nous précipiter et nous ne pouvons pas le faire tant que la situation n'est pas suffisamment éclaircie. Je viens de penser... J'assiste à la fin du mois [1] au mariage du fils de l'empereur à Vienne. Cela vaudrait peut-être la peine que vous m'accompagniez. Nous avons à la cour un bon nombre de gens qui nous sont favorables.

— Je vous accompagnerai, comte, si vous considérez que c'est important.

— Tout est important, monsieur Rašín, dit Trčka en se levant. Je vous en prie, allons rejoindre la compagnie, je vous présenterai au duc ; mes parents aussi sont curieux de vous connaître. J'espère que nous sommes bien d'accord sur l'essentiel.

— Je ferai tout pour que la chose aboutisse, soyez-en pleinement assuré, comte», dit Rašín d'une voix grave.

4.

Sova arriva à un petit banc sur le quai qui surplombait la rivière et s'assit. Il alluma une cigarette et regarda d'un œil vide un couple de jeunes mariés qui poussaient devant eux un landau sur de hautes roues.

Depuis une tour lointaine il entendait la voix d'une cloche sonnant midi. On était dimanche. Un vieux tramway cliquetant venant de Klárov comme lui-même quelques instants plus tôt, traversait lentement le pont. Il était brusquement descendu du véhicule, ne supportant plus de voir ses compagnons de voyage. Il sentait plus fort encore que les autres jours sa répulsion vis-à-vis des gens avec qui il était forcé de

1 Juillet 1630. (N.d.l.t.)

vivre.

Ils avaient passé à la montagne leurs seules vacances de couple marié. Helena avait emprunté une bicoque à des amis, avec pour seule condition qu'ils remplacent le bois qu'ils auraient brûlé dans la réserve. L'autocar ne les déposa dans la bourgade voisine que tard dans l'après-midi ; la vallée s'obscurcissait déjà et une fine pluie froide s'était mise à tomber. Ils dînèrent dans l'auberge du village en espérant que la pluie s'arrêterait, mais elle se mit au contraire à tomber encore plus dru. Ils avançaient en clopinant dans la nuit noire par un chemin au milieu des champs, puis dans la forêt ; ils s'enfonçaient dans la boue et se prenaient les pieds dans les racines. Sova portait son propre sac et traînait en plus la valise d'Helena ; il commençait à se dire que des vacances commencées de la sorte en pouvaient que mal tourner.

Pourtant la vieille masure fut une surprise agréable. Il attendit près de la porte qu'Helena allume la lampe à pétrole. L'entrée, puis la pièce principale soufflèrent sur lui le froid humide d'une maison longtemps inhabitée, mais l'intérieur éclairé par la lumière dorée de la suspension à pétrole dégageait un agréable sentiment de confort. Les poutres des murs et du plafond, la vaste et solide table dans le coin, avec ses bancs et ses chaises campagnardes, et de l'autre côté un poêle en bon état, tout cela inspirait la confiance à première vue et procurait cette sorte de sécurité qui vient des objets éprouvés par l'usage et qui donnent satisfaction. Lorsque le feu pétilla dans le poêle et que ses reflets s'échappant des fentes entre les plaques de fonte grossière dansèrent au plafond, le chemin difficile qui les avait amenés jusque-là commença à perdre son caractère de mauvais augure.

Ils dormirent dans de vastes lits paysans en haut, au-dessus de l'escalier, dans une chambrette lambrissée, puis s'éveillèrent tard dans une matinée radieuse. Sauf un après-midi où il y eut un violent orage de montagne, le soleil brilla pendant toute la quinzaine de jours. Ils se baignaient dans la petite rivière à l'eau glacée et le soir ils allaient dans la bourgade manger de copieux dîners arrosés d'une bière faible. La première semaine pouvait compter parmi les plus heureuses qu'ils eussent jamais passées ensemble.

Au début de la seconde semaine, ils partirent en exploration vers l'amont du torrent qui traversait le fond de la ravine vers laquelle regardaient les fenêtres de la masure. Le soleil brûlait tellement que même l'ombre forestière ne les abritait pas de la canicule. L'eau limpide du torrent bondissait sur d'immenses rochers moussus et formait çà et là de petites mares. Au bout d'une heure environ de marche par un sentier broussailleux, ils décidèrent de se reposer. Ils trouvèrent sur l'autre rive du ruisseau un endroit protégé par un dense taillis, ôtèrent leurs vêtements et se baignèrent dans l'une des petites mares. Helena fut la première à y entrer, ils n'y auraient pas tenu tous les deux à la fois. Elle se plongea dans l'eau et se releva aussitôt pour regagner la berge, l'eau était vraiment glaciale. Il essaya d'y tenir plus longtemps qu'elle, mais soudain il entendit qu'elle l'appelait. Il sortit de l'eau et s'avança. Helena tendait vers lui sa paume ouverte. Dans sa main était couché un animal minuscule, entièrement nu, le petit d'un mammifère quelconque. De temps à autre il grattouillait imperceptiblement d'une patte, parfois il couinait d'une voix faible.

«Tu entends comme il pleure ? demanda Helena, les yeux illuminés. Pauvre petite bête abandonnée.»

Sova était loin de partager son enthousiasme et il recula d'un pas :

«Remets ça là où tu l'as trouvé, dit-il. Sa mère a dû le sortir pour qu'il prenne le soleil et peut-être qu'elle n'en voudra plus, maintenant que tu l'as touché.

— Il n'y avait aucune bête ici, j'en suis sûre, sa mère l'aurait emporté en nous entendant arriver, objecta Helena.

— Remets-le à sa place, elle saura bien le retrouver.

— Non, il est abandonné, il mourrait.

— Et que veux-tu en faire, bon Dieu ?

— Je le garde. Je vais l'élever moi-même», décida-t-elle d'une voix qui n'admettait pas de réplique.

Il savait bien qu'il ne la ferait pas changer d'idée. Il percevait le côté grotesque de la situation, ils étaient là, nus dans la chaleur d'un soleil barbare, penchés sur le jeune pareillement nu d'une bête inconnue, à débattre de son sort ultérieur. A cet instant, il aurait parié à dix contre un que cette chose nue et quelque peu répugnante était le plus probablement vouée à la mort.

«Tu entends, il a encore couiné. Je vais l'appeler Couic.»

L'excursion prit fin avec cette découverte. Ils s'en retournèrent, portant prudemment le jeune animal dans un mouchoir. Helena commença aussitôt à travailler à son salut. Elle lui prépara un berceau dans une boîte d'allumettes tapissée de coton. Elle posa la boîte ouverte sur le banc où les rayons du soleil faisaient une raie et s'installa à côté de lui, les yeux fixés sur la rose et aveugle créature.

Quelques instants plus tard, Sova partait au petit trot vers le village. Helena avait décidé que l'enfant trouvé avait besoin d'être nourri, il fut donc envoyé chercher du lait et un compte-gouttes. L'après-midi était perdu et Sova sentait que Couic commençait à s'insinuer étrangement dans leur vie tranquille. Un soupçon commença à germer en lui vis-à-vis de cet intrus.

Il était fondé. Le soir, ils ne purent s'attarder à l'auberge. Sitôt le dîner terminé, Helena commença à manifester son inquiétude et décida le départ car Couic était resté seul à la maison. Sova parvint de justesse à acheter une bouteille de vodka à l'aubergiste et ils regagnèrent la maisonnette au trot.

Le poêle était allumé, ils rapprochèrent leurs chaises et Helena ne cessait de regarder à tout moment dans le four ouvert où Couic était mis à réchauffer. Ils sirotaient leur vodka et Helena se mit à délibérer de leur avenir commun. De ses propres perspectives de carrière et son traitement à venir, quand elle aurait encore monté en grade. Des détails qui restaient à régler pour qu'elle tire Sova de son rang subalterne de travailleur manuel, des gens qu'il faudrait aller voir ou à qui il n'était pas indispensable de rendre visite. Et de tout ce qu'il devrait lui-même entreprendre, du comportement qu'il devrait avoir, du supplément d'effort qu'il lui fallait fournir parce qu'il était plutôt passif, un peu nonchalant pour tout dire.

«Reconnais-le donc toi-même, Mikuláš, il n'est pas possible que tu n'arrives pas à trouver quelque chose d'aussi bête qu'un simple compte-gouttes. Je sais qu'il n'y a pas de pharmacie au village, mais même si tu devais aller de maison en maison, il fallait que tu le rapportes, chapitrait Helena. Un détail aussi insignifiant, et comme il est symptomatique, tu comprends ?»

Il la regardait au fond des yeux et leur expression assurée lui procurait un sentiment de sécurité ; cependant il entendait, quelque part dans son subconscient, l'écho d'une autre voix, une voix railleuse lui enjoignant la prudence.

Couic mourut le matin du troisième jour. Sova accueillit l'événement avec soulagement. Il en avait plus qu'assez de cavaler chercher du lait, de voir les bouteilles non consommées se gâter dans le vestibule. Les informations détaillées d'Helena – sur ce que Couic avait bu ou excrété, sur sa veillée nocturne et enfin sa lutte contre la mort – le dégoûtaient.

Enfin, assis sur une pierre chauffée au soleil, il fumait en regardant sombrement Helena enterrer les restes pâlis de Couic sous un sapin voisin au port majestueux. Il se faisait une joie des quelques jours de vacances qui leur restaient, mais lorsqu'il vit glisser des ruisseaux de larmes sur les joues d'Helena, il s'agenouilla auprès d'elle et lui enlaça les épaules.

«Allons, Helena, cesse de pleurer, ça vaut mieux comme ça», la consolait-il.

Mais Helena s'arracha à son étreinte et le repoussa.

«Tu ne comprends rien, explosa-t-elle, furieuse. C'était un test, une épreuve, tu ne feras jamais rien de bon, espèce de Couic ! Ça ne marchera de nouveau pas entre nous, et ce sera encore de ta faute !

— Qu'est-ce que tu chantes, Helena ? demanda-t-il d'un ton perturbé. Sois un peu raisonnable, s'il te plaît !»

Elle se dressa d'un bond et s'enfuit dans la forêt. Lorsqu'elle revint, ils ne dirent plus un mot de leur querelle. Au-dehors, leurs rapports n'avaient rien de changé. Mais sous la calme surface de l'entente, l'ombre de Couic passait de temps en temps et un couinement faible se faisait entendre. Et lui se prit souvent à soupeser chaque parole d'Helena avec une attention nouvelle.

Sova quitta son banc et se dirigea lentement vers l'arrêt du tram. Il pensa tout à coup à rendre visite à ses vieux. Il pressa le pas. Il eut de la chance, les vieux n'avaient pas encore déserté le café et chacun en était à peu près à sa troisième bière. Ils avaient fait connaissance lorsqu'il s'était séparé d'Helena et était venu s'installer au voisinage de cette brasserie. Bientôt, il avait commencé à passer son temps libre plutôt attablé en leur compagnie que dans l'obscure et inhospitalière chambre qu'il sous-louait à prix d'or.

Pour l'heure, seuls trois d'entre eux étaient présents. Le

tailleur Klaboch, jadis un excellent danseur et toujours homme du monde, avec sa raie soigneusement tracée dans ses cheveux rares et décolorés, l'architecte Maryška, petit et un peu voûté, et M. Petras, le comptable, au visage rondelet et au tour de taille respectable, footballeur célèbre dans sa jeunesse. Sova leur serra la main à tous les trois et s'installa à une place libre.

«Vous venez avec nous voir le Slavia ? demanda M. Petras.

— Oui, pourquoi pas ? Ça commence à quelle heure ?

— On a encore assez de temps. Vous pouvez déjeuner tranquille.

— Non, je n'ai pas faim. Je préfère reprendre une bière.»

L'empereur Ferdinand II regardait sombrement depuis son balcon dans la salle du jeu de paume. Naguère encore, il s'était représenté ce moment comme le premier pas vers le sommet de sa vocation, qu'il remplissait avec l'aide de Dieu. Le mariage de son fils Ferdinand III, roi de Bohême et de Hongrie, devait étonner l'Europe entière par sa magnificence et lui faire savoir que la famille des Habsbourg affermissait les bases de la foi catholique et la longévité de son hégémonie. La succession des fêtes avant et après la cérémonie, soigneusement organisée par avance, devait éblouir tous les invités et participants pour que, jusqu'à leur mort, ils conservent le souvenir de l'événement et de sa signification.

Mais comme tout avait tourné court en ces quelques brefs mois ! Un observateur non averti n'aurait sans doute perçu aucune différence foncière au-dehors. Les banquets succédaient aux banquets, les tournois aux bals, le flot d'invités de marque et d'ambassadeurs ne pouvait se plaindre de s'ennuyer, les musiciens jouaient jusqu'à l'épuisement, et le mariage pompeux du roi avait été le point culminant des célébrations. Mais, bien que les révérences des dames des plus élégantes n'eussent rien perdu en grâce, que les sourires des visages poudrés des courtisans eussent conservé toute la dévotion appropriée, Ferdinand II surprenait ici une parole murmurée, là un regard non gardé qui suffisaient à convaincre de mensonge toutes ces insouciantes festivités. Une conjoncture défavorable altérait la joie de l'empereur et les soucis creusaient son front sérénissime de profonds sillons. L'empire était en grand danger. Au nord, le roi de Suède Gustave Adolphe faisait tomber une place fortifiée après l'autre. Gartz venait d'être prise, est-ce que les Suédois voulaient s'emparer de toute la Poméranie ? Et ensuite ? Allaient-ils s'allier avec les Saxons comme le faisaient croire les messages secrets ? Quelles que pussent être leurs menées, de toute manière l'afflux de soucis risquerait de perturber la plaisante succession d'offices religieux, de fêtes et de chasses qui remplissait le temps du souverain.

C'est avec de telles pensées que l'empereur fixait quelque peu distraitement les joueurs qui se renvoyaient la balle en dessous de lui, sans parvenir à s'adonner pleinement au plaisir de voir leur adresse et de suivre le déroulement du jeu. Parfois son regard mobile se détournait en clignant vers son fils anémique aux épaules menues et vers son épouse, figée, immobile à ses côtés, comme s'il voulait s'assurer que ces deux êtres si pareils à des figurines de cire étaient bien vivants et se montreraient capables de donner une suite fructueuse à l'œuvre qu'il avait entreprise.

Si Ferdinand II consacrait malgré tout au moins une part de son attention au jeu de balle, le père William Lamormaini, son confesseur et son plus proche conseiller, avait d'autres et très sérieuses choses en tête. Sa haute silhouette sèche tranchait à la périphérie de la suite impériale, les mains fermement jointes sur son ventre affaissé semblaient souligner son indifférence vis-à-vis du cadre bruyant où il se trouvait et l'expression d'absorption de son visage osseux traduisait sa distance pleine de dignité face à cet éphémère grouillement temporel. Mais la vivacité des yeux enfoncés et rapprochés du religieux trahissait une activité alerte. Il ne s'intéressait guère au jeu de balle. La salle remplie de personnages vêtus avec le plus grand luxe offrait l'image d'un kaléidoscope bigarré et changeant, l'habillement, rapproché de telle ou telle physionomie correspondante, offrait une possibilité plus riche de scruter, de classer, d'apprécier et d'en tirer des conclusions vraisemblables. La consécration à Dieu par l'intermédiaire de la sainte Eglise romaine et du très vigilant ordre des Jésuites doit être manifestée non seulement par une fervente prière, mais aussi par un grand intérêt pour le cours des événements en cette époque troublée par l'agitation et l'hérésie. Et ce jeu qui se déroulait à une toute autre échelle occupait pleinement le père jésuite zélé, sans lui laisser la moindre seconde de répit, car il l'avait élevé au rang de son premier devoir.

Soudain, l'œil pénétrant de Lamormaini se posa sur deux hommes qui se tenaient de l'autre côté de la salle. Il connaissait bien le premier seigneur, magnifiquement, et même un peu trop ostensiblement, paré. Le comte Trčka de Lípa, lui souffla sa mémoire infaillible, un converti, non par conviction bien sûr, mais par intérêt. (Comme l'empereur était léger d'accorder son bienveillant pardon à des gens de cette espèce !) Le duc de Friedland avait invoqué sa mauvaise santé et avait envoyé son beau-frère pour le remplacer au mariage royal. (Un acte en lui-même insultant, exprimant à tout le moins les distances que prenait Wallenstein, car en cas de maladie il aurait dû se faire transporter sur une civière à une si glorieuse occasion ; il n'est pas si gravement malade que ça, puisqu'il peut consacrer tant d'efforts à construire son bastion monumental de Jičín, il projette même d'y établir un évêché avec une cathédrale, et même un collège de Jésuites, bien que sa foi soit on ne peut plus tiède.) Mais quel est cet homme sobrement vêtu de couleurs sombres, vers qui Trčka vient de se tourner avec quelque remarque confidentielle ?

Le père Lamormaini se tourna, trouva parmi les rangs de la suite impériale Slavata, qu'il appela à lui d'un regard. Le comte Vilém Slavata, le plus haut chancelier du royaume de Bohême, accourut et pencha servilement son oreille charnue vers les lèvres étroites du Jésuite. Puis il recula et fit signe à l'un de ses hommes parmi la meute de serviteurs, de laquais, et d'aides qui se tenaient à distance. Le comte Slavata avait eu certaines expériences désagréables et sa garde personnelle se tenait donc toujours et en toute occasion dans sa proximité immédiate. Le message murmuré fut à son tour discrètement chuchoté dans une autre oreille et le garde disparut un instant dans la foule.

Entre temps, Lamormaini ne lâchait pas de vue le compagnon du comte Trčka. Il avait quelque chose d'irritant, à se tenir ainsi haut, bien droit, les bras croisés sur la poitrine. Son visage expressif, bordé d'une courte barbe noire, rayonnait de force. Il a l'air d'un freux noir, d'un vrai corbeau.

Et déjà le gros Slavata était de retour, avec son visage rond et ses yeux qui cillaient nerveusement.

«Il se nomme Jaroslav Sezima Rašín de Rýznburg, murmura-t-il. Le comte Trčka l'a amené comme son intendant.»

Slavata ne transmettait qu'une partie de ce qu'il venait d'apprendre. Il n'osait avouer au puissant Jésuite que l'homme était un émigré, un Tchèque rebelle, un des alliés potentiels de ceux qui, sous les drapeaux suédois, levaient la main contre la catholicité et, partant, aussi contre la maison d'Autriche. Il sentait la transpiration dégouliner sous sa perruque richement bouclée et il avait du mal à résister à l'envie de se gratter le crâne.

Pourtant même cette simple et incomplète vérité suffisait à faire envoler l'imagination de Lamormaini par les voies d'une déduction logique. Les messages de ses services secrets avaient déjà attiré son attention sur les visites suspectes d'émissaires ennemis au château de Jičín. Wallenstein les accueillait et les récompensait. Les Trčka sont apparentés à Wallenstein et ont probablement des buts communs avec lui. Malheureusement la clique de partisans de Friedland était déjà nombreuse à la cour et elle ne cessait de s'accroître à mesure que la menace suédoise se faisait plus sérieuse. Ils ne cachent même plus leurs critiques ouvertes des décisions de l'Assemblée de Ratisbonne, ces Questenberg parmi lesquels Gerhard est sans doute une créature à la solde directe de Wallenstein, et leurs semblables. Et le cardinal Harrach devrait lui aussi s'occuper davantage des intérêts de l'Eglise que de ceux de son gendre Wallenstein. Mais ce corbeau noir n'est assurément pas un diplomate, que cherche-t-il donc ici ? Serait-ce un espion ? Quelle énorme impudence de la part de Trčka d'amener à Vienne un espion du camp ennemi, même si ce gandin sans cervelle nourrit probablement toutes sortes d'ambitions ! Quoi qu'il en soit, il sera indispensable d'avoir ce Rašín à l'œil.

«Les Tchèques sont pour son Altesse sérénissime, l'empereur, une source de trouble persistant, comte», dit le religieux lentement, et Slavata eut le sentiment que sa clairvoyance pénétrait les réalités inexprimées jusqu'au cœur des choses.

«Je sers Dieu et son Altesse sérénissime au mieux de mes capacités, assura précipitamment le chancelier tchèque.

— Prouvez-le en épargnant des soucis inutiles à son Altesse. J'attends des détails plus précis sur votre compatriote dans votre prochain rapport ; par la suite nous déciderons, avec l'aide de Dieu, de la conduite à tenir.»

Le regard de Lamormaini s'enfonça jusqu'au fond des yeux globuleux de Slavata. Puis un signe de croix rapide en direction de sa gorge, dessiné avec trois doigts rassemblés, termina l'audience. Slavata se tourna pour partir, brutalement envahi par une vague de colère devant cette mission humiliante, indigne de son rang. Puis il ravala son sentiment d'injustice. Obéir est le métier des serviteurs, quand bien même seraient-ils gouverneurs de pays glorieux.

Le téléphone sonna sur la table du bureau et Sova décrocha.

«Allo ?

— Tu recommences à te mettre au secret ? dit une voix féminine qui lui sembla familière, bien qu'il ne sût pas la situer immédiatement.

— Qui appelle, s'il vous plaît ? demanda-t-il prudemment.

— C'est Lída. Je pensais que tu donnerais signe de vie, au moins pour cet appartement, sinon pour autre chose.»

Sova ne répondit pas tout de suite. Il tendit la main pour prendre une cigarette et fit cliqueter son briquet. Il se représenta son pauvre cagibi, le w.-c. sur le palier, la voisine Mme Kolářová avec son sourire de basilic.

«Allo, tu es là, Miku ? entendit-il dire d'une voix impatiente.

— Oui, et comment ça se présente ?

— Tout est en route, c'est presque dans la poche. On pourrait se donner un rancart quelque part et en parler tranquillement. Tu seras logé comme un prince.»

Il souffla la fumée et décida d'en finir.

«Lída, je ne suis pas intéressé, dit-il sèchement.

— Qu'est-ce que tu déconnes ? Tu veux rire ? Je me suis démenée comme une folle pour arranger ça. Qu'est-ce qui se passe ?

— J'ai lu ton article *Au feu !* Tu te souviens, Lída ?

— Oui, et alors ? lança-t-elle du tac au tac, puis il y eut un silence de quelques secondes. Ah oui, je comprends, poursuivit-elle. Je pensais que tu avais un peu de bon sens, tu ne t'es quand même pas acoquiné avec ces crétins, j'aurais du mal à croire ça !

— Porte-toi bien, Lída», dit-il en raccrochant.

Il s'adossa à la chaise et continua de fumer. Ni pour la

gloire, ni pour la mangeoire, songea-t-il ; puis cela lui inspira une grimace et il fit une croix définitive sur l'appartement de prince.

Juste alors la porte s'ouvrit, laissant le passage à la tête de Muzikář aux formes classiques.

«Dis, il est dix heures passées. Tu ne viens pas à la conférence ?

— J'arrive», dit Sova. Il donna un tour de clé à son tiroir et se leva.

La conférence de rédaction, présidée par le directeur Zubatý, se tenait tous les lundis après-midi. Le contenu de ces réunions régulières ne variait guère d'une fois sur l'autre. L'essentiel du temps était occupé par les questions de travail de la maison, puis on passait à la situation générale dans le cadre d'une discussion libre, partie que Malenda corsait habituellement de quelques plaisanteries grasses. Zubatý et Malenda siégeaient à la tête de la longue table de conférence, les rédacteurs en chef occupaient en rang déterminé les chaises près de la tête de la table, les autres responsables d'édition prenant à leur guise les places restantes, au gré des variations d'alliances ou des conflits immédiats.

Sova s'efforçait de s'installer toujours quelque part au fond ; cette fois-ci Muzikář vint prendre place à côté de lui. Sova pouvait voir qu'il couvrait les feuilles de son bloc-notes de cœurs et d'arabesques, tandis que lui-même préférait des motifs géométriques couverts de hachures alternées. On avait déjà fixé les objectifs de travail : Sova s'était vu attribuer le manuscrit d'un jeune auteur inconnu et n'écoutait plus le déroulement du débat que d'une oreille distraite.

«Reste le cas regrettable du camarade Diviš, reprit Zubatý. Nous nous sommes séparés de lui suite à sa propre demande, mais dans notre dernier entretien il nous a attaqués d'une façon si peu choisie que je me vois obligé, pour faire le jour sur cette affaire, de vous présenter l'ensemble du problème. Il s'agit surtout des circonstances ayant trait à l'acceptation des manuscrits du camarade Sova ici présent, en vue de leur publication, ainsi qu'à l'intégration du camarade Sova dans le collectif de travail. Le collège directeur a été unanime dans les deux cas, pour ce qui est de l'affaire des manuscrits parce qu'étant donnée l'évolution de la situation il considérait leur publication comme réalisable. Auparavant, tenter d'obtenir l'autorisation pour ce genre de choses n'avait aucun sens parce que ce serait tout bonnement revenu à se taper la tête contre des murs. Le camarade Sova lui-même en conviendra, n'est-ce pas ?»

Les yeux de l'auditoire se fixèrent sur Sova à qui il ne restait plus qu'à exprimer son opinion.

«Moi, je le reconnais évidemment, dit-il. Mais Diviš affirmait que la censure ne laisserait de toute manière pas passer mes textes.

— Ce ne sera pas une procédure facile, concéda Zubatý. Nous nous battrons évidemment de toutes nos forces pour obtenir satisfaction. Nous y sommes conduits par le désir de faire triompher une juste cause, et non par quelque arrière-pensée secondaire, due à des motivations personnelles, comme le camarade Diviš essayait de nous en accuser.»

Malenda pinça sa minuscule bouche entre ses joues rebondies :

«Si tu permets, Emile, je voudrais ajouter quelque chose, mais – en se tournant vers la secrétaire assise à côté de lui – hors procès-verbal, Jiřinka. Nous sommes sans doute nombreux à nous souvenir avec quelle véhémence Diviš a soutenu de prétendus auteurs ouvriers, conformément à la ligne culturelle du parti à l'époque où il est entré chez nous, il y a de cela des années, en tant qu'un de ces rédacteurs formés à la va-vite à l'école du parti. Il faisait preuve d'un sectarisme maniaque et on pourrait bien parler de terrorisme à propos de ses agissements, n'ayons pas peur d'appeler les choses par leur nom, camarades. Nonobstant notre expérience et notre volonté, à nous qui sommes de vieux praticiens, on a publié une série de titres dont les tirages moisissent jusqu'à nos jours dans les réserves et qu'on a dû faire passer aux pertes. Mais à l'époque en question, il n'était pas conseillé de s'opposer de front aux idées des Diviš et de leurs pareils, les temps ne le permettaient pas, n'allons pas nous raconter d'histoires. Il est d'autant plus surprenant qu'il fasse aujourd'hui un tour à cent quatre-vingts degrés et qu'on le trouve en première ligne des défenseurs de la liberté, à accuser le monde entier de dogmatisme et de conservatisme. A vrai dire, cela ne surprend pas tellement, lorsqu'on pense à l'histoire de la pute qui court en criant : “Attrapez la pute !”»

La secrétaire Jiřinka, une jeune fille tendre aux cheveux

blonds arrangés en une coiffure simple, s'empourpra et baissa la tête sur ses papiers pour cacher ses joues en feu. Les autres reçurent la philippique de Malenda sans commentaire. Seul Muzikář se pencha vers Sova en murmurant :

«Voilà qui fait vraiment plaisir à entendre, surtout de la part de Malenda ! A l'époque, lorsqu'il avait un costume neuf, il posait des pièces à ses pantalons pour avoir l'air d'un vrai prolétaire.

— Pourquoi ne le dis-tu pas tout haut ? demanda Sova. Je pensais que vous étiez amis avec Diviš.

— Je l'ai seulement entendu dire, je n'étais pas encore dans la maison», répondit Muzikář en se reculant un peu. Sova nota qu'il avait commencé à dessiner une cœur bouffi traversé d'une flèche empennée.

Entre temps, le directeur Zubatý terminait le débat :

«C'est tout pour le cas du camarade Diviš. Quelqu'un a-t-il d'autres points à soulever ?»

La présidente de la commission recréative annonça qu'il y avait des bungalows d'entreprise près du barrage de Slapy et qu'on pouvait toujours s'y rendre en week-end. Lorsqu'elle eut terminé, le grand Komárek prit la parole pour lui poser une question qui fit lever la tête et dresser l'oreille à Sova :

«Mařenka, et qu'en est-il des voyages à l'étranger ? J'ai entendu dire que l'Union des écrivains, à côté, organisait un voyage en Scandinavie. En train et relativement très bon marché.

— Oui, c'est à l'Union, ils ont une section spéciale pour les contacts avec l'étranger, répondit Mařenka Zatláková, une dame un peu âgée, d'allure bienveillante, derrière ses lunettes aux verres puissants. Moi, je m'occupe des activités recréatives en plus de mes obligations de service et je ne pourrais absolument pas me charger d'une affaire pareille. Tu imagines le temps que ça boufferait, d'organiser ce genre de voyage ?

— Mais est-ce que ce serait même réalisable ? s'intéressait Komárek.

— Il ne s'agit pas de ça, on commence à autoriser couramment des voyages collectifs de ce genre, mais c'est surtout le travail que ça demanderait.

— Et on ne pourrait pas s'entendre avec l'Union pour nous joindre à eux ? On trouverait certainement assez de personnes intéressées chez nous et ils pourraient nous laisser un ou deux compartiments dans leur wagon, insista Komárek.

— A ma connaissance, eux-mêmes se joignent déjà à quelqu'un d'autre, je pourrais toujours me renseigner sur les détails. Mais pour cette Scandinavie, ce sera sans doute trop tard, ce n'est pas encore si simple, on ne peut pas avoir l'idée un jour et partir rejoindre les fjords le lendemain.

— Sans compter qu'il doit déjà y faire plutôt froid, nota Malenda. Aller ronger les lichens avec les Esquimaux quelque part au-delà du cercle polaire, non merci, ce n'est pas mon truc.»

Zubatý termina la conférence sur cette plaisanterie légère de Malenda. L'assistance commença à se disperser. Aux fragments de conversation qu'il entendait, Sova nota avec satisfaction que l'idée de Komárek avait éveillé un certain intérêt.

«Dis voir, cette Mařenka, c'est quel genre de fille, est-ce qu'on peut discuter avec elle ? demanda-t-il discrètement plus tard à Muzikář à l'auberge Au Tonneau.

— Tu veux dire pour les bungalows ? Elle, elle est extra, mais de toute manière tu peux y aller sans aucun problème. Il y a généralement assez de place, il suffit de la prévenir et éventuellement de retirer les clés auprès d'elle, dit Muzikář qui n'avait pas compris de quoi il retournait exactement.

— Nous on y allait l'été avec Věra, à Slapy, et c'est sensas. La baignade est merveilleuse, surtout si le temps tient comme ça, on pourrait y faire un tour pour sortir un peu de Prague samedi, qu'en dites-vous, les gars ?» proposa aussitôt Komárek.

Muzikář subordonna justement sa présence au temps qu'il ferait, Sova s'engagea sans condition. Au vu de la conférence qui venait de s'achever, Komárek montait dans son estime, avec son envie de voyager.

Les cartes étalées paraissaient prometteuses. Dans la ligne inférieure se trouvaient l'as de pique et celui de trèfle, sur les quatre cartes qu'il avait dans la main il lui restait le trois et le quatre de trèfle, le deux indispensable était placé au-dessus de la dame de carreaux qu'il pouvait glisser en dessous du roi de pique voisin. Il posa ses as sur les premières cartes étalées, posa sur l'as de trèfle, le deux puis le trois exposés et le quatre qu'il avait en mains. Il pouvait alors se débarrasser du valet de pique, si bien que seul le dix de cœur lui restait pour la suite de la partie. Les cartes commencèrent à s'agencer facilement les unes sur les autres, sans combinaisons difficiles à réaliser.

Et maintenant ? Míla Komárek représentait assurément une découverte prometteuse, par contre, il n'avait que trop hâtivement lâché Lahodný de sa ligne de mire. Parmi les charbonniers et les couvreurs, les chances avaient été maigres, les Malenda et les Zubatý, qui avaient sans cesse affaire au ministère de la Culture et à toutes sortes d'administrations, en revanche, avaient sûrement de l'influence. Et si l'occasion se présentait de s'infiltrer dans le voyage organisé par une association respectable, tout pourrait tourner au mieux, pour peu qu'ils intercèdent pour lui. Il ne serait pas trop malaisé de s'insinuer dans les bonnes grâces de ces gros bonnets, mais Sova ne parvenait toujours pas à vaincre son dégoût pour les gens de cette espèce.

Les scrupules moraux sont tout à fait insensés, s'assurait-il lui-même. Ce qui compte, c'est le but, et pour l'atteindre il faut chasser toutes les réserves. Pas de considérations au petit pied, tous les moyens ne sont-ils pas bons pour une bonne fin ? Il faut que je me force à aller boire la vodka avec eux tout en papotant au club, il faut que je m'y mette au plus tôt. Les sentiments par-ci, les répugnances par-là, je pourrai rire à ma guise une fois que je me serai retrouvé au-delà de la neuvième montagne et de la septième rivière, si je réussis à fuir, les compromissions les plus forcées s'en trouveront justifiées.

Cette fois-ci, la réussite avait marché en un temps record. Il rangea les cartes, décrocha la clé et sortit dans le couloir. Mme Kolářová était en train de monter les marches, et dès qu'elle le vit elle pressa le pas.

«Vous avez su la nouvelle, monsieur le rédacteur ? criait-elle de loin, tout essoufflée.

— Quelle nouvelle ? demanda-t-il avec le pressentiment de quelque malheur.

— La baraque va être démolie. On attribue des appartements de rechange dans des immeubles modernes, dans les cités. Certains ont déjà été convoqués au bureau des logements, annonça-t-elle d'un seul trait.

— Vous y êtes déjà allée, madame Kolářová ?

— Non, mais ça ne va sûrement pas tarder. On a convoqué les Zavěsil pour aujourd'hui, on leur propose deux pièces, tout confort, imaginez. Mais moi, on ne me fera jamais aller dans une cité en banlieue, ça fait vingt-cinq ans que je vis ici à Libeň, s'ils ne me donnent pas quelque chose ici dans le coin, je ne bougerai pas.»

Il regagna son terrier et s'assit, allumant une cigarette. La mauvaise nouvelle l'avait surpris avec brutalité, comme un coup dans le dos.

Ils attribuent des appartements pour reloger les gens, voilà qui paraît bien. Mais les papiers d'ici sont au nom de Mme Breberová et ce détail laisse prévoir de très sombres perspectives. Il ne se faisait aucune illusion. L'office d'habitation allait sûrement vérifier la situation et dans son cas tous les locataires, y compris Mme Kolářová, aimable contre cent couronnes, ne confirmeraient que trop volontiers qu'ils n'avaient pas aperçu l'ombre de Mme Breberová de toute l'année écoulée ou presque. Il avait initialement pensé qu'il tiendrait tranquillement dans ce trou jusqu'au succès de son départ projeté vers d'autres contrées. Et voilà qu'il entendait en esprit l'aboiement des chiens et l'écho familier d'une trompe de chasse sonnant l'hallali.

La parade la plus efficace serait un bakchich au responsable concerné à l'office d'habitation, chose évidente et facile à réaliser en soi. Mais il est beaucoup plus ardu de trouver le chemin qui mène à lui, d'apprendre son nom, voire son adresse, de savoir à quel café il va boire, de prendre contact avec lui. Ou elle, le cas échéant. Et à combien pouvait revenir pareille plaisanterie ? Est-ce que trois mille allaient suffire ? Et combien de temps avait-il devant lui ? Ne serait-il pas tout aussi simple de se rendre à la convocation et de poser sans mot dire l'enveloppe sur la table ? Que de soucis et de complications. Encore un nouveau piège. Et Sova se rendait compte que ses réserves d'énergie touchaient le fond.

Il lui était de plus en plus évident que, malgré tous les modes de défense qui lui avaient jadis paru efficaces, tous les affrontements avec le système dans lequel il vivait se terminaient par son recul. Les menues victoires qu'il lui semblait remporter çà et là dans ce duel de toujours ne tardaient pas à lui apparaître comme douteuses. Il n'avait rien obtenu, il ne s'était pas montré plus malin que son adversaire qui disposait d'une force infiniment plus grande et de tous les moyens. Il avait échoué dans sa première tentative de se construire une vie privée avec Helena, à l'abri protecteur de leurs possessions. Il avait perdu son premier amour, son argent et jusqu'à sa liberté. Puis il s'était assuré une liberté à la Vocelka contre l'argent durement gagné à travailler dans la mine, mais il n'avait plus su écrire. Avait succédé l'épisode conjugal durant lequel il avait compris que ses insuccès passés découlaient surtout de sa mauvaise disposition intérieure. Il avait essayé honnêtement de se transformer en un citoyen rangé, un monsieur tout le monde, de se fondre dans la masse, de se réconcilier. Il était disposé à garder pour lui ses pensées, mais il ne savait pas se forcer à dire ce qu'il ne pensait pas. Pourtant, c'était bien son incapacité à sacrifier ce luxe futile de s'obstiner à rester en accord avec ses convictions qui lui avait valu, jadis, de se faire chasser de l'université. Cependant il ne se considérait pas comme un résistant, ni un rebelle, il voulait simplement obtenir un pat dans cette partie d'échecs où il y allait de son respect de lui-même. Et aspirer à un tel résultat ne lui paraissait vraiment pas comme particulièrement excessif.

Pourtant une question lui revenait de plus en plus souvent : ne cherchait-il pas à fuir parce qu'inconsciemment il pressentait son échec inéluctable ? L'ordre en place n'allait-il pas, tôt ou tard, réussir à le transformer à son image, à lui courber l'échine et à lui apprendre à baiser servilement la main qui lui distribuerait sous forme de miettes ce qu'auparavant il prenait à poignées du fait de sa dignité naturelle ?

L'heure de voyage jusqu'à Slapy dans un autocar bondé fut pour Sova une épreuve douloureuse. Laminé entre des corps humains étroitement serrés, il avait le sentiment de devenir de plus en plus sale avec chaque minute qui passait. Lorsqu'ils descendit avec Muzikář sur la place du village qui ressemblait à un décor d'opérette, ils se dirigèrent aussitôt vers la brasserie près de l'arrêt du bus pour se remettre un peu. Mais le bonhomme mal rasé à la casquette savetée leur tira des bières merveilleusement fraîches et les choses prirent un tour meilleur.

Ils cheminèrent encore une demi-heure sur la route goudronnée fondant au soleil. Les bungalows de la maison d'édition étaient séparés de la route par une pinède clairsemée au pied d'une pente légère dont toute la surface était occupée par une colonie de bungalows de même type, tous pareils et bien alignés. A première vue on avait le sentiment d'une cité uniforme, en bois et en modèle réduit.

Muzikář déverrouilla la première maisonnette et la chaleur accumulée leur souffla au visage depuis la véranda. En plus de cette véranda, il y avait au rez-de-chaussée trois petites chambres à deux ou trois lits, et une cuisinette, depuis laquelle un escalier raide montait dans les combles. Ils s'installèrent en haut et partirent enfin vers le lac.

Les Komárek étaient arrivés par l'autocar précédent et ils étaient étendus sur une couverture multicolore sur la rive d'une anse tentaculaire du lac. Komárek les présenta à sa femme, une grande brune mince aux longues jambes. Les traits réguliers de son visage, équilibrés et harmonieux, composaient un ensemble d'une beauté standard, digne de figurer dans un spot publicitaire pour un produit de beauté ou un ameublement en kit. Son bikini bleu pâle soulignait la couleur bronzée, presque havane, de sa peau et Muzikář, sensuellement réceptif au physique féminin, commenta ce fait d'entrée de jeu.

«Je suis allée en France le mois dernier, expliqua Věra Komárková. Trois jours à Paris, puis Bordeaux et la Côte d'Azur par Marseille. Et aussi Cannes et Monte-Carlo.»

Sova la regarda attentivement. Encore quelqu'un qu'on avait laissé sortir. Là-bas. Il s'assit dans l'herbe drue et fraîche, s'appuya sur les coudes et écouta la suite de ce conte irréel.

«Paris est merveilleux ; à Monte-Carlo nous avons visité le casino et pour le reste, nous nous sommes baignés partout où c'était possible.

— Et comment avez-vous fait pour y aller ?

— J'ai un bon ami au Čedok [1]. Ce genre d'expédition n'est évidemment pas encore pour le grand public pour le

1 Agence nationale de voyages, passage obligé pour tout voyage à l'étranger.

moment, mais il paraît que ça va bientôt commencer à s'améliorer.

— Věra arrive toujours à voyager où elle veut. Elle organise tout, aucun obstacle n'existe pour elle, dit Komárek avec un accent de dévouement total.

— Míla exagère, sourit sa femme en montrant ses petites dents blanches et régulières. J'ai eu cette occasion par hasard.

— Vous iriez encore, si par chance le même hasard se représentait ? demanda Sova innocemment.

— Bien sûr, les voyages sont une aventure extraordinaire. Ce qui m'intéresserait, ce serait surtout l'Italie, on va organiser quelque chose dans ce sens pour l'année prochaine, hein Míla ?» Elle se tourna vers son mari pour une approbation de pure forme.

Sova regarda vers l'autre rive du lac. Il était bordé par une muraille de rochers déchiquetés, voilée d'un couvert de forêts bleutées. Puis il s'étendit librement sur le dos et ferma les yeux.

Avec les Komárek l'affaire s'annonçait prometteuse, ils étaient favorablement disposés et on ne pouvait rien faire de plus pour le moment.

La question de l'appartement se présentait moins bien. Il avait trouvé la convocation dans sa boîte aux lettres dès le lendemain de sa conversation avec la vieille Kolářová. A l'office public d'habitation il était tombé sur une femme corpulente d'âge moyen aux cheveux teints dans une tonalité verdâtre. Dans la vaste salle de conférences rappelant plutôt un tribunal qu'un bureau, une seconde personne était assise derrière la table aux côtés de la première secrétaire. Sitôt entré, Sova sentit une atmosphère hostile et la suite des événements ne fit que confirmer l'inexistence de ses perpectives. L'accueil consista dans une invitation sèche à expliquer sa présence dans un appartement qu'un décret officiel attribuait à une Mme Breberová. Il répondit brièvement qu'il n'avait rien à expliquer, qu'il vivait avec Mme Breberová et qu'il était dûment déclaré à la police. La seconde personne prit la parole et déclara qu'elle connaissait bien certains locataires de l'immeuble, qui l'avaient informée qu'on n'y avait pas vu Mme Breberová depuis plus de six mois. Puis la référente principale poursuivit. Bien que la relation de concubinage fût reconnue par la loi en tous points y compris pour ce qui est de la prétention à posséder un appartement commun, cette disposition de loi progressiste était détournée pour la spéculation et l'obtention illégale de logements. De tels cas constatés par l'office étaient simplement transmis au procureur pour des poursuites pénales. Etant données les imprécisions existantes, il s'avérait nécessaire de vérifier de manière plus approfondie la nature des rapports entre la partie convoquée et Mme Breberová, de la convoquer en personne. La décision tomberait après une vérification méticuleuse de toutes les circonstances, pour le moment il ne pouvait même pas être question d'un nouveau décret de relogement. Ainsi s'acheva l'entretien.

Dès sa sortie de l'office d'habitation, il se précipita chez Mme Breberová, d'une part pour lui apprendre la mauvaise nouvelle, d'autre part pour demander comment elle comptait se comporter au su de cette situation inattendue. Mme Breberová fit preuve de courage en l'assurant qu'elle se présenterait pour la suite de la procédure et qu'elle continuerait de s'en tenir à la version convenue, mais lorsqu'il eut regardé ses yeux naïfs derrière leurs verres de lunettes et son petit chignon de cheveux grisonnants et rares, la faible lueur de ses espoirs s'éteignit pour de bon. Mme Breberová n'était pas de taille à se mesurer d'égale à égale avec ces deux finassières.

Le soleil chauffait agréablement, et Sova goûtait de tout son être la douce inertie de l'oisiveté, qui chassait tous les soucis.

Et alors ? se dit-il. Ça finira mal, comment cela aurait-il pu finir autrement ? Ces trois quarts d'année dans une intimité relativement tranquille en ont bien valu la peine. On va me prendre ce cagibi, il était minable mais tout de même bien sympathique, et j'irai une maison plus loin. La prochaine étape sera sûrement plus mauvaise, voilà tout. Cela n'a pas de sens de se tourmenter, de se gâcher un après-midi lumineux.

Le soir, ils allèrent tous dîner sur un bateau-restaurant. Celui-ci était amarré dans une anse voisine et relié au rivage par une étroite passerelle avec une rampe en cordage. Sur le pont ouvert se tenaient plusieurs personnes, la cabine servait de débit de boissons, avec deux longues tables et quatre bancs de fabrication maison, faits de planches épaisses grossièrement rabotées.

Lorsqu'ils entrèrent, il n'y avait que deux clients dans la salle. Le plus âgé portait un tricot de marin et un vieux jean râpé, le plus jeune tournait le dos à l'entrée. Pourtant, ils eurent du mal à trouver une table, car des cartons diversement décorés annonçaient partout des places réservées. Le plus proche indiquait un voilier "Pirate", un second le schooner "Le Vagabond", il y avait aussi "La Morue", etc. Ils attendirent un moment qu'on vînt les servir, puis enfin le type en maillot rayé se leva paresseusement et rejoignit leur table en quelques pas nonchalants :

«Salut, Miku, dit-il. Et pour vous, ce sera quoi ?»

En posant cette question, il changea sa voix et le port de son corps et à cet instant Sova le reconnut.

«Bon Dieu, Milda, qu'est-ce que tu fais là ?

— Le chef, le serveur, et éventuellement le videur, ça dépend, répondit Milda en souriant de toutes ses dents. Et toi, ça fait combien de berges qu'on ne s'est pas vus ?

— Pas mal. Et qu'est-ce que tu peux nous proposer, chef ?

— Je n'ai rien pour refroidir la bière et le goût s'en ressent, prenez plutôt du vin. Les alcools forts sont chers chez moi, tu sais ; j'ai un établissement de première classe avec prix libres, expliqua Milda, encore que toi, tu as toujours eu les moyens. A propos, qu'est-ce que tu as fait avec tout ce paquet, dans le temps ?

— Deux ans plus tard il y a eu la réforme monétaire, dit Sova. J'en ai brûlé le plus gros dans mon poêle.

— Ça a dû faire un bon petit feu de joie. Vingt mille sacs, soupira Milda. Alors un petit litron de rouge, d'accord ? On bavardera après.»

Milda contourna le bar et disparut derrière la tenture qui cachait la réserve. Sova se serait bien passé de son allusion à cet ancien épisode de sa vie devant ses collègues de la rédaction où l'on ne connaissait de son passé que les fragments que lui-même avait jugé bon de présenter. Mais personne ne lui posa de questions.

Peu après on put voir ce que Milda entendait par «établissement de première classe». La Morue accosta en premier, et trois couples vêtus de manière excentrique firent irruption dans la salle ; puis il arriva, en canoë et à la pagaie, deux jeunes avec des guitares, qui furent accueillis avec enthousiasme par l'ensemble de l'assistance. Ils s'installèrent modestement dans un coin près du bar et commandèrent une bière. L'un après l'autre, d'autres bateaux et canoës arrivèrent et leurs équipages se pressaient pour entrer. Les deux tables étaient depuis longtemps pleinement occupées, il semblait qu'on ne pourrait plus poser un pied dans l'espace bondé de la cabine, mais les nouveaux arrivants parvenaient toujours à s'insinuer quelque part, sur des caisses de conserves, derrière le bar, dans l'encadrement des fenêtres ou simplement par terre. On avait l'impression qu'ils se connaissaient tous, le bruit montait et Milda avait plus de travail qu'il ne pouvait en fournir.

«Allons, les gars, réveillez un peu vos cordes», commanda-t-il aux guitaristes et il souligna son ordre en leur lançant une bouteille de vodka.

L'un des deux arracha la capsule, les deux musiciens burent à même la bouteille, puis prirent leurs instruments. Ils s'accordèrent longuement. Ensuite, le plus vieux tira une boîte d'allumettes de la poche de son blouson abandonné sous un banc et se lima l'ongle de l'index et de l'auriculaire de la main gauche sur le frottoir. Ils avaient l'air plutôt sales dans l'ensemble, comme si le plus souvent ils dormaient quelque part dans le foin et ne se lavaient le matin que de temps en temps, mais leurs mains étaient belles, minces, avec de longs doigts maigres. Lorsqu'ils commencèrent à jouer, on vit qu'on avait affaire à des maîtres dans leur domaine et tous les préliminaires apparurent comme autre chose que de pures simagrées. A titre d'échauffement, ils commencèrent par deux solos de chansons de cow-boys dont le dernier refrain disparut à chaque fois dans les hurlements de reconnaissance de la salle : «Bravooo ! bravoo !»

Avec le chant, le rythme de la beuverie s'accélérait, les yeux commençaient à briller, l'atmosphère atteignait son point d'ébullition. A la table voisine on entendit un tintement de verre brisé. Le bateau dansait à la cadence des chants repris en chœur. Muzikář, plein d'entrain, hurlait à gorge déployée les paroles des chansons qu'il connaissait ; il martelait la mesure de son petit poing sur la table en plongeant des yeux libidineux dans le décolleté de la fille dodue assise à côté de lui et à qui un jeune hooligan au long nez et aux cheveux dépeignés bourdonnait avec insistance dans l'autre oreille.

Une dispute éclata à la table voisine. Personne n'avait vu ce qui avait précédé, mais soudain on entendit un glapissement strident de femme, un coup de poing tomba, des verres roulèrent. Déjà Milda intervenait. D'un bond il fut sur les lieux de la bagarre naissante, d'une poigne experte il saisit l'un des rivaux enragés et l'envoya au-dehors par la porte ouverte. Il sortit à sa suite et revint peu après, époussetant ses mains d'un air éloquent.

«Chers clients, la fête continue ! cria-t-il en souriant. Veuillez régler au-dehors vos histoires de boxe, de fesses et de dégueulis, ici, c'est un établissement décent.»

Sova ne put que l'admirer. Milda régnait avec calme et maîtrise sur le tohu-bohu indescriptible, il dominait parfaitement la situation et obtenait un étonnant respect. Le déchaînement ambiant ne pouvait pas déborder en une orgie totale ; il laissait le feu vert à la fête jusqu'à la dernière limite mais il ne permettait à personne de la dépasser.

Pour le couple bien rangé des Komárek, même cette limite dépassait de beaucoup l'acceptable. Sova observait leur trouble croissant depuis un bon moment et après l'épisode de boxe, Věra se mit à insister auprès de Míla pour partir. Komárek lui-même serait resté, sa nervosité provenait de la réaction de sa femme devant cette ambiance qui lui était étrangère. Manifestement, c'est elle qui donnait le ton dans le couple. Komárek paya donc leur écot et ils commencèrent à se frayer un passage vers la sortie.

Sova et Muzikář restèrent, et la beuverie délirante continua. Les guitaristes avaient un répertoire inépuisable : les chansons de routards et de marins, les mélodies populaires, les rengaines et les tubes modernes, les scies sentimentales, les refrains des zazous de la périphérie pragoise se succédaient en une suite variée. L'un et l'autre hurlaient à pleins poumons avec le reste de l'assistance jusqu'à en perdre la voix.

A minuit, Milda se dressa au centre de la cabine, étendit les bras et cria :«Silence !» Le bruit cessa peu à peu.

«Il est minuit, prête-moi ta gratte», demanda-t-il au guitariste.

Il monta sur une chaise, l'instrument à la main. Tous se levèrent avec une dignité d'ivrognes, Milda fit sonner le premier accord et entonna la *Marche des marins américains.*

Toute l'assistance se joignit à lui, ceux qui ne connaissaient pas les paroles fredonnaient au moins l'air.

Sova était debout, les mains appuyées sur la table et il regardait cette bande de desperados autour de lui, qui lançait son défi à l'unisson. Mais les vrais outsiders étaient ici en minorité. Le gros de la clientèle se composait d'employés et de vendeuses déguisés. Et ce qui lui paraissait pire que tout à cet instant, c'est qu'il ne pouvait plus définir précisément à quelle espèce il appartenait en fait lui-même.

Rašín était à pied. Il passa le long du portail principal et du jardin, ne se retournant que lorsqu'il eut atteint une petite grille latérale en barres de fer forgé. La rue était déserte. Il pressa la poignée ornementale et se glissa à l'intérieur. Quelqu'un avait pris soin de déverrouiller la grille à l'avance, comme cela avait été entendu. Rašín suivit un petit sentier vers l'allée sablée centrale qui, selon ses instructions, devait conduire à un kiosque. Déjà il apercevait le chemin qu'on lui avait décrit, mais avant qu'il eût pu l'emprunter il entendit un crissement de pas qui approchaient. D'instinct il se recroquevilla sur lui-même et disparut du chemin en deux bonds. De sa cachette derrière un tronc de hêtre monumental, il vit passer deux moines jésuites. Sa prudence pouvait paraître excessive, mais plusieurs incidents étaient survenus ces derniers temps qui n'étaient pas nécessairement le fait du seul hasard.

Il transmettait au roi de Suède le dernier message du duc de Wallenstein à Bielowo près de Brandebourg. Gustave Adolphe était en armure de guerre, à cheval devant l'armée assemblée pour la campagne. Il avait retenu le signal du clairon pour le départ et écouté attentivement le message selon lequel, quand le temps serait venu, le duc abandonnerait totalement l'empereur et passerait du côté suédois. Et lorsque la jonction prévue des Suédois avec l'armée de l'électeur de Saxe serait réalisée, il priait le roi d'envoyer dix à douze mille hommes en Bohême avec le comte Thurn à leur tête, sur qui Wallenstein comptait comme son futur général. Rašín avait transmis ces importantes informations avec une rigueur militaire, mais Matthias Thurn, qui cheminait à ses côtés n'avait pu retenir un sourire de satisfaction. Cette décision exprimait l'immense portée de la résolution de Wallenstein. Gustave Adolphe non plus n'avait pas à regretter sa perte de temps. Il s'inclina dans sa selle et posa la main sur l'épaule de Rašín :

«Monsieur Rašín, je souhaite beaucoup de succès au duc, je veux être pour lui un roi plein de bonté et je le récompenserai comme il se doit. Nous allons rejoindre les Saxons près de Wittenberg et nous attaquerons Tilly ensemble. Si Dieu nous est favorable, j'ai l'intention d'envoyer au duc l'armée qu'il demande, transmettez-le lui.»

Rašín avait passé la nuit à Brandebourg avant d'entreprendre le long voyage de retour. Ils se dirent adieu avec Thurn au-dessus d'une coupe de vin ; le général grisonnant pleurait d'émotion car il voyait déjà à portée de main son rêve tant désiré, la chute de cette Vienne qu'il haïssait. Et aussitôt il se mettait à rire, tressant des plans grandioses sur le règlement de la situation ultérieure en Bohême. Le matin, Rašín partit à l'aube tandis que le comte dormait encore. Il atteignit Meissen le soir, plus fatigué par la beuverie de la veille que par la journée de voyage.

Comme toujours lorsqu'il s'arrêtait durant ses longs voyages dans sa demeure provisoire, son fidèle Václav était accouru à sa rencontre comme s'il avait passé son temps à le guetter par la fenêtre. Et tandis que Rašín sautait à bas et remettait les rênes au garçon qui larmoyait de joie, un cavalier était passé au grand galop dans la rue. Rašín n'avait capté qu'une seconde son regard pénétrant, fixé sur lui sous le bord de son chapeau profondément enfoncé sur ses yeux, puis il n'avait plus vu que la courte mante du cavalier qui flottait dans son dos, dans des tourbillons de poussière.

A Jičín, Wallenstein décida d'attendre d'autres nouvelles du champ de bataille et le comte Trčka invita Rašín à passer ses quelques jours de repos sur ses terres de Světlá. L'accueil des parents de Trčka fut plus que cordial, comme s'ils avaient fêté le retour de leur propre fils. Le vieux Trčka, grand parleur, se faisait davantage remarquer pendant le festin par sa consommation de boissons et de victuailles que par la clairvoyance de ses propos, mais les yeux sévères du vrai chef de la famille, la comtesse Trčková, s'adoucirent en accueillant le messager.

«Mon cher, vous vous mettez en grand péril pour notre cause. Je ne sais qui d'autre serait capable d'en faire autant.

— Je ne fais que mon devoir, madame.

— Mais soyez donc prudent, car nos têtes à tous sont en

jeu. Et surtout la vôtre, les espions de ces monstres de Jésuites sont sûrement en éveil, recommandait la comtesse.

— Je ne me laisserai pas surprendre, madame», répliqua Rašín.

Juste à ce moment, le vieux Trčka, déjà fortement éméché, renversa dans sa gorge une nouvelle coupe de vin et cligna des yeux.

«Je ne doute pas que vous sachiez fort bien vous battre, mon ami, lança-t-il d'une langue pâteuse, mais supposons que vous soyez attaqué par un surnombre, comment vous défendrez-vous alors ?»

Avant que Rašín n'eût pu détourner la question par une plaisanterie, le jeune Trčka intervint à son tour. Le ton de sa voix trahissait un intérêt beaucoup plus sérieux :

«Oui, dites-le nous, monsieur Rašín. Vous voilà sans armes à une table de banquet, mais si vous étiez ainsi en un autre lieu, apparemment en sécurité, et soudain la porte s'ouvre et apparaissent deux assassins armés jusqu'aux dents, comment feriez-vous ?»

Pour souligner son discours, Trčka avait pointé la main vers une lourde porte de chêne fermant l'entrée de la salle de banquet.

Rašín se leva lentement. La conversation autour de la table s'était interrompue et toute l'assistance attendait, les yeux rivés sur sa haute silhouette.

«Vous voulez m'éprouver, comte ?» demanda Rašín à voix basse. Il sentait que lui aussi avait aujourd'hui fait plus honneur au vin qu'il n'était dans ses habitudes, mais il ne pouvait plus reculer.

«Ne le prenez pas mal, mon ami, il ne m'appartient guère de vous éprouver, dit Trčka avec un rire confus et son bras retomba.

— Montrez-moi s'il vous plaît par où ils doivent entrer, ces deux tueurs», l'invita Rašín et, après une seconde d'hésitation, la main de Trčka se souleva à nouveau.

La porte était à quelque dix pas de leurs places. Avant que l'index de Trčka n'eût pu se stabiliser dans cette direction, Rašín avait tiré d'un geste fulgurant de sa main droite une dague de sa manche gauche, l'éclair argenté du couteau avait traversé l'air, suivi d'un bruit mat lorsque le fer du poignard s'était planté dans le bois de la porte, à la hauteur d'une poitrine d'homme.

«Et d'un et de deux !» s'écria Rašín. Une seconde dague, tirée d'un fourreau dissimulé entre les épaules, transperça le bois de la porte à côté de la première. Leurs manches tintaient l'un contre l'autre en vibrant légèrement.

Lorsque Rašín s'avança vers la porte, un silence glacé régnait dans la salle. C'est seulement une fois la porte ouverte pour sortir, qu'il entendit s'élever de nombreux cris d'admiration et des applaudissements tumultueux.

Rašín marchait, l'air sombre, dans la poussière de l'unique et courte rue de Světlá. Pour des raisons qu'il ne s'expliquait pas lui-même sur le coup, l'épilogue du banquet au château, quelques instants auparavant, l'avait légèrement irrité. Mais il n'eut guère le temps d'y réfléchir. Alors qu'il passait devant l'entrée de la taverne locale, un étranger était soudain apparu dans la porte. La lumière du passage laissait son visage dans l'ombre ; il était en outre dissimulé sous un chapeau portant une magnifique plume arquée. L'étranger s'était arrêté sur le seuil, avait respiré profondément, puis, comme s'il avait brusquement changé d'intention, il s'était tourné et avait regagné l'intérieur de l'auberge. A cet instant fugitif les faibles rayons de lumière avaient tout de même partiellement éclairé les traits de son visage qu'ornait une moustache noire et fait briller son œil étincelant. Rašín, s'arrêtant à quelques pas dans l'obscurité, s'était rendu compte qu'il avait déjà vu cet homme quelque part. Mais c'est seulement le dernier mouvement de l'étranger, une fois qu'il se fût retourné pour rebrousser chemin, qui lui avait fourni un indice indubitable : l'ondulation de la mante dans le dos de cet Italien ou Espagnol au moment de sa brusque volte-face.

«Il se nomme Giolamo Frollo, il avait un sauf-conduit en bonne et due forme du comte Slavata, il ne faisait que passer par Světlá et il a dormi à la taverne», lui avait appris le comte Trčka qui s'était renseigné dès le lendemain.

«Vous avez quelque soupçon, monsieur Rašín ? Vous auriez dû m'en parler aussitôt, nous aurions regardé cet oiseau de plus près...»

Que faisaient maintenant ces Jésuites dans le jardin de Max de Wallenstein ? Là encore, ce pouvait être un pur hasard : le duc de Friedland n'avait-il pas justement invité Rašín chez son parent pour des raisons de sécurité et qui, sinon les initiés, pouvait être au courant ?

«Vous les avez vus ? demanda le comte Trčka qui s'avançait à sa rencontre. Vous ont-ils aperçu, eux ?»

Le duc, qui se reposait dans le kiosque, se contenta de rire.

«C'est excellent, nous pourrions en profiter pour leur demander conseil, si tant est toutefois qu'eux-mêmes sachent se tirer d'affaire. Savez-vous ce qu'il y a de neuf, messieurs ? Les Suédois ont battu Tilly à plates coutures près de Leipzig [1]. J'apprends cette belle nouvelle à l'instant.»

Rašín n'avait jamais encore vu le duc de Wallenstein aussi radieux. Habituellement, il avait affaire à un homme sombre, silencieux et renfermé, donnant parfois libre cours à une éruption de colère volcanique. Maintenant, la tête fièrement dressée sur ses épaules droites, le front parfaitement lisse, les yeux sombres lançant des éclairs et le sourire altier, le duc dégageait une force léonine.

«Que Dieu est tout puissant, disait Wallenstein. Avec toute sa renommée, Tilly perd sa réputation du jour au lendemain. Si cela m'arrivait à moi, je m'ôterais la vie. Mais pour nos projets il ne pouvait rien arriver de meilleur, messieurs. Voici le bon moment pour que le roi de Suède m'envoie son armée et le plus tôt sera le mieux. Dès que j'en aurai au moins une partie, je regagnerai de nombreux officiers de l'armée impériale, j'ai fait et je fais encore beaucoup pour bon nombre d'entre eux. Et ceux qui ne se rallieraient pas à moi, je leur ferais couper la tête.»

D'excitation, le duc se leva et commença à marcher de long en large.

«Les fiefs des Jésuites, de Martinice, de Slavata et d'autres qui penchent pour les papistes, je les distribuerai aux soldats. Pourquoi donc ces crétins de Tchèques n'ont-ils fait que les jeter par les fenêtres, ces deux ordures, pourquoi

---

1 Le 17 septembre 1631, les armées de Gustave Adolphe et de Jean-Georges de Saxe écrasent l'armée impériale de Tilly à Breitenfeld près de Leipzig. (N.d.l.t.)

ne leur ont-ils pas directement plongé l'épée dans le cœur ? [1] Un chien mort ne mord plus, et tout serait si différent aujourd'hui ! Mais quand je les tiendrai entre mes mains, je saurai mieux leur régler leur compte ! Et l'empereur, il devra fuir jusqu'en terre d'Italie. Il m'écrit pour me prier de reprendre le commandement des armées, chaque jour ses conseillers viennent se traîner à mes pieds ici à Prague. S'ils savaient seulement, ces misérables, ils ne se donneraient pas cette peine, même si mon âme était au fond des enfers et que je ne puisse la racheter qu'en servant l'empereur, je ne le ferais pas ! Voici le bon moment : je veux détruire la maison d'Autriche et le roi d'Espagne jusqu'à leurs fondations, et j'ai aussi des visées sur le Bavarois, ce pouacre sauvage. Si l'on n'arrache pas le saule avec ses racines, il reprend vigueur et se remet à bourgeonner. Je veux conquérir la Bohême, la Moravie, l'Autriche, puis la Styrie, la Carinthie et la Carniole. Le roi de Suède n'en reviendra pas de voir quel allié il vient de se faire. Pour l'heure, je ne lui demande rien, nous nous arrangerons par la suite.»

Le duc baissa la voix et s'arrêta. Aussi exalté qu'eût été son discours, Rašín avait le sentiment qu'une autre ligne de pensée, parallèle à la première, traversait son esprit.

«Le roi de France, on peut lui offrir de bonnes paroles, mais on ne peut guère avoir confiance en lui, dit soudain Wallenstein à voix basse, puis il ajouta : D'ailleurs, je l'ai déjà fait savoir à Kinský.»

Trčka profita de son silence pour poser une question :

«Et que doit transmettre M. Rašín au roi de Suède ?»

Wallenstein se rassit et regarda brièvement vers la cime des arbres qui commençaient à jaunir avec la venue de l'automne.

«Qu'il poursuive Tilly dans l'empire pour l'empêcher de se reprendre. Les Viennois ne dorment plus de peur, il ne faut à aucun prix signer la paix avec l'empereur. Et surtout l'armée, l'armée pour moi, comme convenu.» Il s'interrompit un moment, avant de poursuivre : «Ajouter aussi deux régiments de Saxons aux hommes d'armes, et engager ainsi

---

1 Cette «défenestration de Prague» eut lieu le 23 mai 1618 et fut la cause immédiate de la guerre de trente ans. (N.d.l.t.)

l'électeur, pour qu'il ne puisse plus reculer et signer une paix séparée. Vous rencontrerez Thurn, monsieur Rašín, pour que lui aussi travaille diligemment auprès du roi de Suède dans ce sens.

— J'irai trouver le comte Thurn avant tout, s'inclina Rašín. Je réglerai ainsi les deux affaires d'un seul coup.

— De quoi voulez-vous parler ? demanda Wallenstein.

— Ma mère se réconcilie avec lui, répondit Trčka à la place de Rašín. Elle lui envoie une chaîne d'or de cinq cents ducats.

— La comtesse est une femme avisée, sourit le duc. Elle aurait dû être un homme. Mais si vous le permettez, cher beau-frère, j'enverrai encore mille ducats à Thurn par M. Rašín au nom de la comtesse. Je sais bien qu'elle protège les domaines de certains exilés, qu'elle soutient l'émigration, et c'est sage. Vous aussi, monsieur Rašín, je veux régler mes comptes avec vous. Il ne peut sans doute y avoir de récompense suffisante pour vos services. Mais si les impériaux vous prennent, ils vous feront empaler.»

Le comte Trčka s'avança d'un pas :

«Je suis sûr qu'ils n'y arriveront pas, dit-il. Les souris pourraient-elles prendre l'épervier ?»

Voilà donc la dernière fois que Sova faisait une réussite dans son cagibi. Le jeu se déroulait sans encombre. Il avait libéré toute une rangée où il pouvait faire passer une longue suite avec un roi de cœur, ce qui permettait de se défaire directement de trois cartes qu'il avait en mains. La disposition offrait plusieurs possibilités prometteuses pour la suite.

Il attendait les déménageurs. La semaine dernière, sa boîte aux lettres avait laissé échapper une enveloppe administrative avec le tampon de l'office d'habitation. Il l'avait examinée avec une grimace, tout en se disant qu'ils avaient été bien rapides en affaires. Puis il l'avait ouverte. Sur un formulaire préimprimé, plusieurs lignes ajoutées à la machine lui annonçaient sèchement qu'à compter de tel et tel jour on lui avait attribué un appartement d'une pièce dans la maison-hôtel de l'avenue Invalidovna, numéro tel et tel, appartement extrait du fonds de réserve du comité national de district. Au bas de la page, un autre cachet traversé par une ample signature. Sova se tenait dans le couloir derrière la porte de l'immeuble et n'en croyait pas ses yeux.

Puis la seule explication possible lui traversa l'esprit et sa joie retomba d'un seul coup. Seule Lída pouvait avoir le mérite de ce dénouement favorable. Lída, une gentille fille qui s'était naïvement jointe aux archi-hypocrites, par opposition intellectuelle aux hypocrites tout court.

Tout d'abord il voulut déchirer la feuille. Puis il réfléchit et se rendit à l'adresse indiquée. Par curiosité pure et simple, se disait-il. Dans le hall de la tour nouvellement construite, il présenta le document au gardien.

«Ouais, eh bien, venez donc voir, dit le petit homme maigre et chauve en le toisant du regard. Vous êtes seul ou vous avez de la famille ?

— Seul.

— Alors ça devrait vous suffire amplement, jugea le gardien. Le loyer est relativement cher, quatre cents, mais c'est tout compris avec l'équipement, le ménage et la lessive du linge de lit.»

Il conduisit Sova au premier étage. Le studio était le troisième à partir de la cage d'escalier, plus rapide à atteindre à pied qu'en ascenseur. Le concierge déverrouilla la porte et l'ouvrit toute grande.

«Jetez un coup d'œil et si cela vous convient vous pouvez garder la clé», dit-il en se retournant pour partir.

Sova entra, referma la porte derrière lui, et se retrouva dans une petite entrée. A gauche, une porte donnait dans une salle de bains avec w.-c. Il tira sur la chaîne de la chasse et l'eau bouillonna dans la cuvette. L'étendue du séjour aurait avalé au moins deux fois son cagibi, c'était une pièce incroyablement spacieuse en forme de L. A l'entrée du grand côté était installé un coin cuisine isolé par une tenture, la chambre à coucher avec deux divans occupait le côté court derrière l'angle. L'ameublement se composait d'articles de série, une moquette corail couvrait le sol. Les rideaux des vastes fenêtres laissaient entrer à flots la lumière du soleil.

Il sortit dans le couloir, tourna la clé dans la serrure et descendit lentement l'escalier. Dans le hall, il glissa la clé par le guichet ouvert dans la guérite vitrée sur la table devant le gardien.

«Vous ne le prenez pas ? demanda le petit homme avec étonnement. Ça ne vous plaît donc pas ?

— Au revoir», marmonna Sova en s'avançant vers la sortie

d'un pas pressé.

Il avait réussi à placer les huit rois dans les rangées libérées, les as étaient ordonnés en haut, il ne restait plus que deux lignes en désordre et pas une carte en mains. Il rassembla le jeu en tas, la partie était maintenant claire et pour la terminer il suffisait de déplacer mécaniquement les cartes.

Deux séries de pas pesants résonnèrent dans le couloir. Il ouvrit la porte aux déménageurs.

«Alors, chef, qu'est-ce que ce sera ?» demanda le premier, un lourdaud mal rasé, tout en toisant ses maigres possessions d'un air dédaigneux. Quelques meubles décatis, quelques paquets de livres et de vêtements.

Il donna cinquante couronnes à chaque porteur et toute leur tâche ne dura pas plus d'une demi-heure.

Il descendit enfin pour la dernière fois en courant l'escalier sale aux marches usées. Le camion attendait près du trottoir, le moteur vrombissant. Il s'assit à la place libre dans la cabine et ils se mirent en route. Le camion tourna au coin de la rue.

Ça y est, ils me tiennent. Moi aussi, je deviens un fumier comme les autres, se dit-il. Mais il ne se retourna même pas.

Helena et lui s'étaient séparés le jour de la manifestation en l'honneur de la victoire de Février. La veille au soir, il avait refusé de l'accompagner à une représentation spéciale au théâtre et la tension qui couvait depuis longtemps éclata en une violente querelle.

Il était assis dans la chaufferie en bleu de travail crasseux et il lisait un roman policier, lorsque la porte s'ouvrit et Helena entra.

«Comment, tu n'es pas encore prêt ? demanda-t-elle. Dans un quart d'heure on part pour la place de la Vieille Ville.»

Il referma le livre en laissant un doigt comme marque-page.

«Je ne vais nulle part, Helena, dit-il. Nous nous sommes tout expliqué hier soir, non ?»

Elle pinça les lèvres en une ligne étroite.

«N'oublie pas qu'à partir du premier tu entres à la section des imprimés. Tu ne peux pas me compromettre comme ça, allez, change-toi et vite !

— Je ne vais nulle part. Je n'ai rien à fêter, moi. Ce serait contre mes principes.

— Qu'est-ce que tu me chantes là ? Quels principes, espèce de crétin ? cria-t-elle. Tout ça n'est qu'un marché, quand comprendras-tu, idiot ?

— Moi je ne commerce pas avec ce genre de marchandise, mets-toi ça dans la tête, toi aussi !» dit-il en se levant.

Elle attendit quelques instants en silence pour voir s'il n'allait quand même pas capituler, puis elle sourit d'un air glacial.

«Dans ce cas, le mieux serait sans doute que tu t'en ailles de chez moi. Tu pourrais bientôt avoir l'idée que nos rapports ressemblent eux aussi à une espèce de marché.

— C'est déjà fait, Helena», lança-t-il avec une colère qu'il n'arrivait plus à réprimer.

Elle le fixa encore une seconde, puis elle se tourna pour partir, d'un demi-tour d'allure militaire.

«C'est parfait, je suis contente que nous soyons d'accord. Plus tôt tu auras fichu le camp, mieux ça vaudra, dit-elle, et elle ajouta, en soulignant ses mots : et si tu prenais Eva avec toi, ce serait encore mieux. Ou tu penses peut-être que je ne suis pas au courant de vos coucheries, mon petit gars ? Alors tes histoires de conscience et de dignité...» Elle claque la porte derrière elle sans achever la phrase.

Le même après-midi il fourra ses effets dans une valise et déménagea le tout dans la chaufferie, en attendant de trouver un nouvel emploi et un logement en sous-location. Il ne dit pas au revoir à Eva et ne revit Helena qu'au moment de la prononciation du divorce.

Malgré l'aspect pénible de toute l'affaire, il ressentit plutôt du soulagement devant cette solution. Mais aujourd'hui, il éprouvait un sentiment d'humiliation : il avait manqué à ses principes en acceptant quelque chose qui n'était pas assez propre. Puisqu'il évitait de rencontrer Lída, il perdait en même temps le droit de profiter d'avantages venus de sa part, fussent-ils de purs cadeaux. Et il s'accusait d'avoir failli trop facilement, en échangeant le confort d'un w.-c. à chasse d'eau derrière sa porte contre son devoir de protéger cet équilibre en pat que rien n'avait réussi à compromettre jusqu'à ce jour.

II

ERRANCE

1.

Sova trouva l'appartement de Lída sur la liste des locataires accrochée au mur et monta à pied au premier étage. Il pressa le bouton de la sonnette et attendit un moment devant la porte fermée. Lorsqu'elle s'ouvrit, elle livra passage à une Lída vêtue d'un kimono d'intérieur en soie fleurie, les pieds chaussés de babouches.

«Entre», dit-elle en s'effaçant pour le laisser passer. Puis elle referma la porte derrière lui en ajoutant: «Et déchausse-toi, le ménage n'est pas exactement mon activité préférée.

— C'est quoi, ton activité préférée ?» demanda-t-il.

Il se déchaussa et plaça ses mocassins près d'un monceau d'autres chaussures empilées dans le coin du hall, derrière la porte. La part la plus modeste de cet étalage se composait de chaussures d'homme à peu près de sa pointure.

Lída le conduisit dans la pièce qui faisait face à l'entrée. S'arrêtant sur le seuil, elle décrivit un demi-cercle de la main :

«Voilà ma chambre, installe-toi où tu veux. Qu'est-ce que tu prends, du café ou plutôt une goutte de vin ?

— Rien, dit-il. Je ne fais qu'entrer et sortir.»

La pièce donnait une impression d'espace. Tout son mobilier se résumait à un châlit bas et carré, une tablette portative de forme allongée et un fauteuil placé près du mur opposé. Un récepteur radio et un magnétophone étaient posés à même la moquette de peluche bleu pâle qui recouvrait tout le sol. Aux murs étaient suspendues plusieurs céramiques et deux reproductions de danseuses de Degas. Une vaste peinture à l'huile représentant un nu féminin occupait la place d'honneur. Le modèle en avait indubitablement été Lída elle-même et le style laissait aisément deviner que l'œuvre était de la main de Špaček. Sur une petite table se trouvait une machine à écrire d'où dépassait un feuillet à moitié couvert. Plusieurs autres feuilles s'étalaient en désordre à côté.

«Ça me fait plaisir que tu sois passé, même pour un petit moment.»

Ils s'assirent sur le châlit et Sova se retrouva avec les genoux sous le menton.

«Je viens te remercier de ton intervention pour l'appartement, dit-il en s'efforçant d'adopter un style aussi neutre que possible.

— Ça te coûte beaucoup ? demanda-t-elle.

— Oui, j'avais honte d'avoir accepté ce logement. Je ne me doutais pas que tu habitais juste à côté, sans cela j'aurais porté un déguisement.»

Elle le regardait depuis la porte, les bras croisés.

«Tu es un drôle de type, Miku, dit-elle en tournant la tête de gauche à droite. Je vais quand même te faire un peu de café», décida-t-elle en sortant de la pièce.

Ils s'étaient rencontrés inopinément plusieurs jours auparavant sur l'îlot où il attendait son tramway. Elle était arrivée au bras d'un grand homme d'une trentaine d'années, en tenue de sport, avec une silhouette de coureur de fond. Dès qu'elle eut aperçu Sova qui hésitait à l'aborder, elle quitta son compagnon et se dirigea vers lui.

«Je sais que tu as déménagé, lui dit-elle. Pourquoi n'as-tu pas donné signe de vie, depuis tout ce temps ?

— Je n'en avais pas trop envie», grommela-t-il.

Elle tenta de comprendre ce qui se cachait derrière cette excuse évasive.

«Bon, dit-elle ensuite en désignant une maison au bout de la rue. J'habite là-bas. Et j'espère que tu te montreras bientôt, puisque nous sommes voisins.

— Je passerai.» Il lui dit au revoir sur cette promesse, car son tramway arrivait, juste à propos.

Il ne faisait donc que ce à quoi il s'était engagé, et Lída avait eu jusqu'à présent un comportement naturel. Mais la concorde actuelle pouvait bien sûr se muer dans l'instant en amour ou en haine. Les réactions imprévisibles de Lída risquaient sans cesse de mettre fin à ce temporaire et fragile équilibre.

Sova ne pouvait rester insensible à l'harmonie de ses mouvements lorsqu'elle revint au bout de quelques instants avec deux tasses de café. Elle commença par les déposer sur le fauteuil, puis elle plaça la machine à écrire par terre et rapprocha la petite table du lit. Elle installa les deux tasses sur sa plaque en forme de cône irrégulier et vint s'asseoir près de lui. Il prit l'un des deux morceaux de sucre dans la sous-tasse et le plongea dans le liquide bouillant. Il tournait lentement son café avec une petite cuiller d'argent.

«C'était ton mari, l'autre jour, à l'arrêt du tram ?

— Oui Petr est formidable, dit-elle en haussant les épaules. Il faudra que vous fassiez connaissance, un de ces jours.

— Vous aviez l'air de bien vous comprendre, dit-il, poursuivant cette conversation absolument insignifiante.

— Dans l'ensemble, ça va. Sauf qu'il ferme le gaz avant de partir quand il m'arrive de rester seule à la maison.»

Il but une gorgée de café et regarda au fond de ses yeux verts. Il n'y trouva pas trace de sentimentalisme. Il nota, en revanche, le sourire légèrement amusé qui passa sur ses lèvres expressives.

«Tu as tendance à gaspiller le gaz ?» dit-il en l'imaginant sur le dos, immobile et froide comme du verre. Elle serait sans doute attirante même dans une telle posture.

«C'est sans doute ce qu'il pense.

— Tu le ferais vraiment ?» demanda-t-il, l'air incrédule. Il sentait en même temps la gorgée de café lui brûler l'estomac.

Sa voix se fit incertaine :

«Je ne sais pas.» Puis le ton moqueur reparut : «Il me semble que chacun d'entre nous peut facilement se transformer en meurtrier ou en suicidé. Surtout aujourd'hui, à notre époque disloquée qui sombre dans la folie, et avec nos bourgeois du parti qui se sentent appelés à la régénérer. On ne sait plus si on doit aller se pendre ou simplement rire. Et toi, où t'engages-tu, dans notre printemps de Prague de renommée mondiale ? Avec les progressistes qui ne sont pas au parti, dans le mouvement des Droits de l'homme, au K deux cents et quelque ?

— Nulle part, pour le moment», répondit-il selon la vérité. La pression brûlante dans son estomac s'était atténuée. Il but un peu de café pour la chasser tout à fait.

«Voilà des années que j'ai commencé à me tenir à l'écart et je ne vois pas pourquoi je changerais.

— Tu fais quelque chose, ce soir ? demanda-t-elle sans transition.

— J'ai invité des amis.»

Elle voulut le piquer :

«Tu fêtes ton appartement ? Ce n'est pas un peu tard ?

— Mon premier livre sort la semaine prochaine», répliqua-t-il calmement.

Les événements tumultueux du printemps n'influaient sur les affaires de Sova que de manière périphérique. Certes, la censure avait avancé la sortie de ses manuscrits, mais ses tentatives d'obtenir un passeport, réitérées avec acharnement, restaient vaines. On aurait dit qu'on lui avait jeté un sort : les bastions de l'ancien régime tombaient les uns après les autres, le premier venu, ou presque, arrivait à sortir à l'étranger, mais dans le cas de Sova l'ancien obstacle inconnu continuait à tenir bon. Pourtant la dernière action entreprise donnait plus d'espoir que les précédentes. Sova s'était inscrit à un voyage organisé des employés de la maison d'édition, que Komárek s'était mis en tête de mettre sur pied.

«Et qui donc as-tu invité, pour ce soir ?»

Il lui énuméra ses hôtes : Komárek et Halbich avec leurs épouses, Muzikář, Lahodný et Kadlus, à supposer que des obligations imprévues ne les privent pas de leur liberté projetée. Bien entendu, Lahodný était en tête des combattants pour le processus de rénovation sur lequel Kadlus, pour sa part, tournait un documentaire.

«Tu ne m'inviterais sans doute pas avec ce beau monde, suggéra Lída.

— Non, ça ne conviendrait pas.» Il tourna la tête en signe de dénégation.

Soudain, une crampe violente lui contracta l'estomac. La douleur taraudante eut raison de sa volonté de résistance. Il se roula en boule et des gouttelettes de sueur apparurent sur son front.

«Qu'est-ce qu'il y a ? Tu te sens mal ?» La voix de Lída semblait venir de très loin.

Le plus fort de l'attaque passa aussi vite qu'elle était survenue. Il se redressa un peu et respira avec soulagement.

«Ce n'est rien. Tout va bien maintenant.» Il essaya de sourire.

«Ne raconte pas d'histoires, tu es blanc comme un linge.»

La douleur disparut, ne laissant derrière elle qu'un vague

sentiment d'oppression. Il se redressa tout à fait.

«Excuse-moi. J'ai quelques feintes en réserve, pour quand la conversation touche à des choses désagréables, grimaça-t-il.

— Arrête de faire le clown. Sérieusement, qu'est-ce que tu as ?

— Je bois sans doute un peu trop.

— Tu ne veux pas t'étendre un moment ?

— Non, il vaut mieux que je rentre.» Il se leva pour partir.

En chemin, il surveilla attentivement son état, mais il ne sentait plus une trace de la crise qui venait de l'assaillir.

C'est à cause de ces sempiternels fromages de tête, de ces cervelas au vinaigre et aux oignons avalés n'importe où à la va-vite, des cigarettes bon marché, un petit rappel des dettes passées, se dit-il. Jusqu'à maintenant, tout a fonctionné comme il faut, mais avec la quarantaine il est normal que certains mécanismes se grippent un peu de temps en temps. Tout est OK maintenant, ça tourne, rien ne cloche.

Il monta à l'étage, prit son filet à provisions et descendit les marches en vitesse. Au libre service, il remplit son panier de bouteilles de vin. En passant devant la loge du concierge, il aperçut derrière la vitre le petit portier qu'il connaissait. Il obliqua vers lui, et par la vitre ouverte il déposa sur sa table une bouteille de vin. Le petit homme tendit sa main décharnée et aussitôt la bouteille disparut de la vue.

«Merci, maître, et qu'est-ce que vous fêtez ? Votre anniversaire ?

— Quelque chose dans ce genre, dit Sova en hochant la tête.

— Alors profitez en bien, lança le portier avec un clin d'œil conspirateur. Et ne vous gênez pas, si quelqu'un se plaint du bruit, je vous arrangerai ça.

— Parfait, ça pourrait être utile», répondit Sova en montant l'escalier.

Il rangea les bouteilles de vin blanc dans le réfrigérateur à côté des provisions. Puis il s'approcha de la fenêtre. En se mettant tout au bord, il pouvait apercevoir les fenêtres de Lída.

Les sabots frappaient mollement l'épaisse couche de paille recouvrant toute la rue. Deux hommes d'armes chassaient devant eux en jurant un chien perdu qui fuyait à toutes pattes. Rašín dut sourire devant cette activité inhabituelle et un peu ridicule de la sentinelle. L'hypersensibilité maladive du duc qui ne supportait pas le moindre bruit exigeait des mesures exceptionnelles.

Rašín arrêta son cheval devant les hallebardes croisées des mousquetaires au portail principal du palais. Il montra son sauf-conduit et les soldats s'écartèrent respectueusement. Les passeports qui couvraient ses déplacements à cette époque portaient les lourds sceaux des plus puissants personnages et leur recommandation personnelle ouvrait toutes les portes.

Dans la première cour du palais, qui ressemblait plutôt à une forteresse tournée avec arrogance vers les fenêtres du château pragois, Rašín mit pied à terre. Les serviteurs familiers du comte le connaissaient déjà bien. Il devint aussitôt le centre de leurs soins. L'un saisit la bride de son cheval, deux autres époussetaient à l'aide de balayettes la poussière d'une longue route sur ses vêtements, un page frottait ses bottes. Et le majordome qui accompagna ensuite Rašín vers une entrée latérale souriait sous cape.

«Excusez, monsieur, vous avez certainement remarqué le carrosse arrêté dans la cour.

— Oui, je l'ai vu.

— Je vais pour l'instant vous conduire auprès de son Excellence le comte Trčka : vous êtes attendu avec impatience. Son Altesse Princière reçoit en effet un visiteur distingué, M. Gerhard Questenberg, le conseiller militaire de l'empereur. Je ne trouverais pas des plus opportun que vous veniez à vous croiser, dans l'escalier d'honneur par exemple», dit le majordome sur un ton d'excuse.

Son ironie concernant l'envoyé impérial était patente. Ils savent déjà tout, même les gens savent, songea Rašín. Et sur moi aussi, bien sûr, sommes-nous assez prudents ? Je vais à Prague comme chez moi, Wallenstein nous reçoit dans la même pièce, le conseiller de l'empereur et moi.

Le sourire franc de Trčka et ses bras largement ouverts dissipèrent cependant ses pensées pleines d'inquiétude.

«Bienvenue, monsieur Rašín. Prenez place et acceptez un verre de vin, en attendant que le comte achève son audience.»

Epuisé, Rašín se laissa tomber sur les coussins mous d'un fauteuil confortable, savamment ornementé.

«Que vient faire Questenberg ici ?
— Il est venu demander instamment au duc, de la part de l'empereur, qu'il accepte la fonction de généralissime des armées. Vienne est aux abois, mon ami, dit Trčka radieux tout en levant sa coupe de cristal taillé pour un toast. Je sais que vous devez être mort de fatigue, mais patientez, s'il vous plaît, le duc est avide d'entendre vos nouvelles.»

Rašín but une petite gorgée de vin. Il fixait pensivement les flammes dans la cheminée, et l'expression de son visage ne reflétait pas une ombre de l'humeur exubérante de son compagnon. Puis il regarda le comte en face : toujours aussi actif et passionné, une jambe élégamment croisée sur l'autre, Trčka avait du mal à maîtriser son impétuosité.

«Je n'apporte pas de très bonnes nouvelles cette fois-ci, comte, dit Rašín. J'aimerais vous parler ouvertement et en toute confidence.»

Trčka fit un signe de main ; le laquais, une aiguière d'or martelée à la main, remplit à nouveau les coupes, puis sortit à reculons avec une profonde révérence et referma la porte derrière lui.

«Nous avons trouvé le roi de Suède dans la seconde semaine d'octobre à Schleussingen, au-delà de la forêt de Thuringe, alors qu'il faisait route vers la Franconie, annonça Rašín. Le roi n'a reçu que le comte Thurn, brièvement, durant un banquet avec son état-major, toujours pour fêter sa victoire de Breitenfeld. Il a dit qu'il ne pouvait pas envoyer une armée de la taille demandée par le duc, qu'il avait encore en face de lui un ennemi puissant. Il propose trois régiments sous le commandement des lieutenants-colonels Schafmann, Druchse, et un troisième, en tout quinze cents hommes. Le bon comte Thurn était comme anéanti par cette nouvelle. Il a répondu que c'était trop peu pour que le duc puisse réaliser ses projets et qu'il ne pouvait pas accepter cette offre. Le roi a fait remarquer que l'électeur de Saxe avait une armée puissante et que Thurn n'avait qu'à s'adresser à lui et à Arnim, qui mettraient à sa disposition l'armée demandée. Une réponse aussi perfide et une pareille façon d'agir ont excédé Thurn. D'ailleurs lui-même a compris, bien qu'il n'ait pas voulu l'exprimer directement, que le roi n'entendait pas respecter ses engagements et qu'il avait totalement modifié ses projets.

— Comment se fait-il que Gustave Adolphe ne vous ait pas reçu en même temps que Thurn ? s'exclama Trčka en fronçant les sourcils. Qu'est-ce que cela cache ?

— On le devine, comte, fit remarquer Rašín.

— Oui, ce vieux benêt de Thurn se laisse plus facilement berner que vous, dit Trčka en hochant la tête.

— Je respecte le comte Thurn, il fait beaucoup pour notre cause, dit Rašín. Mais écoutez-moi jusqu'au bout, s'il vous plaît. Le lendemain, le roi a de nouveau reçu Thurn, cette fois-ci en audience privée, comme il se doit ; peut-être était-il lui-même plus sobre, lui aussi. Le comte en est revenu comme transformé. Il brûlait à nouveau d'espoir, enthousiaste comme un jeune homme, vous le connaissez bien. Le roi venait de lui annoncer qu'il ne voyait pas d'opposition à la création d'une armée indépendante d'émigrés, au nombre de cinq à six mille hommes, constituée avec les moyens propres des seigneurs tchèques. Thurn avait déjà abordé cette question avec Gustave Adolphe, et soudain, celui-ci exprimait son accord. Bubno, Schafmann, Beřkovský, Sommerfeld et Hrzány en partageraient les frais. Avec d'autres, y compris le comte Kinský. Thurn s'est aussitôt mis en route pour Dresde, pour lancer cette affaire.»

Trčka réfléchit quelques instants puis il se leva soudain avec enthousiasme.

«Mais c'est magnifique, n'est-ce pas, monsieur Rašín ? s'écria-t-il. Nous libérerons la Bohême avec nos propres forces, voilà la meilleure solution. Qu'est-ce qui vous fait hésiter ?»

Rašín l'observait arpentant la pièce dans un état de grande excitation, puis il but longuement, comme si sa gorge n'était devenue sèche qu'à cette seconde.

«Je passe de longues journées en selle, comte, dit-il à voix basse. On réfléchit bien, en voyageant. Considérez ceci : la dernière fois que j'ai rencontré le roi de Suède, c'était avant la bataille avec Tilly et là, il a écouté nos propositions avec beaucoup d'attention car l'issue de la bataille était incertaine. La victoire lui a donné de la force et de l'assurance et il a commencé à raisonner différemment. Bien sûr, il se donnerait un allié puissant en Wallenstein, mais sans savoir comment la guerre allait se dérouler ultérieurement – et Wallenstein serait peut-être pour lui un futur rival.

— Cette éventualité n'est pas à exclure, il faut bien l'avouer, concéda Trčka et un sourire rapide lui effleura les lèvres. Vous avez raison, monsieur Rašín.

— D'autres conclusions s'imposent, ajouta Rašín et sa voix prit un accent d'insistance. Lorsque j'ai quitté le roi, il se remettait en route vers le Wittenberg, pour rejoindre les Saxons. Il a battu Tilly avec leur aide. Peut-être a-t-il changé d'attitude du fait de ses engagements envers eux et soutient-il ainsi leurs visées ?

— Quelles visées pourrait donc avoir l'électeur de Saxe ? Trčka s'arrêta en face de Rašín. Il a des raisons de se méfier des catholiques, c'est là son plus grand intérêt.

— Oh, l'électeur de Saxe n'a qu'un seul intérêt, s'écria Rašín en faisant un geste violent. Ce n'est pas pour rien qu'on l'appelle le Roi de la Bière ! Personne n'ignore qui s'arrange pour décider adroitement à sa place.

— Arnim, dit Trčka.

— Jean Georges d'Arnim, le maréchal de Saxe, effectivement. Je lui suis personnellement obligé : il s'est conduit convenablement avec moi, bien que je ne sois pas Allemand. Il ne faut pas oublier que le roi de Suède a été sous son influence pendant tout le temps de Breitenfeld, il a écouté ses paroles jour après jour. Arnim est un excellent diplomate et c'est là, me semble-t-il, qu'il faut chercher la vraie raison des distances que Gustave Adolphe a prises dans ses rapports avec le duc.»

Trčka réfléchissait. Les reflets des flammes dans la cheminée dansaient sur les luxueux capitonnages des fauteuils bleus et dorés, sur les murs et les scènes de chasse, sur les précieux tapis turcs au sol et sur le bureau.

«Pourquoi Arnim ferait-il une chose pareille, demanda enfin Trčka. Dans quel but ?

— L'union des Suédois avec Wallenstein finirait par détruire l'empire, dit Rašín avec conviction. Arnim a beau être un évangéliste, il est Allemand avant tout. Et l'empire est la garantie de la germanité, tout le secret d'Arnim est là. Jugez vous-même, comte, c'est l'électeur de Saxe qui doit approuver les ordres de levées de troupes pour la mise en place des unités d'émigrants ; la décision revient donc en fait à Arnim, et moi je parie mille ducats qu'on refusera de les émettre. Le roi de Suède le sait aussi et les deux côtés ne jouent pas un jeu très propre.»

Trčka regarda pendant un temps Rašín de près, et un sourire commença à gagner son visage. Puis ce fut une explosion de rire, irrésistible et puissamment exubérant.

«Excusez-moi, monsieur Rašín, vous avez tout très bien expliqué et je ris à présent de soulagement, dit Trčka lorsqu'il se fut calmé, et il s'installa dans un fauteuil de l'autre côté de la table. Bien entendu, il n'est pas facile de nos jours de faire pleinement confiance à l'un ou l'autre des côtés, et mon beau-frère est dans ce domaine d'une prudence magistrale. Je reconnais que vos nouvelles ont tout d'abord éveillé en moi certaines inquiétudes. Mais chaque coup est suivi d'une parade, et ce que vous venez de dire atteste que la conduite de Wallenstein est d'une prudence merveilleuse.»

Trčka eut un autre rapide sourire, puis il se pencha vers Rašín d'un air confidentiel :

«Eh bien, mon cher ami, nous non plus, nous n'avons pas dormi pendant tout ce temps, et ce que je vais vous avouer maintenant, n'en parlez même pas au duc, s'il vous plaît , cela doit rester entre nous. Le duc n'est pas limité au point de s'interdire toutes les possibilités en se liant inconditionnellement à l'un des côtés intéressés. Il manœuvre pour son propre compte, et il faut noter qu'il le fait avec succès. Il a réussi une belle action diplomatique, cela est maintenant sûr. L'espoir de se gagner, ou du moins, d'intéresser l'électeur de Saxe à prendre une attitude réticente a été éveillé chez l'empereur ; Arnim a reçu un passeport et pour traiter avec lui, savez-vous qui l'on a choisi ? Qui d'autre que le duc lui-même, bien entendu ? Rien que cela nous est avantageux étant donné la situation. Mais de plus, sur les conseils de Wallenstein, l'empereur a donné un ordre absolu de repli à l'armée de Tiefenbach en Lusace, malgré ses succès impressionnants puisqu'elle a conquis Görlitz, Zittau et Bautzen et qu'elle occupe, face aux Saxons, une position solide. Rien à faire, Tiefenbach a dû obtempérer et c'est Arnim qui reprend la Lusace désarmée, Arnim avec qui le duc va traiter dans le Friedland. Imaginez-vous maintenant ce que cela représente, monsieur Rašín ? La route de la Bohême est ouverte à l'arrivée de l'aide suédoise ou encore mieux de l'armée des émigrés, et Tiefenbach ne pourra pas se porter à son secours, puisqu'il est tenu en échec par Arnim. Entre temps, les soldats fidèles des régiments de mon oncle Max de Wallenstein et des miens occupent les villes tchèques, Prague, Hradec Králové, Pardubice, Boleslav, il y a même des garnisons dans la région de Kladno. Qu'en pensez-vous maintenant, mon ami ? interrogea Trčka victorieusement.

— Je ne fais aucune confiance à Arnim, il est glissant comme une anguille, répéta Rašín. Il a été au service des Suédois, puis de Wallenstein, puis de l'empereur ; il y a quatre ans, il a infligé une défaite sanglante à Gustave Adolphe, maintenant il s'allie avec lui pour battre Tilly, l'allié de l'empereur. Que peut-on attendre d'un homme pareil ?»

Trčka resta un bon moment sans répondre. Il regardait pensivement le plateau de la table, sur lequel sa main faisait tourner la coupe de vin.

«Notre époque est riche en retournements imprévus, et seuls des hommes à la conscience endurcie peuvent y réussir, dit-il enfin. Il ne nous reste qu'à n'en rien oublier et à compter avec tout ce qui peut survenir dans un tel jeu, mon ami.»

Peu après on entendit frapper à la porte, un laquais entra et pria Trčka et Rašín, qui étaient plongés dans le silence, de se rendre auprès du duc.

Tandis qu'ils suivaient les longs couloirs glacés du palais, Rašín se demandait dans quelle mesure la dernière remarque de Trčka concernait également leur maître, le duc de Wallenstein. Il se reprit, essaya de chasser le défaitisme qui s'était emparé de lui depuis quelques semaines. Il n'y avait qu'à servir, faire face aux événements comme ils se présentaient, la fin justifiait et sanctifiait tous les moyens. Et en même temps lui revint à l'esprit la célèbre exclamation du comte Thurn contre le duc, lorsqu'il avait commencé sa carrière vertigineuse par sa première trahison des Etats moraves : «La voilà donc, cette bête pleine d'orgueil ! Elle a perdu son honneur, sa fortune, son âme !» Mais Thurn lui-même, comme tant d'autres, avait plusieurs fois changé de camp depuis ce jour et ne jurait aujourd'hui que par les couleurs de son ennemi mortel de jadis.

«Asseyez-vous», invita le secrétaire en observant le feuillet blanc que Sova lui avait tendu.

Sova prit place à une petite table ronde dans un coin de la pièce, et il le regardait retourner à son bureau. Le fonctionnaire, un homme d'une cinquantaine d'années, plutôt grand et corpulent, se laissa retomber avec un grognement sur sa chaise au dossier recouvert de son veston. Les deux autres hommes dans la pièce étudiaient des papiers sur leurs tables, attentivement, et sans mot dire. Un silence total, que rien ne venait troubler, s'installa.

Le préposé jeta un coup d'œil par la fenêtre. Celle-ci donnait dans une cour. Malgré les rayons brûlants d'un soleil de midi au mois de juin, la cour entourée de toutes parts de murs reposait dans une ombre profonde. La fenêtre laissait entrer si peu de lumière que le bureau paraissait plongé dans la pénombre. Le regard du secrétaire revint au feuillet blanc qu'il avait déposé sur la plaque de verre de son bureau, puis il entrouvrit un tiroir en soupirant. Il en tira une petite pile de livrets verts, dont les couvertures s'ouvraient d'elles-mêmes, tant ils étaient neufs, et il les posa à côté du feuillet. La lenteur de son moindre geste traduisait l'importance et la complexité du travail qu'il effectuait. Il commença à passer en revue sans hâte les livrets les uns après les autres, les ouvrant cérémonieusement, un par un, puis il les posait de côté. Néanmoins la petite pile de livrets examinés grandissait lentement, au point que les deux tas atteignaient maintenant la même hauteur.

A cet instant, Sova nota que toute la tension avec laquelle il était accouru et l'anxiété avec laquelle il regardait les agissements du préposé avaient disparu. D'accord, d'ici quelques minutes l'homme en arriverait lentement au dernier livret, il pousserait un soupir, il referait d'un tapotement une belle pile comme celle qu'il avait sortie, et il remettrait les livrets dans le tiroir, mais en ordre inverse, celui qui était en dessous tout à l'heure se retrouverait sur le dessus de la pile, ce serait le seul résultat. Et lui allait repartir, ce serait simplement la répétition de ce qu'il connaissait déjà. Où vais-je partir pour mes vacances, se demanda-t-il, il faudrait commencer à s'en occuper. A Slapy ? Et avec qui ? Il croisa une jambe sur l'autre, tira son paquet de cigarettes et son briquet de sa poche.

Après un tel début et un tel déroulement, il ne peut y avoir qu'une seule suite. Le même scénario galvaudé, bien connu, déjà vécu et revécu. Une fois de plus, il entendrait la même phrase : «Je regrette, il n'y a rien ici.» Et la phrase ne serait sans doute même pas adoucie par un soupçon de politesse, les travailleurs de ce genre n'avaient pas besoin de se fatiguer. Peut-être n'entendrait-il que le dernier mot : «Rien». Ou alors : «Rien, camarade. — Comment cela ? Pourquoi ? Pourriez-vous me donner une explication ? — Vous le savez sans doute mieux que nous, non ?» et un haussement d'épaules.

A cette différence près que cette fois-ci il ne demanderait pas d'explication ni de détails, il n'avancerait pas de protestations, il ne crierait pas justice. Non, il allait juste se retourner et partir. En sachant qu'il s'agissait probablement d'une erreur. (Cette expression apparaissait quelquefois dans le magma des refus, rarement, dans les seuls cas où il avait affaire à des secrétaires relativement braves. Comme si tout n'était pas une erreur.) Il connaissait tout cela par cœur, jusqu'au moindre détail. Et ce geste, d'accepter la sentence avec une cigarette allumée, était une sorte de défense contre un sentiment d'impuissance totale, un pauvre geste stérile, mais une marque de résistance tout de même. Et de mépris, peut-être.

Avant qu'il ait eu le temps d'allumer sa cigarette, le préposé leva les yeux sur lui derrière son bureau, puis il fixa de nouveau son regard sur la page du document qu'il étudiait depuis un bon moment. Puis il se leva en soufflant, s'avança vers la séparation qui divisait le bureau. Il jeta un dernier regard sur Sova et sur le livret vert qu'il brandissait entre les doigts.

«Voilà, nous y sommes», dit-il en tapotant le bord de la séparation.

Sova s'était résigné quelques instants auparavant et ce retournement imprévu lui fit perdre son assurance. Il s'avança vers la séparation d'un air incrédule et prit le document. La main du secrétaire ne recula pas au dernier moment, comme dans une mauvaise plaisanterie. Les efforts de tant d'années aboutissaient donc à cet instant. Il devenait le détenteur d'un passeport de la République socialiste tchécoslovaque.

Il maîtrisait difficilement l'envie de se sauver au plus vite et il ralentissait volontairement sa marche vers la porte.

«Un instant, l'arrêta la voix du secrétaire. Il nous faut encore une signature.»

Il signa son nom sur la page appropriée sous sa photographie avec un stylo à bille d'emprunt. Puis il glissa le passeport dans sa poche intérieure, salua et sortit de la pièce.

Passée la porte, il ne se maîtrisa plus. Il s'élança à la course par le long couloir gris et descendit les marches deux à deux. Il s'envola littéralement sous le porche et ne s'arrêta qu'au-delà du portail massif du palais, comme interdit devant l'éclat violent du soleil, haletant ainsi qu'après une épuisante course d'endurance.

Puis il s'avança le long du petit parc à la colonne commémorative d'une peste, mais sans enregistrer exactement par où il passait, de même qu'il demeurait insensible à l'architecture majestueuse des bâtiments qui entouraient la place de Hradčany. Il fut saisi d'une crainte : n'allait-on pas le rappeler soudain ? Et il se jeta sur un banc près de là, à moitié enfoui dans les buissons ornementaux. Il se retourna, mais le portail par lequel il venait de s'échapper continuait à bâiller d'ennui et Sova sentait son angoisse injustifiée se dissiper peu à peu, cédant la place à un sentiment de pur bonheur. «Enfin, quand même...» Ces mots lui tourbillonnaient dans la tête.

Attention, se dit-il soudain. Et s'ils m'avaient joué un tour plus raffiné ? Ils m'ont donné un passeport, mais s'ils avaient fait semblant d'oublier l'autorisation de sortie...

Déjà sa main avait hâtivement tiré le passeport de sa poche et ses doigts s'étaient mis à feuilleter les pages en tremblant. Oui, là, page huit : autorisation permanente de sortie vers les pays socialistes, ça, ça ne m'intéresse pas, il tourna encore une page et là, sur la page dix, s'étalait le tampon en question, d'un rouge violacé bon marché, rempli et doté de l'inscription «tourisme». Autorisation de sortie pour un voyage unique, permettant de se rendre à... les mots étaient complétés à la hâte au stylo à plume sur la ligne pointillée ... tous pays, pour une durée de... à la plume... 15 jours. Validité jusqu'au 31.8.1968.

Un voyage unique, il s'étouffait de rire, c'est vraiment une bonne blague, un voyage unique, il ne lui en fallait pas davantage, une seule fois suffirait. Tous pays.

Puis il revint au présent immédiat et il se rendit compte

qu'il était tout juste dans les temps. Le trésor qu'il tenait dans ses mains devait être transmis d'urgence à d'autres mains pour que soient réglés tous les points nécessaires au bon accomplissement de l'entreprise.

Il bondit, aperçut un taxi devant le portail qui donnait dans la cour du château, et s'y précipita. Dans la porte vitrée de l'entrée de la maison d'édition, il faillit rentrer dans Komárek.

«Qu'est-ce que tu fabriquais tout ce temps, mon vieux ? grommelait Komárek. Il est moins une. Ils vont finir par fermer au consulat et nous irons seulement à Trifouillis-les-canards. Il fallait que j'y sois avant midi.»

Sova fit un signe au taxi qu'il venait de quitter. L'instant d'après, ils traversaient déjà le pont à vive allure pour passer sur l'autre rive de la Vltava.

«Tu l'as eu ? Est-ce qu'ils te l'ont donné ?» demanda Komárek.

Pour toute réponse, Sova sortit le passeport et le tint du bout des doigts. Komárek s'en saisit, fit jouer le fermoir de la serviette qu'il tenait sur ses genoux et jeta le livret sans plus de façons sur la pile d'autres passeports qu'elle contenait déjà, refermant la serviette sur le tout.

«Et voilà, Malenda et Zubatý avaient tout de même quelques contacts, remarqua-t-il.

— Comment cela ? Qu'est-ce qu'ils ont à voir là-dedans ? demanda Sova interloqué.

— Eh bien, tous les autres avaient déjà leurs passeports depuis longtemps, tu étais le seul à coincer, alors je suis allé les voir, expliqua Komárek. Zubatý peut au moins te devoir l'une des rares bonnes actions qu'il ait jamais faites. Et sans doute aussi la dernière avant d'être viré de l'Union.

— Quelle poisse, siffla Sova. Et justement Zubatý, merde alors.

— Pourquoi tu t'énerves ? demanda Komárek en le regardant d'un air surpris. L'important c'est qu'ils te l'aient donné, non ?»

Sova resta silencieux. Son humeur victorieuse était retombée. Mais c'est exactement ce que tu avais envisagé, se disait-il. Tu avais justement prévu cette voie, mais tu n'arrivais jamais à te décider. En fin de compte, c'est ce gentil Míla Komárek qui a dû régler les choses à ta place, en plus de tous les soucis que lui donne l'organisation du voyage.

La lisière de la forêt, le même tableau que deux années auparavant. Un paysage baigné de soleil, descendant en pente douce vers les tours de Meissen à l'arrière-plan, le vert du blé tendre et de l'herbe fraîche des prairies. Il n'a pas beaucoup changé depuis ce temps, seules les couleurs sont différentes aujourd'hui. La terre vieillit plus lentement que l'homme, ses désirs, ses rêves, ses espoirs. Surtout les espoirs, ce sont eux qui se fanent le plus vite. Même alors, deux années moins deux mois plus tôt, Rašín avait éprouvé la fatigue d'un long voyage, mais à présent, un autre genre de fatigue le gagnait. Cette fois-là, elle avait pesé sur ses muscles et ses os ; aujourd'hui, elle était enfouie à l'intérieur, au plus profond de la poitrine et du cerveau.

Le cheval profita du relâchement des rênes pour se diriger vers la source familière qui jaillissait du rocher. Et Rašín, qui avait la bouche tellement desséchée que la poussière grinçait entre ses dents, avait sauté à bas de la selle, rejeté son chapeau et baissé la tête pour la présenter au filet d'eau pure. L'eau glacée le rafraîchit et le revigora.

Soit, pour le moment les choses n'avaient pas bien tourné. Des obstacles trop complexes s'étaient accumulés sur le chemin conduisant vers le but à atteindre. Wallenstein avait mis trop longtemps à se rendre compte qu'attendre passivement une aide venue d'ailleurs le plaçait dans une situation subalterne, celle d'un agent dépendant, travaillant pour les intérêts d'autrui. Bien entendu, pareille situation répugnait profondément au duc orgueilleux. Un nouveau plan avait été élaboré, qui, selon Trčka, promettait de bien meilleurs résultats.

Pourquoi ne pas se plier aimablement aux suppliques de l'empereur et du conseil militaire et ne pas mettre sur pied une nouvelle et puissante armée ? Bien entendu avec à sa tête le duc comme généralissime, c'était là la première condition, la condition impérative. Alors la parole du duc, appuyée par quarante mille hommes d'armes, aurait un autre poids dans les discussions avec les Suédois, les Saxons, les Français, sans parler de son règlement de comptes avec l'empereur. La comtesse Trčková avait très mal pris que Wallenstein acceptât le haut commandement des armées. «Il a juré sur son âme, et maintenant il retourne vers l'empereur à reculons, comme une écrevisse.» C'est en vain qu'Adam

Erdman Trčka avait essayé de lui expliquer les circonstances, la pleine portée de cette décision. Et Rašín lui-même entendait à nouveau les paroles décidées de Wallenstein, à l'automne de l'année précédente dans le jardin du comte Max : «Même si mon âme était au fond des enfers et que je ne puisse la délivrer qu'en servant l'empereur, je ne le ferais pas !» Mais les circonstances avaient changé ; oui, avec une armée aussi immense on pouvait asservir la moitié de l'Europe, et pas seulement la Vienne décadente. Et Ferdinand le louchard ne s'arrêterait qu'à Madrid dans sa fuite dégradante, c'est là seulement qu'il trouverait un refuge sûr, si tout se passait comme prévu. Oui, si...

Pour l'heure, donc, l'action est remise à plus tard, quand les tambours des enrôleurs auront fini de faire entendre leur roulement, quand l'entraînement aura atteint sa perfection, quand l'armée sera devenue, entre les mains de ses principaux commandants, un instrument doté d'une obéissance aveugle. La prise de Prague, au mois de mai, ne pouvait même pas passer pour une répétition générale des tâches futures. En quelques heures, Wallenstein avait chassé les Saxons et les émigrés, comme une poussière gênante, balayée d'un balai de fer. Et comme l'empereur l'en avait encore remercié.

Oui, l'empereur exprimait ses remerciements, on disait des messes solennelles en l'honneur d'une victoire peu honorable. Bien des émigrés n'allaient pas, eux, remercier Wallenstein pour ces espoirs une nouvelle fois trahis. Les démarches à venir ne seront pas des plus faciles, la confiance perdue sera bien malaisée à regagner.

Y aura-t-il seulement de nouvelles tractations ? Wallenstein prend de la puissance et n'a nul besoin, pour l'heure, des services d'un messager secret. La voie dans laquelle il s'est engagé tourne ses intérêts dans une autre direction, c'est par la force qu'il agit désormais. Que se cache-t-il donc derrière les paroles de Trčka, incitant Rašín au repos ?

De toute manière, deux ou trois mois de paix seront les bienvenus. Se débarrasser de la fatigue accumulée durant ces voyages démentiels à tous les diables, dans des membres qui ne sont plus de la première jeunesse, prendre un peu de bon temps auprès de sa femme et des enfants, retrouver un nouvel équilibre. Pour le moment, l'avenir est assuré. Il a reçu de riches récompenses et rapporté chez lui bien des sacs de thalers. Si seulement le dernier transport avait réussi.

Le sieur Laurenz de Hoffkirchen, gouverneur saxon de la Prague occupée, se tenait derrière sa table richement sculptée dans ses quartiers de la maison Binag sur la place de la Vieille Ville et il regardait fixement, d'un œil abruti d'ivrogne, le document qu'il avait devant lui.

«Son excellence le comte Trčka peut se féliciter d'avoir des amis tels que vous, monsieur Rašín», dit-il pensivement et son visage bouffi prit une expression qu'on aurait pu, avec un peu d'indulgence, considérer comme un sourire.

«Ma famille ne se distingue pas tant par ses biens terrestres que par l'honneur d'une fidélité authentique, observa Rašín.

— Monsieur parle en vrai cavalier, dit Hoffkirchen en levant les yeux sur lui. Et chacun de nous travaille à servir un maître en plus de Dieu à qui nous devons tous un dévouement sans faille.»

Rašín soutint sans ciller son regard scrutateur. On pouvait douter de la sincérité de M. de Hoffkirchen surtout après qu'il eut volé le tableau miraculeux de la Vierge Marie à Stará Boleslav et qu'il eut rassemblé les biens précieux pillés dans tant d'églises plus à portée de ses mains cupides, dans l'église du Saint Sauveur. Si c'est ainsi qu'il concevait le service inconditionnel de Dieu, comment servait-il donc ses maîtres terrestres ? D'ailleurs le gouverneur lui-même n'eut aucune hésitation à l'exprimer franchement :

«Les personnes de nos princes, malgré la haute position que la grâce divine leur a conférée, ne sont que de simples mortels. Et vers où doit se tourner un serviteur modeste quoique fidèle, si un malheur, voire la mort elle-même, vient frapper son maître ? Mon seigneur à moi, son Altesse l'électeur Jean Georges de Saxe et son Excellence le maréchal d'Arnim jouissent bien, il faut le dire, d'une bonne santé et de chance pour le moment, et je veille à leur intérêt de toutes mes forces. Mais parfois vient un moment où une question s'impose à l'esprit : et toi-même, pauvre serviteur, bientôt la vieillesse s'approchera sur la pointe des pieds, les forces, si nécessaires pour remplir ces tâches responsables et importantes qui te sont confiées commenceront à faiblir, et après ?»

Le gouverneur se tut un moment et comme Rašín ne répondait pas, il prit le document sur la table :

«Bon, soupira-t-il après l'avoir parcouru une nouvelle fois, un sauf-conduit pour quatre chariots du comte Trčka de Prague à Pirna, et qu'y a-t-il donc sous les bâches de ces voitures, monsieur Rašín ?

— Du mobilier d'intérieur des maisons Trčka, dit Rašín d'un ton neutre.

— Du mobilier, ah, je comprends. Hoffkirchen hochait sa tête lourde. De l'or, de l'argent, des étoffes précieuses, quatre voitures pleines, selon mon expérience, la valeur d'un tel chargement pourrait se monter à quelques milliers de thalers, je ne me trompe pas trop ? C'est une somme très honnête, monsieur Rašín, qu'en pensez-vous ?» demanda-t-il les yeux brillants.

Hoffkirchen ne se trompait pas, ses calculs étaient suffisamment confirmés par ses propres expériences.

«Je ne sais pas, je ne m'intéresse pas à cela.»

Et Laurenz de Hoffkirchen, ce Tchèque d'origine, perdit soudain son calme prétendu. Il jeta le document sur la table:

«Et vous venez chercher ma signature avec ça, monsieur ? Vous êtes entré dans Prague avec nous, vous avez occupé trois maisons et vous les tenez jusqu'à aujourd'hui, depuis quand les Trčka possèdent-ils ces maisons ?

— C'est Mme la comtesse Magdalena Trčková qui les a désignées et le maréchal Arnim a autorisé le comte Trčka à les aménager par un sauf-conduit, rappela Rašín. Nos seigneurs sont pleins d'amour et de considération l'un pour l'autre.

— Eh bien, je ne partage pas tout à fait ces sentiments envers le jeune Trčka. Et voilà maintenant qu'il en emporte l'aménagement et vous, vous l'aidez dans cette affaire contestable, monsieur Rašín», s'énervait Hoffkirchen.

Rašín se dressa de toute sa hauteur.

«Il est bon que le gouverneur choisisse des formules aussi prudentes, dit-il sèchement. Et maintenant je le prie de signer le sauf-conduit.»

Leurs regards s'affrontèrent et ce fut enfin le gouverneur qui céda.

«Bien sûr que je vais le signer, ce passeport, concéda-t-il

au bout d'un instant. Je ne peux pas rejeter une demande aussi amicale et monsieur Rašín le sait bien. Nous ne faisions que tourner autour du pot pour passer le temps. Je m'ennuie ici dans cette Prague sale, monsieur Rašín, il n'y a plus où aller et il ne reste que le vin pour passer d'un jour à l'autre. Mais pourquoi une hâte pareille ?

— Moi aussi, j'ai considéré notre conversation comme amicale, dit Rašín. Et si je peux donner à monsieur le gouverneur un conseil bien intentionné, je recommanderais que lui aussi s'occupe rapidement de mettre ses biens en lieu sûr.»

Rašín exprimait ce conseil comme une concession obligée au gouverneur. Pour acheter la sécurité du transport, assurer qu'il arrive sans encombre à destination. Hoffkirchen était assez finaud pour ne pas avoir besoin de longues explications. Il réfléchit rapidement.

«Oui, il est notoire que le prince de Wallenstein a accepté de former une nouvelle armée pour les papistes, mais son service tire maintenant à son terme, puisque trois mois se sont écoulés. Et il n'est pas encore certain qu'il sera appelé à la tête de l'armée, dit-il au bout d'un instant.

— Tout cela est déjà réglé. L'empereur a accepté les exigences inconditionnelles du duc et c'est Wallenstein qui aura le commandement», annonça Rašín.

Hoffkirchen réfléchit à nouveau un court moment, puis il saisit la plume et signa le sauf-conduit. Il saupoudra la signature de sable, secoua le document dans l'air, puis le tendit à Rašín.

«Je remercie le cavalier de son conseil. Il semble que notre prochaine rencontre aura lieu ailleurs qu'ici à Prague, ajouta-t-il.

— Peut-être quand même ici, un jour, monsieur de Hoffkirchen. En des temps meilleurs, espérons-le. Votre langue natale n'est-elle pas le tchèque, à vous aussi, et ne comptez-vous pas parmi nous, les émigrés ?

— Oui, certes oui», accorda distraitement le gouverneur, comme s'il était déjà occupé par d'autres pensées. Mais les adieux furent amicaux, et certainement la partie la plus cordiale de l'entrevue.

Bien que Rašín eût tout fait pour assurer la sécurité du transport, les voitures n'arrivèrent pas à bon port. Une force plusieurs fois supérieure les confisqua au nom de l'électeur de Saxe. Encore heureux que Rašín eût porté lui-même, par un autre chemin et sur son propre passeport, la mallette avec les bijoux les plus précieux et les chaînes d'or. Une partie au moins avait pu ainsi être sauvée, et Rašín se doutait bien que même s'il enfilait ce traître de Hoffkirchen sur la pointe de son épée, il n'arriverait pas à le convaincre d'avoir livré le transport. Les voitures firent leur apparition à la cour de l'électeur de Saxe au lieu d'arriver dans les mains des exilés de Bohême, première mission que Rašín n'avait pas menée à bien au cours de ces deux longues années. Il décida de se laver les mains de tout cet épisode. Il n'était pas dans son caractère de se disputer pour de l'or.

L'étalon qui broutait l'herbe fraîche près de la source leva soudain sa tête fine et hennit doucement. Rašín s'arracha à ses pensées et tendit l'oreille. Aussitôt il entendit un battement de sabots qui approchaient. Il fit glisser le pistolet qu'il portait dans sa ceinture et le prépara à l'usage. Au bout de quelques secondes, un cavalier apparut au détour du chemin forestier et Rašín constata que ses préparatifs de défense n'avaient sans doute pas été inutiles. Le cavalier était l'homme qu'il avait aperçu pour la dernière fois à Světlá, Giolamo Frollo, si c'était vraiment là son nom. Frollo arrêta son cheval sur place et descendit souplement de selle. Avec une *grandezza* exagérée, il décrivit un grand cercle de son chapeau.

«Acceptez mes salutations, dit-il avec un sourire. Vous vous reposez, monsieur Rašín ?

— Oui, monsieur, s'inclina Rašín avec mesure.

— Avec mon salut, je dois vous exprimer ma profonde admiration, poursuivit l'Italien basané. Je pensais vous arrêter plus tôt, mais vous avancez comme un vrai diable. A peine retrouvais-je votre trace quelque part que vous étiez déjà au-delà des montagnes.

— Vous venez pour m'arrêter ? demanda Rašín.

— C'était là mon intention, jusqu'à maintenant, dit Frollo avec un léger sourire. Mais j'aurais bien du mal à ramener un prisonnier d'ici, de Meissen jusqu'à... – il s'arrêta à temps, puis ajouta : – un si long chemin.

— A Vienne ? ou en Bavière ? proposa Rašín. Pourquoi n'avez-vous pas terminé, cavalier ? Ou serait-ce que vous n'êtes plus si sûr de pouvoir me tuer ?

— Ça, j'en suis tout à fait sûr, monsieur. Vous voyez que j'arrive seul, grimaça Frollo.

— Vous faites bien de ne pas prétendre, la vérité honore un vrai homme. Mais vous, bien sûr, vous n'en êtes pas un, monsieur, vous n'êtes qu'un *bandarello* à gages sorti des égouts de Valence ou d'ailleurs. Ce qui m'intéresse surtout, c'est de savoir qui vous a engagé pour ce sale travail», dit Rašín calmement.

Frollo cessa de sourire. Les insultes exprimées d'un ton dédaigneux firent pâlir la peau olivâtre de son visage.

«Je ne veux pas perdre de temps en discussions futiles, j'ai du chemin à faire pour rentrer», siffla-t-il.

Puis il sortit son pistolet de sa ceinture d'un geste cérémonieux et le jeta à terre. «En garde, monsieur !» cria-t-il en dégainant.

Rašín jeta ses deux pistolets, mais il remarqua l'éclair dans les yeux de Frollo et se demanda si son adversaire n'avait pas gardé un deuxième pistolet pour tous les cas.

«Je pourrais te tuer comme un chien, Frollo, mais je vais te donner satisfaction», dit-il en dégainant à son tour.

Frollo arracha son mantelet de ses épaules, en enveloppa son avant-bras libre et attaqua violemment. Rašín repoussa l'attaque en faisant un pas de côté. Le sol était trop mou et Frollo, plus léger que Rašín, avait un certain avantage qu'il essayait d'exploiter au plus vite. Rašín le surpassait en revanche par une parfaite défense. Il couvrit plusieurs rapides attaques successives et Frollo comprit qu'il aurait un certain mal à mériter sa solde. Il serra plus fortement la poignée de son épée et changea de tactique. Il attaquait maintenant de manière plus réfléchie et guettait une erreur dans la défense de Rašín.

Sous les puissantes branches des chênes résonnait la cadence sonnante de la lame contre la lame, et le souffle des deux combattants. Frollo puisa jusqu'au fond de son art d'escrimeur, mais Rašín connaissait, lui aussi, les dernières finesses de l'école de Paris. Puis il nota que son adversaire avait épuisé sa science, et il commença à prendre les choses en mains. Il vit qu'il était plus fort, plus résistant et plus réfléchi que l'intempestif Italien, dont le visage commençait à luire de sueur.

«Tu n'es pas assez bon pour ce travail, Frollo, tu vas te faire battre», lança Rašín entre ses dents pendant une brève pause.

Frollo attaqua violemment, Rašín repoussa son arme par-dessous et haussa la pointe de son épée qui atteignit son adversaire à la gorge. La blessure n'était pas mortelle, mais à cette seconde Frollo comprit qu'il n'avait plus aucun espoir dans un combat loyal. Le sang qui jaillissait de sa blessure tachait son col blanc.

Rašín s'inclina et s'avança pour attaquer. C'est alors que Frollo fit trois pas en arrière, jeta son épée et voulut saisir le pistolet dissimulé. Mais Rašín l'attendait, il lâcha son épée dans le dos et de sa main libérée saisit le manche du poignard qu'il portait dans la gaine entre les épaules. Suivit un geste vif de la main et la lame traversa la poitrine de Frollo. Les jambes de celui-ci cédèrent sous lui, et il s'effondra lentement. Rašín se tenait au-dessus du mourant et respirait violemment. Puis il s'agenouilla auprès de lui.

«Qui t'a envoyé ? Tu vas bientôt mourir, Frollo, dit-il.

— Mon frère me vengera, soupira l'Italien.

— Qui t'envoie ? Parle !» répéta Rašín.

Mais Frollo ne répondit pas. Il était mort. Rašín mit la main derrière sa manchette gauche. Il ne se trompait pas, le sauf-conduit était là. Le document était émis et signé par le comte Slavata.

Sova était assis dans son bureau, derrière une vieille table écaillée qui avait dû voir se faner une bonne série de générations de responsables d'édition. Les coudes appuyés sur la table, le menton dans les mains, il regardait par la fenêtre. Celle-ci donnait dans la cour, il voyait la balustrade de la galerie qu'un employé empruntait de temps à autre pour se rendre aux bureaux du fond ou pour en revenir, mais il ne remarquait ni ces passants, ni le mur écaillé de la maison d'en face. Il s'était réfugié là, dès son retour du consulat avec Komárek, pour mettre de l'ordre dans ses pensées.

La veille, après tant d'années, il avait rencontré Helena. Il était allé déjeuner au Tonneau et sur le trottoir opposé il avait vu un petit attroupement autour d'une table, encore une de ces nombreuses pétitions publiques, de toute évidence.

Nous exigeons la reprise des relations diplomatiques

avec Israël, lisait-on sur des panneaux de chaque côté. Derrière la table se tenaient plusieurs jeunes gens à la mine sérieuse, vêtus d'habits noirs de cérémonie. L'atmosphère de cette manifestation différait de tant d'autres, personne n'y criait de slogans, ne faisait d'agitation, leur conduite sobre et digne éveillait beaucoup plus de sympathie que certaines menées décadentes de chevelus bruyants. Puis, soudain, il avait aperçu Helena. Elle se tenait à quelques pas de là, comme si elle attendait un tramway. Il se souvint comment il avait cherché à la joindre six mois plus tôt pour lui poser quelques questions. Beaucoup de choses avaient changé depuis, et il s'approcha d'elle par pure curiosité.

«Comment vas-tu, Helena ?» dit-il. Il sentit aussitôt qu'elle aurait préféré qu'il fît semblant de ne pas la voir.

«Salut, fit-elle lentement en le toisant d'un regard scrutateur. Tu signes, toi aussi ?

— Rarement, et toi ?

— Crois-tu que j'ai perdu la raison ? lança-t-elle. Tu crois que je suis idiote à ce point ?

— Beaucoup de gens signent. Penses-tu qu'ils soient tous idiots ?

— Non. Certains ont simplement parié sur un nouveau cheval. Mais celui-là ne finira pas la course, il boite des quatre jambes. Elle regarda par-dessus son épaule vers la petite table et fit une grimace. Et voilà les Juifs qui s'y mettent aussi, on aura vraiment tout vu.

— Je vois que tu as parié sur les autres, toi.

— Ce qui compte, c'est que j'aie fait le bon pari. Jusqu'à présent, je ne me suis trompée qu'une fois, et c'est avec toi, mon cher ami. Par sentiment. Mais aujourd'hui, quand on y réfléchit, tout est clair. Il faut balayer tout cela. Et vite. D'ailleurs, ça ne va pas tarder.»

Elle parlait d'un ton assuré, terre à terre, comme si elle donnait une information objective, sans ajouter de réaction affective. Comme si elle annonçait qu'elle sortait acheter du pain pour le dîner. Sova avait d'abord eu froid dans le dos à la pensée que sa prédiction, sèchement exprimée, pourrait se réaliser.

Puis il s'était repris. Qu'est-ce que ça peut me faire, qu'elle se réalise ou non ? Puisque je ne serai plus là, qu'on fasse le nettoyage, qu'on balaie comme on voudra et qui on voudra. Mon problème c'est de partir d'ici au plus vite et de sortir de la caste de ceux qui se font balayer. Le reste, c'est l'affaire des autres.

Dans le flux des événements, il s'occupait de ses propres intérêts. De la parution de ses livres, de son adhésion à l'Union. Il regardait d'un œil indifférent la tempête qui renversait les personnages de leur fauteuil, à commencer par le président de la République et à finir par Zubatý. Malgré tous ses efforts, il n'avait pas réussi à rester totalement en dehors des choses et il s'était mouillé. Il avait trempé dans les histoires de Zubatý...

La main de Sova se porta à sa poche d'où il tira le passeport avec sa couverture qui s'écartait, tant elle était neuve. L'*Ambasciata d'Italia Praga* attestait à la page onze qu'elle lui avait accordé un visa, et sur le cachet imprimé avec un timbre rond, apparaissait la tête d'une femme statufiée, couronnée d'encre de Chine. Il épelait les mots italiens, essayant de comprendre leur signification. Cette vision plaçait les réflexions précédentes dans une perspective plus acceptable. La sonnerie du téléphone interrompit cette belle et apaisante lecture.

«Allo ? dit-il dans le combiné.

— C'est toi, Miku ? fit la voix de Komárek. Peux-tu venir chez moi un moment ? Oui, tout de suite, il n'y en a pas pour longtemps. Et prends ton passeport avec toi, j'ai tout réglé par téléphone et j'irai dès demain chez les Autrichiens pour les visas de transit.»

Sova reposa l'écouteur, glissa le passeport dans sa poche, referma le tiroir et donna un tour de clé.

La plupart des rédacteurs s'étaient rassemblés dans le bureau de Komárek et, dès la porte d'entrée, Sova aperçut Diviš qui ne s'était plus montré à la rédaction depuis son départ mouvementé.

Une animation régnait dans la pièce, des groupes débattaient des tensions du moment. Tendue, la situation l'était souvent ces temps derniers. Sur le bureau de Komárek était posée une feuille polycopiée.

«Et toi, tu vas signer ? demanda Diviš.

— Qu'est-ce que c'est encore ? Je n'aime pas bien donner ma signature.

— Lis-le, mais grouille-toi, il faut que ça parte à l'imprimerie.»

Il s'approcha et lut : *Message des citoyens au Comité central du Parti communiste tchécoslovaque*, puis le texte pathétique collé autour des slogans que leurs lettres majuscules rendaient plus expressifs : *SOCIALISME ! UNITÉ ! SOUVERAINETÉ ! LIBERTÉ !* Enfin, on en appelait nommément à tous les membres de la délégation qui devaient traiter avec les représentants de l'URSS à Čierna et on les incitait par des propos enflammés à penser à nous, puisque nous, nous pensions à eux. *Une voie que nous n'abandonnerons pas de notre vivant.*

A côté se trouvaient deux feuilles remplies de signatures. Il regarda ces gens autour de lui, discutant avec passion, les yeux écarquillés. Les derniers temps leur avaient donné l'occasion de s'exprimer, de prendre part à l'élaboration de l'histoire. Certains avaient soupiré de soulagement tout haut, d'autres avaient été pris au dépourvu, d'autres encore paniquaient. Seul Diviš était silencieux, sérieux et sûr de lui comme l'ange de la vérité.

«C'est un terrible galimatias, lui dit Sova.

— C'est le contenu qui compte. Nous n'avons plus le temps de peser les mots. Tu signes ?

— Bien sûr. Je ne crois pas les Grecs, même s'ils apportent la liberté, mais j'ai déjà signé de plus grandes conneries.»

Il se pencha sur la feuille, saisit le stylo préparé et ajouta sa signature à la longue liste de noms.

Il avait rencontré Diviš quelque temps auparavant à une réunion du Club des écrivains indépendants, et il avait signé une pétition demandant la démission de la direction de la maison d'édition, et surtout de son directeur, Zubatý. Diviš avait des raisons personnelles d'agir ainsi et bien d'autres personnes présentes aussi. Lorsqu'il avait pris ses fonctions, Zubatý avait renvoyé plusieurs membres de la rédaction, il avait écrit des poèmes à la gloire de Staline, il avait servi le pouvoir. «C'est tout de même lui qui est responsable si certains livres sont bloqués ; au lieu de défendre les intérêts des auteurs, il défend ceux de l'autocratie, il collabore directement avec les organes de la censure.» Il avait signé, et voilà qu'il apprenait aujourd'hui que Zubatý s'était porté garant de lui. Zubatý devait être bien noté quelque part, c'était sûr, puisque sa parole avait eu ce poids, mais ce qui humiliait Sova, c'était ce paradoxe de devoir l'accomplissement de son vieux rêve à quelqu'un qui avait appartenu au rang de ses adversaires les plus méprisés lorsque la situation était inverse.

Pour le reste, il passait, sans y payer plus d'attention, les endroits où s'affichaient les déclarations et les protestations qui apparaissaient dans les rues presque chaque jour. Il refusait d'apporter son obole aux événements. Qui sait qui était derrière les décors à tirer les ficelles, et ce que réservaient les événements à venir ? Il avait vu une fois, dans une émission télévisée, Dubček lire une déclaration d'une voix mal assurée, faisant de fréquents lapsus et remontant sans cesse ses lunettes qui glissaient sur son nez.

Une voie que nous n'abandonnerons pas de notre vivant ! Tous, ils signaient ces phrases sans hésiter. Nous avons depuis longtemps perdu l'habitude de peser le contenu des mots, sans quoi de si lourds engagements ne pourraient être pris avec tant de légèreté. Car une majorité écrasante de gens est naturellement prête à abandonner n'importe quelle voie, non seulement pour rester en vie, mais simplement pour conserver sa place douillette et parce qu'il est dur de se lever pour pointer à six heures à l'usine. Et moi aussi, je commence à leur ressembler, songeait Sova.

Non, jamais. Il est grand temps de quitter ce chemin qui consiste à dévier de sa voie. L'occasion est en vue et c'est bientôt la fin de cette improvisation continuelle, sans la moindre perspective un peu solide, sauf celle de la mort. Il fallait partir, il avait l'impression que ce pays entier était voué à la mort et aimé de celle-ci, que sa présence accompagnait ouvertement désormais le moindre mouvement ; toute cette décomposition présente, avec ses mots privés de leur sens, ses valeurs chancelantes, ses toits qui s'effondraient, soutenus à la va-vite par des poutres à moitié pourries, et ses femmes miséreuses marchant à petits pas en poussant devant elles leurs épaves de landaus d'enfants et fouillant avec leurs petits râteaux dans les poubelles débordantes pour en tirer quelques quignons de pain moisi.

Tout d'abord partir d'ici. Puis quitter cette vieille Europe dont l'atmosphère est saturée du microbe de la faiblesse d'esprit, qui se matérialise ici par une explosion de vaines hérésies, là par le bruit des bottes. Car les armées ne cessent d'en sillonner le territoire, accompagnées du grondement sourd des tambours sonnant l'exécution dans le hurlement des évangélisateurs pervertis avec, bien sûr, des mers de sang inutilement versé par des victimes ébahies, incapables de s'expliquer pourquoi elles finissent la gorge tranchée malgré tous leurs engagements sur des voies diverses et tous leurs abandons de ces voies, malgré leurs ruses et leurs louvoiements. Cette réalité, on peut la supporter un certain temps, il est même possible de se nourrir avec un certain masochisme de cette atmosphère lépreuse de putréfaction, si on a un certain sens de l'humour, mais vient un jour où l'on se pose la question : Et alors ? Et maintenant ? Et au-delà il n'y a plus que le vide, le désert, dont on peut tout au plus ornementer la longue traversée de quelques breloques factices, pour masquer le sourire supérieur de la mort qui attend au bout du chemin.

«Je pense que ça ne marche pas bien entre nous», avait dit Lída quelque temps auparavant, alors qu'ils étaient au lit.

«Quoi donc ? avait-il répondu en tendant la main vers sa cigarette sur la table.

— Tu ne viens chez moi que pour faire l'amour. Tu vas au bistrot et vers minuit tu passes chez moi en rentrant.

— C'est ce que nous avions décidé au début, tu te souviens ?

— Il n'y a rien d'autre chez moi qui t'intéresse ?

— J'aime bien faire l'amour avec toi.

— Et c'est tout ? Rien d'autre ?

— C'est bon et ça me suffit. Tu fais encore l'amour avec ton ancien mari ?

— Parfois. Rarement.

— Et maintenant, il dort dans la chambre d'à côté avec une de ses amies ?

— Pas maintenant, mais ça arrive quelquefois.

— Parfois il dort avec une autre, parfois avec toi, parfois c'est toi qui dors avec un autre. Il se souleva sur son coude. Alors qu'est-ce que tu veux au juste ? Qu'est-ce que je dois faire ?

— Tu ne voudrais pas m'aider ?

— Si, bien sûr. Mais toi-même, qu'est-ce que tu fais pour t'en sortir ?

— Trop peu. Je n'ai pas d'argent, je dépends de cet appartement, de lui.

— Laissons cela, dit-il soudain agacé. Il vaut mieux que je m'en aille.»

Il s'assit, laissa pendre ses jambes sur le tapis. A mi-chemin du fauteuil où il avait posé ses vêtements, la voix de Lída le rattrapa.

«Tu avais dit qu'on ferait encore l'amour.

— La prochaine fois. Je rentre, dit-il. Nous ne sommes pas capables de nous entendre de façon sensée.

— Est-ce que tu arrives à t'entendre avec quelqu'un, Miku ?»

Il s'arrêta un instant, avec la tête enfoncée dans sa chemise. Puis il acheva de l'enfiler.

«Rarement. Ce n'est sans doute même pas possible dans ce pays.

— Tu penses que ce serait mieux ailleurs ?

— Je ne sais pas. Il faudrait essayer.

— Et si ça ne marchait pas ? Il y avait une fois, un musicien errant du nom de Švanda... Mais lui au moins, il savait jouer de la cornemuse.

— Rien n'est pareillement bon pour tout le monde. Chacun devrait avoir la possibilité d'essayer ce qui lui convient.

— Mais la plupart d'entre nous ne savent rien faire. C'est sans doute pour cette raison que nous avons exactement ce que nous méritons. Personne n'a besoin de dilettantes.

— Bonne nuit. Je laisse les clés dans la boîte aux lettres.

— Quand reviendras-tu ?

— Je passerai un de ces jours. Bonne nuit.»

Il sortit dans le couloir et tira doucement la porte derrière lui. Tandis qu'il descendait l'escalier, ses lacets défaits traînaient sur le sol. Cela ne valait pas la peine de les attacher, il n'avait que la rue à traverser pour rentrer chez lui. En entrant dans son studio, il n'alluma pas la lumière et s'avança vers la fenêtre dans le noir. Au loin, la fenêtre de Lída était toujours éclairée. Peut-être qu'elle aussi était là, derrière le rideau, à regarder dans sa direction.

Lída ne faisait pas partie de ces gens nés sous une bonne étoile. Elle ne savait pas ce qu'elle voulait. Ou peut-être le savait-elle, mais elle n'était décidée à accepter que l'accomplissement parfait de ses visions. En amour, dans son travail, elle gâchait tout par son exigence excessive. Elle demandait une richesse que le destin n'accorde que rarement. Et comme elle n'avait pas, de surcroît, assez de patience ni de modestie, elle s'égarait d'erreur en erreur et multipliait la gravité de ses échecs par son intransigeance irréductible.

Sova appréciait son authenticité. Sa nature à lui l'attirait toujours vers les perdants et il fréquentait Lída entre autres parce qu'en ce moment, elle était en train de perdre. A la radio, on l'avait déplacée de la rédaction vers un poste subalterne, elle ne savait pas si on n'allait pas la mettre carrément à la porte. Elle payait son manque de prudence passé. Restait encore à prouver dans quelle mesure ceux qui disaient blanc aujourd'hui après avoir dit noir hier avaient le droit de punir qui que ce fût. Les retournements de vestes quotidiens faisaient parfois un effet vraiment ridicule. Lída campait ferme sur ses positions et ne se plaignait pas.

Evidemment, il ne pouvait rien faire pour l'aider. Ni elle lui. Ils n'étaient pas faits pour servir de soutien à autrui. Et leur relation ressemblait plutôt à une chute libre à travers le temps, au cours de laquelle ils s'effleuraient parfois au hasard du bout des doigts.

Il se détourna de la fenêtre, alluma, s'assit à sa table. Il prit son paquet de cartes, le battit à fond et l'étala pour une réussite. Ces derniers temps, les parties se déroulaient sans histoires. Ce soir aussi, la disposition paraissait à première vue favorable. Plusieurs possibilités s'offraient à lui et promettaient un bon déroulement. A quoi était-ce dû ? Le résultat dépend naturellement de la distribution initiale et des capacités du joueur, mais celles-ci n'interviennent que par la suite, se disait-il. Le jeu dépend de la manière de battre les cartes, mais qu'on les batte le mieux du monde ne voulait rien dire en soi-même. Quand on coupe on peut tout gâcher ou au contraire tout arranger. En théorie, tout devrait être mathématiquement calculable dans une patience, depuis la première seconde où on prend les cartes en mains jusqu'à la réussite finale. En pratique, on met bien sûr tout sur le compte du hasard, bien que le hasard ne soit légitimement dans ce cas que l'expression de l'imprécision du calcul.

Sans grande difficulté, Sova plaçait les cartes les unes sur les autres, empilait les rangées ; le jeu progressait régulièrement sans obstacle ni anicroche. Il rassembla ce jeu sans intérêt et regarda sa montre. Il était minuit passé. Il alluma la radio, régla la longueur d'onde. Aussitôt on entendit le carillon familier et la voix grave et agréable du disc-jockey du *Washington Time for Jazz*. Il annonçait Duke Ellington et, à l'instant, la vieille mélodie *I am beginning to see the light* se fit entendre. Sova éteignit la lumière, alluma une cigarette et s'installa confortablement dans son fauteuil.

«Jičín», dit le comte Trčka en laissant retomber le rideau sur la vitre du carrosse tiré par quatre chevaux. «J'espère que le duc nous attend.»

Une violente pluie de mai tambourinait sur le toit de toile. Jan Varlejch de Bubno se taisait. Après un voyage en selle harassant, même à présent, assis sur les coussins mollement rembourrés, il n'abandonnait pas sa tenue droite et raide, son maigre visage d'épervier restait insondable. Rašín remarqua qu'il était bien difficile de deviner à quoi cet homme pouvait penser. Seules ses narines tremblaient légèrement à certains instants, en aspirant et expirant violemment. Bubno, émigré et haut lieutenant de l'armée suédoise, invité de toute urgence par Wallenstein pour un conciliabule secret, n'avait même pas prononcé, durant tout le voyage depuis Legnica en Pologne où il avait quitté le comte Thurn, autant de mots qu'il y a de doigts à une seule main. Depuis Dymokury, d'où Trčka les emmenait à fond de train, il s'était même tu complètement. Et comme Rašín non plus n'était pas des plus volubile, après la remarque de Trčka le silence s'installa dans le carrosse.

Quelques instants plus tard, le tintamarre des roues sur les pavés irréguliers de la place recouvrit même la battue des sabots de leur attelage, puis un écho sonore leur fit comprendre qu'ils avaient pénétré dans la cour du château. Une large courbe et déjà le cocher arrêtait le carrosse devant l'entrée d'honneur. Au même instant on ouvrit de l'extérieur la porte du carrosse et un intendant trempé indiquait aux trois hôtes, avec une profonde révérence, le chemin de l'escalier éclairé par des cierges allumés.

Des torrents de pluie s'écrasaient sur les dalles. Lorsque Trčka, Rašín et Bubno furent sortis, ils furent entourés par des laquais armés de parapluies pour les protéger même pendant les quelques pas qui les séparaient de la grande porte.

Seul le majordome les accompagna par l'escalier de marbre et ce fut lui aussi qui les introduisit respectueusement dans le bureau ducal. Wallenstein était assis près de la cheminée où le feu palpitait sur les bûches. Il se leva et, s'appuyant sur une canne, s'avança péniblement pour accueillir ses hôtes.

«Soyez les bienvenus à Jičín, messieurs», dit-il d'une voix rauque et voilée, puis il se tourna directement vers Bubno. Un sourire fugitif apparut sur son visage. «Sommes-nous amis ou ennemis, monsieur de Bubno ?»

Jan Varlejch de Bubno ne lui rendit pas son sourire. Après une révérence mesurée, il se tenait à nouveau fièrement dressé, le regard planté droit dans les yeux de Wallenstein.

«Je viens sur l'ordre de votre Excellence et avec la meilleure volonté», répondit-il dignement sans relever directement la question de Wallenstein.

«Il y a bien longtemps que nous ne nous sommes vus, dit Wallenstein avec une sorte d'attente.

— Presque un an et demi jour pour jour, votre Altesse. Peu de choses ont changé depuis notre entrevue de Kounice, dit Jan Varlejch de Bubno toujours sur le même ton.

— Oh, bien des choses ont changé, et même énormément, objecta le duc d'une voix animée. Je veux dire pour le bien de l'affaire qui nous intéresse tous les deux. Votre maître, le roi de Suède Gustave Adolphe, est mort en combattant contre moi près de Lützen. C'était un immense soldat, mais peut-être l'entente sera-t-elle plus facile sans lui. J'ai entendu dire que M. le chancelier Oxenstierna qui a pris le commandement à sa place était un homme raisonnable. Le comte Thurn commande maintenant l'armée de Suède en Silésie et ma propre armée est à nouveau en mon pouvoir.»

Rašín jeta un regard dérobé sur Trčka. Même celui-ci avait du mal à en croire ses oreilles. L'accueil chaleureux de Wallenstein n'avait pas du tout radouci le froid de Bubno qui se permettait tranquillement de rappeler au tout-puissant duc la rencontre de Kounice et son non-respect des accords conclus. Et voilà que le duc, au lieu d'éclater en colère et de balayer toute opposition, était là à donner des explications, à reculer. Il se contentait de toiser attentivement cet homme mince, droit comme l'acier, qui était le brigadier général de son ennemi actuel ; et s'il parvenait à se maîtriser à ce point, la vraie raison n'en tenait pas à ses sentiments amicaux envers son ancien compagnon d'armes. L'époque où ils avaient amorcé ensemble leur trajectoire sur les champs de bataille en Hongrie était distante de quelque trente ans et le duc ne souffrait assurément pas d'un excès de sentimentalité. L'attitude de Wallenstein prouvait qu'il avait des raisons importantes de négliger ce qui n'était que détails insignifiants et que son esprit se tendait vers quelque projet de grande envergure.

Bubno ne répondant pas à ses avances, le duc invita d'un geste les trois hommes à s'asseoir à la table. Ils durent attendre quelques instants que lui-même gagnât en boitillant sa place d'honneur. «Il a vieilli, il s'est fané.» L'impression initiale que Rašín avait eue après la visite qu'il avait rendue au duc quelques jours auparavant à Prague se confirmait. Au cours de la dernière année, des poches de bouffissure étaient apparues sous les yeux de Wallenstein, ses cheveux s'étaient faits plus rares, ils avaient blanchi en dégageant le front et en laissant apparaître de chaque côté des avancées profondes de peau jaunie.

Mais le décor dont il s'entourait conservait son luxe grandiose. Comme dans son palais de Prague, à Jičín aussi prédominait le bleu, couleur favorite du duc. Les sièges des fauteuils décoratifs étaient tendus de damas bleu, des tapisseries bleues et dorées couvraient les murs, de belles coupes vénitiennes étaient posées sur le tapis bleu recouvrant le plateau de la table.

Wallenstein fit envelopper d'un plaid ses jambes frileuses, puis il renvoya le page, le laquais et le portier. Les quatre hommes étaient désormais seuls dans la pièce dont chaque meuble représentait à lui seul une œuvre d'art unique. Des bûches de hêtre pétillaient par moments dans la cheminée.

Wallenstein reprit alors le fil de la discussion interrompue :

«Vous avez parlé de notre dernière rencontre, monsieur de Bubno. Depuis ce temps, nous avons pu constater comme nous sommes sots de nous casser mutuellement la tête pour défendre les intérêts d'autrui. Car ayant des armées en notre pouvoir, nous pouvons conclure une paix à notre convenance et selon nos désirs, à nous les parties concernées. C'est nous, les militaires, qui tenons les atouts en mains et personne d'autre. Je crois que tous les chefs s'entendraient sur ce but.

Le fond du nouveau plan de Wallenstein émergea soudain avec netteté. Le généralissime de la catholicité impériale proposait un accord aux Suédois et aux émigrés, ses adversaires dans la foi comme sur le champ de bataille. Bien entendu, les Suédois surtout lui importaient car ils occupaient la place dirigeante dans le camp évangéliste, mais la réalisation de sa proposition aurait aussi des conséquences capitales pour les Tchèques. Le fait que cette proposition trahît en elle-même les positions de base des impériaux ne troublait pas l'esprit de Wallenstein outre mesure.

«Il serait facile d'arriver à un accord si, dans votre camp, qui est pour le moment notre ennemi, on pouvait faire confiance à tous les hommes comme à votre Excellence le duc, dit Bubno. Mais même votre Excellence est mortelle. Est-ce que cela signifierait qu'après votre mort l'empereur serait libre de reprendre le pouvoir ?»

Rašín se sentit comme pétrifié. Il échangea un regard avec Trčka et nota que leurs impressions étaient identiques. Le pragmatisme acerbe de la réponse de Bubno semblait dépasser les limites de l'acceptable. D'abord une introduction ironique sur la confiance, puis le rappel de la mort paraissaient comme autant d'impertinences. Le duc aussi réfléchit une fraction de seconde de plus sur les phrases proférées. Les bougies dans les chandeliers martelés luisaient dans le silence.

«L'empereur n'a rien à voir dans cette affaire, dit ensuite Wallenstein. Ce que nous déciderions resterait valable.»

Bubno s'inclina légèrement dans son fauteuil. Son discours était prêt dans ses moindres détails.

«La glorieuse couronne de Suède et l'émigration ne veulent rien entendre et rien savoir en ce qui concerne l'empereur. Même s'il se trouvait dans l'obligation de promettre qu'il accepterait le fait accompli, il est entraîné dans le sillage des papistes et il agit selon leur volonté. Nous avons plus d'un exemple, éprouvé à nos dépens, sur la manière dont a été respectée la lettre de Majesté [1] que Rodolphe II avait accordée aux Tchèques. On ne peut accorder foi à l'empereur à long terme.» Il se tut un moment pour laisser sa pleine force à sa conclusion. «Si votre Excellence acceptait l'offre déjà faite précédemment par la glorieuse couronne de Suède et recevait elle-même la couronne de Bohême, tous

---

1 En 1609, l'empereur Rodolphe II signa un texte donnant une relative liberté de religion aux nobles et bourgeois de Bohême. (N.d.l.t.)

les accords seraient beaucoup plus sûrs. C'est l'avis de son Excellence le conseiller de Suède Oxenstierna et de M. le comte de Thurn, qui vous a écrit il y a quelques jours par l'intermédiaire de M. Rašín.»

Le duc sourit d'un air flatté, puis il saisit la coupe et but une petite gorgée de vin.

«Pour ce qui est de la couronne de Bohême, ce serait un grand tour de force», remarqua-t-il en buvant encore une fois avant de reposer la coupe. Avec un sourire persistant sur ses lèvres exsangues, il regarda quelque part dans le lointain, par-dessus les têtes des hommes présents. Puis il s'arracha à ses pensées, se fit plus sérieux et ajouta :

«Il faudrait que l'empereur soit au courant de notre accord. Ce n'est pas un mauvais seigneur, mais il se laisse mener par le premier Jésuite et le premier jean-foutre venu. Mais nous, nous mettrions de l'ordre dans tout cela. Nous pouvons conclure nous-mêmes une paix qui bénéficierait à toutes les parties concernées, les évangélistes et les catholiques, et les autres seraient obligés d'accepter de gré ou de force ce que nous déciderions avec le soutien de nos armées. Et les accords ainsi conclus, nos décisions quant au bien général, ces choses-là resteraient valables, totalement et à jamais.

— Et où cela mènerait-il, si l'empereur devait conserver le pouvoir même par la suite ?» demanda aussitôt Bubno.

Wallenstein se détourna pour éviter le regard de ses yeux brûlants, jeta un coup d'œil vers l'âtre et ramena le plaid plus près de ses genoux. Le comte Trčka, qui sentait son irritation, intervint alors :

— Pour ce qui est de l'empereur, monsieur de Bubno, il n'aurait rien à dire dans ces affaires. Seul resterait valable ce que nous, les armées elles-mêmes, aurions décidé.» Il répétait avec enthousiasme les idées du duc. «Je vous en prie, ne m'attribuez aucune intention cachée, Dieu me garde de ne pas dire sincèrement la vérité.»

Jan Varlejch de Bubno se tourna aussitôt vers lui.

«J'ai bien compris, dit-il d'un ton intransigeant. Il est question que l'empereur continue à rester le maître. Même si nous obtenions satisfaction, les papistes pourraient à nouveau le monter contre nous, ils ne renonceront pas à leurs menées tant que cette maison conservera sa souveraineté.

— Il faudrait que les papistes se tiennent tranquilles, déclara Wallenstein d'une voix plus forte. Si mes intentions ne sont pas sincères et loyales, que Dieu me damne. Vous me connaissez depuis de longues années, monsieur de Bubno...»

Rašín ne manqua pas d'observer que Bubno venait de prendre une violente inspiration. Il était sur le point de dire quelque chose, mais il s'arrêta au dernier moment, et ses lèvres serrées retinrent le cri qui voulait s'en échapper. Visiblement, le duc ne s'aperçut de rien. Il poursuivit, après quelques brefs instants de silence :

«Vous pouvez difficilement, vous les Suédois, mener tout seuls une guerre contre l'empire. L'électeur de Saxe devrait être le plus haut personnage chez vous, mais quelle brute, et quelle vie il mène ! Si vous n'en avez pas connaissance, je vous garantis qu'il a écrit à l'empereur pour lui demander de convoquer les Etats représentatifs. Et savez-vous dans quel but ? Il pense que les Etats évangélistes ne se présenteront pas et qu'il aura un prétexte pour passer du côté de l'empereur. A lui, on ne peut pas lui faire confiance. L'électeur de Brandebourg ne brille pas non plus par sa constance ; et si vous voulez vous appuyer sur le roi de France, qui vient lui aussi mettre son grain de sel dans ce jeu, il est encore plus jésuite que l'empereur lui-même.»

Les conclusions du duc impressionnaient par leur pertinence et l'objection de Bubno fut plus une marque d'entêtement qu'une véritable argumentation.

«Les évangélistes ont un chef expérimenté et sûr en la personne de son Excellence le chancelier Oxenstierna, et les forces militaires suédoises sont loin d'être épuisées.

— Oui, je sais, concéda Wallenstein. Mais son Altesse royale la princesse de Suède [1] pourra-t-elle continuer à régner sur le royaume ? Le roi Gustave Adolphe a eu un grand mérite, il a pris les armes pour venir au secours des faibles et des opprimés dans l'intérêt commun. Mais maintenant il faut mener les choses à leur terme. Et la meilleure voie est l'union de nos armées et la négociation des conditions.

---

1 La reine Christine n'a que six ans lorsqu'elle succède à Gustave Adolphe en 1632. (N.d.l.t.)

Son Excellence M. le chancelier de Suède est un seigneur très raisonnable et j'espère qu'il sera de mon avis pour que les choses se terminent à l'avantage de tous, pour que tous soient aidés, que la religion devienne libre des deux côtés et que les anciennes libertés et l'ancienne justice soient rétablies.»

Les paroles du duc sonnaient de façon convaincante. Enoncées d'une voix sonore, elles tombaient avec gravité dans le silence de la pièce. Rašín sentait l'intensité de ce moment exceptionnel. Wallenstein ne venait-il pas d'exposer les buts pour lesquels tant de gens souffraient, se privaient, luttaient, pour lesquels Rašín lui-même risquait sa santé et sa vie ? Trčka écoutait ses paroles presque avec religiosité. Même Bubno, ce soldat raide et sobre pour qui ne comptait que oui-oui et non-non, paraissait ému. Après un bref silence, il aspira l'air de ses narines racées.

«Je transmettrai tout cela à M. le comte de Thurn qui préviendra son Excellence le chancelier de Suède. Il n'a pas autorité pour prendre de décisions sans en aviser le chancelier qui doit donner son accord, dit Bubno à voix basse, puis il ajouta : Je ne suis pas habilité à parler davantage de mon propre chef. C'est M. Rašín, ici présent, qui informera votre Altesse le duc de ce qui se décidera ensuite dans cette affaire.»

Le duc sourit, se mit lourdement debout et leva sa coupe :

«Je souhaite que ce ne soient que de bonnes nouvelles, messieurs», dit-il en les invitant à trinquer.

2.

«Quand reviens-tu ? demanda Kadlus.

— Le train revient par Vienne dans douze jours, répondit Sova.

— Et comment ça va se passer, ce voyage ?»

Sova alluma une cigarette et s'adossa à sa chaise.

«On dort dans les wagons, et pendant la nuit le train passe d'une ville à l'autre, un peu comme si on faisait le tour du monde en avion. Parfois on fait deux villes dans la même journée, si elles sont proches l'une de l'autre. On commence par Salzbourg, puis Trieste et Venise le même jour, Pise, Florence, Naples, Capri, traversée jusqu'en Sicile», récita Sova, et il se rendit compte qu'il était capable de répéter tout l'itinéraire, ville après ville, avec les heures d'arrivée et de départ, tellement le texte s'était gravé dans son esprit. Cela lui parut ridicule et il abrégea les explications : «Et au retour, Rome, Rimini, puis à nouveau Venise et enfin Vienne.

— Mon vieux, quand vous serez à Rimini, n'oublie pas d'aller voir San Marino, s'anima Kadlus. Tu verras une opérette en chair et en os, des maisons roses et bleu ciel, des remparts avec des couleuvrines de musée, chaque flic dans un uniforme d'amiral, bref c'est à mourir de rire. C'est juste à côté de Rimini, en taxi ou en car.

— Je n'oublierai pas, dit Sova. Je n'oublierai rien.»

Ils étaient assis dans le café Palace et le regard de Kadlus courait sans cesse vers la porte. Il attendait une voiture qui devait l'emmener à une séance du gouvernement. Il avait manqué la soirée chez Sova à cause de son film sur l'actualité politique et il avait eu du mal à trouver un moment pour le rencontrer, même aujourd'hui. Il connaissait personnellement tous les protagonistes de cette époque troublée et quand il parlait d'eux, il les appelait par leur prénom ou leur sobriquet. Dubček était Saša dans ses conversations, Šik, Ota et Smrkovský, Smrk. Kadlus était un des rares reporters qui avaient réussi à pénétrer jusqu'à la récente entrevue avec les dirigeants soviétiques à Čierna nad Tisou et ses prises de vues de la rencontre étaient connues de tous.

«Ces types ont une résistance incroyable, ils dorment quatre, cinq heures par jour et ils tournent à plein régime sans arrêt. Nous et les journalistes, combien de fois nous nous assoupissons alors qu'ils sortent de là en pleine forme. Ouais, bien sûr, ils sont crevés, ça on ne peut pas le nier, mais autrement en pleine forme. Mon vieux, j'aimerais avoir leur énergie, leur abattage, disait Kadlus avec enthousiasme. Puis il ajouta : Heureusement, tout sera plus calme maintenant, nous avons tous besoin de souffler et le pire est derrière nous.»

Sova mit la main à sa poche et il en tira deux minces livrets sentant le neuf, différents par leur format et la couleur de leur couverture. Son recueil de nouvelles était sorti juste après son court roman. Il les posa sur la table.

«Dis voir, Franta, je t'ai invité d'une part parce que je voulais te donner mes petites affaires», dit-il.

Kadlus prit les volumes, les ouvrit, les feuilleta.

«Je te remercie, dit-il. Pour les livres et pour la dédicace. Je te félicite qu'ils soient enfin sortis. Quel effet ça te fait ?

— Je me sens un peu drôle, dit Sova en haussant les épaules. Pour le moment, personne n'en a encore parlé. Aucune critique, rien, et moi-même je ne sais pas.

— Ça me rappelle la sortie de mon premier film, poursuivit Kadlus d'une voix qui s'animait. J'achetais tous les journaux, je les ouvrais, j'étais impatient, et finalement, il n'y a eu que quelques petites lignes, un vrai éreintage en plus. Mais aujourd'hui, il ne faut pas s'étonner, il se pose des tas de problèmes vitaux et il ne reste ni la place ni le temps pour la culture. Ça sera autre chose quand les choses redeviendront normales.

— Ce n'est même pas ça, mon problème, expliqua Sova. Mais je me demande s'ils ne sont pas sortis uniquement parce que ça faisait bien dans les librairies, juste maintenant.»

Il regardait Kadlus qui s'était plongé dans un passage ouvert au hasard et il pesa un moment ce qu'il allait dire.

«Je voulais aussi te faire mes adieux, dit-il enfin. Je ne veux plus revenir ici, alors si jamais on ne devait pas se revoir...»

Kadlus tendit l'oreille et referma le volume :

«Ici à Prague ? demanda-t-il.

— A Prague et dans ce pays.

— Ne plaisante pas, tu n'es pas sérieux ? lança Kadlus. Avant, je t'aurais compris, mais à présent ? Nous avons gagné, mon vieux, et surtout dans ton cas ça n'a aucun intérêt de foutre le camp. Pourquoi ferais-tu ça ? Il y a des possibilités qui s'ouvrent pour toi.» Il s'était penché en avant tout en parlant et il ajouta pour conclure : «Dès que j'aurai fini mon docu, on se met à tes nouvelles, j'y compte ferme.» Et il tapota du doigt le titre de la collection de nouvelles.

Pendant qu'il parlait, un jeune homme en jeans, les cheveux jusqu'aux épaules, était apparu dans la porte et se dirigeait vers leur table.

«Monsieur le metteur en scène, la voiture est en bas, annonça-t-il. Ils ont téléphoné du château pour dire que ça se termine dans vingt minutes.

— Oui, j'y vais, dit Kadlus qui s'était soulevé pour se rasseoir aussitôt. Et qu'est-ce qui te prend tout à coup, s'il te plaît ?

— Ça m'a pris il y a des années, dit Sova. Mais j'ai enfin une occasion et je n'ai pas envie d'attendre à nouveau vingt ans. Après, ça ne vaudrait même plus la peine.»

Kadlus se mit à rire de bon cœur et se leva définitivement.

«Mais voyons, ça n'a pas de sens. Maintenant tu peux voyager où tu veux et quand tu veux. Et il faut que ça reste comme ça, c'est dans cette perspective que nous luttons tous si fort pour imposer le changement. Tu verras toi-même, ça n'a vraiment pas de sens de se faire de grands adieux.» Il regarda sa montre et se fit plus sérieux. «Diable, il va falloir que j'y aille.

— Ne te mets pas en retard, Franta. Salut, et porte-toi bien.

— Salut, Mikuláš. Et au revoir à Prague, nous avons ce film à faire ensemble, c'est clair ?»

Ils se serrèrent la main et Kadlus se précipita vers la porte. Sova le suivit sans hâte quelques instants plus tard. Il n'avait à courir ni à la séance du gouvernement, ni à une manifestation populaire. Il avait tout son temps. Le train ne partait que vers minuit.

La rue lui souffla sa chaleur au visage. Le soleil avait beau avoir disparu depuis un certain temps derrière les toits poudrés de suie, la chaleur écrasante de la ville chauffée par l'après-midi d'été ne se dispersait que lentement. Il passa à pied par la rue Jindrišská vers la place Venceslas, puis il tourna à droite vers Na Příkopě. Il songea soudain à sa promenade préférée et se dirigea vers le quai.

En tournant dans la rue Železná, il remarqua qu'une foule inhabituelle se pressait dans une seule direction, vers la place de la Vieille Ville, par l'étroite ruelle, encore rétrécie de chaque côté par des échafaudages, des tas de gravats et de matériaux de construction. Certains groupes scandaient des slogans, un meeting quelconque était encore en train de prendre corps. A l'endroit où la rue débouchait sur la place, une foule de plusieurs milliers de personnes s'assemblait autour du monument de Jan Hus. *Liberté, démocratie, neutralité !* Voilà les principaux slogans qui explosaient au cœur de la masse.

Il contourna l'hôtel de la Vieille Ville pour s'en aller au plus vite. Sur la mosaïque du trottoir, les pavés blancs marquaient la forme de l'échafaud où vingt-sept seigneurs tchèques résistants avaient trouvé la mort le 21 juin de l'an de grâce 1621 [1].

Sova ne ralentit qu'une fois sur le quai. Le soir déposait de longues ombres sur les espaces abandonnés, pratiquement déserts, de la rive. Bon nombre d'amoureux préféraient se consacrer aux rassemblements politiques plutôt qu'à l'amour. C'est sans doute la dernière fois que je passe ici, se dit-il.

Le pont Charles paraissait curieusement proche. A droite, sur les hauteurs, des fenêtres s'illuminaient dans les bâtiments du château. L'ami Kadlus y tournait une nouvelle séquence de son film *Nous sommes avec vous, soyez avec nous*, dont le dénouement était encore inconnu.

Comme tout cela était comique, y compris cette dernière promenade ! Une part en sentait le mauvais cinéma, l'autre la sentimentalité. Il revint sur ses pas vers l'avenue principale en faisant des signes acharnés à tous les taxis qui passaient.

A la brasserie, les vieux étaient installés à leur table. Il commanda une tournée de bière et vida avec plaisir son demi-litre par deux fois. Non sans avoir auparavant serré la main à tous les présents et trinqué avec tous avant de boire. A côté de Klaboch, Maryška et Petras, il y avait aussi là aujourd'hui le colonel Souček, un homme presque aveugle avec des verres d'une épaisseur monstrueuse.

«Ouais, j'ai été blessé en Italie, près de Gorizia, se souvenait Klaboch le tailleur.

— Vous avez dû tomber de cheval, monsieur Klaboch, le piqua le colonel retraité.

— Tu parles, de cheval, la balle m'a traversé le bras en beauté, une blessure d'honneur, monsieur, le repoussa

1 Après la défaite de la montagne Blanche, le 8 novembre 1620. (N.d.l.t.)

Klaboch. Nous autres, on faisait encore la guerre en gentlemen, de face, pas comme vous, à tout démolir avec des avions et des canons pour commencer, et ensuite seulement sortir le bout du nez pour voir si par hasard quelqu'un de l'autre côté n'est pas resté en vie. Attendez, je dois avoir une photo quelque part, comme j'étais alors.»

Il commença à fouiller dans son portefeuille et en tira effectivement une photo toute pliée et râpée, montrant un jeunot vêtu d'un uniforme invraisemblable avec un sabre. Il la regarda avec nostalgie, avant de la faire circuler.

Pour la voir, le colonel dut adjoindre une loupe à ses lunettes en forme de verres de lampe, tout comme il l'avait fait pour consulter le menu.

«Sacré nom, vous étiez un beau gaillard, de ce temps-là, monsieur Klaboch, dit-il d'un ton admiratif. Mais vous teniez votre sabre comme un cochon tiendrait un os.

— Ecoutez, cher monsieur, il vaut mieux que vous ne vous étendiez pas trop là-dessus ; vous, vous ne pouvez même pas avoir idée de ce que c'était qu'un sabre. Vous ne pourriez imaginer cette parade, le défilé sur la Ferdinandka, droit comme une règle, avec l'uniforme tout tiré à quatre épingles, tout devait briller, les boutons, les bottes, les éperons, et le sabre qui tintait ; bien pâlot après une grave blessure, les bonnes femmes en étaient folles, monsieur, se mit à rêver le vieux tailleur.

— Ça monsieur, c'était la vraie guerre, ajouta le colonel, d'un ton mi-envieux, mi-méprisant. Nous, on a pataugé dans la boue pour traverser l'Ukraine et jusqu'à Berlin, et on était bouffé par les poux.

— Ça a vraiment été une cochonnerie, cette dernière guerre, ajouta l'architecte Maryška. Regardez donc un peu autour de vous, ce que vous avez réussi à gagner.

— Vous allez aussi voir le football en Italie ? demanda M. Petras. Ça doit être beau à voir, un derby AC Milano contre Inter.

— Nous n'allons pas à Milan, dit Sova. Mais s'il reste un peu de temps quelque part, alors oui. Le programme est assez chargé.»

Il buvait bière sur bière en songeant que c'était là une des rares choses qu'il pourrait peut-être regretter. Et ça ne ferait pas de mal, s'il arrivait dans le train un peu gai.

Enfin il salua et partit vers la gare, plus d'une heure avant le départ du train. En traversant la place Venceslas, il monta les marches jusqu'au perron du musée et s'arrêta un moment, pour regarder vers le bas, en direction de Můstek. Il se souvint de tout le mal qu'il avait eu pour venir s'installer dans cette ville. La loi stipulait à l'époque qu'on ne pouvait obtenir un logement à Prague qu'à condition d'y avoir un emploi. Et vice-versa, tant qu'on n'avait pas de logement, on ne pouvait se faire embaucher. Maintenant il allait partir, après tout ce qu'il y avait vécu. Quitter cette ville à laquelle il tenait plus que tout.

Avant qu'il ne pût s'arracher à ce tableau, avant que sa cigarette ne se fût consumée, apparut au bas de la place l'avant-garde de la manifestation qui approchait en masse serrée, les drapeaux flottant en vol saccadé au-dessus des premiers rangs. Le corps noir du serpent humain sortait lentement au tournant, les slogans scandés à tue-tête parvenaient jusqu'en haut de la place.

Sova se détacha de la balustrade et descendit en courant les marches de l'autre côté. Quelques centaines de mètres seulement le séparaient de la gare. Il les parcourut à pas rapides. Je suis vieux, songeait-il, je ne marcherais plus avec eux, même pour rire, et je ne crierais certainement aucun de ces mots. Pas seulement parce que je ne sais pas au juste ce qu'ils signifient, mais aussi parce que je ne crois plus à rien ici. Ni aux idées sacrées, ni aux serments brûlants, ni aux drapeaux. Et même pas à l'amour. Bref, je suis trop vieux pour la vie d'ici, je suis brûlé de l'intérieur et inutile.

Au diable tout cela. Rien n'a tourné comme il aurait fallu. Et moi-même, je n'étais pas des plus réussis. J'ai tout essayé, même de filer doux, mais ça s'est toujours mal terminé. Alors, ma chère patrie, porte-toi bien, fleuris et prospère. Tu te passeras sans doute de ma présence et moi, je ne mourrai pas d'être privé de toi. Mon cœur ne se brisera pas de chagrin si je ne te revois jamais plus. Toi, c'est un autre type d'homme qui te convient, un type que je ne porte pas dans mon cœur. Et aujourd'hui, je ne voudrais même pas en faire partie. Peut-être vaut-il mieux que je n'aie pas réussi à rentrer dans le rang. Tu exigeais un tribut trop lourd. Et la suite des choses jusques et y compris à aujourd'hui n'a été que le développement logique des données initiales.

Aujourd'hui donc, rideau. Et demain, je choisirai soigneusement un pays où tout est au même prix pour tout le monde. Pas à la lettre, peu m'importe de savoir qu'on possède un million ou dix, je n'envie personne. Mon carnet de chèques, c'est une page arrachée à un magazine, avec en tête ce titre parlant : Déclaration Universelle des Droits de l'Homme. Parmi les trente articles du document, un bon nombre s'étaient gravés dans sa mémoire au point qu'il pouvait les citer mot pour mot. Le premier contenait une phrase lapidaire : Tous les hommes naissent libres et égaux en droits et en dignité, ils sont doués de raison et de conscience et doivent traiter les uns avec les autres dans un esprit de fraternité. Dans le second paragraphe, l'article treize donnait une réponse succincte au problème de toute sa vie : Chacun a le droit de quitter n'importe quel pays, même le sien propre, et y revenir.

Dans chacun de ces paragraphes, une pensée claire était formulée, dans une langue si nette et si compréhensible qu'elle n'avait besoin d'aucune autre justification. L'ensemble avait la simplicité des paroles d'un vieux paysan plein de sagesse.

Au bas du texte, quatre lignes terminaient la page : voici une traduction soigneuse mais non officielle des termes de la déclaration. (Comment aurait-elle pu être officielle, puisqu'elle n'avait jamais été officiellement publiée et que le plus grand intérêt des autorités en place était justement de ne jamais publier de pareilles idées ?)

La seconde phrase éveillait tout de même quelques doutes : Ces résolutions n'ont pas force de lois et aucun pays ne peut donc être contraint de les appliquer. Mais comme cette déclaration est si pénétrée d'humanité, si universelle et si conforme à la vérité, tout homme devrait la connaître. Fût-ce seulement parce que les hommes qui l'ont composée étaient parmi les plus cultivés et les meilleurs de la planète.

La réalité donnée comme l'envers du conte. Mais il existait tout de même des pays et des Etats où les articles de la déclaration ne servaient pas uniquement de modèle pour une broderie à suspendre à la cuisine au-dessus du fourneau.

Et pour Sova cette page représentait la clé de sa recherché. Il se souvenait d'avoir vu, dans ses années d'école, des cartes géographiques représentant en couleurs différentes la densité de population, les reliefs, la température annuelle moyenne de l'air et la quantité de précipitations, la production agricole ou industrielle de différents pays. Sur le même principe on devrait élaborer une carte ayant pour titre : Application de la Déclaration Universelle des Droits de l'Homme. Une carte du monde, une carte de la liberté pour ceux qui la cherchent.

Il entra dans le hall de la gare. Il s'attarda quelques minutes près de la consigne avant de récupérer sa valise, il marcha lentement vers le quai et s'arrêta en voyant son train marqué d'un panneau en lettres noires : Train spécial. Une heure restait encore avant le départ, et seuls de rares voyageurs s'attardaient dans les parages. La première personne de sa connaissance fut Komárek qui se précipitait quelque part, des documents flottant au vent dans ses mains.

«Tu es bien pressé, ton wagon est le numéro quatre, compartiment deux, avec nous, l'informa Komárek. Il y aura encore Lád'a Muzikář et Lahodný.

— Merci, Milo, et pour le reste, comment ça se présente ? demanda Sova.

— Mon vieux, il y a de quoi se pendre. Si j'avais imaginé ce que ça représente d'organiser une affaire pareille, je serais resté tranquillement assis chez moi, se lamenta Komárek, visiblement exténué.

— Ton mérite est éternel, camarade, dit Sova avec reconnaissance. Et tout va bien, autrement ?»

Komárek ne pouvait évidemment pas comprendre qu'il demandait en fait si l'on n'avait pas rayé l'un des participants de la liste au dernier moment.

«Je dirais plutôt que rien ne va, lança Komárek. Je distribuerai tous les papiers qu'il faut quand on sera enfin partis. Alors salut, à tout à l'heure !» lança-t-il en s'éloignant.

Sova trouva le wagon indiqué, déposa sa valise dans le compartiment et s'assit près de la fenêtre sous laquelle étaient déposées deux caisses pleines de bière de Pilsen, si bien que ses adieux de tout à l'heure en perdaient un peu de leur sens. Il regardait par la vitre vers le quai où les voyageurs, chargés de lourdes valises et de sacs, commençaient à affluer. Il nota qu'il restait encore quarante minutes avant le départ. Il se leva et sortit. Dans le restaurant de deuxième classe, il commanda un cognac.

Pour le moment, tout va bien, alors pas de panique. Bientôt, le train se mettra en marche et il ne reste qu'une infime probabilité, qu'on me refoule à la frontière. Et pourquoi le feraient-ils ? Tout l'appareil politique n'aurait-il rien d'autre à faire que d'observer un voyage organisé tout ce qu'il y a de banal dans le contexte actuel, et dans ce voyage, un petit bricoleur de mon espèce ? Le plus difficile, ce sera sans doute l'argent, j'ai peut-être compté un peu juste. J'aurais dû risquer le coup et acheter quand même quelques devises au marché noir, j'aurais pu les cacher quelque part dans le wagon pour qu'on ne les trouve pas sur moi. Les cinq dollars d'argent de poche qu'on nous donne permettent à peine de se payer les cabinets en Italie, à ce qu'il paraît. Et après ? Et ensuite à Vienne ? Combien arriverait-il à tirer de l'appareil photo et du transistor ? Est-ce que cela suffirait au moins pour les premiers jours?

«Tu prends des forces pour le voyage ? dit soudain une voix connue dans son dos. Je peux me joindre à toi ?»

Il n'eut pas le temps de répondre. Déjà, Lahodný s'installait confortablement sur la chaise voisine. Il avait posé à côté de lui une valise Samsonite dernier cri.

«Moi, j'ai déjà payé, dit Sova. Je m'étonne de vous voir partir avec ce genre de voyage, vous aussi.

— Il nous reste encore vingt minutes, dit Lahodný en faisant un geste de la main. D'habitude, ça part rarement à l'heure. Oui, c'est vrai, j'ai décidé au dernier moment ; je connais bien l'Italie du Nord, mais je n'ai jamais été tout en bas, en Sicile. Et ça ne me fera pas de mal de prendre quelques jours de repos, après toutes ces émotions. En plus, j'ai quelque chose à régler à Vienne – mais nous nous tutoyons, non ? Nous sommes de la même classe, n'est-ce pas, alors...»

Il leva son verre et Sova trinqua avec lui pour sceller ce tutoiement. Lahodný commanda encore deux cognacs et sortit de sa poche de veston, pour payer, une liasse de billets de cent couronnes entre lesquels se trouvaient plusieurs billets de cinquante marks. Il feuilletait l'argent sous les yeux respectueux du serveur.

«Et combien on a le droit d'emporter en couronnes ? demanda Sova timidement.

— Trois cents, je pense. Tu as déjà été à Venise ? Oh, excuse, j'avais oublié. Oui, Venise te plaira sûrement», poursuivit Lahodný. Il se mit à décrire les splendeurs de Venise et Sova sentait croître son impatience.

«On y va ? Le départ est dans sept minutes, rappela-t-il en coupant la parole à Lahodný.

— On aura le temps d'en profiter, de ce train, peut-être plus que de raison», dit Lahodný, mais il vida tout de même son verre et se leva.

Komárek s'inquiétait déjà de ne pas les voir. Il les cherchait par la fenêtre du compartiment, où les autres s'étaient déjà installés. Les Komárek avaient choisi les couchettes du bas, Muzikář et Lahodný optèrent pour celles du milieu et Sova n'avait aucune objection à dormir tout en haut. La sixième couchette était pour les bagages.

Aussitôt arrivé dans le compartiment, Lahodný ouvrit sa valise et en tira une bouteille de whisky. Il dévissa le bouchon et la tendit à Věra Komárková.

«Ce n'est pas le grand luxe et on n'a pas trop de place non plus, déclara-t-il galamment. Alors vous serez le seul ornement de notre voyage.» Puis il expliqua l'autre raison de sa prodigalité : «Le pire, c'est que je dors généralement mal dans les trains. Alors, pour faciliter les choses...»

Le train s'ébranla avec une légère secousse. Sova se tourna vers la fenêtre et pressa le front contre la vitre. Les bâtiments de la gare et les toits abritant les quais s'éloignèrent de plus en plus vite.

«On part !» cria quelque part au-dehors une voix aiguë de femme.

Muzikář le poussa du coude et lui fit passer la bouteille. Au même moment, Komárek lui posa sur les genoux une enveloppe jaune contenant des prospectus et des photocopies de guides pour les villes qu'ils devaient visiter.

«Voilà les informations, voici ton passeport et ton argent de poche, un, deux, trois, quatre, cinq dollars, ça va ?

— Oui, c'est parfait», dit Sova et il but à la bouteille.

En l'an de grâce 1633, le printemps fut précoce. Cependant, une période de pluie avait succédé au beau temps. L'eau dégringolait en torrents des gouttières et descendait en zigzaguant avec difficulté par la rue boueuse.

Le valet de l'auberge A l'Arbre Vert la chassait à grands coups de balai en ramilles de bouleau pour dégager l'entrée.

Soudain, une paire de hautes bottes de cavalier et la pointe d'un fourreau apparurent dans son champ visuel. Il leva les yeux et vit un grand cavalier vêtu de noir. Les yeux de l'arrivant se posèrent attentivement sur lui comme s'ils avaient pris l'habitude de ne rien laisser passer.

«Tu me laisses entrer, mon garçon ? interrogea l'homme à voix basse.

— Bienvenue, monsieur Rašín. Un sourire plissota le visage du valet. Vous, toujours. Tous les bons Tchèques sont les bienvenus chez nous. Mais les vermines feraient mieux de rester dehors si elles tiennent à la vie.

— Ah oui ? dit Rašín ; et ses yeux glissèrent sur l'enseigne de l'auberge écrite en lettres tortueuses et en langue allemande. Et d'où me connais-tu, toi ?

— Je vous ai vu à Prague, monsieur. J'y étais l'an dernier avec les nôtres qui servaient sous le comte Thurn pendant l'invasion saxonne. Je vous ai vu plusieurs fois passer dans un carrosse, même les Saxons avaient peur de lever le doigt sur vous, à ce que disaient les nôtres, marmonnait le garçon.

— Ah ? répéta encore Rašín. Et alors ? Comment es-tu venu jusqu'ici, à Meissen ?

— Nous nous sauvions devant Wallenstein, monsieur, sa racaille ne faisait aucune différence, Tchèques, Saxons, évangélistes, catholiques, tous en prenaient plein la figure. Nous ne nous sommes arrêtés qu'ici et tout le monde attend de voir ce qui va se passer», racontait le garçon volubile.

Rašín l'étudia de plus près. Il était maigre comme un échalas et des yeux insolents, rusés avant l'âge, le guignaient dans son jeune visage mince.

«Le comte Thurn est en Silésie avec son armée. Bien des nôtres sont à son service, fit remarquer Rašín.

— Oh, monsieur, la peste les décime, grimaça le garçon. Le comte Thurn a cinq milles hommes et dix fois autant d'affamés ; ici, le pain est tout de même plus près de la bouche. Et M. Arnim y est aussi avec une forte armée et le prince Wallenstein, paraît-il, s'y dépêche avec quarante mille hommes, il y aura trop d'armée pour un si petit coin de terre du Bon Dieu. Ou bien pouvez-vous me dire, vous, monsieur, comment se feront les alliances et qui se fera battre à plates coutures ?»

Rašín songea tout d'abord à donner une leçon à ce gosse

insolent et à le corriger. Puis il reprit contrôle de lui-même.

«Tu as raison, mon gars, dit-il à voix très basse. Gratte donc la boue ici, continue ; ça sied bien à ta nature, à ce que je vois.»

Il passa devant lui, mais se retourna encore à moitié en arrivant à la porte de l'auberge :

«Et si je peux te donner un conseil, tu as intérêt à toujours tenir en main un balai de domestique plutôt qu'une arme, au moins tu vivras sans doute plus vieux.»

Il ouvrit violemment la porte et entra dans l'auberge. Il dut s'arrêter quelques instants sur le seuil pour habituer ses yeux à la pénombre.

A l'instant où il avait posé le pied dans la pièce, toutes les conversations s'interrompirent et les regards se tournèrent vers lui. La gargote était pleine, seule une petite table restait libre dans l'angle, près du poêle. Il fallait que la patronne rondelette fût bien accorte pour arriver à porter à elle seule tant de hanaps remplis sur les tables grossièrement équarries, près desquelles des soldats festoyaient, installés sur des bancs. Le débit tumultueux des conversations exigeait qu'on se rafraîchît fréquemment. Les récents événements offraient un nombre incalculable de sujets et la vigoureuse langue tchèque des émigrés avait complètement supplanté le langage des autochtones. Les prunelles brillaient, les bouches barbues ou imberbes parlaient ensemble à qui mieux mieux et les poings retombaient sur la table pour souligner des opinions contradictoires.

Pendant les quelques instants qu'il fallut à Rašín pour gagner la place libre, s'asseoir et commander du vin, la conversation ne se libéra que lentement des entraves de la gêne due à son arrivée. Et maintenant, bien qu'aucun des clients ne se tournât directement vers lui, leurs paroles avaient cependant un rapport avec sa présence. Rašín connaissait par leur nom certains des hommes attablés, il en avait rencontré d'autres, et son excellente mémoire lui rappelait instantanément quand et dans quelles circonstances. Oui, M. Ptáček de Němčice, celui qui parlait maintenant, il l'avait rencontré lui aussi. C'était à Prague, au moment de la levée solennelle des cages avec les têtes coupées des seigneurs tchèques exécutés après la bataille de la montagne Blanche.

«Le spectacle ne vous plaît pas, monsieur Rašín ? avait alors interrogé ironiquement M. Ptáček. Vous vous tenez pour ainsi dire à l'écart et il ne semble même pas que vous partagiez l'enthousiasme des fils du peuple tchèque, fidèles à la vraie foi.

— Personne ne peut se réjouir plus que moi à la vue de la juste reconnaissance que l'on apporte à nos martyrs. Mais, monsieur Ptáček, je réserverai plutôt ma joie au jour où nos têtes vivantes se verront portées aux hautes places qui leur reviennent de droit, avait répondu Rašín. Et j'estime enfin qu'un respect silencieux convient mieux aux morts qu'une démonstration publique pleine de bruit.»

«Que Wallenstein nous ait chassés de Prague, disait maintenant M. Ptáček, je n'ai rien à redire à cela. Nous nous attendions à ce qu'il marche ensuite sur Vienne et nous pensions qu'il avait pris Prague simplement pour ne pas éveiller trop tôt les soupçons de l'empereur. Mais lui, au contraire, a marché sur Leipzig et au lieu de s'unir avec le roi de Suède..., il s'en est pris à lui ! Au cours de l'hiver passé, il a encore renforcé son armée, il a réparé les trous laissés par la tripotée qu'il a reçue des Suédois à Lützen...

— Vous ne dites pas la vérité juste, monsieur Ptáček, l'interrompit un jeune gaillard à la moustache roulottée qui était assis à la table voisine. Wallenstein a gagné à Lützen, puisque c'est là que Gustave Adolphe est tombé.

— Au diable Wallenstein, c'est nous qui avons gagné, lança un mousquetaire amputé d'un bras avec un bandeau noir sur son œil borgne. Moi-même, j'y ai combattu sous les ordres de Bernard de Weimar, ce diable de cavalier. Il est vrai que son altesse, le grand roi Gustave Adolphe, y a perdu la vie, mais le lendemain Wallenstein avait abandonné le champ de bataille. Il s'est enfui, il a traversé Leipzig dès l'aube et ne s'est arrêté qu'en Bohême. Ce bras, je l'ai perdu à Lützen, il peut en témoigner, dit-il en soulevant la manche vide et pendante de son manteau décati.

— Va donc le chercher, qu'il vienne nous le dire, qui a gagné !» l'apostropha Ptáček.

L'éclat de rire fit taire le vétéran qui aurait voulu continuer à défendre sa conviction. Il lâcha la manche vide comme un drapeau en berne et but un long trait dans sa chope. «Vous êtes des imbéciles, marmonnait-il, ivre, dans sa barbe mouillée. Vous êtes tous des idiots.

— Mais ce sont-là des neiges d'antan, reprit Ptáček lorsque le vacarme se fut un peu calmé. Combien y a-t-il de batailles dont on ne nomme le vainqueur que longtemps après le combat ? Moi, je veux parler d'autre chose, messieurs mes frères. Savez-vous combien d'hommes compte aujourd'hui l'armée de Wallenstein ? Quarante-cinq mille, sinon cinquante mille.» Il se tut un instant pour goûter l'admiration appréciative qui parcourut la salle à cette annonce.

«Et encore, le duc a fait couper la tête à plus de vingt officiers cette année au mois de février à Prague, à cause de leur lâcheté à Lützen, monsieur Ptáček, ironisa un vieil homme assis à la table voisine de Rašín. Il aurait pu être plus fort d'autant.»

Le vieillard avait une longue barbe, et de sa tête nue ses cheveux blancs retombaient sur ses épaules.

Ptáček ne releva pas la remarque. Il tourna son attention dans une autre direction et s'adressa directement à Rašín :

«Maintenant que nous sommes au printemps, Wallenstein va-t-il enfin tourner son armée contre l'empereur, ou alors de quel côté compte-t-il marcher ?

— C'est à moi que vous posez la question, monsieur Ptáček ? demanda Rašín en levant la tête vers lui.

— Oui, à vous, monsieur Rašín. Tout le monde sait ici que vous êtes le messager personnel du duc, vous devriez savoir de quel côté votre maître va se tourner.

— Je ne sais pas», répondit Rašín.

Les dernières paroles des deux hommes étaient tombées dans un silence explosif. Tous les regards se mouvaient de l'un à l'autre. Rašín remarquait leur éclat humide et plein d'avidité.

«Peut-être», dit M. Ptáček en haussant les épaules. Il s'avança vers la table de Rašín. «Vous n'en savez rien ou vous ne voulez pas le dire. Mais moi, je ne suis tenu par aucun serment secret et je peux parler comme j'en ai envie.

— Parlez donc, s'il vous plaît. Personne ne vous en empêche.

— Je vous parie mille ducats que Friedland ne marchera de nouveau pas sur Vienne, déclara Ptáček. Et je parie de surcroît qu'il ne lèvera jamais les armes contre l'empereur, monsieur. Wallenstein comme roi de Bohême, c'est vraiment une bonne blague ! Après la montagne Blanche il s'est jeté comme un vautour sur les domaines de ceux qu'il avait lui-même livrés à Jan Mydlář pour qu'il leur tranche la tête. Et maintenant il devrait renoncer aux biens accumulés et les rendre aux parents et aux survivants dont il permettrait le retour ? Nos exilés sont tellement désespérés qu'ils s'accrochent à un fétu de paille et ils s'allieraient avec Belzébuth en personne pour revenir honorablement au pays, mais moi je ne crois pas Wallenstein et je ne lui ferai jamais confiance jusqu'à ma mort.

— A qui vous faites confiance ou non, c'est votre propre affaire, monsieur Ptáček», fit remarquer Rašín sans se troubler.

Comme s'il avait perdu tout intérêt pour la suite de la conversation, il tendit la main vers l'aiguière et acheva de remplir sa coupe de vin. Le vieillard de la table voisine lui tendit sa chope avec un geste de prière et Rašín lui versa du vin à lui aussi. M. Ptáček fronça le sourcil d'un air interdit, puis il retourna s'asseoir.

«Jadis, il y a treize ans, j'étais le palefrenier de M. Kryštof Harant de Pecka, et j'ai vu Wallenstein en personne emmener mon maître, raconta le vieillard. Ah, que n'ai-je alors allumé la mèche de ma bombarde ! Puis ce fut trop tard pour jurer la vengeance. J'ai quitté ma patrie, j'ai erré de par le monde, j'ai souffert sur les champs de bataille. Et maintenant, ce serait justement Wallenstein que je devrais remercier de mon retour ? Je ne comprends pas, monsieur, tout cela me paraît comme une moquerie, tout tourne toujours à l'inverse de ce que l'on attendait, soupira-t-il enfin.

— Et toi, tu retournerais au pays ? demanda Rašín.

— La mort approche, monsieur, dit le vieillard. Je voudrais mourir chez nous.

— Quel est ton nom, vieillard ?

— Tomáš Ouzký, monsieur.»

Tout en bavardant avec le vieillard, Rašín observait du coin de l'œil la table à laquelle s'était installé M. Ptáček. Ses occupants avaient rapproché leurs têtes et Ptáček leur expliquait quelque chose à voix basse. A en juger par les coups d'œil qu'ils jetaient par moments vers lui, Rašín pouvait deviner que les explications de M. Ptáček n'étaient pas sans rapport avec sa personne.

«La couronne de Bohême est déjà partie de Karlštejn, Wallenstein fait tout ce qu'il peut pour devenir roi. Ce pouacre, huit fois traître ? Mieux vaut sans doute encore Ferdinand de Habsbourg, termina Ptáček à voix haute, comme s'il s'adressait à Rašín. Avoir un roi pareil, ce serait du propre !»

Rašín voulut se lever, mais il sentit sur son bras la main du vieillard et sa pression apaisante.

«Restez donc assis, monsieur Rašín, ne vous laissez pas provoquer.

— Il parle faux, ce M. Ptáček, dit Rašín entre ses dents serrées.

— Laissez-les, monsieur, le raisonnait le vieillard. Ils sont déçus, voilà des années qu'ils attendent, et jusqu'à présent tous les espoirs ont échoué. Ils ne feront plus confiance si facilement. C'est en vain qu'ils ont versé leur sang sur tous les champs de bataille imaginables. Ils sont fatigués, monsieur Rašín.

— D'autres continuent à verser leur sang et ces vauriens boivent ici ce qu'ils ont pillé à Prague ou ailleurs. Ils sont devenus pareils à des loups, nos compatriotes, nos fameux exilés.» Rašín parlait sans desserrer les dents.

«Ne soyez pas si sévère, monsieur. Il est facile de juger, plus difficile de comprendre.

— Et toi ? Te comprends-tu toi-même, vieillard ?

— Qui peut l'affirmer de lui-même avec la conscience tranquille, monsieur ? Le pouvez-vous ?

— Toi aussi, tu es fatigué ?

— Ma fatigue est d'une autre espèce, monsieur, sourit le vieillard. C'est une réconciliation. Je suis vieux, je n'ai plus rien à attendre, sauf la mort.

— Tu vis ici ?

— Non, monsieur. Je ne fais que passer, je retourne chez moi, à Chotěboř. Je sais que l'homme à la faux m'attend là-bas, mais je n'ai pas peur. Je vais enfin me reposer», poursuivit le vieil homme, les yeux tournés vers le coin.

Dans le silence qui s'était fait dans la pièce, on entendit M. Ptáček terminer un nouveau paragraphe de son discours à ses comparses. Les doigts aux veines saillantes du vieillard serrèrent davantage encore la manche de Rašín, mais cette fois ce dernier se dégagea et se leva.

«C'est moi que vous visiez en parlant de vile créature de Wallenstein, monsieur Ptáček ? demanda-t-il d'un ton glacial.

— Je parlais de ceux qui servent le duc corps et âme pour de l'argent. Je ne voulais pas vous toucher, monsieur Rašín», recula Ptáček. Il se rendait compte qu'il valait mieux ne pas plaisanter avec cet homme dangereux.

«Oui, il m'arrive aussi de toucher de l'argent de Wallenstein, dit Rašín lentement. Je ne veux même pas demander d'où vous tirez le vôtre, vous. Et je sers le duc dans la mesure où lui-même sert la cause qui m'est chère. Le service ennoblit l'homme et chacun trouve sa propre voie s'il le désire. Je suis venu retrouver ici mes frères, et je n'ai encore rencontré qu'une bande de soulards verbeux. Vous tous, vous n'avez rien à envier au domestique qui balaie devant la porte, vous êtes de la même espèce.»

Il fit volte-face, jeta en chemin une pièce d'or sur la table et partit en claquant la porte. Avant même qu'elle se fût entièrement refermée, il se rendit compte qu'il s'était laissé emporter à l'excès, qu'il avait employé des mots trop abrupts, sans doute pour se convaincre lui-même et faire taire ses propres doutes, ses incertitudes, ses hésitations.

Devant la bâtisse, le valet bayait aux corneilles, appuyé sur le manche de son balai.

«Vous nous quittez déjà, monsieur Rašín ? demanda-t-il servilement. Regardez, le soleil se couche à peine. Ou ne vous plaisez-vous pas avec les gens de chez nous ?

— Va au diable, et eux avec toi !» hurla Rašín, blanc de rage. C'est seulement lorsque le garçon apeuré se fut précipité dans la cour que Rašín prit conscience d'être allé trop loin, la deuxième fois déjà dans la journée.

Dans son demi-sommeil Sova s'aperçut que le train était arrêté. Puis il entendit Komárek ouvrir la porte coulissante depuis le couloir.

«Nous sommes à Horní Dvořiště, messieurs-dames. Contrôle des passeports et douane, s'il vous plaît.»

Au même moment, la puissante lanterne électrique du douanier éclaira le compartiment depuis la porte et Sova lui tendit, depuis sa couchette, le passeport qu'il tenait prêt dans la main. Quelques secondes suffirent : l'homme en uniforme jeta un regard sur la page avec la photographie, mit son cachet sur l'autorisation de sortie et lui rendit les documents en le remerciant. En moins d'une minute, il avait fini de contrôler tout le compartiment. C'était tout. A la montre de Sova, il était trois heures quatorze du matin. Il jeta un coup d'œil sur la couchette du milieu, où Muzikář se retournait en marmonnant vers la paroi pour se remettre à dormir. La couchette d'en bas était vide. Komárek, en tant que responsable du wagon, accompagnait les douaniers. Sans doute pour le remercier de sa collaboration, on ne vint même pas inspecter leur compartiment. Sova se pencha vers la couchette en dessous de lui. Lahodný s'y était rendormi comme un loir. Etait-il possible que tout se passât si simplement ? Cet événement bouleversant, avec tant de banalité ? Il se sentit presque floué mais, d'un autre côté, dans un coin de son cœur, le soupçon tremblotait : tout n'était pas encore sûr, le cours jusqu'ici trop facile des événements pouvait soudain, imprévisiblement, mal tourner.

Il se souvenait, pour l'avoir lu sur le programme, que le train devait rester plus d'une heure à la frontière. Il n'arrivait pas à décider ce qu'il devait faire maintenant ; en quelques secondes la somnolence commença à le gagner et il se rendormit comme les autres.

Il passa donc à dormir cet instant attendu durant tant d'années. Peu après, le train se remit en marche. Il roula lentement pendant quelques minutes et s'arrêta à la frontière autrichienne. De toute manière, les bornes de frontière étaient à peine visibles dans la lumière grisâtre de l'aube.

Les douaniers autrichiens vinrent les réveiller une seconde fois : «Bitte schön» et «Danke schön», un deuxième timbre sur le passeport et de nouveau, pas le moindre intérêt pour le contenu des valises.

Après leur départ, Sova commença à se changer sur sa couchette supérieure. Puisqu'il avait manqué l'instant précis de son évasion, il ne voulait pas perdre les premiers kilomètres passés dans le nouveau monde. Tandis que le train attendait encore, il se rasa, et se lava dans le minuscule cabinet de toilette. A son retour dans le compartiment, Lahodný ouvrit les yeux et bâilla comme un brave.

«Quelles sont les nouvelles des lavabos ? Il y a la queue ? demanda-t-il.

— Pas encore, mais il commence à y avoir un peu de mouvement.

— C'est ça qui m'énerve le plus dans le train : de faire la queue pour se laver les dents et pour le chiotte.

— Qu'est-ce qui se passe ? demanda Muzikář depuis sa couchette. On est à Salzbourg ?

— Tu parles, on attend à la frontière. Ces frontières, ça ne sert qu'à poireauter pour rien. Dans les autres pays c'est une affaire purement symbolique, il faudrait qu'on les supprime au plus vite, nous aussi, ces survivances du passé, musait Lahodný.

— Et qu'on reconstruise la bonne vieille Autriche-Hongrie, ajouta Muzikář. Je supporte encore assez bien les Autrichiens, ils se pintent comme nous.

— Bonjour, dit Komárek en faisant irruption dans le compartiment. Tout est réglé, on repart dans quelques minutes. Le petit déjeuner sera dans une heure, ceux qui le veulent peuvent se lever. Věruška, qu'est-ce que tu deviens, tu dors encore ou quoi ?

— Non, mais il faudrait qu'on se mette d'accord sur l'ordre du lever, minauda en bas Věra Komárková.

— Moi, je ne sors pas tant que ce n'est pas absolument indispensable, déclara Lahodný. Je me retourne vers la cloison et vous pouvez faire ce que vous voulez, Věruška, même du strip-tease, ça ne me dérange pas. D'après mes expériences, ce genre de soucis ne dure que pendant les tout premiers jours ; après, tout se règle de soi-même.»

Muzikář commença à descendre maladroitement de sa couchette, et soudain on ne pouvait plus faire un geste dans la ruelle. Sova se réfugia dans le couloir et tandis qu'il allumait une cigarette le train se remit lentement en marche. Peu à peu, il prenait de la vitesse. Sova tira de sa poche la feuille polycopiée avec les informations sur leur première étape et lut :

Salzbourg, plus de cent mille habitants, capitale de la province du même nom, l'une des huit qui constituent de nos jours la République fédérale d'Autriche. La fondation de la cité est liée à la découverte du sel qu'on exploitait ici dès avant le rattachement du pays à l'empire romain. Au cinquième siècle, la ville fut détruite par une invasion des Huns, mais elle fut reconstruite au septième. En 1077 fut entreprise la construction de la massive forteresse de Hohensalzburg qui ne fut achevée qu'au dix-septième siècle. C'est de cette époque, celle de la plus grande expansion de la ville, qu'il reste le plus de monuments. La ville est arrosée par la rivière Salzach qui passe en son centre. Change : schilling autrichien divisé en cent groschen ; 1 $ = environ 25 sch.

«Ne perds pas ton temps avec ça, lui dit Komárek qui était sorti derrière lui. J'ai un guide génial, je me suis déjà préparé tout un itinéraire pour chaque ville où nous nous arrêtons. J'ai pensé qu'on resterait en bande, tout notre compartiment, tu es d'accord ?»

Komárek était un homme d'ordre et il n'avait manifestement rien laissé au hasard, mais ses efforts portaient leurs fruits.

«Bien sûr, dit Sova. Avec plaisir.»

Le train avait pris sa vitesse de croisière. Derrière la vitre défilaient des paysages qui rappelaient le sud de la Bohême. Dans le dos des deux hommes passaient les voyageurs qui allaient former la queue devant le lavabo.

«Regarde-moi ces routes impeccables ! Les champs sont bien entretenus et dans les villages, toutes les maisons sont peintes comme des jouets», faisait remarquer à haute voix une femme en pyjama avec un foulard sur ses cheveux décoiffés.

«Quelle conne, lâcha Komárek. Si elle commence à hurler que le seigle est plus jaune que chez nous, je lui allonge une paire de calottes.

— Et s'il y avait vraiment une différence ? lança Sova.

— Ne fais pas le con, Mikuláš, qu'est-ce qu'elle peut bien y voir, cette bonne femme ? Elle n'a même pas encore eu le temps de se laver les yeux depuis qu'elle s'est levée.

— Il n'y a vraiment pas besoin d'une longue vue pour s'apercevoir que les choses sont bien en ordre ici, tu ne crois pas ?»

Sova se sentait devenir à chaque réplique plus ridicule à ses propres yeux. Défendre les positions de cette femme, manifestement une petite-bourgeoise typique, était une tâche plutôt ingrate. Mais il n'arrivait pas à céder le terrain. Lorsque le steward qui leur apportait le café du matin mit fin à sa dispute avec Míla Komárek, un sentiment de gêne et d'irritation continua de le tenailler. De surcroît, les rendements à l'hectare et les problèmes de prospérité agricole étaient vraiment des domaines dont l'un et l'autre n'avaient qu'une idée des plus nébuleuses.

C'était le soir. Ils étaient attablés à la brasserie Steuerbräu, un établissement en plein air. Komárek, son guide à la main, les avait menés grand train toute la journée comme un chien de chasse ; maintenant, il protestait encore qu'on n'avait pas tout vu, mais Lahodný et Muzikář s'étaient rebellés. Pour l'heure, ils faisaient la queue tous les deux, l'un au bar pour la bière, l'autre pour des saucisses au stand voisin. Věra Komárková, les jambes étendues devant elle, ne pouvait même plus parler tant elle était fatiguée.

De fait, la journée avait été épuisante. Le matin, alors qu'ils quittaient la gare, il s'était mis à pleuvoter – ce qui n'arrangea pas trop l'humeur de Sova, déjà entamée par sa discussion avec Komárek. De plus, la première halte de leur promenade en ville fut une banque où tous se précipitèrent pour changer leurs devises passées en fraude.

Bien entendu, Míla Komárek avait depuis longtemps oublié leur dispute matinale. Avec son guide à la main et son appareil photo sur une courroie passée autour du cou, il avait pris le commandement et menait le petit groupe par les rues au pas de course, aussi infailliblement que s'il était né ici.

Bien avant midi encore, ils étaient laborieusement passés de la rive droite sur la gauche et avaient expédié sous la pluie le château Mirabell avec son jardin de roses rares et de jets d'eau bruissants, la Rainerstrasse, la Marktplatz avec son église de la Sainte Trinité, la Mozarthaus, plusieurs autres rues et places. La pluie s'était arrêtée tandis qu'ils traversaient le pont et les premiers rayons du soleil avaient commencé à apparaître entre les déchirures des nuages.

Ils allèrent presque au petit trot au palais gouvernemental pour assister à l'une des trois exécutions du célèbre Glockenspiel. A peine celui-ci avait-il fini de tintinnabuler sa mélodie de Mozart que déjà Míla Komárek levait ses yeux insatiables vers la forteresse de Hohensalzburg où il fallait absolument grimper pour apercevoir le panorama sensationnel de la ville et les Alpes. Et de nouveau, vite en bas visiter un cloître, une rue, des ruelles, la place aux abreuvoirs, le palais de l'archevêché, la statue de Mozart et, pour changer, la maison natale du génial compositeur. Le restaurant en plein air était apparu à point nommé et il leur fit signe pour les mettre à l'abri de la folie touristique. En récapitulant leur anabase de ce jour, Sova calcula qu'ils avaient dû parcourir beaucoup plus de vingt kilomètres.

Mais c'est surtout la question financière qui commençait à se poser de façon désagréable. Ici, l'entrée coûtait cinq schillings, là dix. Ici, après la pénible montée jusqu'à la forteresse, le groupe avait décidé d'aller boire un coca-cola, si bien que l'économie sur le trajet en téléphérique n'avait même pas duré un quart d'heure. Il s'avérait plus que débile d'imaginer que les cinq dollars d'argent de poche officiellement autorisés pussent leur suffire pour tout le voyage.

Sova était excédé par tous ces comptes d'apothicaire. A Prague, il ne comptait jamais et de voir tout ici sous la pression de sa valeur en couronnes, suscitait en lui un sentiment accablant de parent pauvre. Lahodný surtout, sans le vouloir, le faisait souffrir dans ce domaine, car il passait son temps à convertir tous les prix locaux en dollars et il avait répété plusieurs fois au cours de la journée à quel point les prix d'ici étaient bon marché par rapport à d'autres pays où il s'était rendu. Muzikář avait passé de l'argent dans les talons creux de ses souliers et même si l'idée pouvait paraître folklorique, au moins il avait de quoi. Věra Komárková était absolument imbattable pour toutes les questions pratiques de ce genre et elle avait assuré au couple des moyens suffisants, condition évidente pour permettre un voyage sans souci. Seul Sova pouvait à juste titre se faire l'effet d'un demeuré en leur compagnie.

Muzikář et Lahodný fendaient la foule pour revenir à leur table, le premier avec cinq demis de bière, le second avec des cervelas en équilibre sur des barquettes de carton. Ils réussirent à rapporter toutes ces bonnes choses sans encombre jusqu'à leurs places et ils servaient maintenant, pleins de bonne humeur, une portion de nourriture et une bière à chacun. Et à nouveau se reposa la question financière, pour le prix d'un cervelas, une paille.

«Moi, je ne voulais vraiment rien, messieurs, protestait Sova, pris au dépourvu.

— Mais ne raconte pas d'histoires, le fit taire Lahodný. Le dîner dans le train est encore loin, et il reste tout le retour jusqu'à la gare.

— Et voilà une bière, dit Muzikář. J'en ai déjà vidé une au

bar pour la tester. Ça ne vaut pas celle du Matou, bien sûr, mais elle se laisse boire.

— Bon, alors merci, je dois combien ?»

Lahodný régla l'affaire d'un ton supérieur :

«Laisse tomber, la prochaine fois c'est toi qui paieras quelque chose.»

L'infatigable Míla Komárek apparut à ce moment. Il avait trouvé le temps d'aller visiter au pas de course les quelques rues voisines et avait pris une dernière série de clichés.

«Mes amis, là, dans une rue à côté, il y a d'anciennes enseignes corporatives, les exhortait-il. Ça s'appelle la Getreide Gasse et on y va par la place Siegmundplatz où se trouve l'église gothique de saint Blaise.

— De qui ça ? demanda Muzikář en pouffant de rire.

— Saint Blaise, c'est écrit ici, Blasiuskirche, quatorzième siècle», répondit naïvement Komárek.

Lahodný reposa son demi à moitié vide et s'essuya la bouche avec son mouchoir.

«Ecoute, Míla, moi, pour le moment, les enseignes corporatives je n'en ai rien à faire. Nous voilà assis devant une bière suffisamment fraîche pour que nous n'ayons pas à cavaler aussitôt en quête d'une autre lieu, et nous nous dispensons tout à fait des souvenirs historiques. Ou peut-être quelqu'un veut-il aller voir ces enseignes ? Il se tourna vers Věra.

— Pour rien au monde, dit-elle en tournant la tête en signe de dénégation. Je suis si fatiguée que j'aurai du mal à arriver jusqu'au train.

— Mais, Věruška, peut-être à l'horizontale, non ? grimaça Muzikář d'un air entendu.

— Arrête donc, Ládíček, dit Věra sur un ton de réprimande, puis elle se tourna vers son mari. Quand je suis vidée à ce point, je ne vaux plus rien, n'est-ce pas, Míla ?

— Oui, c'est vrai», reconnut Míla et il s'assit enfin.

Sova regardait les clients autour de lui. C'étaient pour la plupart, à ce qu'il pouvait en juger, des gens appartenant aux classes moyennes. Un groupe d'ouvriers en bleu de travail jouait aux cartes à la table voisine. Les plus bruyants étaient une bande d'étudiants occupant deux tables dans le coin du jardin. Il remarqua aussi les vêtements bizarres de certains clients, des hommes en habit gris d'une coupe semi-militaire, les femmes souvent en *dirndl*. Tout cela paraissait un peu forcé.

Et il songeait à cette première journée qui touchait peu à peu à sa fin. Elle avait été très différente de ce qu'il avait imaginé. Pas très réussie, à vrai dire, et bien trop prosaïque par rapport à ses rêves pittoresques de naguère sur la griserie de la liberté. Il se demanda s'il n'aurait pas intérêt à prendre ses affaires et partir directement pour Vienne tant qu'il lui restait encore quelques sous.

Il alluma une cigarette et nota que Lahodný avait terminé sa bière et que Muzikář reposait son demi vide sur la table. Il se vit soudain dans son rôle ridicule, buvant à petites gorgées mesurées son demi-litre rondelet pour le faire durer et faire quelques économies, se mettant lui-même en porte-à-faux à essayer de gratter quelques schillings, en totale contradiction avec le principe qui avait été le sien depuis quarante années, à savoir que seul est réel ce qui existe au moment présent, qu'on ne possède vraiment que ce dont on jouit aujourd'hui. Assez, se dit-il, j'ai assez fait le con aujourd'hui. Assez, je risquerais de rester comme ça pour le restant de mes jours.

Il se leva, prit les chopes vides et partit vers le bar. Il fit la queue et lorsque vint son tour, il tira de sa poche un dollar, contre lequel le serveur lui remplit sept demis. Il laissa la monnaie comme pourboire. Retournant à la table, il posa au milieu les demis avec leurs faux-cols de mousse et s'installa sur une chaise. Il tira vers lui une des chopes, but à pleine gorge puis s'adossa avec délice.

«Alors, Mikuláš, comment tu te plais en Occident ? demanda Lahodný.

— Beaucoup, dit-il en riant et en regardant Komárek. Même le seigle y est plus grand que chez nous.

— Ouais, nous avons failli nous disputer ce matin, répliqua Komárek avec un rire. Mais maintenant ça va, non ?

— Bien sûr. Tout baigne», répondit Sova.

En descendant de cheval devant la tente du commandement dans le cantonnement de Lehnitz, Rašín observa comment le comte Thurn avait chancelé. Mais il s'était aussitôt repris et en pénétrant dans la tente, son pas résonnait de nouveau de toute son énergie habituelle. Jan Varlejch de Bubno le suivait avec son port accoutumé, la nuque raide.

Rašín entra le dernier.

Mais, dès qu'ils furent hors de la portée des regards étrangers, Thurn abandonna toute dissimulation. Il se laissa tomber derrière la table, et enfouit sa tête alourdie à l'abri réconfortant de ses mains. Le silence se fit dans la tente. Bubno restait assis, figé et sans mouvement en face de lui et Rašín lui aussi se taisait. Une minute passa, puis une autre, avant que le visage de Thurn n'émergeât du rempart protecteur de ses paumes.

«Que proposez-vous, messieurs ?» demanda-t-il et sous les sourcils impressionnants, indisciplinés et hirsutes, ses yeux cernés de poches de vieillesse sautèrent de l'un à l'autre.

«Je n'ai rien à proposer, dit Bubno de sa voix claire. Je regrette seulement d'avoir écouté le message insistant du comte Trčka, d'être allé à Jičín et d'avoir arrangé cette entrevue entre Wallenstein et son excellence notre chancelier. Quelle explication vais-je maintenant donner à M. Oxenstierna ? Je vais passer pour un menteur. Moi, et non Wallenstein, parce que rien ne peut éclairer ses dernières décisions. Je donnerais cher pour n'être jamais allé à Jičín.

— Qu'allez-vous dire au chancelier, monsieur de Bubno ?»

Jan Varlejch de Bubno soutint le regard de Thurn qui glissa sans effet sur son visage aux traits aigus, taillés à la serpe.

«Je suis général de sa Majesté la reine de Suède, monsieur de Thurn. Ma fidélité et mon devoir m'ordonnent de dire la vérité, répondit-il froidement.

— C'est-à-dire ?

— C'est-à-dire que j'expliquerai à M. le chancelier qu'après avoir lu la lettre de son Excellence promettant une aide et un soutien total immédiats, le duc de Wallenstein nous a déclaré droit dans les yeux, à moi et à M. Rašín ici présent : “Cette lettre a une tête et une queue, Oxenstierna est assurément un homme raisonnable. Mais le temps n'est pas encore venu ! Quand ce sera le bon moment, je veux accomplir tout ce dont nous sommes convenus.” Je ne doute pas que M. le chancelier appréciera beaucoup cette réponse. D'ailleurs vous avez entendu la même chose de vos propres oreilles il y a un moment, dans la bouche de M. le comte Trčka.

— Mon Dieu, comment est-ce seulement possible ?»

s'exclama Thurn en tournant la tête. Après un moment de silence, il saisit la sonnette et sonna rageusement. Un page apparut à l'entrée de la tente.

«Du vin, s'écria Thurn. Ou devons-nous rester à sec ?

— Votre excellence le comte avait daigné ordonner qu'il ne souhaitait pas...

— Apporte du vin ! Et arrête de prêcher, que diable ! Toi aussi, tu vas nous faire la leçon, galopin !» hurla le comte bien que le garçon eût depuis longtemps disparu en toute hâte.

Rašín nota soudain que tout chez cet homme était légèrement excessif. Un nez trop grand, une barbe trop fournie, un front trop haut et un menton trop énergique avec de profondes rides autour des lèvres expressives. Même cette démarche à l'arrivée ici faisait partie de l'ensemble, tout comme les gestes de Thurn, à la limite du théâtral. Tout cela constituait un des pôles de sa personnalité. Le second pôle apparaissait dans les moments de malheur, et alors sa dureté surfaite fondait et le vieux comte se mettait à larmoyer. Et bien des insuccès s'étaient accumulés durant les années de sa longue vie ; depuis la défaite tragique de la montagne Blanche, c'était comme un chapelet d'échecs arrivant jusqu'ici, jusqu'à ce 21 juin de l'an de grâce 1633. Seules deux forces peut-être maintenaient ce soldat septuagénaire fermement sur ses jambes, sa haine de l'empereur et, face à elle, sa foi et sa volonté indomptables.

Le page accourut avec les coupes et une aiguière de vin. Les yeux pleins de peur, il versa à boire aux hommes assombris et se dépêcha de repartir.

«Nous n'avons pas de raison de trinquer, alors buvons au moins pour nous rafraîchir, messieurs», proposa Thurn.

Rašín brisa le silence qui commençait à peser.

«Si je peux exprimer un avis, il n'y a peut-être pas de raisons de désespérer tout à fait.»

Les yeux du comte Thurn se posèrent sur lui avec une lueur d'espoir.

«Parlez, s'il vous plaît, monsieur Rašín.

— Il ne s'agit que d'un simple ajournement. La dernière réponse du duc est certes décevante et remet, il est vrai, à plus tard un plan qui pouvait bientôt tout résoudre d'un seul coup, mais elle ne change rien quant au principe pour l'heure. Le duc lui-même a dit qu'il n'était pas encore temps et qu'il voulait tout faire le moment venu ; aujourd'hui, le comte Trčka nous a de nouveau fermement assurés en son nom que Wallenstein restait ferme sur ses intentions, mais que le bon moment n'est pas encore venu, dit Rašín.

— Et qu'est-ce que cela signifie, le bon moment, monsieur Rašín ?» demanda Bubno sèchement. Ses narines tremblaient avec fébrilité. «Est-ce qu'il pouvait y avoir une meilleure occasion que celle-ci, dites-le moi franchement ?

— Je n'en ai jamais vu de meilleure, reconnut Rašín selon la vérité. Mais le jugement décisif ne dépend pas de nous. Il dépend de la décision de Wallenstein.

— *Merde !* Au diable ce vil reître !» s'écria soudain Bubno, perdant son calme. Il se leva d'un bond et les mains appuyées sur la plateau de la table, il hurla au visage de ses compagnons : « Wallenstein est mort, ne vous en rendez-vous pas compte ? C'est un cadavre, sa chair part en lambeaux, il ne fait que semblant de vivre, par habitude, vous avez vu vous-même à quoi il ressemble, monsieur Rašín ! Ne nous racontons pas d'histoires au moins à nous-mêmes ! Cette épave n'a plus ni force ni volonté propres, elle ne tient plus à cheval, c'est à peine si elle reste sur ses jambes sans aide, elle ne vit et ne pense plus qu'en apparence ! Vous savez bien qui fixe le bon moment, qui prend les décisions à sa place, qui lui instille toutes ses pensées, dit Bubno en levant l'index pour souligner sa conviction : c'est le docteur Seni, son astrologue, et les autres augures, tous des charlatans et des imposteurs. Des espions ! Je me doute bien qui leur paie les horoscopes qu'ils fournissent au duc ! Et c'est cela qu'il écoute au lieu de sa raison, sinon nos affaires auraient pris un autre tour depuis longtemps !»

Bubno s'assit lentement, comme épuisé. Puis il ajouta encore quelques derniers mots. Ils furent prononcés d'une voix calme dans laquelle on pouvait entendre une certaine amertume.

«Nous sommes insensés, messieurs. Notre foi en Dieu, en la justice, dans le droit, n'est pour ces monstres que lambeaux, bons à cirer leurs bottes. C'est pour rien que nous risquons notre sang et nos têtes !»

Rašín songea à son dernier voyage pour se rendre ici. Il s'était arrêté à La Croisée des Chemins, une auberge qu'il connaissait bien à la sortie de Hřensko, pour y changer de cheval. Curieusement, Herrmann ne l'attendait pas à la porte comme à son habitude et personne ne répondit à ses appels. Rašín entra donc. Le premier regard lui suffit pour comprendre qu'il était tombé dans une embuscade. L'aubergiste et Herrmann se tenaient blottis dans le coin près du poêle et n'osaient même pas bouger. A l'une des tables dans la petite salle de cette auberge de bord de route, trois inconnus étaient vautrés. Le visage de leur chef parut familier à Rašín. Il rappelait celui de Frollo, ce ne pouvait être que son frère. Le quatrième ennemi entra sur les talons de Rašín pour lui barrer la sortie et il s'adossa contre la porte.

Rašín essaya d'employer au mieux le temps qu'ils lui laissaient pour l'instant. Il salua et s'assit à une table libre. Tandis qu'il prenait place, il parvint à armer discrètement les chiens des deux pistolets à deux coups qu'il portait toujours à la ceinture. Et voilà qu'un des trois hommes attablés se levait et s'arrêtait à un pas de sa table.

«Votre passeport, cavalier, s'il vous plaît, dit-il en s'inclinant d'un air moqueur, sans quitter Rašín des yeux. Si vous êtes un bon sujet de l'empereur, vous ne manquerez pas d'obéir.

— Et de quel droit demandez-vous mon passeport, monsieur ? interrogea Rašín.

— Du droit d'un serviteur fidèle et soumis de son Altesse impériale Ferdinand II», dit l'homme.

Lorsqu'il avait commencé à faire office de courrier trois ans plus tôt, Rašín avait fait serment sur la nature sacrée de ses devoirs. Il avait placé leur exécution avant toute autre chose, repoussant jusqu'aux limites où ce luxe ne risquait pas de lui nuire tous les vains ornements d'une conduite aristocratique. Il était d'autant moins disposé à respecter l'étiquette face à des hommes en surnombre qui en voulaient à sa vie.

«Voici mon passeport, dit-il. Croisant les bras, il empoigna ses pistolets et de la main gauche tira au visage du premier assaillant. L'instant d'après il abattait le gardien de la porte avec le deuxième pistolet. Avant même que les corps se fussent écroulés, il avait renversé la table et s'était jeté dans la porte, par-dessus les cadavres immobiles. Quant aux jurons et aux coups tirés par Frollo et son complice, il ne les entendit plus que comme un écho inoffensif dans son dos.

Dehors, quelques bonds lui suffirent à gagner un abri derrière le cheval attaché à droite contre la grille. Il se tourna et attendit : il avait encore une balle dans le canon de chaque pistolet. Lorsque ses poursuivants apparurent dans la porte, il tira. Il abattit le premier d'un coup précis, mais le ressort de la seconde arme cliqueta à vide. Le coup manqua, sauvant la vie à Frollo, le chef de la bande. Celui-ci se tourna, rapide comme l'éclair, et disparut à l'intérieur. Rašín laissa tomber ses pistolets, tira son poignard de sa manche gauche et se précipita à sa poursuite. Avant même d'entrer, il entendit le bruit du verre brisé : Frollo avait fui à travers la fenêtre. Et le temps de contourner la bâtisse, Rašín n'entendit plus que la battue des sabots s'éloignant au grand galop.

Il s'arrêta, remit la dague dans sa gaine. Cette fois-ci encore, il avait eu la chance d'en réchapper, mais combien de temps le sort lui resterait-il favorable ? Il n'est pas de protection contre la balle tirée en embuscade ou le coup d'épée dans le dos au détour d'une ruelle sombre et étroite.

Rašín interrompit à nouveau le silence total qui s'était fait dans la tente :

«Chacun de nous a ses raisons de faire ce qu'il fait, messieurs. Bien des circonstances peuvent témoigner que notre conduite est folle, pourtant il ne nous reste rien d'autre que de continuer.

— Et avec quoi dois-je me présenter devant le chancelier ? Dois-je lui demander d'attendre que les astrologues à la solde d'Arnim et de Lamormaini accordent à Wallenstein l'autorisation de bouger enfin ? M. le chancelier n'est pas assez fou pour se laisser continuellement abuser par la perfidie du duc, répondit Bubno en détachant chaque mot.

— Il faut arriver à tranquilliser son Excellence le chancelier, interrompit brutalement le comte Thurn. Je vais lui écrire une lettre pour tout lui expliquer.»

Rašín jeta un regard sur lui et comprit qu'il attisait à nouveau en lui-même l'étincelle de l'espoir, qu'il se lançait tête baissée dans une nouvelle tentative pour sauver la situation.

Il sentit la fatigue le gagner. Il se l'imaginait, ce message du comte de Thurn et Valsassino, plein de paroles confuses et d'esquives transparentes. Le comte était un styliste habile moins encore qu'autre chose, et ses lettres passionnées et pathétiques circulaient en bien des endroits pour l'amusement des plaisantins.

«Notre sort est indissolublement lié à la personne du duc de Wallenstein, conclut Rašín d'une voix ferme. A part lui, je ne vois pas d'autre voie vers la réalisation de nos buts. Nous pouvons bien le détester et le maudire, il ne nous reste qu'à tenir sur nos positions, tant qu'il persiste une once d'espoir.»

Dans son for intérieur, Rašín savait que la flamme avec laquelle il parlait n'était pas tout à fait sincère. Comme il serait difficile de colmater chez les alliés les brèches de la méfiance due une fois de plus à l'incompréhensible inconstance de Wallenstein ! L'orgueilleux duc était-il devenu arrogant au point d'imaginer qu'il pouvait se comparer à Dieu, à la volonté de qui chacun doit se plier sans protestation ?

3.

«Mikuláš, lève-toi ! Où est ton transistor ?»

Sova grommela quelques paroles inintelligibles et commença à se tourner de l'autre côté, mais Lahodný le secoua à nouveau sans ménagement et avec impatience.

«Debout, ton transistor, vite !

— Qu'est-ce qu'il y a ? Sova ouvrit à moitié ses yeux endormis.

— Allez, grouille, donne ta radio. Les Russes occupent Prague.

— Arrête donc tes blagues, mon vieux. Laisse-moi dormir, se renfrogna Sova.

— Ce n'est pas une blague. C'est la panique dans le train, quelqu'un a entendu des informations, on ne sait pas au juste ce qui se passe. Où est ta radio ?»

La voix de Lahodný paraissait insistante. Sova dressa l'oreille, puis il se précipita pour ouvrir sa valise dans le coin à bagages au-dessus de sa tête. Il en tira le poste et tourna le bouton. On entendit un fort bruit de friture, brouillant les paroles d'une déclaration. Il tendit l'appareil à Lahodný.

«Tiens ça, je descends.»

Tandis qu'il descendait de son étage supérieur, Lahodný,

tournant nerveusement les boutons de l'appareil, tomba par hasard sur la bonne fréquence. La voix connue de Radio Prague annonçait à mots tremblants l'invasion de la Tchécoslovaquie par les armées des cinq pays du pacte de Varsovie. On était le mercredi 21 août 1968.

Ils avaient fait tant de bruit que les autres occupants du compartiment se réveillèrent à leur tour et maintenant, alors que Sova et Lahodný, debout dans la ruelle se regardaient sans mot dire, les autres sortirent la tête de leur couchette avec un bel ensemble.

«Qu'est-ce qu'il y a ? dit Komárek d'une voix rauque en cherchant ses lunettes sous son oreiller. A quoi est-ce que vous jouez, tous les deux ?

— Ils nous ont envahis, répondit Lahodný en se laissant tomber sur la couchette de Komárek avec un air sonné. Alors ça y est, ils nous ont envahis.»

Quelques instants plus tard, tous étaient assis sur les couchettes, les têtes rapprochées autour du poste qui égrenait comme un hochet les informations sur les événements de la nuit passée. Puis Sova se laissa aller en arrière et s'adossa contre la cloison.

Derrière la vitre du compartiment régnait une aube grise. Sova garda un moment l'œil fixé sur cette brume informe. Puis il se pencha et tira de la caisse sous la fenêtre une des dernières bouteilles de Pilsen. Il arracha la capsule contre l'arête de la table et but à même la bouteille. Puis il regarda ses quatre compagnons. Věra, en tenue de nuit vaporeuse, pleurait et les larmes ruisselaient sur ses joues. Lahodný, dans son pyjama écarlate comme un vêtement de bourreau, écrasait de ses doigts blanchis la boîte noire du récepteur et sifflait des protestations chaque fois que les grésillements interrompaient les paroles du présentateur. Komárek chaussait et ôtait ses lunettes et Muzikář tenait de ses petites mains sa tête basse, soudain alourdie, et ses cheveux noirs dépeignés s'échappaient entre ses doigts menus. Sova but à nouveau.

Puis la déclaration arriva à son terme. Le visage brusquement vieilli de Lahodný s'éloigna de l'appareil.

«Nous y voilà donc, dit-il sèchement. Donne-moi aussi une bouteille, Mikuláš.»

Sova décapsula une seconde bouteille et la lui tendit par-dessus les genoux de Komárek.

«Elle est un peu chaude», dit-il pour tout commentaire.

Puis il se leva, tendit la main vers ses vêtements et son nécessaire de toilette et se glissa dans le couloir. Le lavabo était vide, il se lava, se brossa les dents et se changea. Dans le petit couloir, il enfonça la fiche de son rasoir électrique dans la prise et se rasa soigneusement.

Il s'en est fallu d'un cheveu, songeait-il. Pour une fois, j'ai eu de la chance. Quinze jours, un mois plus tard, la souricière se serait refermée et je serais resté dedans. Peut-être encore pour vingt ans. Comme c'est facile à dire, vingt ans, et c'est le quart d'une vie humaine. Ou le tiers. J'ai hésité une fois et j'ai perdu vingt ans. Et maintenant – maintenant ceux qui sont restés auront assez de temps pour réfléchir sur le socialisme, la liberté et la démocratie. Mais sans moi, j'ai vraiment eu de la chance cette fois-ci, je peux me désintéresser de tout cela à présent, je ne serai même pas obligé d'écouter ces histoires.

Quand il était tout gamin encore, il était indispensable de bien choisir le copain avec qui on allait marauder des poires. Choisir le bon copain. Et moi, je ne suis jamais allé aux poires avec les autres, ceux de là-bas. Cette nouvelle situation ne fait que sceller l'ancienne. Je suis en dehors, complètement et définitivement coupé du reste ; ce qui se passe, ce n'est pas mon affaire, ce sont eux qui se sont arrangés comme ça. Je n'ai rien à voir avec ces choses.

Dans son dos, il entendit la sonnerie étouffée d'un réveil, puis la porte s'ouvrit et le steward ensommeillé sortit de son compartiment. Ils se saluèrent et le steward disparut aux toilettes.

«En avant pour le réveil, dit-il en revenant. Dans une heure et demie on arrive à Venise. Et vous, vous êtes bien matinal, non ?»

Sova était en train de se frotter les joues de crème après rasage.

«Le réveil, vous n'aurez pas besoin de vous en occuper, tout le monde est debout, parce que les Russes nous ont occupés.

— Ce n'est pas possible, se figea le steward. Ce ne peut pas être vrai.

— Pas tout à fait, concéda Sova. Il y a aussi les Hongrois,

les Bulgares, les Polonais et les Allemands pour leur prêter main-forte.

— Je ne peux pas le croire, répéta le steward.

— Venez l'entendre vous-même, si vous ne me croyez pas», dit Sova en haussant les épaules.

Il ouvrit la porte coulissante du compartiment et les yeux des occupants se posèrent sur eux. Le steward regardait par-dessus son épaule.

«Ça y est, toutes les stations l'annoncent un peu partout dans le monde», leur apprit Lahodný qui avait le transistor sur les genoux.

Les ombres commençaient à s'allonger sur la place Saint-Marc. Le palais des Doges et la façade de la basilique, un peu en retrait, recevaient encore généreusement la lumière du soleil qui soulignait la majesté exubérante de l'architecture. Les rayons obliques faisaient ressortir sans tact un certain côté saccharine propre à la plupart des monuments de cette ville promise à la mort. Car Venise est la ville de la mort.

Sova le ressentait avec acuité dans chaque ruelle qu'il empruntait, dans les eaux sombres des canaux reculés qui dégageaient une puanteur de crépi en décomposition et de pourriture. La vue du pont du Rialto donnait l'accord clé pour comprendre cette ville, un accord nostalgique et troublant à la fois. Au-dehors prédominaient l'animation, le mouvement, le tempo rapide et pour ainsi dire fébrile de la vie, rythme manifesté dans la cacophonie des cris et des sons, le vol rapide des canots à moteur et les bonds saccadés des gondoles dont les proues fendaient l'eau épaisse du Grand Canal, dans le mélange bigarré des tissus, des fruits et des peintures et dans l'orgueil éblouissant des palais aux façades éclatantes.

A côté de cela des maisons devenues grises, délaissées par leurs habitants, aux murs vétustes affouillés par l'eau, aux entrées pour piétons ou pour véhicules barricadées par des planches, n'attendant plus qu'un lent affaissement et non le miracle d'un sauvetage. L'eau était pour cette ville à la fois la vie et la mort, elle régnait ici en seul vrai maître et elle faisait désormais comprendre qu'elle avait décidé de tourner vers le sol son pouce dictatorial. Alors, tandis que le souffle de la ruine passait déjà dans les ruelles latérales et les cloaques des canaux, le palais des Doges avec ses arcades blanches, les tours de la cathédrale et leur pléthore d'ornementations en filigrane, les arêtes élevées de l'hôtel de ville et du Campanile engageaient le regard à s'élever, à se tourner ailleurs, le plus loin possible du destin inéluctable qui, en bas, travaillait obstinément à la fin de la victime prédestinée.

Un pinacle encore, encore un ornement, une frise, pour que l'œil enchanté s'attarde quelques secondes de plus, encore une coupole et une statue d'albâtre et, tout en haut, encore le tintement de la cloche que deux amours font sonner à chaque heure de leurs grands maillets, pour que les sens se gorgent d'un flot de sensations et que la mémoire s'endorme, ne serait-ce qu'un moment. Puisqu'il faut mourir, qu'au moins la mort soit douce. Et puisque le pourrissement et la décomposition sont inévitables, qu'ils s'accompagnent de griserie et se bercent de musique.

Ils étaient assis près de l'embarcadère sur des marches dont le carré était surmonté d'un pylône massif portant un lion à son faîte. Avec l'arrivée du soir, la place secouait l'inertie ensommeillée de la journée et se mettait à revivre dans un frisson d'excitation. La foule cosmopolite de touristes, plus dense encore qu'auparavant, levait les yeux, les boutons des appareils photos cliquetaient. Des nuées de pigeons trop nourris demandaient impudemment d'autres nourritures. Devant le café sur la gauche un orchestre avait pris place et les sons d'une valse chaloupée se mêlaient discrètement à la rumeur des voix et aux claquements d'ailes.

Sova se retourna. Sur l'embarcadère près du port des gondoles, un groupe de gondoliers discutaient bruyamment avec des cris passionnés, des rires, des gestes vigoureux. Leur uniforme actuel se composait d'un habit noir et d'une chemise d'un blanc éclatant. L'embouchure du Grand Canal précipitait des vaguelettes contre les blocs de pierre de l'embarcadère avec un clapotis monotone et les gondoles parquées entre les colonnes ornementales dansaient imperceptiblement sur un rythme irrégulier. Les bandes de couleur spiralées qui ornaient les poteaux d'amarrage s'étaient décolorés sous l'effet corrosif des éclaboussures bruineuses d'eau salée et du soleil venimeux. Les gondoles, en forme de croissant de lune allongé et asymétrique, étaient parées de petits tapis et de couvertures de velours auxquels la lumière intense du soleil donnait un aspect défraîchi.

Au centre de la lagune, en direction de San Giorgio Maggiore, deux petits navires de guerre américains étaient à l'ancre, avec des radars sur leurs mâts et des hélicoptères posés sur leurs ponts, peints dans un bleu-gris neutre avec de grands chiffres blancs sur leurs proues. Des housses protectrices couvraient les fûts de leurs canons.

«Les salauds, lança Muzikář en regardant dans leur direction. Ils sont là, bien peinards, comme si rien ne se passait.

— Et alors, répondit Lahodný en ricanant. Pendant vingt ans, nous n'avons fait que les abreuver d'injures. Des impérialistes, allons donc ! Qu'est-ce qu'on pourrait bien attendre de leur part maintenant ? Il y a de quoi rire !»

De nouveau, ce fut un temps de silence, si fréquent au cours de cette journée. Ils en avaient passé l'essentiel assis sur des marches ou des bancs à l'affût des nouvelles du pays. Dans cette ville internationale avec sa mixture bariolée de langues et de nationalités, on reconnaissait infailliblement les groupes de Tchécoslovaques à leurs têtes penchées en cercle étroitement serré sur un transistor aux paroles indistinctes.

Ils avaient parcouru au petit trot le musée du palais des Doges parce qu'on ne pouvait pas y écouter la radio. Sova s'attarda quelques instants près de quatre tableaux de Bosch, des toiles fascinantes, familières grâce à tant de reproductions. Le contact direct avec les originaux faisait naître en lui le sentiment bouleversant d'une parenté entre les visions du peintre génial et la réalité telle qu'elle se déroulait à ce moment même au cœur de l'époque moderne, en théorie la plus éclairée des époques.

Il retrouva ses amis après une longue recherche. Ils étaient assis près du Ponte della Paglia à contempler le pont des Soupirs qui conduisait du palais aux cellules plombées de la prison.

«Et le dîner ? demanda timidement Komárek au bout d'un moment. Nous n'avons rien mangé depuis ce matin, est-ce qu'on n'exagère pas un peu ?

— On ne va pas encore au train, il est trop tôt, décida Lahodný. Essayons de voir ce qu'il y aurait par ici.»

Ils quittèrent l'artère du Grand Canal et, par un dédale de ruelles, arrivèrent jusqu'à la placette de Santa Maria Formosa où ils furent attirés par une trattoria qui offrait des *frutti di mare*, sur des pancartes au dessin primitif. Ils entrèrent en traversant un rideau de perles. Dans une première salle minuscule, plusieurs Italiens étaient attablés autour d'un verre de vin. Ils passèrent dans une salle à manger un peu plus grande, à l'arrière, près de la cuisine, d'où se répandait un merveilleux parfum de poissons frits. Ils y furent conduits par le patron du restaurant, avec force commentaires incompréhensibles, courbettes et grands sourires.

«*Madonna mia, Tcheco, oh !*» s'était-il écrié en joignant les mains lorsqu'il eut appris la nationalité de ses hôtes. Il entraîna Lahodný avec lui dans la cuisine car une conversation approfondie sur la nature des mets proposés s'avérait absolument impossible.

«J'ai commandé toutes les créatures de mer qu'ils proposent, annonça Lahodný à son retour. Y compris de la pieuvre. On dirait que nous sommes bien tombés, tout ce qu'il m'a présenté a l'air appétissant.»

Depuis la cuisine leur parvenaient des preuves d'une activité redoublée, le pétillement de l'huile de friture et les litanies du patron qui mitraillait ses ordres et veillait sur la préparation des mets.

«Et ça nous reviendra à combien, à ton avis ? demanda Komárek.

— Peu importe, répondit Lahodný en faisant un geste de la main. Aujourd'hui tout est égal, non ? Comme pendant le déluge.

— Mais c'est que, moi aussi, mes fonds sont très bas.

— C'est moi qui paie aujourd'hui, dit Lahodný. Je voulais acheter quelques bricoles, mais maintenant, ça n'a plus de sens. Pour la suite, demain il fera jour.

— D'ailleurs, qu'allons-nous faire ? interrogea Vèra. Dans une situation pareille, nous ne pouvons même pas rentrer chez nous, qu'en pensez-vous ?»

Le silence se fit. De semblables questions occupaient leurs pensées depuis le matin.

«Cette nuit, nous rentrons sur Vienne», dit Lahodný. Ils n'expédieront sûrement pas le train sur Prague, donc nous aurons un toit pour commencer. Il reste un peu de temps pour une décision définitive ; il n'y a pas de sens de rester ici en Italie. Nous avons donc à tout le moins un programme pour demain.

— Et après ?
— On trouvera d'autres informations à Vienne. Ça ne vaut pas la peine de tirer des conclusions précipitées quand on ignore où en sont les choses. Pour le moment, le mieux c'est de boire un verre, ce vin est vraiment revigorant.»

Durant le déroulement du voyage, Sova avait eu plus d'une occasion de corriger son opinion sur Lahodný. Non seulement parce qu'il s'était avéré être un bon compagnon qui ne gâchait aucun amusement et que son énergie ouvrait toutes les portes. Ses attitudes, qu'il avait antérieurement prises pour de la pose, ne manquaient pas de générosité véritable. Il s'était montré à la hauteur des circonstances durant toute la journée. Il n'avait pas perdu son calme, ne s'était pas laissé aller à la panique ni à l'hystérie, avait pesé calmement et raisonnablement les choses. Ces qualités le prédisposaient à assumer le rôle de chef de leur petit groupe et personne ne le lui avait contesté.

Le dîner arriva en un temps record. Le chef leur apporta de pleines assiettes de quelque huit sortes de créatures de mer, ils mangeaient ces poissons en les accompagnant de pain blanc et tendre, ils les arrosaient de vin et leur humeur triste commençait à laisser la place à des dispositions plus agréables. Ils trinquaient avec les autochtones qui venaient depuis la salle voisine les saluer et leur dire leur sympathie. Des plaisanteries macabres mais salutaires commencèrent à fuser à propos de leur situation dont les perspectives n'avaient certes rien de commun avec la couleur rosée du vin dans leurs verres. Ils s'abandonnèrent pendant quelques heures à une humeur que nul souci ne venait troubler, les dés étaient jetés et on ne pouvait rien y changer pour l'heure.

Lorsqu'ils quittèrent la trattoria il faisait déjà noir. Ils suivirent le labyrinthe de ruelles tortueuses jusqu'à la gare et s'assirent au bord du quai près du Ponte Scalzi avec un magnum de *vino rosso* que Lahodný avait pris pour le voyage.

Le Grand Canal illuminé par des milliers de lampes et de lampions multicolores brillait dans le soir d'une débauche de lumières. Une escadre de gondoles passa au milieu, avec un groupe nombreux d'humeur festive, un ténor scintillant chantait une chanson amoureuse accompagnée d'une guitare et d'un accordéon, les *vaporetti* patauds de transport en commun sillonnaient posément l'eau aux lueurs d'anthracite, des canots à moteur passaient à toute vitesse et envoyaient des trains de vagues sur les pierres mal équarries des berges.

Le vin étincelant, les reflets fugitifs des rayons folâtres, le rire, l'amour, tout feignait d'être léger, vaporeux en surface comme un tendre duvet.

Ils se taisaient, mais leur silence était maintenant d'une autre nature qu'au cours de la journée. Le spectacle captivant les hypnotisait malgré tout : la vie continue, c'est maintenant que l'on vit. La lueur colorée des reflets renvoyés par le miroitement de la surface noire ne réfléchissait que la face la plus facile, la plus agréable et la plus souriante de la fausse pièce. La mort était partie faire un somme, elle s'était discrètement enfoncée plus bas sous la surface des vagues pour ne pas déranger. Elle n'était pas pressée, elle avait le temps pour elle. Elle était prédestinée à devenir la plus haute souveraine de cette ville, Venise était son fief et ne pouvait lui échapper.

Lorsque Rašín descendit de selle devant la tente d'état-major de Wallenstein, les jambes du cheval écumant cédèrent sous lui et la bête épuisée s'écroula. Mais Rašín n'y prêta aucune attention. Il s'avança de son long pas vers la sentinelle à l'entrée de la tente :

«Une dépêche urgente pour son Altesse le duc», annonça-t-il.

On le laissa entrer en présentant les armes, il était bien connu pour être l'un des hommes de confiance du duc. Il n'attendit pas plus longtemps dans l'antichambre. A peine eut-il ôté ses éperons et remis ses armes que le capitaine de cavalerie Neumann écarta la tenture de séparation et l'introduisit auprès du duc.

Celui-ci était à sa table encombrée de papiers et de cartes. Lorsqu'il eut levé les yeux sur l'arrivant, un semblant de sourire passa fugitivement sur son visage jaunâtre aux traits défaits.

«Bienvenue, monsieur Rašín, quelles nouvelles apportez-vous ? demanda-t-il d'une voix grinçante et voilée.

— Je vous apporte une dernière nouvelle, duc, dit Rašín à voix basse en s'approchant de la table. Vous allez bientôt mourir. Faites votre prière.»

En même temps que cet ordre, une dague apparut dans sa

main. Il en pressa la pointe sur la poitrine du duc.

L'épave de sourire s'effaça complètement du visage de Wallenstein, chassée à la fois par le ton décidé de Rašín et par son apparence. Son habit était blanchi par la poussière d'une folle et interminable équipée. Ses yeux lançaient des éclairs furieux dans son visage poussiéreux que zébraient des ruisseaux de sueur séchée.

«Chacun de nous doit mourir, monsieur Rašín, remarqua le duc. Mais pourquoi dois-je partir si tôt ?»

La voix de Wallenstein ne semblait pas troublée. Elle laissait même percevoir une trace de fatigue.

«Pour votre trahison, siffla Rašín.

— Et laquelle donc ? riposta Wallenstein. J'ai déjà beaucoup trahi au cours de ma vie.

— Il est vrai. Trois fois déjà, en ce qui nous concerne. Ce sera pour la dernière, celle du comte Thurn.

— Je comprends, pour mon attaque contre Thurn et sa défaite à Steinau. Qui me condamne ?

— Moi-même.»

Le duc hochait lentement la tête.

«Vous vous rendez compte, monsieur Rašín, que par ce geste vous vous condamnez vous-même ? Vous ne me survivrez pas de longtemps, bientôt vous vous transformerez de juge en condamné, comme il en va de coutume.

— Je ne galope pas depuis Dresde pour discuter avec vous, duc ! répondit Rašín. Faites votre prière !»

Le duc fit à nouveau un léger signe de tête. Il fixait tout droit les yeux enflammés de Rašín sans détourner le regard. Il ne prêtait aucune attention à la pointe du poignard appuyée sous sa gorge.

«Ce serait sans doute inutile, déclara-t-il d'une voix lasse. Je crois que j'ai aussi trahi Dieu, entre autres.»

Rašín sentit que s'il ne poignardait pas le duc dans les quelques secondes à venir, il n'arriverait plus à le faire. Cependant l'homme qu'il menaçait posait maintenant un regard distrait sur ses doigts osseux, décharnés, reposant sans vie sur la table. Ils s'appuyaient sur un document dont le coin était replié dans le mauvais sens. Si le duc avait prêté attention à son juge, cette petite seconde d'hésitation ne lui aurait pas échappé, mais il ne se souciait de rien autour de lui, plongé qu'il était dans ses pensées. Au bout d'une minute il leva les yeux.

«Allez-y, monsieur, dit-il. Ce sera sans doute le mieux.»

Rašín sentit que l'instant décisif était passé. Il savait qu'il n'avait plus la force de tuer. Il glissa l'arme dans sa manche.

«Soyez maudit, duc. Dieu vous jugera mieux que moi. Je lui laisse ma vengeance.»

Il se tournait déjà pour partir lorsque la voix de Wallenstein l'arrêta. Le duc répéta une nouvelle fois son nom avec une insistance inhabituelle :

«Attendez, monsieur Rašín, ne partez pas, s'il vous plaît.

— Je n'ai plus rien à vous dire. Plus jamais.

— Vous traiterez encore plus d'une fois avec moi, monsieur Rašín, il ne vous reste rien d'autre à faire. Vous ne pouvez atteindre vos buts sans moi. Comme votre coup nous aurait unis dans une mort commune il y a quelques instants, nous sommes depuis longtemps déjà unis par d'autres liens et il n'est pas en notre pouvoir de les abolir.

— Je regrette l'instant où cela s'est produit, explosa Rašín. Il aurait mieux valu mourir avec honneur quelque part sur un champ de bataille, que de flageoler sous votre dépendance, de trahison en trahison, de déception en déception, duc. Mais maintenant je m'en vais. Je n'ai pas réussi à vous tuer et chaque nouvelle seconde ne fait que redoubler ma honte d'avoir manqué de courage.»

Le duc leva la main en direction de Rašín. Elle ressemblait plus à une serre d'oiseau, avec ses doigts qu'il ne pouvait plus redresser ces derniers temps, tordus par la goutte.

«Attendez encore, monsieur Rašín, ne partez pas, dit-il à nouveau de sa voix enrouée. J'ai du respect pour vous, il est peu d'hommes au monde que je respecte. La plupart des autres, je peux les acheter et je n'ai donc pas besoin de les respecter. Mais vous, vous ne me rendez pas ce sentiment, bien sûr.

— Non. J'espère que vous n'allez pas me demander pourquoi.

— Si je rentre dans votre manière de penser, ce n'est pas difficile à deviner. Vous m'accusez d'être un traître. Et même un triple traître, comme vous venez de le dire à l'instant. Vous pensez probablement à mon revirement après Kounice, puis à l'accord non tenu de Jičín avec Jan Varlejch de Bubno, et maintenant enfin à Steinau», dit Wallenstein.

Rašín se redressa et sa main droite fit un geste inquiétant.

«Steinau, siffla-t-il entre les dents. Ne prononcez pas ce nom, duc. Que vous ayez plusieurs fois changé de décisions, que vous ayez dénoncé des accords déjà conclus et rejeté d'autres parce qu'à vous entendre le bon moment n'était pas venu, tout cela j'ai moi-même essayé de l'excuser auprès des autres. Mais que vous alliez violer votre serment et que vous vous jetiez sur le plus dévoué de vos alliés, que vous le battiez et mettiez son armée en fuite, même la mort n'en serait qu'une faible récompense.

— A Steinau, la peste avait tué plus de soldats que moi dans la bataille qui a suivi, répondit le duc. L'essentiel de l'armée suédoise est passé sous mon commandement. Le comte Thurn a été relâché avec une forte récompense et on n'a pas touché à un cheveu de sa tête.

— Mais il n'est désormais plus possible de traiter avec les Suédois, s'écria Rašín. Oxenstierna ne nous croira plus jamais. Voilà le résultat des six mois que vous venez de passer à occuper la Silésie, voilà comment vous avez perdu votre temps avec l'armée la plus grande et la puissante au monde !»

Un semblant de sourire passa dans les yeux profondément enfoncés et fatigués de Wallenstein.

«Monsieur Rašín, vous parlez exactement comme les comtes Šlik et Trauttmannsdorf qui m'ont rendu visite récemment. Son Altesse l'empereur avait lui aussi l'impression que je baguenaudais depuis trop longtemps ici, alors il les avait envoyés se renseigner.

— Personne ne vous croit plus, duc, vous êtes suspect à tout le monde, même à l'empereur. Vous avez trop d'ennemis – ne vous en prenez qu'à vous-même s'ils ne sont autres que vos anciens amis !»

Rašín sentait qu'il perdait son temps. Il aurait mieux valu partir pour ne pas se perdre en discours inutiles. Mais la réaction subite de Wallenstein le prit de court. Un éclair passa dans les yeux du duc et son poing droit s'abattit sur la table en faisant voler de tous côtés les documents empilés.

«Assez, monsieur Rašín ! Qu'est-ce que vous me chantez là : amitié, inimitié, trahison, confiance ? Ce sont des bêtises, tenez-le vous pour dit, des mots pour palabrer dans les auberges, mais pas là où il s'agit de souveraineté et de pouvoir ! Est-ce que vous vous imaginez vraiment, Tchèques bornés que vous êtes, que la terre tourne autour de vous, que le monde entier va danser à votre musique ? Vous ne voyez pas plus loin que le bout de votre nez, êtes-vous donc aveugles pour n'avoir rien appris sur la manière dont va le monde ?»

L'explosion de Wallenstein, qui rappelait les années de sa gloire, arrêta Rašín. Il s'en allait déjà, mais il se retourna une fois encore vers l'homme assis. Dieu sait où ce personnage effondré aux cheveux blancs et rares avait pris tant de force.

«Notre cause est juste et cela la rend sainte, dit-il.

— Allez donc au diable avec ça, allez en enfer supplier avec votre justice et votre sainteté, pas chez moi ! Ici, sur la terre, il n'est qu'une loi pour l'heure : la seule cause juste c'est celle qui s'appuie sur le pouvoir, celle qui remporte la victoire.

— Combien de fois la victoire était à votre portée !

— *Merde* et *remerde !* hurla le duc. Tout ce que vous m'apportiez, vous, Bubno, Trčka et les autres, ce n'est que de la blague. S'allier aux Suédois, aux Saxons, à la France, au Danemark, chasser l'empereur et prendre la couronne de Bohême, c'était possible. Et après ? Comment continuer ? Comment maintenir la paix si, à l'instant où je me serais laissé couronner, la France devait faire alliance avec tous les catholiques pour prendre la première place en Europe ? Si les Espagnols devaient en appeler au monde entier, si les Saxons devaient laisser tomber l'union et qui sait ce qu'auraient fait les Suédois, car il ne s'agit pas ici d'amitié et de sainte cause, mais bel et bien d'hégémonie. Et chaque fois tous les autres s'unissent contre celui qui détient le pouvoir. Vous, vos buts sont clairs, mais moi je dois imaginer comment faire plaisir au neveu du pape avec le royaume de Naples, décider s'il faut accorder l'Etat de Milan à la république de Venise ou au duc de Savoie pour qu'ils ne deviennent pas trop puissants, voir comment fomenter une révolte dans le bas pour occuper les Espagnols et comment fermer sa gueule au roi de France en lui offrant le Luxembourg ou la Bourgogne, et encore donner un bout de Silésie au roi de Pologne, voilà à quoi je dois penser, cher monsieur Rašín et tout cela sans justice et sans sainteté ! Vous, vous pouvez vous donner le luxe de songer au reste, moi pas. Et tout cela en étant le généralissime de l'empereur Nan-Nan dont je ne dois pas éveiller trop tôt les soupçons.

— Vous parlez de force, duc, dit Rašín au bout de quelques instants. L'union de votre armée avec les Saxons et les Suédois formerait une telle force que personne n'y résisterait.

— Oui, un an ou deux, avant que les Saxons ne se dégagent et que les Suédois ne rentrent chez eux. Nous ferions des guerres sans avoir le droit de perdre une seule bataille. Mais moi, même ce soutien-là, je ne peux y compter pour de bon : Arnim est trop rusé pour tenir parole car ses buts sont différents des miens.

— Pourquoi ne vous êtes-vous pas jeté sur lui plutôt que sur Thurn, duc ? Pourquoi ne l'avez-vous pas chassé, n'avez-vous pas fait plier l'électeur ? attaqua Rašín à nouveau. Vous ne répondez pas, je vais le faire à votre place. Parce que d'après vos astrologues, Arnim est du même signe que vous. Avant le moindre de vos actes vous courez demander conseil au docteur Seni. Et lui est peut-être depuis longtemps à la solde de Lamormaini, acheté par l'entremise des généraux étrangers à qui vous faites confiance plus qu'à personne.»

Une crampe vint défigurer le visage de Wallenstein. Il parla entre ses lèvres serrées et ses paroles étaient difficiles à comprendre.

«Je ne fais confiance à personne, je ne crois plus personne, murmura-t-il, à bout de forces. Quel beau roi pour les Tchèques ! Un podagreux édenté. Et je n'ai pas de fils, je n'aurai pas de successeur, je suis seul. Seul et je n'en peux plus ; il faut bien que je me tourne vers les astres pour que leurs forces me viennent en aide. Et maintenant, partez, monsieur, je sens qu'une nouvelle crise approche.»

Rašín regardait cet homme effondré qu'il avait devant lui. Son nom continuait à semer la terreur, mais ce n'était plus qu'un nom. La personne à qui il appartenait éveillait la pitié. Les mains convulsivement crispées de Wallenstein tremblaient. Rašín tourna le dos mais, alors qu'il tendait déjà la main vers la tenture à l'entrée de la tente, la voix du duc l'arrêta une dernière fois. Elle était faible, comme un gémissement étranglé :

«Monsieur Rašín, est-ce que la peste se déchaîne chez vous aussi ?

— Oui, duc, confirma Rašín. Les gens s'enfuient de

Meissen et de Dresde au moins jusqu'à Pirna.»

Le corps tout entier de Wallenstein frissonnait par saccades sous l'effet de la nouvelle attaque de fièvre.

«La peste est un fléau terrible, monsieur Rašín. J'ai peur, le savez-vous ? dit-il avec une respiration saccadée. Le plus dévoué de mes généraux, Henrik Holck, est mort de la peste le mois dernier. Et ensuite, un de mes pages. Son visage est devenu tout noir, ce n'était pas beau à voir, pas beau du tout. Je ne voudrais pas mourir de la peste, monsieur Rašín.»

Rašín le regarda quelques secondes sans mot dire. Puis sans saluer il écarta la tenture et passa dans l'antichambre de la tente.

«Appelez le médecin, dit-il à l'aide de camp. Le duc est malade.

— Son Altesse le duc est très souvent malade ces derniers temps, lui confia le capitaine de cavalerie Neumann. Un jour c'est la fièvre, le lendemain, il a des bouffées de chaleur. Il n'est capable d'être maître de lui qu'un jour sur trois. Le docteur Sachs se tient toujours prêt à intervenir, mais l'état de santé de son Excellence ne s'arrange guère.»

Alors qu'ils descendaient du train sur les quais de la gare viennoise de Südbahnhof, on entendit les hauts-parleurs faire une annonce tonitruante.

«J'ai comme l'impression d'avoir entendu ton nom», fit remarquer Sova à Lahodný tandis qu'ils s'avançaient vers la sortie.

Le message résonna à nouveau en anglais et cette fois-ci il n'y eut pas de doute possible. On annonçait que M. Lahodný était attendu près du bureau des informations.

«Lambert fait bien son travail, nota Lahodný avec satisfaction. Soit dit en passant, hier en téléphonant j'ai aussi mentionné ton nom, je pense que ça ne ferait pas de mal si tu m'accompagnais chez lui.

— Tu sais que je n'aime pas m'imposer.

— Qui parle de t'imposer ? Il n'y a rien de concret pour l'instant, nous sommes ici ensemble et c'est tout, objecta Lahodný. On verra bien ce qui va en sortir, mais dans notre situation on ne peut absolument pas se permettre d'avoir trop de scrupules.»

Près de la guérite vitrée des informations se tenaient deux femmes. Lorsqu'elles aperçurent Lahodný, elles s'avancèrent vers lui.

«Herr Lahodný ? demanda la petite brunette à lunettes.

— Oui, c'est bien moi, confirma Lahodný en allemand. Vous venez des éditions Lambert, si je ne me trompe pas.»

Des présentations mutuelles s'ensuivirent. Frau Doktor Wendt qui menait les discussions accepta la présence de Sova comme si cela avait été convenu d'avance. Lahodný le présenta comme son ami et collègue et il n'exagérait guère. Au cours du voyage, ils s'étaient vraiment liés d'amitié.

«M. Lambert aimerait régler avec vous certains points de nature concrète, monsieur Lahodný. Pourriez-vous nous dire quel est votre programme pour aujourd'hui ?

— Il faut que nous voyions un peu où nous en sommes. Mais nous n'avons pas encore de programme fixe, répondit Lahodný.

— Pouvons-nous vous emmener à votre hôtel, messieurs ? Nous n'avons réservé qu'une chambre pour M. Lahodný, mais la chose pourra s'arranger facilement sur place.»

Sova voulut objecter qu'ils restaient logés dans le train jusqu'à nouvel ordre, mais il nota à temps le regard de Lahodný lui enjoignant le silence.

«Parfait, alors allons tout d'abord à l'hôtel ; nous déménagerions ensuite le reste de nos bagages selon les circonstances, répondit Lahodný. Puis nous pourrions nous rendre directement à la maison d'édition. Je vous demande encore quelques instants, pour fixer un point de rendez-vous avec nos amis.»

Les Komárek et Muzikář se tenaient un peu à l'écart. Lorsqu'ils les eurent rejoints, Sova eut le sentiment qu'ils s'étaient soudain transformés. Ils avaient traversé toute l'Italie avec le sourire et dans la bonne humeur, pas un mot de travers n'avait été échangé au sein du groupe. Mais maintenant, ils s'étaient pour ainsi dire refroidis. A cause des meilleures perspectives d'avenir dont jouissait Lahodný ? Parce qu'au moins ses premiers jours étaient mieux assurés que les leurs ? Ç'aurait été une réaction un peu mesquine, et il ne voulait même pas imaginer qu'une telle chose fût possible. Pourtant, il ressentait nettement cette impression de froideur.

Lahodný lui-même ne semblait pas en être conscient. Il souriait comme à son habitude et il expliqua brièvement la nouvelle situation.

«A midi, nous pourrions nous retrouver au café Chez Rieder, c'est près de l'Opéra, tout le monde le connaît, si ça vous convient, termina-t-il.

— D'accord, mais nous n'avons plus trop d'argent, objecta Věra Komárková.

— Mais Věruška, nous avons encore de quoi nous payer le déjeuner, reprit Komárek. On verra aussi comment ça tourne avec ma tante, peut-être que les choses s'arrangeront pour le mieux.

— Et comment, s'il te plaît ? Tu as dit que tu ne l'avais pas revue depuis la guerre. Quel âge avais-tu ? Dix ans ? répondit Věra d'un ton irrité. Nous devrons compter avant tout sur nous-mêmes.»

Avec un faible sourire, Komárek tenta de tempérer le ton désagréable de la conversation :

«Alors à midi, chez ton Rieder. Tu viens avec nous, Láďa ? dit-il en se tournant vers Muzikář.

— Volontiers, si ça ne vous ennuie pas, dit Muzikář. Je n'ai vraiment pas où aller, moi. Tu pourras nous prêter ton transistor, Mikuláš ? De toute manière, vous n'allez sans doute pas l'écouter.»

Ils se quittèrent presque aussitôt avec de brèves salutations qui ne parvinrent pas à masquer leur soudaine discordance.

La secrétaire, Mme Wendt, conduisit Lahodný et Sova dans le parking devant la gare et Mimi, l'autre employée de la maison d'édition qui avait jusque-là participé à la conversation surtout par des sourires, se mit au volant d'une coccinelle VW.

Elles n'en savaient pas plus long qu'eux-mêmes sur les événements de Prague. En découvrant cela, Lahodný se referma sur lui-même et resta silencieux. A l'expression concentrée de son visage, Sova comprit que quelque chose le préoccupait intensément. Il prit sur lui de converser avec leurs accompagnatrices jusqu'à l'hôtel. De maigres restes d'allemand qu'il avait conservés du temps du Protectorat lui permirent de répondre tant bien que mal aux questions courantes concernant leur itinéraire italien, leurs impressions de voyage et leur opinion sur les événements à venir dans leur pays.

L'hôtel se trouvait à proximité de la cathédrale Saint-Stéphane, dans une étroite ruelle de la vieille ville. Lorsqu'ils pénétrèrent dans la réception, Lahodný reprit la direction des affaires. Comme bien des fois auparavant au cours de leur voyage, Sova ne put qu'admirer sa façon de faire. Lahodný appartenait à cette catégorie de gens qui n'ont pas besoin de prier le personnel de service de leur accorder son attention, il se conduisait avec le naturel d'un souverain et était donc traité en conséquence.

Il laissa d'abord Mme Wendt les présenter, puis il prit lui-même la parole. Il expliqua au réceptionniste qui l'écoutait respectueusement qu'ils étaient à Vienne depuis moins d'une heure et comme ils n'avaient pas encore pris leurs dispositions, il demandait qu'on leur réserve la chambre jusqu'à une certaine heure, où il leur ferait part de sa décision.

Lorsqu'ensuite l'employé en uniforme les eut accompagnés à l'étage en ascenseur, eut entrouvert la porte de leur chambre et monté leurs sacoches, les seuls bagages qu'ils avaient gardés, Lahodný examina rapidement l'ameublement Sécession, et écarta les rideaux de velours.

«Cossu, sans être du grand luxe, remarqua-t-il. Il faut voir à combien M. Lambert nous estime, pour savoir comment nous comporter avec lui.

— Comment l'as-tu connu ?

— Il est venu à Prague récemment, il a acheté toute une série d'auteurs tchèques, l'informa Lahodný. Après la réception, il nous avait invités à le rencontrer à l'hôtel Alcron, c'est un magnat de la littérature, dans le style des businessmen américains, il est pragmatique et fair-play. A notre dernière rencontre, nous n'avions pas fini de régler une certaine affaire, je pense qu'il en sera question aujourd'hui.

— Et de quoi s'agit-il ?

— Il demande des droits de copyright exclusifs pour l'ensemble du monde occidental, dit Lahodný. Les circonstances actuelles semblent avoir tranché la question ; bien sûr que je vais les lui vendre.»

Sova s'installa dans un fauteuil à une massive table ronde, il croisa les jambes et alluma une cigarette.

«Dis voir, est-ce que c'est bien la peine que je vienne avec toi ? demanda-t-il.

— Peut-être que ça te sera utile, peut-être pas, je n'ose

pas faire de pronostic, nous verrons bientôt. Voici ce que je pense. Déjà auparavant, il y avait une demande sur les auteurs tchèques, maintenant elle ne va sûrement pas baisser, même au contraire. Il pourrait s'intéresser à toi, de toute manière ça ne fera aucun mal que tu m'accompagnes.

— Et pourquoi est-ce que tu fais tout ça pour moi ? interrogea Sova. Par pitié ?

— Va te faire voir, mon bonhomme, grogna Lahodný. Tu es assez chouette par ailleurs, mais ta fierté arrive toujours à me taper sur le système, ça je peux te le dire. Ce que je fais pour toi, je le ferais pour n'importe qui dans les mêmes circonstances.

— Bon, dit Sova, alors excuse-moi.»

Lahodný n'arrivait pas à rester fâché longtemps. Il arpentait de long en large le tapis moelleux de la chambre.

«Il n'y a pas de mal, dit-il en souriant. Je voudrais simplement comprendre d'où tu tiens ça. Est-ce que c'est une espèce d'autodéfense ?

— Je ne sais pas, gronda Sova. On y va ?

— On y va, dit Lahodný en jetant un regard sur sa montre. On a assez fait attendre les secrétaires pour faire monter nos actions. D'un autre côté, l'exactitude est la politesse des rois.»

Ils descendirent rapidement l'escalier, rejoignirent les deux femmes dans le hall décoré de ficus et de palmiers, et Mimi suivit le canal du Danube en direction de la banlieue. L'anguleux gratte-ciel d'acier et de verre était visible de loin. Ils montèrent au plus haut étage par un ascenseur ultrarapide. Mme Wendt alla les annoncer et revint peu après dans la petite antichambre.

«M. Lambert vous prie d'entrer.»

Ils pénétrèrent dans un bureau dont les dimensions faisaient penser à un aéroport. Deux parois vitrées donnaient d'une part sur la ville, d'autre part, à droite, sur un panorama de campagne et de vignes. Des présentoirs en zigzags sur lesquels étaient exposés des livres portant sur leur couverture l'emblème caractéristique de la maison Lambert Verlag divisaient l'immense étendue de la pièce. Le patron et propriétaire de l'affaire Lambert était assis derrière un bureau massif, dans l'angle de la pièce où les parois de verre se rejoignaient. Il vint à leur rencontre et ils s'atteignirent à mi-chemin, à une table de conférence entourée de fauteuils club de cuir noir. Lambert était un quinquagénaire de la même taille à peu près que Lahodný, avec un visage aussi parfaitement rasé que lui. Il portait un costume d'un gris sobre mais d'une coupe parfaite, une chemise de popeline avec un col à la mode et une cravate fantaisie bleu clair. Ses gestes et ses mouvements respiraient la mesure. Après une poignée de main ferme et quelques phrases introductives pour satisfaire aux nécessités des convenances, ils s'installèrent à la table chromée et Lambert leur présenta un coffret de cigares et de cigarettes. Lorsqu'ils eurent décidé que l'allemand convenait à tous comme langue de négociation, Lambert fonça dans le vif du sujet.

«Certaines circonstances ont changé du tout au tout depuis notre dernière entrevue à Prague, monsieur Lahodný. Pouvez-vous m'informer de vos perspectives actuelles ?

— D'après notre programme originel, nous devions retourner à Prague aujourd'hui, dit Lahodný. Dans la situation présente, c'est évidemment hors de question. Je pense qu'il faut attendre de voir la suite des événements.

— Vous comptez rester ici, à Vienne ? demanda Lambert.

— Voilà un des points sur lesquels j'aurais besoin de vos conseils, monsieur Lambert. Je pense qu'étant donnés mes engagements, je serai appelé à voyager dans les jours à venir et je pensais que vous pourriez m'aider à trouver une voiture.»

Lambert ne cilla même pas. Il réfléchit quelques instants à la tâche qui venait de lui être si abruptement proposée. Puis il déclara :

«Notre section juridique réglera cela pour vous. Autant que je me souvienne, nous ne vous avons pas encore versé la seconde moitié des honoraires qui vous sont dus après la parution. Votre livre ne sortira certes que dans deux mois, mais nous ferons une exception dans ce cas. La somme fait, si je me souviens, bien plus de dix mille schillings.

— Douze mille cinq cents, précisa Lahodný.

— Douze mille cinq cents, je pense que ce devrait suffire à vous trouver une voiture d'occasion, déclara Lambert. Il se pose la question d'un prochain livre de vous à sortir chez nous. Où en êtes-vous ?»

Lahodný tendit la main par-dessus la tablette et saisit le

coffret décoratif avec les cigares. Il offrit une cigarette à Sova, choisit lui-même un cigare, l'alluma à une allumette dont la boîte était enfermée dans un étui de même style que celui du coffret.

«Il nous reste tout d'abord à régler cette affaire de cession des droits d'auteur que nous n'avions pas terminée la dernière fois, dit-il en souriant. Etant donnée la situation actuelle, je n'ai bien sûr aucune raison de ne pas accepter vos conditions.

— Parfait, dit Lambert en hochant la tête. Je pense que nous nous mettrons d'accord pour notre satisfaction mutuelle. Et que pourriez-vous nous recommander parmi vos œuvres, monsieur Lahodný ?»

Lahodný réfléchit quelques secondes, puis il regarda Lambert droit dans les yeux.

«Avant de répondre, monsieur Lambert, j'aurais besoin de connaître clairement votre position, dit-il d'un ton grave. Dans quelle direction s'orientera maintenant votre maison d'édition ?

— Que voulez-vous dire ? demanda Lambert en tendant l'oreille. Je ne vous comprends pas exactement, monsieur Lahodný.

— Je voulais dire, est-ce que vous allez poursuivre votre ligne précédente, maintenant que vous avez les Russes à vos portes ?» dit Lahodný lentement.

Lambert mit quelques secondes à mesurer la portée de sa remarque. Puis il sourit légèrement, pour la première fois depuis le début de l'entrevue.

«Notre ligne éditoriale restera inchangée, déclara-t-il ensuite. Imaginez-vous que je resterais ici à attendre s'il y avait un danger quelconque ? Je suis persuadé qu'à part l'occupation de la Tchécoslovaquie, rien ne sera changé. Excusez-moi, ajouta-t-il enfin, les événements vous touchent de façon beaucoup plus personnelle ; bien entendu croyez que je sympathise avec vous.

— Je vous remercie, je sais que vous êtes bien informé par vos relations dans les sphères gouvernementales», souligna Lahodný.

Lambert ne fit qu'un léger geste de la main, comme s'il balayait le problème de la table.

«Les Russes n'iront pas plus loin, dit-il, avant de sourire

légèrement. Du moins, pas en Europe centrale et pas assez tôt pour que ce soit intéressant.»

Après cet échantillon d'humour sarcastique, le silence se répandit dans la pièce. Lahodný souffla un nuage de fumée et le regarda se dissiper dans l'atmosphère sans mot dire. Puis il revint au thème initial.

«Il est encourageant de vous voir raisonner ainsi, monsieur Lambert. Dans ce cas, je poursuivrai sur le thème précédent, bien qu'il ne soit pas habituel qu'un auteur recommande lui-même ses œuvres», dit-il sur un ton d'excuse. Puis il cita deux ou trois titres déjà parus de lui et il ajouta pour finir : «Naturellement, je recommande aussi à votre attention les travaux de mon ami M. Sova. Ils pourraient probablement vous intéresser.»

Le regard de Lambert se posa longuement sur Sova qui était resté silencieux jusqu'alors.

«M. Sova est un auteur nouveau, n'est-ce pas ? demanda-t-il.

— Au contraire, Mikuláš est un auteur ancien, sourit Lahodný. Son premier livre est sorti il y a vingt ans, mais après la révolution de Février dans notre pays, il est allé directement au pilon. La seconde œuvre est une collection de nouvelles sur les camps de travail.

— Quelque chose dans le genre de Soljénitsyne ?»

Sova hésita. Il avait écrit ses nouvelles bien avant même de connaître le nom de Soljénitsyne, mais le Russe était un immense auteur, et lui, il n'en était plus un.

«On peut dire qu'il s'agit d'un milieu similaire.» C'était la première phrase entière de Sova depuis le début de l'entretien.

«C'est intéressant, dit Lambert. Comment pourrions-nous nous procurer les titres en question ?

— Pour moi, il faudra que je me les fasse envoyer de Prague, à supposer que ce soit possible, plaisanta Lahodný. Toi aussi, Miku, j'imagine ?

— Non. Je les ai ici avec moi.

— Ça, c'est ce qui s'appelle de la prévoyance, dit Lahodný en posant les yeux sur lui.

— Vous avez autre chose à me proposer, messieurs ? interrogea Lambert.

— Je pense que c'est tout», répondit Lahodný.

Lambert se leva, alla jusqu'à son immense bureau, pressa le bouton du standard et annonça dans l'interphone :

«Frau Doktor Wendt et Herr Doktor Gerschi du département juridique, s'il vous plaît.»

Avant qu'il ait eu le temps de revenir à la table de conférence, Mme Wendt entrait déjà, son bloc prêt à la main. Gerschi arriva quelques secondes plus tard. C'était un jeune homme d'aspect insignifiant, aux cheveux clairs, impeccablement lissés en arrière. Lambert considéra cette démonstration de parfaite discipline d'entreprise comme un phénomène tout à fait normal.

«Herr Doktor, occupez-vous de l'achat d'un véhicule d'occasion mais de confiance pour M. Lahodný, de préférence avec possibilité de rachat, ordonna Lambert.

— Quand M. Lahodný aurait-il besoin du véhicule ? demanda le juriste.

— Vous pourrez régler les détails directement avec M. Lahodný, je vous remercie», le renvoya Lambert. Avant que la porte se fût refermée sur Gerschi, les instructions de Lambert jaillissaient déjà à l'adresse de Mme Wendt : «Occupez-vous, s'il vous plaît, du règlement immédiat de la deuxième partie de l'honoraire de M. Lahodný, conformément au contrat, en espèces. Notez ensuite les titres des œuvres que ces deux messieurs vous indiqueront et passez-les aux lecteurs dès leur réception. M. Sova sera gentil de vous les faire parvenir au plus tôt. Notez les adresses de leur séjour, les possibilités de contact, etc. Merci.»

La secrétaire quitta les lieux et Lambert retourna son attention vers ses deux visiteurs. Il afficha un sourire de mise, mais Lahodný comme Sova n'eurent aucun mal à comprendre que l'audience était quasiment terminée. Visiblement, M. Lambert considérait toute autre conversation comme un gaspillage de temps qu'il valait mieux éviter. Lahodný dit encore quelques phrases de circonstance et sonna la retraite.

En leur disant au revoir, M. Lambert manifesta tout de même un éclair de cordialité et les assura, tout en leur serrant la main, qu'ils pouvaient s'adresser à lui-même en cas de difficultés personnelles et qu'ils étaient toujours les bienvenus dans son entreprise, chaque fois que leur chemin passerait par Vienne.

Enfin, la porte capitonnée se referma hermétiquement et isola du monde environnant M. Lambert et son immense bureau.

Dans l'antichambre, Mme Wendt leur offrit du café. Elle partit en courant régler le paiement des honoraires. Pendant ce temps, Lahodný acheva de régler toutes les questions avec Gerschi. Après le départ de ce dernier, ils se retrouvèrent seuls.

«Alors, qu'en penses-tu, de ce Lambert ?» demanda Lahodný.

Sova tourna la tête d'un air incrédule.

«Ça ne peut pas être un homme normal, j'ai eu par moments l'impression d'avoir affaire à un robot. Ne m'en parle pas, il est froid comme un poisson.

— Mais quelle efficacité, dit Lahodný. Tu sais, ici, le temps c'est de l'argent.»

Sova avala une gorgée de café. Il était chaud mais faible. M. Lambert avait peut-être aussi fixé à combien de grammes de café par tasse ses invités avaient droit.

«Ça doit être drôlement gai d'être rédacteur dans cette boîte, dit-il, avant d'ajouter : Dis donc, que voulais-tu dire avec cette histoire de voyages ?

— J'ai déjà fait quelques projets en gros, expliqua Lahodný. Je vais d'abord aller à Belgrade, j'y ai un ami à l'ambassade qui aura des informations dignes de foi. C'est ce qu'il nous faut avant tout. Et puis j'ai aussi quelques contacts à Munich et à Paris, tout cela peut avoir son importance. La situation actuelle demande tout bonnement le plus possible de mobilité. Et j'ai aussi pensé qu'on pourrait essayer de faire un bout de route ensemble, si tu n'as rien d'autre à faire», termina-t-il d'un ton léger et comme incidemment.

Une surprise les attendait chez Rieder. Avec les Komárek et Muzikář était attablé Malenda. Un Malenda apeuré, dépourvu du sourire habituel sur ses lèvres moqueuses, ses joues rebondies pendant mollement comme celles d'un saint-Bernard malheureux.

«Nous nous sommes rencontrés dans la Mariahilferstrasse, bien entendu, expliqua-t-il. Je venais de me garer dans une petite rue et je n'avais même pas eu le temps de remettre mes clés de voiture dans ma poche. Quel hasard !»

Lahodný commença à le bombarder de questions, mais l'autre ne savait pas grand-chose. Il peignit en couleurs vives et avec force détails la nuit de l'occupation de Prague, le vrombissement des avions gros-porteurs qui atterrissaient, le roulement des chenilles des chars et des véhicules blindés se dirigeant vers le centre de la ville, le siège des centres nerveux et des bâtiments essentiels. «Ils nous ont balayés comme des copeaux, d'un seul coup. Le matin je cours au boulot, vous savez qu'il y a des manuscrits qui ne sont vraiment pas kascher dans l'état actuel des choses, et je trouve Mařenka Zatláková en train de pleurer sur le trottoir d'en face. Ils étaient en train de nous occuper. Et savez-vous qui les conduisait ? Tenez-vous bien, notre Emil, Emil Zubatý. On disait bien des choses à son sujet, mais ça, ça a été un choc.

— Passe encore lui, dit Lahodný en faisant un geste de la main. Mais la situation d'ensemble ? On n'a trouvé personne pour organiser une résistance, une défense ?

— Et quelle défense, s'il te plaît ? Ils ont cueilli toute la direction du parti au Comité central, comme des oisillons au nid, grimaça Malenda. Il paraît que Dubček était au courant depuis trois jours, par une lettre qui donnait la date exacte de l'invasion et qu'il n'en a rien dit aux autres.

— Ce n'est pas possible.

— C'est ce qu'on raconte. Les Hongrois l'avaient averti, mais il ne voulait pas y croire. C'est la fin, terminus. Maintenant, on ne fait plus que coffrer et moi je n'ai pas envie de partir au goulag», conclut Malenda, ayant donné toutes les nouvelles qu'il pouvait annoncer. Il était allé la veille demander une autorisation de sortie et l'avait eue sans demande écrite et sur-le-champ. «A Pèrstýn, il y a une queue de cent mètres de long et ils donnent des visas à tout le monde à la chaîne. Tous ceux qui peuvent quitter Prague le font, personne ne sait ce qui va se passer.» Bien sûr, il avait perdu une demi-journée à attendre, et de toute manière il n'avait pas de visa autrichien, mais aux frontières les gardes des deux côtés laissaient passer les fuyards, même sans papiers.

Il était parti le matin même, n'était à Vienne que de passage, il n'avait pas trop d'argent, il allait en Yougoslavie, quelque part sur la côte d'Istrie : l'Union des écrivains y avait loué une villa, il y avait des amis.

Durant la conversation, on put voir que Malenda s'était très vite remis du premier choc et revenait peu à peu à son cynisme habituel.

«Je me suis fait presque éjecter de la maison comme conservateur et me voilà dans la première vague d'émigration, vous voyez ça, mes amis ? lança-t-il à titre de plaisanterie. Je vois que nous sommes plusieurs de la rédaction, est-ce qu'on ne pourrait pas ouvrir une petite maison d'édition en exil ?»

Dans son torrent de paroles, Malenda venait de lâcher le mot qui ne quittait pas leurs pensées depuis la veille.

«Tu penses à émigrer ?

— Ça en a tout l'air, accorda Malenda sans hésiter. Ou voulez-vous y retourner et goûter pour un temps aux joies de la Sibérie ?»

On s'aperçut que chacun dans son coin avait déjà réfléchi à une solution. Ils buvaient le vin pâle de Grinzing et échangeaient leurs projets provisoires. La jalousie matinale des Komárek s'était dissipée. Ils avaient trouvé facilement la vieille tante de Míla qui les avait reçus à bras grand ouverts de compassion pour un temps illimité. Les perspectives de Muzikář s'étaient précisées avec l'apparition de Malenda. Ils s'étaient mis d'accord : Malenda récupérerait les bagages de Muzikář et l'emmènerait avec lui en Slovénie. Cette nouvelle tournure des événements avait également amélioré l'humeur de Muzikář et ses petits yeux étaient à nouveau disposés à apprécier la beauté des Viennoises.

«De toute manière, je n'ai pas encore vu de plus belles filles que les Tchèques, leur confia-t-il en résumant ses impressions de voyage. Les morceaux que j'ai repérés dans toute l'Italie et même aujourd'hui ici à Vienne, il ne me faudrait pas une heure pour en voir autant à Prague sur le Václavák.»

Lahodný partit au buffet chercher une autre tournée de ballons de vin de Grinzing.

«Dis-moi, je viens de penser à quelque chose, dit-il à Malenda en plaçant le verre devant lui. Où en es-tu côté finances ?

— Ce n'est pas terrible, tu t'en doutes, avoua Malenda. Je serai sans doute obligé de rester raisonnable, comme tout le monde. J'ai pris tout ce que j'avais chez moi. Et où en est le cours de la couronne ici, tu as une idée ?

— Il descend à vue d'œil, je me suis déjà renseigné, annonça Komárek. C'est autour de trois couronnes le schilling.

— Ce n'est pas bien gras», se renfrogna Malenda lorsqu'il eut calculé mentalement ses disponibilités.

Lahodný se pencha vers lui :

«Je vais te proposer un marché, réfléchis bien. Je dois acheter une voiture cet après-midi. Si tu me louais la tienne, je ferais de sérieuses économies et toi, tu ne cracherais sans doute pas sur quelques milliers de schillings.

— Je vais y réfléchir, dit Malenda songeur. Je ne vais pas avoir besoin de ma voiture, on pourrait voir ça.

— Réfléchis vite, moi j'ai absolument besoin d'un véhicule.

— Et combien tu me proposes ?» demanda Malenda prudemment.

La réponse immédiate de Lahodný laissait penser qu'il avait déjà préparé son coup.

«Cinq cents schillings tout de suite et à partir du premier, cinq cents par mois», dit Lahodný.

Malenda réfléchit quelques secondes, puis il mit la main à sa poche et posa ses clés de voiture sur la table. Il les fit glisser vers Lahodný et leva son verre.

«D'accord, dit-il. File-moi mille schlins, et ça s'arrose. A tes frais, bien sûr.»

Soudain Sova éclata de rire. D'abord doucement, puis de plus en plus fort, au point que les clients des autres tables commencèrent à se retourner.

«Qu'est-ce qu'il y a ? Qu'est-ce qu'il t'arrive, Mikuláš ? demanda Lahodný.

— Je viens de penser que Zubatý, et Malenda ici présent, ont dû se porter garants de mon retour pour qu'on me donne un passeport..., dit-il en riant tellement qu'il pouvait à peine parler... Et voilà comment ça tourne. Je me faisais du souci pour eux parce qu'ils risquaient d'avoir des ennuis du moment que je n'allais pas revenir.

— Tu ne pensais pas revenir ? interrogea Malenda.

— Bien sûr que non. Voilà longtemps que j'attendais une occasion. Alors voilà qui est tout à fait clair et définitivement décidé. Videz vos verres, mes amis, c'est ma tournée.

— De toute manière, je m'en doutais, avoua Malenda. Et

qu'est-ce que tu vas faire ?

— Peut-être encore livrer du charbon, dit Sova. Ou curer les canaux, peu importe. Cet après-midi je vais demander l'asile.»

Il se tourna vers Lahodný et ajouta : «Comme ça tu sais pourquoi j'avais emporté mes livres avec moi.»

4.

«Bon sang, où peut bien se cacher ce perchoir ?» s'énervait Lahodný en tournant sauvagement le volant.

«Quelque part sur cette colline, là-bas, à droite.» Malenda désignait un versant vert qui montait en pente raide.

«Mais comment y arriver ? Est-ce qu'on n'a pas passé un embranchement ?»

Ni Malenda, ni Muzikář, pas plus que Sova n'en avaient vu. Ils venaient de laisser derrière eux la petite ville balnéaire de Portorož dont les aimables habitants leur avaient indiqué le chemin, et ils suivaient maintenant une bonne route goudronnée qui longeait la côte. Ils roulaient à cent à l'heure sur cette route qui décrivait une courbe douce autour de la baie. Une fois sortis du virage, ils virent que la route devenait droite et les premières maisonnettes d'une ville portuaire apparurent.

«Piran, lut Malenda sur un panneau. De toute manière, on doit pouvoir y arriver par ici.»

Sova se taisait. Assis sur le siège arrière près du petit Muzikář, serré à côté d'un tas de valises et de sacs empilés, il nageait dans le bonheur malgré la chaleur meurtrière de midi. Quelques jours auparavant, les choses s'étaient mises en mouvement comme une avalanche, elles avançaient à un rythme incoercible, elles avaient pris la forme d'un courant qui emportait tout le monde au passage, mais Sova, tout en mesurant sa puissance, avait en même temps le sentiment d'être un peu en dehors des choses, intouché, comme un spectateur, certes influencé par les événements mais pas directement, ni tout à fait, impliqué. Dans la mesure où le cours des choses le concernait, c'était à son avantage unilatéral, il l'aidait et facilitait la réalisation de ses projets. Tout se déroulait de soi-même, aisément, sans soucis ni problèmes. Il veillait sur l'indépendance qui lui avait été donnée, refusait de prendre une part, fût-elle seulement affective, à cette kermesse qui les faisait tous danser au rythme de son bastringue.

Bref, alors que ses amis avaient passé la soirée précédente en discussions politiques animées dans un quelconque institut littéraire, lui s'en était allé visiter la ville qui faisait désormais partie de ce monde qu'il s'était choisi. Il avait erré à sa fantaisie par des avenues prodigues de lumière près du centre ville, Kärtnerstrasse, Open Ring, Graben, il avait admiré les belles vitrines des magasins de luxe puis était allé boire un verre dans un café, tout en observant le bouillonnement des foules qui se pressaient en quête de distraction et il s'était confirmé dans sa certitude que c'était là exactement ce qu'il demandait. Je ne veux m'occuper de rien d'autre, je ne veux même pas me laisser imposer la moindre pensée de quelque chose qui ne soit pas en lien direct et très étroit avec ce que je suis et l'endroit où je me trouve, tout le reste est loin et donc n'entre pas en ligne de compte, se disait-il.

Suivre Lahodný en Yougoslavie, pourquoi pas ? Il avait assez de temps, inutile de se précipiter. Pourquoi ne pas prendre une semaine de vacances, prolonger ce voyage intéressant, aller visiter Belgrade, Portorož, Piran ou n'importe quel autre lieu, m'étendre quelques jours sur la plage, puisque c'est possible ? Qui sait ce qui viendra dans une semaine, mais aujourd'hui encore je préserve ma paix.

A peine avaient-ils ce matin gagné l'autoroute au-delà de Vienne, qu'ils furent surpris par l'exceptionnelle densité de la circulation. Des colonnes d'automobiles aux plaques tchécoslovaques filaient dans les deux sens. Une moitié, de Vienne vers la Yougoslavie, l'autre en sens inverse, en direction de Vienne. Voitures bourrées de passagers aux galeries pleines de bagages. Tous semblaient être devenus fous. Lors d'un arrêt sur la route, ils avaient rencontré un groupe de ces exilés. A l'instant, tous s'étaient rassemblés.

«Où allez-vous ?

— En Autriche. Nous étions en vacances à Dubrovnik, mais nous avons entendu...

— Pourquoi en Autriche ?

— Peut-être que nous en apprendrons plus à Vienne.

— Vous ne saurez rien de plus, nous en arrivons. Et la vie y est chère.

— Alors on va peut-peut-être rebrousser chemin.

— Et en Yougoslavie, comment ça se présente ?

— Les gens sont merveilleux. Ils ont tout de suite organisé une aide, tout est gratuit pour les Tchécoslovaques. La nourriture, l'essence, les campings.

— Il paraît qu'ils ouvrent des camps pour les nôtres en Autriche.

— On a entendu dire que le mieux serait la Suisse. On dit qu'ils vont donner des permis d'immigrer.

— La Suisse ? Tiens, on n'y avait pas pensé. Et si on retournait ? D'ailleurs que faire en Yougoslavie ?

— Il paraît que le Canada va accepter des immigrants.

— Le Canada ? Moi, j'ai entendu parler de l'Australie et de l'Afrique du Sud.

— C'est trop loin, tout ça. Nous préférons rester en Europe.»

Aucun d'entre eux ne savait ce que le sort lui réservait, alors ils passaient et repassaient les frontières comme une bande de poussins apeurés, puisque pour le moment les formalités avaient été abolies, que personne ne leur demandait de visa ou d'autorisation de sortie, pris à la gorge par tous ces événements imprévus auxquels ils ne s'étaient pas préparés.

Pendant ce temps, Sova fumait tranquillement sur le siège arrière de la Skoda MB que Malenda et Lahodný se relayaient pour conduire, il répondait en agitant la main aux salutations des habitants qui exprimaient leur sympathie au petit drapeau national qu'ils avaient derrière leur pare-brise, admirait le paysage de campagne, jouissait de la vitesse et de son propre sentiment de liberté.

Peu à peu, la route se transforma en une rue citadine, elle devint plus étroite et Lahodný dut avancer au pas. A droite, ils dépassaient des immeubles superbes, éclatants de couleur, avec de nombreux magasins et restaurants en rez-de-chaussée. A gauche, la rue était bordée par la jetée du port avec deux phares dans l'embouchure de la rade. Une petite zone de mouillage touchait au port, s'avançant profondément dans la terre ferme. Une quantité de barques, de yachts et de bateaux à moteur s'y balançaient sur de douces vagues transparentes et bleutées. La zone de mouillage était entourée d'immeubles cossus et respectables, et la ville entière s'enchantait d'une sorte de fraîche insouciance. L'avenue du bord de mer donnait sur une place carrée bordée de maisons patriciennes. Au milieu de la place se dressait sur un haut piédestal la statue vert-de-gris d'un violoniste dans une étrange attitude. On aurait dit que l'instrument s'était échappé de dessous le menton du maître qui n'avait réussi à le rattraper qu'au moment critique, juste avant la chute. D'après le nom de la place, on pouvait deviner que le violoniste jongleur n'était autre que le compositeur Tartini.

«On se croirait dans Roméo et Juliette, regardez cette maison d'angle avec ses balcons, s'émerveillait Malenda. Est-ce qu'on ne devrait pas s'arrêter quelque part pour déjeuner ?

— Mon vieux, il y a encore plus de six cents kilomètres jusqu'à Belgrade et j'ai télégraphié que nous y serions ce soir», grommelait Lahodný, tout en s'arrêtant sur le parking où une place venait de se libérer.

Ils s'installèrent à une table libre sous un parasol, sur le bord de mer avec vue sur le port. Une bouffée occasionnelle de brise marine rafraîchissait l'atmosphère et agitait les coins des nappes à carreaux du restaurant. Le ciel était sans nuages, une murette verte avec des fleurs les isolait de la rue et de ce qui restait de trottoir. Ils mangèrent des brochettes avec un verre de vin et le calme du paysage qu'ils avaient devant eux apaisait aussi bien les remords de Muzikář devant cette dépense excessive que l'impatience de Lahodný. L'air était pur et sentait le sel.

«Si notre point de chute n'est pas trop loin, ça sera agréable de venir s'asseoir un peu ici de temps en temps», constata Malenda d'un ton satisfait.

L'endroit était tout proche. Ils suivirent les indications du garçon bronzé en camisole de toile blanc de neige et montèrent depuis la place Tartini par une étroite ruelle qui longeait les murs puissants de la forteresse. Tout en haut, ils débouchèrent sur un carrefour et l'indicateur de direction leur confirma qu'en tournant à droite ils arriveraient au but en deux minutes. Sur la droite de la route, au bord d'un lotissement, un grand panneau indiquait que la première villa en suivant la flèche était le *Dom pisateljev Bely Križ*.

Lahodný obliqua dans une allée recouverte de fin gravier

blanc et arrêta la voiture sur un vaste terre-plein devant l'entrée. A cette seconde, une grande femme maigre, la quarantaine, aux cheveux courts, sortit par la porte ouverte. Elle portait une sortie de bain ouverte sur un bikini.

«Salut Vendula, claironna Lahodný en se précipitant vers elle. C'est chouette de tomber justement sur toi !

— Salut les gars, entrez. Vous venez passer quelque temps ici ?

— C'est un peu plus compliqué. Malenda et Láďa Muzikář vont sans doute rester maintenant. Mikuláš reviendrait d'ici un jour ou deux et moi de temps en temps, expliqua Lahodný. Faites donc connaissance, les amis.

— Venez boire un café, on discutera à l'intérieur. Je vais appeler l'économe.»

Vendula Fialová était l'auteur de tendres livres et contes pour enfants, mais si on avait dû juger par sa conduite et sa manière de s'exprimer, sa spécialité aurait plutôt été le western. Elle marchait à grands pas masculins, battait la mesure avec d'énergiques mouvements de mains et son langage se caractérisait par son utilitarisme sans façons. Les formules les plus grossières s'écoulaient tout naturellement de sa grande bouche que seul enveloppait un voile de fumée car elle allumait une cigarette après l'autre.

La grande pièce commune qui servait également de salle à manger occupait avec la petite cuisine adjacente tout le rez-de-chaussée de la villa. L'Union des écrivains avait loué le premier étage, les écrivains slovènes s'étaient réservé le second pour leurs besoins. Le lendemain de l'invasion de la Tchécoslovaquie, les Slovènes avaient annoncé qu'ils libéraient leur étage et mettaient toute la villa à la disposition des Tchécoslovaques pour une période indéterminée, à titre gracieux cela va de soi. Le même jour s'était présenté le président du Comité national de Piran avec une offre de soutien tous azimuts, à commencer par la nourriture et à finir par une aide en espèces.

Voilà ce que Vendula Fialová parvint à leur apprendre entre la préparation du café et la recherche de l'intendante. Alors qu'elle apportait sur un plateau les tasses de café aromatique, une deuxième porte s'ouvrit et l'économe arriva. C'était une toute jeune étudiante de Ljubljana qui était en brigade ici pour se faire un peu d'argent pendant les vacances. Avec ses cheveux noirs et lisses, son teint olivâtre et ses pommettes saillantes, elle avait quelque chose d'un peu tzigane.

«Voilà une économe à mon goût, murmura Muzikář et ses yeux se mirent à briller. En plus, elle est vraiment bien balancée.»

Ljuba confirma toutes les informations précédentes de Vendula. Elle ajouta aussi qu'ils étaient tout à fait bienvenus et demanda s'ils auraient besoin de quoi que ce soit pour commencer.

«Il y a un petit problème, annonça Malenda. Láďa et moi nous ne sommes pas membres de l'Union. Est-ce que ça ne va pas causer de difficulté ?»

Ljuba ne comprenait pas exactement de quoi il retournait et Lahodný joua le rôle d'interprète, une nouvelle surprise pour Sova. Il ne possédait pas parfaitement le slovène, mais il n'avait pas de mal à se faire comprendre.

«Tu parles, je connais en tout et pour tout quelques mots que j'ai attrapés au vol, nos unions sont en étroit contact. Ce sont des types extra, tu jugeras par toi-même», expliqua-t-il dans la voiture tandis qu'ils quittaient le Centre.

Pourquoi donc avais-je une si mauvaise opinion de lui ? se demanda Sova.

«Tu sais et connais des tas de choses, dit-il tout haut.

— Je sais des tas de choses, grimaça Lahodný et il arrêta la voiture sur le bord de la route. Ce qui est malheureux, c'est que je ne les sais généralement qu'à moitié. Miku, tu n'avais pas dit que tu savais conduire ?

— J'ai conduit un camion jadis, mais il y a longtemps.»

Lahodný sortit, fit le tour de la voiture, ouvrit la portière du côté de Sova :

«On va voir comment tu t'en sors. Prends le volant, j'aurais besoin de me reposer un peu.

— Et si j'ai un accident ?

— Je ne m'en fais pas pour ça. Prends le volant, je vais en profiter pour dormir une petite heure, après je finirai d'arriver.»

Sova prit la place du conducteur. Il dut tout d'abord se concentrer, mais au bout d'un moment il gagna en assurance. L'autoroute était en parfait état, large et droite, elle permettait de rouler vite et sans risques. Lahodný le regarda faire durant les cinq premières minutes, lui donna çà et là un petit conseil du bout des lèvres, puis il s'étendit confortablement, appuya sa nuque au dos du siège et aussitôt sa respiration se fit profonde.

Sova jeta une regard sur lui. Même dans le sommeil, son visage conservait ses traits sympathiques et pleins d'assurance. Quel genre d'homme était donc vraiment Lahodný ? Il avait eu assez d'occasions de vivre différentes situations avec lui. Lahodný savait être écrivain parmi les écrivains, politicien parmi les politiciens, homme du monde parmi les hommes du monde, il savait être ce qu'il fallait au bon moment. Mais l'était-il vraiment, ou était-ce seulement sa capacité à changer de costume qui produisait cette impression, à première vue si semblable à la réalité ? Sova était bien incapable de répondre à une telle question. Jusqu'à présent, il avait eu moins de mal à reconnaître avec certitude ce que les gens n'étaient pas plutôt que ce qu'ils étaient.

Václav sortit en courant du portail, saisit la bride du cheval, mais à cet instant Rašín s'affaissa sans connaissance et le garçon vacilla sous le poids du corps qui tombait sur lui. Il banda toutes ses forces et parvint à retenir son maître. Il passa le bras gauche de celui-ci autour de son cou, entoura les reins de Rašín de son bras droit et l'attira dans le passage. A cette heure, la rue était déserte, seule une rangée indifférente de maisons décrépites avait assisté à ce retour inhabituel. La main de Václav toucha une tache gluante dans le dos du corps qui s'était fait anormalement pesant et il n'eut même pas besoin de regarder pour savoir que c'était du sang.

«Madame, madame, cria-t-il désespérément vers l'étage par l'escalier. A l'aide, madame Alena !»

Un pas rapide résonna au premier étage. La femme de Rašín eu assez d'un seul regard depuis la première marche en bois de l'escalier. Ce qu'elle avait tant redouté depuis des mois s'était réalisé.

Conjuguant leurs forces, ils traînèrent le blessé dans la chambre du haut, le couchèrent sur le lit et commencèrent à le dévêtir prudemment. Ils ôtèrent sans peine la cape, mais Mme Alena dut couper la casaque. La chemise découpée en bandes entourait le torse de Rašín. L'homme geignit lorsqu'ils le retournèrent. Sous l'omoplate droite s'étalait un disque de sang séché avec un centre rouge vif. Rašín avait été touché dans le dos et la balle était restée quelque part dans le corps. A chaque lourde respiration du blessé, la plaie découverte laissait sourdre une goutte d'écume rougeâtre.

«Va vite chercher le rebouteux ! Ou plutôt le docteur Schmalz !»

Mme Alena garda son sang-froid. Elle banda provisoirement la plaie d'une toile propre, couvrit Rašín, ajouta du bois dans le poêle et alla chercher dans la cour un seau d'eau qu'elle versa dans son plus gros faitout sur la cuisinière. Elle revenait à peine auprès du blessé lorsqu'on entendit dans le corridor le bruit d'un double pas. Václav, tout essoufflé, entra en courant, suivi d'un inconnu d'une quarantaine d'années environ, avec un sac de cuir noir à la main.

«Le docteur Schmalz n'est pas chez lui, madame. Et quand j'ai demandé à l'auberge si on l'avait vu, ce monsieur m'a proposé son aide», balbutiait Václav.

Son compagnon saisit l'éclair de méfiance qui passa dans les yeux de Mme Alena. Elle examinait attentivement son visage et ses vêtements relativement modestes d'une coupe quelque peu inhabituelle.

«Je suis Jeronym Rokyta de Prague, dit l'inconnu en s'inclinant profondément. J'ai eu jadis comme professeur le célèbre docteur Jesenius, un excellent savant. Puis j'ai terminé mon doctorat en médecine à Louvain et c'est en tant que compatriote que j'ai proposé mon aide à votre messager.»

Ses paroles dissipèrent en partie la méfiance de Mme Alena. Il n'y avait du reste pas trop de temps pour discuter longuement.

«Peut-être sont-ce les forces du bien qui vous envoient et peut-être Dieu nous viendra-t-il en aide», dit-elle en lui désignant le lit.

Le docteur Rokyta ôta son manteau, releva ses manches et s'avança pour examiner le blessé. Il tâta d'abord le pourtour de la plaie de ses doigts sensibles, puis retourna le corps et palpa la poitrine du blessé.

«La balle devrait se trouver sous la quatrième côte, je vais essayer de l'extraire par une intervention chirurgicale. Préparez de l'eau chaude.

— Quel espoir y a-t-il, docteur ?»

Durant les jours qui suivirent, l'espoir vacilla comme la faible flamme d'une bougie. Alena et Václav se relayaient près du lit, ils observaient en priant le combat mortel du corps affaibli, agité par la fièvre, le docteur Rokyta passait plusieurs fois par jour : il avait fait appel à la science la plus moderne pour s'acquitter de sa part humaine dans le sauvetage ; il laissait le reste aux mains de Dieu.

Le quatrième jour, les mains crispées de Rašín se détendirent, les traits torturés de son visage s'apaisèrent et il ouvrit les yeux pour regarder un instant autour de lui sans comprendre. Puis il s'endormit d'un profond et vivifiant sommeil. Ce corps d'une résistance de fer, obéissant à l'ordre inconscient de la volonté, était finalement parvenu à traverser même l'épreuve de la mort.

Dans le courant des semaines suivantes où Rašín restait prisonnier de son lit, sa mémoire lui rappelait sans cesse les derniers événements qu'elle était parvenue à fixer avant que tout ne plongeât dans le brouillard écarlate de la semi-inconscience.

Son départ de chez Wallenstein s'était accompagné d'un sentiment amer de déception devant tant de fatigue gaspillée et l'écœurement de savoir que tout était perdu, qu'il ne restait plus qu'à chercher asile quelque part en Suède ou en Turquie, à errer par des contrées étrangères jusqu'à une mort qui surviendrait sans doute sur quelque champ de bataille, sous un drapeau étranger dont il n'aurait cure. Peut-être ces tristes pensées avaient-elles endormi sa prudence.

Puis ayant passé le détour de la route, où aurait dû se trouver la gargote à la Croisée des Chemins, il ne vit que des ruines noires d'où montait un relent de fumée âcre. Sur la branche du chêne touffu un peu à l'écart se balançaient dans le vent cru de l'automne les corps de deux pendus – son ami l'aubergiste et son valet Herrmann, un garçon ébouriffé et piqueté de taches de rousseur que le vent de la guerre balayant la campagne avait fini par chasser dans ce coin protégé où il avait au moins trouvé un toit et de quoi rassasier son estomac qui criait toujours famine.

Rašín avait éperonné son cheval et il était parti au galop en direction du chêne près de la maison incendiée, mais déjà son sixième sens avait pris le relais et l'avertissait de ne pas laisser une fureur aveugle devant un crime aussi vil l'emporter sur son esprit lucide, juste à temps pour lui faire ralentir son galop éperdu, mais trop tard pour lui éviter le piège. Quelques aunes seulement séparaient Rašín des deux corps solidement attachés par la gorge aux branches de l'arbre lorsqu'il fit volte-face. Six bandits dissimulés dans les fourrés avoisinants hurlèrent et se précipitèrent à sa suite. Il parvint à en abattre un qui voulait lui barrer le chemin et tendait déjà la main vers la bride de son cheval. Puis il aperçut du coin de l'œil un tireur avec un mousquet dans la fourche de l'arbre et vit une flamme sortir du canon. Il entendit une détonation et un coup sourd dans le dos l'abattit sur l'encolure du cheval.

Par quel miracle Rašín était-il parvenu à échapper à la meute de ses poursuivants ? Il ne se souvenait qu'obscurément du feuillage écarlate des arbres automnaux et des tas de feuilles rouges qui bruissaient sous les sabots. Et encore d'une grotte où il avait déchiqueté sa chemise pour arrêter le jaillissement du sang. Bien sûr, il connaissait chaque pierre, chaque sentier de la région, même lorsque les départs en étaient dissimulés par des troncs tombés de sapins déracinés et les rejets piquants des fourrés de framboisiers ; son cheval pommelé, son préféré, les connaissait aussi. Alors ils avaient sans doute louvoyé par les raccourcis et passé des ruisseaux à gué jusqu'à ce que la brume du crépuscule puis, peu après, la nuit brusquement tombée eussent enfin camouflé leur trace que Frollo, écumant de rage, maudissait copieusement à chaque fois qu'il voyait son avance retardée.

Rašín regardait par la fenêtre. La dernière semaine de décembre de l'an de grâce 1633 avait amoncelé dans les rues de Pirna de hauts tas de neige blanche. Demain la nouvelle année allait commencer.

A quoi ressemblerait-elle, qu'apporterait-elle de nouveau ? De la cuisine à côté lui parvenaient les bruits d'une activité paisible. Alena préparait le rôti et Václav l'aidait dans cette tâche. Il était devenu comme leur propre fils, Rašín l'aimait autant que la petite Běta et le jeune Jaroslav, qui étaient toujours dans leurs jambes, ses proches, ses plus intimes, ceux qui lui resteraient fidèles pour le meilleur et pour le pire, comme il le leur resterait lui aussi. A la veillée de Noël, Václav avait coulé du plomb et chacun avait coupé en deux sa pomme. A en croire la disposition des pépins dessinant des étoiles, personne n'allait trouver la mort et les formes ébauchées par le plomb fondu rappelaient elles aussi des symboles heureux.

Mais la mort, sur ses coussinets doux et silencieux, rôdait bel et bien aux alentours en cercles concentriques et rappelait de temps en temps sa présence immuable en plantant sa griffe féline dans le cours des pensées. Au-dessus des tas de neige bleutée passait et repassait à tout instant, dans un tournoiement galant, un couple d'ombres allongées, plus sombres, accrochées au ciel. Je tue parce que je suis obligé de tuer et je te répondrai de tous mes actes, ô Dieu. Mais comment mendierai-je ta grâce pour la mort de ceux qui ne sont pas tombés de ma main, puisque j'y ai ma part de faute indélébile ? Pardonne-nous nos péchés comme tu pardonnes à ceux qui ont péché contre nous...

Et quelque part au loin s'éternise l'incompréhensible Wallenstein, le duc de Friedland à la volonté chancelante, dont la détermination est mise en lambeaux par les mystères révélés des dépendances astrales et dont l'enveloppe charnelle, broyée par les attaques sauvages des maladies, dépérit d'heure en heure ; un homme pourtant qui tient entre ses mains affaiblies le sort de millions d'hommes, un avenir de guerre ou de paix. J'aurais dû le tuer net, sans hésiter, pour qu'au moins une âme damnée vienne dans l'autre plateau de la balance compenser la mort des innocents. Comme mon sang bout de haine toutes les fois que son nom me revient à l'esprit, quand je me représente ce visage défait, pitoyable et pourtant insolemment orgueilleux, cette silhouette affaissée, brisée, déjà tournée vers le sol. Ni les substances les plus précieuses, ni les parfums les plus chers ne couvrent plus la puanteur de ce corps qui pourrit sur pied. Son médecin personnel, le docteur Sachs, fait moudre chaque jour quatre livres de viande fraîche pour en envelopper ses membres cousus d'ulcères. Pourquoi donc ne l'ai-je pas tué ? Parce que, malgré tout cela, il s'est montré plus fort que moi au moment décisif, lui qui reconnaissait pleinement sa faiblesse ? Par pitié ? Par peur ? Parce que la flamme de l'espoir que sa faiblesse versatile a réduite à une étincelle à peine vivante n'est tout de même pas encore complètement éteinte ? Il est difficile de servir des idées et en même temps les puissants de la terre qui doivent les mener à bien. On risque d'y perdre non seulement la vie, mais, plus facilement encore, l'honneur.

Rašín toussa et sa main se porta à sa poitrine. La plaie

cicatrisée continuait à le faire souffrir comme si elle était toujours à vif.

La neige gelée grince sous des patins et un luxueux traîneau tiré par deux chevaux moreaux aux jambes fines s'arrête devant l'entrée de la maison. Des fourrures qui ensevelissent la banquette s'extirpe, avec l'aide des serviteurs, un seigneur qui sort et lève les yeux brièvement vers la fenêtre de Rašín. Et déjà Václav accourt depuis la pièce voisine :

«C'est le comte Kinský, monsieur.

— Va ouvrir et prépare de quoi le recevoir. Et ajoute du bois dans l'âtre, tu sais que M. le comte est un peu frileux.»

Václav sort en courant et en même temps, les coups de heurtoir sur la porte de la maison se font entendre. M. le comte est frileux. La première fois qu'il est venu rendre visite à Rašín, il a longuement réchauffé à la cheminée ses mains blanches et dodues. Il est revenu encore à différentes reprises, une démonstration réconfortante de faveur de la part d'un représentant aussi puissant de la noblesse et de la diplomatie les plus hautes. Ou peut-être son vif intérêt pour l'état de santé de l'indispensable courrier cache-t-il une autre motivation qui lui est liée ?

Mais voilà déjà le comte attablé, la table est recouverte d'une nappe blanche, les petits doigts courts du visiteur enserrent une coupe de vin chaud. Un sourire rubicond sous une perruque soigneusement bouclée, des yeux vifs, clairs, pleins de satisfaction. Un visage lisse, des gestes lisses, une conduite lisse.

«Ce n'est pas en l'air que je vous présente mes meilleurs vœux pour la nouvelle année, monsieur Rašín, dit le comte d'un air significatif. Je suis en route pour Dresde où j'ai par avance demandé à l'électeur un passeport pour la Bohême. Oui, pour la Bohême : mes informations antérieures se sont pleinement confirmées, elles le sont également par une lettre de M. Adam Erdman Trčka, écrite à mon épouse depuis la demeure de Wallenstein à Pilsen, qui m'attendait ici à Pirna. Lisez-la, monsieur Rašín, s'il vous plaît.»

Rašín prend la lettre qu'on lui tend et l'approche de ses yeux.

J'ai écrit dernièrement à madame ma sœur de faire en sorte de pousser son époux à se rendre au plus tôt, sur la demande du duc, à Teplice ou dans quelqu'autre de ses domaines. Son altesse le duc continue d'attendre et envoie également à cette fin un passeport pour le duc François Albert pour qu'il se rende auprès de lui au plus tôt et que toutes les intentions du duc puissent être fixées avec lui..., lisait Rašín de la main précipitée de Trčka. Cette lettre avait une teneur si importante qu'il l'avait écrite personnellement, de sa propre main... *décidé à s'entendre avec les deux électeurs, ainsi qu'avec la Suède et la France..., lever une armée sous quinze jours, nous sommes maintenant disposés à mettre bas les masques et avec l'aide de Dieu..., une telle occasion ne se représentera pas de si tôt..., encore cet hiver..., que rien ne soit négligé...*

Rašín reposa la lettre devant son visiteur.

«La lettre contenait en outre un message direct de Wallenstein, d'une teneur semblable, remarqua le comte Kinský. Qu'en dites-vous, monsieur Rašín ?

— Il me semble avoir déjà lu de semblables paroles, comte, dit Rašín lentement. Au moins deux ou trois fois déjà. De toute manière, il est tard. Après tout ce qui s'est passé, aucun des alliés ne lèvera aujourd'hui le petit doigt pour Wallenstein, voilà mon opinion, comte.

— Oui, oui, selon toute apparence, accorda Kinský en se frottant presque joyeusement les mains. Mais il y a là une différence par rapport au passé. Et elle est si importante, monsieur Rašín, qu'elle change absolument tout.

— Quelle différence ?»

Kinský avala une gorgée de vin brûlant, puis il sourit largement à Rašín. Il prit le même ton que s'il allait parler du beau temps ou d'une question accessoire du même acabit.

«Nous savons bien comment tout s'est passé, dit-il en secouant la tête. La différence, eh bien, voilà ce qu'il en est, monsieur Rašín. Tandis qu'auparavant le duc Wallenstein régnait sur tout son entourage, aujourd'hui ce sont nos fidèles qui règnent sur lui. Du duc, il ne reste désormais que le nom, ce nom qui demeure très utile ; mais les décisions ne sont plus entre ses mains. Les mains puissantes et déterminées des généraux se sont substituées à leur faiblesse», expliqua Kinský d'un ton enjoué.

Rašín pouvait ajouter foi à ses dires : ce diplomate disposait d'espions dévoués et dignes de foi. La crédibilité des informations dont il disposait dépassait de loin en exactitude toutes les autres sources.

«Et votre santé, monsieur Rašín ? demanda soudain

Kinský. Je vois que vous avez recouvré toutes vos forces.

— Loin de là, comte, répondit Rašín en souriant. Je passe encore beaucoup de temps au lit. Ma plaie me fait mal, je n'ai aucun souffle. Hier, j'ai essayé pour la première fois de prendre la rapière en main. Quelle tristesse !»

Il guettait comment le comte Kinský allait s'y prendre pour le pousser à prendre part et à collaborer à nouveau. Lors de sa dernière visite, Rašín lui avait annoncé d'une voix faible mais déterminée les raisons pour lesquelles il quittait le service et renonçait à toute nouvelle entreprise. Kinský avait laissé passer sa démission sans commentaire. Et maintenant il choisissait la manière la plus efficace et la plus simple.

«Monsieur Rašín, dès que je reviendrai de Dresde après avoir vu l'électeur, je pars pour Pilsen. Ma femme est un peu souffrante elle aussi depuis quelque temps, mais je pense qu'elle sera en état de voyager jusqu'en Bohême d'ici quelques jours, dit-il d'un ton léger. Je compte que vous vous joindrez à nous, monsieur Rašín, il y aura grand besoin de nous deux là-bas. Cette fois-ci nous sommes sûrs de gagner, sauf si nous laissions nous-mêmes passer cette chance.»

Et Rašín entendit avec un certain étonnement sa propre voix donner son accord et mettre encore brièvement au point avec Kinský les détails d'un départ aussi rapide que possible.

Puis il regarda depuis sa fenêtre le comte monter dans son traîneau, les valets l'envelopper de fourrures précieuses, et le traîneau s'éloigner. Václav qui avait refermé le portail derrière l'hôte de marque se présenta à la porte en demandant :

«Dois-je débarrasser la table, ou souhaitez-vous autre chose, monsieur ?

— Oui, répondit Rašín en se tournant vers lui. Apporte-moi mon épée et mes pistolets.»

La cravate à moitié défaite et les manches relevées, Lahodný conduisait la voiture par la banlieue de Belgrade. A ses côtés, Sova, le plan de la ville ouvert sur les genoux, essayait de lire au passage les noms des rues latérales. Ils traversèrent le centre sans encombre, mais lorsqu'ils empruntèrent l'avenue qui suivait le cours de la Save, des complications surgirent :

«Il faut tourner à gauche sur la grande avenue, le plan est

tout à fait clair, guidait Sova.

— Impossible, il y a un sens interdit, contrait Lahodný. Et voilà, nous sommes dans la panade.»

Ils avaient pénétré dans un carrefour et la voiture se trouvait bloquée. Avant qu'ils aient pu s'orienter, on entendit un sifflement perçant et un policier en uniforme blanc pur accourut vers eux depuis une guérite provisoire. Au lieu de se mettre à hurler comme ils s'y attendaient, il les salua et sourit.

«La rue Pere Todorovič, s'il vous plaît, dit Lahodný en sortant la tête par la fenêtre. D'après le plan nous devons aller tout droit.

— Vous ne pouvez pas aller tout droit, nous sommes en train de construire un nouveau pont, expliqua le policier avec gentillesse. Il faut suivre le quai à droite et au-delà du viaduc seulement tourner en haut et à gauche.»

Lahodný dut reculer un peu pour pouvoir tourner à droite. D'un geste résolu de son bâton, le milicien ordonna à la voiture coincée derrière eux de dégager la place. A l'intérieur des voitures bloquées dans les deux sens, personne ne jura ni ne fit sonner son avertisseur. Au contraire, les conducteurs leur faisaient des appels de phares et des signes de mains amicaux. Ils remercièrent, Lahodný parvint enfin à se dégager de l'embouteillage et l'agent salua de nouveau. Puis le sourire s'effaça de son visage, il siffla et son bâton se mit à voleter dans l'air.

«Ce numéro tchèque fait vraiment des merveilles ici, nota Lahodný.

— Ça leur passera s'ils voient encore quelques chauffards dans ton genre, le piqua Sova.

— J'ai eu un moment de fatigue, voilà tout, admit Lahodný. J'en ai plein le dos, maintenant.»

Ils se perdirent encore une fois, mais finirent par s'arrêter devant une tour d'immeuble dans une cité située sur une pente assez raide. Le décor faisait comme toujours penser à une caserne, mais les abords du bâtiment étaient propres et bien arrangés. Déjà depuis la rue, on avait un panorama fascinant sur la vieille ville de Belgrade dominée par la forteresse Kalemegdan.

L'ami de Lahodný habitait au quatrième étage et vint leur ouvrir, vêtu seulement d'un short.

«La salle de bains est à gauche, j'attrape tout de suite de la bière dans le frigo et vous serez obligés de dormir par terre parce que les meubles sont restés en rade quelque part du fait des événements», leur annonça Mirek Barvínek, employé de la section culturelle de l'ambassade, après les présentations et les salutations d'usage. Son crâne portait un duvet de cheveux fins et rares ; il dévisageait ses visiteurs de ses petits yeux piquants derrière des lunettes cerclées d'acier.

L'appartement de fonction flambant neuf se composait de trois chambres, d'une cuisine et de dépendances. Toutes les portes et fenêtres étaient grandes ouvertes pour permettre au courant d'air d'abaisser un peu la température caniculaire qui semblait monter encore malgré l'approche du soir. Barvínek avait pour le moment établi son quartier général dans la première pièce, où il avait installé dans un coin un lit pliant ouvert et un téléphone. Tout le reste s'étalait directement par terre. Des piles de livres, de magazines et de papiers, des assiettes, des bouteilles vides. Le poste de radio était également par terre, les costumes et les chemises étaient suspendus sur des cintres au chambranle de la porte qui séparait cette chambre des deux suivantes, pour le moment vides et nues.

Sova prit une douche avec délice. Puis il tourna le robinet, mais un rang de gouttelettes ne cessait de couler de la douchette, brillante de l'éclat du chrome neuf. Lorsqu'il revint dans le séjour, il trouva les deux hommes plongés dans une discussion animée.

«Les correspondants occidentaux considèrent la question tchécoslovaque comme une affaire réglée, disait justement Barvínek. Les Russes ne vont pas envoyer une armée d'un demi-million d'hommes pour déclarer au bout de trois jours "Pardon, c'est une erreur, nous venons juste de comprendre que vos intentions étaient bonnes et honorables" et repartir d'où ils viennent. Ni rester et assister en silence à l'expansion du socialisme à visage humain. Reconnais que ce serait une alternative absurde.

— Alors ils seront obligés de tout laminer de fond en comble, disait Lahodný. Une majorité écrasante du peuple a suivi la nouvelle ligne et il ne va pas se laisser prendre du jour au lendemain tous ses acquis et sa liberté.»

Barvínek avait passé plus de dix ans dans les services diplomatiques et avait depuis longtemps adopté une approche professionnelle de la politique. La morale et les émotions personnelles n'étaient à ses yeux que des valeurs d'importance tout à fait marginale.

«Le peuple ? De quoi parles-tu donc ? dit-il en tournant la tête d'un air d'incompréhension. Les choses sont décidées. Tôt ou tard, sous une pression plus ou moins forte, on commencera une remise en ordre selon les anciens critères qui ont fait leurs preuves. La technique est parfaitement rodée et personne ne se fait d'illusions inutiles. Le monde est divisé en sphères d'influence. En Europe, nous sommes en situation de pat et le temps n'est pas encore venu de procéder à des changements radicaux. Depuis une certaine époque nous appartenons à une zone et nous ne nous en dégagerons pas de nos seules forces, les événements nouveaux le montrent de façon convaincante.»

Lahodný ne répondait pas. Il réfléchissait, les yeux fixés au sol.

«Tu as de l'eau qui ne s'arrête pas de couler à la salle de bains, dit Sova pendant le temps de silence. Pas moyen de serrer le robinet.

— Non. Il y a aussi des cafards qui arrivent je ne sais d'où par le puits d'aération, dit Barvínek. Ici, les gens se racontent en revanche qu'ils ont réalisé la meilleure forme de socialisme possible en passant directement de l'âne à la Mercedes. Mikuláš, sers-toi de bière, elle est au frigo.»

Sova sortit dans le hall et ouvrit le réfrigérateur. La bière était en boîtes ornées d'inscriptions danoises. La boîte à la main, il se dirigea vers le balcon par la porte ouverte, arracha la capsule et but. Puis il s'appuya à la balustrade. Il n'avait aucune envie de retourner dans la pièce : quelque chose le gênait chez ce Barvínek qui parlait de façon si raisonnable. Il lui semblait comme trop tôt revenu à lui après une bamboche irréfléchie. Il s'est déjà trouvé une explication, il a inventé une théorie sous laquelle s'abriter pour donner une direction nouvelle à ses pas. Des pas sûrement très raisonnables.

Sova regardait la ville à ses pieds. Belgrade était réellement blanche sous les rayons du soleil couchant. A quoi appartient cette ville, quel sort l'attend ? C'est une ville magnifique, cette ville blanche. Pompéi a une autre beauté – une ville noire. Il repassait dans sa mémoire les noms de toutes les cités qu'il avait eu la chance de traverser récemment. Rome, Naples, Palerme, Taormine, toutes des villes magiques. Chacune à sa manière, chacune différente, chacune inimitable. Mais Pompéi est déjà déterminée. Définitive, une fois pour toutes. Et Venise viendrait tout de suite après, s'il fallait établir un ordre. Où devait-on classer Prague ?

Non, je ne veux pas penser à cette ville. Je m'en suis détaché avec joie, d'un cœur léger. Je n'ai plus rien à voir avec elle. Elle m'est devenue indifférente. Elle est en dehors de moi, c'est ce que je voulais depuis toujours et maintenant je suis parvenu à mes fins.

De la pièce de séjour lui parvenait une émission de radio brouillée par un bruit de friture. Deux amis fortuits de Sova, séparés de lui et l'un de l'autre, y écoutaient des informations sur les nouveaux craquements qui faisaient éclater le visage écaillé du monde malade.

Que reste-t-il ? se demandait Sova. Que reste-t-il encore ? Admirer des villes, commencer une collection de villes et les piquer dans sa mémoire avec une épingle comme des papillons dans une boîte au temps de sa jeunesse. Et veiller jalousement sur ce trésor en attendant qu'arrive la grande nettoyeuse pour jeter aux ordures tout ce fatras décomposé : non seulement la collection de villes et de lieux évoqués dans l'écoulement du temps qui passe ici et maintenant, mais avec elle, sa tête, cette boîte inutile.

Le soleil s'était enfoncé derrière l'horizon. La brise du soir apportait une fraîcheur apaisante. Sova vida sa bière et posa la boîte vide près d'une rangée d'autres boîtes identiques qui s'amoncelaient en pyramide sur le balcon.

Et alors ? Que souhaiter de plus ? Il se sentait heureux. Parfaitement serein. Il avait encore le temps. Quelque part, près d'une de ces villes qu'il allait encore traverser, il trouverait cette petite maison avec son jardin. Le temps n'était pas encore venu de s'y précipiter.

Brusquement, il ressentit une violente crampe d'estomac. De douleur, il se roula en boule, puis, cassé en deux, ils se précipita aux toilettes où il vomit longuement et péniblement. Un violent accès de toux lui arrachait les entrailles.

Enfin l'attaque commença à s'apaiser. Les yeux noyés de larmes, il regardait hébété le contenu sanglant de la cuvette dont ses doigts crispés enserraient les bords.

Il trouva encore la force de tirer sur la chaîne et d'actionner la chasse d'eau, puis il s'effondra par terre, épuisé.

III

LE CARRÉ D'HONNEUR

«Le carré d'honneur
se trouve à droite de l'allée principale»
Inscription au cimetière d'Olšany

1.

Ils suivirent une rue étroite entre des rangées de pavillons, jusqu'au carrefour sur lequel veillait la croix blanche qui donnait son nom à l'agglomération. L'embranchement de gauche menait à Fiesa, un village en contrebas, au niveau de la mer ; la route de droite retombait sur Portorož et la rue qu'ils suivaient depuis la Maison des écrivains arrivait de Piran, la ville par où ils étaient arrivés pour la première fois quelques jours auparavant.

Les voitures qui les dépassaient de temps en temps, aux numéros tantôt italiens tantôt yougoslaves, les noyaient à chaque fois dans un nuage de poussière. Beli Križ s'étendait le long des trois voies de communication et les conducteurs qui connaissaient bien les routes locales coupaient souvent par là. Les Italiens avaient une raison supplémentaire de visiter cet endroit : la dernière maison entourée de cyprès juste en face du carrefour à la croix était une trattoria renommée, offrant des spécialités italiennes et un vin local bon marché. C'est d'ailleurs là que Malenda conduisait Lahodný et Sova. Durant les quelques jours que ses compagnons avaient passés à Belgrade, il avait réussi à s'acclimater et à se familiariser avec les spécialités locales.

La trattoria était posée en équilibre sur l'arête du versant qui tombait à pic vers le golfe marin de Fiesa. Ils s'installèrent sur la terrasse délimitée par une tonnelle de béton recouverte d'une treille grimpant sur un lattis de bois. Les grappes noirâtres pendaient presque au-dessus de leurs têtes et on pouvait à volonté en cueillir quelques grains. Ils choisirent une table au bord de la terrasse, près de l'escarpement d'où l'on avait une vue panoramique sur le golfe. Un grand transocéanique s'avançait vers la terre ferme, dignement et sans hâte ; il paraissait immobile à première vue, mais une observation plus attentive révélait qu'il progressait en direction du port. Des canots à moteur sillonnaient la surface marine comme des comètes empanachées d'eau en mouvement et le hurlement de leurs moteurs montait par moments jusqu'ici, atténué par la distance au point de se réduire à un doux ronron. De l'autre côté du golfe, à l'arrière du tableau, des lumières commençaient à s'allumer et leurs pointes d'épingles permettaient de mieux comprendre la disposition de la ville qui s'étageait sur le versant opposé, enfouie dans la verdure des arbres. Au centre clignotait à intervalles réguliers la lumière rouge vif d'un phare.

«C'est Trieste, répondit Malenda à la question de Lahodný. La ville où ont vécu James Joyce et Italo Svevo. Tout ce qu'on voit au-dessous de nous c'est le golfe de Trieste, et des grands paquebots comme celui-là, il en passe toute une série chaque jour.

— Trieste, mais nous sommes passés par là, n'est-ce pas Miku ? se souvenait Lahodný. Le surlendemain de Salzbourg. Nous ne nous doutions pas encore que nous allions bientôt regarder en sens inverse. A quelle distance est-ce, à votre avis ?

— Huit, dix kilomètres à vol d'oiseau. Les Italiens viennent prendre leur dîner ici.

— Nous étions allés voir les requins et toutes sortes de bestioles marines, ajouta Lahodný. Il faisait assez froid et un vent désagréable soufflait sur la jetée.

— Et qu'avez-vous appris à Belgrade ? demanda Malenda d'un ton impatient. Est-ce que tu as trouvé ton ami ?

— Nous avons parlé avec lui. Nous ne sommes même pas allés à l'ambassade, elle est assiégée par les gens de chez nous, une vraie folie.

— Et alors ?

— Rien de bien folichon, dit Lahodný en haussant les épaules. Barvínek prévoit une capitulation sur toute la ligne avec toutes les conséquences que cela implique.

— Tu penses que les gens se laisseront faire, même si la direction devait se rendre ?

— Je ne sais pas, répondit Lahodný. Nous verrons ce qu'ils rapporteront de Moscou. Pour le moment, il n'y a que des suppositions. Barvínek nous a fait rencontrer un correspondant de l'UP et ce type affirmait que notre expérience était condamnée d'avance. Il semble que le monde entier en savait beaucoup plus long que nous-mêmes.»

La patronne de la trattoria arriva, une Italienne corpulente d'âge incertain, aux cheveux gras. Elle étendit sur la table une nappe propre à carreaux, aux couleurs défraîchies par des lavages répétés. Malenda commanda trois sardines frites et un litre de vin rouge. L'Italienne apporta aussitôt la carafe de vin, mais ils durent attendre le poisson. La commande avait été passée dans un langage germano-italien accompagné de signes.

«A Belgrade, on pense généralement que les partisans de Dubček ont gâché une occasion immense par leurs propres fautes et leur inconséquence, prêchait Lahodný de son ton personnel de donneur de leçons. Qu'en fait, ils n'ont jamais fait qu'improviser sans savoir précisément à quoi devait ressembler ce socialisme démocratique qu'ils vendaient aux enchères au jour le jour sans que personne ne définisse une démarche et un but impératifs. De l'extérieur, c'était, paraît-il, comme si la direction ne savait pas exactement où elle voulait en venir.

— Mais c'est vous tous qui l'avez mis aux enchères, s'irrita Malenda. Les manipulateurs du mouvement de renaissance nationale ont utilisé les aspirations des gens pour fabriquer un digest qui faisait bien dans leur boutique, et la direction n'a fait que danser à leur musique. Toi-même tu t'es assez mouillé là-dedans, me semble-t-il.

— Pourquoi te fâches-tu ? se hérissa à son tour Lahodný. Je ne fais que te transmettre les opinions que j'ai entendues et que tu voulais connaître. Ne mêle pas d'invectives personnelles à cela, je t'en prie.»

Il y eut un moment de silence au cours duquel leurs regards hostiles se croisèrent. Puis chacun reconnut à part soi qu'il était allé un peu loin.

«Qu'est-ce qu'on va faire maintenant ? demanda Malenda. Après la bataille, chaque troufion devient général.

— Je ne sais pas, rien, sauf attendre pour le moment, gronda Lahodný. Et ici, où en sont les choses ?»

Malenda faisait comme s'il avait déjà oublié leur brève altercation. Ou peut-être ne la considérait-il pas comme importante, parce qu'il s'était habitué aux réactions nerveuses des personnes avec qui il était en contact.

«Nous sommes dix de chez nous ici, nous deux avec Muzikář, Vendula, un couple de Bratislava avec leur fils, ils sont tout à fait sympa ; les Štefánek de Brno sont tout ce qu'il y a de bien, vous le connaissez, Štefánek, non ? Ça va moins bien avec Kozderka qui passe son temps à fumer son chibouk, il a refusé de signer une déclaration que nous avons pondue, en prétendant que ça fait plus de vingt ans qu'il ne signe plus rien. Le pire, c'est le père Zajíc. Ce vieux goutteux a commis une émission de propagande politique bien balancée pour la radio il y a vingt ans et depuis, il est membre de l'Union des écrivains. Lui, il a décrété dès le premier jour que c'était bien fait pour tous ces braillards de gratte-papiers. Mais en même temps il a été le premier à se précipiter à Piran pour toucher le soutien en espèces. Vendula l'a terriblement engueulé et depuis personne ne lui adresse plus la parole. Dans l'ensemble, on dirait une poignée de gens sur une plaque de glace à la dérive, on ne sait pas où elle va, et les nerfs des individus les plus faibles commencent à lâcher. Les Slovènes sont simplement merveilleux, vous verrez ça par vous-mêmes. Il y a deux ou trois types de leur Union qui viennent nous voir, humainement exceptionnels tous autant qu'ils sont. C'est même incroyable qu'ils continuent encore à nous aimer comme ça après toutes ces années de propagande haineuse. Vous vous souvenez, dans nos journaux, à une certaine époque, toutes les invectives contre ce chien sanglant de Tito ? Et eux, ils nous appellent leurs frères ; si l'un d'entre nous disait une chose pareille ça aurait l'air grotesque, mais dans leur bouche ça a un certain poids. Bref, ils sont crédibles.

— Les Yougoslaves se conduisent très bien partout, admit Lahodný. Ils ne sont pas très sûrs qu'il ne risque pas de leur arriver la même chose qu'à nous.

— Moi aussi, j'ai entendu dire qu'ils n'excluent pas cette possibilité, dit Malenda. Mais eux, ils se défendraient les armes à la main jusqu'au dernier homme.

— Et voilà pourquoi ça ne leur arrivera pas, estima Lahodný. Il n'est pas commode de s'en prendre à des gens décidés à se défendre jusqu'au bout, on ne sait jamais comment ça risque de tourner.»

L'Italienne arriva avec leurs trois assiettées de poissons frits et un panier de pain blanc. Malenda et Lahodný se jetèrent sur la nourriture avec un appétit féroce. Sova mangeait lentement, il testait avec prudence les réactions de son estomac. C'était comme si une insidieuse bête fauve s'était tapie dans ses entrailles et pouvait s'éveiller de sa somnolence au moment le plus inattendu pour se remettre à donner des coups de dents furieux autour d'elle.

Il n'avait pris aucune part à la discussion qui avait précédé et dont le déroulement lui semblait aussi connu qu'un vieux disque de gramophone, avec certes une nouvelle mélodie, mais des sillons tout aussi défectueux et donc une restitution imparfaite. Comme si on ne faisait que continuer la vieille cuisine de jadis. Des mots, des mots, des mots.

Il contemplait la mer : on l'aurait dite assemblée de tissus de structures différentes qui, malgré leur hétérogénéité et bien que les zones en fussent nettement délimitées, donnaient une unité à la masse aquatique ridée. La mer proposait cette apparence superficielle comme sa réalité, mais elle dissimulait soigneusement sa véritable nature sous la surface, dans les profondeurs, avec ses courants et sa puissance.

Et Sova nourrissait une secrète suspicion à l'égard des réalités qui s'exposent ainsi de leur plein gré. Il se méfiait de cette vision offerte, avec le sentiment qu'il fallait la dépasser pour trouver les degrés d'une compréhension plus véridique, les marches permettant d'atteindre à la nature des choses, des événements et des actes dont cette surface ne représente qu'un reflet fallacieux et arbitraire.

La nuit était tombée lorsqu'ils eurent fini de boire. Ils payèrent et reprirent le même chemin. Cependant, avant d'arriver à la Maison des écrivains, Malenda les conduisit à un portillon donnant dans un jardin sur le côté droit de la rue. Il frappa au rez-de-chaussée d'un pavillon et ils entrèrent dans une petite pièce déjà pleine de monde. Il y avait d'une part leurs amis et compatriotes, les Štefánek et la famille de Bratislava, d'autre part des Tchèques d'un camping proche à Fiesa. Le propriétaire du studio était un Italien, un vieux garçon qui possédait une télévision et accueillait volontiers tous les intéressés, avides de nouvelles. Grâce à la bonne situation de l'endroit, ils pouvaient recevoir aussi bien les émissions en slovène de Ljubljana que des stations italiennes.

Sova s'arrêta tout près de la porte, là où il restait un peu de place. Devant lui se tenait Muzikář à côté de Ljuba, l'économe de la maison, perchée sur une table de nuit, faute de mieux. On entendait des informations italiennes, un présentateur grisonnant marmonnait quelque chose à toute vitesse.

«Vous comprenez ? dit Sova en se penchant vers Ljuba. Qu'est-ce qu'il raconte ?

— Ils vont montrer des prises originales de Tchécoslovaquie, lui répondit-elle en anglais. Ils ont réussi à sortir des films par l'Autriche et les Italiens les retransmettent.»

Aussitôt des images de Prague apparurent sur l'écran. Un attroupement devant Radio Prague et, par la fenêtre ouverte, un présentateur connu qui harangue la foule et souligne ses mots de sa main droite serrée en poing ; des civils discutent avec les soldats soviétiques, mitraillette au poing : ils tendent vers eux leurs bras ouverts en demandant : "Pourquoi êtes-vous venus ? Qui vous a appelés ?" ; la façade du Musée National criblée de balles comme si elle avait eu la vérole ; un cordon de jeunes qui agitent des drapeaux nationaux autour de la statue de Saint Venceslas, patron du pays ; une rangée de jeunes gens et jeunes filles assis en travers de la rue comme une barricade de corps vivants et, face à eux, les chars monstrueux avec leurs longs canons qui visent par-dessus leurs têtes quelque part vers le bas de la place, vers Mflstek. Voilà donc sûrement l'épilogue du film tourné par Franta Kadlus, *Nous sommes avec vous, soyez avec nous*. Mais ces gens dans les rues étaient désespérément seuls, et le tissu des drapeaux tricolores était tout ce qui leur restait entre les mains.

Ils quittèrent le pavillon en silence, les femmes sanglotaient tout haut. Puis ils s'assirent en groupe dans la salle à manger de la Maison, les tables serrées les unes contre les autres, l'oreille tendue vers le poste de radio toussotant. A une table voisine, Ljuba écrivait une lettre, la tête penchée de côté. Il était près de minuit mais personne ne songeait à aller dormir.

Soudain, le regard de Sova croisa les yeux de laque noir de la jeune fille. Il avait échangé quelques paroles avec Ljuba peut-être deux fois auparavant, fugitivement, sur les choses courantes de la vie pratique. Où faire ses commissions, la meilleure marque de café ou de cigarettes, s'il valait mieux manger au restaurant tout proche ou à la trattoria. Ils communiquaient dans un mélange de leurs langues maternelles et d'anglais, qu'elle étudiait à l'université. Sova quitta le groupe d'auditeurs pour se rapprocher d'elle.

«Qu'écrivez-vous ? Une lettre à votre ami ?

— Oui, fit-elle de la tête. Mes amis m'appellent Ljuba.

— Est-ce que je peux vous appeler comme ça, moi aussi?

— Bien sûr.

— Ecris-moi une lettre, Ljuba, dit-il en souriant. Il semble bien que je ne vais pas en recevoir pendant un certain temps.

— Très bien, je le ferai», dit-elle, sérieuse.

Il se sentit brusquement embarrassé. Il n'avait voulu qu'échanger quelques mots légers, une plaisanterie, mais sa réaction imprévue le prenait de court.

Il s'assit à l'écart à une table libre et battit les cartes pour une réussite. Voilà longtemps qu'il n'avait plus eu le temps de jouer. En retournant les cartes il vit que trois des quatre huit rouges étaient sortis dans le tiers supérieur du tableau, ce qui ne présageait rien de bon. En revanche, la disposition de la moitié inférieure paraissait à première vue plus prometteuse. Il alluma une cigarette et commença à réfléchir à la façon de dégager les huit bloqués.

Dans sa main de quatre cartes, il pouvait directement se défaire du six de carreau et du cinq de pique, la troisième carte était un as de trèfle qui pouvait aussi bien servir pour atteindre l'as de cœur dans la troisième rangée après avoir relevé le deux et le trois de trèfle au-dessous de lui. La quatrième carte était la pire possible, le roi de pique, ce qui l'obligeait pour le moment à ne se servir que des trois autres, tant qu'il ne libérait pas toute une colonne pour lui faire la place.

Un estomac abîmé par une alimentation erratique, un excès de boisson et de cigarettes, un mode de vie réglé exclusivement par le hasard. Que de fois s'était-il fait l'effet d'un vautour charognard devant les assiettées peu appétissantes des auberges et avait repoussé le plat entamé avec un sentiment de dégoût ! Il se souvint d'un jour où il avait commandé, avec un peintre de ses amis, du rôti de bœuf à la milanaise et où on leur avait servi un morceau de barbaque avec des spaghettis blancs et farineux aspergés de ketchup dilué. Ils discutaient de quelque chose. Sova avait machinalement pris ses couverts et s'était mis à manger tout en parlant, mais soudain il s'était aperçu que son ami fixait son assiette avec des yeux exorbités.

«Qu'est-ce qu'il y a ? Est-ce que tu m'écoutes seulement ?

— Regarde, Mikuláš, la viande avec ses vers, dit le peintre en repoussant la nourriture du bout des doigts. Emportez-moi ça tout de suite et donnez-nous encore deux genièvres.»

Peut-être est-ce un ulcère. Peut-être même le cancer. Quelle sottise, pourquoi imaginer justement le pire ? Parce que le pire est toujours sûr d'arriver – son ancien adage émergea soudain dans sa conscience. Non, pas cela, il s'agit simplement d'une indisposition passagère, trop de choses se sont accumulées depuis quelque temps. Et surtout la tension de ne pas savoir si j'arriverais vraiment à passer à l'étranger, l'incertitude, le suspense, jusqu'à n'en plus pouvoir.

«Alors ça marche ?» dit soudain au-dessus de lui la voix rauque de Vendula Fialová. Elle regardait par-dessus son épaule, son inévitable cigarette au coin des lèvres.

«Ça n'a pas l'air mal, en fin de compte, dit-il. Au début les chances paraissaient un peu faibles, mais après ça s'est quand même arrangé.

— Tu ne veux pas que je te tire les cartes, quand tu auras fini ?

— Tu sais faire ça, toi ?

— Bien sûr, une vieille sorcière de mon espèce doit savoir faire ces choses-là. Je vais chercher mes cartes.»

Sova acheva sa patience, puis il s'installa en face de Vendula. Entre eux s'étalaient sur la table les cartes brunes et râpées avec leurs symboles des événements promis pas le destin, peints à la main et tout défraîchis : amour, voyages, argent, nouvelle, mort. Des d'auditeurs s'arrachèrent du groupe réuni autour de la radio pour venir regarder Vendula faire son numéro.

«Couper trois fois de la main gauche en s'écartant de soi. Ce que tu ignores, tu l'apprendras, le chemin que tu suis, l'avenir qui t'attend et auquel tu ne saurais échapper.

Tu as connu de nombreuses femmes, elles ont toujours fortement influencé ta vie. Mais tu ne les aimes pas, il te manque le sens de l'amour... Jamais aucune possession, mais toujours assez d'argent... Aucun lien, un homme isolé, sans racines... Toutes les possibilités sont restées en friche, un certain égoïsme, bizarre... Je vois une sorte de désir, une idée qui détermine tout ton destin... Et je vois comme un changement, un événement décisif a eu lieu, tu as devant toi une décision importante, prophétisait Vendula avec des temps d'arrêt.

— Et la santé ? interrogea Sova.

— Je ne vois rien de particulier, dit-elle en tournant la tête. Mais il faut travailler, tu dois avoir du succès dans ton travail.

— A quel point de vue ?

— Les cartes ne disent pas tout, le rabroua-t-elle. Il faut aussi y mettre du sien. On va refaire un tour.»

Elle battit les cartes et fit à nouveau couper à Sova de la main gauche, en trois tas qui s'éloignaient de lui.

«Regarde un peu ce que ça raconte pour la santé», lui demanda-t-il.

Mais le domaine principal de Vendula c'était l'amour.

«La santé va bien, mais tu ignores que tu es aimé d'une femme dans ton entourage», poursuivit-elle.

Elle connaissait bien son affaire, avait une façon amusante de dire l'avenir avec humour et une pointe d'ironie, sans se prendre au sérieux, permettant au respect atavique devant les prophéties de se couler dans les apparences d'un jeu de société acceptable pour passer agréablement le temps.

«Dans l'ensemble, les choses ne se présentent pas trop mal, on ne remercie pas et ça coûte une couronne, termina Vendula en ramassant les cartes. Y a-t-il d'autres amateurs?

— Bien sûr, moi, ici !» Muzikář s'empressa d'occuper la chaise que Sova venait de libérer.

Lui-même vint se placer derrière, pour pouvoir suivre le déroulement du jeu. Les mains derrière le dos, il sentit tout à coup qu'on lui glissait un papier plié. Lorsqu'il se retourna, il vit que Ljuba était en train de regagner sa table. Il monta à l'étage, dans la chambre qu'il partageait avec Lahodný. Il est occupé par les cartes, je serai tranquille pour lire. La lettre était en anglais.

Cher Mikuláš, il faut que je te dise que tu m'es sympathique depuis le premier moment où je t'ai vu. J'ai essayé de te le faire comprendre, mais je crois que tu ne t'en es pas aperçu. Ou n'as-tu pas voulu t'en apercevoir ? On dirait que tu penses sans arrêt à quelque chose d'autre, même par exemple lorsque nous sommes face à face et que nous bavardons. Et pourquoi es-tu si triste ? As-tu laissé chez toi à Prague une douce fiancée ? Aimes-tu une femme et as-tu peur de ne plus jamais la revoir ? Je voudrais que tu me le dises sincèrement et le plus vite possible. J'attendrai avec impatience et je me contenterai moi aussi d'une courte lettre, pourvu que je sache ce que je peux attendre de toi.

Cordialement,

ta Ljuba.

Il plia la lettre et la glissa dans sa poche. Il ne voulait pas répondre par écrit, et que pourrait-il écrire ? Mais en même temps il se sentait pris de court par la perspective d'une conversation après cet aveu naïf.

Il redescendit dans la pièce commune au moment où Vendula repliait son nécessaire. Lahodný regarda sa montre et annonça qu'il allait se coucher parce qu'il partait pour Munich le matin. Les autres membres de l'assistance prirent aussi congé et Sova s'assit près de son transistor, qu'il n'avait quasiment pas eu en mains depuis l'invasion. Il tournait le bouton, et brusquement sa station musicale préférée se fit entendre haut et clair. Tom Jones chantait le plus grand tube du moment, *Green, Green Grass of Home.* Ljuba leva les yeux depuis sa table. Ils étaient restés seuls dans la pièce. Sova quitta sa chaise et, la radio à la main, s'approcha et s'assit en face d'elle.

«Je te remercie de ta lettre, dit-il. Moi, je n'aime pas écrire des lettres, je préfère te répondre de vive voix.

— Le contenu t'a étonné ?

— Un peu, oui.»

Jones terminait sa chanson. Ljuba avait chantonné la dernière strophe en même temps que lui.

«Tu aimes ce genre de musique ? demanda-t-elle. Moi j'adore les Beatles.»

Il réalisa qu'il existait sans doute entre eux plus de choses pour les diviser que pour les rapprocher. Lui donnait la préférence à un autre style, et pas seulement en matière de musique. Qu'attend-elle de moi ? Tout de même, je me vois mal marcher la main dans la main, chuchoter dans les coins et offrir d'innocents baisers. Je ne suis même pas intéressé par un flirt. D'ailleurs, elle ne m'attire pas particulièrement. Elle fait trop jeune, frêle, sans défense. Il décida de lui raconter quelque chose dans ce sens, qu'il avait bel et bien laissé à Prague un amour à la vie et à la mort. A quoi ressemblerait-elle, si Ljuba avait l'idée de demander ? Peut-être à Lída, des cheveux lisses et dorés, un visage spiritualisé aux traits passionnés, une silhouette élancée. Ou autre chose, peu importe.

«Tu sais, il faudrait d'abord que je réponde aux questions que tu me poses dans ta lettre, commença-t-il de façon détournée.

— Tu ne veux pas boire quelque chose ? Viens, j'ai une goutte de *vinjak* à la cuisine», interrompit-elle.

Il la suivit à côté, dans la cuisine. Il songea en même temps qu'il risquait peut-être un problème digestif en buvant de l'alcool. De toute manière, pas de grande beuverie. Un ou deux verres tout au plus.

Ljuba ouvrit le réfrigérateur et en tira une bouteille. Il restait à peine quatre doigts de *vinjak*. Tandis qu'elle regrettait d'avoir si peu à lui offrir, lui en fut tranquillisé. Elle remplit deux godets et les posa sur un petit plateau en plastique blanc. Ils trinquèrent debout. Lorsqu'elle eut reposé son verre vide, elle s'approcha encore d'un demi-pas. Leurs visages se trouvaient éloignés d'une largeur de main.

Il ne pouvait que l'enlacer. Elle levait vers lui des yeux brillants pleins de confiance, il se pencha et l'embrassa rapidement sur les lèvres et le front. Elle posa sa tête sur son épaule dans un geste de soumission, il caressait machinalement ses longs cheveux noirs. Par-dessus sa tête il voyait la table avec son plateau, les deux godets vides et la bouteille presque vide elle aussi, puis son regard distrait s'égara dehors par la fenêtre. Une ampoule allumée au-dessus de l'entrée éclairait la terrasse recouverte de cailloux blancs et les branches des marronniers qui séparaient la petite esplanade devant la villa de la descente vers le chemin. Une musique enregistrée sortit du restaurant en plein air, un client attardé avait dû mettre une pièce dans le juke-box et Tom Jones entonna à nouveau la fameuse chanson sur l'herbe verte de son pays.

Puis Sova sentit les cuisses de la jeune fille se presser contre lui dans une ébauche d'acte amoureux et il réalisa qu'il ne pouvait plus s'adonner à la vision apaisante du paysage au-dehors, ni écouter cette mélodie que les fréquentes répétitions commençaient à transformer en une espèce de rengaine frelatée.

Ljuba leva à nouveau le visage vers lui et ses yeux prirent une expression fébrile. Il l'embrassa, et dans cette longue union de leurs lèvres, totale et cruelle, il sentit monter l'excitation. Les effleurements légers dont il l'avait caressée jusqu'à présent commencèrent à prendre un sens, ses doigts appréciaient la fermeté et l'élasticité des petits seins, la courbe des hanches. Leur souffle accéléré se mêlait à de faibles gémissements, il s'entendit lui murmurer des mots tendres dans sa langue maternelle, et entendit à son tour des mots doux en slovène dont il ne comprenait pas exactement le sens. Il défit les boutons de sa blouse et éprouva de ses dents la fragilité de la peau lisse, tandis que sa main droite errait en remontant le long des jambes.

Puis brusquement cette violente vague de passion retomba en lui avec la même rapidité qu'elle était venue. Il se vit penché sur le balconnet rigide d'un soutien-gorge de dentelle noire, ses doigts pétrissant son bas-ventre à travers sa culotte longue de petite fille. Il mesura le comique et la gaucherie de la situation et se sentit en même temps parfaitement désarmé par la passivité complaisante de Ljuba. Il se vit par d'autres yeux, extérieurs à lui, dans cette cuisine carrelée, entre le réfrigérateur et le fourneau, plongeant son nez busqué dans le linge de la jeune fille, avec ses cheveux clairsemés et grisonnants, comme moisis déjà, courbé dans une attitude inconfortable pour peloter de ses mains compétentes une bachelière fraîche émoulue et pleine de curiosité. C'était déplacé. C'était embarrassant. Il avait beau ne pas comprendre exactement pourquoi cette jeune fille l'avait entraîné dans une telle situation, quoi qu'il en fût, sa propre part dans l'affaire était peu reluisante. Il eût sûrement convenant de gazouiller des mots d'amour, mais c'était là un comportement trop éloigné de son personnage de vétéran sur le retour aux lèvres minces. Jamais il n'avait dû jouer le sentiment à ses amantes passées, fortuites, et facilement dévêtues ; s'il avait fallu qu'il tentât quelque chose de semblable à présent, il n'aurait extrait de son cerveau que des mensonges essoufflés car il avait depuis longtemps oublié ce qu'était l'amour et cette notion même sonnait creux pour lui.

Tandis qu'il s'écartait d'elle avec ménagement, il entendit

sonner le glas, couvrant le sentiment qu'il avait de son propre néant et qu'elle, dans son inexpérience, avait maladroitement appelé tristesse. Toutes les années consacrées à défendre son monde personnel contre le monde en général, l'inadéquation de ses relations avec autrui, le sentiment d'être le grain à bout de force fuyant la meule qui allait le broyer, ces années d'alerte permanente tous azimuts avaient aiguisé son instinct de conservation mais inhibé son affectivité. Et soudain, dans ces instants de silence et de vide, ce tintement s'était élevé avec une claire insistance ; pourtant, la cloche était depuis longtemps en mouvement, mais jusqu'ici le temps lui avait manqué de tendre l'oreille dans cette course harassante.

Alors, que reste-t-il ? Pour l'heure, avant tout, me sortir de cette étreinte problématique, fût-ce par le mensonge. Et après ? Après ? On verra bien, il y a toujours un après en règle générale.

Il reboutonna le chemisier, encore quelques caresses, lentement, pour masquer par une apparente tendresse la réalité du désintérêt profond, voilà qui est bien.

«Il faut aller dormir, Ljuba, tu te lèves tôt demain, tu as des obligations, dit-il d'une voix fausse.

— Bien, Mikuláš, accepta-t-elle paisiblement, sans avoir rien compris. On finit la bouteille, tu veux ?»

Elle versa ce qui restait d'alcool, deux petits godets à moitié remplis.

«Tu m'aimes ?

— Of course I do.» Curieusement, on peut aussi continuer comme ça. Peut-être juste parce qu'il semble plus facile de mentir dans une langue étrangère.

Il vida son verre et sentit brusquement une pression désagréable dans la région de l'estomac. La lourdeur s'accentuait. Il se figea, mais la douleur passa aussitôt. La bête dans son ventre avait simplement changé de position avant de se rendormir.

Après les cruels froids de janvier, un redoux se produisit dans les premiers jours de février comme si le printemps approchant avait envoyé une carte pour annoncer son retour. Mais l'annonce avait été prématurée et ses conséquences plutôt désagréables. La couche de neige dans les rues raboteuses de Pilsen s'était aussitôt transformée en une gadoue bourbeuse et Rašín pataugeait en tentant d'avancer par les flaques crotteuses.

Il arriva sur la place d'un pas rapide et regarda autour de lui pour voir dans quel sens le chemin serait, ne fût-ce qu'un peu moins, inconfortable. Il renonça aussitôt à traverser tout droit. Une mare de fange peu ragoûtante, soulevée à tout instant en gerbes sales par les carrosses des hauts officiers et les chevaux des dragons, en ôtait toute envie.

Il choisit le chemin le plus détourné qui longeait les maisons aux façades écaillées dont les fenêtres regardaient lugubrement vers la place. Comme s'il ne suffisait pas de voir l'armée choisir l'enceinte de la ville pour ses quartiers d'hiver, voilà encore le temps qui se met de la partie ! Et la peste, que le gel rigoureux a pour un temps tant bien que mal enrayée, redouble sa menace, sans compter la misère et la faim, la cruauté, les violences d'une soldatesque débridée. Les habitants de Pilsen préfèrent rester dans leurs murs – pour autant que les quartiers-maîtres leur en ont laissé une partie pour leur usage – et ils s'y serrent et s'y entassent, avec pour seul chauffage leur propre respiration, tandis que dans les rues et sur les places de leur ville, recrutés dans tous les coins du monde, baragouinant les langues de toutes les peuplades possibles, ces soudards toujours ivres et toujours en chicane avec les putains qui suivent toute armée comme un panache obligé, cette racaille, donc, s'affiche et s'étale à sa guise.

Rašín dépassait les groupes de soldats sans leur prêter la moindre attention. Il ne s'intéressait guère à leurs cris et leurs querelles, et eux non plus ne le saluaient même pas et ne lui cédaient le passage qu'à contre-cœur. Les capitaines avaient du mal à tenir ce ramassis en bride. La discipline s'amenuisait de jour en jour, les officiers supérieurs avaient d'autres soucis plus importants en tête et la racaille mercenaire tirait son parti de l'atmosphère tendue, lourde d'incertitudes. Elle n'en était pas encore à pendre ses colonels aux branches des arbres et à piller leurs biens, mais on voyait, aux regards sauvages et aux grimaces insolentes de bien des hommes, qu'ils n'hésiteraient pas à le faire à la première occasion. Juste un brin de chaos supplémentaire, encore quelques colonels désertant en douce avec leurs compagnies à la faveur de la nuit, et ce serait chacun pour soi, rafle donc ce que pourras.

Rašín monta au premier étage et l'huissier du comte Kinský l'introduisit dans la pièce. Le comte Wilhelm Kinský arpentait la pièce de long en large, allait à chaque instant se poster à la fenêtre et regardait impatiemment au-dehors.

«Où sont donc passés nos amis ? Sont-ils allés faire un somme avant la beuverie du soir ?» ironisait Kinský à haute voix. Mais le ton de ses paroles contrastait avec les mouvements nerveux de ses mains. Celles-ci étaient tantôt dans le dos, tantôt jouaient avec un mouchoir de dentelle.

Rašín reprenait difficilement son souffle après la marche. Il ne put réprimer une attaque de toux rauque qui montait dans sa gorge.

«Je vois que vous êtes de bonne humeur, comte», dit-il lorsque sa toux fut passée et qu'il se fut un peu apaisé.

«J'essaie de ne jamais perdre ma bonne humeur, rétorqua Kinský. Vous avez pu vous en rendre compte par vous-même lors de notre voyage jusqu'ici à Pilsen, monsieur Rašín.»

Les difficultés de l'expédition avaient atteint leur comble près de Teplice où ils avaient été surpris par une tempête de neige. Les carrosses s'étaient enlisés dans les congères, le général Antonin Schlief qui les escortait avait de la neige jusqu'à la taille et ses jurons couvraient les hurlements du vent. Rašín lui aussi était tourmenté : tout retard pouvait avoir des conséquences néfastes. Mais Kinský, qui éprouvait pourtant les mêmes sentiments, ne les trahissait qu'en redoublant d'ironie. Ils avaient ensuite attendu l'accalmie de la tempête deux journées entières sur les terres du comte.

Et comme ils l'avaient constaté à leur arrivée ici, ils n'avaient de toute manière rien perdu. Malgré l'activité fébrile de Kinský, malgré les conciliabules de plusieurs heures avec les plus initiés des conspirateurs, et malgré la hâte avec laquelle les messagers et les courriers s'égaillaient dans toutes les directions comme une bande de moineaux, les choses ne progressaient que lourdement. Rašín avait passé presque quatre semaines dans l'inaction, il avait eu assez de temps pour observer ce qui se déroulait autour de lui et il sentait peu à peu monter en lui l'inquiétude devant le cours bizarre des événements. La nervosité et l'angoisse, comme dans une partie où l'on joue son va-tout, pénétraient l'atmosphère qui s'alourdissait de jour en jour.

Pour tout arranger, la maladie s'ajouta au reste. Rašín avait pris froid lors du voyage en carrosse, la fièvre s'était emparée de lui et il avait dû garder le lit pendant dix jours après leur arrivée. Les douleurs à la poitrine, séquelles de sa blessure, avaient aussitôt redoublé et les accès de toux dont elles s'accompagnaient se répétaient avec la régularité d'une horloge de beffroi. Il se sentait faible et épuisé, le moindre effort l'inondait de sueur. Il était profondément déçu de se trouver si fragile, il ne pouvait se réconcilier avec l'idée que ses forces et son corps le trahissent à ce point.

«Pourriez-vous me donner la recette de votre merveilleux allant, comte ? demanda Rašín. Pour ma part, je dois avouer que j'en aurais de plus en plus besoin depuis le début de mon séjour ici.»

Le comte s'arrêta dans sa marche juste devant le fauteuil où Rašín se reposait.

«Je vous comprends, monsieur Rašín, dit-il. Moi aussi, la situation de l'armée m'a d'abord étonné. On dirait un coup du sort : durant toutes ces années où Friedland jouissait d'une puissance illimitée, il a toujours hésité à s'en servir à notre avantage, et maintenant qu'il est enfin disposé à le faire, nous nous apercevons que son empire sur son armée n'est pas aussi fort qu'il le faudrait. Peut-être une chose dépend-elle de l'autre», dit Kinský en haussant les épaules et en repartant vers la fenêtre. Il écarta le rideau et regarda au-dehors.

«Et cette circonstance ne vous trouble pas, comte ? demanda Rašín d'un ton scrutateur.

— Savez-vous, monsieur Rašín, ce qu'est la théorie du pire ? rétorqua Kinský, le regard toujours fixé sur le trottoir d'en bas.

— Non, je ne sais pas exactement, comte.

— Il s'agit d'une situation où un Etat ou une personne, comme c'est notre cas, se trouve dans une position telle que n'importe laquelle de ses décisions et n'importe lequel de ses actes ne peuvent que déboucher pour lui sur des résultats aussi désastreux les uns que les autres. Chacune de ses actions est d'avance condamnée à l'échec parce qu'elle ne mène qu'à l'échec. Plusieurs voies différentes s'offrent à lui, mais leur choix est sans grand effet sur la fin qui sera inéluctablement la même, c'est-à-dire catastrophique. C'est justement dans un tel guêpier que se trouve notre cher duc, expliqua lentement Kinský.

— Alors je comprends d'autant moins...

— Ah bon ? dit le comte en se retournant vers Rašín. Bien entendu, il serait très avantageux d'avoir à notre disposition une armée de confiance si le duc Wallenstein la commandait selon nos intentions. Mais le ferait-il vraiment ? N'aurait-il pas à nouveau l'idée d'entreprendre un de ses coups, auquel nous serions contraints d'assister passivement ? Monsieur Rašín, le comte est mon parent, j'ai pour lui un amour peu ordinaire, mais je préfère le savoir couché dans son lit entre les quatre murs de sa chambre, et qu'il ne bouge pas trop et n'entreprenne rien. Mais que Dieu nous le garde en vie, qu'il n'aille pas rendre l'âme trop tôt, acheva Kinský en levant le regard comme pour s'adresser au ciel. C'est du nom que nous avons besoin, le nom de Wallenstein, c'est là l'essentiel. L'armée, nous pouvons nous la procurer par nos propres moyens et de diverses manières.

— On dit pourtant que l'état de santé du duc est très grave», objecta Rašín.

Le comte Kinský sourit, mais ce fut là plus une grimace qu'un sourire joyeux et cordial.

«Mon cher ami, j'ai des nouvelles très précises sur son état de santé. Pourquoi pensez-vous que j'ai engagé le docteur Rokyta et que je l'ai traîné de Pirna jusqu'ici ? Ce n'est pas uniquement pour la maladie de mon épouse, mais aussi par souci de notre cher parent. Que le docteur Sachs soigne, qu'il prescrive ses onguents et ses extraits d'huiles essentielles, qu'il fasse mariner le duc aux bains pendant des heures, puisqu'il jouit d'une confiance aussi incommensurable. Et que l'apothicaire Hes prépare ses électuaires et en envoie de pleines hottes, tant que cela ne fait pas de mal, m'entendez vous, monsieur Rašín ? Tant qu'ils ne font pas de mal. De nos jours, il est tellement difficile de faire confiance même à des hommes éprouvés. Et si soudain le docteur Sachs se trompait de traitement, si le savant pharmacien Hes, qui connaît le secret des plantes, prenait par erreur la fiole d'à côté ? Il ne faudrait vraiment pas que cela se produise, et c'est à cela que doit veiller avec diligence le docteur Rokyta. Nous avons ainsi une meilleure garantie que notre très cher ami, son Altesse le duc, sera conservé en vie encore quelque temps.»

Le comte était revenu à la fenêtre et n'avait donc pas remarqué le regard scrutateur de Rašín qui fixa ainsi que son dos. Lorsqu'il se retourna, les nuances d'un regard, quelles qu'elles fussent, ne l'intéressaient plus.

«Voici nos amis, dit-il d'une voix animée. Voyons ce qu'ils nous apportent.»

La porte s'ouvrit et le valet de chambre annonça le maréchal Illow et le comte Trčka qui revenaient de voir le duc.

«Quoi de neuf, messieurs ?» demanda Kinský avec une impatience mal dissimulée dès qu'ils furent assis et que le laquais leur eut versé du vin.

«Jeudi de la semaine prochaine aura lieu une réunion des plus hauts officiers, annonça Illow avec concision. Le comte Gallas a eu une longue entrevue avec son Altesse le duc et lui a recommandé de s'assurer une fois encore de la fidélité de ses officiers.

— Ah», siffla Kinský entre les dents. Mais aussitôt un sourire agréable reprit la commande de ses traits. «On va encore signer une résolution comme après le premier rassemblement ?

— Il nous faut connaître pour de bon la position des uns et des autres, dit le maréchal Illow. Nous soupçonnons les généraux Isolani et Mortzin, le marquis Gonzaga, le colonel Butler, le baron Torneta et bien d'autres de ne pas avoir bien choisi leur camp. Et bon nombre de lieutenants-colonels aussi...

— Mais ceux dont vous parlez ont tout de même signé les réversales dès janvier, dit Kinský en coupant la parole à Illow. Alors on va composer de tels serments de fidélité tous les mois pour passer le temps ?»

Dans le silence qui s'était fait, le visage apparemment bienveillant du comte Kinský commença à perdre son sourire. Sa voix prit un timbre froid et grinçant.

«Qu'est-ce que c'est que cette cuisine ? prononça-t-il à travers ses dents serrées. Est-ce que Wallenstein s'imagine que sa meute d'aventuriers et de coupe-jarrets respectera un serment de fidélité ? Et vous aussi, messieurs, le pensez-vous ? Vous avez bien vu, et cela veut tout dire, que les lettres réversales fourmillent de signatures sous forme de trois croix, parce que ces messieurs n'ont sans doute pas eu le temps encore d'apprendre à griffonner leur propre et honorable nom, tant ils sont occupés à leur véritable profession, qui est de boire et de brigander ? Ils feraient sans remords serment de fidélité au bourreau qui demain irait pendre leur propre mère. C'est des châteaux et des domaines, du butin et des putes qu'il fallait leur promettre, voilà qui vous aurait acquis nos courageux lieutenants, et non des appels à la fidélité !»

Illow, qui sentait son propre honneur militaire remis en cause par les paroles de Kinský, se dressa dans son fauteuil, l'air quelque peu offensé.

«Et que propose votre grâce le comte ? aboya-t-il.

— Moi, j'ai déjà fait des propositions, mais en vain, s'enflamma Kinský. Prendre ceux qui sont vraiment fidèles : Schaffgotsche, Scherfenberg, Sparr, Losy, vous et vos colonels, faire tomber la tête à tous ces Gallas, Piccolomini et autres avortons d'Italiens, et on aurait de l'obéissance sans signatures. Moi je m'épuise à courir les routes à votre appel qui prétend que tout est prêt, et qu'est-ce que je découvre, messieurs ? Vous ne tenez rien fermement en main, bien au contraire, tout court à la décomposition. Et, je vous le dis pour la dernière fois, si nous continuons à rester dans l'indécision avec nos égards charitables, ce sont finalement nos têtes que l'on déposera à nos pieds.

— Mais c'est le duc même qui a promu Johan Mathias Gallas maréchal à la place de feu Holck, rappela Trčka à qui la fatigue dessinait des cercles sombres sous les yeux. Picolomini s'est vu confier le commandement en Haute Autriche il y a à peine quelques jours, mon beau-frère leur fait une confiance illimitée. Et nous savons tous comme il est difficile de s'opposer à sa volonté, sur ce plan il est toujours le même. Monsieur Rašín, dit-il en se tournant vers lui, le duc s'excuse de ne pas avoir eu le temps de vous recevoir. Ses maladies le font cruellement souffrir.

— Je considère comme un honneur suffisant de la part de son Altesse de ne pas m'avoir oublié, comte», répondit Rašín.

Kinský lui jeta un coup d'œil rapide pour tenter de déchiffrer le sous-entendu de sa remarque, mais il revint aussi vite à son thème.

«Ce qui est fait est fait, dit-il d'un ton plus serein. Prenons l'hypothèse la pire, c'est-à-dire que nous n'ayons pour le temps présent aucune armée propre à notre disposition, messieurs.

— Mais ce n'est pas possible, répliqua Illow en bondissant presque. Ce serait la fin avant même d'avoir commencé. Sans armée nous ne sommes même pas capables de croiser deux brins de paille.»

Kinský reprit l'expression souriante qui lui était coutumière et sa main blanche fit un petit signe d'apaisement.

«Daignez vous asseoir, maréchal, vous avez renversé votre vin, dit-il avec un léger reproche dans la voix. Ce que vous appelez la fin n'est que la fin d'une des voies possibles. Et je ne suis vraiment pas sûr que ce ne soit pas pour le mieux, sachant combien de fois cette voie nous a déjà déçus. Sans armée nous n'arriverons à rien ; monsieur a tout à fait raison sur ce point. Alors il faudra nous en procurer une. Heureusement, je n'ai pas conservé pour rien tout ce temps mes contacts avec l'envoyé de France M. Feuquier ; l'offre d'un prêt de plusieurs millions de la part du roi de France tient toujours. Cependant, c'est d'un prêt qu'il s'agit, messieurs, et il faudra l'honorer d'une manière ou d'une autre le temps venu. Mais cela viendra plus tard, je le mentionne seulement pour vous rappeler qu'il faudra à l'avenir veiller étroitement aux intérêts français.»

Après les phrases vigoureuses du comte, le silence se fit à nouveau dans la pièce. Un seul million, c'est déjà une somme vertigineuse. Les hommes calculaient en silence.

«L'argent, ce n'est pas tout, remarqua Trčka au bout d'un temps. Wallenstein a bien réussi à tirer une armée de terre en moins de trois mois, il y a deux ans, mais combien de temps faudrait-il maintenant ?

— Mon cher beau-frère, pour le moment nous pouvons mettre dans la balance ces fameux millions contre les caisses vides de l'empereur Nan-nan. Quand les Espagnols lui auront prêté de l'argent, il faudra que nous en trouvions d'autre et finalement le côté qui gagnera sera celui qui aura le plus d'argent, ainsi vont les choses dans notre monde», déclara Kinský. Puis il ajouta : «Et en ce qui concerne une armée prête au service..., les Suédois en ont une.

— Mais après tout ce qui s'est passé, après Steinau, comte, bondit à nouveau Illow, rapide comme du vif-argent, les

Suédois n'enverront plus à Wallenstein même un mousquetaire boiteux. Le duc quant à lui attend désespérément le seul Arnim, il ne peut plus se permettre de faire encore appel aux Suédois.

— Lui non, certainement pas lui, s'écria Kinský en frappant la table du plat de la main. Mais nous, si !»

Le silence s'installa à nouveau dans la pièce, tandis que les conspirateurs réfléchissaient fébrilement.

«Si l'on va au bout des choses, cela signifie un complot contre le duc de Wallenstein», dit ensuite Rašín à voix basse, interrompant le long silence.

Kinský passa le bout de ses doigts sur ses lèvres, comme pour dissimuler le sourire qui le gagnait brusquement.

«Monsieur Rašín, pourquoi précipiter le jugement, les choses sont plus compliquées, nous le savons bien, et on ne peut pas les régler en leur accolant une étiquette simpliste, dit-il sans hâte. Ce qui, d'un certain point de vue, peut apparaître comme un acte contre une certaine personne est en réalité simultanément tout le contraire et destiné à lui venir en aide. De plus, il est certain qu'actuellement les buts du duc sont identiques aux nôtres, il s'agit donc pour nous de régler ce que Wallenstein n'a plus ni assez de forces ni assez de moyens pour réaliser.

— Et Arnim, sans qui le duc refuse de faire un seul pas ? lança le maréchal Illow.

— Nous sommes en train de traiter avec le plus grand sérieux avec M. d'Arnim, répondit Kinský. Quand il sera placé devant un accord en bonne et due forme, il faudra bien qu'il en finisse avec ses louvoiements et ses fameux atermoiements et qu'il prenne une décision : soit se joindre à nous, soit rester seul. Arnim marchera avec nous, voilà qui est certain, même s'il ne le fait que plus tard, lorsqu'il n'aura plus d'autre choix. La première question reste la conclusion d'un traité ferme et définitif avec les Suédois. J'ai déjà échangé plusieurs lettres avec le duc Bernard de Weimar, mais il faut convaincre le Bon Dieu plutôt que ses saints, c'est-à-dire le chancelier Oxenstierna en personne.

— Et à qui reviendrait de tenter d'engager cette délicate négociation, monsieur mon beau-frère ?» interrogea Trčka.

Kinský se tourna légèrement de côté et esquissa un salut en direction de l'homme installé dans le fauteuil à ses côtés.

«Monsieur Rašín, vous avez devant vous la mission la plus difficile et la plus complexe de toute votre carrière», déclara-t-il d'un ton cérémonieux.

Rašín eut un bref sourire : «Quand je me présenterai devant le chancelier, on lâchera les chiens contre moi.

— Vous avez peur, monsieur Rašín ?

— Non, répondit Rašín. Je le ferai. J'ai décidé de servir tant qu'il reste une once d'espoir.»

2.

Ils se reposaient sur la plage de Fiesa, étendus sur une couverture bariolée de couleurs criardes. A droite de Sova, Malenda somnolait et son ventre proéminent montait et descendait comme si on soufflait en gonflant un ballon.

Il n'avait pas tant de ventre alors, vingt ans auparavant. Il n'avait pas non plus cette mine d'homme satisfait, d'homme qui réussit, d'homme occupant une position sérieuse : il ressemblait plutôt au héros du célèbre film *L'homme au fusil,* le révolutionnaire qui, le cœur plein de courage et l'œil vif et plein de flamme, accepte d'endosser la responsabilité pour l'avenir lumineux de toute l'humanité.

Sova était installé à sa table dans la petite chambre de cité universitaire, des polycopiés étalés devant lui. Parfois, son regard s'égarait au-dehors, par la fenêtre. A vrai dire, cette vue n'offrait rien d'intéressant ni de stimulant. De l'autre côté de la rue s'élevait un talus de chemin de fer couvert d'une herbe grise et maigre ; à droite du champ de vision se dressaient dans l'air incolore les branches raides, tout à fait nues encore, d'acacias souffreteux. La poussière et les suies crachées par les cheminées d'une centrale électrique voisine et les locomotives de la gare de marchandises couvraient de retombées ce quartier de la ville plus encore que les autres. Et le grondement des wagons déplacés ne faisait que souligner, par ses effets sonores, le manque d'humanité et la désolation du paysage.

Dans le bref fragment de silence qui s'était insinué de manière incompréhensible entre le sifflement des locomotives, le halètement de la vapeur et la cadence des tampons entrechoqués dans le freinage violent d'un train, on entendit frapper à la porte ; avant même que Sova pût inviter le visiteur à entrer, la porte s'ouvrit et livra le passage à deux de ses collègues, membres du Comité révolutionnaire des étudiants. Sova les connaissait évidemment de nom, bien qu'il ne leur eût lui-même jamais parlé. L'un d'eux était Malenda.

«Tu travailles ?» demanda l'autre en guise de salut, avec un fort soupir comme après quelque tâche difficile. Il s'assit sur le lit de fer dans le dos de Sova et commença à allumer une cigarette.

«J'essaie, répondit Sova. Asseyez-vous quelque part, camarades.»

Ils lui inspiraient de la gêne et du respect. D'une part ils détenaient le pouvoir, et bien qu'ils ne l'eussent obtenu que de fraîche date, il irradiait de leurs personnes de manière presque tangible ; d'autre part ils étaient plus âgés que lui, et lorsqu'on est jeune, une différence de deux ou trois ans a son importance. Ils avaient l'air propres, droits et nets avec leurs cheveux coupés courts et leur supériorité ostentatoire, due à leur immense certitude quant à la justesse de leurs vérités et au mépris de tout ce qui pouvait s'en écarter.

Entre temps, Malenda s'était assis sur le coin de la table en jetant un bref regard par la fenêtre.

«Quelle cochonnerie, avait-il grondé d'un ton plein de dégoût. Comment est-ce que les gens peuvent bien travailler dans ce bruit, cette fumée et ces suies ? Cette cité, on en fera un entrepôt.

— Mais un entrepôt de matériel, ajouta le second en appuyant avec lassitude son dos contre le mur. Les denrées alimentaires s'abîmeraient, et pour les animaux, ce ne serait pas humain.»

Sova ne répondit pas. Depuis quelques mois, il vivait enfin dans un cadre où il se sentait satisfait. Et bien qu'il partageât cette chambre avec un collègue, elle lui donnait enfin, après tant d'années, le sentiment d'être chez lui.

«Ecoute, nous n'avons pas de temps à perdre inutilement, dit Malenda en se tournant vers lui. Nous avons eu une séance du comité aujourd'hui et on a parlé de toi. Comment te définis-tu vraiment, collègue Sova ?

— De quel point de vue ?

— Je veux dire, de quel bord es-tu ? expliqua Malenda. Il aimait bien utiliser dans ses conversations des expressions et des constructions familières. Cela lui donnait, comme à ses pareils, le sentiment de parler la langue de la classe ouvrière. Tu n'as pas marché avec les réacs, du moins personne au comité ne l'a entendu dire, mais tu ne marches pas encore non plus avec nous. Ni à l'Union de la jeunesse, ni à la faculté.»

Sova ne savait que répondre. Il se taisait et Malenda commença à balancer la jambe au-dessus du sol.

«Normalement, ça ne serait pas bien grave, chacun finit par trouver sa vraie place avec le temps et la seule place juste est de notre côté. Nous avons assez de temps et de patience et nous sommes prêts à tendre une main secourable à chacun, pérorait Malenda. Mais ton cas est un peu plus complexe. Il s'agit de ton livre et ça repose toute la question.»

Sova posa le crayon qu'il tenait jusqu'alors entre ses doigts et, plein de confusion, commença à arranger ses polycopiés.

«Moi, je dois avouer, je ne l'ai pas lu, je n'ai pas eu le temps, mais de fortes voix se sont élevées contre ça, surtout du côté des bonnes femmes. Paraîtrait qu'on n'y fait que boire et coucher, tu aurais écrit une scène qui parle d'une vache reproductrice, avec une plaque d'identité à l'oreille, que vous auriez bazardée à un boucher privé contre vingt litres de gnôle, et après vous auriez fait une immense beuverie. Les filles en seraient sorties complètement bourrées et de toute manière la brigade n'aurait pas fait un gramme de travail mais aurait au contraire tout cassé et que tout ça n'aurait été qu'un bide. Toi, tu l'as lu, Milan, n'est-ce pas ? dit-il en se tournant vers son partenaire qui se reposait sur le lit de Sova, les jambes largement écartées.

— Ouais, je l'ai lu, dit l'interrogé en soufflant un nuage de fumée vers le plafond.

— Et après ? J'ai écrit les choses comme elles se sont passées, se défendit Sova.

— Attends, camarade, dit lentement et sévèrement celui qui était sur le lit. Qu'est-ce que ça veut dire, comme les choses se sont passées ? Tu n'es quand même pas naïf au point de ne pas savoir qu'une affaire comme ça a des répercussions politiques, surtout à l'époque actuelle. Le fait est que ton historiette a servi de prétexte à nos ennemis idéologiques pour critiquer l'action des brigades et le parti en tant que tel. C'est devenu de facto un argument politique et ça, tu devais bien t'en rendre compte depuis le début, non ?»

Sova regardait avec étonnement cet homme étendu sur son lit dur, qui parlait avec un mélange d'ennui d'avoir à expliquer une fois de plus ces vérités si évidentes, et de conviction justifiée par une foi inébranlable en une seule et sainte vérité, lâchant ses paroles quelque part dans le coin, vers la fenêtre, comme s'il s'adressait à quelqu'un qui se serait trouvé dans l'autre hémisphère.

«Ecoutez, camarades, il ne s'agissait pas du tout de politique, comprenez-le, s'il vous plaît, marmonnait Sova d'une voix émue. Je ne veux même pas en faire état ici, mais mes deux parents sont restés au camp de concentration pour des raisons politiques, le dernier message de papa a été que je ne me mêle jamais de ces histoires ; je suis heureux d'avoir obtenu une bourse et de pouvoir étudier, j'ai eu de la chance, on m'a donné une occasion et je veux en profiter, voilà tout.

— Peut-être qu'on ne serait pas obligé de voir dans cette histoire une mauvaise intention foncière de la part du camarade, Milan, enchaîna Malenda d'un ton conciliant. Ce n'est pas vraiment de sa faute si la réaction s'est servie de son œuvre, il n'a pas encore d'expérience, il est jeune...

— Comment, jeune, bondit soudain Milan comme frappé par une flèche. A son âge, nous bâtissions Ostrava. Il n'y avait rien à bouffer, on remplissait le plan à cent quatre-vingt, deux cents pour cent, dans la pluie et la boue et quand on revenait en formation du boulot, on trouvait le moyen de chanter. Nos socles en béton y sont encore, qu'il aille donc jeter un coup d'œil ! dit-il en pointant son doigt sur la porte. Notre bible, c'était *Et l'acier fut trempé* d'Ostrovski, notre héros, Pavka Kortchaguine. Pourquoi ne prend-il pas l'exemple sur eux comme nos poètes de l'Union ? Pourquoi ne parle-t-il pas de nos glorieux chantiers de jeunesse au lieu d'une bande de voyous qui se foutent de tous les idéaux ?»

Malenda tenta d'apaiser sa juste colère :

«Ne t'énerve pas, Milan, tu as raison, c'est évident, mais réfléchis de façon politique...

— Moi je réfléchis, oui, moi, rageait Milan. Sur le chantier de jeunes à Litvinov, un gars et une fille avaient commencé à se regarder dans le fond des yeux, ils s'étaient mis à marcher la main dans la main, à rester à part du collectif. Nous on les a tout bonnement exclus du chantier sur-le-champ, mais dans son torchon à lui le parpaing baise avec la brique et personne ne dit rien. C'est ça, ta pensée politique, dis, camarade ?

— Mais Milan, ce genre de choses a bien pu se produire dans des cas isolés.

— Alors qu'il écrive que c'est un cas isolé et qu'il prenne ses distances de façon critique.

— Il ne faut pas jeter le manche après la cognée. Son origine de classe est irréprochable...

— Une tendance au nihilisme petit-bourgeois...

— Et du talent. Ce que disait le camarade Staline...

— Faire confiance, mais pas en aveugle. Il a du talent, eh bien, qu'il prouve qu'il sait l'utiliser dans l'intérêt de la classe ouvrière, ça ne dépend que de lui seul...»

Sova les regardait comme dans un match de ping-pong. Ils se renvoyaient, par-dessus un filet imaginaire, des phrases dont le sens véritable et la portée réelle lui échappaient pour l'essentiel.

Malenda termina soudain la dispute idéologique en se tournant vers lui :

«Donc, tu as entendu. Maintenant, la suite des choses ne dépend que de toi seul. La porte est ouverte, nous ne la fermons même pas devant celui qui a commis des fautes, mais il faut qu'il fasse preuve de la meilleure volonté de les racheter.

— Et que faudrait-il que je fasse ?» interrogea-t-il, timide.

Il entendit le reniflement méprisant de Milan, tandis que Malenda commençait à lui présenter les possibilités les plus praticables pour gagner leur confiance et par conséquent poursuivre sans accroc ses études, voire éventuellement envisager une carrière d'écrivain à succès. Il comprit alors que les phrases énoncées précédemment n'avaient représenté un échange d'opinions qu'en apparence, elles s'étaient transformées en raquettes, et ce qui voletait par-dessus le filet invisible de la table de jeu, c'était lui-même, le destin et l'avenir d'un homme transformé en une balle de caoutchouc à deux sous.

«Tu n'auras tout simplement qu'à écrire quelques articles pour dire comment ça s'est vraiment passé dans ces brigades.

Tu commenceras peut-être par un autre livre avec certains des thèmes que Milan vient d'évoquer, tu feras une autocritique en bonne et due forme, et ensuite nous pourrons envisager de t'admettre parmi nous. Réfléchis-y bien, tu sais que nous ne manquons pas d'éléments neufs et enthousiastes, mais toi, tu as déjà un nom...»

Il avait longuement réfléchi à leur proposition et au fond de la querelle. Son esprit naïf avait conclu qu'elle était futile. Ils prêchaient le bien sur la terre pour tous et lui, il voulait la même chose. Il s'assit et leur écrivit une confession sincère où il s'identifiait à leur idéal, à la réserve d'un petit malentendu près, qui ne manquerait pas de s'expliquer : *...Bien évidemment, le seul devoir de l'écrivain est d'écrire les choses telles qu'il les voit par son propre regard...*

La suite des événements ne pouvait qu'obéir à la logique donnée des causes et des conséquences. Il n'eut même pas l'occasion de passer l'examen qu'il préparait. On le raya des rangs des étudiants en faculté et de la liste des résidents à la cité universitaire. Naturellement, cette dernière continua à servir à sa destination initiale. Elle ne devint ni entrepôt ni écuries, en bon accord avec le déroulement ultérieur de l'austère réalité qui fit avorter tant de projets visant à refaire le monde.

Et maintenant il somnolait à ses côtés, avec son double menton et sa bedaine, ce Malenda qui, jadis, lui avait inspiré une telle peur et qui se retrouvait dans ce rôle imprévu d'émigré, fuyant un régime dont il avait de ses propres mains affermi les bases ; et ses paupières mi-closes abritaient des yeux attristés, comme recouverts d'une fine pellicule de brume qui avait peu à peu étouffé la flamme d'une foi ardente. De ce point de vue, le temps avait été pareillement équitable : Sova avait lui aussi depuis longtemps le même regard plastifié.

Il se tourna sur son flanc gauche. Ljuba dormait, roulée en boule en lui tournant le dos. Il tendit la main et de la pointe de l'index effleura son épaule à laquelle le soleil avait donné une teinte brou de noix. Elle dégageait de la chaleur, comme si l'intensité des rayons ardents se multipliait en se réfléchissant sur sa peau. Il apprécia cette chaleur à pleine paume, puis il commença à dessiner avec l'ongle sur sa peau des figures dont l'axe était la bretelle de son maillot. Ce contact éveillait en lui un agréable sentiment de tendresse, mais il avait beau chercher aussi profond qu'il pouvait, il ne faisait pas naître la moindre excitation érotique.

Il s'assit, s'adossa au pied bétonné de la jetée près de laquelle ils s'étaient installés et alluma une cigarette. Les vagues du golfe rebondissaient sur le rivage comme si les lèvres maternelles de la mer venaient caresser la terre de leurs baisers réguliers. Un va-et-vient de crécelle soulignait ce jeu innocent au rythme du ressac agitant les cailloux et assumant ainsi sa part du broyage éternel de la totalité en particules, selon la loi de la désagrégation universelle.

Près du rivage des enfants faisaient trempette, plus loin, les têtes des nageurs piquetaient la surface de l'eau. Dans le lointain, au large, un paquebot approchait lentement du môle de Trieste. Les cris et les voix des personnes qui s'entassaient sur la plage avaient une sonorité voilée. La force primitive et mystérieuse de la mer dominait tout à la ronde.

Oh mort, que m'accorderas-tu encore ? songea Sova. D'accord, encore un regard sur ces parasols criards à la terrasse de l'hôtel voisin, encore une fois la sensation d'un kaléidoscope bariolé, d'un regard qui survole à petits sauts le rivage pointilliste, encore quelques douces journées de farniente sur le sable chaud de la plage, encore cette jeune fille qui pourrait être ma propre et fragile enfant.

Et après ? Peut-être les parasols portent-ils par-dessous tes couleurs lugubres, de toute manière ce fourmillement qui m'entoure se dirige pas à pas vers ton étreinte, et cette jeune fille n'est-elle qu'un appât empoisonné car je ne peux même plus en retirer un émerveillement pur et sans mélange. Mais c'est sans doute là ce que tu désires ; seuls les aveugles ne voient rien et moi, je n'ai trouvé que tardivement la vue. Donc je prends avec reconnaissance même ces demi-dons et je n'ai plus un seul mot de révolte.

Les caresses de Sova avaient éveillé la jeune fille à ses côtés. Elle s'étira quelques instants comme une chatte, puis elle ouvrit tout grands ses yeux ronds, noirs et vaguement étonnés.

«Si on allait nager ?» lui dit-il en souriant.

Elle fit oui de la tête et bondit, aussitôt fraîche et active à rendre jaloux. Alors qu'il pataugeait encore sur les galets du rivage, elle lui faisait déjà signe depuis la limite où la plupart des nageurs s'arrêtaient pour revenir vers la plage.

Il se retourna pour reculer le plongeon désagréable dans l'eau froide. De leur coin de plage, le regard triste de Muzikář suivait la tête de Ljuba que la distance amenuisait à la taille d'une noix. Peut-être estimait-il avoir des droits sur l'amitié de la jeune fille et supportait-il mal qu'elle ait reporté sur Sova son intérêt ? Il n'en avait pas parlé ouvertement, mais Sova ne trouvait pas d'autre explication au refroidissement de Muzikář à son encontre. Il refusait cependant de s'y arrêter plus profondément : sa nature le portait à considérer de telles réactions comme enfantines.

Il se jeta dans l'eau et se lança à la poursuite de Ljuba sur un rythme lent et paresseux. Puis ils nagèrent côte à côte en pleine mer, loin au-delà de la ligne reliant les deux digues littorales entre lesquelles la houle multi-millénaire avait creusé le golfe semi-circulaire de Fiesa. A gauche apparut le bec de rocher formant la presqu'île sur laquelle était bâtie la forteresse de Piran avec ses remparts puissants, comme une couronne dressée au-dessus des eaux ; à droite ils apercevaient, voilée par un nuage de brume, la ligne accidentée du littoral jusqu'à Kopor, ville d'albâtre, avec son petit port d'où partaient à la nuit des barques de pêche à l'anchois.

Leurs corps glissaient sans effort dans l'eau transparente qui laissait sur la langue et dans les narines le goût légèrement amer du sel et de l'iode. Sova éprouvait la rare sensation d'un contentement narcissique devant sa peau et ses muscles qui se tendaient, travaillant en souplesse et avec ardeur.

«Allons jusqu'en Italie, lui cria Ljuba.

— OK, essayons.

— Tu as déjà été à Venise, toi, non ? On prendra une gondole pour revenir.»

Il resta un moment sans répondre.

«Plutôt pas à Venise, cria-t-il ensuite.

— Ça te paraît trop loin ?

— Oui, c'est trop loin, dit-il.

— Rien n'est trop loin si on le veut.»

Elle riait et lui songeait que certaines choses sont simplement inexplicables. Puis il se demanda ce qui se passerait si son cœur lâchait brusquement. Il suffirait même d'une crise comme à Belgrade. Il se sentit pris au piège par la direction imprévue dans laquelle s'envolaient à nouveau ses pensées vagabondes.

«Tu n'as pas peur de te noyer ? lui cria-t-il.

— Non. Tu ne le permettrais pas, si ? Tu me sauverais», répondit-elle comme une évidence.

Ils s'arrêtèrent et flottèrent sur place dans l'eau. Elle s'approcha de quelques brasses et lui mit les mains autour du cou. Il regardait de près ce visage où brillaient des gouttelettes d'eau scintillante, dans les yeux luisant comme un laque.

«Comment sauve-t-on les jeunes filles charmantes ?» demanda-t-il, car soudain, à cet instant précis, il ne voulait vraiment pas la perdre.

«Tu prends encore trop d'égards avec moi, lui dit-elle en lui faisant une leçon ambiguë. Tu ne dois pas hésiter à être un peu dur avec moi, tu comprends ? Comme ça, par exemple.»

Sous l'eau, le poing de sa main droite vint lui frapper l'estomac. Il gémit, sombra comme une pierre et mit plusieurs secondes à refaire surface, crachant et toussant. Elle l'avait atteint exactement à l'endroit fragile, là où les douleurs se concentraient.

«Espèce de petit diable, grommelait-il. Et moi qui te prenais pour une innocente...» Il s'arrêta parce qu'il n'arrivait pas à trouver le terme anglais pour nymphe. Il utilisa d'abord le mot tchèque, puis il essaya de lui expliquer avec des signes et des approximations.

«Oui, une nymphe, je comprends.» Elle s'expliquait à sa manière ses gesticulations et en riant elle dégrafa le soutien-gorge de son bikini. «C'est ça, une nymphe ?

— Non, ça c'est une ondine ou une sirène. Toi, tu es plus que cela. La première jeune fille à l'étranger pour moi», dit-il et aussitôt il frémit lorsque le second sens, le sens caché de cette déclaration badine, lui frappa l'esprit. Une jeune fille..., une femme pour la petite maison et son jardin.

D'étonnement devant cette association, il la regarda à nouveau de près et l'attira vers lui. Il la désira soudain, pour la première fois, violemment. Autour d'eux s'étendait à perte de vue la surface légèrement ridée, en dessous s'enfonçaient les profondeurs bleues et au-dessus de leur tête l'immense voûte du ciel s'élevait, telle l'empreinte d'un de ses seins grossie des milliards de fois dans l'espace verdâtre et glacé. Ils étaient seuls, perdus parmi les éléments, et dans cette situation soudaine, son toucher la lui révélait comme s'il était un être instinctif livré à son atavisme.

«Pas ici, murmura Ljuba, devenue sérieuse. Je voudrais faire l'amour avec toi quelque part ailleurs.

— Quand ?

— Cette nuit.

— Je peux venir chez toi ?

— Je t'attendrai.

— Très bien, dit-il. Et ensuite : Il faut revenir sur la plage.»

Le charme était passé, les choses reprirent leur aspect et leur place ordinaires. Avant la limite des nageurs du dimanche et des matelas pneumatiques, Ljuba remit son maillot. Ils sortirent sur la plate-forme bétonnée devant l'hôtel, fendirent la foule pour passer sous une douche continue d'eau douce, puis, fatigués et refroidis, ils revinrent auprès des autres. Malenda en maillot de marin à rayures et en short était assis sur la couverture multicolore à côté d'un Muzikář assombri, lui aussi habillé. Près d'eux, Vendula fumait son irremplaçable cigarette.

«Qu'est-ce que tu fiches, mon vieux ? dit Malenda en guise d'accueil. Des obligations t'attendent à la Maison et toi, tu perds ton temps.

— Quelles obligations ?

— Des gens de la télévision qui veulent tourner une interview avec nous, expliqua Vendula Fialová.

— Sur l'art ou sur la politique ? demanda Sova. Je ne suis compétent dans aucun de ces domaines.

— Par contre en érotisme tu pourrais prendre la place de Lev Nikolaevitch Tolstoï sur-le-champ, si tu m'en crois, nota sarcastiquement Muzikář.»

Sova ne répondit pas. Son attention se portait sur la ride pensive se dessinant sur le front de Malenda. Depuis quelques jours, le comportement de ce dernier avait commencé à dévier peu à peu de l'attitude générale, jusqu'alors dominée par des impulsions émotionnelles. Manifestement, il commençait à en revenir à son mode habituel de pensée réaliste.

«Nous ne pouvons pas refuser, après tout ce qu'ils font

pour nous, c'est évident, gronda-t-il. Mais je ne sais pas à quoi ça sert de faire des déclarations enflammées sur les ondes ; à qui cela peut-il bien être utile ?

— C'est une situation exceptionnelle, nous devons nous comporter en conséquence, dit Vendula en écrasant son mégot. A part une courte interview, moi non plus je n'ai jamais parlé dans un micro, et je pense que tu n'es justement pas du genre à trembler de trac.

— On s'en tirera d'une manière ou d'une autre, conclut Malenda. On fera comme si c'était une conférence de rédaction, ou quelque chose dans ce genre, et voilà.»

Ils montaient par un raccourci la pente raide jusqu'à la trattoria. Ils s'arrêtèrent à mi-chemin pour reprendre leur souffle. Ljuba était déjà tout en haut. Dès qu'elle avait appris l'arrivée de la télévision, elle avait détalé pour assurer ses tâches d'économe.

Lorsqu'ils arrivèrent à la Maison, ils trouvèrent sur la terrasse, à l'entrée de la villa, une table couverte d'une nappe, derrière laquelle trônait la réalisatrice avec un magnétophone. Un cameraman courait çà et là un peu plus loin, cherchant les meilleurs angles de prise.

Ils se rassemblèrent tous, à l'exception du vieux Zajíc, qui refusa de participer pour des raisons de principe, et de Kozderka qui promit bien de venir mais qui, ayant bourré son chibouk, s'esquiva sans bruit, ménageant prudemment ses arrières.

L'intervention se déroula comme sur des roulettes. Ils s'installèrent à la table, la caméra commença à ronronner et la réalisatrice lança le sujet par quelques phrases d'introduction. Malenda enchaîna pour le côté tchèque, avec esprit et à propos. Il s'agissait en fait d'un spot d'information, chacun fut présenté à son tour et prononça quelques phrases, puis Malenda remercia de l'accueil et de l'attention. Pour finir, la rédactrice à lunettes promit de présenter aux spectateurs par voie de presse et de radio les travaux des auteurs tchèques et slovaques présents, et ce fut tout.

Un intermède beaucoup plus excitant eut lieu plus tard dans la salle à manger, autour d'une tasse de café préparé par Ljuba. En plus de la journaliste, du cameraman et du chauffeur, l'équipe comprenait aussi une jeune fille, assistante ou technicienne sans doute, qui n'était pas intervenue auparavant dans le tournage lui-même.

«Pourquoi n'avez-vous pas tiré, quand ils sont arrivés chez vous ?» demanda-t-elle à Malenda qui se trouvait en face d'elle.

Sova nota que Ljuba, qui se tenait alors juste dans son dos, avait posé les mains sur le dossier de sa chaise dans un geste inconscient d'identification, comme pour lui exprimer par là son soutien total.

Le silence se fit un instant, puis Malenda prit la parole, et ensuite Vendula et les Štefánek, chacun énumérant force raisons pour mettre toute la situation à la portée de la brunette qui, sévère et sans sourire, leur faisait face. Ils parlèrent des relations internationales, de la situation géographique du pays et aussi du caractère tchèque, mais leurs arguments ne semblèrent pas la convaincre. Elle répéta avec obstination :

«Vous auriez dû tirer, défendre votre pays.» Elle ne prononça ensuite qu'une douzaine de mots tout au plus avant le départ de la voiture de la télévision.

A la seconde où elle avait parlé, Sova éprouva une sorte de jalousie de ne plus avoir la jeunesse de ces deux filles. Et était-ce à cause de la seule différence d'âge que les explications de ses pairs ne lui apparurent pas comme de pures et fallacieuses échappatoires, mais qu'il leur reconnaissait une part de vérité ?

En jetant un coup d'œil sur Malenda, il fut saisi d'un brusque doute : se serait-il comporté aujourd'hui comme vingt ans auparavant, à la cité universitaire, s'il avait su ce qui allait en découler ? Et s'en était-il fallu de tellement, jadis, lorsqu'il était encore marié à Helena, pour que les choses tournent tout à fait autrement ? Dans quelle mesure la détermination intime de chaque individu, ses qualités, ou au contraire les conditions de son environnement, sont-elles décisives pour définir son mode d'existence dans l'équation de telle ou telle époque ? Mieux valait sans doute que les mêmes questions ne pussent jamais se reposer dans les mêmes conditions, songea-t-il.

Quelques heures plus tard, il était assis avec Ljuba à Piran, dans le restaurant près de la jetée, là où ils avaient déjeuné le premier jour en arrivant avec Lahodný, Muzikář et Malenda. Il y avait bien aussi un parasol au-dessus de la table comme ce jour-là, mais aujourd'hui, il les abritait plutôt des gouttes isolées, tandis que la pluie hésitait encore à se déverser des nuages sombres qui s'étaient brutalement amassés dans le ciel. En un tournemain, le soir s'était transformé en une nuit noire, la mer était devenue grise et mugissait comme une bête irritée. L'écume bruissante et coléreuse passait par-dessus le brise-lames qui protégeait la zone d'ancrage. Les canots à moteur, disciplinés, obéissaient à l'avertissement de la mer et se hâtaient de rentrer au port. Le cône de leurs réflecteurs allumés venait lécher à tout moment les façades du front de mer, avant de s'éteindre, en même temps que le hurlement des moteurs, à l'abri du mouillage. Un vent violent et agressif montait de la mer et le garçon lestait de cailloux les nappes des tables occupées.

La soirée se déroulait selon un scénario imaginé par Ljuba. Elle avait proposé d'aller à Piran pour dîner et boire un peu de vin. Tandis qu'il attendait à l'endroit du rendez-vous, qu'il était futile de tenir secret car leur absence simultanée ne pouvait échapper aux yeux attentifs de Vendula Fialová et d'autant moins à ceux, soupçonneux, de Muzikář, il songeait au romantisme excessif de ses agissements. Le tendre baiser dont elle le gratifia à son arrivée et la promenade la main dans la main lui semblèrent eux aussi trop excessifs. Il finit par s'obliger à chasser tout sentiment d'incongruité, par rendre les armes et tenter de se mettre à l'unisson de son humeur un peu solennelle. Bien, je vais essayer à sa manière, se dit-il, je peux bien essayer pour une fois, maintenant tout est transformé par les circonstances. Et tout est changé entre nous à cause de cette idée soudaine, ce matin, dans la mer. D'ailleurs, d'où est-elle venue ? Il fouilla dans sa mémoire pour voir comment il se représentait cette femme qui vivrait dans sa maison, mais il se souvenait seulement qu'elle devait être différente de toutes celles qu'il avait laissées là-bas. Une femme, pourtant, cela était certain, et pas une jeune fille, c'était là la seule différence, et peut-être n'était-elle même pas déterminante. Alors laissons faire les choses...

Elle lui posa l'éternelle question des amoureux :

«A quoi penses-tu ?

— Aux soucis que tu me donnes, répondit-il en lui souriant. On boit un peu ?»

Ils vidèrent leurs verres. Lorsqu'il les eut remplis à nouveau, le litre était vide. Il commanda une nouvelle carafe.

«Et tu as eu souvent de pareils soucis ?

— Je ne les ai jamais acceptés auparavant.

— Et tu as souvent eu l'occasion de ne pas les accepter?

— Parlons d'autre chose, proposa-t-il. Ce genre de conversation n'apporte généralement que des conflits.

— Je voudrais te connaître le mieux possible, expliqua Ljuba. Tout peut avoir une signification pour moi.

— Tu penses ?»

Elle le dévisagea fixement pendant quelques secondes. Tandis qu'ils se taisaient, quelques gouttes lourdes tambourinèrent sur la toile du parasol. Par la porte ouverte du restaurant, on entendit une fois de plus la mélodie du tube mondial, *Green Green Grass of Home...*

«Tu es bizarre, dit Ljuba. La plupart des hommes que je connais se vanteraient de leurs succès amoureux. Toi, tu refuses même d'en parler.»

Elle avait raison. Mais Sova avait toujours considéré les épanchements masculins sur ce thème comme d'ineptes vantardises. En réalité, il était difficile de déterminer clairement ce qui était un succès ou un fiasco.

«La plupart des hommes que tu connais sont de jeunes hommes de ton âge, j'imagine, dit-il. Moi, je suis au contraire un vieux bonhomme, c'est là toute la différence, me semble-t-il.»

Il avait voulu employer à la place de «bonhomme» le mot de vieux balourd, ou de jobard ou de croûton, mais il ne connaissait pas le mot juste.

«Tu resteras vivre chez nous, en Yougoslavie ? demanda-t-elle, pour changer de sujet.

— Non.

— Pourquoi ?

— Vous êtes des gens très bien, au moins ceux d'entre vous à qui nous avons affaire, mais malgré tout il n'y a pas assez de liberté ici. Sur ma carte, vous n'auriez qu'une couleur moyenne.

— Qu'est-ce que c'est, cette carte ?

— C'est une carte spéciale, tu comprends ?

— Et que vas-tu faire ?

— Je m'installerai dans un pays de couleur vive et je commencerai à chercher une maison avec un jardin, dit-il d'un ton léger, comme en passant. Avec une clôture peinte en vert tout autour.

— Oui je comprends. Pour que tu puisses écrire en paix.

— Quoi ? lança-t-il surpris, puis il éclata de rire.

— De quoi ris-tu ?

— Comme tu as bien deviné. Regarde, il commence à pleuvoir. On rentre, tu veux bien ?»

Une violente averse s'abattit, couvrant d'eau l'asphalte de la rue devant eux. Les gouttes rebondissaient sur la surface des flaques, dans le port, la mer était devenue rugueuse comme du papier de verre. Après une petite minute, la pluie mollit, comme si elle voulait prendre son souffle avant de se mettre à l'ouvrage pour de bon. Pendant cette accalmie, le serveur sortit en courant et se mit à replier les parasols à toute vitesse. Ljuba et Sova coururent en sens contraire et s'installèrent à une table libre près de la fenêtre. A peine le serveur leur eut-il apporté le vin qu'ils avaient laissé dehors, que l'averse reprit en redoublant de force. La pluie fouettait en cordes continues les espaces exposés, livrés à sa furie.

«Si ça continue comme ça, il va falloir passer la nuit ici, dit Sova d'un ton léger.

— Pas question», refusa-t-elle d'une voix décisive. Le déroulement de la soirée était entre ses mains et elle n'admettait pas l'idée que le moindre changement dans un programme qu'elle avait manifestement établi d'avance pût contrarier ses projets.

«Alors il ne reste plus qu'à prendre un taxi.

— Ce serait horriblement cher. Il faudrait le faire venir depuis Portorož.

— J'ai touché des honoraires pour un article dans vos journaux.

— Non, il vaut mieux que tu économises ton argent. J'ai une meilleure idée, on va allier l'utile à l'agréable et se faire une sorte de petit happening, proposa-t-elle d'un ton animé.

— Comment cela ?

— Quand on aura fini de boire, on se mettra en route, peu importe le temps. J'ai ici deux oranges, on les fera rouler devant nous. Le premier arrivé à la Maison gagne.» Elle édictait les conditions : « Mais il ne faut pas qu'il arrive sans son orange, il faut respecter le fair-play.

— Il gagnera quoi ?

— Les deux oranges, il aura le droit de les manger.»

Sova se vit, roulant devant lui une orange sur une route totalement noire sous cette pluie tropicale. L'idée était absolument folle.

«C'est vraiment un happening formidable, déclara-t-il avec une dose d'ironie qu'elle ne perçut pas. Mais ça monte terriblement, depuis cette place ici jusqu'à la forteresse.

— D'accord, on commencera à la forteresse. A la première porte», décida-t-elle.

Il essaya d'évaluer la distance entre ce portail et la Maison. Elle représentait sûrement à tout le moins les deux tiers du chemin, mais il était bien content d'avoir réussi à négocier au moins ce premier tiers.

Au moment de payer, il acheta encore un demi-litre de raki pour emporter. La bouteille était plate, elle entrait dans sa poche, et son contenu serait sûrement le bienvenu après la course. Il savait aussi, par expérience, que la bête tapie dans son estomac réagissait avec moins d'irritation aux alcools forts.

La route fut pire encore qu'il n'avait imaginé. Lorsqu'ils eurent monté à la course l'abrupte ruelle jusqu'à la première porte de la forteresse et que les dernières lumières de la petite ville eurent disparu derrière eux, ils n'avaient plus un fil de sec. Sova se comparait mentalement au malheureux Tartini de la place, avec son violon tombant, le long duquel un ruisseau d'eau s'écoulait comme d'une gouttière.

Ljuba tira deux oranges de son sac en raphia et elle alla jusqu'à forcer Sova à les tirer au sort, alors qu'elles étaient parfaitement identiques. Elle s'amusait énormément, rejetant à tout moment en arrière ses cheveux lourds, mouillés, que les trombes d'eau lui rabattaient dans le visage.

«Alors on commence, commanda-t-elle après avoir tracé une ligne de départ précise. Tu es prêt, Miku ?

— Ouais, bougonna-t-il.

— A vos marques, prêts, partez !»

Elle lança son orange en avant comme une boule du jeu de quilles local et elle s'élança à sa poursuite. Dès les premiers mètres elle prit de l'avance.

Plié à angle droit, Sova chassait devant lui la balle qui lui était échue en la poussant du bout des doigts à travers les flaques qui inondaient la route goudronnée. Sa chemise froide et trempée était plaquée sur son dos et les gouttes de pluie drue piquaient comme des épingles. Ses yeux s'habituèrent vite à l'obscurité qui avait semblé impénétrable tant qu'ils étaient sous les lumières de la ville, mais cela ne faisait rien contre le froid ni contre le désagrément de cette trop lente progression avec les membres tordus. Bientôt les muscles des cuisses lui firent mal et il eut un point de côté.

Je suis complètement maboul, se dit-il, rageur. Qu'est-ce que je fais ici, et pourquoi ? Si Muzikář me voyait, il se tiendrait les côtes de rire et il aurait raison. J'ai complètement perdu la tête, ça c'est sûr. Un happening ? Voilà bien des idées d'adolescente dont je n'ai rien à faire.

Quelque part devant lui, il voyait danser l'ombre noire de Ljuba qui menait la course, il l'entendait l'appeler pour l'encourager à avancer. En guise de réponse, il grommela un juron bien senti qui, s'il s'était réalisé, aurait envoyé la jeune fille dans un lieu bien plus inhospitalier encore que cette route.

La lanterne au-dessus de la porte qui marquerait l'arrivée et le rachat de toutes les souffrances n'était pas encore en vue, et de loin. L'idée lui vint de ramasser son orange et d'avancer lentement comme un être normal. La tentation devenait de plus en plus forte ; il s'arrêta et aussitôt le froid le secoua. Il mit sombrement la main à sa poche arrière où depuis tout à l'heure il sentait la pression de la bouteille de raki, dévissa le bouchon et but à pleine gorge.

Puis il s'obstina. D'accord, tout cela est insensé, mais je ne vais pas tricher, je ne suis pas un fumier pareil. Ce jeu, j'en ai accepté les règles. Je pouvais les refuser avant le début, et je ne l'ai pas fait.

Il s'élança en redoublant furieusement d'effort. Son orange abîmée éclata et commença à dévier du droit chemin de manière incontrôlable. Il la poussait devant lui, les dents serrées, le plus vite qu'il pouvait. Lorsqu'il eut passé le sommet d'une petite butte, la lumière tant espérée du point d'arrivée apparut au loin. La silhouette de Ljuba qui sautillait quelque part devant lui en cachait les rayons par moments. Sur la distance qui restait jusqu'à l'embranchement de la villa, il parvint à réduire son avance à quelque deux mètres.

Et il poussa l'épave déchiquetée de son orange sur le

paillasson juste derrière elle.

«Tu as gagné, maintenant tu dois les manger toutes les deux, dit-il en soufflant.

— Doucement, on va nous entendre.»

Tout d'abord, des flaques d'eau se formaient sous leurs pas dans le couloir. Ljuba pressait ses deux mains sur sa bouche pour étouffer son fou rire. Ils passèrent la porte de la salle commune d'où leur parvenaient, en bribes asthmatiques, les paroles d'une émission de radio retransmise par le transistor. Manifestement, les auditeurs assemblés continuaient à suivre les pulsations clopinantes de l'histoire.

Sans être vus, ils montèrent l'escalier sur la pointe des pieds. Elle déverrouilla la porte de sa chambre et ils se glissèrent à l'intérieur. Elle n'alluma pas, le reflet de la lanterne au-dessus de la porte principale pénétrait dans la pièce. La pluie tournoyante tambourinait sur la corniche en tôle.

Sova se déchaussa sitôt passée la porte et il se mit immédiatement en devoir d'ôter sa chemise trempée et le pantalon qui lui collait au corps. Elle le regardait sortir prudemment la flasque de sa poche, mais elle ne riait plus.

«Allez, déshabille-toi, toi aussi. Et tout de suite, sinon tu vas prendre froid, commanda-t-il. Tu as une serviette quelque part ?»

Elle lui tendit une serviette puis s'arrêta de nouveau, interdite. Ses bras retombaient impuissants le long de son corps étroitement enserré dans sa robe mouillée. Son scénario était fini, elle ne connaissait pas la séquence suivante.

Il dévissa le bouchon, s'approcha d'elle. Elle se mit à claquer des dents, mais pas uniquement de froid.

«D'abord, tu vas boire un coup. Allez, encore, plus que ça. Maintenant viens ici, fais voir. Retourne-toi.»

Il se mit à déboutonner sa robe. Il était conscient de sa brusque incertitude, de sa gêne, de sa passivité. Il ne se laissa pas perturber. Il s'agissait de santé à présent et non de sexe, mais dans la situation actuelle, Ljuba était incapable de comprendre objectivement la différence. Oter la robe glacée, frotter à fond et lui faire ingurgiter un autre verre de raki. Elle finit tout de même par réaliser et tandis qu'il l'étrillait, nue, de toutes ses forces, elle se mit à rire doucement.

«Une nymphe, dit-elle.

— Tu parles d'une nymphe. Mets-toi au lit et vite.»

Elle obéit. Sova ôta son short, et se sécha à son tour. En étendant la serviette mouillée sur le séchoir près du lavabo, il en trouva une autre, sèche. Il se la noua autour de la taille, posa la bouteille sur la chaise près du lit et se glissa près de Ljuba sous la couverture.

«Viens ici, dit-il en l'attirant délicatement à lui. Serre-toi contre moi, qu'on se réchauffe un peu.»

Il sentit à nouveau la tension et la défiance monter en elle.

«Tu as peur ?

— Ce n'est pas de la peur, dit-elle en secouant violemment la tête. Mais j'ai déjà essayé plusieurs fois avec un garçon, et tout était tellement bizarre, gênant. Il s'appelait Marek, nous nous aimions beaucoup, mais ça n'a pas marché.

— Tu n'as pas d'autres expériences ?

— Non.»

Il regarda dans ses grands yeux pleins d'attente, mais il ne poursuivit pas le sujet. L'annonce qu'elle était vierge était loin de l'enchanter. Il tendit la main vers la bouteille, pardessus son corps.

«Alors on va boire un peu, ça vaudra mieux. A notre happening, c'était fantastique. A un certain moment, je t'aurais volontiers mise en miettes de rage.

— Et maintenant, c'est aussi un happening ?

— Ça dépend de nous. Ce ne serait pas si mal, si on arrivait à le prendre comme ça.

— Mais moi je pensais que l'amour était une chose terriblement sérieuse, dit-elle après un instant de réflexion.

— Parfois. Parfois non.»

Il lui prit la bouteille, but une gorgée, contrôla à contre-jour le niveau du liquide restant. Puis il reposa la flasque sur la chaise.

«Comment te sens-tu ?

— Bien. Et toi ?

— Tout à fait réchauffé, et très bien dans l'ensemble, dit-il en souriant. Et de mieux en mieux à chaque minute. Tu as toujours peur ?

— Non, c'est fini. Il me semble que tout est dans l'ordre, comme cela doit être.

— C'est une très bonne sensation. Si tu avais l'impression qu'il se passe quelque chose qui ne devrait pas se passer, et si je ne m'en rendais pas compte, il faut me le dire.

— Tu t'en rendras compte. Tu t'en rendras certainement compte, Mikuláš», murmura-t-elle.

Il sentit alors qu'elle le désirait. Pas seulement au son de sa voix, mais aussi à sa façon de se serrer contre lui. Ses mains jusqu'alors inertes vinrent l'enlacer. Mais il savait qu'il y avait assez de temps, qu'il ne fallait pas brusquer les choses.

«Tu ne veux pas parler encore un peu ? proposa-t-il.

— Et de quoi ?

— De notre manière de nous aimer.

— Je voudrais que ce soit beau. Que je ne sois pas obligée d'essayer d'oublier.

— Peut-être que je partirai bientôt. Peut-être que je ne resterai pas très longtemps ici avec toi.»

Elle s'arrêta un moment. Elle réfléchit en silence, puis :

«Je ne voudrais quand même pas oublier.

— D'accord, on va essayer que ce soit le plus beau possible.

— Tous les deux ?

— Bien entendu, il faut essayer tous les deux.»

Leurs lèvres se joignirent dans un long baiser. Il se mit à la caresser et son corps souple répondait à ses doigts. Puis il sentit qu'il ne fallait pas attendre plus longtemps et il vint sur elle. Elle gémit de surprise et de douleur, tenta de se débattre. Il la retint, songea que maintenant, juste à ce moment précis, il pourrait la blesser et la marquer pour longtemps, peut-être jusqu'à la mort. Mais elle ne méritait pas cela, car ils sont à plaindre, ceux chez qui on a suscité le dégoût de l'amour, l'un des rares dons gratuits qui nous restent.

«Ljuba, appela-t-il. Tu m'entends, ma belle ?

— Oui, dit-elle, le visage détourné. Je t'entends.»

Il caressait ses cheveux encore humides avec toute la tendresse dont il était capable. Il faisait attention à ne pas l'effaroucher davantage.

«Il ne faut pas m'en vouloir, lui disait-il. Je ne te ferai plus jamais mal, sais-tu ? Maintenant, ça sera toujours beau.

— C'était beau, dit-elle d'une voix blanche.

— Je sais, tu n'as pas besoin de me raconter d'histoires. A quoi penses-tu ?

— Une nymphe, dit-elle en tchèque.»

Il la corrigea :

«Non, maintenant tu es mon amante. Comment dit-on amante dans ta langue ?

— Ljubica.»

Il sentit qu'il parvenait à vaincre le piège de la désunion, à la regagner partiellement. Elle ouvrit les yeux, le scruta avec un reste d'hésitation qui se dissipait à toute vitesse. Soudain, elle se jeta violemment à son cou.

«J'ai un amant, dit-elle en riant d'un rire menu. Maintenant je sais ce que c'est d'avoir un amant.

— Tu ne sais rien. Tu es une petite sotte qui ne sait encore rien, la gronda-t-il.

— Alors apprends-moi, que je sache.

— En amour, il n'y a pas de maître. Chacun ne reste à jamais qu'un élève.

— Je promets d'être une bonne élève. Attentive et travailleuse. Reste à savoir si je suis douée.

— Il faudra voir ça, dit-il en riant.

— D'accord. Elle cligna des yeux d'un air conspirateur. Tu viens, on essaie ?»

Ils recommencèrent à s'aimer. Maintenant Sova n'avait plus de crainte à avoir, il pouvait se laisser aller, sans contrainte. Il s'entendit lui dire des mots et des phrases, et elle lui répondait à son tour dans sa propre langue avec d'étranges et douces expressions dont il ne faisait que deviner le sens. Mais cela ne les troublait pas trop, ils se comprenaient malgré la différence des langues. Enfin elle mollit entre ses bras, tranquille et rassérénée.

«Salut, dit-il quelques instants plus tard. Comment ça va ?

— Chalut, répondit-elle en riant de ses prunelles dilatées. Cha va bien.»

C'était l'an de grâce 1634. Le soleil éclatant qui montait au zénith inondait la terre de ses rayons tièdes. Dans l'air de cette seconde journée de mars une vibration scintillante et les parfums indiscutables d'un printemps bientôt victorieux s'installaient. La couche de neige fondait rapidement et les sabots du cheval faisaient gicler loin à la ronde des paquets de boue mouillée.

Rašín était pressé. Il avait d'abord espéré parcourir en deux jours le chemin de Dresde à Cheb, mais le mauvais temps de la veille lui avait fait perdre un grand nombre de lieues. Le vent mêlé de neige s'était transformé vers le soir en une véritable tempête, les bourrasques projetaient directement au visage des paquets aveuglants de neige et il n'était pas question de voyager de nuit. L'hiver déployait une vigueur détestable pour faire ses adieux à son sceptre impérial.

Une autre circonstance empêchait Rašín de voyager plus vite. Sa respiration était difficile, un sifflement rauque parcourait sa poitrine et sa gorge, la plaie dans le dos le faisait souffrir à chaque secousse comme si elle s'était rouverte et son cœur battait sourdement le tocsin comme une cloche fêlée. Il se sentit bientôt si épuisé que seule la force de sa volonté le contraignit, inondé de sueur, à rester en selle jusqu'au soir. Son état physique, si loin d'être satisfaisant, l'effrayait et, dans la nuit, avant que la lourde fatigue vînt lui fermer les yeux, il pria ardemment Dieu de le prendre en pitié.

Lorsqu'il vit au matin un ciel clair sans l'ombre d'un nuage, il songea que c'était là un signe. La course le fatiguait tout autant, mais il se jurait d'atteindre Cheb coûte que coûte le soir même si le temps favorable se maintenait. Il pensait rattraper M. d'Arnim quelque part devant Cheb et il voulait tenter de le pousser à avancer plus vite.

Dès qu'il avait appris les derniers événements en arrivant à Dresde l'avant-veille dans la nuit, il s'était aussitôt, et malgré toute sa fatigue, remis en route à la poursuite d'Arnim dès l'aube du jour suivant. Hier soir encore, dans l'auberge de passage où il avait dormi, on avait longuement et avec force détails relaté la gigantesque saoulerie qui avait duré toute la nuit du dimanche au lundi à la cour de l'électeur Jean Georges de Saxe pour fêter la séparation définitive entre l'empereur et Friedland. Après une longue hésitation, ce fait avait décidé l'électeur à envoyer le maréchal d'Arnim rejoindre le duc de Wallenstein et, pour fêter cette décision capitale, les seigneurs avaient passé la nuit en une héroïque beuverie comme après l'issue victorieuse d'une bataille.

Sans conteste c'était là la meilleure nouvelle que Rašín pût entendre, mais les détails paraissaient plus déconcertants. M. d'Arnim n'avait entrepris cette expédition de la plus haute importance qu'après avoir passé la matinée à dormir et n'avait pas, jusqu'au soir, parcouru plus de distance qu'une limace paresseuse.

Et un moment plus tôt... Rašín ne voulait même pas en croire ses yeux. Il avait pris un raccourci et en regagnant la grand-route il était tombé sur une large trace laissée par plusieurs centaines de sabots et dont des ornières profondes creusées par des roues de carrosses constituaient l'axe principal. Les traces d'Arnim et de sa suite ? Impossible : il devait déjà approcher des frontières du pays de Bohême. Mais alors, qui avait pu laisser cette trace comme une écharpe sale qu'on aurait jetée là, dans la neige fondante d'une campagne encore toute blanche ? Peut-être un lieutenant-colonel en mal d'exercice s'en allait-il avec sa compagnie vers les bordels de Cvikava. En tout cas, mieux valait redoubler de prudence.

Au détour du chemin qui contournait une corne de la forêt s'amorçait une longue descente en pente douce. Depuis le haut, Rašín aperçut au loin tout un serpent de cavaliers qui suivait lentement les antennes des sentinelles à travers la plaine blanche. Les hommes les plus distants ressemblaient à des points minuscules ; même en tendant le regard au maximum, Rašín ne parvint pas à reconnaître les couleurs des drapeaux déroulés au-dessus du corps principal du cortège le moins éloigné de lui. Derrière la colonne il aperçut deux cuirassiers attardés. Ils avançaient au pas comme s'ils étaient en promenade et se balançaient avec insouciance dans leur selle.

Rašín prépara ses armes pour toute éventualité et il éperonna sa jument baie. Quelques minutes suffirent pour rattraper les cavaliers. Dès qu'ils entendirent le chuintement des sabots dans la neige fondante, les deux hommes d'armes se retournèrent et Rašín vit avec surprise sur leurs bandoulières les couleurs de l'électeur de Saxe.

«Qui êtes-vous, cavalier, et qu'est-ce qui vous amène ?» demanda l'aîné des deux. Sa moustache épaisse, enroulée vers le haut, était déjà passablement grisonnante.

«Je suis le courrier de son Altesse le duc de Wallenstein, déclara Rašín. Où puis-je trouver son excellence le maréchal d'Arnim ?

— Sa grâce se trouve un peu plus loin en avant. Suivez votre route, et que Dieu vous garde, cavalier.

— Le maréchal n'est-il pas parti en avant vers Cheb avec

une escorte plus petite et rapide ?» Rašín refusait encore de croire à l'incontestable réalité.

«Non, pourquoi aurait-il fait une telle chose, monsieur ?» répliqua avec surprise le cuirassier moustachu.

Le maréchal avançait lentement, trop lentement à la rencontre du duc qui l'attendait dans une situation désespérée. Il avait quitté Dresde lundi et n'avait, jusqu'à ce jeudi, parcouru qu'à peine les deux tiers du chemin. Peut-être, n'ayant pu refuser l'ordre de son seigneur l'électeur Jean Georges de Saxe, s'arrangeait-il du moins pour ne pas l'exécuter de trop bonne grâce et voulait-il le montrer clairement ? Non, impossible, il n'est pas habituel à la cour de l'électeur que la droite ignore ce que fait la gauche. Les deux mains se mettent à l'ouvrage de concert et c'est le plus souvent celle de M. d'Arnim qui est la plus puissante. Quelles raisons peut-il donc avoir pour agir de la sorte ?

Rašín éperonna son cheval et partit au galop à la poursuite de la colonne dont le beau carrosse décoré du maréchal formait le centre. Il présenta son sauf-conduit aux sentinelles de l'arrière-garde et fut annoncé aussitôt.

Le maréchal le fit installer face à lui dans le carrosse dont l'agencement intérieur ne le cédait en rien au luxe de l'extérieur.

«Soyez le bienvenu, monsieur Rašín. Quelles nouvelles apportez-vous de son excellence le chancelier suédois Oxenstierna ?

— D'excellentes nouvelles, monsieur d'Arnim, répondit Rašín. Dès que le duc de Wallenstein annoncera définitivement qu'il abandonne l'empereur, les Suédois l'aideront de toutes leurs forces.

— Félicitations, monsieur Rašín, répondit Arnim en hochant sagement la tête. Je puis imaginer à quel point votre mission était difficile cette fois-ci. Quant à la condition du chancelier, tant de fois dégoûté par ses expériences antérieures, elle me paraît tout à fait compréhensible.»

Le souffle tumultueux de Rašín ne se calmait que lentement. Enfin il toussota et dit :

«Ce n'est qu'une pure formalité, monsieur d'Arnim, parce que les dés sont déjà jetés, de toute manière. Friedland est sûr. Le duc François Albert a négocié en son nom avec Bernard de Weimar dont les armées avancent déjà vers la

Bohême pour se porter à son aide. On peut penser que Václav Romhap, le chargé d'affaires du comte Kinský a confirmé son accord antérieur avec Feuquier, le résident de France, et comme je vois, vous-même êtes personnellement en route, acheva Rašín en laissant passer un bref silence avant de conclure. Je ne pensais cependant pas vous rattraper si vite : je n'ai quitté Dresde que hier.»

M. d'Arnim ne s'émut nullement de cette impertinence. Son visage resta de marbre.

«La précipitation conduit souvent au malheur, monsieur Rašín», observa ensuite le maréchal.

Rašín leva les yeux sur lui. Arnim avait notablement vieilli depuis leur dernière rencontre directe. Ses cheveux et sa barbe s'étaient tissés de fils blancs, de nouvelles et profondes rides sillonnaient son front. Il n'était pas facile de se maintenir en équilibre dans la situation précaire qui était celle de la Saxe, depuis trois années et c'est justement sur les épaules de cet homme que reposait la plus lourde responsabilité : c'était lui qui devait exécuter cette délicate danse sur des œufs.

Le long nez du maréchal faisait saillie comme une pièce rapportée entre les joues osseuses, ajoutant une impression de bonté et une expression de gentillesse à une bouche qui ne riait pourtant que rarement. Sa physionomie était surtout marquée par les yeux, fortement écartés de part et d'autre de la puissante racine du nez. Sous leurs sourcils relevés comme dans l'expectative, ils trahissaient sagesse et compréhension. Ce que les yeux percevaient, un cerveau froid et lucide en tirait des conclusions justes et posées. Arnim n'était pas un homme facile à tromper, mais il parvenait beaucoup plus facilement à tromper autrui, allié ou adversaire, ami ou ennemi. Il n'hésitait guère à le faire chaque fois qu'il poursuivait un but précis, sachant mieux que tout autre que les rôles dans jeu actuel étaient de toute manière interchangeables, et que l'ennemi floué d'aujourd'hui deviendrait demain, par une nécessité inévitable, le plus enthousiaste des compagnons d'armes.

Ses rapports avec Rašín pouvaient être qualifiés de mutuelle compréhension teintée de réticence. Arnim voulait bien aider et faciliter les choses dans la mesure où cela ne nuisait ni à sa position ni à ses buts. Au cours des trois dernières années, ils s'étaient affrontés dans plusieurs négociations où ils représentaient des parties d'intérêts souvent divergents, ce qui ne nuisait naturellement en rien à leur respect réciproque. Ils se connaissaient trop bien l'un et l'autre et appréciaient leurs qualités respectives.

A telle enseigne que, mieux que jamais auparavant, Rašín voyait devant lui un vieux renard rusé, frotté à tous les dangers, dont le flair sensible décelait le moindre revirement bien avant qu'il ne se concrétisât.

Arnim nota le regard de Rašín fixé sur lui et l'ombre d'un sourire parcourut ses lèvres.

«Je vous remercie de vos précieuses informations, monsieur Rašín, dit-il pour compléter sa remarque précédente. Il ne manque que quelques détails. Comme je vois, vous vous dirigez vers Cheb.

— Oui, pour rejoindre Wallenstein qui y demeure, reconnut Rašín.

— Et vous ne savez rien des raisons pour lesquelles il s'est retiré de Pilsen justement à Cheb, monsieur Rašín ? demanda lentement Arnim. Il n'a auprès de lui qu'un état-major restreint de fidèles, le maréchal Illow, le général Trčka, le comte Kinský avec peut-être une millier de cavaliers, voilà toute son armée.

— Je n'ai pas d'informations précises, j'étais sur les routes, dit Rašín. Mais on peut supposer qu'il est parti pour faire la jonction avec le duc François Albert, les Suédois et vous-mêmes, les armées de Saxe, sur les ailes, pour en faire une ligne unie. Les régiments révoltés en Silésie sous le commandement du général Schaffgotsche ont prêté serment à Wallenstein. Le trône impérial tremble sur ses bases après leur appel tonitruant : "*Vivat Albertus Rex !*"»

Ce dernier atout fut loin de faire sur Arnim l'effet escompté.

«Voyez-vous cela, le roi Wallenstein», dit-il en se contentant de hocher la tête. Il réfléchit un instant, puis il leva la tête vers son compagnon : «Eh bien, monsieur Rašín, en retour de vos nouvelles, je vais vous faire part de celles qui sont en ma possession. Et surtout de celle-ci : à compter du milieu du mois dernier, une lettre patente de l'empereur a démis Wallenstein de ses fonctions de généralissime. En même temps que lui, ont été rappelés Illow et Trčka. Le nouveau généralissime est le comte Gallas.

— Depuis la mi-février ? répéta Rašín à voix basse. Mais j'étais encore à Pilsen alors... Il laissa sa phrase en suspens.

— Et les premiers intéressés n'en savaient rien à ce moment, compléta Arnim. Je n'arrive pas à comprendre moi-même comment le service de renseignements a pu faillir ainsi ; le comte Kinský a toujours eu la réputation d'un diplomate habile entre tous, dit-il en tournant la tête d'un air étonné. Mais en revanche bon nombre d'officiers étaient au courant. On signait des lettres réversales avec des serments de fidélité, des chiffons de papier, on hésitait à sauter le pas.

— Je sais, tout n'était pas prêt jusque dans les détails», reconnut Rašín.

Arnim poursuivit : «Enfin la décision fut prise. On était convenu de réunir tous les régiments au début de la dernière semaine de février pour un grand rassemblement sur la montagne Blanche près de Prague, où Wallenstein comptait faire une revue et décider l'armée à le suivre. Mais c'était trop tard. Lorsque Trčka s'est mis en route pour faire une dernière inspection, il n'est pas allé loin. Dès Rokycany il a appris que l'empereur avait émis les lettres de rappel et que le maréchal de camp Suys tenait Prague fermement en main pour le compte de l'empereur.

— Ce n'est pas possible, soupira Rašín en passant la main sur son front las. A la dernière seconde, une fois encore.

— Si bien que la retraite de Wallenstein à Cheb peut à juste titre être considérée comme une fuite, compléta Arnim d'une voix calme. Et l'avenir est loin d'être assuré.»

Rašín réfléchissait fébrilement. Les nouvelles d'Arnim projetaient une lumière sinistre sur l'enchaînement des événements. Mais la rupture de Wallenstein et de l'empereur restait la réalité la plus importante. Wallenstein aurait pu s'y résoudre depuis longtemps de son plein gré et dans de meilleures conditions ; finalement, des forces extérieures l'avaient acculé à en passer par là. De toute manière, il ne pouvait plus revenir vers l'empereur, il s'était lancé sur une autre voie qui ne menait que vers un seul but, avec la grâce de Dieu. Pour tout dire, Kinský n'avait-il pas compté avec cette éventualité, n'avait-il pas bâti ses plans sur elle ? Non, surtout pas de panique. Rien n'est perdu, au contraire ; maintenant seulement tout est en place pour un véritable début.

Rašín releva la tête et s'aperçut qu'Arnim l'observait de son regard scrutateur.

«De toute façon, dit-il avec un sourire de légère supériorité, les choses sont définitivement décidées, monsieur d'Arnim. Et les hommes sages n'ont plus qu'à envisager le résultat sans tenir compte de leurs désirs ni de leurs ambitions personnelles.

— Les choses ne sont jamais définitivement décidées, monsieur Rašín, remarqua sèchement Arnim.

— Je pense au sort de mon pays, précisa Rašín. Bien des personnes se sont souvent étonnées que malgré la parenté de foi qui nous unit, son Altesse l'électeur de Saxe ait souvent choisi une démarche qui ne semblait pas soutenir pleinement nos intérêts communs.»

Le maréchal comprit bien que cette invective le visait personnellement. Même le dernier palefrenier dans l'endroit la plus retiré du pays savait à quel point l'électeur était dépendant de ses capacités.

«Vous savez bien, monsieur Rašín, que je suis un homme qui craint Dieu, dit lentement Arnim. Nos voies et les vôtres, à vous les Tchèques, se sont souvent écartées l'une de l'autre, justement parce que les questions de foi nous tiennent si profondément à cœur.

— Excusez-moi, mais j'avoue que je ne comprends pas très bien le fond de cette divergence, monsieur le maréchal, répondit Rašín. Ne pourriez-vous pas, s'il vous plaît, m'éclairer plus précisément sur votre pensée ?»

Arnim se renfrogna légèrement comme s'il réfléchissait à la réponse à donner. De l'extérieur leur parvenaient les bruits étouffés qui accompagnaient la progression de la colonne : le martèlement mouillé des sabots, le tintement des harnais, l'ordre d'un officier. Arnim sortit le bras de son lourd manteau de fourrure et machinalement entrouvrit le rideau sur la vitre. De sa place, Rašín voyait le balancement des silhouettes des dragons qui accompagnaient le carrosse en formation réglementaire de garde. Puis Arnim relâcha le rideau et la pénombre intime se répandit à nouveau dans le carrosse.

«Je vais tenter de vous répondre, monsieur Rašín, dit Arnim d'une voix méditative. Imaginons que tous vos calculs deviennent réalité. Ce qui signifierait que le duc de Friedland – si Dieu lui prête la vie et une santé suffisante –, aidé par les Suédois, la France et la Saxe, lèverait une armée au plus tard d'ici cet été, engagerait la lutte et ferait tomber la maison d'Autriche. Il ceindrait sans doute la couronne de Bohême et même s'il devait mourir peu après, les Tchèques seraient en droit d'élire librement leur roi. Ainsi vos intérêts seraient-ils en grande partie satisfaits et se tourneraient par la suite plutôt vers l'intérieur, vers l'organisation de vos propres affaires, dans la mesure où la situation générale le permettrait.»

Arnim se tut. Il ramena sa fourrure plus près sur ses épaules et poursuivit quelques instants plus tard.

«On reproche à l'empereur Ferdinand de vouloir éradiquer la confession évangéliste et obtenir un pouvoir absolu pour limiter les libertés allemandes. Mais on peut attendre la même chose du cardinal de Richelieu, car le roi de France est d'un catholicisme éclatant. Si l'une de ces grandes maisons se voyait vaincue, la maison victorieuse aurait beaucoup plus de facilités, dans le déséquilibre qui se produirait, à réaliser ses aspirations. Et comme les Suédois à eux seuls n'ont pas assez de forces pour vaincre les catholiques, une telle issue aboutirait sans doute à une fin déplorable. Voilà la source de mes inquiétudes.

— Mais dans une union forte, les Tchèques couvriraient la Saxe comme leur voisin le plus proche, objecta Rašín.

— Qui le garantirait à coup sûr ? demanda Arnim. Puis : Et même s'il en était ainsi, la Saxe et les principautés allemandes auront de toute manière des frontières communes avec les catholiques et devront faire front à leurs appétits.»

Rašín se taisait. Il était inutile de poser d'autres questions. Si on allait jusqu'au bout du raisonnement, la Saxe dans de telles conditions cesserait de jouer son rôle périlleux, mais ô combien important, d'index de la balance, et serait contrainte de choisir son camp ; elle perdrait ainsi la possibilité de jouer son jeu tactique en menaçant alternativement de se joindre à l'un ou l'autre côté. Et M. d'Arnim venait d'exprimer plus ou moins ouvertement ce qui constituait la base même de sa pensée. Le sort des principautés allemandes et des Allemands, voilà ce qui comptait pour lui avant tout.

Le carrosse se balançait légèrement sur le sol ramolli du chemin. Après quelques instants de silence, le maréchal écarta à nouveau le rideau et regarda par la fenêtre.

«Tiens, Cvikava, dit-il. Nous y serons d'ici peu. Nous nous y arrêterons pour déjeuner, je commence à avoir grande faim. J'espère que vous m'honorerez de votre compagnie, monsieur Rašín.

— Je vous remercie de votre invitation, votre excellence, refusa Rašín. Si vous me donnez congé, je vais partir au plus vite. Je brûle d'impatience de savoir ce qui se passe à Cheb.»

Arnim n'eut pas le temps de répondre. Le carrosse s'arrêta soudain et une agitation parcourut l'escorte. Le maréchal ouvrit la portière du carrosse et se pencha au-dehors.

«Que se passe-t-il ? cria-t-il à son adjudant.

— Un courrier exprès, votre Grâce.

— Qu'il approche», dit Arnim en sortant du carrosse.

Rašín profita de l'interruption. Il sortit à la suite d'Arnim, prit les rênes de sa jument baie des mains du palefrenier. A la seconde suivante, le courrier était là. Il sauta à bas de son cheval et rendit l'honneur. La boue dégouttait de son visage et de ses vêtements, mais il ne semblait même pas s'en rendre compte.

«Votre Excellence, le duc Wallenstein est mort, annonça-t-il d'une voix rauque.

— Quoi ? s'écria Arnim. Parle !

— Samedi, la semaine dernière, au cours de la nuit, le duc de Friedland a été traîtreusement assassiné à Cheb. Auparavant ont été massacrés au château de Cheb le maréchal Illow, le comte Trčka, le comte Kinský et le commandant de cavalerie Neumann. La trahison fut ourdie par le colonel Walter Butler, le lieutenant-colonel John Gordon et le premier brigadier Leslie, annonça le courrier hors d'haleine.

— Continue ! aboya Arnim. Des détails !»

Rašín se détourna et se retint au pommeau de la selle. La terrible nouvelle lui coupait bras et jambes, peut-être même serait-il tombé. Il enfonça la tête dans la crinière de sa jument. Il sentait l'odeur âcre de la sueur animale, la rugosité des crins épais.

C'est la fin. Ces mots résonnaient dans son cerveau comme une sonnerie de cloche, le glas de tous les espoirs.

La fin, la fin, la fin.

Il entendait comme de loin le récit de la terrible catastrophe. Pendant la retraite de Pilsen, près de Stříbro, Butler s'était joint à la colonne de Wallenstein avec son régiment de dragons anglais, irlandais et écossais. Avec le bataillon de Trčka de la Vieille Saxe, la troupe dépassait deux mille hommes, mais la colonne était incapable d'un éventuel combat direct, d'une part parce qu'elle comptait peu de fantassins, d'autre part parce que Trčka et Illow ne faisaient aucune confiance à Butler et à sa troupe. De surcroît, l'armée avançait très lentement car Wallenstein, en proie à une terrible attaque, devait être transporté sur un brancard suspendu entre deux chevaux. A Planá, Leslie vint s'ajouter à l'état-major, appelé par un ordre du duc à la rencontre du convoi de Cheb.

Butler et Leslie, qui étaient déjà au courant des lettres patentes impériales et même de leur codicille qui autorisait en cas de nécessité à tuer le chef du complot et ses intimes les plus proches, avaient pu s'entendre partiellement dès ce voyage. Mais ce fut à Cheb qu'ils parvinrent à un accord final avec Gordon, le commandant de la ville.

Sous prétexte de sceller l'obéissance et l'amitié, ils attirèrent Illow, Trčka, Kinský et Neumann à un grand banquet. Et tandis que les lumières s'allumaient aux fenêtres du château, trente dragons masqués sous la conduite de Mac Daniel, Geraldin et Deveroux occupèrent les espaces intérieurs au-delà du portail, la cour et les salles qui jouxtaient la salle du banquet.

La fête bat son plein, l'humeur des invités se fait de plus en plus gaie. Tout n'est pas perdu. La fuite de Pilsen a réussi, le soir même un courrier est arrivé avec une dépêche du duc François Albert qui n'est plus qu'à quelques lieues avec son corps d'armée. Les toasts sont exubérants : «Vive Friedland ! Vive Oxenstierna ! Vive François Albert !»

C'est alors que Butler se dresse et lève sa coupe : «Longue vie à Ferdinand !»

Le toast scandé d'une voix puissante représente le signal convenu auquel les dragons, torche à la main et arme au poignet, font irruption dans la salle.

«Que les bons impériaux me suivent !» crie Geraldin à leur tête.

Par une autre porte s'élance le capitaine Deveroux. Des chaises tombent, les épées dénudées cliquettent. Le comte Kinský meurt derrière la table avant d'avoir eu le temps de se lever. Mais Illow, Neumann et Trčka se défendent. Le sang coule, la salle est pleine de hurlements sauvages et de bruits de verre cassé.

Illow touche Leslie au bras, mais tombe mort aussitôt. La victime suivante est le serviteur de Trčka, accouru pour prêter main-forte à son maître. Neumann s'est replié dans la cuisine où il est achevé par des assassins sans pitié. Reste Trčka. A coups d'épée, il se fraie un passage pour sortir, il se démène comme un diable, court jusqu'au portail, mais celui-ci est fermé et gardé par Mac Daniel qui demande le mot de passe.

«Saint Jacques, râle Trčka, grièvement blessé.

— On l'a changé. Maintenant, c'est "Maison d'Autriche" !»

La sentinelle fait tomber Trčka à coups de crosses de mousquets et Mac Daniel plonge son fer dans le cœur de l'homme terrassé.

Les dragons déchaînés ne font pas de quartiers, ils n'exécutent plus que la condition extrême de l'ordre impérial. Et les hommes d'armes, meute assoiffée de sang, traversent en courant la place jusqu'à la maison Pachhelbel où le duc Wallenstein a pris ses quartiers. Une brève escarmouche avec la garde et voilà déjà que les bottes martèlent l'escalier. Deveroux est resté en arrière, il a cassé son épée et il lui faut quelques instants pour arracher une hallebarde des mains de la sentinelle.

En haut, le vieux valet avec deux pages défendent l'entrée de la chambre à coucher.

«Silence, silence, crie le valet en essayant de protéger le duc contre le bruit.

— Plus de silence, tout est joué !» crie Leslie en le repoussant.

Un page tombe, transpercé, et voilà Deveroux qui prend la tête d'un bond puissant. Il ouvre la porte à toute volée et se trouve face à face avec Wallenstein en tenue de nuit. Le duc s'est levé, dérangé par le bruit. Il se tait. Il lève seulement un bras contre les assaillants qui se précipitent à l'intérieur.

«Voilà pour toi, vieux monstre rebelle et parjure !» hurle Walter Deveroux en plantant violemment sa hallebarde.

La poitrine de Wallenstein reçoit le coup mortel et le duc s'effondre, sans vie.

Après tant de tumulte, un brusque silence se fait. Pendant quelques instants, tous restent pétrifiés, incapables de comprendre ce qui s'est vraiment passé. Puis l'un des dragons rengaine son épée, s'avance vers la table et y remarque quelques bagues précieuses et une chaîne d'or. Les bijoux prennent aussitôt le chemin de sa poche et c'est un signal pour tous les autres. Comme des chiens, ils cherchent tout objet de prix dans la chambre à coucher, ils détournent les tiroirs, ils rampent à genoux. Les coffrets fermés sont brisés, le verre des précieuses glaces de Venise vole en éclats.

Peu après minuit, l'avant-garde à cheval avec le duc François Albert arrivent aux portes de la ville.

A la question Qui désire-t-il rencontrer ?, il répond le prince de Wallenstein. On laisse entrer le groupe de cavaliers et on le conduit sur la place. A la lumière des torches, un cercle noir de dragons silencieux, des hommes de Butler, y monte la garde près de sept corps immobiles enveloppés de draps. Butler se penche, soulève un coin du tissu :

«Voici le traître Wallenstein !»

Le visage du duc assassiné est paisible. La mort lui a imprimé le sceau d'un calme inviolable.

«Je prie votre Altesse de me remettre son arme», dit la voix froide de Butler.

François Albert regarde autour de lui et voit que sa position est désespérée. De trois côtés, des mousquets sont pointés sur son groupe. Les conjurés traîtres tiennent la ville solidement entre leurs mains. Il tire son épée et la lance aux pieds de Butler. L'acier tinte clairement sur les pierres du pavement.

Le son fait penser à un glas. Le duc François Albert aurait dû arriver quelques heures plus tôt ; peut-être les choses auraient-elles tourné autrement. Trois, quatre heures ont apporté une moisson terrible. Et aussi la décision ultime.

C'est la fin, la fin de tous les espoirs, résonne une voix dans l'esprit torturé de Rašín. Depuis les sommets de la victoire, jusqu'à l'abîme du désespoir. L'échafaudage audacieux des rêves écroulé comme un château de cartes.

Après les derniers mots du courrier, c'est le silence. Le cercle des auditeurs reste muet, glacé, comme autant de statues.

M. d'Arnim est le premier à bouger. Le maréchal relève sa tête baissée, se redresse. Son regard cherche son adjudant.

«Monsieur le baron, donnez l'ordre du retour !» lance la voix blanche, comme indifférente.

3.

Un silence sépulcral s'est installé dans la pièce. Après une brève annonce, la radio laisse entendre la voix de Dubček qui doit apprendre au peuple le résultat de la rencontre de Moscou. Une voix tremblante de vieillard. Il s'arrête plusieurs fois dans le courant du discours pendant de longues secondes, une fois il semble même que l'orateur a terminé, mais il reprend encore au bout d'une minute de silence ou presque, pour prononcer avec difficulté les quelques dernières phrases de capitulation.

Puis le poste ne fait plus entendre qu'une sorte de fading ondoyant et crachotant, mais ils restent près de la radio par une espèce d'inertie. Enfin, au bout de quelques instants, ils se dispersent, chacun de son côté.

Sova sortit de la Maison, traversa la terrasse de gravier blanc et s'assit sous un marronnier, dans une herbe pauvre, à moitié grillée. A partir de maintenant, chacun va s'en aller de son côté, songea-t-il. Il frotta une allumette, alluma sa cigarette. Dans son dos il entendit un crissement de pas qui se dirigeaient vers lui depuis l'entrée principale de la villa. Malenda vint s'asseoir à côté de lui avec un soupir. Au bout d'un instant, Lahodný les rejoignit. Il était revenu de Munich juste pour le début du discours.

«Alors, messieurs ? demanda Lahodný.

— Alors quoi ? lança Sova. Dubček a toujours été un fort mauvais orateur.

— Arrête de faire le con, mon vieux, il s'agit de choses sérieuses, se renfrogna Lahodný. Trop sérieuses pour les traiter à la légère. Arrête de rigoler.»

Malenda intervint dans la querelle naissante :

«Et que veux-tu faire d'autre, camarade ? Ton copain Barvínek à Belgrade avait raison. Tout est fichu.

— D'accord, mais il faut se mettre d'accord sur la suite des choses, dit Lahodný qui se calmait déjà. Notre position par rapport à cette situation nouvelle. Ce n'est quand même pas rien.

— Exact», dit Sova en s'allongeant sur le dos.

Il regardait vers les profondeurs du ciel bleu pâle qui transparaissait par les interstices dans le feuillage épais de l'arbre. Il tira une bouffée de sa cigarette et sentit soudain son estomac se soulever. Il eut du mal à réprimer une forte envie de vomir. Des gouttes de sueur perlèrent sur son front. Quelques instants plus tard la tension se relâcha. Il restait immobile, se mit simplement à respirer plus profondément et son estomac houleux revint peu à peu au calme. Pour plus d'assurance, il écrasa sa cigarette à moitié fumée et essuya discrètement son front mouillé.

Muzikář fut le dernier à rejoindre leur groupe. Il resta debout et ses yeux interrogateurs sautillaient de l'un à l'autre.

«Je pense que le mieux sera encore de rentrer, dit Malenda, interrompant le silence. Je me donne quelques jours d'observation pour voir comment les choses tournent, mais je commence à entrevoir que je vais faire machine arrière.

— Tu as pourtant été le premier à parler d'émigration, rappela Lahodný. Souviens-toi de ce que tu disais à Vienne, il n'y a pas si longtemps.

— A ce moment-là je voyais la situation différemment, et aujourd'hui ça change encore, expliqua Malenda. Maintenant on dirait que tout est tranquille, il n'y a même pas d'arrestations.

— En fait, tu veux dire qu'il ne se passe rien, que tout est dans l'ordre», acheva Lahodný d'un ton combatif.

Kozderka et Zajíc apparurent dans la porte de la villa. Kozderka fumait sa pipe et son regard se posa farouchement sur le groupe des quatre collègues sous les arbres. Il eut un sourire timide et partit avec Zajíc sur la bretelle qui menait à la route de Beli Križ. Zajíc marchait d'un pas ferme, tout en s'appuyant sur une canne superflue.

«Voyez-vous ça, ces deux-là se sont déjà mis d'accord, ça crève les yeux, commenta Muzikář.

— Incontestablement, ils vont rentrer à la première occasion, ajouta Lahodný. D'ailleurs il ne se passe rien de grave.»

Malenda réfléchit quelques instants sur la réponse à lui apporter. Plusieurs nuances de sentiments passèrent, fugitives, sur sa face de lune.

«Je ne comprends pas pourquoi tu m'attaques, dit-il enfin paisiblement à Lahodný. Notre situation est différente, toi tu as plein d'amis partout, tu publies des livres à l'étranger, tu t'es fait un nom et ton avenir matériel est assuré. Tu n'auras aucun mal à te battre pour la liberté dans l'émigration. Mais moi je ne tiens pas à recommencer à zéro à quarante-quatre ans, à apprendre des langues étrangères... Je suis trop paresseux, moi, ou trop lâche si tu préfères. Quelles chances j'aurais au-dehors ? Il y a longtemps que les idéaux ne m'intéressent plus, il me reste vingt ou trente ans à vivre et je devrais les passer à trimer comme ouvrier spécialisé quelque part ? Non merci, très peu pour moi, je te le dis honnêtement. Je vois le monde comme une énorme farce d'où Dieu est absent, tout ce qui m'intéresse à présent c'est un peu de tranquillité et qu'on me traite convenablement. Ça, je crois que j'arriverai à me l'assurer même dans la situation qui va s'installer chez nous après cette panique. Tout serait peut-être différent si j'avais quinze, vingt ans de moins, mais comme ça ? Tout bêtement, mon modèle philosophique n'est plus aujourd'hui ni Marx, ni le Christ, mais Chvéïk, pour que ça soit parfaitement clair. Et tu peux en penser ce que tu voudras.»

A cette dernière phrase Malenda tourna le dos à Lahodný, comme s'il voulait souligner son manque d'intérêt pour la poursuite de la discussion. Mais Lahodný non plus n'avait pas l'intention de continuer. C'était d'ailleurs inutile, Malenda avait été suffisamment explicite.

«Puisque c'est ainsi, alors d'accord, dit-il. Chacun a bien sûr le droit d'avoir son opinion. A ce détail près que ceux qui ont soixante ans aujourd'hui disent qu'ils n'en ont plus quarante pour pouvoir entreprendre quelque chose. C'est là que le bât blesse, mais passons. Pour le reste, je comprends, tu as été on ne peut plus clair.»

Malenda ne répondit pas. Muzikář essaya de pacifier l'atmosphère avec une question terre à terre.

«Tout cela nous fait comprendre que tu comptes rester dans l'émigration. Mais concrètement, que vas-tu faire ?

— Je n'ai pas de projet à long terme, déclara Lahodný. Pour le moment, ce n'est d'ailleurs pas possible. Pour ce qui est de la période immédiate, il se prépare en Suisse un meeting d'auteurs tchèques et allemands, je viens de l'apprendre à Munich. Je dois prendre part aux préliminaires, alors je compte aller voir. Il étendit la main et toucha l'épaule de Sova. Mikuláš, tu dors ?

— Non, j'écoute.

— Fort bien. Je voulais te demander si ça t'intéressait de venir avec moi.

— Quand ?

— On pourrait partir après-demain, qu'en penses-tu ?

— Je suis d'accord. La Suisse ou ailleurs. Mais avec quel moyen de transport ?

— Comment cela ? s'étonna Lahodný. En voiture, bien sûr.

— La voiture est à Malenda. Et lui, il veut rentrer, rappela Sova.

— Je ne rentre pas encore, bon sang !» rétorqua Malenda irrité. Il s'en voulait probablement déjà de s'être laissé emporter et d'avoir abattu ses cartes. «La voiture, c'est le dernier de mes soucis.

— Mais pas du tout, objecta Sova. Comment pourrais-tu avoir ta tranquillité au pays si quelqu'un courait à tous les diables avec ta voiture ?»

Les joues dodues de Malenda pâlirent et sa petite bouche de poisson se contracta encore davantage. Un éclair passa dans ses yeux mi-clos.

«Ecoute, Mikuláš, je t'ai fichu à la porte de l'université, d'accord, dit-il d'une voix tremblante. Il y a vingt ans de cela et j'étais un imbécile, bien que ce ne soit ni une excuse ni une explication. Maintenant je me laisserais difficilement prendre comme ça, tu comprends ? Et tout votre processus de renaissance nationale et de socialisme à visage humain, ce n'est encore qu'un autre gadget et un cinéma comme j'en ai connu des douzaines. Maintenant, quand j'entends parler de grandes idées, la première chose que je fais c'est de regarder à qui ça profite. Et ce petit feu-là, ce n'est pas moi qui m'en suis vite approché pour y faire chauffer ma sou-soupe, alors personne n'a le droit de me demander des comptes, je ne me suis engagé à rien, moi.

— Ne t'énerve pas inutilement, dit Sova. Moi non plus, ce n'était pas mon affaire, c'est votre parti à vous qui se renouvelait et Dieu m'est témoin qu'il y a bien des gens pour qui toute cette évolution représentait un monde absolument étranger. Certains d'entre vous étaient même parfaitement désintéressés, et ça, c'est important ; mais seul l'avenir montrera ce qu'il y avait derrière tout ce mouvement. Et là, il s'agit encore d'autre chose. Moi, ce que je ne supporte pas, c'est qu'on élève Chvéïk au rang d'un géant de la philosophie pour servir de prétexte à ceux qui ne s'occupent que de leur fromage. Cela me paraît un peu facile.»

A le voir, Malenda s'était rapidement calmé. Pendant que Sova parlait, il s'était mis debout et maintenant il le regardait de haut.

«Je ne pense pas qu'il soit utile d'étaler les choses un peu plus. Le plus drôle dans l'histoire, c'est que si quelqu'un a passé sa vie à faire le Chvéïk, c'est bien toi, Mikuláš», dit-il avec un sourire forcé. Puis il tourna les talons et partit. Les gravillons crissaient sous ses pas. Il tenait la tête droite et s'en fut sans regarder une seule fois en arrière.

Sova le suivit des yeux pendant quelques secondes. Puis il s'assit plus près du tronc et s'y adossa.

«Qu'est-ce qu'il voulait dire avec cette histoire d'université ? demanda Lahodný. Tu n'en as jamais parlé.

— Vieille broutille. Ça n'en vaut pas la peine.»

Sur le chemin qu'ils surplombaient apparut Kordič avec son chien-loup noir. Kordič était le Nestor des écrivains slovènes, un type très voisin de Halbich, un bonhomme dur et droit, avec un sens de la bonne boisson et de l'humour caustique. Il avait une petite villa sur la colline au-dessus de Portorož bénéficiant d'une vue merveilleuse sur la mer et il venait presque tous les soirs à la Maison des écrivains pour faire un bout de causette et partager une bouteille de vin. Il parlait aussi bien anglais, allemand et français, mais il se faisait comprendre dans une sorte de mélange de tchèque et de slovène qui lui permettait de communiquer avec tous les hôtes de la maison. Il les aperçut, alignés comme des poules sur un perchoir sous leur marronnier, et un sourire illumina son long visage anguleux.

«Chalut les gars ! cria-t-il vers eux.

— Salut Kordič, vieux soldat, lui répondit Lahodný. Je suis

content de te revoir.

— Moi je viens tous les soirs, mais toi toujours parti.

— Vois-tu, j'ai le sang vagabond, dit Lahodný en riant. Dès que ça bouge quelque part, je m'y précipite pour ne rien perdre par malheur. Et c'est seulement après que je m'aperçois que ça ne servait pas à grand-chose.

— Je connais. Quand j'étais jeune, j'ai voyagé partout dans le monde, dit Kordič en hochant la tête. Maintenant je suis vieux. Je suis, comment dire, un flemme.

— Tu ne voyages plus ?

— Pas beaucoup. J'aime mieux m'asseoir sur la terrasse chez moi et regarder la mer. Ou à la trattoria devant un verre de vin avec des vioques de mon espèce à causer de rien.

— Peut-être que tu t'assoiras avec nous, aujourd'hui, Milovan, quand est-ce que nous nous sommes vus la dernière fois ?

— L'automne dernier, à Belgrade, répondit aussitôt Kordič. Que je n'aille pas oublier, j'ai eu un coup de fil de Bato Zurovac qui veut venir faire un tour ici. Il y était, lui aussi.

— Zurovac le poète ? Celui qui avait une grande barbe? interrogea Lahodný en montrant sur sa propre poitrine la longueur de la puissante toison. Il était sensas, il est venu à Prague au mois de janvier et nous avons bien bu ensemble. Un grand bonhomme, un héros.»

Entre temps, Sova avait salué l'arrivée de Harry ; il avait renversé le chien sur le dos et faisait mine de se battre avec lui. Harry aboyait, ses yeux lançaient des éclairs et il faisait claquer ses crocs à vide.

Puis tous passèrent dans la pièce commune et s'installèrent autour de la table. Kordič ôta sa veste et le berger se coucha avec dévotion à ses pieds. Après ce moment d'excitation, il se renfermait à nouveau dans sa dignité inaccessible.

«Que buvez-vous, monsieur Kordič ? demanda Sova. Nous avons de la bière au frais et moi je file au coin acheter un peu de vin à boire.

— Voilà le bon ordre des choses, Mikuláša», dit Kordič en hochant la tête.

Peut-être Sova lui était-il sympathique parce que même son Harry acceptait sans rechigner ses marques d'amitié, qu'il se laissait caresser et gratter derrière les oreilles, ce qu'il permettait à peu de monde. Un grommellement profond du fond de la gorge et les crocs dénudés dissuadaient, dès la première tentative, la plupart de ceux qui cherchaient à lui faire des avances.

Sova apporta la bouteille de bière couverte de gouttelettes de condensation, prit à la cuisine deux magnums, les rinça et partit à la trattoria de Beli Križ. Bien qu'il ne fût resté qu'un petit quart d'heure à l'intérieur, le ciel avait entre temps pris une curieuse teinte plombée et soufrée comme pour exercer une vengeance haineuse.

«C'est le yougo, annonça la grosse Italienne de la trattoria. Scirocco, verstehen ? Madonna mia. Attendez, il faut que je descende chercher le vin.»

Elle disparut dans la porte de la cave d'où souffla une fraîcheur revigorante. Sova sortit sur la terrasse et s'assit près de la balustrade qui donnait sur le golfe.

La mer avait pris une allure repoussante, avec une désagréable teinte pétrole. Bien que l'air fût chargé d'une pesanteur étouffante, la surface s'agitait comme si l'eau bouillonnait dans les profondeurs. Dans le silence de mort qui s'était installé, on entendait jusqu'ici, sur les hauteurs, le roulement sourd et menaçant des vagues. Quelques voiliers et canots à moteur se hâtaient d'atteindre le cap de gauche derrière lequel s'abritait le port de Piran.

Et une fois encore, la vue de la surface marine captiva son attention. Son aspect si différent et si nouveau fascinait par la révélation d'une sombre et coléreuse irréductibilité. Lequel de ses visages était-il donc le vrai ? La surface souriante, scintillante et enjouée à Taormine, frivole et aguicheuse à Capri ou à Rimini, repoussante et sale dans le port de Naples, cadavérique, comme à Venise, ou celle d'aujourd'hui ? Sova commençait à comprendre ces vieillards capables de rester assis en silence des heures durant sur le rivage à regarder la mer, une mer où, à perte de vue, rien ne se passait en apparence. Car cette surface visible ne représentait qu'une pellicule plane sur un élément dont elle dissimulait la vraie nature et l'existence tridimensionnelle propre, tel un bouclier trompeusement présenté aux regards indiscrets. La réalité authentique restait cachée, mystérieuse et insaisissable, tout au plus vaguement devinée derrière, et sous ce masque de la surface, glissé entre elle et les yeux du spectateur. Le même sentiment naissait chez Sova à la vue d'un ciel nocturne profond, semé d'étoiles. Une sensation qui s'apparentait fortement au vertige.

Avant que l'Italienne lui eût rapporté les bouteilles pleines, le ciel se couvrit d'un rideau de nuages lourds comme des sacs et un souffle de vent chaud et étouffant monta du sud. Il soulevait la poussière et les feuilles tombées en étroits tourbillons qui couraient les uns derrière les autres sur la route.

Sur le parking devant la villa était arrêtée une petite Fiat et dans la salle commune un nouveau visiteur était assis : Bato Zurovac, le poète, un géant portant une épaisse barbe noire qui lui descendait jusqu'à la poitrine, et montrant dans un perpétuel sourire une denture blanche de bête féroce. Il apparut qu'il connaissait non seulement Lahodný mais aussi Malenda, parce que la maison d'édition avait publié quelques années plus tôt la traduction d'un de ses recueils de poésie galante.

Sova versa le vin dans les verres, s'assit avec les autres et alluma une cigarette offerte par le poète à la barbe noire. Au-dehors, la pénombre s'était répandue à toute vitesse, mais ils n'allumaient pas la lumière. Au loin, un éclair livide traversa brusquement l'horizon.

A cet instant, des roues crissèrent sur le parking et une longue voiture américaine s'arrêta devant l'entrée. La silhouette du nouvel arrivant apparut dans la porte peu après.

«Bonsoir, est-ce que je peux m'abriter chez vous quelques minutes, le temps que la pluie passe ?» dit-il d'une voix profonde et mélodieuse.

Ljuba se leva et alla tourner l'interrupteur. Tous avaient les yeux posés sur le visiteur, mais avant qu'ils aient pu répondre, Kordič prit la parole. Le ton de sa réponse marquait une distance perceptible.

«Il ne pleuvra pas aujourd'hui, citoyen. Vous pouvez tranquillement passer votre chemin.»

Le nouveau venu était habillé avec recherche. Il portait un costume bien coupé, sa cravate fantaisie de bon goût s'ornait d'une épingle d'or à tête de perle. Il était corpulent, mais ses mouvements ne manquaient ni de souplesse ni de légèreté. Après le refus âpre de Kordič, un sourire apparut sur son visage parfaitement rasé.

«Excusez-moi, maître, mais j'aimerais tout de même rester une seconde. Je boirais bien un verre de vin, je paierai mon écot, bien entendu», dit-il à nouveau de sa voix mélodieuse. Puis il s'approcha avec naturel d'une table, prit une chaise, s'assit.

«Ceci n'est pas un bar avec serveuse, citoyen, dit Kordič d'une voix irritée. Ça, c'était jadis, manifestement, vous n'avez pas eu le temps de vous arrêter ici depuis un bon bout de temps. Maintenant, cette maison est la propriété des écrivains slovènes et elle est pour le moment à la disposition de nos amis tchécoslovaques.

— Je reconnais mon erreur en ce qui concerne ma visite ici. Permettez cependant que j'exprime ma sympathie la plus profonde à nos amis tchécoslovaques, dit le visiteur en s'inclinant légèrement, mais sans bouger de sa place. Je m'appelle Viktor Marbulič, pour vous servir.

— Le bistrot, c'est sur le trottoir d'en face», remarqua Kordič d'un ton tranchant.

Marbulič croisa les jambes l'une sur l'autre. Son impertinence avait quelque chose de désarmant.

«Je ne veux pas vous fâcher, maître, ni vous, mes chers amis, mais puisqu'un heureux hasard m'a fait arriver jusqu'ici, j'aimerais passer un petit quart d'heure en votre compagnie. Un homme comme moi, un simple commerçant, a si peu l'occasion de s'asseoir avec des gens intelligents, disait Marbulič de sa voix onctueuse. D'ailleurs, l'art c'est quelque chose sans quoi je ne pourrais même pas imaginer ma vie. Je n'ose l'avouer, mais je suis, moi aussi, foncièrement un artiste au plus profond de mes aspirations.

— Il joue dans la troupe d'amateurs de Koper, expliqua Kordič à l'assistance. Quant à ses commerces, il y a à boire et à manger.

— Oui, pour ce qui est du commerce, je suis un véritable professionnel et dans le commerce, comme chacun sait, ce qui compte ce n'est pas l'éthique, mais les lois, ajouta Marbulič. Mais mon argent, je le gagne d'une manière qui reste conforme aux lois de ce pays.

— Il est millionnaire, grommela Zurovac. Avez-vous fini de construire votre yacht de trois mâts, citoyen ?

— Par contre en art je ne suis bien sûr qu'un pauvre amateur, poursuivit Marbulič comme s'il n'avait pas entendu la remarque de Zurovac. Je ne gagnerais pas ma vie dans ce domaine, et je n'aime pas les gens qui ne sont pas capables de vivre de leur activité. Dans notre pays, figurez-vous, il existe une majorité d'artistes qui mourraient de faim sans les subsides et les bourses que leur accordent les instances gouvernementales, partiellement aussi grâce à nos impôts, à nous autres commerçants. Bref, il ne s'agit pas de cela, c'est d'art que nous parlons. Moi, s'il vous plaît, je sers ma Thalie avec amour et d'une façon parfaitement désintéressée. Ce qui prouve aussi la chaleur de l'amour que je lui porte.»

Toutes les paroles de Marbulič avaient une forme recherchée, mais il parvenait à éviter le ridicule d'une part par l'auto-ironie dont il sous-tendait ses déclarations ampoulées, d'autre part par ses mimiques expressives.

«Ce côté-là de votre personnalité est d'autant plus incompréhensible, Marbulič, lança Kordič avec ironie.

— Oui, l'homme est un être infiniment complexe», acquiesça son interlocuteur en hochant la tête.

Son geste fut si comique que Malenda ne put s'empêcher de rire tout haut. Puis il se leva, alla chercher un verre dans le vaisselier à la cuisine et le posa sur la table.

«Est-ce que vous accepterez ce verre de vin ? Quoi qu'il en soit, c'est pour vous distraire que vous êtes entré ici.

— Merci, vous êtes très bon. J'espère que les maîtres Kordič et Zurovac ne vous en voudront pas trop de cela. Dans ce cas, je préférerais réellement refuser.»

La conversation se déroulait en slovène. Les Tchèques devinaient le sens des phrases, grâce à la parenté des langues et aux mimiques expressives de Marbulič et grâce aux traductions succinctes de Kordič. Cependant, ils ne comprenaient pas la raison exacte de la tension entre les trois hommes, Kordič et Zurovac d'un côté, Marbulič de l'autre.

A la dernière réflexion de Marbulič, Bato Zurovac éclata avec un mépris non dissimulé.

«Ce n'est pas moi qui vous verse à boire. Et d'ailleurs je ne le ferais pas.»

Sova, les yeux posés sur Malenda qui remplissait le verre, s'aperçut soudain que les deux hommes avaient une forte ressemblance. Celle-ci n'était pas tant due à leur âge ni à la similitude de leur apparence physique, encore que tous les deux s'ornaient de courbes rebondies à la taille et au visage, mais plutôt de leur comportement et de leur façon d'agir. Ils étaient tout bonnement de la même espèce, tous deux comédiens à leur manière.

«Je vous remercie encore, dit Marbulič en s'inclinant légèrement vers Malenda, avant de se tourner vers Zurovac. Vous vouliez peut-être dire que vous ne me verseriez même pas à boire en tant que compatriote ?

— Je ne vous considère pas comme un si bon compatriote, rétorqua Zurovac. On dirait que vous appartenez à un autre peuple.

— Ah, le peuple, soupira Marbulič en buvant une gorgée. Je suis fier de mon peuple, bien entendu. On vous a déjà informés que nous sommes presque deux millions, nous autres les Slovènes ? demanda-t-il aux Tchèques. Non ? Ou plus exactement un million et trois quarts, pour être juste. Pour être si peu nombreux, notre peuple peut se vanter de grands succès. Nous sommes incontestablement la république la plus cultivée et la plus développée de la fédération au point de vue industriel. Et justement parce que nous sommes si petits, il nous faut payer d'autant plus, tout nous coûte plus cher. Notre régime fédéral, c'est comme une famille fermement soudée, où chaque frère brûle d'amour pour les autres. A ceci près que tous mangent autant et que certains sont incapables de gagner de quoi manger. Alors l'un paie et l'autre reçoit, tous ont la même richesse et vivent dans une belle égalité. Le vent se déchaîne bien», dit-il en tournant le regard vers la fenêtre qui venait de gémir sous l'attaque de la tempête. «Saviez-vous, mes chers amis, que nous avons même notre propre vent, le yougo ?

— Où voulez-vous en venir avec tout cela ? demanda Kordič.

— A rien de très nouveau, répondit Marbulič en haussant les épaules. Je remarque simplement qu'il y a de plus puissantes tempêtes en d'autres régions du monde. Je ne peux tout bêtement pas fermer les yeux devant le fait qu'il y a des nations plus évoluées et qui résolvent mieux leurs problèmes de société. Des nations plus nombreuses, beaucoup plus puissantes et surtout plus intelligentes.

— Et surtout plus riches, n'est-ce pas ? Avec de plus grandes possibilités de gain, l'aiguillonna Zurovac. Et vous, citoyen, combien avez-vous offert de votre richesse pour soutenir nos frères tchécoslovaques ?

— Pas un dinar, maître, dit Marbulič. Je ne veux pas répéter ici que je paie un gros impôt au gouvernement et celui-ci, en plus des artistes, soutient aussi nos hôtes. D'ailleurs, je ne sens vraiment pas le besoin de m'excuser. Il y a un moment, je parlais des rapports de famille. Les Tchécoslovaques vivent eux aussi au sein d'une famille fort intéressante, ils se sont alliés de leur plein gré et dans l'enthousiasme à leur grand frère et lui, quand ces chenapans déraisonnables commencent à faire les vilains, il doit prendre le martinet et faire régner l'ordre.»

Marbulič prit son verre, le leva contre la lumière, puis but lentement et avec un plaisir gourmet.

«C'est du bon vin, dit-il. Pas cher, mais rafraîchissant. Où en étions-nous ? Ah oui, je sais. Ou leur cas ressemble plutôt à un mariage : après vingt années d'une vie commune irréprochable, la petite femme perd soudain la tête et demande le divorce et la liberté. Mais elle s'est bien mariée par pur amour, n'est-ce pas ? C'est du moins ce qu'elle criait aux fenêtres de tous ses voisins. Comment un mari attentionné pourrait-il la laisser se perdre ainsi ? Le monde est plein de séducteurs, de toutes sortes de maquereaux qui risqueraient de lui ravir son honneur. Connaissez-vous le vieil usage cosaque, messieurs ? Non ? Si vous permettez, je vais vous l'apprendre. J'ai entendu dire, je ne sais pas dans quelle mesure c'est vrai, bien sûr, qu'il y a là-bas une coutume, lorsqu'il naît un fils. Le père lui met un fouet dans son berceau : "Pour le cheval aux champs, pour ta femme à la maison." Et c'est sage, la femme ignore souvent ce qu'elle veut vraiment.»

Marbulič but encore une gorgée de vin et fit mine de se délecter en grimaçant comme un clown. Il leva les yeux au ciel et resta ainsi une fraction de seconde de plus que s'il avait voulu être sincère.

«Ah, quel délice ! Si j'avais une femme et qu'elle me serve un vin comme celui-ci, je ne sais pas si je ne me mettrais pas en quête d'un fouet, moi aussi, dit-il soudain. Et je suis un homme doux, avec mes goûts artistiques, je sens même que par politesse je devrais trouver ce vin bon.»

Il se tut quelques instants pour donner tout le poids voulu

à sa boutade, puis il ajouta :

«Moi, messieurs, je ne me mêle pas des histoires des autres familles. Tu cherches à apaiser une querelle entre époux, à les mettre d'accord et qu'est-ce qui se passe ? Ils cessent de se battre, se retournent contre toi et finissent par te flanquer une raclée. Non, non. Nous avons notre propre famille et nous en avons jusque-là, de tout ça. Et nous avons encore eu de la chance, il y a vingt ans, de nous tirer à la dernière minute du collier marital que nous préparait le grand khan. Le marié piaffait devant la porte, il se pressait déjà pour entrer, c'est à peine s'il ne nous a pas mangés tout crus, jusqu'au dernier poil, par amour. Il est rare que nous ayons un éclair d'intelligence, mais cette fois-là elle nous a illuminés, grâce à Dieu et à sa Sainte Mère.» Marbulič pointa soudain l'index en l'air et sa voix perdit toute sa légèreté moqueuse. Elle prit un ton froid et métallique.

«Cette fois-là, les Tchèques ont contracté mariage. Ils n'y étaient pas forcés, nous non plus, personne n'a pu nous y contraindre. Depuis le temps, nous aurions pu sceller notre fraternité originelle. Eux, un peuple si grand, si cultivé, si ancien – nous avions toujours levé avec respect les yeux sur leur sang –, nous aurions pu nous épauler mutuellement, tout aurait été différent chez nous... et chez eux. Eh bien, ils se sont mariés, ils ont pris la coiffe, ils ont ce qu'ils voulaient. C'est leur affaire et elle ne me concerne pas le moins du monde aujourd'hui.»

Pour souligner sa conclusion, Marbulič fit mine d'envoyer en l'air, l'index contre le pouce, une poussière imaginaire. Puis il bougea, son visage reprit son ancien sourire de clown et sa voix son ancienne modulation, comme si elle cherchait à estomper l'effet de ses déclarations.

«Excusez-moi, messieurs, je me suis laissé emporter. Je vous fais perdre votre temps. Quand l'acteur amateur se trouve en présence d'un rôle, voyez-vous, il ne sait quand s'arrêter, quand quitter la scène.»

Il se leva, s'inclina légèrement :

«Je ne voudrais pas vous ennuyer davantage. Merci de votre chaleureux accueil et au revoir.»

Il se dirigea vers la porte et sortit. Aussitôt on entendit ronfler le moteur de son vaisseau, geindre les pneus qui tournaient à pleine vitesse et on vit passer la lumière de ses phares comme un éclair derrière les vitres.

Après son départ, un silence interdit se fit dans la pièce. Les gens restaient assis en silence, sans bouger. Ce fut l'impulsif Bato Zurovac qui se tira le premier de cette torpeur :

«Quel voyou ! Quel cabot ! grommela-t-il. Pendant la guerre il a fait des affaires avec les Boches, il ne s'en est tiré que de justesse, après.

— C'était amusant, dit Malenda avec une admiration non dissimulée. Et instructif.»

Kordič toussota et releva son visage anguleux de cheval.

«Excusez-nous, mes amis, dit-il avec confusion aux Tchèques assemblés. J'aurais dû le jeter dehors. J'ai honte d'un homme pareil. Soyez assurés que nous ne partageons pas les opinions qu'il a eu le front de claironner ici.»

Sova regarda Kordič. Puis il sourit et dit :

«Il n'y a pas de quoi s'excuser. Il faut avouer qu'il a tout a fait raison, du moins en ce qui nous concerne.

— Que veux-tu dire, Mikuláša ?» interrogea Kordič, soudain attentif.

Sova élargit encore son sourire, puis il dit d'un ton badin :

«Ce que je dis. Votre compatriote a raison, à une infime réserve près. A savoir que le mérite de notre mésalliance revient exclusivement à nos seuls camarades du parti. Nous autres, nous nous sommes contentés de faire route commune avec leur prévoyante décision et nous sommes arrivés avec eux jusqu'à notre bel aujourd'hui, laissons-leur cet honneur.»

Lahodný se redressa sur sa chaise et fronça les sourcils :

«Qu'est-ce que ça veut dire, cette blague, Mikuláš ?»

Sova leva son verre contre la lumière, puis d'une seule lampée il but le reste de son vin.

«Cette blague, dis-tu ? grimaça-t-il au visage de Lahodný. C'est une bonne blague que d'entendre dire que nous sommes tous pareillement responsables de l'état des choses. La plupart d'entre nous ne méritent vraiment pas cet honneur. Vous avez suivi vos buts, vous aviez vos conceptions et nous autres nous ne pouvions opposer à tout cela que notre naïveté, notre nonchalance, notre incapacité et les autres qualités de notre beau caractère national de colombes. Vous, vous remportiez les points à qui mieux mieux.

— Je ne comprends pas où tu veux en venir avec ce ton de

dérision, on ne peut tout de même pas discuter sérieusement comme ça», l'interrompit Lahodný.

Sova se doutait bien que sa prochaine remarque allait allumer encore une querelle, en plus de celles qui commençaient à se multiplier ici et là, et qu'il s'était jusqu'ici arrangé pour éviter. Il était encore temps de reculer, de tout tourner en plaisanterie, mais il ne parvenait plus à se maîtriser.

«J'apprécie les discussions sérieuses, je les apprécie pardessus tout, et particulièrement avec vous, les communistes, dit-il, et son sourire commença à se durcir en rictus. Vous avez un sens exceptionnel de la discussion.

— Il se fiche de nous, ce sont des blagues, interrompit Malenda sur un ton qui montrait qu'il prenait parti pour Lahodný.

— Tu parles sagement, camarade», acquiesça Sova.

Muzikář se joignit enfin à la discussion, lui aussi.

«A quoi jouez-vous exactement ? C'est une discussion sérieuse, ou une partie de rigolade ?

— Les deux à la fois, camarade, attaqua Sova. Tantôt c'est sérieux, tantôt c'est pour de rire, seulement c'est à chaque fois pour quelqu'un d'autre. Et l'ensemble est à pleurer.» Il se surprit à imiter malgré lui le ton facétieux de Marbulič.

Plusieurs lourdes gouttes s'écrasèrent sur la corniche de tôle derrière la fenêtre. On aurait dit des noisettes qui tombaient, dans le silence tendu qui avait envahi la pièce.

Kordič remarqua que les yeux des quatre hommes avaient pris un éclat froid. Et il prit conscience de la barrière soudaine qui s'était élevée entre Lahodný, Malenda et Muzikář d'un côté, Sova de l'autre.

«Eh bien, mes amis, voilà le yougo, c'est un temps néfaste», claironna-t-il.

Mais la querelle avait dépassé les limites d'une réconciliation possible. Lahodný leva la paume vers lui pour lui signifier qu'il refusait son intervention.

«Attends, Milovan, que Mikuláš s'exprime, dit-il d'un ton impérieux. Nous n'arrivons toujours pas à comprendre de quoi il en retourne.»

Le geste de Lahodný et le ton de sa voix irritèrent Sova au plus haut point. Il pâlit, et referma à moitié les yeux. Il y fulminait une haine irrationnelle.

«D'accord, je vais mettre les points sur les i pour que vous compreniez, explosa-t-il. Aux dernières élections libres après la guerre, vous aviez un peu plus de quarante pour cent des voix. En quarante-huit, vous auriez eu à peine le tiers des suffrages, peut-être même plutôt le quart. Alors vous avez fait Février, vous vous êtes emparés du pouvoir et vous avez commencé à diriger l'Etat. Je passe sur le fait que personne ne vous avait donné le droit de décider pour ces autres soixante pour cent minimum de vos compatriotes, vous n'êtes pas équipés pour ce genre de considérations, mais c'est uniquement vous qui portez la faute de tout ce qui s'est passé par la suite, de toute l'évolution ultérieure des choses, et de toutes les conséquences, pour que ce soit clair. Vous seuls, et personne d'autre.»

Lahodný, qui avait naturellement pris le rôle de porte-parole de la partie accusée, se redressa encore d'un pouce sur sa chaise.

«J'ai l'impression que tu juges d'une manière un peu trop simpliste, mon ami, dit-il d'un ton paternaliste. Je m'étonne que ce soit justement toi, le défenseur affiché de l'individualisme, qui nous mettes tous dans le même sac, nous les membres du parti, tous autant que nous sommes. Si tu parles de faute, il faut tout d'abord distinguer la part de faute de chaque individu, c'est la condition première. Une naïveté comme celle dont tu viens de faire preuve conduit finalement à voir tout en faux.

— Un grand nombre de membres du parti ont commencé très tôt à lutter contre les excès et les erreurs, dit Muzikář. Ça, on ne peut pas le négliger, quand même.

— De quelle faute parle-t-on donc ? lança Malenda. Ce sont des bêtises.»

Sova brûlait. Pendant la réponse supérieure de Lahodný, déjà, il s'était mis debout. Maintenant, il s'appuya des mains sur la table et se pencha vers lui.

«Toi, tu parles d'image faussée ? dit-il en grimaçant. Notre situation actuelle ne te paraît-elle pas assez convaincante ? Tout cela, c'est votre travail. Bon sang ! Celui qui s'est arrogé tous les droits doit porter toute la responsabilité. Et les gens chient sur la part exacte de responsabilité que vous avez les uns et les autres. Votre dernière chance, c'est maintenant. Vous pouvez encore tout effacer, pas comme un tout, l'unité est déjà au diable, mais individuellement, vous sauver, il importe de voir comment chacun d'entre vous va se comporter. Mais moi, je sais d'avance comment vous vous comporterez, pour la plupart !» hurla Sova en tapant du poing sur la table jusqu'à faire rebondir les verres avec un tintement. Son doigt pointa vers Malenda : «Comme lui ! Il reviendra, en rampant sur le ventre s'il le faut, vous avez ça dans le sang !»

Malenda bondit :

«Tu m'insultes ?» siffla-t-il.

A cet instant, la porte s'ouvrit et Ljuba entra. Elle s'avança jusqu'à Sova dans un silence de mort et lui posa la main sur l'épaule.

«Qu'est-ce qui se passe ici, Miku ?» dit-elle en regardant autour d'elle.

Personne ne répondit. Au bout d'un moment, Lahodný prit la parole :

«Comme tu nous détestes», dit-il à Sova en tournant la tête de droite à gauche d'un air incrédule.

Sova sentit l'immense malaise du moment. «Non, ce n'est pas de la haine, murmura-t-il soudain à voix basse en se voûtant comme sous le poids d'un fardeau insupportable. Je vous ai fait tort, ce n'est pas seulement votre faute. Nous aussi, nous sommes coupables. Autrement, mais nous aussi. Nous manquons de dureté, d'amour-propre, de dignité, personne ne sait plus même ce que ces mots signifient. Tout a tourné au gâchis par le mérite commun de tous, c'est là que réside notre misère. Pourquoi ne se moquerait-on pas de nous, ne nous abreuverait-on pas de pitié, ne pleurerait-on pas sur notre sort ? Nous le méritons. Pardonnez-moi...» Il fit un signe de main en guise de conclusion.

Puis il tourna la tête, ôta la main de Ljuba de son bras et se tourna pour partir.

«Alors buvons, compagnons», dit Zurovac au bout de quelques moments en lissant sa barbe.

Après l'amour, Ljuba s'endormit aussitôt. Sova enlaçait ses épaules menues et regardait le plafond où dansaient nerveusement les reflets de la lampe extérieure balancée par le vent. La tempête s'était transformée en un vent régulier et une surpression étouffante ankylosait la nuit.

Le yougo éveillait les instincts sombres et destructeurs dans les âmes humaines. Les nuits où il soufflait avaient lieu les crimes, les violences, les suicides.

Sova pensa à Lída, dont l'ex-mari fermait le gaz en partant. Il pensa à leur étrange relation qu'elle n'arrivait pas à résoudre ; peut-être ne le voulait-elle ou ne le pouvait-elle pas : une sorte d'étrange force liait ces deux malheureux l'un à l'autre, ils restaient ensemble quoique désunis, chacun cherchant sa propre issue dans de fugaces aventures pour retourner enfin l'un vers l'autre au bout du compte. Ils avaient depuis longtemps dépassé la limite de l'animosité libératrice ; ils étaient au contraire unis par le joug de la tolérance mutuelle qui avait beau les meurtrir constamment, mais dont ils étaient incapables de délier les entraves.

Il faudrait que ses rapports avec Ljuba soient d'une nature différente. La jeunesse de Ljuba, qui lui était tout d'abord apparue comme une insuffisance, pourrait aussi représenter son plus grand avantage. Elle est malléable, je pourrais peut-être lui imprimer une forme selon mon idée, comme Pygmalion avait modelé sa statue. Mais cette idée reste encore trop floue. Serait-elle heureuse ? Ou passerions-nous simplement notre vie à tuer le temps, comme on déplace les cartes dans une partie de patience ?

Peut-être se sent-elle heureuse maintenant, c'est du moins ce qu'elle imagine, mais avec quoi remplir par la suite le temps qui nous sépare de la mort ? Que puis-je lui apporter ? Ne vaudrait-il pas mieux en rester à l'état des choses actuel, exclure toutes les incertitudes de l'avenir, s'en protéger ? Il suffirait de poser les mains sur sa gorge, de serrer les doigts, d'attendre qu'elle se soit apaisée. Non, pas cela. Peut-être continuerons-nous à avoir de la chance même par la suite. De toute manière il faut que je lui conseille de ne pas s'endormir trop tôt par des nuits pareilles. Et de se lever avant moi, si nous décidions d'unir nos destins.

Sova libéra délicatement le bras de dessous son cou. Elle se tortilla, à moitié endormie.

«*Molim, molim, Mikuláš*», marmonna-t-elle en reprenant aussitôt son sommeil.

«Dors, Ljuba. *Laku noći*», répondit Sova doucement.

Puis il se leva, renfila n'importe comment et en toute hâte ses quelques vêtements et se retourna vers elle une dernière fois. Elle dormait sur le flanc, à moitié tournée vers lui, et elle respirait profondément dans son sommeil paisible – une tzigane menue, tendre, sans défense.

Sova pressa doucement la poignée de la porte et sortit dans le couloir. En se retournant, il vit au bout du corridor Muzikář assis dans un des fauteuils d'osier qui se trouvaient là. La chambre de Sova était à l'étage d'au-dessus, mais avant qu'il ait atteint l'escalier, Muzikář se leva et s'avança vers lui sur le tapis de coco rouge. Son visage avait une expression sévère.

«Je voudrais te parler.

— Oui, et de quoi ?

— Tu as fait une scène épouvantable ce soir, commença Muzikář. Tu nous as fait honte devant des étrangers.

— Je suis vraiment désolé, dit Sova. Je leur ferai des excuses.

— Ça ne servira pas à grand-chose. Surtout vu la façon dont tu te conduis en général.

— Que veux-tu dire ?» demanda Sova en dressant l'oreille.

Muzikář pointa en avant son menton à la barbe sévèrement taillée et fixa sur lui un regard perçant.

«Tu le sais très bien. Il s'agit de cette jeune fille, de Ljuba.

— Pardon, je ne comprends pas. Où veux-tu en venir ?

— Elle t'aime et ne mérite pas que tu la mènes en bateau. Tu as toujours traité toutes les bonnes femmes comme du bétail, alors fais une exception au moins pour une fois.

— Qu'est-ce que tu me jactes là, s'il te plaît ? se renfrogna Sova.

— Moi, tout m'est clair, camarade, dit Muzikář imperturbable. Tu te prépares à tout saloper comme toujours. Coucher un peu avec elle ici, et dès qu'il se présentera quelque chose d'avantageux, à Zurich ou à New York, tu la laisseras tomber sans t'en faire. Comme si je ne te connaissais pas.

— Tu as de moi une opinion intéressante, se rebiffa Sova.

— Ne raconte pas d'histoires, le rabroua Muzikář. Dès que ton Zurich sera assuré, tu n'y regarderas pas à deux fois. Écoute, chacun a le droit d'avoir son opinion et ses positions, mais en tout cas tu es le dernier qui puisse se permettre de juger les autres pour ce qui est de la morale et de l'éthique. Si quelqu'un fait honte à notre peuple, ce sont surtout les gens de ton espèce. C'est tout ce que j'avais à te dire», déclara Muzikář. Il se tourna et partit sans saluer.

Sova suivit des yeux sa petite silhouette dignement dressée. Qu'il soit venu de sa propre initiative ou en simple porte-parole, il était resté comme il se doit à l'unisson de l'humeur sinistre du sirocco.

Demain, je décrirai ma maison de plus près à Ljuba, décida Sova.

«Je vois que tu as pris du galon», dit Rašín en grimaçant au valet d'auberge qui apportait son manger et une cruche de vin. «Quand je suis passé la dernière fois à L'Arbre Vert, tu maniais encore le balai.

— Certains s'élèvent, d'autres s'abaissent, monsieur Rašín», répondit le serviteur d'un ton ambigu et, pour atténuer quelque peu la portée défavorable de ses paroles, il commença à expliquer d'un ton volubile : «Chacun fait comme il peut. La patronne était seule, elle n'atteignait pas à tout, vous savez, monsieur, il faut parfois la main d'un homme...»

Il souleva le coin de son tablier, s'essuya les mains d'un air réfléchi. Puis il cligna de l'œil avec une mimique de conspirateur.

«La vie est une chienne et on ne doit pas avoir les deux pieds dans le même sabot pour arriver à quelque chose. Tantôt la guerre est ici, tantôt là, les grands de ce monde se coupent mutuellement la tête. Mais pour moi, le plus grand seigneur c'est toujours celui qui est là, comme vous le savez, dit-il en se tapotant le ventre.

— Disparais, gueux», siffla Rašín d'une voix rauque. Aussitôt, une attaque de toux étouffante le saisit. Il toussa longtemps dans ses deux mains avant de ressentir un soulagement.

Un claquement de sabots retentit au-dehors. Plusieurs chevaux s'arrêtaient là et presque au même moment la porte s'ouvrit à toute volée. M. Ptáček de Němčice entra, vêtu d'un habit neuf qui avait dû coûter une fortune.

«Holà l'auberge ! cria-t-il à pleine voix. Soignez les chevaux, préparez la table, j'ai faim et soif !»

Il s'avança dans la gargote, avec sur ses talons une bande grossière d'hommes aux visages broussailleux et couturés de cicatrices, des visages qui ne pouvaient guère appartenir à des hôtes respectables. A leur tête, M. Ptáček jeta un regard perçant tout autour de la salle.

«Voyez-vous ça, monsieur Rašín. Je suis heureux d'avoir l'honneur de vous rencontrer à nouveau, cavalier», dit M. Ptáček en ôtant son chapeau orné d'une plume recourbée et en le faisant tournoyer en une profonde salutation.

«Quelle est votre route, monsieur Ptáček ? demanda Rašín après lui avoir rendu son salut d'un geste bien plus modéré.

— Nous allons çà et là, du diable au démon, répondit Ptáček en riant et en éludant une réponse directe. Vous le savez aussi bien que moi. Je ne vais pas vous déranger, nous nous installons à côté, mais je vous serais reconnaissant de m'accorder un peu de votre précieux temps d'ici un moment, lorsque nous aurons mangé. Venez, messieurs mes frères !»

Rašín acquiesça en silence, mais aussitôt il se rendit compte qu'il ferait mieux de partir au plus vite et de ne pas trop s'approcher de M. Ptáček et de ses compagnons. "Messieurs mes frères" avait-il dit. Pourtant les hommes qui entouraient la table voisine ne faisaient guère l'effet d'honnêtes officiers à qui cette épithète serait revenue de droit. Leurs barbes hirsutes ajoutaient un aspect féroce à leurs visages durs. Rašín reconnaissait vaguement l'homme à la cicatrice pourpre barrant sa joue jusqu'au menton et lui donnant l'air de sourire sans cesse. Il l'avait déjà croisé quelque part, sans bien pouvoir se souvenir où. Il aurait néanmoins parié que ce n'était pas dans des circonstances qui lui fissent honneur.

Rašín tendit la main vers l'aiguière pour se verser du vin, mais seules quelques gouttes sortirent du bec recourbé. Il hésita un instant, mais appela tout de même le nouvel aubergiste pour commander un nouveau pichet. Il avait toujours été un buveur sobre, surtout lorsqu'il galopait à travers le pays avec des messages secrets du duc de Wallenstein. Mais le duc reposait depuis plus d'un an dans un sombre caveau à l'abbaye des frères mineurs de Stříbro, et de son grand rêve avorté il ne restait plus que des souvenirs dont seul le vin parvenait à adoucir la douleur cuisante et inextinguible, la transformant en une supportable nostalgie.

Et des souvenirs, M. Rašín de Rýznburk en avait à revendre, des souvenirs parfois si insistants et si importuns que Václav, devenu un beau jeune homme, était obligé de le ramener ivre de l'auberge, moitié en le conduisant, moitié en le portant. Et à la maison, la silencieuse Mme Alena couchait les enfants plus tôt dans leur chambrette pour leur conserver intacte une vision meilleure, maintenant disparue, de leur père.

La seconde raison qui faisait hésiter Rašín devant une seconde carafe de vin était la présence de M. Ptáček et de ses acolytes. Ceux-ci buvaient à pleine gorge, s'amusaient bruyamment et seul un bon observateur aurait remarqué à quel point l'intérêt de M. Ptáček était attiré par l'hôte de la table voisine.

Mais sans doute un buveur solitaire est-il trop livré à lui-même et se sent-il trop fragile, de sorte qu'il recherche une aide contre ses pensées et sa conscience auprès de compagnons que seul le pur hasard place dans son voisinage. Après avoir vidé la seconde aiguière, Rašín vint prendre place sur le banc à côté de M. Ptáček, dans le cercle des gaillards ensauvagés aux mines patibulaires. Une odeur de sueur aigre montait de leurs corps, la moitié d'entre eux avaient la peau rongée de gale, mais ils parlaient tchèque et la nostalgie poignante d'une patrie perdue à tout jamais fait parfois souffrir plus cruellement que le mal français.

La conversation coulait librement. On parlait de tout et de rien. Du cours des choses, d'aventures gaies ou terrifiantes, que les uns ou les autres avaient vécues.

«Et que comptez-vous faire maintenant, monsieur Rašín, si je peux me permettre cette question ? demanda au bout d'un moment M. Ptáček.

— J'ai une bonne proposition des Suédois, ils m'ont promis une place de premier rang, dit Rašín. J'ai décidé d'emmener ma femme et mes enfants de Meissen vers un lieu sûr, puis je tenterai ma chance, maintenant que tout est perdu.

— A première vue, on dirait encore une espèce d'emploi, lança Ptáček.

— C'est une position responsable», dit Rašín de manière un peu évasive. Il se rendait compte de l'extrême fragilité de ses affirmations. C'est à peine s'il se maintenait une heure en selle avant d'être obligé de mettre pied à terre tellement la douleur à la poitrine devenait insupportable. A quoi pourrait-il être bon aux Suédois avec son asthme ? Peut-être serait-il nommé second adjudant d'un quelconque général, mais par pitié seulement. Rašín se renfrogna et changea de sujet :

«Dans vos voyages à travers le monde, monsieur Ptáček, n'auriez-vous pas rencontré quelque part un Italien ou un Espagnol du nom de Frollo ?» demanda-t-il.

Les hommes autour de la table firent des signes de dénégation et le volubile M. Ptáček revint à la charge.

«J'approuve pleinement votre décision de vous occuper enfin de votre propre intérêt, monsieur Rašín. C'est la seule occupation qui vaille et vous n'y venez pas encore trop tard. Mais vous évoquez dans la même phrase les Suédois et il y a là quelque chose qui n'est pas logique. Car tout emploi n'est que du service et celui qui sert doit d'une manière ou d'une autre obéir à ses maîtres. Et moi je m'étonne sincèrement qu'un cavalier de vos qualités exceptionnelles perde ses forces à travailler aux intérêts de ses maîtres plutôt que de veiller sur les siens propres.

— Que voulez-vous dire ?

— Vous souvenez-vous de notre dernière rencontre, ici, dans cette gargote, monsieur Rašín ? dit Ptáček avec un sourire désarmant. Il y a deux ans de cela, davantage même, nous nous étions un peu querellés, vous nous reprochiez justement de ne pas vouloir servir. Mais vous-même, vous avez sûrement découvert votre erreur depuis, et vous devez reconnaître l'entière justesse de notre façon de voir, du moins dans le secret de votre cœur. Car qu'avez-vous gagné pour vous-même en dépit de toute votre fatigue, de vos efforts, de votre sacrifice ?

— Pour moi-même, je ne regrette rien, monsieur Ptáček. Et même si les choses ont mal tourné, je ne pouvais sans doute pas en faire davantage», dit Rašín. Sous le voile stupéfiant de l'ivresse, il se rendait compte que la conversation prenait soudain un tour plus sérieux qu'auparavant et sa prudence habituelle le poussait à ne pas se laisser entraîner trop loin.

«Oui, je le crois assurément, acquiesça Ptáček. Mais même si vous aviez donné votre vie, les choses n'auraient pas tourné autrement. Seuls les seigneurs se seraient à nouveau mis d'accord entre eux et bien des hommes qui les avaient servis de toutes leurs forces auraient peut-être été récompensés en voyant leurs têtes rouler à leurs pieds.

— Mais parfois il peut être avantageux de servir, monsieur mon frère, interrompit l'homme à la cicatrice rouge. Celui qui parie sur des maîtres qui gagnent ne fait pas une si mauvaise affaire. M. Rašín ici présent n'a sûrement pas occupé Hradec et Opočno l'an dernier, quand les Saxons et les Suédois les ont investis, par pur et simple amour de la famille Trčka.»

Rašín posa les yeux sur lui et aussitôt il se souvint dans quelles circonstances il l'avait rencontré. L'homme à la cicatrice arrivait pour s'emparer de Hradec Králové, à la tête d'une bande de pillards plus que de soldats. Mais Rašín tenait déjà la ville avec ses cent cinquante cavaliers et la bande, effrayée par la supériorité numérique, avait tourné casaque avec force jurons. A ce moment, le visage de son chef ne s'ornait bien sûr pas encore de cette horrible cicatrice qu'il avait manifestement récoltée en mettant à sac une autre ville.

«J'ai eu une bonne récompense pour avoir rempli mes ordres consciencieusement, dit Rašín d'un ton appuyé en s'inclinant en avant d'un air belliqueux. Seules les places que je protégeais sont restées à l'abri des gueux et des brigands.»

Il sentit aussitôt sur son coude le contact apaisant de la main de M. Ptáček.

«Pourquoi cette colère, monsieur Rašín ? dit ce dernier d'un ton conciliant. Le passé c'est le passé, enterrons les vieilles querelles, chacun de nous avait ses propres raisons d'agir comme il l'a fait. Je veux seulement souligner que ce sont toujours les grands seigneurs qui y laissent le moins de plumes. Même dans ce cas dont il vient d'être question. Vous, vous avez eu, comme vous disiez, une bonne récompense, mais je parierais mille ducats contre un que ce n'était qu'une pauvre aumône par rapport aux biens des Trčka que vous avez ainsi sauvés.

— L'amitié ne se compte pas en ducats, lança Rašín. M. Adam Erdman était mon ami.

— C'est plutôt vous qui étiez un bon ami pour le comte Trčka. Un ami très précieux, monsieur Rašín.»

Rašín voulut se lever avec irritation, mais la main de Ptáček le retint à nouveau.

«Je ne dis là rien de mal, monsieur Rašín, je vous assure, dit-il avec un accent de vérité. Je n'ai exprimé que mon modeste avis et je ne voulais pas le moins du monde vous toucher, ni vous personnellement, ni les sentiments que vous éprouvez à l'égard de M. Trčka. Mais quand je pense à tout ce que vous avez dû sacrifier, aux efforts surhumains que vous avez dû faire et que je les compare aux résultats que vous avez obtenus, je me pose vraiment quelques questions.»

Pour souligner ses paroles, Ptáček hocha gravement la tête. Puis il ajouta : «Je ne parle pas des biens que vous avez gagnés, je les considère comme une pauvre fraction de ce qui vous reviendrait en bonne justice, mais toute la faute et toute l'erreur résident ailleurs.»

Rašín regardait sombrement son voisin qui le gratifiait au contraire d'un sourire calme et amical.

«Et où se trouvent selon vous la faute et l'erreur, monsieur Ptáček ? demanda-t-il enfin quelques instants plus tard.

— Monsieur Rašín, j'ai un grand respect pour vous, croyez, je vous prie, à la sincérité absolue de mes paroles. Vous avez fait preuve dès le début d'une attitude admirable, vos exploits sont incomparablement célèbres et il n'est sans doute pas d'homme qui ne les respecte. Vous vous êtes attiré un respect exceptionnel même auprès des ennemis de votre parti», poursuivit M. Ptáček. A cause de la quantité de vin ingurgité, Rašín ne perçut pas l'infime pointe de moquerie dissimulée cependant sous les effusions. Et Ptáček enchaîna prestement :

«Ne vous êtes vous jamais demandé vous-même à quoi tout cela a servi ?

— Oui, monsieur Ptáček, les choses ont mal tourné, redit encore Rašín. C'est justement pour cette raison que je veux maintenant veiller de près à mes propres affaires.

— Vous avez raison, je ne puis que louer une pareille décision, opina Ptáček. Vous pouvez vous estimer heureux de vous en être tiré vivant, avec la tête sur les épaules. Et si vous y réfléchissez un peu, vous ne pouvez pas ne pas voir l'ironie des choses : les résultats que vous avez réussi à obtenir en risquant constamment votre vie et vos meilleures capacités sont presque aux antipodes de ce vers quoi tendaient vos efforts. Pourquoi en est-il ainsi ? Non, non, je sais ce que vous vous apprêtez à me dire et il faut que je vous contredise, monsieur Rašín. Tout n'est pas uniquement dû à une poisse noire, moi je ne crois pas cela et vous ne le croyez pas vous-même tout à fait». M. Ptáček souligna ses paroles en faisant tourner sa main ouverte et dressée sur le pivot du poignet. Puis il se pencha et termina sa pensée de près.

«Tout a tourné ainsi parce que les choses ont été décidées ailleurs, en de plus hauts lieux et à un autre niveau, qui dépassait celui de votre champ d'action, et à parler vrai personne ne s'intéressait tellement dans ces hauteurs de savoir quelle était votre opinion à ce sujet. Les grands suivaient leurs buts sans vous, vous étiez juste bon comme pion sur l'échiquier, précieux pour les rois et les fous blancs dont vous défendiez la couleur. Même si vous aviez sacrifié votre vie, cela n'aurait intéressé vos figures supérieures que dans la mesure où cela vous rendait inutilisable pour la suite de la partie, voilà tout, textuellement et à la lettre. Et votre plus grande faute, monsieur Rašín, a justement reposé sur cette erreur de croire que le jeu qui se jouait alors, et qui continue encore de se jouer, était aussi le vôtre. Il ne l'est pas et ne peut pas l'être, je l'affirme avec toute ma responsabilité et j'en ferais serment solennel s'il le fallait. Car c'est le jeu des rois puissants qui, la conscience tranquille, laissent tuer tous leurs pions pour atteindre leurs buts et s'il leur arrive de se retrouver seuls sur l'échiquier, ils n'ont aucun mal à conclure des accords les uns avec les autres sans trop regretter toutes leurs pertes antérieures de pièces subalternes.»

M. Ptáček s'interrompit un moment pour donner tout leur poids à ses paroles, puis il acheva : «Monsieur Rašín, vous n'êtes qu'un petit pion dans un jeu étranger que vous avez accepté comme le vôtre par un coupable malentendu, voilà en quoi réside votre plus grand malheur.»

L'insistance de ses paroles ébranla Rašín. Ptáček n'exprimait-il pas ici des pensées analogues à celles qui lui taraudaient la tête de temps en temps ? Il les chassait comme basses et indignes, mais elles ne se laissaient pas tout à fait intimider et, tenaces, revenaient sans cesse à la charge. Enfin, il demanda :

«Et votre jeu à vous, quel est-il, monsieur Ptáček ?

— Moi, monsieur Rašín, j'ai choisi l'indépendance et la liberté. Je refuse de prendre part au jeu des rois, quelle que soit leur couleur.» Ptáček recula la main dont il avait jusqu'ici enserré le coude de Rašín. Il saisit sa chope et but à pleine gorge. Puis il se renversa en arrière, d'adossant à sa chaise avec une expression de satisfaction.

«Ceux-là, dit-il en désignant du doigt les visages frustes de ses compagnons patibulaires, prennent les choses plus simplement, mais dans le fond ils ont raison. Ils pillent et ils assassinent, pourquoi pas en fin de compte ? Le jeu de nos rois consacrés n'est pas autre chose qu'une suite de crimes, avec cette seule différence, évidemment, que si la main de la prétendue justice attrape l'un ou l'autre d'entre nous, nous finirons les membres rompus dans la roue du bourreau ; tandis qu'eux, les grands criminels, qui de surcroît décident quel genre de droit s'applique maintenant à autrui, restent eux-mêmes toujours impunis. Si je voyais de mes propres yeux se balancer au bout d'une corde tous les princes qui le méritent, alors il faudrait que je remette toutes mes opinions en question depuis la première, mais les choses étant ce qu'elles sont, je suis sûr de ma vérité.

— Le prince Wallenstein a été transpercé d'une hallebarde comme un chien galeux, le prince Kinský massacré à coups de mousquets, le comte Trčka a expiré près du portail du château de Cheb...

— Exceptions, pures exceptions, interrompit Ptáček. Et l'exception, comme chacun sait, ne fait que confirmer la règle. Comme ces messieurs continueraient leurs magouilles, cette fin inhabituelle n'est due qu'à une incompréhensible méprise. Sans elle, Wallenstein régnerait encore aujourd'hui sur son immense royaume intouché par les folies de la guerre, Kinský posséderait son domaine que l'empereur lui conserverait, intact de toute confiscation, et les Trčka pourraient continuer à s'engraisser en vivant de ce quart nord de Bohême qu'ils se sont approprié aux dépens de plus faibles qu'eux. Non, monsieur Rašín, c'est par une pure méprise qu'ils ne sont pas parvenus à s'accorder à temps et à leur satisfaction mutuelle, comme le veut la coutume.»

Ptáček tendit la main vers sa chope, la pencha vers sa bouche, mais il ne put boire tout son saoul. Seules y restaient deux ou trois gorgées de vin. Ses yeux pénétrants se posèrent sur l'aubergiste qui tournicotait autour du comptoir.

«Hé là, feignasse, apporte du vin ! Doit-on rester à sec

chez toi, pendard ?» Il lança en même temps sa chope vide à la tête du garçon. Malgré son agilité, l'aubergiste l'évita de justesse et le fracas du récipient d'étain sur le sol servit de signal aux autres hommes dont le rire déchaîné et les jurons fusèrent.

«Hé, le blanc-bec ! Sers-nous donc, empaillé !»

Ptáček attendit, amusé, que le calme revînt. Puis il reprit son sérieux et poursuivit le fil interrompu de son discours :

«Oui, il en est ainsi, monsieur Rašín. Et voyez, que de problèmes surgissent aussitôt de cette tragédie ! Dans quelle position précaire se retrouve soudain Nan-nan qui doit expliquer au reste du monde, c'est-à-dire aux grands seigneurs, qu'il a fait éliminer du jeu d'aussi puissantes pièces ! N'a-t-il pas porté atteinte aux usages de tous ces potentats. Est-il admissible qu'on tue l'un d'eux ? Où iraient donc leurs certitudes ? Qu'il ait fait passer l'arme à gauche à dix mille soldats, à la rigueur, mais faire égorger un petit prince bien né, voilà qui est grave ! Non, monsieur Rašín, seule la mort de tous ces seigneurs serait la solution, les tuer tous comme des poux, mais ce n'est pas possible. Que reste-t-il donc à nos pareils, si ce n'est de jouer leur propre jeu, indépendant de celui des grands seigneurs et opposé à lui ? Il n'y a que deux issues. Devenir soit leur serviteur, soit un rebelle, il n'y a pas d'autre voie. Nous mourrons tous à la fin quoi qu'il en soit, mais pour le moment, c'est nous qui avons un certain avantage. Et si nous prenons assez de butin dans notre combat, alors nous finirons bien par acheter une maison à Hambourg ou ailleurs, et je me soumettrai bien volontiers à la loi d'un quelconque fou ou cheval qui me sera supérieur là-bas, pour finir le reste de mes jours dans le calme et le contentement. Et vous verrez quel sujet rangé, quel bon citoyen respectueux de la loi et de la morale je ferai alors ! Ah !

— Vous finirez plutôt entre les griffes du bourreau, grommela Rašín.

— Pour l'heure, ce n'est pas encore le cas, lança Ptáček d'un ton méprisant. Nous sommes toujours nos propres maîtres. Nous sommes libres, et nous crachons sur tout, sauf sur notre liberté !

— Joignez-vous à nous, monsieur Rašín. Nous sommes six, cela fera sept avec vous ; c'est à la vérité un nombre porte-bonheur. Nous avons besoin d'hommes courageux et vous verrez que vous ne le regretterez pas», ajouta le balafré en accompagnant sa phrase d'une grimace suggestive.

Rašín sentit soudain le poids d'une terrible fatigue. Même tout le vin qu'il avait bu ne parvenait pas à la chasser à cet instant. Presque en même temps, une attaque de toux le secoua. Il s'étouffait en râlant dans ses mains ouvertes.

«Non, dit-il en reprenant ses esprits quelques moments plus tard. Je ne suis pas un gredin et je ne veux pas le devenir. J'ai peut-être tardé à m'occuper de mon propre bonheur, il est vrai, mais je n'entends pas le trouver par le pillage et le meurtre.»

Les yeux de M. Ptáček s'enfoncèrent froidement dans ceux de Rašín et sa voix prit un ton menaçant.

«Pesez bien vos paroles, monsieur Rašín. Certains de vos actes passés supporteraient d'être dénommés de la même manière. Vous êtes du même métal que nous et votre ton supérieur offense nos oreilles.»

Pour appuyer ses dires, il se tourna vers sa meute :

«Pas vrai, messieurs mes frères ?

— C'est vrai, grondèrent-ils d'une même voix.

— Moi, du même métal que vous ? siffla Rašín. Oui, je suis aux abois et je n'ai pas grand espoir, mais vous ne pouvez pas me comparer à vous. Ce serait une insulte que seul le sang pourrait laver.»

En prononçant ces derniers mots, Rašín se mit peu à peu sur ses jambes. Mais M. Ptáček s'était levé lui aussi et sa main reposait sur la poignée de son épée.

«Et vous, vous nous avez offensés tous, monsieur Rašín, dit-il en souriant d'un air haineux. Retirez vos paroles, sinon c'est votre sang qui coulera ici.»

Dans le tumulte qui s'était élevé, les comparses de Ptáček s'étaient eux aussi mis debout. Rašín voyait bien que même un homme à l'esprit clair et en pleine santé ne pourrait leur tenir tête à tous. Mais il n'hésita pas un instant. D'un bond, il fut dans l'angle de la pièce où son dos au moins était protégé, et il dégaina son épée.

«Je vous le garantis, ce ne sera pas mon seul sang, parole de cavalier !» cria-t-il aux yeux féroces des hommes de la bande, qui s'étaient disposés en éventail et avançaient lentement sur lui, l'épée à la main.

Mais la bataille n'eut pas lieu. A la dernière seconde avant l'attaque, on entendit soudain depuis la porte ouverte la voix sonore d'un nouvel arrivant qui se tenait sur le seuil.

«Excusez-moi, messieurs, d'intervenir dans votre querelle, mais à six contre un, cela ne correspond pas aux mœurs des honnêtes hommes. Je vous conseille donc de ranger vos armes et de vous rasseoir. Tous, sauf M. Rašín, cela s'entend. Je juge que votre compagnie n'est pas ce qu'il y a de meilleur pour lui.»

Deux pistolets aux canons brillant d'un éclat mat entre les plis de sa cape ouverte donnaient du poids à son intervention. Et la voix décidée de l'étranger dans la porte ouverte ne laissait de doute à personne : l'homme savait s'en servir à la perfection et n'hésiterait pas à le faire à la moindre marque de résistance.

«Qui êtes-vous, monsieur ? C'est une attaque en traître !» hurla M. Ptáček.

L'une des armes se tourna lentement vers lui et la voix du nouvel arrivant se refroidit d'un ton.

«A votre place, tout de suite. Et les autres aussi. Je compte jusqu'à cinq. Un...»

Blanc de rage, M. Ptáček rengaina sagement son épée et s'assit à sa place. Les autres bandits suivirent son exemple. Soudain tout à fait dégrisé, Rašín sortit de l'auberge, en passant devant l'étranger.

Quelques minutes plus tard, ils étaient assis face à face dans la sécurité de la maison de Rašín.

«Je suis Jan Lipnický de Přibénice, se présenta l'étranger. Je vis en exil, ici en Saxe pour le moment.

— Je vous remercie de votre aide, monsieur Lipnický. Sans elle, je n'en serais pas sorti indemne, dit Rašín. A quel heureux hasard dois-je votre arrivée ?

— Je vous cherchais, monsieur Rašín, expliqua Lipnický. Je vous apporte une lettre de votre vieil ami M. Jindřich Kustoš de Zubří, et un important message. L'empereur Ferdinand II vous offre un retour impuni au pays et la restitution de tous vos biens contre un rapport circonstancié sur l'activité du duc de Wallenstein dont vous avez été le plus proche collaborateur durant les dernières années de sa vie.»

Rašín le fixa, interdit, comme s'il avait reçu un coup en pleine figure. Puis il passa la main sur son front soudain tout blanc.

«Mais ce serait une trahison ! cria-t-il. Vous auriez dû me laisser tuer, monsieur.

— Lisez donc d'abord la lettre de M. Kustoš, monsieur Rašín, dit Jan Lipnický d'une voix neutre. Il a reçu une offre semblable et il a décidé de l'accepter. Vous avez la possibilité de tout peser à fond.»

Rašín brisa le sceau de la missive et la lut une fois, puis la relut à nouveau. Le silence se fit dans la pièce. Lipnický regardait ailleurs et son expression fermée ne permettait pas de deviner à quoi il pensait. Enfin Rašín replia la feuille et posa les yeux sur l'étrange messager.

«M. Kustoš me conseille de profiter de l'offre, dit-il lentement. C'est ma seule possibilité de rentrer au pays. Quel est votre avis sur la question, si je puis vous demander, monsieur Lipnický ?

— Ma situation diffère de la vôtre. Moi, je n'ai aucune possibilité de revenir, dit Lipnický en évitant une réponse directe. Il haussa imperceptiblement les épaules.

— Je suis très noir aux yeux des impériaux, bien plus que vous, certainement. Mais si une pareille chose vous était proposée ? Si vous étiez à ma place ? insista Rašín.

— Je ne sais pas, répondit Lipnický. Chacun de nous a sa place et il est impossible d'échanger.»

Rašín réfléchissait fébrilement. Il n'était pas difficile de comprendre ce qui se cachait derrière l'offre de pardon magnanime de la maison d'Autriche. Son témoignage mettrait une fin définitive aux doutes persistants. On saurait si Wallenstein était vraiment un conspirateur et un ennemi de l'empire et on pourrait, sinon justifier totalement le meurtre, du moins expliquer de manière acceptable le bien-fondé de la cruelle sentence qui l'avait frappé, lui et ses compagnons. Un pareil témoignage n'avait pas de prix pour Vienne. A première vue, Rašín jugeait inacceptable de rendre ce service à ses anciens ennemis mortels. A la vérité, un tel acte ne méritait d'autre nom que celui de trahison.

Mais à supposer même que les deux partis ennemis concluent la paix, les exilés tchèques ne pourraient revenir en aucun cas. Il deviendrait alors tout aussi dangereux de résider dans les pays d'ici et il ne resterait plus qu'à se réfugier en Suède ou en Turquie, ce qui reviendrait à enterrer le dernier espoir de conserver aux enfants au moins la langue maternelle. Ah, les enfants, la famille ! Il reste bien encore quelques ducats en réserve, économisés sur ces récompenses considérables que lui valurent les services de courrier spécial, mais combien de temps tiendra ce reste qui diminue de jour en jour ? Et comment vivre ensuite, alors que le corps affaibli refuse d'obéir ? Assister impuissant au spectacle de ses proches souffrant de misère, s'affaiblissant et mourant enfin les uns après les autres ? N'est-ce pas là aussi une espèce de trahison ?

Après un long silence, Rašín bougea enfin.

«Ah, c'est une décision difficile, monsieur Lipnický, dit-il. Je ne regretterais pas trop de mourir sur place à l'instant.

— Si je réfléchis à la chose, je sais simplement que je souhaiterais mourir en homme d'honneur, dit Lipnický.

— C'est une question très complexe, de savoir ce qui est honorable et ce qui ne l'est pas, monsieur Lipnický, remarqua Rašín. Je vous avoue ouvertement que dans certains cas, je me vois incapable de juger exactement.»

Lipnický baissa la tête. Son visage, dérobé à la lumière des bougies, prit un aspect sombre et impénétrable.

«Je ne déciderai pas pour vous, monsieur Rašín, dit-il à voix basse. Je vous ai apporté la lettre et transmis le message.

— Il me reste encore une chose à accomplir. Je ne voudrais pas mourir sans avoir retrouvé un homme dont mon intuition me dit qu'il se meut quelque part là-bas, près de ses maîtres...» Rašín poursuivait tout haut sa réflexion le regard tourné de côté. «Voilà ce qui reste en fin de compte de tous les plans, une pure vengeance. Pas de grand ordre général, seulement une affaire personnelle, privée.»

Lipnický leva la tête. Un sourire fugitif passa sur son visage mince et ascétique.

«En dernier ressort, peut-être toutes les affaires n'apparaissent-elles que sous un angle personnel. On en a toujours une série sous la main, il suffit de décider auquel on donnera le priorité pour expliquer tel ou tel de ses actes. Il en est ainsi même de votre retour, monsieur Rašín.

— Pourquoi ne dites-vous pas pour excuser, plutôt que pour expliquer, monsieur Lipnický ? demanda Rašín en ironisant sur son propre compte.

— Je ne suis pas votre juge, monsieur Rašín.»

Rašín jeta sur lui un regard chargé d'une profonde amertume :

«Non, vous n'êtes pas mon juge, soupira-t-il. Seulement le tentateur.»

4.

Sova n'avait plus en main qu'un huit et un six de carreau, un dix de cœur et un cinq de trèfle. Dans la rangée inférieure se trouvaient deux as, un de trèfle et un de carreau, qu'il fit remonter dans la ligne supérieure. Derrière l'as de trèfle se trouvait le sept de pique sous lequel il posa le six de carreau et le cinq de trèfle qu'il avait en mains. Avec les deux autres cartes de sa main, il pouvait engager la partie avec de bonnes perspectives d'ensemble. Plusieurs possibilités de combinaisons s'offraient à lui et chacune promettait une suite satisfaisante. Dans la rangée du bas se trouvaient aussi deux rois, de pique et de cœur, sous lesquels il pouvait déposer une suite de cartes plus basses disposées dans les rangées supérieures, mais encore accessibles. Il y avait aussi plusieurs carreaux et trèfles de petite valeur qu'il était facile d'atteindre, de tirer du jeu étalé et de placer en haut sur les as. Il parvint rapidement à dégager une des lignes centrales, à placer dans la colonne libre toute la suite déposée sous le roi de cœur et à dégager un autre as qui se trouvait au dessous de lui. C'était l'autre as de cœur, sur lequel il pouvait aussitôt déposer le deux, le trois et le quatre de cœur.

Ils étaient revenus à Vienne tous les quatre la veille à midi. Au-dehors, la querelle récente semblait oubliée. Sova et Lahodný s'installèrent dans un hôtel confortable, le même que la fois précédente, à nouveau réservé par la maison Lambert. Malenda et Muzikář décidèrent d'aller au camping et de dormir dans la voiture ce qui ne permettait plus à Lahodný d'utiliser le véhicule, mais il ne s'en faisait pas à ce sujet. Il avait pris toute cette histoire avec philosophie, conformément à son slogan, “Qui vivra verra”. Le plus intéressant était qu'avec cette façon de faire, toutes ses affaires s'arrangeaient comme si elles avaient été précisément minutées.

Lorsqu'il avait téléphoné à Lambert dès leur arrivée, il avait appris plusieurs nouvelles favorables. D'abord, l'éditeur avait décidé de publier deux autres de ses œuvres, puis la télévision autrichienne était intéressée par le tournage d'une interview, enfin M. Lambert mettait à sa disposition l'une de ses voitures familiales. Bien entendu tout cela était lié, naturellement ; Lahodný allait parler dans son interview de ses rapports avec la maison d'édition : ce genre de publicité n'a pas de prix et les deux parties ne pouvaient que tirer profit de l'arrangement. Pour Lahodný, une popularité entraînerait une augmentation de ses ventes, quant aux éditions Lambert, elles confortaient encore leur image de maison généreuse. De nouvelles possibilités en découleraient, Lahodný comprenait bien comment marchaient les choses et il se mouvait dans la nouvelle situation avec la rapidité et l'agilité d'un poisson dans l'eau.

Après leur arrivée, tandis que Lahodný était parti s'occuper de ses affaires, Sova avait entrepris de visiter la ville. Il tomba sur Lída dans l'avenue Graben.

Graben ressemble aux Příkopy pragois, tant par son architecture que par son atmosphère d'ensemble. On y voit les mêmes bâtiments imposants, avec leur soubassement en blocs de granit comme assemblés par des cyclopes, leurs statues d'atlantes soutenant des balcons massifs, à côté desquels s'élevaient des immeubles modernes de verre et de chrome à parement de travertin.

Lída marchait face à lui, elle balançait son sac à main et elle fut aussi peu surprise de le rencontrer que s'ils s'étaient croisés chez eux, sur l'avenue Na Příkopě. Puis ils s'attablèrent dans un café dont le style, l'aménagement et l'allure de la clientèle rappelaient à s'y méprendre le Slavia de Prague.

«Pour moi, c'est fini ici, Mikuláš, annonça Lída. J'en ai fini pour de bon et j'espère que c'est définitif.

— Où, ici ? demanda-t-il.

— Dans ce coin du globe, je veux dire. J'ai compris que je ne peux tout bonnement pas y vivre.

— A cause des Russes ?

— Non, certainement pas. Si j'avais décidé de rester, les Russes n'arriveraient pas à me chasser. Je fuis les nôtres, ils sont encore pires.»

Il l'observait attentivement. Elle était toujours aussi belle avec son front lisse, ses joues creuses et ses lèvres au dessin précis. Mais contrairement au passé, ses yeux avaient perdu cette trace de tension perpétuelle, cette inquiétude qui la propulsait dans des situations critiques, dans une quête de juif errant à l'âme désancrée. Une sorte d'équilibre, un apaisement rayonnait d'elle.

«Pour ton type, c'est sans doute Paris qui conviendrait le mieux, exprima-t-il à voix haute les conclusions de son appréciation.

— Paris ? Oh non, dit-elle en souriant. C'est encore trop près de l'épicentre. C'est presque au coin de la rue. Et c'est encore trop semblable.

— Où ça, alors ?»

Elle arrêta de tourner son cappucino, égoutta la cuiller d'argent contre le bord de la tasse et la posa dans la soustasse. On entendit un doux et délicat tintement.

«Je préférerais la Chine, lui confia-t-elle. C'est là que se forme le nouveau visage du monde et je passerais rapidement à un véritable travail qui aurait un sens. Mais je ne pourrai pas y entrer, alors il reste à attendre quelque part qu'ils arrivent, eux. Puis elle ajouta d'un ton badin : Je dois tout recommencer à zéro, et puisqu'il faut attendre, alors autant que ce soit dans le confort, là où les conditions sont le plus favorables. C'en est même enfantin, mais voilà vraiment ce que je ressens.

— Pourquoi enfantin ? Recommencer à zéro, ce n'est pas rien, surtout si tu parles sérieusement.

— Je donnerais la préférence au Canada, poursuivit-elle d'un ton enjoué. De tous les pays accessibles, celui-là me paraît le plus sérieux.

— Pourquoi t'es-tu décidée si soudainement ? demanda Sova. La dernière fois que nous avons bavardé, rien ne pouvait laisser deviner un tel revirement.

— Ça faisait longtemps que les choses s'accumulaient, dit Lída. Comme des nuages dans le ciel. Des nuages s'y amassaient sans discontinuer, le ciel était tout noir et moi, idiote, je ne savais pas pourquoi, quelle loi cela suivait. Jusqu'au moment où la foudre est tombée et j'ai vu clair, tu comprends ?

— Que veux-tu dire ?

— Ça a commencé à leur arrivée. En fait, beaucoup plus

tôt, mais elle a marqué un point culminant. Ils ont occupé la radio mais on a continué à émettre depuis des studios improvisés. La télévision aussi. Tous les journaux imprimaient des tracts, les gens les distribuaient dans l'enthousiasme, volontairement, gratuitement. J'ai été là-dedans dès le début, j'ai fait des reportages, des émissions. Au début nous y étions une poignée, beaucoup de gens s'étaient terrés par peur de la suite. Au bout de quelques jours ils ont commencé à remettre le nez dehors parce que tout le monde était décidé et ferme comme un mur et qu'on ne pouvait pas arrêter et déporter. Le troisième jour, c'était la cohue, presque tout le personnel était là. Et le quatrième jour mon chef est glorieusement arrivé, il s'était battu pour revenir de sa maison de campagne au barrage de Slapy, il avait fait trente kilomètres en trois jours, ce héros, comprends-tu ? Et la première décision qu'il prend, c'est de me démettre de mon émission, celle que j'assurais avec les moyens du bord. Sais-tu pour quel motif ? Que je ne m'étais pas montrée assez responsable dans la période antérieure. Tu comprends, maintenant ? Bien entendu, il ne l'a pas formulé comme ça, directement, mais tout était clair.

— Et ça t'a surprise ? demanda Sova. Ce n'est que la répétition d'un vieux scénario déjà bien rôdé.

— Je sais bien, c'est comique, acquiesça Lída avec un sourire.

— Je ne comprends toujours pas de quoi il retourne vraiment, dit Sova en tournant la tête de droite à gauche.

— Attends, nous y arrivons. Je vais te raconter la deuxième partie, il y a eu un épilogue magnifique.

— Je suis tout ouïe.

— Alors écoute. A peu près trois jours plus tard, j'ai eu tout à coup un appel de Zubatý. Oui, ton directeur. Nous nous sommes rencontrés et il m'a présenté une offre époustouflante : travailler pour la radio russe. Ils étaient en train de monter leur propre station, du nom de Vltava, et lui-même travaillait pour eux dans l'édition. Il me promettait une grande carrière quand ils auraient pris la situation en main. Qu'en dis-tu maintenant ? Elle se tourna vers lui.

— Et alors ? Tout ça n'est que du normal.

— Sûr, rien de neuf. Mais j'ai découvert tout le mécanisme.

— D'accord, et d'ailleurs quel mécanisme ?

— C'est simple, regarde, déclara Lída. Zubatý est venu m'enrôler parce qu'il s'imaginait que je faisais partie de quelque chose ou que je voulais faire partie de quelque chose. D'un clan, d'un mouvement, d'une meute. Après cet article *Au feu !*, quelqu'un m'avait tout bonnement classée dans un certain groupe. Qu'il se soit trompé et que mes raisons aient été différentes, cela n'a pas d'importance, mais là où c'est drôle c'est que tout le monde raisonne comme ça, de cette manière biaisée, comme si tu étais toujours dans un tiroir avec d'autres qui te sont semblables, ta feuille est dans un grand classeur dans un immense greffe et leurs révolutions se résument à ce que de temps en temps on batte les feuilles qui passent dans d'autres classeurs, mais le greffe lui-même ne change jamais. C'est tout un mode de pensée et peut-être que personne n'arrive plus à penser autrement. Mais moi, je ne suis pas à ma place dans leur ordre. Pour moi, l'idée de la révolution c'est autre chose qu'un camouflage de ma propre gamelle.»

Elle s'interrompit un moment, puis elle but son café refroidi et sourit.

«Voilà. Et c'est décidé. J'ai écrit *Au feu !* parce que ces livres et certains films qu'on portait aux nues ne me plaisaient pas, voilà tout, et non parce que je voulais me joindre à telle ou telle bande, je l'ai écrit en mon propre nom, mais ça, personne n'arrive plus à le comprendre chez nous. Et la suite sera pire que tout, si bien qu'il ne me reste plus qu'à secouer la poussière de mes souliers. Que vas-tu faire, toi, Mikuláš ?

— Tes idées me sont un peu étrangères, mais j'espère que tu seras heureuse, répondit-il en tentant d'éviter une réponse directe.

— Je le crois, sans cela ça n'aurait aucun sens, n'est-ce pas ? dit-elle. Et elle répéta sa question : Et toi, que vas-tu entreprendre ?»

Il leva les yeux du plateau de marbre de la table, sur lequel il gribouillait des figures géométriques du bout du doigt. «Je ne sais pas au juste», dit-il.

Dans la partie centrale du jeu, là où il fallait prendre des risques, il emprunta trois cartes parmi celles qui étaient étalées, ce qui lui permit de libérer deux autres colonnes. Il y fit passer deux suites de rois et put aussitôt reposer dans le jeu l'une des cartes de sa main.

«Asseyez-vous, monsieur Rašín, prenez donc place, voulez-vous», prononça en souriant la face charnue du comte Vilém Slavata en direction de son visiteur à la stature haute et raide.

Sans mot dire, Rašín s'assit dans le fauteuil derrière le bureau décoratif, orné de marqueteries fines, du cabinet de travail viennois du chancelier.

Durant leurs deux rencontres antérieures, ils avaient eu l'un et l'autre d'amples occasions de faire connaissance de plus près et c'était l'une des raisons expliquant la cordialité mielleuse de Slavata. A sa première visite, Rašín s'était assis sans y être invité et si le comte avait voulu jouer à son encontre un rôle de tuteur supérieur, il avait dû rapidement mettre de l'eau dans son vin. Naturellement, il refusait d'admettre qu'il dût traiter d'égal à égal avec cet homme silencieux et sombre dont l'origine était inférieure par rapport à la sienne propre, dont la vie avait été celle d'un traître, et dont la conscience était chargée de Dieu sait quels crimes. Mais, tandis que le comte laissait peu à peu libre cours à sa loquacité maniérée, les yeux bruns et pourtant froids de l'homme qui était assis, immobile, en face de lui lui rappelaient par moments que, bon gré mal gré, ils étaient bien sur un pied d'égalité dans l'affaire qui les réunissait.

Et le comte Slavata devait alors avec de grands efforts ramener le cours de la conversation dans des limites acceptables de part et d'autre, renoncer aux figures de style, aux guirlandes, et aux allusions où il se complaisait tant, et parler clairement, avec une simplicité qu'il estimait subalterne. Il le faisait à contrecœur, ravalant le sentiment de dégoût qui s'emparait de lui face à cet homme.

A vrai dire, le comte Slavata, chancelier du royaume de Bohême, était loin de se rendre compte qu'au fond ce sentiment était bien voisin de celui qu'il avait lui-même éprouvé tandis qu'il s'accoutumait au métier de courtisan durant ses longues années au service de l'empereur. Même ses hautes fonctions s'accompagnaient par moments d'une impression d'amertume devant l'injustice, le manque d'appréciation ou le mépris de cette fidélité dont il donnait pourtant des preuves enthousiastes. Mais tout cela se jouait à un degré plus élevé, dans le gracieux voisinage de son Altesse Impériale, dans le cercle de la noblesse et du clergé supérieurs.

Ce coupe-jarret de Rašín ne pouvait même pas approcher de ces sphères, pourtant sa simple présence perturbait l'harmonie et venait pour ainsi dire troubler les règles d'un ordre coutumier. Dans les moments où il réfléchissait lucidement à toute cette question, le comte Slavata prenait conscience que, s'il méprisait Rašín de toutes ses forces, ce dernier le lui rendait bien. Une autre circonstance venait encore ajouter son effet. Le danger émanait de ce rebelle à la triste figure comme des rayons invisibles d'un cierge allumé qu'il aurait dissimulé quelque part au plus profond de lui, dans son cœur et dans son cerveau. Il était infiniment déplaisant de rester à proximité d'un tel personnage et Slavata priait en secret pour que leurs rencontres cessent au plus tôt.

Le chancelier composa sur son visage le sourire le plus amical qui lui était possible et il se frotta les mains, qu'il avait dodues, de sa manière accoutumée.

«Oui, j'ai déjà lu, monsieur Rašín, j'ai lu plusieurs fois très attentivement, et je suis tout à fait satisfait, dit-il. Votre rapport est vraiment exceptionnel et j'imagine que son Altesse l'empereur sera elle aussi satisfaite, mais il reste évidemment certains détails, bien, nous y viendrons. Souhaiteriez-vous un peu de vin pour vous rafraîchir ? Non, bien sûr, vous refusez toujours, je comprends ; vous craignez que je veuille trinquer avec vous, eh bien...

— Je ne crains rien, comte, l'interrompit Rašín. Mais de toute manière je ne trinquerais pas avec vous.»

Le visage de Slavata devint plus sérieux pendant un fragment de seconde, mais il reprit aussitôt son expression souriante. Ce n'avait été qu'un passage fugitif, celui d'une ombre sur un paysage ensoleillé de midi.

«Oui, certainement, dit-il en hochant la tête. Vous qui avez bu avec le duc de Friedland, avec le roi de Suède Gustave Adolphe et le comte Trčka. Eh bien, revenons plutôt à notre affaire, oui, votre rapport est éloquent, oui, excellent. Les menées traîtresses de Wallenstein et de sa cohorte y apparaissent plus clairement encore qu'on n'espérait, enfin, elles apparaissent clairement en ce qui concerne ceux qui sont morts... Slavata stoppa brutalement le flot régulier de paroles... Il est intéressant de voir que la plus grande culpabilité revient justement à ceux qui sont le plus morts. Comment pourriez-vous m'expliquer cette coïncidence peu commune, monsieur Rašín ? acheva-t-il lentement.

— Je ne sais ce que je devrais expliquer, comte, dit sèchement Rašín. J'ai écrit mon rapport selon la réalité, tel que les choses se sont passées.

— Intéressant, intéressant, dit Slavata en se frottant les mains. Par exemple la participation du côté saxon reste dans votre histoire pour ainsi dire incertaine, à vous entendre, mi-chair, mi-poisson. L'électeur Jean Georges y est à peine mentionné et M. d'Arnim n'est responsable de rien, oui, c'est vraiment très intéressant, comme je disais. Si mes souvenirs sont exacts, vous auriez même rendu visite à M. d'Arnim avant d'accepter l'offre de pardon de sa Grâce impériale, vous vous seriez concerté avec lui, hmm...» La conclusion de la phrase de Slavata s'évapora dans l'air.

«Qui vous a dit cela, comte ?

— Mais vous savez bien, monsieur Rašín, on entend toujours des bruits de droite et de gauche, dit Slavata. Puis soudain l'index de sa main droite vint frapper son front. Ah, je pense maintenant, il y a aussi un petit détail piquant, un certain Frollo, Sylvio Frollo, si mon souvenir est exact, un Florentin ou peut-être un Espagnol de Valence ? Bref, peu importe, figurez-vous qu'il y a quelques jours, ce Frollo a été trouvé mort, complètement refroidi, transpercé d'un coup d'épée, qui sait, dans un duel peut-être ? Pour le reste, ces derniers temps il était devenu un véritable ivrogne, un bagarreur, c'était un voyou qui avait surtout mal tourné depuis la mort de son frère, comme c'est curieux, tout cela.

— Est-ce que ces frères avaient un rapport avec vous, comte, qu'ils hantent ainsi votre mémoire ?» La remarque calme de Rašín tomba dans un silence de Slavata.

Le chancelier blêmit, ses petits yeux lancèrent un éclair de colère et sa main se tendit vers la clochette d'argent posée au bord de sa table richement ornementée.

«Je n'ai bien sûr pas le droit de réclamer une réponse, comte, poursuivit la voix froide de Rašín. Mais je ne souhaiterais pas poursuivre la conversation sur le compte d'autres personnes encore. A titre de pur avertissement : avant de quitter M. Arnim, je lui ai laissé à Boitzenbug un récit à décacheter au cas où je mourrais de façon imprévue.»

La main de Slavata se figea à quelques pouces de la poignée ciselée de la sonnette, puis elle se rétracta et vint reposer dans la paume gauche étroitement serrée. Dans le visage graisseux, les traits relâchés montraient une colère incoercible. Rašín se pencha imperceptiblement en avant et parla une troisième fois :

«Je n'aime pas le son des clochettes. Leur bruit désagréable me fait peur. Il est arrivé une fois qu'un grand seigneur veuille attraper son glin-glin pendant un entretien désagréable...» Avec ces derniers mots Rašín tira sa dague de sa manche gauche. Il la brandissait, le fer dressé en l'air. «...Mais pour finir, il n'a pas sonné.

— Vous me menacez, monsieur ? glapit Slavata en se blottissant contre le dossier de son fauteuil.

— Pas le moins du monde, dit Rašín et il appuya la pointe du poignard contre le pouce de sa main droite. Parlons ouvertement, comte. Le premier Frollo portait sur lui un sauf-conduit signé de votre main, nous savons tous les deux où nous en sommes. Gardez vos boniments fleuris pour la cour, ils y auront plus de succès qu'avec moi. Je suis venu conclure un certain accord. Je vous méprise tout comme vous me méprisez, mais il se trouve que nous sommes assis à la même table, alors venez-en au fait et cessez de tortiller vos phrases comme un serpent. Je vois deux possibilités : soit nous signons cet accord parce que les deux parties en retirent quelque avantage, soit nous ne le signons pas et nous nous séparons, je vous avoue que tout cela me dégoûte déjà totalement. D'ailleurs il reste encore une troisième possibilité.

— Laquelle ?» souffla Slavata.

Rašín prit le manche du poignard entre deux doigts et un rayon de soleil éblouissant se refléta sur le tranchant du fer.

«Qu'aucun de nous n'ait plus jamais l'occasion de signer quelqu'accord que ce soit, dit-il sérieusement. Je ne sortirais de toute manière pas vivant de cette fosse aux lions où je me suis si légèrement aventuré. Et pour tout vous avouer, je ne suis pas sûr de savoir quelle est la meilleure des trois variantes.»

Le comte Slavata avala à vide. Puis il essuya ses mains moites dans un petit mouchoir précieux en dentelle brodée d'or. Enfin, il passa son index entre son col et son cou, comme s'il s'étranglait. Il prit une bonne respiration et se calma peu à peu.

«Je vois maintenant quelle chance incroyable nous avons eue, dit-il ensuite. Contre des hommes de votre trempe, nous ne pouvions gagner qu'avec l'aide de Dieu.»

L'arme de Rašín disparut quelque part dans les plis de son vêtement. Un sourire sans joie passa sur ses lèvres.

«Vous n'avez pas gagné, comte. Dans ce combat, il n'y a pas de vainqueurs, seulement des perdants.»

Ce bref répit avait suffi au chancelier pour recouvrer ses esprits. Le rouge revint sur son visage et ses petits yeux exprimaient à nouveau une alerte vivacité.

«Tout cela n'est que sophismes, monsieur Rašín, objecta-t-il aussitôt. La vérité, c'est que votre parti a perdu. Le fait que vous soyez assis en face de moi le prouve.» Il réfléchit quelques secondes, puis il précisa :

«Sans doute parce que peu d'entre vous valent vraiment quelque chose, vous finissez tous mal. Oui, je crois que vous arriveriez à me tuer. Mais la plupart de vos amis se contenteraient de nous jeter par la fenêtre sur un tas de fumier. Et nous, nous lécherions la merde pour nous nettoyer, et ensuite nous vous écraserions tous, pour vous faire payer l'inconséquence de cette demi-mesure.

— Laissez donc vos platitudes et passons au fond de la question, comte», l'invita Rašín.

Comme s'il y avait eu une sorte de rupture dans leur débat après l'intermède précédent, Slavata s'était dégagé de l'emprise de la peur et revenait à cette suffisance dont sa façon de parler était si profondément marquée.

«Comme vous voudrez, monsieur Rašín. Vous l'avez dit vous-même, nous sommes ici pour conclure un accord. L'empereur a besoin de justifier l'ordre qu'il a donné d'assassiner son général et vous pouvez lui apporter les preuves du complot de Wallenstein en échange d'un certain prix.

— Nous ne discuterons pas du montant de ce prix, remarqua Rašín.

— Ce n'est pas mon intention, monsieur Rašín, répondit en souriant Slavata. Mais son regard était dur. Je suis bien loin de marchander avec vous sur une somme d'argent. Chaque côté va payer un certain prix et recevoir une compensation. La question est combien vous allez payer contre ce que vous allez recevoir, mais ça, vous avez dû le peser vous-même mieux que quiconque.»

Le chancelier se tut quelques instants puis il acheva : «Non, nous ne discuterons pas de l'argent, par rapport à ce qu'ont englouti ces Judas, ces Piccolomini, ces Gallas et autres racailles, la récompense que vous demandez est modeste. La somme que vous avez calculée comme indemnité de vos dommages, nous pouvons la payer même avec les caisses vides qui nous restent, monsieur Rašín. Mais pas pour la relation que vous nous proposez !

— Que voulez-vous dire ?»

Le chancelier se pencha légèrement en avant et sa voix prit un ton intransigeant. Il se sentait redevenir maître de la situation, soit qu'il fût arrivé à se défaire de sa peur inconsciente, soit que son adversaire se fût soudain affaibli.

«Pour ce que vous m'avez donné, le seul salaire serait la corde, monsieur. Dans votre formulation, le texte est absolument irrecevable, je ne peux pas me permettre de le poser sur le bureau de ce louchard de Ferdinand dans cet état, est-ce qu'il vous reste au moins une once de bon sens, s'il vous plaît ? Il nous ferait traîner dans les rues par ses chevaux, l'un comme l'autre...

— Vous disiez auparavant, comte...

— C'était auparavant, maintenant nous parlons à cœur ouvert. C'est ainsi que vous vouliez traiter, monsieur Rašín, n'est-ce pas ?» aboya le chancelier.

Les yeux de Rašín se refermèrent à moitié. Il se rendait compte que les choses lui échappaient des mains, qu'il était acculé à la défensive. Mais il ne pouvait se reprendre, des doutes insidieux rongeaient ses forces.

«Vous avez laissé chez Arnim une autre version de votre témoignage, différente de celle que vous me soumettez, grimaça Slavata. Vous pensiez que c'était assez habile, que vous auriez une garantie de sécurité ? Supposons que nous voulions vraiment nous débarrasser de vous, vous faire taire – la main dodue de Slavata esquissa un tout petit geste d'une signification indubitable – ...Qui ferait valoir cette version ? Qui se mettrait en avant pour se dresser contre nous ? C'en est comique, monsieur Rašín. La Saxe, croyez-vous ? N'oubliez pas que nous avons conclu une paix avec elle depuis le mois de mai dernier et les deux parties doivent se tendre la main. La France ? Nous nierons tout, nous nous en tirerons par le mensonge, ils n'arriveront pas à se faire entendre de plus de la moitié du monde, et cela seul est déjà notre victoire. Pardon, laissez-moi finir, je sais d'avance ce que vous voulez dire. Que la vérité sera connue un jour, voilà ce que vous vouliez rappeler, n'est-ce pas ? Mais cher monsieur, mon cher monsieur ! Qu'elle le soit ! Qu'elle le soit, pourvu que ce ne soit pas maintenant ! Ce qui importe, c'est le moment où cela se produira, que la vérité vainque alors, mais seulement après nous ! Que quelqu'un découvre donc le vrai cours des choses, qui intéressera-t-il ? Nous non, nous devons juste défendre notre vérité pour l'heure présente et nous y arriverons sans nul doute, monsieur Rašín, j'en suis convaincu, ne fût-ce que du fait qu'il nous suffit de n'en faire triompher qu'une pauvre moitié. Et votre vérité à vous, si elle veut être véridique, elle a besoin des deux moitiés, voilà ce qu'il en est, monsieur Rašín, pour que les choses vous soient claires.»

Le comte se tut, il se cala dans son fauteuil et ajouta quelques instants plus tard d'une voix plus calme :

«Le premier récit, celui que vous avez laissé chez Arnim, vous pouvez faire une croix dessus, c'est une pure niaiserie. Je vous assure que vous n'avez rien à craindre pour votre vie, qui donc voudrait de ce genre de complication ? Il existe des moyens plus pratiques. Et nous arriverons à un accord, monsieur Rašín, nous sommes désormais sur le bon chemin.

— Je n'en suis pas absolument certain, comte, dit Rašín d'une voix sourde.

— Mais si, monsieur Rašín, insista Slavata. Vous êtes un homme raisonnable, n'est-ce pas, je le vois désormais avec certitude. Nous trouverons un langage commun, des hommes sensés arrivent toujours à se mettre d'accord en fin de compte.»

Le comte Slavata posa la paume sur la table où se trouvait une petite pile de documents et ses doigts courts et charnus y tambourinèrent inconsciemment, avec un doigté répété, une mélodie inaudible, comme sur les touches d'un clavecin.

«Votre premier acte raisonnable c'est de vous être rendu à notre invitation, monsieur Rašín, dit le chancelier. Vous avez perdu votre querelle, mais quel sens cela aurait-il d'errer jusqu'à votre mort en pays étranger, de crever quelque part comme un chien aux abois et de laisser vos ossements en terre étrangère ? Non, je ne crois pas à cette attitude d'honneur exagéré, laissons cela aux rêveurs, un homme sensé comprend quand le jeu est fini et s'il lui vient une possibilité de se sauvegarder, il la saisit. Je sais que la comtesse Kinská vous reproche votre décision et certains autres aussi, mais je vous garantis que la plupart d'entre eux se retourneraient comme des girouettes et se dépêcheraient de revenir s'ils en avaient la possibilité.»

Slavata réfléchit brièvement, puis il poursuivit lentement et d'un ton grave.

«Vous avez beaucoup sacrifié pour la cause tchèque, je vous comprends bien, monsieur Rašín, et je vous admire. Moi aussi, je suis né en Bohême, n'est-ce pas ? Et j'ai le cœur lourd de voir que ce peuple va s'éteindre, par malheur, même s'il porte lui-même toute la responsabilité de son sort.

— Non, cela n'arrivera pas, se redressa Rašín. Il ne faut pas que cela arrive.

— Il en est ainsi, monsieur Rašín, dit Slavata en hochant plusieurs fois la tête. Ouvrez donc les yeux, et voyez d'un esprit impartial comment les choses se présentent de nos jours. D'un pays riche, puissant et merveilleux, il ne reste que des ruines incendiées, la noblesse et l'élite du peuple est dispersée à l'étranger où elle trouvera progressivement la mort, le tiers du peuple est décimé, il ne reste que la racaille qui ne sait ni lire ni écrire. Des esclaves, des butors.»

Slavata se pencha en avant, il regarda tout autour de lui comme si les murs pouvaient l'entendre, et chuchota : «Ce ramassis de mercenaires s'est jeté sur sa proie, ces loups-garous d'étrangers, ils s'appellent noblesse, *merde*, de la noblesse, ça ? Ils ne nous viennent pas à la cheville de naissance, ils ont volé leurs titres dans le sang et les guerres, ces canailles sorties des ruisseaux. Et les pères jésuites arrivent eux aussi, ah, monsieur Rašín, c'est une force immense que leur ordre. Et qu'a-t-il, ce reste de peuple avili, pour s'opposer à cette puissance réunie ? Rien, il ne lui reste rien pour se défendre, sauf sa langue et un peu de cette foi hérétique. Comme c'est peu, c'est terriblement peu ! Ils les piétineront jusqu'à les faire rentrer sous terre, ils les extirperont bientôt avec les racines. Le peuple tchèque est à terre, il s'est conduit sans sagesse, c'est la fin.»

Slavata souligna sa conclusion en laissant tomber son poing sur la table. Puis il se redressa :

«Malgré tout cela, je ne suis pas sans cœur, monsieur Rašín. Cette perspective m'accable, je viens en aide là où je peux, car ce sang-là ne coule-t-il pas aussi dans mes veines ? Il ne veut pas se taire, bien que je sois d'une autre foi. Malheureusement, je ne puis faire grand-chose, il ne serait d'ailleurs pas raisonnable de s'opposer à l'inévitable. En fin de compte, le peuple tchèque a ce qu'il voulait, ce que Dieu fait est bien fait et moi, dans ma position, pour la paix de ma conscience, je ne peux qu'aider cette âme perdue à mourir comme il faut, comprenez-vous, monsieur Rašín ?

— Je vous comprends fort bien, comte, dit Rašín d'une voix étranglée.

— Eh bien, dit Slavata en faisant un geste, je suis heureux que vous m'ayez compris. Revenons donc à notre affaire, le temps presse. N'avez-vous pas par hasard eu entre les mains le rapport de M. Octavio Piccolomini, ce pourceau italien, également confirmé par la signature du comte Gallas, cette autre ordure ? Non ? C'est très dommage. C'est à cela que devrait ressembler votre relation, monsieur Rašín.»

La voix du chancelier avait maintenant un ton de commandement et d'assurance absolus.

«Mais vous, ce que vous m'avez remis est un écrit rebelle pour lequel je pourrais vous livrer au bourreau et vous faire tendre sur une échelle. On dirait simplement la suite de toute votre activité, de vos idées, non, ça, jamais. Avec ça, nous nous ferions très mal recevoir, mon ami. Mais j'ai une proposition à vous faire, monsieur Rašín.

— Je vous écoute.

— Voyez, votre rapport est écrit en tchèque... La main du chancelier arrangeait les feuillets sur la table... Pour l'empereur, il doit être traduit en langue allemande. La traduction peut arranger bien des choses, les améliorer, disons, ou les corriger. Je me suis permis de rédiger ici de ma propre main la formulation de votre récit tel que je puisse seulement songer à le défendre devant l'empereur et vous aider. Lisez donc, s'il vous plaît.»

Il tendit les feuillets à Rašín.

Rašín le fixa quelques secondes en silence. Puis il tendit lentement la main et accepta les papiers. Le froissement des feuillets retournés résonna longtemps dans le silence. Enfin, il atteignit la dernière page et se mit à rire d'un rire cruel.

...En ce qui concerne les questions que sa Grâce Impériale désirait gracieusement connaître, j'ai rédigé ce rapport véridique, lut-il à haute voix, *en vivant dorénavant dans la plus soumise et la plus humble confiance que son Altesse Impériale daignera dans cette affaire me protéger effectivement et selon les termes de Son plus gracieux pardon, contre toute personne à qui cette relation véridique pourrait déplaire ou qu'elle pourrait contrarier, qu'Elle daignera dans sa bonté me prendre sous Sa plus gracieuse défense et protection, et demeurer mon plus gracieux Empereur, seigneur et roi...* Rašín ricana à nouveau d'un air méprisant et sa main qui tenait les feuillets retomba.

«Tant de gracieuses grâces me contrarient, comte, dit-il droit dans les petits yeux attentifs du chancelier. Et votre version présente ici ma personne sous les traits d'une victime imbécile dès le début des événements.

— Exactement, monsieur Rašín, répondit Slavata d'un ton mesuré. C'est la seule possibilité, ne vous bercez d'aucune illusion. Signerez-vous cette version ?»

Rašín eut un brusque accès de toux. «Quelle humiliation, dit-il lorsque la crise d'étouffement fut passée. Ça me donne envie de vomir, comte.

— Vous pourrez vomir à votre aise quelque part dans un coin, lança Slavata. Après avoir ratifié ce rapport de votre signature. Ainsi va le monde, monsieur Rašín, et je ne vous conseille pas de refuser. Abandonnez donc tout caprice inutile et faites preuve de toute votre raison.»

Rašín continua à fixer encore quelques secondes les yeux triomphants du chancelier Slavata, puis il leva la feuille et lut encore :

...Pour avoir les moyens de me maintenir, avec mon épouse et les miens, sous la plus gracieuse protection et sous les ailes si généreusement déployées de sa Grâce Impériale. Moi, je veux pour ma part veiller à mériter durant toute la durée de ma vie, dans le dévouement le plus soumis et le plus empressé, la grâce que m'accordent son Altesse impériale et son illustrissime maison.

Je suis d'ailleurs disposé à certifier ce rapport comme véridique en cas de nécessité, si cela m'est demandé, par un serment personnel... Cette dernière ligne sauta durement aux yeux de Rašín. En dessous, il y avait encore la date : *A Vienne, en ce jour du 20 octobre 1635.*

Il lui semblait que les murs du bureau luxueusement installé du comte Slavata, chancelier de l'Empire, s'effondraient directement sur lui. Qu'ils le pressaient dans un espace qui ne cessait de se réduire, que les tapisseries précieuses et les tapis mous lui enserraient la gorge de leur contact caressant.

Il leva les yeux et vit la main aux doigts charnus qui lui tendait la plume d'oie trempée dans l'encre.

«Allez-vous signer, monsieur Rašín ?» répéta le chancelier.

Il saisit la plume, et tandis qu'il signait, il entendait la voix de Slavata :

«Encore le recopier au propre... Oui, un homme sensé sait bien qu'il ne suffit pas de courber la tête, ni de se mettre à genoux, c'est à plat ventre qu'il faut ramper...»

La partie était presque finie. Les huit rois se trouvaient disposés les uns à côté des autres dans la rangée supérieure, en dessous d'eux étaient alignées les figures inférieures, dames, valets, dix, neuf, alternativement rouges et noires. Il ne restait que quelques cartes en désordre dans les seules deux dernières colonnes, mais comme Sova avait déjà fait remonter tous les as et qu'il pouvait les recouvrir avec les autres cartes, il suffisait désormais de déplacer le reste d'une manière purement mécanique, ce à quoi il ne perdait jamais son temps. Il ramassa tout le paquet en petit tas, l'arrangea en pile carrée et le glissa dans son étui.

Sur la petite tablette voisine, Lahodný tapotait de l'index, comme un pivert, sur la fourche du téléphone.

«Pourquoi est-ce qu'ils ne décrochent pas, à la réception ? dit-il enfin en reposant l'écouteur. Mikuláš, tu ne pourrais pas essayer pour moi ? Il faut que je prépare quelque chose pour la télévision cet après-midi.

— Et qu'est-ce que je dois dire ?

— Qu'on passera demain, demande quand Lambert sera libre. Il est à cheval sur les formes et les contrats ne se signent exclusivement qu'en sa présence.» Déjà, Lahodný ouvrait son élégante valise et en tirait un bloc de papier et de quoi écrire. «On ira signer ensemble, demain, ça te convient ?

— N'importe quand, du moment que c'est pour signer un contrat», dit Sova.

Dans sa hâte, Lahodný avait laissé tomber un livre à couverture noire, râpée par endroits à force de servir. Comme Sova le ramassait, il remarqua sans le vouloir le titre en lettres d'or à moitié effacées sur son dos : *Sainte Bible*. Il le tendit à Lahodný.

«Tu voyages avec une bible ? demanda-t-il surpris.

— Toujours, quand je pars à l'étranger, avoua Lahodný et, pour dissiper sa gêne : Elle me porte bonheur. Tu t'occupes de ce coup de fil ?

— Je descends à la réception, dit Sova. De toute manière, j'ai besoin de cigarettes.»

Arrivé en bas, il se rendit compte qu'à cause de l'incident imprévu avec la bible il avait oublié de demander à Lahodný le numéro des éditions Lambert. Il emprunta un annuaire à la réception et commença à feuilleter les pages usées.

Les relations avaient lentement commencé à se décanter. La veille au soir, Malenda avait annoncé sa décision définitive de rentrer à Prague. Lahodný n'avait rien dit, mais il paraissait hors de doute qu'il allait rester en exil. Muzikář attendait encore. Et Sova lui-même ? Il avait eu une nouvelle crise à l'aube, il s'était réveillé baigné de sueur et, tandis que Lahodný dormait tranquille, il avait vomi du sang dans les toilettes en s'étouffant, mordant son poing pour ne pas le réveiller.

F – Freytag und Berndt, G – Gesellschaft für..., H – Habsburger, Harbiger..., Haukwitz... Sova sursauta, relut une deuxième fois, attentivement : *Haukwitz, Jan, Dr., Graben 11.* Il recopia le numéro sur un bout de papier. Puis il régla rapidement l'affaire avec Lambert et remonta dans la chambre. Lahodný était penché sur son bloc gribouillé de notes [Point a), point b), point c)].

«J'ai pris rendez-vous pour demain, onze heures, annonça Sova.

— Parfait, approuva Lahodný en jetant un coup d'œil sur sa montre. Il arracha la feuille du bloc et se leva. Il faut que je file. Tu viens avec moi ? Ou tu as un programme spécial ?

— Je dois appeler les Komárek et je vais sans doute faire un tour dans Vienne.

— Très bien, où se retrouve-t-on, ce soir ? Le mieux serait encore ici, dans le restau au coin de la rue, non ? Les Komárek pourraient venir aussi.

— A quelle heure ?

— Au plus tôt vers huit heures. Mais attends-moi, s'il te plaît, si je suis un peu en retard.

— Malenda et Muzikář y seront certainement. Tu oublies qu'on s'y est donné rendez-vous hier.

— Oui, je n'y pensais plus. Mais je m'en serais certainement souvenu, l'assura Lahodný sur le point de partir. Alors salut, pour le moment, Mikuláš. Et croise les doigts pour moi.»

Il songea que c'était inutile, Lahodný serait excellent, en pleine forme, il y mettrait son point d'honneur.

Il quitta l'hôtel aussitôt après lui. Il se promenait lentement par les ruelles de la vieille ville, jusqu'à la cathédrale Saint-Stéphane. L'architecture élancée du monument était un peu noyée parmi les immeubles bourgeois qui l'encerclaient. Il fit le tour de la place, aperçut au coin une cabine téléphonique. Il hésita une dernière fois, puis il entra. Il jeta une pièce dans l'appareil, composa le numéro. La tonalité d'appel ne changea pas. Sova appuya sur la fourche, le mécanisme cliqueta et sa pièce sombra quelque part dans ses entrailles. Le téléphone était en dérangement.

Sova fit une grimace, sortit à reculons de la cabine et referma la porte derrière lui. Quelques rues plus loin, il trouva une autre cabine en état de marche.

«Pourrais-je parler au docteur Haukwitz ? demanda-t-il en entendant à l'autre bout une agréable voix d'alto.

— Monsieur le professeur est à l'hôpital. La consultation privée est ouverte à partir de quinze heures. Si vous voulez, vous pouvez prendre rendez-vous», l'informa la voix.

Sova réfléchit quelques instants. «Très bien, dit-il ensuite. Pouvez-vous me donner un rendez-vous ? Mon nom est Sova.

— Herr Sowa, bitte, répéta lentement la voix, tandis que la secrétaire notait son nom. Pouvez-vous venir à seize heures, s'il vous plaît, monsieur Sova ?

— Très bien. Je viendrai à quatre heures.»

Il raccrocha, sortit de la cabine et regarda sa montre. Il était onze heures moins dix. Il avait encore beaucoup de temps devant lui. Il décida d'aller jeter un coup d'œil à la maison du rendez-vous. Il la trouva facilement, c'était un de ces immeubles cossus dont les murs solides abritent au rez-de-chaussée des établissements bancaires et dans les étages des cabinets d'avocats.

Il se rendit ensuite dans la Kärtner Strasse, l'avenue qui avait la prétention d'être le boulevard du monde. Il s'arrêtait devant les vitrines avec leurs marchandises de luxe, leur or, leurs modèles sélects. En obliquant vers le Kärtner Ring, il sentit que la faim le tenaillait. Mais la seule pensée de manger éveillait en lui la crainte. Dans les profondeurs de son corps un ennemi guettait, attendant la bonne occasion. Puis la fatigue le gagna, il en eut assez d'errer dans les rues. Il revint à l'hôtel par le plus court chemin sans rien avaler.

Ensuite, il fit les cent pas dans la chambre. Il se sentait seul, nerveux et désemparé. Il pensa à Ljuba, mais elle lui sembla très lointaine. Ils avaient décidé qu'il la préviendrait sans délai dès qu'il aurait une nouvelle importante, mais il n'avait encore pris aucune décision. Soudain, son regard tomba sur la bible que Lahodný avait laissée en évidence sur sa table de chevet. Sova la prit et le livre s'ouvrit dans son premier tiers. Livre des Juges, chapitre 19. Il parcourut les premiers versets sans grand intérêt, mais soudain il revint au début et se mit à lire attentivement. L'histoire le passionna au point qu'il en oublia sa mauvaise humeur et sa maladie débilitante. Il s'installa au bureau et posa la bible devant lui sur le sous-main vert. La noble beauté du texte archaïque le captiva : *Il arriva en ce temps-là, n'y ayant point de roi, qu'il y eut un Lévite demeurant aux côtés de la montagne d'Ephraïm, qui prit une femme concubine de Bethléem de Juda.*

Mais sa concubine paillarda chez lui et s'en alla d'avec lui en la maison de son père en Bethléem de Juda et elle y demeura l'espace de quatre mois.

Puis son mari se leva, et s'en alla après elle pour lui parler et pour la ramener. Il avait avec lui son serviteur et deux ânes ; et elle le fit entrer dans la maison de son père ; et le père de la jeune femme le voyant se réjouit de son arrivée.

Pourquoi donc le Lévite était-il parti à la recherche de cette femme ? On ne dit rien des raisons qui l'y ont poussé, solitude ou amour ? Est-ce que cela ne vaut pas la peine d'en parler ou laisse-t-on à chacun le soin de compléter le non-dit à sa guise ? Bref un homme va chercher sa femme et il est accueilli par son père à bras ouverts. Pourquoi ? De nouveau pas d'explication, seuls les faits dans leurs points principaux.

Les deux hommes festoient ensemble pendant trois jours, ils boivent et veillent, et le beau-père, soit parce qu'il se prend d'une très grande sympathie pour son nouveau gendre, soit parce que c'est un ivrogne, le retient encore un quatrième jour et la moitié du cinquième. Puis le gendre arrive quand même à s'arracher à son hospitalité pour prendre la route du retour.

Cette demi-journée de retard a cependant des conséquences infinies : la nuit les surprend tous les trois, avec la femme et le jeune serviteur loin de leur maison, près de Gibéa, ville de la tribu de Benjamin. Ils entrent donc dans la ville, et un vieil homme, un compatriote de la montagne d'Ephraïm leur offre le gîte pour la nuit.

Gibéa devait être une ville quelque peu dépravée, le vieil homme déjà avait prévenu le Lévite de ne pas s'aventurer seul dans la rue de nuit, mais finalement, même sa maison est loin d'offrir un abri suffisant. A peine l'hôte et ses invités sont-ils entrés, à peine ont-ils donné leur avoine aux ânes, mangé et bu eux-mêmes ...*Des hommes de cette ville, hommes fort corrompus, environnèrent la maison, heurtant à la porte, et ils parlèrent au vieil homme, maître de cette maison, en disant :«Fais sortir cet homme qui est entré dans ta maison, afin que nous le connaissions.»*

Le vieil homme veut protéger son hôte de la souillure, il offre aux intrus d'abord sa propre fille, une vierge, puis la femme de son protégé. Enfin, on conduisit donc dehors la femme du Lévite pour la livrer aux hommes de Gibéa.

...Et ils la connurent et abusèrent d'elle toute la nuit jusqu'au matin, puis ils la renvoyèrent comme l'aube du jour se levait.

Cette femme donc, comme le jour approchait, s'en revint ; et étant tombée à la porte de la maison où était son seigneur, elle y demeura jusqu'au jour.

Et son seigneur se leva de bon matin et ayant ouvert la porte, il sortait pour continuer son chemin, mais voici, sa femme concubine était tombée à la porte de la maison et avait les mains sur le seuil.

Et il lui dit : «Lève-toi et allons-nous en». Mais elle ne répondit point. Alors il la chargea sur un âne et se mit en chemin et s'en alla en son lieu.

En étant venu en sa maison il prit un couteau, et empoignant sa concubine, il la partagea avec ses os en douze parts et il en envoya dans tous les cantons d'Israël.

Devant l'assemblée de tous les fils d'Israël, quatre cent mille hommes guerriers de pied selon le nombre indiqué, le Lévite exposa son cas et les événements prirent une tournure dramatique. Il fut unanimement décidé de marcher sur Gibéa et d'exiger les coupables. Mais les hommes de la tribu de Benjamin refusèrent de livrer leurs frères ; ils rassemblèrent au contraire tous les hommes de leur tribu. Une guerre éclata et la tribu de Benjamin fut tout d'abord victorieuse. A la fin, les Benjaminites furent vaincus et exterminés, hormis six cents hommes qui se sauvèrent en s'enfuyant dans le désert près du rocher de Rimmôn. Pour finir, les vainqueurs d'Israël réglèrent son compte à la tribu de Benjamin, ils passèrent au fil de l'épée les habitants des villes et le bétail et ils incendièrent toutes les villes qui restaient encore.

Après cette guerre où il y eut, selon les chroniques, environ cent mille victimes, les passions exacerbées se calmèrent et on retrouva la raison. Et on s'aperçut soudain qu'une des tribus d'Israël avait été presque entièrement éliminée. Presque, à l'exception des six cents hommes qui se cachaient dans le désert. A ce moment, le récit jusqu'alors placé sous le sceau d'une fatale et cruelle tragédie, prend un tour incroyablement grotesque et c'est seulement lui qui vous donne des frissons dans le dos.

Comme tous les hommes qui avaient pris part à la première assemblée s'étaient engagés par serment à ne pas donner leurs filles pour femmes aux hommes de Benjamin, leurs chefs se mirent à chercher s'il n'y en avait pas qui ne se fussent pas rendus à cette première assemblée.

...Or voici, aucun homme de Yabesh en Galaad n'était venu au camp, à l'assemblée.

Car quand on fit le dénombrement du peuple, voici, il ne s'y était trouvé aucun des habitants de Yabesh en Galaad.

C'est pourquoi l'assemblée y envoya douze mille hommes des plus vaillants, et leur commanda en disant : «Allez et frappez les habitants de Yabesh en Galaad au tranchant de l'épée, tant les femmes que les petits enfants.

«Voici donc ce que vous ferez : vous dévouerez à l'anathème tous les mâles et toute femme qui aura eu compagnie d'homme.»

Et ils trouvèrent entre les habitants de Yabesh en Galaad quatre cents filles vierges qui n'avaient point eu compagnie d'homme ; et ils les amenèrent au camp à Silo, qui est au pays de Canaan.

Cela ne suffisait pas. Lorsqu'ils eurent convoqué dans la paix les Benjaminites qui étaient au rocher de Rimmôn et qu'ils leur eurent donné pour femmes les jeunes filles qui étaient restées vivantes parmi les femmes de Yabesh en Galaad pour que l'Eternel ne fît pas de brèche dans la race d'Israël, il en manquait encore pour deux cents hommes. Au nom d'intérêts supérieurs, ils révélèrent donc aux hommes de Benjamin que chaque année avait lieu à Silo une fête et ils conseillèrent à ces fils esseulés qui n'avaient pas encore de femmes de se cacher dans les vignes...

Et quand vous verrez que les filles de Silo sortiront pour danser avec leurs flûtes, alors vous sortirez des vignes et vous ravirez pour vous chacun sa femme d'entre les filles de Silo et vous en irez au pays de Benjamin.

Et quand leurs pères ou leurs frères viendront vers nous pour plaider, nous leur dirons : ayez pitié d'eux pour l'amour de nous, puisque nous n'avons point pris de femme pour chacun d'eux en cette guerre et vous ne serez point coupables puisque vous ne les leur avez point données.

Sova referma la bible. Quelle histoire, oh, quelle histoire ! Et si je bâtissais la maison de mes rêves justement dans un Yabesh en Galaad contemporain ? Où trouver l'assurance que n'importe quelle ville de notre beau monde n'est pas promise à un destin semblable ? Qu'aucun d'entre nous qui allons festoyer dans les jardins de Silo n'est, par la décision d'autrui, livré au rapt des hommes de Benjamin ? On trouve toujours des intérêts supérieurs pour justifier n'importe quel arbitraire et n'importe quelle violence. Les ennemis d'hier s'entendent aisément aujourd'hui et scellent la conclusion de leur fraternité par le sang de leurs amis communs de la veille. Qu'importe si cent mille ou cent millions d'hommes se font sacrifier entre temps ? Ce n'est qu'un épisode, un détail, pour les metteurs en scène poussés par une logique d'intérêts supérieurs.

Tandis qu'il méditait ainsi, Sova avait machinalement saisi le coupe-papier décoratif qui appartenait à l'écritoire posé sur le bureau. Il se souvint d'une ancienne pratique dont il avait entendu parler quelque part et plongea la pointe du couteau entre les feuillets. Il ouvrit la bible et se mit à lire à l'endroit indiqué par la pointe : ...*A toute chose sa saison et à toute affaire sous les cieux son temps. Il y a un temps pour enfanter et un temps pour mourir, un temps pour planter et un temps pour arracher ce qui est planté, un temps pour tuer et un temps pour guérir, un temps pour détruire et un temps pour bâtir.*

Un temps pour pleurer et un temps pour rire, un temps pour se lamenter et un temps pour sauter de joie.

Un temps pour jeter des pierres et un temps pour les ramasser, un temps pour embrasser et un temps pour s'éloigner des embrassements. Un temps pour chercher et un temps pour laisser perdre, un temps pour garder et un temps pour rejeter...

Il arracha son regard des versets et regarda autour de lui. Une pièce étrangère, un rectangle aménagé avec de lourds meubles Sécession, indifférent, muet ; mais il n'enregistrait pas pleinement cette réalité superficielle.

Quel livre étrange ! Et quelle différence entre la sagesse des politiciens et celle du poète ! Il réalisa soudain avec étonnement qu'à quarante ans passés c'était la première fois qu'il tenait une bible dans ses mains.

Soudain l'étau se resserra dans la région de son estomac. La douleur le fit rouler en boule. Dans cette position, les genoux presque au niveau du menton et les poings enfoncés dans le ventre, l'implacable violence de la crise sembla s'atténuer. Il resta assis, immobile, plusieurs minutes. Puis il se risqua à étendre lentement les jambes, il les redressait tout doucement, centimètre par centimètre. Il éloigna les mains de son estomac et essuya la sueur sur son front. L'accès n'avait pas atteint son paroxysme cette fois. Il osa prendre une profonde inspiration. La douleur reculait. Il respira. Ça va, se dit-il, je m'en sors à bon compte cette fois-ci.

Tout à coup ses paupières s'alourdirent. Des gouttes de sueur ruisselaient sur sa poitrine et sur son dos, mais il avait peur de se lever et d'aller à la salle de bains. Ça va bien, se disait-il. Ça va bien même comme cela. Maintenant je vais dormir une petite demi-heure et après tout ira encore mieux.

«Vous pouvez vous rhabiller, dit le docteur Haukwitz. Un examen clinique est indispensable pour établir un diagnostic précis. Le mieux serait que vous puissiez venir pour une consultation hospitalière.»

Sova ne répondit pas. Il était en train de passer son maillot de corps par-dessus sa tête. Leur rencontre se déroulait d'une manière pour le moins imprévue : le docteur Haukwitz ne l'avait tout bonnement pas reconnu et son nom, mal orthographié par la secrétaire, ne l'avait pas intrigué, bien qu'il eût pu s'apercevoir que Sova n'était ni Autrichien ni Allemand.

Manifestement, la situation du docteur ne lui permettait pas de se montrer curieux de l'identité de ses patients. Une clientèle internationale, une réputation manifeste de spécialiste reconnu dans son domaine, un professionnalisme extrême que trahissaient sa manière de traiter ses clients mais aussi l'atmosphère générale de son environnement, le cabinet parfaitement équipé et meublé avec un bon goût raisonnable, y compris la salle d'attente avec ses fauteuils et ses divans de cuir. Tout cela reflétait une différence marquée entre l'ancien spécialiste des maladies internes qu'il avait connu à Prague et le professeur Haukwitz d'aujourd'hui. Son aspect personnel n'avait pas beaucoup changé. Seuls les sillons caractéristiques s'étaient creusés encore davantage dans son visage allongé et les cheveux, déjà gris dans le temps, s'étaient encore raréfiés.

Sova, déjà vêtu, s'approcha du bureau sur lequel le docteur remplissait son ordonnance.

«Monsieur le Professeur, vous ne m'avez pas reconnu, dit-il en tchèque. Je suis Mikuláš Sova.»

Haukwitz leva la tête. Une vague d'expressions variées traversa fugitivement son visage. D'abord, la surprise. Puis, comme un éclair, comme une ombre, ce fut une sorte de tristesse, de mélancolie accompagnée d'un plissement du front et d'un serrement des lèvres exsangues, et seulement ensuite le sourire l'emporta. Le docteur se leva.

«Seigneur Dieu, Mikuláš ! dit-il en lui tendant une main osseuse. Mademoiselle Anne, apportez-nous deux verres de cognac, s'il vous plaît.

— Dites-moi franchement, monsieur le professeur, est-ce un cancer ?» demanda Sova après le départ de l'infirmière distinguée.

Haukwitz reprit aussitôt l'attitude lénifiante du médecin :

«Ecoutez, Mikuláš, je comprends vos inquiétudes, mais elles me paraissent grandement exagérées...

— Oui ou non ? interrompit Sova. C'est très important pour moi.

— Un examen hospitalier est indispensable pour un diagnostic précis, dit lentement le docteur Haukwitz au bout de quelques instants. Soyez assuré que de toute manière je ferai tout ce qui sera dans mes moyens pour vous. Mais nous en parlerons plus tard, dit-il en reprenant son ton de cordialité antérieure. Asseyez-vous et bavardons un peu.

— Je ne voudrais pas trop vous retarder, monsieur le professeur, lança Sova. C'est l'heure de vos consultations.»

L'infirmière apporta les deux verres de cognac sur un plateau d'argent. Le docteur consulta la montre qu'il avait au poignet.

«Dans le monde où je vis, l'exactitude est la condition principale de l'existence, mais il ne se passera rien pour une fois.» Puis son regard passa rapidement sur le liquide doré dans les verres et sur le visage de Sova. «Et cette goutte d'alcool ne fera aucun mal à votre santé. Mademoiselle, dites s'il vous plaît au rendez-vous suivant que j'aurai un quart d'heure de retard», décida-t-il.

Sova suivait lentement le quai. A sa gauche ronflait l'artère du Franz Jozefs Kai. Il lui tourna le dos et s'appuya à la balustrade métallique. En bas, l'eau sale du Donau Kanal faisait une masse sombre quasiment immobile. Cette portion du quai ressemblait assez à son trajet préféré dans Prague. Mais aussi à un quartier de Rome au-dessus du Tibre, de Pise ou de Florence sur l'Arno. Il en avait jadis rêvé, il avait tremblé à la pensée d'entendre un jour l'écho de ses propres pas dans ces lieux aux noms chimériques. Il ne pouvait qu'en sourire à présent.

Le docteur Haukwitz lui avait consacré un quart d'heure, en plus d'un examen approfondi. Le mode de vie actuel nécessite de l'exactitude et une forte productivité. Et aussi de la santé.

Haukwitz avait atteint sa position actuelle en redoublant d'efforts. Il était arrivé comme un exilé, un Auslander. N'avait-il pu, n'avait-il pas voulu partir ailleurs ? Vienne est la ville la plus proche de Prague, et pas seulement par la distance. Et qu'est-ce qui avait fait naître en lui son amertume actuelle ?

Pas des raisons matérielles, cela était certain. Il n'avait sûrement jamais été rongé par l'envie. Il savait bien que, tout riche qu'il était, il ne franchirait jamais cette frontière invisible au-delà de laquelle seulement s'étend la sphère sociale de ceux qui peuvent se permettre d'oublier de compter.

Il ne raisonnait pas de façon aussi matérialiste, cela lui avait été étranger jadis et lui restait étranger encore aujourd'hui. En tant que spécialiste, il avait acquis une renommée qui ne pouvait que le satisfaire maintenant. Bien qu'il fût parvenu au sommet de ses capacités, il n'avait cependant pas trouvé la satisfaction. Dans le meilleur des cas, il s'était réconcilié avec son sort.

Quant à son fils Jan, ce dernier était le propriétaire d'une laverie en grand aux Etats-Unis. Entièrement automatisée, prospère à souhait.

«Je me fiche de votre Europe, avait-il dit à son père lors de sa dernière visite. Vous pouvez bien y étouffer dans vos querelles permanentes pour un peu de morve séchée, dans tout ce bordel pourri. Toutes vos vieilleries historiques, toute cette architecture et les peintures, je peux venir les voir en avion quand bon me semble, et le reste a cessé de m'intéresser. Vous ne valez pas une pipe de tabac, vous et votre vieux monde.»

Sova se détacha de la balustrade et poursuivit sa marche. Le jeune Jan Haukwitz écrivait jadis des poèmes que lui, Sova, avait admirés. Il se souvint d'un fragment d'une longue composition intitulée Léthé :

J'en ai fini, Charon. Prends cette clé rouillée,
Et voici les lambeaux du fanon sous lequel
Jusqu'à mon dernier souffle j'ai défendu mes murs...

Il avait pris des risques pour un poète et n'avait réussi qu'à sauver un buandier de la crasse moderne. A un cheveu près, il avait failli se retrouver copropriétaire d'une laverie automatique à Chicago. Après la montagne Blanche, seuls les serfs étaient restés dans le pays dépecé. Ils n'avaient nulle part où aller, ils ne pouvaient ou ne voulaient partir. Seules leur restaient leur misérable vie et leur langue. Et malgré des siècles d'esclavage, ils avaient gardé vivante cette langue pour la transmettre aux poètes d'aujourd'hui.

La gare François Joseph était toute en travaux. Partout s'amoncelaient des décombres, on traversait des passerelles de bois provisoires au-dessus des excavations. Un train venait d'entrer en gare et les voyageurs sortaient en foule avec leurs valises et leurs sacs. Lorsque Sova se fut mêlé à cette marée qui avançait en sens contraire, il entendit du tchèque dans de nombreuses bouches.

«Quel désordre, les mêmes ruines qu'à Prague», dit un plaisantin.

Il se faufila jusqu'au tableau affichant les départs des trains. Levant les yeux, il aperçut soudain cette colonne ordonnée avec ses chiffres et ses destinations géographiques. Les lignes en rouge indiquaient les liaisons internationales. Windobona-Wien-Prag, disait l'une d'elles.

Plus tard il marcha par les rues, la nuit tombait déjà, et plus il approchait du centre ville, plus les vitrines étaient vivement éclairées. Dans la Herrengasse, une jeune femme fortement fardée lui pressa dans la main un prospectus recommandant un établissement de nuit : Strip-tease, 25 schöne Frauen.

Les pneumatiques des voitures lustrées sifflaient en glissant aisément sur l'asphalte que les reflets des enseignes néon teignaient en arc-en-ciel. L'effet d'ensemble lui rappelait sa vision de la mer. De cette surface.

Toute l'équipe était réunie au restaurant. Lahodný, les Komárek, Malenda et Muzikář. Sova arriva le dernier, il serra la main à la ronde et prit un siège.

«Ils ont de la Budvar, lui annonça Malenda. Mais il faut que je vous dise, j'attends avec impatience ma Pilsen au Matou.

— Alors tu retournes, c'est sûr ? demanda Lahodný.

— C'est sûr, acquiesça Malenda. Nous nous sommes mis d'accord avec Láďa. Nous allons dépenser ce qui nous reste d'argent et hourra à la maison !»

Lahodný se tourna vers Muzikář :

«Toi aussi ?» interrogea-t-il.

Muzikář détourna le regard. On voyait qu'il lui était désagréable que Malenda ait révélé leur décision sans ambages.

«Je crois que oui, dit-il en haussant les épaules. Je n'ai rien à faire ici.»

Sova repensa à certaine soirée récente à Piran, à leur confrontation nocturne dans le couloir de la Maison. Il faut que j'écrive à Ljuba et que je lui explique tout. Il faut que je lui fasse part de cette solution imprévue. Je vais aussi lui parler de ma maison. De cette vision qui n'était vraiment qu'un rêve. Et de ma découverte : la maison, c'est avant tout en moi que je dois la bâtir. Ce sera une tâche difficile, alors que je risque de manquer de temps. Peut-être comprendra-t-elle malgré sa jeunesse que ce n'est pas un mensonge. Car ce n'est vraiment pas un mensonge.

«Et vous, les mariés ? demanda Lahodný aux Komárek.

— Nous avons écrit à notre famille en Amérique et nous n'allons pas tarder à recevoir nos billets d'avion, annonça Věra. Nous attendons un bébé et ce serait irresponsable de mettre un enfant au monde dans la situation actuelle chez nous, n'est-ce pas, Míla ? Et vous, vous aussi vous restez dehors ?

— Pour le moment, tout l'indique, confirma Lahodný. J'ai du travail à faire ici. Je ne resterai pas à Vienne, bien sûr, après-demain je me transfère en Suisse. Avec Mikuláš, ajouta-t-il.

— Non, pas avec moi, dit Sova. Moi je pars dans une autre direction.»

Tous les regards se tournèrent vers lui, interrogateurs.

«Et où ?

— A Prague. J'ai pris mon billet cet après-midi.»

Le gouverneur prenait son temps pour étudier le document. Il le tenait à une aune de ses yeux myopes. Il avait dû en saisir le contenu depuis un bon moment, mais Rašín pouvait imaginer ce qui se passait dans le cerveau de ce gros lard qui lui faisait face.

De fait, le gouverneur réfléchissait de toutes ses forces. Comment se comporter, quelle attitude prendre face à cet hôte plutôt mal venu que le décret impérial désignait comme le nouveau seigneur de Chotěboř ? Il avait beau avoir quelqu'expérience sur la manière de se comporter envers ses supérieurs, l'arrivée de celui-ci représentait tout ce qu'il y a de plus désagréable, car elle marquait la fin de sa propre autorité qui n'avait guère été fatigante et surtout pas désintéressée. Le gouverneur soupira intérieurement. Encore heureux qu'il ait été au moins un peu prévoyant et qu'il n'ait pas perdu son temps. Encore heureux qu'il se soit échiné, qu'il ait fait preuve de diligence, qu'il ait résisté avec acharnement à son penchant pour la paresse. Il avait tout de même accumulé quelques *groschen* enfermés à double tour dans une bonne malle ; maintenant il ne lui resterait sans doute qu'à glaner quelques sous çà et là.

Et d'ailleurs, qui était cet intrus, ce perturbateur de la paix et du calme qui avaient régné jusqu'ici ? Comment avait-il mérité son avoine ? Son habit n'était que trop sobre, il n'avait pas de suite, il arrivait seul sur sa jument comme une espèce de va-nu-pieds, sombre comme un Satan, il a bonne mine, notre seigneur de Chotěboř. Quoi qu'il en soit, les temps à venir ne s'annoncent pas comme tout de miel.

Le gouverneur finit quand même de faire semblant de déchiffrer les phrases du document et il le rendit poliment à Rašín après l'avoir replié avec un air de profond dévouement.

«Oui, votre Honneur, je vous souhaite la bienvenue en tant que nouveau seigneur de Chotěboř, dit-il sur un ton de flagornerie mielleuse. Mais je ne sais pas trop comment vous allez recevoir votre récompense. Peut-être son Altesse princière, le duc Slavata, n'était-elle pas trop bien informée dans le détail, pour avoir récompensé vos services justement de cette manière...

— Que veux-tu dire ?» interrogea Rašín.

Le visage rond du gouverneur, avec ses abajoues de hamster, se tendit dans une expression douloureuse.

«Aïe, seigneur, le château n'est qu'un tas de ruines, les champs sont en friche, tout est à l'abandon, décrivait-il en prenant de l'assurance. Le pays entier est maudit. L'hérésie y prospère plus qu'ailleurs, elle a tout contaminé et elle a laissé des fruits, il n'y aura pas trop de jouissance ici.

— Ah», dit Rašín.

Le gouverneur s'enhardit encore. Il s'adossa plus confortablement, posa les mains sur les accoudoirs du fauteuil et croisa les jambes l'une sur l'autre.

«Il faudra une main sévère pour tenir vos sujets. Ils sont comme des murs. On se dit qu'ils ont compris et qu'ils sont sur la bonne voie, mais ces caboches têtues pensent toujours à leur manière, on ne peut pas la leur sortir du crâne même avec des coups, certains sont allés jusqu'à apprendre à lire et à écrire et ils cachent leurs livres dans les greniers et ils se réunissent dans les bois. Comme je l'ai dit, il faudra une main forte pour les soumettre tout à fait.»

Pendant son discours, le gouverneur guettait attentivement les réactions de Rašín. Un espoir lui traversa le cerveau : peut-être sera-t-il possible de trouver un arrangement avec lui, il se tait, il ne cille pas, peut-être les choses ne seront-elles pas si terribles.

«Aïe, seigneur, vous aurez bien du mal avant que tout soit remis en ordre et donne entière satisfaction à son Altesse l'empereur, et à la Sainte Eglise romaine.» Il leva les yeux au ciel et se signa pieusement.

«Ah, dit à nouveau Rašín. Et que proposes-tu pour y arriver ?

— Le mieux serait de faire venir les pères jésuites, de fonder une mission, seigneur de Ryznburk, s'enhardit le gouverneur. Seuls les saints pères peuvent parvenir à élever ce peuple stupide et à corriger les cervelles endurcies. Bien entendu, cela coûterait de l'argent, mais chacun d'entre nous doit consentir des sacrifices de bon cœur et selon ses moyens.

— Tu veux sans doute suggérer que je devrais supporter les principaux frais de cette pieuse correction des mœurs ?» devina Rašín, tout en fixant le mollet globuleux du gouverneur, dans son bas blanc d'une propreté douteuse, et la pointe de son soulier se balançant mollement de haut en bas.

Le gouverneur étendit ses mains en coussinets et eut un rire bref.

«Je ne voulais que vous expliquer quelques obligations impératives, seigneur de Ryznburk...»

Il s'arrêta au milieu de la phrase sous le regard meurtrier qui avait jailli des yeux de Rašín. Son aplomb se dégonfla comme une outre crevée et ses jambes prirent aussitôt une position correcte, les deux pieds côte à côte.

«A compter de ce jour, c'est moi qui définirai les obligations ici, déclara Rašín à voix basse. Souviens-t-en bien.

— Que votre Honneur daigne ne pas se mettre en colère, dit le gouverneur en se tassant dans le fauteuil. Je ne voulais qu'attirer son attention...

— La prochaine fois tu attireras l'attention quand je te demanderai conseil, acheva Rašín d'une voix froide. Et fais bien attention, butor, ce jour marque la fin de ton règne ici.

— Je serai un serviteur fidèle et dévoué, seigneur, bêla le gouverneur.

— Je te le conseille chaudement, acheva Rašín en se levant. Appelle quelqu'un qui me conduise au château.»

Rašín se balançait dans la selle, l'air sombre. Le chemin était long, le vieillard qui le conduisait avait du mal à poser un pied devant l'autre. Cela aussi pouvait passer pour une malveillance de la part du gouverneur, de lui avoir donné un guide pareil. Bien des problèmes se profilaient dans l'avenir, rien ne prouvait que la vision de calme et de repos avec laquelle il était arrivé pût se réaliser. Le tableau que lui avait fait cet hypocrite n'avait rien d'encourageant. Eh bien, il ferait face à l'adversité comme il avait toujours su le faire ! Il commencerait par le commencement, bref, celui qui aurait quelqu'envie reconnaîtrait bien vite la poigne du maître.

«Bouge-toi un peu, vieux, cria Rašín colèreusement au vieillard qui se traînait devant lui.

— Nous y sommes presque, monsieur, dit le vieillard en se tournant à moitié vers lui. Pardonnez-moi de ne pas pouvoir aller plus vite, mais là, au tournant, nous serons près du but.

— Près du but», répéta Rašín avec un sourire amer.

Il lui sembla en même temps qu'il avait déjà rencontré quelque part son guide, mais il ne savait ni quand, ni comment. Et il n'eut pas le temps d'y réfléchir. Au détour du chemin le bâtiment du château haut d'un étage apparut et Rašín retint les rênes et arrêta son cheval de surprise.

Ce qu'il voyait le cloua sur place. Les fenêtres brisées de la bâtisse ressemblaient à des yeux d'aveugle, une partie du toit était effondrée, l'angle du mur noirci par le feu. Dans la légère brise de l'après-midi, le portail défoncé de l'entrée battait çà et là en grinçant. De chaque côté, une allée d'arbres fruitiers avait été plantée, mais aujourd'hui, tout était saccagé, les racines nues des arbres arrachés pointaient vers le ciel. La vue depuis les fenêtres du château devait avoir le même effet sinistre que le château lui-même.

Rašín contempla longtemps ce désastre. Ils m'ont bien récompensé, les impériaux, ils m'ont payé selon mon mérite, se dit-il enfin.

Tandis qu'il se remettait du choc terrible de la déception, il se rendit compte que le vieillard l'observait à la dérobée. Et à cet instant il se souvint aussi où il l'avait rencontré pour la première fois, ce patriarche aux cheveux blancs. C'était en Saxe, dans une auberge, presque trois ans plus tôt.

«Toi, vieux, tu te nommes Tomáš. Tomáš Ouzký, si je me souviens bien, dit Rašín.

— Oui, monsieur. Alors vous ne m'avez pas oublié», se réjouit son compagnon.

Rašín regarda encore une fois devant lui, vers le château. Puis il pointa agressivement le menton en avant et serra les poings.

«Tu t'y connais en jardinage, vieux ? demanda-t-il.

— J'ai fait bien des choses durant ma longue vie, monsieur Rašín, dit le vieillard. Même le jardinier.

— Si tu veux, je te garde avec moi. Tu m'installeras un nouveau verger, dit Rašín.

— Il ne me reste pas beaucoup de jours à vivre, monsieur, je ne sais si je mènerai cette tâche à bien, dit le vieillard en hochant sa tête aux longs cheveux blancs. Mais je vais essayer.»

Rašín sauta à bas de sa selle et passa les rênes dans sa main libre.

«Viens, vieux, nous finirons le reste à pied», dit-il en s'avançant.

Lahodný trouva une place de parking dans une rue latérale près de la gare François Joseph. Lorsque Sova eut sorti sa valise, il boucla la voiture et s'avança pour l'accompagner.

«Tu n'es pas obligé de venir avec moi, dit Sova. Je te remercie déjà de t'être libéré pour me conduire jusqu'ici.

— Mais je t'en prie, ce n'est rien, répondit Lahodný en faisant un geste de la main. Je ne suis tout de même pas si pressé.»

Ils pénétrèrent dans le hall défoncé de la gare et s'avancèrent vers le quai à l'autre bout. Le train attendait déjà sur les rails, mais les portes des wagons étaient encore fermées. Les voyageurs se tenaient sur le quai en petits groupes, et partout on parlait tchèque. Sova trouva son wagon d'après le numéro de la réservation et posa sa valise par terre. Il resta un moment seul, Lahodný avait disparu sans dire où il allait.

«Il y a pas mal de gens qui reviennent, annonça-t-il en tendant à Sova un paquet allongé de forme pyramidale. Voilà quelque chose à boire, si tu te sentais mal pendant le voyage.

— Merci, dit Sova en prenant la bouteille. J'espère que je m'en sortirai. Je suis à Prague dans l'après-midi.

— Tu n'étais pas obligé de tant te presser, lança Lahodný. On aurait pu aller à Zurich ensemble. Tu as un peu d'argent de Lambert et quelque chose d'autre se serait sûrement présenté, des possibilités, on aurait pu en profiter, s'amuser un peu.

— Et toi, tu serais revenu avec moi, ensuite ?

— Sans doute pas.

— Tu comptes revenir un jour ?»

Lahodný baissa les yeux. La pointe de son soulier élégant extirpait un petit caillou dans une fissure de l'asphalte. Lorsqu'il releva la tête, ses yeux avaient une expression sérieuse.

«Je ne sais pas. Personne ne sait aujourd'hui ce qui peut arriver. Pour le moment la situation reste trop trouble. Bien entendu, je veux revenir et je reviendrai sûrement un jour, car je suis convaincu que notre voie était la bonne, la seule possible, et qu'elle finira par triompher. Mais nous l'avons prise trop prématurément et ceux qui sont en tête du progrès ne réussissent généralement pas. C'est seulement la deuxième vague et les suivantes qui atteindront le but que nous nous sommes fixé.»

Lahodný se tut quelques instants, puis il ajouta : «Tu sais, il n'y a pas d'autre possibilité. Après la guerre aussi nous nous sommes lancés sur un certain chemin. Ils ont abusé de notre inexpérience et de notre enthousiasme, nous nous sommes laissé berner et nous les avons aidés à fausser et à détourner cette voie avec la meilleure volonté. Nous sommes la génération blâmée et il nous faut racheter cette amère réalité pour que notre vie ait au moins un sens.»

Sova ne répondit pas. Il regardait les yeux gris, étincelants, de Lahodný et son visage ouvert ; il remarqua à nouveau son maintien et nota le léger parfum d'eau de Cologne dont il se servait après le rasage. C'était le type d'homme devant lequel les portes s'ouvrent toutes seules, qui avait les meilleures aptitudes pour réaliser les intentions qu'il venait de formuler. Un homme qui aurait pu incendier la mer, s'il l'avait voulu.

«Autre chose, Miku, acheva Lahodný. Notre civilisation s'achemine à grandes enjambées vers une inévitable intégration, elle forme déjà une certaine unité de base dans le domaine intellectuel, sans tenir compte des disparités partielles qui disparaîtront peu à peu. C'est aussi dans ce sens que j'entends travailler.»

Sova eut un sourire. Lahodný s'était déjà construit une théorie. Elle était bonne et acceptable comme le sont la plupart des théories. Il se battrait durement pour la défendre, avec habileté, intelligence, obstination. Il ferait un adversaire redoutable pour la partie à laquelle il s'affronterait.

«Dans le temps, j'avais l'idée d'une carte géographique. La carte de la liberté, avec des nuances de couleur. Il faut que je réfléchisse encore à tout cela.»

Une agitation soudaine sur le quai vint troubler leur conversation. Le personnel était arrivé, les contrôleurs déverrouillaient les portières et les voyageurs commençaient à se presser près des marches et à se bousculer pour monter dans les wagons. Sova attendait que la presse devant son wagon se calme un peu et que l'entrée se dégage.

«Allons, monte donc», le pressa rudement Lahodný, comme s'il voulait dissimuler la sentimentalité qui se glissait dans leur silence.

Sova lui tendit la main et éprouva la fermeté de la poigne de Lahodný. Puis il se baissa pour prendre sa valise et monta dans le wagon. Il trouva sa place dans le compartiment, monta sa valise sur le porte-bagages et ouvrit la vitre. Lahodný l'aperçut et s'approcha.

«Je vais y aller, Mikuláš, je n'aime pas les adieux prolongés, déclara-t-il avec un sourire un peu contraint.

— Va, dit Sova. Merci pour tout et porte-toi bien.

— Meilleurs vœux à toi», dit Lahodný.

Leurs mains se serrèrent une dernière fois dans une pression énergique. Puis Lahodný se retourna brusquement et partit sans un seul regard en arrière. Sova suivit des yeux sa silhouette mince et droite qui diminua jusqu'à disparaître dans la pénombre de hall de gare, parmi les mouvements kaléidoscopiques de la foule anonyme.

Il s'installa à sa place. Il ne prêtait aucune attention à ses voisins. Il percevait comme un décor indifférent l'animation sur le quai qu'il apercevait par la vitre. Les messages et les mots d'adieux lui parvenaient comme des sons indistincts, faibles et en fin de compte sans intérêt.

Soudain le train s'ébranla et la gare, éclairée par les rayons de soleil, commença à reculer lentement dans le lointain.

Un silence interdit s'installa dans le compartiment. Un Autrichien en chapeau tyrolien assis à côté de Sova regarda autour de lui d'un air surpris. Il mit un moment à se replonger dans son journal ouvert. Deux Noirs assis en face discutaient en sourdine, leurs têtes crépues penchées l'une vers l'autre. C'était un retour curieux, exceptionnel. Il se distinguait nettement d'autres retours.

Sova s'imagina, entrant le soir dans son café. Les vieux allaient lui serrer cérémonieusement la main, et M. Petras allait demander : «Le championnat commence la semaine prochaine, est-ce que vous voulez un billet pour les tribunes ?»

Halbich le regarderait de ses yeux sages et délavés et étendrait sa main lourde et maladroite vers son demi de bière à la mousse rosée.

Il faudra que je la bâtisse comme une citadelle, ma maison avec son jardin, songeait Sova. Pas pour que les murs me coupent des autres gens, mais pour avoir où mettre mon bureau. Son plateau sera net, en attendant qu'*elle* se présente pour écrire l'addition finale. Comment l'avait-il exprimé, cet immense poète du livre ? Il est un temps pour naître et un temps pour mourir, oui, un temps pour déchirer et un temps pour recoudre ensemble, oui, il n'est pas seulement un temps pour déchirer, mais aussi pour recoudre.

Plus tard, le train traversa au ralenti les quartiers périphériques de la ville. Il dépassa un club sportif avec ses stades. Sur l'herbe verte était alignée une rangée de tanks aux canons élevés à l'angle réglementaire.

Le train s'arrêta sous la verrière de la Gare Principale. Le flot des voyageurs emporta Sova par le souterrain sombre, où l'écho creux d'une multitude de pas se fondait en une rumeur uniforme. Puis ce fut l'escalier et la montée vers la clarté du jour. Sova pénétra dans le hall bondé de gens qui venaient attendre les voyageurs. Lui, personne ne l'attendait, ne l'accueillait, ne l'embrassait jamais. Il était seul. Mais il entendait sa langue.

Il regarda autour de lui. Il les voyait, en groupes, isolément, comme une série de clichés photographiques, rangés les uns à côté des autres. C'étaient sans doute pour la plupart des gens peureux, faibles et mous, des gens ordinaires et imparfaits. Mais c'étaient les gens d'un pays qui résiste à tous ceux qui font l'erreur de croire qu'il est facile à avaler, comme une arête en travers de la gorge. Avec leurs pères disparus, ils avaient façonné le visage de ce pays depuis des millénaires, et ils en étaient à la fois les enfants.

Sova s'avança sur le trottoir devant la gare. Dans la rue passait un véhicule blindé rempli de soldats aux calots de toile, aux visages plats, inexpressifs, sans sourire. Au-dessus de l'avant obtus, comme tronqué, du blindé, pointait le canon d'une mitrailleuse dirigée en avant. L'air sentait le brûlé comme s'il y avait eu un incendie quelque part dans le voisinage et que la fumée montât encore faiblement du lieu du sinistre. Il se tenait au bord du trottoir et il attendait que le véhicule aux chenilles d'acier retentissantes ait passé son chemin. Enfin il traversa la rue en diagonale pour atteindre la plate-forme d'accès au tramway.

La voiture apparut au détour de la légère courbe de la rue. Elle s'arrêta à la station, Sova monta. Le tramway s'ébranla en direction de sa maison.

Table

DÉJÀ PARUS
AUX ÉDITIONS DE L'AUBE

Romans, théâtre, nouvelles :

A CHENG, *Perdre son chemin*
Michel BERNARDY, *Le jeu verbal ou traité de diction française à l'usage de l'honnête homme*
Pierre BÉZIERS, *Un Robespierre de papier* (coéd. Th. du Maquis)
Jorge Luis BORGES et Osvaldo FERRARI, *Ultimes dialogues* (coéd. Zoé)
Jorge Luis BORGES et Osvaldo FERRARI, *Nouveaux dialogues* (coéd. Zoé)
Fernando BUTAZZONI, *Le tigre et la neige*
Tristan CABRAL, *Le quatuor de Prague, 1968-1990*
Jean-Pierre CANNET, *La lune chauve* (coéd. L'Instant même)
Jean-Paul DEMURE, *Petites chroniques de nuit*
Bernard DESPORTES, *Nulle part, l'été*
Kosta DIMITRIJEVIĆ, *La petite paysanne au trapèze volant*
DUONG Thu Huong, *Histoire d'amour racontée avant l'aube*
Ali ERFAN, *Le dernier poète du monde*
Ali ERFAN, *La route des infidèles*
Ilo de FRANCESCHI, *Écrivez-moi, Madeleine*
Luisa FUTORANSKY, *Julia*
Allain GLYKOS, *Les résidences de l'inquiétude*
Denis GUÉNOUN, *Un conte d'Hoffmann* (coéd. Comédie de Genève)
Dimìtris HADZIS, *Le testament du professeur*
Marion HENNEBERT et Nina KEHAYAN, *Librairie, librairies - Regards d'écrivains*
Ludwig HOHL, *Le petit cheval*
Victor HUGO, *Légende du beau Pécopin et de la belle Bauldour*
Hanna JOHANSEN, *Retour à Oraïbi* (coéd. Zoé)
Jean-François JOSSELIN, *L'enfer et compagnie* (coéd. Criée)

Bujar LUÇA, *Oniromancie*
Chrònis MISSIOS, *Toi au moins, tu es mort avant*
Jiří MUCHA, *Au seuil de la nuit*
Vítězslav NEZVAL, *Rue Gît-le-Coeur*
Constantin PAOUSTOVSKI, *La tanche d'or*
Victor PASKOV, *Ballade pour Georg Henig*
Karel PECKA, *Passage*
Marc PETIT, *Architecte des glaces*
Marie-Jeanne PEREZ, *Gouttes-de-sang*
J.J. PHILLIPS, *Mojo hand*
Ali SERGHINI, *La nuit par défaut*
Beat STERCHI, *La vache*
John TAYLOR, *Tower Park*
John TAYLOR, *Présence des choses passées*
NGUYÊN Huy Thiêp, *Un général à la retraite*
Frédérick TRISTAN, *L'atelier des rêves perdus*
Martin ZIEGLER, *La suite des temps*
Martin ZIEGLER, *Duel, idylle, adresse*

Essais :

Alain BADIOU, *D'un désastre obscur (Droit, Etat, Politique)*
Yves BARELLI, *La Révolution de velours*
Wolf BIERMANN, *Moi aussi, j'ai été à la Stasi*
Wolf BIERMANN, *Seul celui qui change peut rester fidèle à lui-même*
Alain BROSSAT, *Le stalinisme entre Histoire et mémoire*
Karel ČAPEK, *Entretiens avec Masaryk*
Gérard CHALIAND, *Voyage dans vingt ans de guérillas* (coéd. Boréal)
Jean-Marie CHAUVIER, *URSS : une société en mouvement*
Ernst-Robert CURTIUS, *Essai sur la France*
André DE LOS SANTOS, *Bouches-du-Rhône : la ressource humaine*
André DE LOS SANTOS, *Vaucluse : la ressource humaine* (coéd. Barthélemy)
Friedrich DÜRRENMATT, *Pour Václav Havel* (coéd. Zoé)
Norbert ELIAS, *Qu'est-ce que la sociologie ?*
Bernard Le Bovier de FONTENELLE, *Entretiens sur la pluralité des mondes*
Peter GLOTZ, *Manifeste pour une nouvelle gauche européenne*
Václav HAVEL, *Interrogatoire à distance*

Václav HAVEL, *Quelques mots sur la parole* précédé de André GLUCKSMANN, *Sortir du communisme, c'est rentrer dans l'histoire*
Václav HAVEL, *L'amour et la vérité doivent triompher de la haine et du mensonge*
Václav HAVEL, *Lettres à Olga*
Jean KÉHAYAN, *Mes papiers d'Arménie*
Jean-Pierre KELLER, *La nostalgie des avant-gardes* (coéd. Zoé)
Eda KRISEOVÁ, *Václav Havel - la biographie*
Philippe LACOUE-LABARTHE, Jean-Luc NANCY, *Le mythe nazi*
Madeleine LAMOUILLE, *Pipes de terre et pipes de porcelaine* (Souvenirs publiés par Luc Weibel) (coéd. Zoé)
Merab MAMARDACHVILI, *La pensée empêchée*
François MITTERRAND, Václav HAVEL, *Sur l'Europe*
François de MUIZON (Propos recueillis par), *L'irrésistible ascension de Nasser Sabeur*
Ivan NAGEL, *Autonomie et grâce. Sur les opéras de Mozart*
Prague 1991, Assises de la Confédération européenne
Léonide PLIOUCHTCH, *Réponse à Alexandre Soljénitsyne*
ROUBEN, *Mémoires d'un partisan arménien*
Valerie RUSU (Textes rassemblés par), *Eloge du village roumain*

Cuisines migrantes :

Petra JAROŠOVÁ, *Les délices de Bohême*
Shirley JOHNSON-BEKAERT, *Etats-Unis : la cuisine des origines*
Nina KÉHAYAN, *Voyages de l'aubergine*

Achevé d'imprimer en septembre 1991
sur les presses de l'Imprimerie A. Robert,
116, bd de la Pomme, 13011 Marseille,
pour le compte des Éditions de l'Aube

Numéro d'édition : 79

Dépôt légal : octobre 1991

Imprimé en France